KB109116

1920년대 후반—1945년

계급·민족·여성의 교차

1920년대 후반—1945년
계급·민족·여성의 교차

2

한국 여성문학 선집

여성문학사연구모임 엮음

민음사

책머리에

『한국 여성문학 선집』을 구상하고 모임을 꾸린 2012년 이후 12년 만에 책이 출간되었다. 연구 모임 구성원 중 김양선, 김은하, 이선옥, 이명호는 1990년대 한국여성연구소 문학분과에서 페미니즘 문학을 함께 공부하던 인연이 있었고, 이희원은 한국영미문학페미니즘학회와 협업을 모색하면서 인연을 맺었다. 마지막으로 현대시 전공자 이경수가 객원 에디터로 참여하면서 다양한 장르와 비교문학적 검토를 할 수 있게 되었다.

사실 우리 연구 모임은 더 오래전에 시작되었다. 지금으로부터 30년 전, 옹색하지만 활기만은 넘쳤던 사당동 남성시장 골목에서 큰 가방을 메고 '한국여성연구소'라는 현판이 걸린 2층 연구소로 향하던 한 무리의 여학생들이 있었다. 한국여성연구소는 1980년대 여성운동과 여성 연구의 발전을 토대로 탄생한 진보적인 여성 학술 운동 단체였고, 그 여학생들은 연구소 문학분과의 구성원이었다. 여학생들은 국문학의 문서고를 뒤져 오랫동안 '규수'라는 멸칭으로 '퉁'쳐지고 '여류문학'이라는 이름으로 게토화된 여성문학사를 함께 찾고 읽었다. 이들 중에 우리도 있었다. 이러한 회고는 우리 중 몇몇을 페미니즘 문학 연구의 기원으로 내세우며 역사를 사유화하려는 것이 아니다. 1980년대 후반부터 1990년대 초반까지 제도권 바깥에 일었던 진보적 학술 운동의 바람 속에서 자신을 페미니스트로 정체화하고 한국문학의 남성중심성과 불화하며 이를 의심하고 깨고자 하는 여성들은 어디에나 있었기 때문이다. 이 선집은 그 역사의 일부이자 불온한 여성 독자이기를 자처한 여성 연구자들의 보이지 않는 협업의 산물이라고 해도 좋을 것이다.

페미니즘 문학을 공부해 온 연구자라면 누구나 여성 글쓰기의 역사를 계보적으로 정리하겠다는 꿈을 품었을 것이다. 왜 우리에게는 『다락방의 미친 여자』 같은 전복적인 여성문학사, 『노튼 여성문학 앤솔러지』 같은 여성문학 선집이 없는가? 왜 한국의 여성 연구자는 이 작업을 수행하지 못하고 있는가? 이런 아쉬움과 부채 의식이 우리가 여성의 시선으로 여성문학의 유산을 정리해 보자는 무모한 길로 이끌었다. 『한국 여성문학 선집』 출판 모임을 결성한 후 우리는 2주에 한 번 정도 작품과 관련 비평문을 읽고 연구사를 검토했다. 근대 초기부터 1990년대까지 한국문학장에서 정당한 평가를 받지 못했던 여성 작가들을 찾아내고 이들의 작품 중에서 선집에 수록할 작품을 선별했다. 사실상 근현대 100년을 아우르는 방대한 시대를 포괄하는 터라 작품을 읽는 것도 고르는 것도 만만치 않았다. 작품 선정을 둘러싼 의견 차이로 합의를 보지 못하고 수차례 논쟁만 이어 간 날도 많았다. 생각보다 기간이 길어지면서 모임을 오랫동안 중단한 때도 있었다. 그러나 우리가 그 세월을 버티며 작업을 계속해 올 수 있었던 것은 여성 연구자의 손으로 여성문학 선집을 출판해야 한다는 책무감 때문이었다.

지금까지 한국문학(사)은 남성 중심의 문학사와 정전을 굳건하게 구축해 왔기에 여성문학은 전통을 이어 왔으면서도 그 역사적 계보와 독자적인 문학적 가치를 온전히 인정받지 못했다. 여성 작가의 '저자성'과 여성문학의 '문학성'은 언제나 의심받으며 주류 문학사에서 배제되거나 주변화되어 왔다. 여성문학을 문학사에 온전히 기입하기 위해서는 여성의 관점으로 독자적인 여성문학사가 서술되어야 하는 이유다. 그리고 독자적인 여성문학사 서술 이전에 선행되어야 하는 것이 바로 여성문학 선집이다. 여성의 시선으로 선별된 일차 텍스트들이 만들어진 이후에야 여성문학사 서술 작업을 시작할 수 있기 때문이다. 지금까지 간헐적으로 여성문학 선집이 출판되었으나 시기적으로는 일제강점기나 1960년대까지로 국한되고, 장르는 주로 소설에 한정되었다. 우리 선집은 특정 시기와 장르에 국한되지 않고 근현대 한국 여성문학의 성취 전체를 포괄하고, 여성의 지식 생산과 글쓰기 실천을 집대성하고 아카이빙한 최초의 작업이다.

우리가 작품을 선별한 기준은 남성 중심 담론과 각축하는 독자적인 여성 주체의 부상과 쇠퇴, 그리고 여성주의적 글쓰기의 새로운 내용적·형식적 전환을 보여 주는 작품의 등장이다. 여성 작가들은 남성 중심적 질서에 한편으로는 포섭되고 다른 한편으로는 저항하면서 나름의 전통을 형성해 왔다. 여성 작가들은 포섭과 저항, 편입과 위반의 이중성 가운데서 흔들리면서도 주체적인 여성의 목소리를 발화하고 그것을 드러낼 수 있는 새로운 미적 형식을 창조해 왔다. 우리는 여성 작가들이 수행해 온 주체화와 미적 형식의 창조를 작품 선정의 일차 기준으로 삼았다. 식민지 근대와 탈식민화의 과정을 겪어 온 근현대 한국의 역사에서 여성은 단일한 존재가 아니라 민족, 계급, 섹슈얼리티 등 다양한 사회적 범주가 교차하는 복합적 존재이다. 우리는 여성들의 이런 다면적 경험을 표현하는 글쓰기에 주목해 작품을 선정했다. 기존의 제도화된 문학 형식만이 아니라 잡지 창간사, 선언문, 편지, 일기, 독자투고, 노동 수기 등등 여성문학의 발전에 토대를 이루는 다양한 글쓰기들도 포괄했다.

여성문학 선집이 지닌 '최초'의 의미와 자료적·교육적 가치를 고려해 모든 작품은 초간본 원문을 우선해 수록했다. 근대 초기 작품은 가

독성을 고려해 현대어 표기를 함께 실었다. 각 권의 총론과 작품 해설을 겸한 시대 개관에서는 작품이 생성된 문학(사) 바깥의 맥락을 고려하고자 사회·정치·문화적 배경을 함께 서술했다.

『한국 여성문학 선집』은 시대별로 구분한 7권의 책으로 구성되었다.

1권은 근대화 시기인 1898년~1920년대 중반을 '한국 여성문학의 탄생'으로 조명한다. 시대적으로 한국 근대문학의 출발기인 이때, 신문과 여성잡지 등 공론장에 글을 읽고 쓰는 '조선의 배운 여자들'이 등장했다. 기존 근대문학사 서술에서 축출되었거나 폄하되었던 이 시기 여성 작가들은 계몽적·정론적 글쓰기와 문학적·미적 글쓰기를 횡단하며 '여성도 작가'임을 입증하고자 했다.

2권은 해방 전 일제강점기인 1920년대 후반~1945년 여성문학의 특징을 '계급·민족·여성의 교차'로 제시한다. 식민 통치가 공고해진 이 시기는 여성문학이 계급·민족·성의 교차성을 고민하고 이를 형상화하며 여성 작가로서의 정체성을 확보하려 한 근대 여성문학의 형성기이다. 사회주의와 민족해방, 여성해방에서 변혁의 가능성을 모색하고, 여성주의적 리얼리즘을 실험하는 방향으로 글쓰기의 성격이 뚜렷하게 변화한다.

3권은 해방과 한국전쟁을 거친 1945년~1950년대 여성문학을 '전쟁과 생존'이라는 주제로 바라본다. 해방과 한국전쟁, 포스트 한국전쟁기를 여성문학의 침체기라고들 하지만, 개인 혹은 작가로서 생존을 모색하던 여성작가들은 급진적 글쓰기 활동을 했다. 좌우익이 갈등하던 해방기에는 정치 현안에 적극 반응하면서 문학적 시민권을 획득하고자 했으며, 한국전쟁 후에는 가부장적 국가 재건의 흐름 속에서 실질적이고도 상징적인 폭력 가운데 놓인 여성들을 대변했다.

4권은 1960년대 여성문학을 4·19혁명의 자장 아래에서 일어난 '세대교체와 저자성 투쟁'으로 다룬다. 한국 여성문학이 여성문학장과 제도를 독자적으로 형성한 시기이다. 본격적으로 '여류'라는 용어가 심판대에 오르고 이전 세대의 불온한 여성들이 물러나면서, 지성을 갖춘 여성 주체들이 대거 등장하는 여성주의 문학으로의 갱신이 이루어졌다.

5권은 1970년대 개발독재기 여성문학에 나타난 '개발 레짐과 여성주의적 각성'을 다룬다. 개발독재기의 젠더 통치가 가시화된 1970년대에 여성의 신체와 섹슈얼리티는 혐오와 처벌의 대상이었다. 이런 통치에 대한 부정과 저항은 '중산층 여성의 히스테리적 글쓰기'와 '여성 노동자의 체험적 글쓰기'로 나타났다. 또한 페미니즘 이론이 번역 출판되고, 1975년 세계여성대회를 계기로 여성운동이 본격화되었다.

6권은 1980년대의 '운동으로서의 글쓰기'를 다룬다. 노동운동을 비롯한 조직적인 사회운동과 민족·민중문학론 논쟁이 활발하게 진행되었던 1980년대에는 민족·민중문학과 페미니즘의 교차성 그리고 민족·민중·젠더의 교차성이 여성문학의 핵심 의제로 부각되었다. 민중 여성의 삶을 반영한 시와 소설이 발표되었고, 마당놀이와 노래극 등 민중적 장르가 재현되었다. 또한 페미니즘 잡지의 발간과 함께 여성해방 문학비평이 본격화되었다.

7권은 민주화가 이루어진 87년 체제 이후 1990년대 여성문학을 '성차화된 개인과 여성적 글쓰기'로 조명한다. 민족·민중문학이라는 거대 서사가 사라지고, 그로 인해 억압되었던 것들의 회귀가 여성문학에서 본격적으로 이루어진 시기이다. 성, 사랑, 욕망 등 사적인 일상의 영역이 새롭게 발견되며 '여성적 글쓰기'가 본격적으로 성장했다. 여성 작가와 여성문학은 더 이상 게토화된 영역에 머무르지 않고 한국문학의 중심에서 한국문학을 견인했다. 여성 작가의 증가와 함께 성차화된 개인 주체의 다양한 여성적 글쓰기가 이루어졌다.

이 선집이 국문학 연구자뿐 아니라 일반 독자들도 한국의 근현대 여성문학의 계보를 이해하고 여성주의 작품을 감상하는 데 길잡이 역할을 할 수 있기를 기대한다. 마지막으로『한국 여성문학 선집』은 여성문학의 종착점이 아님을 밝힌다. 여성문학 선집은 앞으로도 시대마다 문학 공동체마다 다시, 그리고 새롭게 쓰일 것이다. 본격문학과 국민문학을 넘어 대중문학과 퀴어문학, 디아스포라문학을 포괄하는 다양한 선집을 후속 과제로 남겨 두고자 한다. 선집 이후의 선집을 위한 도전이 계속되기를 바란다.

마지막으로 이 선집의 발간을 기대하고 지원해 준 많은 사람들이 있었다. 여기저기 흩어진 원본 자료들을 찾고 정리하는 수고를 한 정고은 선생님, 작가 소개 원고를 집필한 한국 여성문학 연구자들, 그리고 까다로운 저작권 작업과 더딘 작업 속도에도 교정과 출간 작업을 꼼꼼하게 진행해 준 민음사 편집부를 비롯해 모든 관계자분들께 감사드린다. 무엇보다 우리가 다채롭고 풍부한 여성문학의 전통을 담을 수 있었던 것은 이 역사를 만들어 온 작가분들 덕분이다. 고개 숙여 감사드린다.

여성문학사연구모임 일동

일러두기

1. 수록 작품은 초간본을 중심으로 삼았고, 초간본을 구득하지 못한 경우 최초 발표 지면 글을 수록했다. 저작권자나 저작권 대리인의 요청이 있는 경우 개정판 작품 을 실었다. 출처는 각 작품 말미에 최초 발표 지면, 초간본, 개정판 순으로 밝혀 적 었다.
2. 작품 수록 순서는 작가 출생 연도를 따랐고, 출생 연도가 같은 경우 이름의 가나 다순을 따랐다. 작품의 최초 발표 연도 확인이 어려운 경우가 있어 한 작가의 여 러 작품을 수록한 경우 시, 소설, 희곡, 산문 등 장르 순으로 정리했다.
3. 저작자, 저작권 대리인의 요청으로 작품을 수록하지 못한 경우, 분량상의 문제로 장편소설의 일부만 수록한 경우, 해당 작품과 부분을 선정한 이유를 '작품 소개' 로 밝혀 적었다.
4. 어문학적 시대상을 고려해 맞춤법 및 외래어, 기호 표기는 원문을 그대로 살렸다. 띄어쓰기와 마침표는 현행 맞춤법 규정을 따랐다. 단, 현대어본을 별도 수록한 작품은 띄어쓰기를 원문대로 수록했고, 시의 경우에도 시인이 의도한 리듬감과 운율을 위해 띄어쓰기를 원문대로 수록했다.
5. 작품에서 오식·오타·탈락 글자가 있는 경우 원문대로 적고 주석에 이를 밝혀 적었 다. 원문의 글자를 판독하기 어려울 때는 □ 기호로 입력했다.
6. 작품에서 뜻풀이나 부연 설명이 필요한 낱말과 문장에는 각주를 달았다. 한자는 원문대로 표기 후 한글을 병기했다.
7. 1권의 모든 작품과 2권의 「이혼고백장」, 「추석전야」는 독자의 이해를 돕기 위해 현 대어본을 함께 실었다. 오식·오타·탈락 글자는 원문에서, 뜻풀이는 현대어본에서 각주로 표기했다.── 현대어본에서는 원문의 오식·오타·탈락 글자를 수정 반영했 고, 한자는 가급적 한글로 바꾸되 필요한 경우 부분적으로 한자를 병기했다. 맞 춤법과 외래어는 현행 표기법을 따랐다. 원문에 없더라도 문장이 끝나면 마침표 를 찍었다. 물음표, 느낌표, 쉼표는 맥락상 찍어야 할 경우라도 원문을 따랐고, 쉼 표는 문장의 끝이 확실한 경우 마침표로 표기했다. 「」는 대화체인 경우 큰따옴표, 강조의 경우 작은따옴표로 표기했다. 줄표와 줄바꿈은 원문을 따랐다.

차례

책머리에   4

시대 개관
여성과 식민지 현실의 교차
— 계급·민족·여성성   16

김일엽   35

나의 노래   37

나혜석   39

離婚告白狀 이혼고백장   41

장정심   129

행주치마   131

김말봉   133

찔레꽃   135

박화성   144

秋夕前夜추석전야   146
찾은 봄·잃은 봄   189

강경애   209

소금   211
人間問題인간 문제   267

최정희 280

地脈지맥 282

백신애 337

써래이 339

모윤숙 359

조선의 딸 361

노천명 363

자화상 365
男남사당 367

송계월 369

내가 新女性신여성이기 째문에 371
女人여인 文藝家문예가 크름 問題문제
― 崔貞熙최정희 君군의 「宣言선언」과 關聯관련하야 375

이선희 379

圖章도장 381

임옥인 395

後妻記후처기 397

지하련 414

山산길 416

임순득   437

女流여류 作家작가의 地位지위
— 特특히 作家작가 以前이전에 對대하야   439

엮은이 소개   456
집필에 참여한 연구자들   458

여성과 식민지 현실의 교차
──계급·민족·여성성

여성문학 형성기의 두 지류

1919년 삼일운동을 기점으로 우리 민족은 일본의 식민지 지배에 대항하여 국내외에서 여러 형태의 저항운동을 전개했다. 특히 사회주의 사상이 유입되면서 반제국주의·반식민 운동으로서의 성격이 뚜렷해졌다. 조선공산당 출범(1925), 무산계급 및 노동자 계급의 당파성을 내세운 카프(조선프롤레타리아예술가동맹)의 결성(1925), 민족주의 계열과 사회주의 계열이 합작한 항일 운동 단체 신간회 출범(1927), 신간회와 노선을 같이하는 여성운동 단체 근우회 결성(1927)은 일본의 식민 지배에 대항하는 반식민주의뿐·아니라 반계급 운동도 활발하게 전개되었음을 보여 준다. 조선공산당이 해체(1928)되어 재건 운동이 이어지고, 신간회와 근우회가 해소된 이후에도 대중운동은 노동, 농민, 학생, 여성 등 부분별 운동으로 분화·확대되어 갔다.

1930년대 한국 근대문학은 식민 현실에 대한 비판적인 인식을 축으로 내용과 형식에서 다양성과 확장성을 추구했다. 개인, 민족, 계급은 근대문학 형성기를 특징 짓는 키워드들로서 좌와 우로 진자 운동을 하며 어떤 범주를 우선할 것인가를 두고 논쟁이 벌어지기도 했다. 단편소설, 장편소설, 서정시, 서사시와 같은 근대적 양식이 본 격적으로 실험되고 정착한 시기이기도 하다. 1930년대 중반 일본 의 식민 지배가 강화되고 문학에 대한 사상적 탄압이 가해지면서 문학장은 새로운 변화를 맞는다. 계급운동과 사회주의리얼리즘을 기조로 한 카프가 1차, 2차 검거 사건을 계기로 해체되면서(1935) 문학장은 집단적 이념 추구의 경향이 퇴조하고 소재의 다양성과 장 르가 확대되는 양상을 보인다. 식민지 근대성에 대한 비판적 인식 은 모더니즘, 전통주의, 일상성에 대한 탐구와 대중 장편소설의 부 상 등 다양한 양상으로 나타났다.

여성문학 역시 1930년대에 들어서면서 근대 초기 여성의 자 각과 계몽이라는 주제에서 벗어나 식민 현실과 교섭하면서 계급과 민족, 성 간의 교차성을 본격적으로 탐색하기 시작했다. 식민지 시 기 여성 작가의 등단과 작품을 살펴보면, 1930년대 들어 작가군과 작품 경향에서 의미심장한 변화가 있음을 알 수 있다. 근대 초기부 터 1920년대까지 개인의 자유와 자각, 그리고 이런 가치를 획득하 기 위한 계몽의 정신이라는 주제를 다뤘다면 1930년대부터는 식민 현실에 대한 비판, 사회주의(자)의 부상과 리얼리즘으로 작품 경향 이 이동한다. 이런 경향의 시작을 식민지 시대 농촌 현실과 노동 문 제를 여성의 시각에서 형상화한 박화성의 소설「추석전야」(1925)가 발표된 1920년대 후반으로 보고자 한다. 1920년대후반부터 1930년 대 말까지인 근대 여성문학 형성기의 특징은 전반기와 후반기로 나 눠 볼 수 있다. 전반기는 사회주의자 여성의 등장과 리얼리즘의 여성적 전유로, 후반기는 성찰적 여성 주체의 등장과 여성성의 분화로 보고 경향을 개관한다.

사회주의자 여성의 등장, 리얼리즘의 여성적 전유

1930년대 들어서 '여류문학'이라는 말이 대중적으로 널리 쓰인다. 성차에 기반해 여성 작가를 '여류'라는 하나의 집단으로 묶으면서, 남성 중심의 문학장은 박화성이나 강경애를 '여성성을 소실한 남성적인 작가', 최정희와 노천명, 모윤숙을 '여성성을 구현한 작가'로 구분했다. 리얼리즘적인 경향을 탈여성적인 것으로, 사적 체험에 기반을 둔 소설이나 수필을 여성적인 경향으로 규정하는 등 여성성을 본질적이고 고정된 것으로 치부하면서 문학장과 양식에서 특정 영역만을 여성문학과 여성 작가에게 할당하는 전략을 구사한 것이다. 하지만 실제 여성 작가들의 작품을 놓고 보면 1930년대 여성문학은 식민 현실과 대면하면서 하나로 환원되지 않는 민족·계급·지역·이데올로기와 경합하며 다양한 의미로 맥락화되는, 소위 '과정 중인 여성성과 여성적인 글쓰기'를 생산했다는 점을 알 수 있다.

1930년대 전반기 여성문학장은 계급-민족-성의 교차성을 고민하고 이를 형상화하며 여성 작가로서의 집단적 정체성을 확보하려 한 것이 아닌가 추론해 봄직한데, 이런 여성문학(계)의 고민은 최정희와 송계월 사이에 오간 '여인 문예가 그룹' 논쟁에서 드러난다. 최정희는 「신흥 여성의 기관지 발행」(1932)이라는 짧막한 글에서 '여인 문예가 그룹'을 결성하고, 그 밑에 '여성을 위한 기관지'를 발행할 것을 제안한다. 이에 대해 송계월은 「여인 문예가 크룹 문제」(1932)에서 "금일의 역사적 현실성과 관련하여 생각할 때에 진정한 진보적 의의를 가지는 것은 남성 대 여성의 성적 관계에 있는 것이 아니고 부르주아계급 대 프롤레타리아 계급이라는 계급적 관계에 있다."(376쪽)라고 명확히 밝힌다. 송계월은 독자적인 '여류작가 그룹'이 아닌 "카프에 참가하여 그중에 부인부로서의 결성을 기도"(377쪽)해야 한다고 주장한다. 계급해방과 여성해방 중 어느 것을 우선시할 것인가에서 최정희는 '여성' 범주를, 송계월은 '계급' 범주를 더 우선시한다고 본다면, 이 둘의 입장은 차이와 평등이라는 페미니즘의 의제를 1930년대 초반에 여성문학장, 그리고 여성문학의 독자성과 관련하여 고민했던 것으로 볼 수 있다.

송계월은 소설 「공장 소식」(1931)과 「가두 연락의 첫날」(1932)에서 계급 모순과 성 모순의 이중 구속을 다루면서도, 노동자-계급 문제를 우선시하는 작가의 신념을 소설화했다. 「내가 신여성이기 때문에」(1931)에서는 신여성을 '동지'로 호명하며 신여성의 책무가 가정에 예속된 여성들과 경제 투쟁에 나선 직업여성들이 "착취당하는 자의 각성"과 "투쟁력을 완성"(373쪽)하는 것을 돕는 데 있다고 주장했다. 특히 직업여성에게는 "남자의 기생충이라는 이름보다도 독립하여 살아갈 토대를 잡아야만"(374쪽) 한다고 촉구함으로써 여성의 경제적 독립을 강조했다. 송계월에 이르러 개인의 권리와 평등을 중요하게 여겼던 1920년대 모던걸의 수사학이 물러나고 공적 영역에서 다른 계층 여성과의 연대와 투쟁 의식으로 신여성이 자기를 정체화하는 장면을 목격하게 된다.

1925년 발표된 박화성의 「추석 전야」에서는 식민 현실에 대한 리얼리즘적 형상화라는 1930년대 초반 여성문학의 경향이 드러난다. 이 소설은 목포의 방적 공장 노동자이자 하층계급 기혼 여성의 빈곤과 노동 현실을 그린다. 소설은 십오륙 세 어린 여공들이 공장 감독의 성희롱에 시달리는 현실, 남편이 죽은 후 홀로 가족의 생계를 전담하는 영신(경아 어머니)과 같은 하층계급 기혼 여성이 열악한 임금 조건 때문에 삯바느질까지 하면서도 교육비와 집세를 내지 못해 고통받는 상황을 구체적으로 보여 준다. 영신이 공장 감독의 성희롱에 항의하는 장면에서 "영신은 전일부터 빈부와 계급에 대한 반항심을 잔뜩 가지고 있었으며"(171쪽)와 같이 지배계급에 대한 적대감을 생경하게 노출하는 서술이나 집세를 두고 주인과 갈등하다가 분노의 감정을 못 이겨 기침을 하다가 실신하는 마지막 장면 등을 보면 이 소설은 지배계급에 대한 분노를 노골적으로 드러내는 경향파 소설에 가깝다. 하지만 공장 감독이나 집주인과의 갈등에서 보이는 '복받치는 비悲와 분憤'의 감정, 미움과 원망과 눈물은 식민 현실에 대한 여성의 정동, 즉 분출하는 감정을 통해 현실을 비판하는 서술 전략으로 재평가될 수 있다.

강경애의 「소금」(1934), 『인간 문제』(1934), 백신애의 「꺼래이」(1934)는 계급, 민족, 여성의 교차성을 심문하는 1930년대 전반기 여성문학의 특징을 대표하는 작품들이다. '빈곤의 여성화'를 주제로 하층계급 여성, 구여성의 삶을 사실적으로 형상화했다는 점, 개인의 각성과 계몽이 아닌 사회주의에서 변혁의 가능성을 모색했다는 점에서 이전 시기 여성문학과 구별된다. 강경애의 「소금」과 백신애의 「꺼래이」는 간도로 이주하거나 시베리아를 유랑하는 식민지 조선인의 처지를 리얼리즘적으로 형상화했다. 가난 때문에 이주하거나 유랑하는 이들은 국민국가의 부재로 인해 보호받지 못하는 난민이자 유민流民이며, 그중에서도 여성들은 가부장적 폭력과 성폭력에 노출된다. 여성 인물을 통해 계급 모순과 민족 모순은 성 모순과 이중, 삼중으로 중첩되어 표출된다. 백신애는 여성이나 아동의 빈궁을 자연주의적으로 형상화하거나(「적빈」, 「호도」) 가부장제 이데올로기의 희생자인 구여성의 비극(「광인수기」, 「소독부」)을 그린 일련의 작품으로 식민지 현실에서 성적·계층적·교육적으로 타자화된 민중 여성들의 문제에 주목했다. 「꺼래이」는 백신애 작품 세계의 기저를 따르면서 디아스포라 상황에 처한 식민지 조선인의 삶을 여성 화자인 '나'의 시각에서 서술한다.[1] 소설은 불법이민자로 간주되어 시베리아 땅에서 추방당하는 무리에 속한 여성인 '나'를 통해 이름뿐인 코뮤니스트인 젊은 사내들 사이의 갈등과 위계, 조선인과 중국인 하층 노동자 쿨리(Coolie) 사이의 위계, '나'와 중국인 쿨리 사이의 동질감을 다각적으로 포착해 성과 민족, 지역과 지식의 위계가 복잡하게 교차하는 양상을 그린다. '나'는 체포, 감금, 추방의 과정을 거치면서 중국인 쿨리와 땅을 얻기 위해 유랑하는 조선인 '꺼래이(고려인)'인 자신의 처지를 동일하게 여긴다. "우리 '꺼래이'가 당해 오는 억울한 비애를 축소시킨 것이 지금의 쿨리 너와도 같으리라."(349쪽)라는 '나'의 발언은 디아스포라 상황에 놓인 자들끼리의 연대를 직접적으로 표출한 것이다.

강경애의 작품에서 디아스포라는 여성들에게 민족적·성적 정체성을 심문하고 재구성하도록 추동하는 근본적인 상황이다. 여성이 몸으로 겪는 디아스포라 상황은 항일 무장투쟁의 실패로 민족

---

1 백신애의 「꺼래이」는 판본마다 내용의 차이가 크다. 『현대조선여류문학선집』 (1937)에 실린 개작본이 순이와 순이 가족을 초점화한 데 반해, 1934년 《신여성》에 연재한 최초 발표 작품은 '나'를 초점화해 성적·민족적 타자의 위치를 직접 경험하는 여성의 의식 변화를 드러낸다. 이 책에는 최초 연재본을 실었다.

해방의 전망이 불투명해진 시대를 반영한 1930년대 작품을 해석하는 열쇠이다. 간도 이주 농민의 빈핍한 삶과 가족의 해체를 항일 무장투쟁의 당위성과 연관지어 그린 「소금」(1934), 아편쟁이 남편에 의해 중국인에게 팔려 간 아내의 죽음을 그린 「마약」(1937), 간도 용정 부근을 배경으로 항일운동가 가족과 농민 가족 여성의 수난을 그린 「번뇌」(1935)와 「동정」(1934)이 이 계열에 해당한다. 「소금」이 각별히 주목되는 까닭은 이주와 이동의 문제를 여성의 치열한 생존의 문제로, 모성의 현실적 국면을 초점화하여 서사화하면서도 사회주의적 전망을 포기하지 않았기 때문이다. 특히 제2장 '유랑'은 봉염 어머니의 유랑이 민족적·성적·계급적 모순에서 비롯되었음을 핍진성 있게 기술한다. 봉염 어머니는 조선에서 간도로, 다시 용정의 중국인 지주 팡둥의 집으로 이동과 전락을 거듭한다. 남편의 죽음, 중국인 지주의 성폭행과 그로 인한 출산, 아이들의 죽음을 차례로 겪고 나서도 그녀는 살아남기 위해 소금 밀수를 하러 또다시 유랑의 길을 떠난다. 또한 이 작품은 출산과 어머니 노릇을 여성의 고유한 자질로 신성하게 여기거나 추상적으로 다루지 않는다. 가장이 부재한 상태에서 아이들을 먹여살리기 위해 젖어미 노릇을 하다가 정작 자기 아이들을 차례로 잃게 되는 역설적 상황, 젖어미로 키운 아이에 대한 본능적 애정 때문에 자책하고 갈등하는 모습은 어머니 노릇의 현실적이고 복합적인 어려움을 포착해 드러낸다. 모성이 맞닥뜨린 이런 현실적 국면과 분열적 상황은 하층계급 이주 여성이라는 주변적 위치에서 비롯된 것이다. 「소금」에서 봉염 어머니는 자신의 체험에 기반해 수난받는 구여성에서 계급의식을 지닌 항일 전사 '주의자 여성'으로 존재 전환을 한다. 이러한 의식적 비약이 이 소설의 결함으로 지적받기도 했다. 그러나 이 소설에서 보여 준 사회주의 이념의 세례를 받은 '주의자' 여성, 노동자 여성의 형상을 확장한 강경애의『인간 문제』는 일제강점기에 쓰인 최고의 노동소설로 인정받는다.

　　『인간 문제』 전반부에서는 주인공 선비가 고향 용정에서 과도한 노동과 지주 정덕호의 성폭력으로 고통받아 고향을 떠날 수밖에 없는 상황을, 후반부에서는 인천 방적 공장 노동자로 일하는 그녀가 열악한 노동환경과 공장 감독들의 일상적인 성희롱에 직면하는 상황을 연결하며 물질적·교육적 자원을 가지지 못한 일제강점기 하층계급 여성의 현실을 리얼리즘적으로 형상화했다.『인간 문제』는 '여성' 노동자 소설로서 두 가지 뛰어난 리얼리즘적 성취를 보인다. 첫째, 여성 노동자가 다수인 대규모 방적 공장을 배경으로 성적·계급적 차별이 중첩되는 양상을 사실적으로 재현했다. 여성 노동자들에게 가해지는 노동 통제는 남녀차별적인 임금이나 벌금 제도, 남성 감독관의 성희롱, 기숙사 제도 등 다양한 형태로 행해진다. 둘째, 노동을 바라보는 여성의 감정 구조와 여성들 간의 연대를 부각해 남성의 노동소설과는 다른 관점을 취한다. 소설 후반부에서 선비는 고향 용연마을에서 서분 할멈이나 다른 농촌 여성들과 정서적 유대를 맺고, 도시에서 동료 여성 노동자들과 억압의 경험을 공유하고 간난과 자매애적 연대를 맺으면서 각성한다. 자신이 만든 생산물로부터의 소외감과 박탈감은 이 여성이 계급의식을 획득하는 단초이다. 고향에 있을 때 이미 자신이 애써 모은 달걀이나 목화솜을 빼앗기는 경험을 했던 선비는 방적 공장의 실과 얼레를 보면서도 "형용 못 할 애착"과 "그것들이 그의 생명을 좀집어 들어가는 어떤 크다란 벌레같이 생각되"(272쪽)는 양가감정을 갖는다. 달걀, 목화솜, 방적 공장의 실과 얼레는 여성의 노동이 빚어낸 산물이라는 점에서 선비의 계급적 자각은 여성의 일과 거기서 생겨난 여성적 정서와 밀접한 관련이 있다. 이와 같은 젠더 의식은 고된 노동의 상징인 자신의 손등을 여성 노동자 집단의 '죽은' 손가락으로 확장해 인식하는 공감의 윤리로 드러난다. 선비가 계급의식을 획득하고 각성하는 과정에 젠더 의식을 매개로 한 노동 체험이 기여하고 있는 것이다. "빨갛게 익은 손등! 물에 부풀어서 허옇게 된 다섯 손가락! 산 손등에 죽은 손가락이 달린 것 같았다. 그는 전신에 소름이 오싹 끼치며, 이 공장 안에 죽은 손가락이 얼마든지 쌓인 것을 그는 깨달았다."(272쪽)라는 그로테스크하지만 사실적인 묘사는 1980년대 노동시인 박노해의 「손무덤」(1984)을 연상케 할 정도로 생생하고 전투적이다. 작가는 선비, 간난 등의 인물을 통해 여성의 개인적 경험을 넘어 식민지 시대 노동의 한 축을 담당했던 여성 노동자들의 집단적 경험에 주목하여 식민 시기 노동소설의 젠더적 전유라는 뚜렷한 문학사적 성과를 이뤘다.

1930년대 전반 여성 작가의 희곡 작품이 전무하다시피 한 상황에서 박화성은 상연을 전제로 하지 않은 희곡 「찾은 봄·잃은 봄」(1934)을 창작했다. 이 희곡 역시 목포 인근 농촌을 배경으로 여성, 청년, 아동의 빈곤 문제를 '팔려 가는 딸들'을 모티프로 제시했다. 작품은 팔려 가는 딸인 금죽이 연인이었던 용주의 제안으로 도망쳐, 공장 노동자로 존재 이전을 결심하는 것으로 끝난다. 이 희곡에서도 소설에서와 마찬가지로 일제강점기 하층민 여성의 삶을 통해 여성이 처한 문제가 경제적 궁핍과 계급 갈등에서 기인한다는 점을 명확히 한다. 가중되는 빚으로 더 이상의 탈출구가 없는 상태에서 첩이나 성매매와 같은 성적 교환의 대상으로 딸을 내놓는 것은 전근대적인 가부장제 이데올로기, 성과 자본의 문제가 중층적으로 얽혀 있는 상황과 관련이 있다. 이 희곡은 사회주의를 지향하는 남녀의 동반자적 사랑과 금죽이 택한 도시 노동자의 삶을 해결책으로 제시하여 사회주의리얼리즘의 낙관적 전망을 문학적으로 구현했다.

이처럼 1930년대 전반기 여성문학은 하층계급 여성, 노동자 여성, 구여성의 삶을 사실적으로 형상화하고, 개인의 각성과 계몽이 아닌 사회주의에서 변혁의 가능성을 모색했다는 점에서 이전 시기와 확실하게 구별된다. 사회주의자 여성, 노동자 여성의 등장과 리얼리즘의 젠더적 전유는 근대 여성문학 형성기인 1930년대 전반의 문학이 남긴 뚜렷한 성과이다.

성찰적 여성 지식인의 등장, 여성성의 분화

1930년대 중반 이후 신여성의 물질적·향락적 삶을 비판하고 여성의 역할을 근대적 교양을 갖춘 현모양처에 할당하는 이른바 '현대 여성' 담론이 등장했다. 남성 중심의 사회는 신여성을 비판하고 타자화하면서 또 한편으로는 모성과 가정성(domesticity)의 범주를 국가까지 확대하는 '총후 부인'이나 '군국의 어머니'라는 표상으로 여성을 식민화했다.

이 장에서는 노골적으로 여성(성)과 모성성을 동원하고 통제했던 1945년 이전까지 작품을 살펴본다. 이 시기에는 지배 담론이 요구한 여성성을 수용하면서도 그 안에서 성찰과 균열을 시도하며 여성 작가로서의 위치를 얻고자 한 면면이 드러난다. 1930년대 중후반 여성문학장에서는 이른바 '신여성의 귀환'으로 볼 수 있는 모종의 변화가 일어난다. 이 경향을 '성찰적 여성 지식인의 등장'과

'여성성의 분화分化'로 명명할 수 있다. 사랑과 결혼 제도를 성찰적 지성으로 해부하는 지식인 여성, 민족 · 계급 · 사회주의 등의 거대 담론과 거리를 취하면서 여성성 · 모성성의 경험이나 윤리를 보여주는 작품, 여성의 역할을 받아들이고 가정성의 역할을 안정적으로 수행하는 듯 가장假裝하면서 남성(성)의 권위를 비판하거나 희화화하는 작품이 이 유형에 해당한다.

최정희의 「지맥」(1939), 지하련의 「산길」(1942), 임옥인의 「후처기」(1940)는 지식인 여성의 내면을 섬세하게 포착하는 소설이다. 1920년대에 자유연애를 꿈꾸고 남녀동등의 사상을 향유하는 '신여성'이었던 이 여성들은 결혼 후 사별하거나 이혼을 하거나 남편이 아닌 다른 남성에게 사랑의 감정을 느낀다. 그런데 이 남성들에게는 이미 법적인 결혼 제도로 묶인 아내가 있다.(「지맥」, 「산길」) 때문에 당시 결혼 제도를 위반하는 이들은 제도와 욕망 사이에서 내적 갈등을 겪거나 사회적 통념 때문에 고통받는다.

지하련의 「산길」에는 한때 친구였으나 남편을 사이에 두고 갈등하는 (혹은 갈등해야 할) 두 여성이 주 초점 인물로 등장한다. 순재가 남편의 연인인 연희를 대하는 태도, 사회 통념상 부도덕한 연애를 하는 연희가 순재를 대하는 태도는 일반 독자의 기대 지평을 벗어난다. 연애나 불륜을 통속적으로 그리거나 한 남자를 두고 두 여성이 대립하지 않는다. 오히려 이런 '제도 밖' 연애 내지 사랑에서 빚어진 문제를 윤리적으로 숙고하는 주체가 바로 여성이다. 작품은 이런 성찰적 여성 주체와 상반된 태도를 취하는 남편을 비판적으로 그린다. 남편은 여성들의 연애를 '분별없는', 미성숙한 것으로 치부하며 자신의 부도덕성을 감추려 한다. 소설의 마지막에서 순재가 연적인 연희를 총명하고 아름답다고 칭하는 이유는 남편과 달리 연희는 사랑이라는 감정에 충실하고, 그 감정을 드러내기를 꺼리지 않기 때문이다. 두 여자는 증오나 질투로 연결되지 않고, 상대방의 감정과 주체적인 판단을 인정하고 아름다움을 발견한다. 이는 이들이 '제도가 강제하는 윤리'와 '사적인 욕망과 감정'을 깊이 성찰한 데 기인한다.

최정희의 '삼맥' 연작의 첫 번째 작품인 「지맥」에서 주인공 은영은 동경 유학까지 했던 지식인 여성으로, 사회주의 이상을 함께 할 남자를 남편으로 선택한다. 그런데 법적인 아내가 있었던 그가 죽자 은영은 정실이 아니라는 이유로 아무런 법적·제도적 보호를 받지 못하는 "제2부인" "등록 없는 아내요 어머니"(286쪽)가 된다. 소설은 근대 법체계와 남성 중심의 제도에서 여성에게만 법적 제약과 도덕적 비난을 가하는 현실을 냉엄하게 그리지만 이 문제를 공론화하기보다 모성애와 이성애 사이에서 갈등하는 여성이 어떤 행로를 택하는가에 초점을 맞춘다. 은영은 사랑을 갈구하며 은영의 아이를 입적시키겠다는 상훈의 제안을 거절하고 "괴로우면서도 그대로 제 앞에 던져진 운명과 싸워 가며 사는"(330쪽) 길을 택한다. 그녀는 아이들을 "잘 성장시키는 것이 내게 던져진 운명이요, 내가 벗어나지 않을 지상의 궤도"(336쪽)라고 말한다. 소설 제목과도 관련이 있는 '지상의 궤도'는 모성의 길을 가겠다는 다짐이다. 하지만 「지맥」의 결말만 놓고 모성의 윤리가 여성의 이성애적 욕망을 압도하는 것으로 해석할 수는 없다. 가령 욕망을 버리고 종교에 의탁하겠다 결심했으면서도 불안해하고 자신에 대한 환멸의 감정을 가지거나, 상훈의 편지를 받고 느끼는 기쁨이나 섹슈얼리티의 감각으로 드러나는 은영의 갈등은 모성애의 윤리로 환수되지 않는 잉여로서의 여성적 욕망을 의미한다. 모성애와 이성애, 윤리와 욕망 사이의 갈등은 「지맥」 전체를 관통하는 서사적 동력으로서 은영이 제2부인인 기생 부용이처럼 체념하거나 하순이처럼 열정과 사랑을 좇는 인물이 아닌 자신의 존재 조건의 심연을 끊임없이 응시하는 지적인 존재이기 때문에 가능했다. '지상의 길'이라는 그녀의 선택을 주어진 모성성에 순응한 것으로 비판하거나 여류의 글쓰기로 특화하는 것을 경계해야 하는 이유이다.

신여성-지식인 여성들은 보살핌과 배려, 타자를 위한 윤리, 모성성과 같은 지배 담론이 규정하는 여성성의 범주를 배반하며, 신여성에 대한 1930년대 중후반의 부정적 인식과 담론에도 저항한다. 임옥인의 「후처기」에서 여학교 교원이자 전문학교를 나온 '나'는 피아노를 갖춘 '신가정', 즉 현대 여성이 욕망하는 '스위트홈'을 갖기 위해 후처 자리를 마다하지 않는다. 물질이나 외모가 부족한 이 신여성은 스위트홈이라는 자신의 이상과 욕망을 충족하기 위해 재취 자리, 전실 자식이라는 결함 있는 조건과 교환한다. 아직도 전처를 잊지 못하는 남편의 냉담함과 아이를 포함한 전처 가족의 배척은 나의 자존감과 욕망을 꺾지 못한다. 감정을 훼손하지 않고 오히려 자신의 내면을 단단하게 다지는 '나'의 자기 충족적인 자아는 유일한 '내 것'이라고 여기는 아이를 임신하면서 스위트홈이라는 목표를 이루기 위해 '현모양처' 역할을 연기하는 가면 쓰기 전략을 택한다.

한편 위의 작품들과는 달리 신여성이 아닌 '구여성'을 초점 인물로 설정하여 남성 중심의 지식과 법을 비판한 소설도 있다. 이선희의 「도장」(1937)은 근대 법체계를 잘 알고 있는 남편의 영악한 논리에 넘어가 이혼 도장을 찍는 구여성 '맏동서'의 사연을 그린다. 남편이 바람이 나 집을 나간 채 집요하게 이혼을 요구하지만, 맏동서는 자신이 '민적'에 등재된 본처이기 때문에 법적 지위를 제도적으로 보장해 주는 '도장'만 찍지 않으면 된다고 생각한다. 하지만 도장을 찍어도 이 집에 있을 수 있다고 말한 남편을 믿었던 그녀는 결국 도장을 내놓고 배신당한다. 근대 가족법이 여성의 지위를 보장해 주는 듯하지만, 여전히 이중혼이 용인되는 가부장제 사회에서 법과 지식을 운용할 줄 아는 남성과 그렇지 못한 여성 사이에 위계가 존재할 수밖에 없음을 이 작품은 폭로하고 있는 것이다.

1930년대 중후반 여성문학의 다양한 분기 중 한 축으로 주목할 만한 작품은 임화가 '순 통속소설'의 확립이라고 평가한 김말봉의 『찔레꽃』(1937)이다. 『찔레꽃』의 '안정순'은 당시 지배 담론(남성-제국-식민지 자본)이 요구하는 완벽한 여성성을 갖춘 듯하다. 그녀는 교육받은 신여성이면서도 아버지의 병원비와 가족의 생계를 위해 가정교사로서의 역할뿐만 아니라 가정주부 비슷한 역할까지 해낸다. 결혼을 약속했던 애인 이민수와 고용주인 조만호의 아들 조경구의 의심과 오해에 따른 시련을 육체적·정신적 순수함으로 이겨 내고, 결국 도덕적 보상을 받는 스토리는 여주인공이 잘못된 사랑과 결혼, 세대 간 마찰과 인습의 편협함, 가부장적 이데올로기에 자기를 희생하면서도 결국 이겨 내는 멜로드라마의 공식을 충실히 따른다. 당대 독자들에게 현실의 고통을 잊게 하고 심리적 위안을 선사한 데 그쳤다는 부정적 평가에도 불구하고 이 소설의 통속성 이면에 감춰진 의미를 적극적으로 재평가할 필요가 있다. 통속소설과 멜로드라마의 공식을 '여성' 중심으로 재정위한다면 이 소설은 안정순뿐 아니라 여러 악인형 여성들이 펼치는 욕망의 드라마로 읽을 수 있다. 조만호의 정실 자리와 돈을 욕망했던 기생 옥란은 그녀의 욕망이 좌절되자 복수심에 살인을 감행하고, 침모 박 씨는 자기 딸을 조만호의 후실로 들이고자 정순으로 가장시켜 술 취한 조만호의 방에 들여보내고 결국 딸의 죽음을 맞게 된다. 이 여성들의 욕망은 돈과 신분 상승에의 의지에서 비롯된 것이다. 비록 이들의 욕망은 실패로 끝났지만 착한 여자 이야기의 이면을 뚫고 나오는 악한 여자들의 탐욕과 분노의 감정, 그로부터 비롯된 악행은 식민지 자본주의의 모순을 예리하게 드러낸다. 정순 역시 '찔레꽃'의 흰색으로 상징되는 도덕적 순결과 아름다운 외모를 통해 구애하는 두 남자 민수와 경구를 조율함으로써 원하는 바를 성취한다. 소설의 열린 결말을 정순과 경구의 결합이라고 읽는다면 말이다. 그러므로 이 소설은 여성 수난사가 아닌 여성들의 욕망의 드라마로, 남성-가부장-식민 상태의 불안정성에 균열을 내는 텍스트로 읽을 수 있다.

당시 남성 중심의 문학장과 경합하면서 여성성에 대한 성찰과 비판적 전유, 통속성으로 리얼리즘에서 분기해 갔던 여성문학 형성기의 다양한 양상은 소설과 같은 산문 양식에 국한된 것이었다. 1930년대는 한국 시문학사에서 다양한 경향의 시인들이 대거 등장해 현대시의 정체성을 탐구하고 현대시학을 정립한 시기로 평가받는다. 모더니즘, 이미지즘, 전통주의 등 다양한 경향들이 공존했던 당시 시단의 지배적 경향과는 달리 1930년대 여성 시는 '감상성'으로 수렴되는 단일한 특성을 띤다고 평가되어 왔다. "섬세한 어떤 때는 아주 야생적인 '리리시즘'"[2], "안가安家의 감상주의"[3], "센티멘털리즘의 과잉"[4]과 같은 평가가 그것이다. 1920년대 낭만주의·감상

---

2   김기림, 「모윤숙 씨의 '리리시즘' 시집 『빛나는 地域지역』을 읽고」, 《조선일보》, 1933년 10월 29~30일.

3   임화, 「1933년 조선문학의 제 경향과 전망」, 《조선일보》, 1934년 1월 7일.

주의는 근대 시의 출발과 형성을 이룬 핵심 정조였다. 이후 우리 문학사에서 감상주의는 여성적인 것으로 정의되었고, 이 젠더화된 정의가 자리 잡은 시기가 1930년대였음은 널리 알려진 사실이다. 지성의 추구와 감정의 절제를 모토로 한 1930년대 시단에서 감상성·감상주의는 주변적이고 열등한 정서로 여겨졌다. 하지만 모윤숙과 노천명으로 대표되는 1930년대 여성 시인들의 시 세계를 감상주의가 아닌 다른 경로로 읽어 볼 수 있다. 가부장제·민족주의·식민주의에 동의하는 여성성과 주어진 젠더 체계를 허무는 시도들이 공존하고 서로 경합하는 양상을 중심으로 읽는다면 1930년대 중후반 여성소설의 특성과 연결되는 지점이 보인다.

　　모윤숙은 첫 시집 『빛나는 지역』(1933)에서 민족주의와 이른바 여성적 정조를 결합한 상상력을 펼쳐 보인다. 그중 「조선의 딸」은 시인의 정체성과 주제 의식을 단적으로 드러낸 시이다. 정신분석학에서 말하는 대타자에 가까운 '그'는 음성(1연) → 손(2연) → 얼굴(3연) → 어깨(4연) 순의 육체성을 띤 존재로 '나'의 감각을 일깨운다. '나'-자신에게 속삭이는 '그'의 목소리는 대개 시의 주체를 각성시키는 계몽적 목소리이지만, 위와 같은 육체성 때문에 감각성을 띤다. 이를 여성적 글쓰기의 특성으로 보아도 좋을 것이다. 그 목소리는 '나'를 조선-여성의 대표자로 호명한다. 특히 "너는 조선의 딸이 아니냐"고 묻고, "인생의 전부는 사랑이 아니라"고 말하는 '그'의 목소리는 개인의 사랑이 아닌, 민족애로 나를 호명한다. 장정심의 「행주치마」(1934)는 조선적인 것을 여성적 제재와 연관 지어 시화한다. 「행주치마」 1연에서 시적 화자는 해진 '행주치마'에 임진왜란이라

4　　백철, 『조선선문학사 조사』(1947, 백양당), 341쪽.

시대 개관

는 국가적 위기에서 여성들이 함께 나라를 구한 사연을 담는다. 반면 2연 '오늘의 앞치마'는 "한심한 살림살이", "눈물받이"와 같은 시어에서 드러나듯 1연의 과거와 대비해 부정적인 것으로 의미화된다. 3연에서 '오늘의 앞치마'가 아닌 "열정"과 "충심"으로 가득한 과거의 '행주치마'를 소환함으로써 가정-사적 영역이 아닌 국가-공적 영역이 필요로 하는 여성성이 무엇인지 의도를 명확하게 드러낸다. 요컨대 '행주치마'는 국가나 민족을 위해 싸우는 여성을 의미한다는 점에서 모윤숙의 시와 유사하다. 1930년대 여성 시의 한 축이 국가주의 모성(성) 및 여성(성)에 있었음을 알 수 있다.

반면 노천명의 시적 주체는 여성 주체의 복잡한 내면을 드러낼 뿐 아니라 「남사당」(1940)에서처럼 여성과 남성의 성차를 넘나들기도 한다. 첫 시집 『산호림』(1938)에 수록된 「자화상」에서 시의 화자는 자신의 육체를 키, 얼굴, 인상, 눈썹, 눈, 머릿결, 몸, 입 등을 따라가며 상세히 묘사한다. 1연부터 3연까지 "몹시 차 보이는 얼굴", "가냘픈 몸", "꼭 다문 입"이라는 외양을 묘사하는 시어의 계열체는 "조그마한 거리낌에도 밤잠을 못 자고 괴로워 하는 성격", "무디지 못한 성격", "구부러지기가 어려운 성격"과 각각 연결되면서 예민하고 고독한 시인의 초상을 부조해 낸다. 이처럼 「자화상」은 시적 화자의 시선의 이동을 통해 육체를 감각적·시각적으로 형상화하며 말해질 수 없는 혹은 말하기 힘든 내면성을 효과적으로 드러낸다. 「남사당」에서 시적 화자는 남성-남사당이자 복장 도착자로서 "얼굴에 분을 하고/ 삼단 같은 머리를 따 내리는", "다홍치마를 두르고" 향단이-여성을 연기한다. 이 시적 화자는 사회적으로 하층민에 속하는 유랑 예능 집단의 일원이자 남성 중에서도 성적 위계에서 열등한 위치인 여성의 역할을 맡은 자이다. 이중의 타자성을 지닌 존재인 것이다. 시적 화자는 "내 남성이 십분 굴욕되다"라고 자학하면서도 한편으로는 "집시의 피"처럼 자유로운 존재로, 자신의 떠남을 "슬픔과 기쁨이 섞여" 있는 복합적인 것으로 표현한다. 즉 이 시는 젠더가 고정적이거나 본질적인 것이 아니라 수행적이라는 '젠더 수행성'을 실천하는 셈이다.

사회가 추인한 여성성을 통해 민족-국가를 대표 재현하려 했던 모윤숙과 장정심부터 자신의 육체와 내면을 객관적이지만 감각적으로 드러내는 주체(「자화상」)와 젠더 수행성을 실천한 주체(「남사당」)를 보여 준 노천명까지 1930년대 여성 시는 단일한 여성성으로 환원할 수 없는 복잡한 양상을 띠었다. 1930년대 여성 시단을 단순히 감상주의라는 획일적 척도로 평가해서 안 되는 이유이다.

여성문학 형성기의 문학사적 의의

남성 중심의 질서에 균열을 내거나 비판하는 지식인 여성, 성찰 혹은 연기演技하는 여성이라는 1930년대 중후반 작가들의 글쓰기 경향에 대해 사회주의자 여성 평론가 임순득은 '여류 문학/작가'와 '부인 문학/작가'를 구별하며 비판했다. 임순득은 남성 평론가들이 명명한 '여류 작가'라는 말 대신에 '부인 작가'라는 용어를 사용한다. 「여류 작가의 지위 ─ 특히 작가 이전에 대하여」(1937)에서 "부인 작가들은 여류 작가에로 전락하였을 뿐만 아니라 여류 작가인 것에 안주지를 발견한 듯이" 보인다고 하면서 1937년 출간된 『현대조선여류작가선집』에 실린 작품들이 "미미한 것 조그마한 것, 너무나 도도한 사회의 물결로부터 벗어난 강변의 어여쁜 조약돌만이 취재되어"(455쪽) 있다고 말한다. 남성 중심의 문학장이 여성 작가의 고유한 자질로 범주화하고 승인한 여성성, 여성적 글쓰기에는 사회 현실이 탈각되었다고 비판하는 것이다.

하지만 사회주의와 여성주의의 결합을 꾀했던 임순득의 비판을 전면 수용할 수는 없다. 앞서 서술했듯이 1930년대 여성 작가들이 보여 준 지식인 여성의 연애나 결혼 제도에 대한 성찰과 같은 사적 영역에 대한 탐구는 1920년대 여성 작가들이 핵심 주제로 다룬 자유연애, 근대-여성 주체의 욕망과 제도 간의 갈등과 계보적으로 연결되는 것으로 보고 재평가해야 한다.

1930년대는 여성문학이 식민 현실을 젠더의 시각을 통해 본격적으로 그려 낸 시기였다. 난민이나 유민이 된 여성의 고통스러운 삶을 공감과 연대의 윤리로 포착하는가 하면 남성 중심의 가족 로망스와 윤리를 내파內破했다. 남성 중심의 문학장이 여성에게 부과한 '여성적' 글쓰기라는 틀과 '여성성'의 개념을 영리하게 전유해 여성성, 여성적 글쓰기가 고정된 것이 아니라 해석자와 가치 부여자에 따라 유동적이고 정치적으로 해석될 수 있음을 보여 주었다. 이처럼 1930년대는 '주의자' 여성부터 여성성을 연기하는 여성까지, 민족 혹은 집단의 '대표자' 여성부터 민중 여성까지, 신여성부터 구여성까지 포괄하면서 근대와 전근대, 계급과 민족 그리고 성이 착종하고 교차하는 식민 현실을 풍부하게 담아낸 여성문학 형성기로 자리매김했다.

김양선

김일엽(金一葉·1896~1971)

김일엽은 본명 김원주로 1896년 평안남도 용강군에서 목사였던 아버지 김용겸과 어머니 이마대의 장녀로 태어났다. 1904년 용강의 구세학교에 입학해 윤심덕과 교유했고, 1906년 진남포의 삼숭보통학교에 입학하고 1909년 어머니가 별세한다. 1910년경 이화학당에 입학한 후 졸업한 1914년경에는 아버지마저 별세했다. 이후 연희전문학교 교수이던 이노익과 결혼했으나 사랑과 이해가 없는 결혼으로 고통받았다. 입센과 엘런 케이의 사상에 공명하면서 1920년 나혜석, 박인덕 등과 한국 최초의 여성 잡지 《신여자》를 창간했지만 경영난으로 《신여자》 4호 발간 후 폐간되었다. 1921년 일본 영화학교에서 유학하며 오타 세이조를 만나 아들 김태신을 낳았으나 김일엽은 이에 대해 인정하지 않았다. 1922년 이노익과 이혼하고 1923년경부터 임노월과 함께 지내며 여성해방에 대한 인식을 담은 글을 적극적으로 발표했다. 1923년 수덕사에서 만공선사의 법문을 듣고 발심하여 1928년 서울 선학원에서 만공선사에게 수계를 받았다. 1933년 입산수도를 시작한 이후 수필집 『어느 수도인의 회상』(1960), 『청춘을 불사르고』(1962) 등을 간행하며 주목받았다. 1967년에는 이광수의 『이차돈의 사』를 포교 법극으로 각색했다. 1971년 별세 후 1974년 유고집 『미래세가 다하고 남도록』이 간행되었다.

첫 소설 「계시」(1920)는 짧은 글로 김일엽 문학의 핵심인 '자아'라는 주제를 보여 준다. 「어느 소녀의 사」(1920)를 비롯한 일련의 소설은 서간체를 통해 여성 화자의 내면을 드러냈다. 서간체 형식을 활용한 대표작 「자각」(1926)은 남편의 외도로 자신의 처지를 자각하는 구여성을 주인공으로 삼아 여성의 자아실현을 형상화했다. 김일엽은 논설 「먼저 현상을 타파하라」(1920) 등에서도 여성의 해방과 개조를 주창했다. 「우리의 이상」(1924), 「나의 정조관」(1927)에서는 육체성을 배제한 '신정조론'을 제시했는데 이는 '유심론'의 맥락에서 이해되기도 했다. 후기 수필집 『청춘을 불사르고』에서는 김명순과의 삼각관계로 이목을 끌었던 임노월을 수신자로 한 「무심을 배우는 길」에서 선불교의 사상을 '무심無心' 개념으로 풀어냈다. "B 씨에게 제일언"이라는 부제를 붙인 백성욱에게 보내는 글 「청춘을 불사르고」에서는 자신의 과거를 재서사화하여 자기 구원의 의미를 펼쳐 보였다.

김일엽은 시나 소설보다는 수필과 논설 장르에서 두각을 보였기 때문에 그간 문학사에서 주목받지 못했다. 그러나 첫 세대 신여성의 공통적 특징이기도 한 다양한 장르의 글쓰기는 문학·비문학, 정론적 글쓰기·문학적 글쓰기의 경계를 허무는 차원에서 새롭게 평가되기도 했다. 이처럼 김일엽은 나혜석, 김명순과 더불어 한국 여성문학의 첫 세대일 뿐 아니라 그가 주도한 《신여자》는 여성 편집진에 의해 여성 필자들의 글쓰기로 여성의 목소리를 담은 첫 매체로서 의의를 가진다. 또한 《불교》의 주요 필자로 수준 높은 종교 문학의 가능성도 열어 보였다.

남은혜

나의 노래

나는 노래를 부름니다

듯는이만 幸福행복될님이 가르치신 그노래를부름니다

뭇사람이 慾心욕심때문에울부짓는거리에서 나홀로목청껏부름
니다

그러나 사람들이 써드는잡소리에눌닌 나의노래는흐린날에

연긔처럼 엉—기다가 슬어짐니다

더구나世俗세속에 맛지안는 나의노래가 그들의反響반향을 엇쎠
케바라겟음닛까

밋싸진항아리에 물길어붓는女人여인과도갓치

그래도그래도 피나게 부를쑨임니다

永劫영겁에 흐르는 비ㅅ물이땅을 적시고도남어 바다를채우듯이

世世生生세세생생에 끄님업시 부르는나의노래는 大氣대기에차고
도남어

三千大千世界삼천대천세계에넘칠테지오

그쌔나의노래는 막는귀ㅅ틈으로까지 스사로슴여들게될테

지오

—《조선일보》, 1933년 1월 30일

나혜석(羅惠錫·1896~1948)

　　정월晶月 나혜석은 1896년 수원에서 아버지 나기정과 어머니 최시의 사이의 5남매 중 넷째로 태어났다. 나기정은 자녀를 모두 일본에 유학시킨 수원의 개명 관료였다. 1913년 진명여학교를 최우등으로 졸업하고 도쿄 사립여자미술학교에서 서양화를 공부했다. 《학지광》에 평론 「이상적 부인」(1914)을 발표 후 여러 매체에 문학 작품들을 발표하고《매일신보》에 만평을 연재했다. 여성의 시각에서 연말연시의 풍속을 보여 준 이 작품은 최초의 페미니스트 만평으로 평가된다. 1918년 미술학교 졸업 후 귀국해 정신여학교의 미술 교사로 재직했다. 1919년 삼일운동과 관련해 체포되어 5개월간 옥고를 치른 후 1920년 김우영과 결혼했다. 나혜석은 신혼여행에서 전 애인 최승구의 비를 세워 화제를 모았다. '신여자'와 '폐허'의 동인이었던 나혜석은 첫 딸 임신 당시 도일하여 미술에 매진했고, 1921년 경성일보사 내청각에서 첫 유화 개인 전람회를 개최했다. 1922년부터 매해 조선미술전람회에 출품해 수상했고, 1931년에는 도쿄의 제국미술원전람회에서 입선했다. 1927년에는 만주 안동현의 부영사였던 남편과 구미 여행을 떠났다. 유럽과 미국에서 미술 공부를 하고 1929년에 귀국했다. 1930년대에는 이혼, 최린을 상대로 한 정조 유린 위자료 청구 소송으로 가족과 사회에서 고립되었다. 1937년부터 방랑 생활을 시작해 김일엽이 있던 수덕사 근처 수

덕여관에서 기거했으나 재기하지 못하고 1948년 시립 자제원 무연고자 병동에서 외롭게 생을 마감했다.

한국 근대문학 첫 세대 여성 작가인 나혜석은 화가, 독립운동가, 여성해방사상가로 돌올한 삶을 살았다. 나혜석의 대표작이자 1910년대 문학의 대표작 소설 「경희」(1918)는 일본 유학생 경희의 번민과 각오를 통해 자각한 신여성을 성공적으로 형상화했다. 1921년 시 「인형의 가」를 발표하고, 「노라」를 작사한 데서 입센의 희곡 「인형의 집」 '노라'에 공명했던 신여성 나혜석의 내면이 드러난다. 다양한 여성 주체를 통해 그들의 억압된 처지를 고발한 소설 「회생한 손녀에게」(1918), 「원한」(1926), 「현숙」(1936)과 달리, 수필과 논설에서는 자신의 상황과 목소리를 가감없이 드러냈다. 「모 된 감상기」(1923)에서 모성이 본능이 아니라는 점을 역설하며 논쟁을 일으켰고, 「이혼고백장」(1934)을 통해 여성에게만 희생을 강요하는 도덕과 제도를 비판했다.

첫 세대 신여성으로서 굴곡진 삶으로만 알려졌다가 여성문학 연구자들에 의해 작품이 발굴되면서, 당대 여성들의 억압과 고뇌를 담아낸 작가로서 나혜석의 가치가 제대로 평가받기 시작했다. 1917년 《여자계》 창간호에 발표된 단편 「부부」는 한국 여성 작가의 첫 소설이고, 1930년대 창작되었으나 간행되지 못한 「김명애」는 자전적인 내용을 담은 나혜석의 유일한 장편소설이지만 해당 작품을 확인할 수는 없다. 이 작품들이 발견될 경우 한국 여성문학사의 상당 부분이 다시 쓰일 것이다.

남은혜

離婚告白狀이혼고백장[1]
── 靑邱氏청구씨에게

나이四十五十사십오십에갓가왓고 專門敎育전문교육을밧앗고 남들의容易용이히할수업는 歐米漫遊구미만유를하엿고 坐後輩후배를指導지도할만한 處地처지에잇서서 그人格인격을統一통일치못하고 그生活생활을統一통일치못한거슨 두사람自身자신은勿論물론 붓그러워할뿐아니라 一般社會일반사회에對대하여서도 面目면목이업스며 붓그럽고謝罪사죄하는바외다

靑邱氏청구씨!

난생처음으로當당하는 이衝擊충격은 넘오傷處상처가甚심하고 致命的치명적입니다

悲嘆비탄, 慟哭통곡, 焦燥초조, 煩悶번민──邇來이래이一切일절의軌路궤로에서 生생의彷徨방황을하면서一便일편으로 深淵심연의밋바닥에던진氏씨를 나는다시 靑邱氏청구씨──하고부릅니다

---

1 이 글은《삼천리》1934년 8월호에는 「이혼고백장」으로 9월호에는 「이혼고백서」로 제목을 달리하여 연재되었다. 부제에 있는 청구靑邱는 김우영의 아호이다.

나혜석

靑邱氏청구씨! 하고부르는내눈에는 눈물이굿득차집니다 이거슬 世上세상은나를「弱者약자야」하고 불를가요?

날마다當당하고지내든 氏씨와나사이는깁히理解이해하고 知悉지실하고自負자부하든우리사이가 夢想몽상에도生覺생각지안튼 傷處상처의運命운명의經驗경험을 얻어케現實현실의 事實사실노알수가잇스릿가.

모다가 꿈 모다가惡夢악몽 지난悲劇비극을 나는일부러 이러케 부르고십흔거시 나의거짓업는眞情진정입니다

「善良선량한남편」 적어도 당신과나샤이에過去生活軌路과거생활궤로에나타나는 姿勢자세가 아니오닛가「善良선량한남편」 事件以來사건이래 얼마나不定부정하려하엿스나 結局결국그러한姿勢자세가 只今지금傷處상처를밧은내가슴속에 蘇生소생하는 靑邱氏청구씨입니다

事件以來사건이래 打擊타격을밧은내가슴속에는 氏씨와나샤이 夫婦生活부부생활十一年십일년동안의印象인상과追憶추억이明滅명멸해짐니다 모든거세 무엇하나나조곰도不滿불만과 不平불평과 不安불안이 업섯든것아님니가 氏씨의日常일상의어느한가지나 妻처인내게不審불심이나不快불쾌를가진아모것로 업섯든것아님니가?저녁째면 辭退時間사퇴시간에쏙쏙도라오지아니하엿스며[2] 내게나 어린애들에게 慈愛자애잇는微笑미소를씌는氏씨이엿습니다 煙草연초는小量소량으로피우나 酒量주량은조곰도업섯습니다 이意味의미로보면 氏씨는世上세상에듬은「善良선량한남편」이라고아니할수업나이다 그런남편인만치 나는氏씨를信任신임아니할수업섯나이다 아니쏙信任신임하였섯습니다 그러한氏씨가슴은半面반면에 무서운斷決性단결성 慘酷참혹한 唾棄性타기성이包含포함해잇슬줄이야 누가꿈엔들 生覺생각하엿스리가 나

---

2 '돌아왔으며'의 의미로 추정.

를反者반자할만한 나를 懺悔참회할만한 寸分촌분의틈과寸分촌분의餘裕여유도주지아니한氏씨가아니엿습닛가 어리석은 나는그래도或혹 용서를밧을가하고哀乞伏乞애걸복걸하지아니하엿는가

　未曾有미증유의 不祥事불상사 世上세상에모든信用신용을일코 모든 公憤批難공분비난을 밧으며 父母親戚부모친척의버림을밧고 옛조흔親舊친구를일흔나는勿論不幸물론불행하려니와 이거슬斷行단행한氏씨에게도 悲嘆비탄, 絶望절망이不少불소할거십니다 오직나는荒野황야에헤매고 闇夜암야에空寞공막을바라고 自失자실하여할쑨입니다

　썰니는 두손에畫筆화필과 파렛트를들고 暗黑암흑을向향하야가는거신가 그러치안으면 光茫광망의瞬間순간을求구함인가 넘으크고 넘어重중한傷處상처의衝擊충격을밧은내게는 刻々각각으로切迫절박한 쓸々한 生命생명의부르지짐을듯고 울고씨러지는衝動충동으로가삼이터지는것갓사외다

　우리두사람의結婚결혼은「거짓結婚결혼」이엿섯나 或혹은 彼此피차에理解이해와사랑으로 結合결합하면서그生活생활에 흐름을싸라 우리結婚결혼은「거짓3)의岐路기로에써러진거시아니엿는가 나는구타라우리結婚결혼 우리生活생활을「거짓」이라고 하고십지안소 그거슨임의結婚當時결혼당시에 모든準備준비 모든誓約서약이成立성립되여 잇섯고 임의그거슬 다實行실행하여온싸닭임니다

　靑邱氏청구씨!

　光明광명과暗黑암흑을 다일은나는 이空虛공허한自失狀態자실상태에서 停止정지하고서서한번더仔細자세히內省내성할必要필요가잇다고 生覺생각함니다 이와갓치念頭염두하난이만치 나는悲痛비통한覺悟각

3　기호 'ㄴ' 누락.

오의 압해서잇습니다 世上세상의 모든 嘲笑조소, 叱責질책을 甘受감수하면서 이 十字架십자가를등지고 默々묵묵히나아가랴하나이다 光明광명인지暗黑암흑인지모르는忍從인종과 絶對的苦悶절대적고민밋헤흐르는 조용한生命생명의 속삭임을드르면서한번더甦生소생으로向향하야 行進행진을 繼續계속할決心결심이외다

約婚약혼 까지의 來歷내력

발서 옛날내가十九歲십구세되엿슬째일이외다 約婚약혼하엿든愛人애인이 肺病폐병으로死去사거하엿습니다 그째내가슴의傷處상처는 甚심하야 一時發狂일시발광이되엿고 連연하야 神經衰弱신경쇠약이 漫性만성에達달하엿섯습니다 그해여름放學방학에 東京동경에서나는歸鄕귀향하엿섯나이다 그째우리男兄남형을차자 나를보러 兼々겸겸하야 우리집사랑에 손님으로온이가氏씨이엿습니다 氏씨는그째 喪妻상처한지임의三年삼년이되든해라 매오孤獨고독한째이엿습니다 나는사랑에서 족하딸과놀다가 氏씨과싹마조첫습니다 이機會기회를타서男兄남형이인사를식혔습니다 氏씨는몃칠後후京城경성으로가서 내게長札장찰을보내엿습니다 卒直졸직[4]하고 熱情열정으로써잇섯습니다 爲先위선自己자기環境환경과 心身심신의孤獨고독으로 娶妻취처하여야겟고 그相對者상대자가되여주기를 바란다는거시엿사외다 나는勿論물론答답하지아니햇습니다 내게는 그만한마음의餘裕여유가업섯든거시외다 두번째편지가쏘왓습니다 나는간단히답장을하엿습니다 몃

---

4 '率直솔직'의 오기.

칠後후에 그난쪼나려왓습니다 패이나풀과 果實과실을사가지고 나는 이번에는 보지아니엿습니다 氏씨는 本鄕본향으로내려가면서 東京동경갈쌔편지하여달나고하엿습니다 그後후내가東京동경을갈쌔 無意識的무의식적으로 葉書엽서를하엿습니다 밤中중大阪대판을지날쌔 왼四方사방帽子모자쓴學生학생이 인사를하엿습니다 나는알아보지를 못하였든거시외다 京都경도까지갓치와서 나는 同行동행四五人사오인이 잇서 直行직행하엿습니다 東京동경東大久保동대구보에서 同行동행과갓치自炊生活자취생활을할쌔이외다 氏씨는土産토산ハツ橋하츠바시를사들고차자왓습니다 氏씨는東京帝大동경제대靑年會청년회雄辯大會웅변대회에 演士연사로왓섯습니다 낫에는반드시 내冊床책상에서草稿초고를 해가지고 저녁쌔면도라가서 반드시편지를하엿습니다 어느날밤 도라갈쌔이엿습니다 電車停留場전차정류장에서 내가 손을내밀엇습니다 氏씨는쓰겁게握手악수를하고 因인하야 갓가온수풀노가자고하더니 거긔서 하나님씍感謝감사하다는 祈禱기도를올니엇습니다 이와갓치 氏씨의片紙편지 氏씨의말 氏씨의行動행동은 理性이성을超越초월한感情감정뿐이엿고 熱열뿐이엿사외다 나는이熱열을밧을쌔마다깃벗섯습니다 不知不覺中부지불각중 그熱열속에 녹아드러가는感감이生생겻나이다 이와갓치 氏씨는京都경도 나는東京동경에잇스면서 一日일일에 一次式일차식올 나오기도하고 或혹散步산보하다가巡査순사에게主意주의도밧고 或혹쏘토를타고 一日일일의愉快유쾌함을지낸일도잇고 雪景설경을차자 旅行여행한 일도잇섯습니다 이러케六年間육년간쓰는동안 氏씨는몃번이나 婚姻혼인을督促독촉한일이잇섯습니다 그러나 나는 斷行단행하고십지아니하엿습니다 그는무엇보다 남이알수업난 마음한편구석에남은 傷處상처의자리가 아직암을지아니하엿슴이오 하나는氏씨의사랑이理性이성을超越초월한이만치 無條件的무조건적사

랑 即즉異姓本能이성본능에 지나지아닌사랑이오 나라는一個性일개성
에對대한 理解이해가잇슬가하는 疑心의심이生생긴것이외다 그리하야
本能的본능적사랑이라할진대 나外외에다른女性여성이라도 無關무관
할거시오 何必하필 나를要求요구할必要필요가업슬듯 生覺생각든거시
엿슴니다 全人類전인류中중 何必하필너는나를求구하고 나는너를짝지
으랴하는대는 네가내게업서々는아니되고 내가네게업서々는아니
될 무엇하나를 차자엇지못하는以上이상 그結婚生活결혼생활은永久영
구치못할거시오 幸福행복지못하리라난거슬 나는일즉이 깨다랏든거
시엿슴니다 그러타고 나는그를놋키실혓고 氏씨는나를 놋치아니하
엿슴니다 다만 斷行단행을못할싸름이엿슴니다 그리다가 兩便양편親
戚친척들의勸誘권유와밋自己責任上자기책임상 擇日택일을하야 結婚결혼
한것엇슴니다 그째내가要求요구하는條件조건은 이러하얏슴니다

　　一生일생을두고 只今지금과갓치나를사랑해주시오
　　그림그리는거슬妨害방해하지마시오
　　시어머니와 前室전실쌀과는 別居별거케 하여주시오
　　氏씨는 無條件무조건하고應諾응낙하엿슴니다
　　나의要求요구하는대로新婚旅行신혼여행으로窮村僻山궁촌벽산에
잇는 죽은愛人애인의墓묘를차자주엇고 石碑석비까지세워준거슨 내
一生일생을두고 잇치지못할 事實사실이외다 如何여하튼 氏씨는나를
全生命전생명으로사랑하엿든거슨 確實확실한事實사실일거십니다

十一年間십일년간夫婦生活부부생활

京城경성서三年間삼년간 安東縣안동현에서六年間육년간 東萊동래

46

에서 一年間일년간 歐米구미에서 一年半일년반동안 夫婦生活부부생활을
하는동안 쌀하나아들셋 所生소생四男妹사남매를엇게되엿습니다 辯
護士변호사로 外交官외교관으로 遊覽客유람객으로 아들工夫공부로父부
로 畵家화가로 妻처로母모로 며누리로이生活생활에서 저生活생활로 저
生活생활에서 이生活생활노 생충々々쒸는 生活생활을하게되엿습니
다 經濟上경제상裕餘여유하얏고 하고저하는바를다해왓고努力노력한
바가 다成就성취되엿습니다 이만하면 幸福행복스러운生活생활이라고
할만하엿습니다 氏씨의性格성격은어대까지든지理智이지를쎠난 感情
的감정적이어서 一寸일촌의압길을預想예상치못하엿습니다 나는좀더
社會人사회인으로 主婦주부로사람답게 잘살고십헛습니다 그리함에
는經濟경제도必要필요하고 時間시간도必要필요하고 努力노력도必要필
요하고 勤勉근면도 必要필요하엿습니다 不敏불민한點점이不少불소하엿
스나 動機동기는사람답게 잘살자는건방진理想이상이 쑤리가쌔여지
지안는 까닭이엿습니다 험으로[5] 夫婦間부부간衝突충돌이 生생긴뒤반
드시 아해가하나式식 生생겻습니다

主婦주부로서 畵家生活화가생활

　　내가出品출품한作品작품이 特選특선이되고入賞입상이될째 氏씨는
나와쪽갓치깃버해주엇습니다 모든사람은 나의게남편잘둔德덕이라
고 稱頌칭송이자々하엿습니다 나는滿足만족하엿고 깃벗섯나이다
　　周圍주위사람밋남편의 理解이해도必要필요하거니와 理解이해하

5　'덤으로'의 오기.

47

도록하는거시 必要필요하외다 모든거세 出發點출발점은 다 自我자아에 게잇는거시외다 한집살님사리를 敏捷민첩하게해노코 남은 時間시간 을 利用이용하는거슬 反對반대할사람은 업슬거시외다 나는 決결코 家 事가사를범연히하고 그림을그려온일은 업섯습니다 내몸에 비단옷 을입어본일이업섯고 一分일분이라도 노라본일이업섯습니다 그럼으 로 내게 第一제일 貴重귀중한거시 돈과 時間시간이엿습니다 只今지금 生 覺생각건대 내게서 家庭가정의 幸福행복을가저간 者자는 내 藝術예술이 아닌가십습니다 그러나 이 藝術예술이업고는 感情감정을 幸福행복하게 해줄아모것이업섯든 싸닭입니다

歐米漫遊구미만유

歐米漫遊구미만유를 向향하게해준 後援者후원자中중에는 氏씨의 成 功성공을비는거슨 勿論물론이오 나의 成功성공을 비는 者자도 잇섯습니 다 그리하야 우리의 歐米漫遊구미만유는 意外의외에 쉬운일이엇습니 다 사람은하나를더보면더본이만치 自己生活자기생활이 伸張신장해지 난거시오 豊富풍부해지난거시외다 漫遊만유한 後후에 氏씨는 政治觀정 치관이 生생기고 나는 人生觀인생관이 多少다소 定頓정돈이되엿노이다
一일, 사람은엇어케살아야조흘가 東洋동양사람이 西洋서양을 憧 憬동경하고 西洋人서양인의 生活생활을부러워하는 反面반면에 西洋서양 을가보면 그들은 東洋동양을 憧憬동경하고 東洋동양사람의 生活생활을 부러워합니다 그러면누구든지 自己生活자기생활에 滿足만족하는 者자 는업사외다 오직그마음하나먹기에달닌것쑌이외다 돈을만히벌고 知識지식을만히쌋고 事業사업을만히하는 中중에 要領요령을 獲得획득하

48

야 그마음에 滿足만족을늣기게되는거시외다 即즉사람과事物사물사
이에 神신의往來왕래를볼새뿐滿足만족을늣기게되난거시외다 二이,
夫婦間부부간에엇더케하면 和合화합하게살수잇슬가 一個性일개성과
他個性타개성이合합한以上이상 自己자기만固執고집할수업난거시외다
다만克己극기를잇지마는거시 要點요점입니다 그러고夫婦生活부부생
활에는 三時期삼시기가잇난것갓사외다 第一제일 戀愛時期연애시기의새
에는 相對者상대자의缺點결점이보일餘暇여가업시 長處장처만보입니다
다善化선화 美化미화할싸름입니다 第二제이 倦怠時期권태시기 結婚결혼
하야 三四年삼사년이되도록 子女자녀가生생하야 倦怠권태를잇게아니
한다면 倦怠症권태증이甚심하여집니다 相對者상대자의缺點결점이 눈
에쎄우고 실증이나기시작됨니다 統計통계를보면 이새 結婚결혼[6]數
수가 가장만습니다 第三제삼 理解時期이해시기 임의 夫부나妻처가彼此
피차에缺點결점을알고 長處장처도아는동안 情誼정의가깁허지고 새로
온사랑이生생겨 그缺點결점을 눈감아내리고 그長處장처를助長조장하
고십흘거시외다 夫婦부부사이가이쯤되면 무슨障碍物장애물이잇든지
써날수업게될거시외다 이에비로소 美미와善선이나타나는거시오 夫
婦生活부부생활의意義의의가잇슬거십니다 三삼, 毆米구미女子여자의地
位지위는엇더한가 毆米구미의一般精神일반정신은클것보다 적은거슬
尊重존중히역임니다 强강한것보다 弱약한거슬 잇겨줌니다 어느會合
회합에든지 女子여자업시는中心點중심점이업고 氣分기분이調和조화되
지못합니다 一社會일사회에主人公주인공이오 一家庭일가정에女王여왕
이오 一個人일개인의主體주체이외다 그거슨所謂소위크고 强강한男子
남자가 擁護옹호함으로뿐아니라 女子여자自體자체가 그만치偉大위대한

6 '離婚이혼'의 오기.

魅力매력을가짐이오 神祕性신비성을가진거심니다 그럼으로새삼스러이 平等평등自由자유를 要求요구할거시아니라 本來본래平等평등自由자유가俱存구존해잇는거시외다 우리東洋女子동양여자는 그거슬오직自覺자각치못한것뿐이외다 우리女性여성의힘은 偉大위대한거시외다 文明문명해지면해질사록 그文明문명을支配지배할者자는 오직우리女性여성들이외다 四사, 其外외의要點요점은무어신가쎗상이다 그쎗상은 輪郭윤곽쑨의意味의미가아니라 칼나卽즉色彩색채 하모니卽즉調子조자를 兼用겸용한것이외다 그럼으로쎗상이確實확실하게한모델을 能히그릴수잇난거시 及其一生급기일생의일이되고맘니다 無識무식하나마 以上이상四個사개問題문제를多少다소解決해결하게되엿습니다 그럼으로나의生活생활目錄목록이 只今지금붓허展開전개되난듯십헛고 出發點출발점이일노부터되리라고 生覺생각하엿습니다 따라서理想이상도크고 具體的구체적考案고안도잇섯습니다 何如間하여간前道전도를 無限무한이樂觀낙관하엿스나 果然과연엇더한結果결과를 맺게되엿는지 스스로 붓그러워마지안는바외다

시어머니와시누이의對立的대립적生活생활

結婚後결혼후一年間일년간 시어머니와同居동거하다가 철업시사러가는 젊은內外내외에將來장래를 保障보장하기爲위하야 故鄉고향인 東萊동래로내려가서 집을작만하고 每朔매삭보내난돈을 節約절약하야 쌍마지기를작만하고게섯습니다 그의오직所願소원은아들며누리가 늘게 故鄉고향에도라와親戚친척들을울을삼고 살나함이오 自己자기가 分々錢々분분전전이모은財産재산을 아버지업시길니운아들에게 遺産

유산하는거시외다 그리하여 이財産재산이란거슨 三人삼인이合同합동
하야 모은거시외다 (얼마되지안으나) 한사람은벌고 한사람은節約절
약하야보내고 한사람은모아서 산거시외다 그리하야 두집살님이 물
샐틈업시쌔이고 滋味자미스러윗사외다 이러케和樂화락한家庭가정에
波亂파란을일으키는일이生겻사외다

　　우리가 歐美漫遊구미만유하고도라온지 一朔일삭만에 셋재偲三
寸시삼촌이 他地方타지방에서農事농사짓든거슬집어치고 一分일분準備
준비업시 長足下장족하되는 큰宅댁即즉우리를밋고故鄕고향을차자도라
온거시외다 어안이 벙々한지 몃칠이못되어 둘재偲三寸시삼촌이 쏘
다섯食口식구를데리고왓슴니다 歸家後귀가후就職취직도아니된쌔라
도읍지도못하고 보자니싹하고 實실노亂處난처한處地처지이엿사외다
할수업시 三寸삼촌두분은一年間일년간아래방에뫼시고 四寸사촌들은
다各々각각就職취직케하였슴니다 이러고보니 近親間근친간自然자연적
은말이늘어지고 업난말이生생기々시작하게되엿고 큰事件사건은 朝
夕조석이업는 四寸사촌아들을 아모豫算예산업시 高等學校고등학교에入
學입학을식이고 그學資학자는 우리가맛게된거시외다

　　漫遊만유後후에 感想談감상담드르러 京鄕경향各處각처로붓혀오는
知人식인親舊친구를待接대접하기에도 넉々치못하엿다 업는거슬잇는
체하고지내난거슨虛榮허영이나 出世출세方針上방침상避피치못할社交
사교이엿사외다 이거슬理解이해해줄 그들이아니엿사외다 나는不得
已부득이 남편이就職취직할동안一年間일년간만 停學정학하여달나고要
求요구하엿사외다 三寸삼촌은大發怒發대발노발하엿사외다 이러자니
돈이업고 저러자니인심일코 實실로엇절길이업섯나이다

　　쌔에氏씨는 外務省외무성에서 總督府事務官총독부사무관으로 가라
난거슬 실타하고電報전보를 두번이나 拒絶거절하고 (官吏관리하라고)

51

固執고집을부려 辯護士변호사開業개업을시작하고 京城경성어느旅館客
여관객이되여서입분妓生기생 돈만흔갈보들의 誘惑유혹을밧으면서 내
가某氏모씨에게보낸片紙편지가口實구실이되여 이料理요리집 저親舊
친구에게離婚意思이혼의사를公開공개하며다니든째이엿습니다 動機동
기에아모罪죄업는나는 方今방금서울에離婚說이혼설이 公開공개된줄도
모르고氏씨의분을더돗앗스니「一寸일촌의 압길을 헤아리지못하는
이千痴천치바보야 나종일을 엇지하랴고 學資학자를써맛핫느냐」하
엿사외다

　　우리집살님사리에 間接간접으로全權전권을가진者자가잇스니 即
즉 시누이외다 모든일에 시어머니에 코취노릇을 할뿐아니라 심지어
서울서온손님과 海雲臺해운대를갓다오면 내일은반드시 시어머니가
업는 돈을박々글거서라 갓다옵니다 모다가 내不德부덕의所産소산이
라하겟스나 남보다만히보다 남보다만히배운나로서 人情인정인들 남
만못하랴마는 우리의이逆境역경에서 이러나기에는 아모餘裕여유가
업섯든까닭이엿사외다

　　내가歐美漫遊구미만유에서 도라오난길에 여러親戚친척親舊친구
들에게 土産物토산물을多少다소 샤가지고왓습니다 그러나시어머니
와 시누이며 其外기외近親근친에게는사가지고오지아니하엿습니다
이는내가 放心방심하엿다는것보다 그들에게適當적당한物件물건이업
섯든거시외다 本國본국와서 사드리려고한거시 흐지부지한거시외다
佛蘭西불란서에서오는짐두짝이모다포스타와 繪葉書회엽서와 레콧트
와畫具화구쑨인거슬볼쌔 그들은섭々히역이고비우슨거시외다 實실
노사는世上세상은갓흐나 마음세상이달느고하니 苦고로온일이만핫
습니다 일노因인하야 시어머니와 시누이에感情감정이 말하지안는中
중에 間隔간격이生생긴거시외다

氏씨의 同腹男妹동복남매가 三男妹삼남매이다 누이둘이잇스니 하나는 千痴천치요 하나는 只今지금말하는시누이니 過度과도히 쏙々하야 빈틈업시일 處理처리를하는女子여자외다 靑春청춘寡婦과부로 再嫁재가하엿스나 一點일점血肉혈육업시 어대서나아온쌀하나를 金枝玉葉금지옥엽으로養育양육할뿐이오 남은情정은 어머니와 오래비에쏫으니 錢々分分전전분분이모은돈도 오래비를 爲위함이라 그리하야 될수잇는대로 오래비와 故鄕고향에서갓가이살다가 餘生여생을맛치려함이엇사외다 어느째내가 「나는東萊동래가실혀요 암만해도서울가서살아야겟서요」하엿사외다 以上이상에여러가지를모아오래비댁은 어머니씌 不孝불효오 親戚친척에 不睦불목이오 故鄕고향을실혀하는 달쓴사람이라고 結論결론이된거시외다 이거시어느機會기회에나타나 離婚說이혼설에 補助보조가될줄 하나님外외에 누가알앗스랴 果然과연좁은女子여자의感情감정이란무서운거시오 그거슬짐작지못하고 넘어가는男子남자는限한업시어리석은거시외다

一家庭일가정에主婦주부가둘이어서 시어머니는 내살님이라하고 며누리는싸로 預算예산이잇고 시누이가干涉간섭을하고 살님하는마누라가 쐬사실을하고前後左右전후좌우에는 兄弟親戚형제친척이와글와글하니 多情다정치도못하고 약지도못하고 돈도업고 方針방침도업고 나이도어리고 舊習구습에단연도업는 一個主婦일개주부의處地처지가亂處난처하엿사외다 사람은外形외형은갓흐나 그內幕내막이얼마나 複雜복잡하며 理性이성外외에 感情감정의움지김이얼마나 얼키설키얽매엿는가

C와關係^{관계}

C의名聲^{명성}은 일즉붓허드럿스나 初對面^{초대면}하기는 巴里^{파리}이엇사외다 그를對接^{대접}하랴고 料理^{요리}를하고잇는나에게 「안녕합쇼」하는初^초인사는 有心^{유심}이도힘이잇는말이엇사외다 以來^{이래}夫君^{부군}은獨逸^{독일}노가서잇고 C와나는佛語^{불어}를모르난關係上^{관계상}通辯^{통변}을두고언제든지三人^{삼인}이同伴^{동반}하야 食堂^{식당}, 劇場^{극장}, 船遊^{선유}市外^{시외}求景^{구경}을 다니며놀앗사외다 그리하야 過去之事^{과거지사}, 現時事^{현시사}, 將來之事^{장래지사}를 論^논하는中^중에 共鳴^{공명}되는 點^점이 만핫고 서로理解^{이해}하게되엿사외다 그는伊太利^{이태리}求景^{구경}을하고 나보다몬저巴里^{파리}를써나 獨逸^{독일}로갓사외다 其後^{기후}콜논에서 다시맛낫사외다 내가그째이런말을하엿나이다 「나는 公^공을 사랑합니다 그러나 내남편과離婚^{이혼}은아니하랴ㅁ니다」그는내등을쑥々쑤듸리며 「과연당신의할말이오 나는그말에만족하오」하엿사외다 나는 제네바에서 어느故國親舊^{고국친구}에게 「다른男子^{남자}나 女子^{여자}와조와지내면 反面^{반면}으로 自己^{자기}남편이나 안해와 더잘지낼수잇지요」하엿습니다 그는 共鳴^{공명}하엿습니다 이와갓흔生覺^{생각}이잇는거슨 必竟^{필경}自己^{자기}가自己^{자기}를속이고마는거신줄은모르나 나는決^결코 내남편을속이고 다른男子^{남자} 卽^즉C를사랑하랴고하는거슨아니엇나이다 오히려男便^{남편}에게 情^정이두터워지리라고밋엇사외다 毆米^{구미}一般^{일반}男女^{남녀}夫婦^{부부}사이에 이러한公然^{공연}한秘密^{비밀}이잇는거슬보고 쏘잇난거시當然^{당연}한일이오 中心^{중심}되는本夫^{본부}나 本妻^{본처}를엇지안는範圍內^{범위내}에 行動^{행동}은 罪^죄도아니오 失守^{실수}도아니라 가장進步^{진보}된사람에게 맛당히잇서야만할 感情^{감정}이라고生覺^{생각}합니다 그럼으로 이러한事實^{사실}을判明^{판명}

할째는 우서두는거시 수요 일부러 일홈을지을 必要필요가업는거시
외다 썬발잔이生覺생각납니다 어린족하들이 배곱하서못견대는거슬
참아볼수업서서 이웃집에가 쌍한조각집은거시 原因원인으로 前後전
후十九年십구년이나 監獄出入감옥출입을하게되엿사외다 그動機동기는
얼마나아람다윗든가 道德도덕이잇고 法律법률이잇서 그의 良心양심을
속이지아니하엿는가 原因원인과結果결과가싸로々々 나지아니하난가
이道德도덕과法律법률노하야 怨痛원통한죽음이 오작만흐며 怨恨원한
을품은者자가 얼마나잇슬가

家運가운은逆境역경에

所謂소위官吏관리生活생활할째 多少다소餘裕여유잇든거슨 故鄕고
향에집짓고 쌍사고 毆米漫遊구미만유時시 二萬餘圓이만여원을썻스며
恩賜金은사금으로二千圓이천원밧은거시 辯護士변호사開業費用개업비용
에다드러가고 收入수입은一分일분업고 不景氣불경기는 날노甚酷심혹해
젓슴니다 아모 方針방침업서 내가職業戰線직업전선에 나서난수밧게
업시되엿사외다 그러나運命운명의魔마는 이길싸지 막고잇섯습니다
歸國後귀국후八個月팔개월만에 心身過勞심신과로로하야衰弱쇠약해젓슴
니다 그리고 내舞臺무대는 京城경성이외다 經濟上경제상關係관계로 서
울에살님을차릴수업게되엿사외다 쏘어린것들을 써나고살님을제
치고 써날수업사외다 쏨작못하게 危機위기切迫절박한가온대서 마음
만조리고잇슬쑨이엇나이다 萬一만일이째젓먹이어린것만업고 就職
취직만되어 生計생계를할수잇섯드면 우리의압혜 이러한悲劇비극이
가로걸치지를아니할거시외다 이째일이엇사외다 所謂소위片紙事件

55

편지사건이외다 나를도아줄사람은 C밧게업슬뿐이엿사외다 그리하야무어슬 하나經營경영해보랴고 좀내려오라고한거시외다 그러고다시차자사괴기를바란다고 한거시외다 그거시中間중간惡漢輩악한배들의 誤傳오전으로「내 平生평생을 당신에게맛기오」가되여 氏씨의大怒대노를산거시외다 나의말을밋는다는것보다 그들의말을밋을만치夫婦부부의情誼정의는기우러젓고 氏씨의마음은變변하기를시작하엿사외다

朝鮮조선에도 生存競爭생존경쟁이 甚심하고 弱肉强食약육강식이 甚심하여젓슴니다 게다가남의잘못되난거슬 잘되난것보다조와하는심사를 가진사람들이라 임의氏씨의입으로 離婚이혼을宣傳선전해노코 片紙事件편지사건이잇고하야 일업시남의말노만從事종사하는 惡漢輩악한배들은 그싸짓게집을데리고사너냐고하고 천치바보라하야 치욕을加가하엿다 그中중에는有力유력한코취자 구릅이三四人삼사인잇서々 所謂소위思想家的사상가적見地견지로보아 나를혼자살도록해보고십흔 好奇心호기심으로 離婚이혼을强勸강권하고 後補者후보자를엇어주고前後전후考案고안을숨여주엇나이다 그들의心思심사에는 一家庭일가정의破裂파열 어린이들의 前道전도를同情동정하는人情味인정미보다 離婚後이혼후에 나와C의關係관계가엇지되는가를求景구경하고십헛고 억세고줄기찬 한게집년의前道전도가 慘酷참혹이되난거슬演劇연극求景구경갓치하고십흔거사엇사외다 自己자기의幸福행복은 自己자기밧게모르는同時동시에 自己자기의不幸불행도 自己자기밧게모르는거시외다 이사람 저사람에게離婚이혼의意思의사를무러보고 十年間십년간同居동거하든옛날愛妻애처의缺點결점을發露발로식히난것도 普通보통사람의行爲행위라할수업거니와 해라해라하는추김에놀아 決心결심이굿어저가는것도 普通보통사람의行爲행위라할수업는거시외다

如何間여하간 氏씨의一家일가가悲運비운에處처한同時동시에 氏씨一身일신의逆境역경이 絶頂절정에達달하엿사외다 事件사건이잇스나 돈업서々 着手착수치못하고 旅館여관에잇서三四朔삼사삭宿泊料숙박료를 못내니 朝夕조석으로主人주인對대할面目면목업고 社會사회側측에서는 離婚說이혼설노 批難비난이자々하니 行勢행세할體面체면업고性格上성격상으로判斷力판단력이不足부족하니 事物사물에躊躇주저되고 氏씨의兩양쌤쪄가불숙나오도록말느고 눈이쑥드러가도록 밤에잠을못자고 煩悶번민하엿사외다 氏씨는잠아니오난밤에 곰々이生覺생각하엿사외다 爲先위선嫉妬질투에바처오르는忿분함은 얼골을붉게하엿사외다 그러고自己자기가 自己자기를生覺생각하고 쏘世上세상맛을본結果결과 돈벌기처럼 어려운거시업는줄알앗사외다 安東縣안동현時節시절에濫用남용하든거시 後悔후회나고 안해가그림그리랴고 畫具화구산거시 앗가워젓나이다 사람의마음은마치 배도대를 바람을씨여달면 바람을싸라다라나는것갓치 그根本근본生覺생각을 다난대로모든生覺생각은 다그便편으로向향하야 다라나는거시외다 氏씨가그러케生覺생각할사록 一時일시도그女子여자를自己자기안해名義명의로두고 십지안은感情감정이불과갓치이러낫사외다 同時동시에그는 自己자기親舊친구一人일인이妓生기생서방으로놀고 便편히먹는거슬보앗사외다 이것도自己자기逆境역경에서 다시살니는한方策방책으로生覺생각햇슬째 離婚說이혼설이公開공개되니 여긔저긔 돈잇는갈보들이 後補후보되기를 請願청원하는者자가만하 그中중에서하나를 取취하엿든거시외다 째는안해에게離婚請求이혼청구를하고 萬一만일承諾승락치아니면 姦通罪간통죄로告訴고소를하겟다고 威脅위협을하는째이엇사외다 아아, 男性남성은平時평시無事무사할째는 女性여성의밧치는愛情애정을 充分충분이享樂향락하면서 한번法律법률이라든가 體面체면이란 形式的형

식적束縛속박을밧으면 昨日작일까지의放恣방자하고享樂향락하든 自己
자기몸을 도리켜今日금일의君子군자가되여 점잔을쌔는卑怯者비겁자요
橫暴者횡포자가아닌가 우리女性여성은 모다이러나男性남성을呪咀주저
하고저하노라

離婚이혼

나는아해들을다리고 東萊동래잇섯슬째외다 京城경성에잇는氏씨
가到着도착한다는電報전보가왓습니다 나는大門대문밧까지出迎영하
엿사외다 氏씨는나를보고 反目不見반목불견으로실즉합니다 그의顔
色안색은蒼白창백하엿고 눈은 □러[7]갓섯나이다 나는깜작 □낫[8]사외
다 그러고무슨不祥事불상사가잇는듯하야 가삼이두군거렷나이다 氏
씨는거는방으로가더니 나를부릅니다
　　「여보 이리좀오」
　　나는건너갓사외다 아모말업시그의 눈치만보고안젓섯사외다
　　「여보 우리離婚이혼합시다」
　　「그게무슨소리요 별안간에」
　　「당신이C에게 편지하지안앗소」
　　「햇소」
　　「「내平生평생을바치오」 하고 편지 안햇소?」
　　「그러치아니햇소」

7　'올러'로 추정.
8　'놀낫'으로 추정.

「왜그짓말을해 何如間하여간離婚이혼해」

그는 부등々々 내장속에느엇든重要文書중요문서及급保險券보험권을쓰내서 各其각기논하가지고 안방으로가서 自己자기어머니에게 맹김니다

「얘 고모어머니오시래라 三寸삼촌오시래라」

未久미구에하나式식둘式식모혀드럿슴니다

「나는리혼을하겟소이다」

「얘 그게무슨소리냐 어린것들은 엇재고」

어제京城경성서 미리온편지를 보고 病席병석처럼하고누어잇든 시어머니난 만류하엿사외다

「어그사람쓸대업는소리」

兄형은말하엿사외다

「형님 그게무슨소리요」

「서방질하난것하고 엇지살아요」

一同일동은 잠々 하였다

「리혼못하게하면 나는죽겟소」

이째一同일동은 머리를한데모고 소곤소곤하엿소이다 시누이가 주장이되여 일이決定결정되나이다

「네마음대로하라 어머니에게도不孝불효요 친척에게도불목이란다」

나는 座中좌중에쒸여드럿슴니다

「하고섭흐면 합세다 이러니저러니 여러말할것도업고 업는허물을잡어낼것도업소 그러나이집은내가짓고 그림판돈도드럿고 돈버는대혼자버럿다고도할수업스니 全財産전재산을 半分반분합세다」

「이財産재산은 내財産재산이아니다 다어머니것이다」

59

「누구는 산송장인줄아오 주기실탄말이지」

「罪_죄잇는게집이 무슨썬々으로」

「罪_죄가무슨罪_죄야 맨드니罪_죄지!」

「이것만줄거시니 팔아가지고가거라」

氏_씨는논문서한장 約五百圓_{약오백원}假量_{가량}價格_{가격}되난거슬내 어준다

「이싸위것을 가질내가아니다」

氏_씨는京城_{경성}으로간다고이러선다 그길노 누의집으로가서 議論_{의논}하고갓사외다

나는밤에잠을일우지못하고 곰々 生覺_{생각}하엿사외다

「아니다 아니다 내가謝罪_{사죄}할거시다 그리고내動機_{동기}가惡_악 한거시아니엿다난거슬말하자 일이커저서는 滋味_{자미}업다 어린것들 의前程_{전정}을보아 내가屈_굴하자」

나는不然_{불연}듯 京城_{경성}을向_향하엿사외다 旅館_{여관}으로가서 그 를맛나보앗사외다

「모든거슬 내가잘못하엿소 動機_{동기}만은決_결코 惡_악한거시아 니엿소」

「지금와서이게무슨소리랴 어서도장이나찍어」

「어린자식돌은 엇지하겟소」

「내가잘길느겟스니걱정마러」

「그래지맙세다 당신과 내힘으로못살겟거든 우리宗敎_{종교}를잘 밋어宗敎_{종교}의힘으로삽세다 예수는萬人_{만인}의罪_죄를代身_{대신}하야 十字架_{십자가}에못박히지 아니했소?」

「듯기실혀」

나는눈물이낫스나 속으로우섯다 世上_{세상}을그러케빗두로 얼켜

맬거시무어신가 한번男子_{남자}답게 썰々 우서두면 萬事無事_{만사무사}히
되난것아닌가 나는氏_씨가 搖之不動_{요지부동}할거슬 알앗사외다 나는
某氏_{모씨}에게로다라낫사외다

「옵바 離婚_{이혼}을하자니엇절가요」

「하지 네가고생을아직몰누니가고생을좀해보아야지」

「저는子息_{자식}들前程_{전정}을보아 못하겟서요」

「에렌케이말에도 不和_{불화}한 夫婦_{부부}사이에길느는子息_{자식}보
다 離婚_{이혼}하고새家庭_{가정}에서 길느는子息_{자식}이 良好_{양호}하다지아
니햇는가」

「그거슨 理論_{이론}에지나지못해요 母性愛_{모성애}는尊貴_{존귀}하고
偉大_{위대}한거시니까요 母性愛_{모성애}를일는에미도不幸_{불행}하거니와
母性愛_{모성애}에길니지못하는子息_{자식}도不幸_{불행}하외다 이거슬아는
以上_{이상}나는離婚_{이혼}은못하겟서요 옵바仲裁_{중재}를 식혀주세요」

「그러면 只今_{지금}붓허 絶對_{절대}로 賢母良妻_{현모양처}가되겟는가」

「只今_{지금}까지 내스스로 賢_현모良妻_{양처}아니된일이업스나 氏_씨
가要求_{요구}하는대로하지요」

「그러면 내仲裁_{중재}해보지」

某氏_{모씨}는 電話機_{전화기}를들어 社長_{사장}과營業局長_{영업국장}에게
電話_{전화}를거럿사외다 仲裁_{중재}를식히는자는말이엇사외다 電話_{전화}
答_답이왓사외다 타협될希望_{희망}이업스니斷念_{단념}하라하나이다 某氏
_{모씨}는

하지 해 그만치 要求_{요구}하난거슬안드를必要_{필요}가무엇잇나 氏
_씨는小說家_{소설가}인이만치 人生_{인생}內面_{내면}에苦痛_{고통}보다 事件進行
_{사건진행}에好奇心_{호기심}을 가진거시엇사외다 나는여긔서도 滿足_{만족}을
엇지못하고도라왓나이다 그날밤 旅館_{여관}에서 잠이아니와서 업치

61

락뒤치락할째 사랑에서는 妓生기생을불너다가 興흥이냐 興흥이냐놀
며 째々로썰々웃는소리가 숨여드러왓나이다 이어이한矛盾모순이냐
相對者상대자의 不品行불품행을論논할진대自己自身자기자신이 淸白청백
할거시當然당연한일이거든 男子남자라는名目下명목하에異姓이성과놀
고자도關係관계업다는 堂堂당당한權利권리를가젓스니 社會制度사회제
도도 制度제도려니와 沒常識몰상식한態度태도에는 우숨이나왓나이다
마치어린애들作亂작란모양으로 너그러니 나도이래겟다는行動행동
에지내지아니햇사외다 人生生活인생생활의內幕내막의複雜복잡한거슬
일즉이 直接직접經驗경험도못하고 能능히 想像상상도못하는 氏씨의일
이라 未久미구에後悔후회날거슬짐작하나 임에妓生기생愛人애인에熱
中열중하고 지난일을口實구실음아 離婚이혼主張주장을固執不通고집불통
하는대야 氏씨의마음을 도리키게할 아모方針방침이업섯사외다

　나는不得已부득이 東萊동래를向향하야써낫사외다 奉天봉천으로
다라날가 日本일본으로다라날가 요곱이만넘기면無事무사하리라고
確信확신하는바이엿사외다 그러나 不幸불행이내手中수중에는 그만한
旅費여비가업섯든거시외다 苦痛고통에못견대서 大邱대구에서나렷사
외다 Y氏씨집을차자가니 반가워하며演劇場연극장으로 料理요리집으
로 술도먹고담배도피여 그夫人부인과三人삼인이날을새엿사외다 氏
씨는사위엇을걱정을하며 人材인재를求구해달나고합니다 나만아는
내苦痛고통은 쉴새업시 내마음속에 돌고돌고빙빙돌고잇나이다 할
수업시 東萊동래로내려갓사외다 氏씨에게서는 如前여전히二日이일에
한번式식督促독촉장이왓사외다

　「리혼장에 도장을치오 十五日內십오일내로아니치면 告訴고소하
겠소」

　내답장은 이러하엿사외다

남남끼리 合합하난것도 當然당연한理治이치요 써나는것도 當然
당연한理治이치나 우리는서로써나지못할條件조건이 네가지가잇소 一
일은 八十팔십老母노모가게시니 不孝불효요 二이는 子息자식四男妹사남매
요 學齡兒童학령아동인만치 保護보호해야할거시오 三삼은 一家庭일가정
은夫婦부부의共同生活공동생활인만치 生産생산도共同공동으로되엿을
뿐아니라 分離분리케되는同時동시는 맛당히 一家일가가二家이가되는
生計생계가잇서아할거시오 이거슬마련해주는거시 사람으로서의義
務의무가아닐가하오 四사는우□[9]年齡연령이 經驗경험으로보든지 時
機시기로보든지 純情순정即즉사랑으로만산다는것보다 理解이해와義
의로 사라야할것이오 내가임의謝過사과하엿고 내動機동기가 專전[10]혀
惡악으로되□[11]이아니오 坐氏씨의要求요구대로賢妻良母현처양모가되
리라고 하엿사외다

氏씨의답장은 이러하엿사외다

「나는 過去과거와將來장래를生覺생각하는사람이아니오 現在현재
로만살아갈뿐이오 정말子息자식이못잇겠다면 離婚後이혼후子息자식
들과同居동거해도조코 前전과쪽갓치지내도無關무관하오」

나를 쇠이는말인지 離婚이혼의始末시말이엇지되는지 亦是역시沒
常識몰상식한말이엇사외다 해달나아니해주겟다하는동안이 거의 한
달동안이되엇나이다 하로는 停學정학식혀달나고한三寸삼촌이怒心
노심을품고 압장을시고 시숙들 시누이들이모여 내게 肉迫육박하엿사
외다

「잘못햇다는표로 도장을찍어라그뒤일은 우리가 다무사이맨

9   '우리'로 추정.
10   '솔젼'의 오기.
11   '된 것'으로 추정.

드를거시니」

「婚姻혼인할째도 두사람이한일이니까 離婚이혼도두사람이할터이니 걱정들마시고가시오」

나는 밤에한잠못자고생각하엿사외다

일은임의틀녓다 게집이生생겻고親戚친척이同議동의하고한일을 혼자아니하랴도쓸대업난일이다 나는문듯이러한方針방침을生覺생각하고 誓約書서약서두장을썻습니다

誓約書서약서

夫부〇〇〇과妻처〇〇〇은 滿二個年만이개년동안 再嫁재가 又우는 再娶재취치안키로하되 彼此피차에行動행동을보아 復舊복구할수가잇기로誓約서약함.

　右우 夫부 〇〇〇 印인

　　妻처 〇〇〇 印인

仲裁중재를식히려 上京상경하엿든 偲叔시숙[12]이圖章도장을찍어가지고 내려왓나이다 그는이러케말하엿나이다

「여보 아주머니찍어줍시다 그싸짓종이가말하오 子息자식이四男妹사남매나잇스니 이집에對대한權利권리야어대가겟소 그리고兄형님도말뿐이지 설마手續수속을하겟소」

엽헤안젓든 시어머니도

「그러타쑨이겟니 그러다가 病병날가보아큰걱정이다 찍어주고 저는게집엇어살거나말거나 너는나하고어린것들다리고 살자그려」

---

12 '媤叔시숙'의 오기.

64

나는속으로우섯다 그러고아니쑵고 속傷상햇다 얼는도장을쓰
내다가 주고

「우물쭈물할것 무엇있소 열번이라도 찍어주구려」

果然과연종이한장이 사람의心事심사를얻어케 움지기게하는지
預測예측치못하든일이 하나式식둘式식生생기고 쌔를따라 變변하는樣
양은 우름으로볼가 우슴으로볼가 絶對절대無抵抗主義무저항주의의態
度태도를가지고 默言中묵언중에 타임이運搬운반하는 感情감정과事物사
물을 쑥쑥참고 하나식 격거제칠쑌이엇나이다

—《삼천리》6권 8호, 1934년 8월

離婚告白書이혼고백서
── 靑邱氏청구씨에게

離婚後이혼후

H에게서 편지가 왔나이다

「K에게서電話전화가왓는대 離婚手續이혼수속을畢필하엿다고 四
方사방으로通知통지하는貌樣모양입데다 참우스운사람이오 언니는 그
런사람과離婚이혼잘햇소 싹이러서々탁々털고 나오시오」

그러나 네아해를 爲위하야 내몸하나를犧牲희생하자 나는쏨작
말고 잇슬난다 以來이래두달동안 잇섯나이다

空氣공기는一變일변하엿나이다 서울서氏씨가從々종종나려오나

나잇는집에들니지아니하고 누이집에들녀 어머니와아해들을請청해다가보고 시어머니는눈을흘기고시누이는축이고 시숙들은 우물쭈물불느고 시어머니는全權전권이되고만다 洞里동리사람들은「왜아니가누 언제가누」구경삼아말한다 아해들은 할머니가과자사탕을사주어가며 내방에서데려다잔다 이와갓치戰爭後전쟁후勝利者승리자나敗北者패배자間간과갓치 나는마치捕擄포로와갓치되엿나이다 나는 문듯이러케生覺생각햇다「네얼인것들을살닐가 내가살어야할가」이生覺생각으로三日삼일밤을 徹夜철야하엿사외다

오냐내가잇는後후에 萬物만물이生생겻다 子息자식이生생겻다 아해들아 너희들은일즉붓허逆境역경을격거라 너희는 무엇보다 사람自體자체가될거시다 사난거슨學問학문이나智識지식으로사난거시아니다 사람이라야사난거시다 짠삭크 듯룻의말에도「나는 學者학자나軍人군인을 養成양성하난것보다 먼저사람을기르노라」하엿다 내가出家출가하는날은 일곱사람이逆境역경에서헤매는날이다 그러나이러나내個性개성을爲위하야 一般女性일반여성의勝利승리를爲위하야 짐을부등々々싸가지고 出家출가길을차렷나이다

北行車북행차를탓다 어대로갈가 집도업고 父□부□[13)도업고兄弟형제도업고 子息자식도업고 親舊친구도업는 이 홀노된몸 어대로갈가 어대로갈가

京城경성에서혼자살님하고잇는오래비宅댁으로갓섯나이다 마침제사때라 奉天봉천서男兄남형이도라왓섯나이다 임의長札장찰노事件사건의始終시종을말햇거니와 이番번事件사건에 一切일절自己자기는 나서지를아니하고自己자기안해를내여보내여 타협交涉교섭한일도잇

---

13 '父母부모'로 추정.

섯나이다

「何如間하여간 當分間당분간은 奉天봉천으로 가서잇게하자」

「C를한번맛나보고 決定결정해야겟소」

「맛나보긴 무얼맛나보아」

「일이이만치되고K와絕綠절록이된以上이상C와綠녹을맷난거시 當然당연한일이아니겟소」

「別별말말어라 K가只今지금體面上체면상엇저지를못하야 그리하난거시니까 奉天봉천가서잇스면 저도生覺생각이 잇겟지」

이째두어친구는 絕對절대로서울써나는거슬反對반대하엿나이다 그는서울안에돈잇는獨身女子독신여자가만하K를誘惑유혹하고잇다는 거시엇사외다 兄형은이러케말하엿다

「다른女子여자를엇는다면 K의人格인격은다알수가잇난거시다 다運命운명에맷기고가자 가」

奉天봉천으로갓섯나이다 나는진정할수업섯나이다 勿論물론그림은그릴수업섯고 그대로消日소일할수도업섯나이다 나는내過去生活과거생활을알기爲위하야 草稿초고해두엇든 原稿원고를整理정리하엿사외다 그中중에 母性모성에對대한글 夫婦生活부부생활에對대한글 愛人애인을追憶추억하난글 自殺자살에對대한글 只今지금當당할모든거슬 預言예언한것갓치되엿나이다그리하야 前전에生覺생각하엿든바를미루어마음을修襲수습할□[14]잇섯든 거시외다 한달이 못되여 密告片紙밀고편지 왓섯나이다

「K는 녀편네를 엇엇소 아해도 다려간다하오」

아직도설마手續수속싸지하엿스랴 社會體面사회체면만免면하면

---

14 '할 수'로 추정.

和解화해가되겟지하고 밋고잇든 나는쌈작놀낫사외다 兄형이드러왓
소이다

「너 왜 밥도안먹고그리니」

「이것좀보」편지를보엿다 兄형은보고비笑소하엿다

「제가 잘못生覺생각이지 爲人위인은다알앗다 그까짓것斷念단념
해버리고 그림하고나 살어라 傑作걸작이나올지아니?」

「나는 가보아야겟소」

「어대로?」

「서울노해서東萊동래까지」

「다 씃난일을 가보면 무얼해 耻笑치소밧을쑌이지」

「그러니 사람이되고서그럴수가잇소 生活費생활비한푼아니주고
離婚이혼이무어요」

「二個月間이개월간 別居生活별거생활하자는 誓約서약은엇지된貌
樣모양이야」

「그것도 제맘대로 取消취소한거시지」

「그놈밋첫군 밋첫서」

「나는가서 生活費생활비請求청구를하겟소 아니 내가 번거슬찻
겟소」

「그러면가보되 진중히일을해야 네耻笑치소를免면한다」 나는
釜山行부산행 汽車기차를탓습니다

京城驛경성역에나리니 電報전보를밧은T가나왓습니다 T에집으
로드러가 爲先위선氏씨의旅舘主人여관주인을請청햇습니다 나는氏씨의
行動행동이氏씨혼자의行動행동이아니라 旅舘主人여관주인을 爲始위시
하야 周圍주위에잇는親舊친구들의 衝動충동인거슬안 까닭이엿나이다

「여보서요」

「예」

「친구의가정이 不幸불행한거슬조와하심니가 幸福행복된거슬
조와하심니가」

「녜 무르시난뜻을알겟습니다 넘어오해하지 마십쇼」

나는전혀몰낫더니 하로는짐을가지고 나갑데다

「나도그女子여자잘아오 멧칠살겟쇼」

T은[15]말한다

나는두어친구로同伴동반하야北米倉町북미창정氏씨의살님집을向
향하야갓섯습니다 나는 밧게섯스랴니까 氏씨가웃줄々々오더니그집
으로 드러가지아니하고 내압흘지나갑니다

「여보 茶차집에드러가 이야기좀합세다」

두사람은茶차집으로 드러갓습니다

「나살道理도리를차려주어야아니하겟소」

「내가아나 C더러살녀달내지」

「남의 걱정은말고 自己자기할일이나하소」

「나는몰라」

나는그길로府廳부청으로가서 復籍手續복적수속을무러가지고 用
紙용지를가지고 事務室사무실노 갓섯나이다

「여보 復籍복적해주오」

「이게 무슨소리야」

「지난일은 다이저바리고 更生갱생하여 삽세다 당신도破滅파멸
이오 나도破滅파멸이오두사람에게屬속한다른生命생명까지破滅파멸
이오」

15 'T는'의 오기.

「왜 그래」

「次々차차 살아보 당신苦痛고통이 내苦痛고통보다甚심하리다」

「누가 그런걱정하래」

훌적나가버린다

그잇흔날이외다 나는氏씨를차자 事務室사무실노갓사외다 氏씨는마침점심을먹으러 自宅자택으로向향하는 길이엇나이다

「茶店차점에 드러가 나하고 이야기좀합세다」

氏씨는아모말업시다름질을하야 그집門문으로쑥드러섯나이다 나도不知不覺中부지불각중드러섯나이다 뒤를쌀아房방안으로드러섯나이다. 녀편네는 시간걸네질을치다가

「누구요」한다

세사람은 마조처다보고 안젓다

「영감을 만히위해준다니고맙소 오날내가여기까지 올란거시아니라茶店차점에드러가 이야기하잿더니 그냥오기에쫏차 온거시오」

「길에서 만히보인것 갓흔대요」

「그런지도모르지요」

「내가오날온거슨이갓치 速속히씃날줄은몰낫소 己往기왕이러케된以上이상나도살道理도리를차려주워야할것아니오 그러치안으면나도이집에서살겟소인사차리지못하는사람이게 인사를차리겟소」

氏씨는 아모말업시 나가버렷나이다 나와편네와 담화가시작되엿나이다

「대체 엇어케 된일이오」

「그야내게 무를것무엇잇소 알쓸한 남편에게 다드럿겟소」

「그래 그림그리는 재조가잇스니까 살기야 걱정업겟지요」

「집행이업시 이러시는 장수가잇답데가」

「나도팔자가사나와서 두게집노릇도해보앗소마는 어린것들이 잇서 오작마음이상하릿가 어린것들을보고십흘째는어느째든지 보러오시지요」

「그야내마음대로할거시오」

「저南山남산쏙댁이 소나무가 얼마나高尙고상해보이겟소마는그 쏙댁이에올나가보면 맛찬가지로 몬지도잇고 흙도잇슬거시오」

「그말삼은내가남의妾첩으로잇다가 本妻본처로되여도일반이겟 다는말슴이지요」

「그거슨마음대로 해석하구려」

氏씨가다시드러왓나이다 세사람은다시주거니 밧거니 이야기 가 시작되엇나엿이다

이째어느친구가드러왓나이다 그는이번事件사건에 和解화해식 히려고애를쓴사람이엇나이다

「무엇들을 그래시오」

「둘이번 財産재산을 논하갓자는 말이외다」

[16]그問題문제는 내게一任일임하고 R先生선생은 나와갓치나갑세 다 가시지오」

나는더잇서야별수업슬듯하야 핑게삼아이러섯나이다. 氏씨와 저녁을먹으며 여러 이야기를하엿나이다

나는그잇흔날 東萊동래로내려갓사외다 나는機會기회를타서 네 아해를씨고바다에몸을 던질決心결심이엿나이다 내態度태도가 이상 하엿는지 시어머니와시누이는눈치를채고 아해들을 씨고듭니다 機會기회를탈냐도탈수가업섯나이다 쏘다시짐을정돈하기爲위하야

16　기호 '「' 누락.

71

노해석

잠겨두엇든장문을열엇나이다 半반이쑥들어간거슬볼째깜작놀낫나이다

「이장문을 누가겻쇠지를 햇서요」

「나는모른다 저번에아범이와서 열어보더라」

「그래 여긔잇든 물건은다엇졋서요」

「안방에 갓다두엇다」

「그것은 다 이리내노시오」

녀편네들 혀끗에놀아 장근장을겻쇠질하야 重要物品중요물품을 쓰내인 氏씨의心思심사를 밉다고할가 忿분하다고할가나는 마음을눅켜서生覺생각하엿나이다 亦是역시沒常識몰상식하고沒人情몰인정한態度태도이외다 그만치그가쓸대업시약어지고 그만치그가經濟上경제상 逼迫핍박을當당한거슬 불상이生覺생각하엿나이다 다시最後최후의出家출가를決心결심하고京城경성으로向향하엿나이다 荒茫황망한 沙漠사막에 섯는 외로은 몸이엿나이다

어대로向향할가

母性愛모성애를固守고수해보랴고 가진애를썻나이다 이点점으로보아 良心양심에붓그러울 아모것도업섯나이다

나는죽을수밧게업는사람이되고마럿나이다 죽는일은쉽사외다 한번決心결심만하면뒤는極樂극락이외다 그러고 내使命사명이무어시잇난것갓사외다 업는길을찻는거시 내힘이오 업는希望희망을맨드는거시 내힘이엿나이다

逆境역경에處처한者자의要領요령은 努力노력이외다 勤勉근면이외

72

다 煩悶번민만하고잇는동안은타임은가고 그타임은 絶望절망과破滅파멸밧게갓다주는거시업나이다 나는爲先위선帝展제전에 入選입선될希望희망을맨드럿나이다 그림을팔고 잇난거슬典當전당하야 金剛山行금강산행을하엿나이다 舊萬物相萬相亭구만물상만상정에서 一朔間일삭간지내는 동안大小品대소품二十介이십개를엇엇섯나이다 여긔서偶然우연히阿部充家아베 요시에氏씨와朴熙道박희도氏씨를맛낫사외다

「아 이게윈일이오」朴熙道박희도氏씨는나를보고놀낫사외다

「先生선생 此處にRさんが居りますよ[17]」

阿部아부氏씨는 우리房방문지방에글터안지며 有心유심히내 얼골을치어다보앗나이다

「御一人で?[18]」

「一人ものが一人で居るのがあたりまへじやありませんか[19]」

「行きましう[20]」

氏씨는强강한語調어조로同情동정에넘치는말이엇사외다

「明日迄 出來あがる繪がありますから明日の夕方下りで行きましやう[21]」

「てはホテルで待つて居ります[22]」

「何卒[23]」

氏씨는 한발을질질쓸며 椅子의자에안젓사외다 타고다니는椅子

17 선생 여기에 R 씨가 있네요.
18 혼자이십니까?
19 홀몸이 혼자서 있는 게 당연하지 않습니까?
20 'ましょう'의 오기. 갑시다.
21 내일까지 완성할 그림이 있어서 내일 저녁에 가겠습니다.
22 그러면 호텔에서 기다리겠습니다.
23 아무쪼록.

의자에

「人間もこうなつちやしまいですね[23]」

「先生どう致しまして[25]」

그잇흔날호텔에서맛나도록이야기하고 今番금번 鴨綠江압록강 上流상류一週一行일주일행中중에 參加참가되도록이야기가 進行진행되엿섯나이다 그잇흔날 兩氏양씨는 朱乙溫泉주을온천으로가시고 나는 高城海金剛고성해금강으로갓섯나이다 高城郡守고성군수 夫人부인이 東京留學동경유학時시親舊친구이엇든 關係上관계상그의 舍宅사택에가서 盛饌성찬으로잘놀고 海金剛해금강에서 亦是역시아는친구를맛나생복을만히엇어 먹엇나이다

北靑북청으로가서 一行일행을맛나 惠山鎭혜산진으로 向향하엿나이다 厚岐嶺후기령 景色경색은 마치 一幅일폭의 南畵남화이엇나이다 一行中일행중 阿部아부氏씨 朴榮喆박영철氏씨두분이게서서 處處처처에 歡迎환영이며 宴會연회는 盛大성대하엿나이다 新乫浦신갈포로 鴨綠江압록강 上流상류를 一週일주하는 光景광경은 形言형언할수업시 조왓섯나이다 一行일행은 新義州신의주를거처 京城경성으로 向향하고나는 奉天봉천으로 向향하엿나이다 거긔서 그림 展覽會전람회를하고 大連대련싸지갓다왓섯나이다 그길노 東京行동경행을 차렷나이다 大邱대구서 阿部아부氏씨을맛나 慶州경주 求景구경을하고 進永진영으로가서 泊間農場박간농장을 求景구경하고 自働車자동차로 通度寺통도사 梵魚寺범어사를지나 東萊동래를거처 釜山부산에 到着도착하야 連絡船연락선을탓나이다 東京驛동경역에는 C가 出迎출영하엿섯나이다그는 意外의외에 내가오는거슬보고

24 인간도 이쯤이면 끝장이지.

25 선생도 별말씀을.

놀낫사외다

　巴里파리에서그린내게는 傑作걸작이라고할만한「庭園정원」을帝展제전에出品출품하엿섯나이다 하로밤은入選입선이되리라하야깃버서잠을못자고 하로밤은落選낙선이되리라하야 걱정이되여서잠을못잣나이다 千二百二十四点천이백이십사점中중二百点이백점選出선출에入選입선이되엿섯나이다 넘어깃붐에넘처全身전신이써녓사외다 新聞寫眞班신문사진반은 밤중에門문을두다리고라듸오로放送방송이되고한늬우스가되여 東京동경一板일판을뒤써드럿사외다 일노因인하야나는面目면목이이섯고내一身일신의生計생계가生생겻나이다 사람은男子남자나女子여자나다힘을가지고남니다 그힘을사람은어느時機시기에가서自覺자각함니다 아모라도한번이나 두번은다自己자기힘을自覺자각함니다 나는平生평생처음으로自己자기힘을意識의식하엿나이다. 그쌔에나는 퍽幸福행복스러윗사외다 아 阿部아베氏씨는 내가更生갱생하는데恩人은인이외다 精神上정신상으로나物質上물질상얼마나힘을써주엇는지 그恩惠은혜를이즐길이업사외다

　　母性愛모성애

　幾百萬人기백만인女性여성이 幾千年前기천년전옛날부터 子息자식을나하길넛다 이와同時동시에 本能的본능적으로盲目的맹목적으로 肉體육체와靈魂영혼을無條件무조건으로 子息자식을爲위하야 밧처왓나이다 이는女性여성으로써 날째붓허가지고나온한道德도덕이엇고 한義務의무이엇고이보다以上이상되는 天職천직이업섯나이다 그럼으로戀人연인의사랑, 친구의사랑은 相對的상대적이오報酬的보수적이나 어머

니가子息자식을사랑하는것만은 絶對的절대적이오無報酬的무보수적이오 犧牲的희생적이외다 그리하야最高尊貴최고존귀한거슨母性愛모성애가되고마럿사외다 만흔女性여성은自己자기가가진이母性愛모성애로因인하야 얼마나滿足만족을늣겻스며 幸福행복스러윗는지모릅니다 그러나째로는 이母性愛모성애에얽매여하고십흔거슬 하지못하고 悲慘비참한運命운명속에서 울고잇는女性여성도不少불소하외다 그러면 이母性愛모성애는女性여성에게 最高최고幸福행복인同時동시에 最高최고不倖불행한거시되고마럿습니다 女子여자가自己자기個性개성을잇고살째 모든生活생활保障보장을男子남자에게밧을째 無限무한이便편하엿고 幸福행복스러윗나이다마는女子여자도人權인권을主張주장하고 個性개성을發揮발휘할냐고하며 男子남자만밋고잇지못할 生活戰線생활전선에 나서게된 今日금일에는 無限무한한苦痛고통이오不幸불행을늣길째도 잇는거시외다

　　나는어느듯네아희의어머니가되고마럿사외다 그러나내가애를씨고 애를배고 애를낫코 애를젓먹여길느는거슨 큰事實사실이외다 내가母모된 感想記감상기中중 에 子息자식에意味의미는單數단수에잇는거시아니라複數복수에잇다 고하엿사외다 果然과연하나길느고둘 길느는동안 只今지금까지의愛人애인에게서나 親舊친구에게서맛보지 못하는 愛情애정을늣기게 되엿섯나이다 歐米漫遊구미만유하고온後후로는 子息자식에게對대한理想이상이서잇게되엿섯나이다 아해들의個性개성이눈에쎄우고 그들의압길을指導지도할自信자신이生생겻섯나이다 그리하야나는그들을길너볼냐고 얼마나애씨고 屈服굴복하고謝罪사죄하고和解화해를要求요구하엿는지모릅니다 그러나 모든거시 無用之物무용지물이되고마럿구려

夜半야반에눈이째이면 虛空허공의구석으로붓허一陣일진의바람
이어대선지모르게부러드러옵니다 그째孤寂고적이가삼속에퍼지난
거슬째닷슴니다 只今지금까지내가늣기는 孤寂고적은 압흔거슨잇섯
스나 害해될거슨업섯슴니다 只今지금늣기는 孤寂고적은 毒草독초가시
에찔니는자곡의 압흠을째다랏슴니다 어대로붓허와서 어대로가는
지 모르는가온대서 무어슬하든지그뒤는 孤寂고적합니다

나는所謂소위貞操정조를 固守고수한다난것보다 再婚재혼하기까
지는 中心중심을일치말자는거시외다 即즉내마음하나를잇지말자는
거시외다 나는임의中實중실을일흔사람이되고마럿슴니다 이에中心
중심까지일는날은내前程전정은破滅파멸이외다 오직中心중심하나를붓
잡기爲위하야 絶對절대禁慾生活금욕생활을하여왓사외다

男女남녀를勿論물론하고姙娠時期임신시기에잇서는禁慾生活금욕생
활이 容易용이한일이아니외다 나도이째만은 胎夢태몽을꾸면서 苦痛
고통으로지내나이다

나는處女처녀와갓고寡婦과부와갓흔心理심리를가질째가從々종종
잇나이다 그러고獨身者독신자에게는이러한驚句경구가 잇난거슬이저
서는아니됩니다

『모든사람에게許諾허락할가 한사람에게도許諾허락지말가』異
性이성의사랑은 무섭다 사람의情熱정열이無限무한이올나가는거시아
니라 寒暖計한란계의水銀수은이百度백도까지 올나갓다가도로低下저하
하드시 사랑의焦點초점을百度백도라치면 其以上기이상올나가지못하
고低下저하하난거시외다 그리하야 情熱정열이高上고상할時시는 相對
者상대자의行動행동이 美化善化미화선화하나 低下저하할時시는 餘地여지

업시 醜化惡化추화악화해지는 거시외다 나는이거슬잘압니다 그리하
야 사랑이움돗을만하면 싹부질너바림니다 나는그低下저하한뒤孤
寂고적을무서워함입니다 실혀함입니다 이번이야말로다시이런傷處
상처를밧게되는날은 갈곳업시死地사지로밧게도라갈길이업는까닭입
니다 아 무서운것!

寂寞적막한거시사람입니다 그럼으로사람은사라잇난거시 無意
味무의미로生覺생각하기에는넘으깁흔感覺감각을주난거슬알수잇습니다
어대굴니든지 엇더케하든지거긔까지가는사람은 恩擇은택입은사람입
니다 寂寞적막에서 도라오는그거시 우리의希望희망일는지 모릅니다

아, 사람은혼자살기에는 넘으적습니다타임의一日일일은싸르
나 그타임의繼續계속한 一年일년이나 二年이년은 깁니다

離婚後所感이혼후소감

나는사람으로태여난거슬後悔후회합니다 나는사람으로 태여나
고십허태여난거시아니라 사람이엇더한거신지 이世上세상이엇더한
곳인지모르고 태여난것갓사외다 이人生인생됨이더醜추하고 悲慘비참
한거시오 더絶望的절망적으로되엿다하더라도 나는怨罔원망치아니합
니다 只今지금나는죽어도살어도쏙갓다고生覺생각합니다 죽음은무서
운거시외다 그럴째마다 自己자기를참으로살녓는지 아니하엿는지봅
니다 나는自己자기를참으로살닐째는 죽음이무섭지안사외다 다만自
己자기를다살니지못하엿슬째 죽음이무섭습니다 그런故고로죽음의恐
怖공포를쌔다를째마다 自己자기의 不德부덕함을 痛切통절이 늣김니다
나는自己자기를 淺薄천박하게맨들고십지안은同時동시에 他人타인

을怨望원망하기前전에自己자기를反省반성하고십습니다 自己자기內心내심에 淺薄천박한마음이生생기는것을알고 곳치지안코는잇지못하는사람은 人類인류의寶物보물이외다 이러한사람은 발서自己자기마음속에잇는雜草잡초를잇고 조흔씨를 이르난곳마다펼치어 사람마음의糧食양식이 되는者자외다 即즉孔子공자나釋迦석가나 耶蘇야소와갓흔사람이외다 太陽태양은萬物만물을쓰겁게아니하랴도 自然자연더웁게맨듭니다 아모런거시오더라도 그거슬비최이는材料재료로化화해버림니다 바다는아모리더러온거시 쓰더라도 自體자체를더럽히지안습니다

모든사람의境遇경우와處地처지를生覺생각해보자 그째거긔에서 自己자기를찻습니다 사랑을째닷습니다 그럼으로 自己자기가要求요구하난사람을 먼저自己자기를맨들거십니다 사람은自己자기內心내심의自己자기도모르는 정말自己자기를가지고잇습니다 보이지도알지도못하는 自己자기를차자내는거시 사람一生일생의일거립니다 即즉自我發見자아발견이외다

사람은 쓸대업는格式격식과 世間세간의體面체면과 半반쯤아는學文학문의 束縛속박을만히밧습니다 잇스면잇슬사록 더가지고십흔거 돈이외다 놉흐면놉흘사록 더□허지고[26]저하난 거시地位지위외다 가지면 가진이만치 陰氣음긔로되난거시學問학문이외다 사람의幸福행복은 富부를得득한째도아니오 일홈을엇은째도아니오엇던일에 一念일념이되엿슬째외다 一念일념이된瞬間순간에사람은全身전신洗清세청한 幸福행복을째닷습니다 即즉藝術的예술적 氣分긔분을째닷는째외다

人生인생은苦痛고통그거실는지모릅니다 苦痛고통은人生인생의事實사실이외다 人生인생의運命운명은苦痛고통이외다 一生일생을두고 苦

---

26 '놉허지고'로 추정.

病고병을깁히맛보는대잇습니다 그리하야 이苦痛고통을明確명확히 사람에게알니우는대잇습니다 凡人범인은苦痛고통의支配지배를밧고 天才천재는죽음을가지고 苦痛고통을익여내여 榮光영광과權威권위를取취해낼만한 살方針방침을차립니다 이난苦痛고통과快樂쾌락以上이상自己자기에게使命사명이잇난까닭이외다 그리하야 最後최후는苦痛고통以上이상의것을 맨들고맙니다

煩惱中번뇌중에서도 일의始初시초를 지어 잇는다

내갈길은 내가차자엇어야한다

사람은누구든지 自己자기運命운명이엇지될지될지모릅니다 속매듸를지은運命운명이잇습니다 쓴을수업는 運命운명의鐵銷철소[27]이외다 그러나넘으悲慘비참한運命운명은 往往왕왕弱약한사람으로하여곰 叛逆반역케합니다 나는거의再起재기할氣分기분이업슬만치째리고辱욕하고 咀呪저주함을밧게되엿습니다 그러나나는必竟필경은갓흔運命운명의줄에얼키어업서질지라도 必死필사의爭鬪쟁투에 쓸니고애태우고 苦고로워하면서 再起재기하랴합니다

朝鮮社會조선사회의人心인심

우리가 歐米漫遊구미만유하기까지 그다지 甚심하지아니하엿다마는 갓다와서보니前전에比비하야 一般일반레벨이 훨신놉하진거시完然완연히눈에쎄웟습니다 그리하야有識階級유식계급이만하진同時동시에 生存競爭생존경쟁이尤甚우심하여젓습니다 生活戰線생활전선에

27 '鐵鎖철쇄'의 오기.

선二千萬이천만民衆민중은 貯蓄저축업고職業직업업고 實力실력업시살
길에헤매여 할수업시大阪대판으로 滿洲만주로 男負女戴남부여대하야
가는者자가不少불소하외다 果然과연朝鮮조선도이제는 돈이잇든지實
力실력即즉才操재조가 잇든지하여야만 살게되엿사외다

思想上사상상으로보면 國際的국제적人物인물이通行통행하는關係
上관계상 各方面각방면의 主義思想주의사상이牧入목입하게됩니다 이에좀
게알고널니보지못한사람으로 그要領요령을取得취득하기에彷徨방황하
는거슨 當然당연한理治이치입니다 비빔밥을그냥먹을쑌이오 그中중에
서맛을取취할줄모르난거시 大部分대부분입니다 그럼으로오날은 이主
義주의에서놀다가 내일은저主義주의에서놀게되고 오날은이사람과親
친햇다가 내일은저사람과親친하게됩니다 一定일정한主義주의가確立
확립치못하고 固立고립한人生觀인생관이서지를못하야 바람에날니는갈
대와갓흔時日시일을 보내고맙니다 이는大槪대개政治方面정치방면에길
이맥히고 經濟경제에얽매여 自己자기마음을自己자기가마음대로 가질
수업는關係관계도잇겟지만 넘어散漫한산만적이되고 마럿나이다

朝鮮조선의有識階級유식계급男子社會남자사회는불상합니다 第一
舞臺제일무대인 政治方面정치방면에길이맥키고 배호고싸은學問학문은
用道용도도업서지고 이理論이론저理論이론말해야 理解이해해줄社會사
회가못되고 그남아사랑에나살아볼가하나 家族制度가족제도에얽매인
家庭가정沒理解몰이해한 妻子처자로하야 눈쌀이씹흐려지고 生活생활
이辛酸신산스러울쑌입니다 애매한料理요리집에나 出入출입하며 罪죄
업는술에투정을다하고 沒常識몰상식한妓生기생을품고즐기나 그도亦
是역시滿足만족을주지못합니다 이리가보면날가 저사람을맛나면날
가하나 남는거슨 오직孤寂고적쑌입니다

有識階級유식계급女子여자即즉新女性신여성도불상하외다 아직도

封建時代봉건시대家族制度가족제도밋헤서자라나고 시집가고살님하는 그들의內容내용의複雜복잡이란 말할수업시難局난국이외다 半반쯤아는學問학문이新舊式신구식의調和조화를일케할쑌이오 陰氣음기를돗을쑌이외다 그래도그대들은大學대학에서 專門전문에서 人生哲學인생철학을배호고 西洋서양에나東京동경에서 그들의家庭가정을求景구경하지 아니하엿는가 마음과쑷은 하늘에잇고 몸과일은 쌍에잇는것이아닌가 달콤한사랑으로 結婚결혼하엿스나너는너요 나는나대로놀게되니 사는 아모意味의미가업서지고 아침붓허저녁까지반찬걱정만하게되 난것이아닌가 及급其기神經過敏신경과민神經衰弱신경쇠약에걸녀 獨身女子독신여자를부러워하고 獨身主義독신주의를 主張주장하는것이아닌가 女性여성을普通보통弱者약자라하나結局결국强者강자어며28) 女性여성을적다하나 偉大위대한 거슨女性여성이외다 幸福행복은 모든거슬支配지배할수잇는 그能力능력에잇난거시외다 家庭가정을支配지배하고 남편을支配지배하고 子息자식을支配지배한남어지에社會사회까지支配지배하소서 最後勝利최후승리는女性여성에게잇난것아닌가

朝鮮男性조선남성心思심사는異常이상하외다 自己자기는貞操觀念정조관념이업스면서 妻처에게나一般女性일반여성에게貞操정조를要求요구하고 쪼남의貞操정조를쌔아실냐고합니다 西洋서양에나東京동경사람쯤하더라도 내가貞操觀念정조관념이업스면남의貞操觀念정조관념업난거슬 理解이해하고 尊敬존경합니다 남의게貞操정조를誘引유인하는以上이상그貞操정조를 固守고수하도록愛護애호해주는것도普通보통人情인정이아닌가 從々종종放縱방종한女性여성이잇다면 自己자기가直接직접快樂쾌락을맛보면서 間接간접으로抹殺말살식히고 咀嚼저작식히

28 '이며'의 오기.

82

난일이 不少불소하외다 이어이한 未開明미개명의 不道德부도덕이냐

朝鮮조선一般人心일반인심은 過度期과도기인만치 탁터나가지를못하면서 內心내심으로는그런거슬要求요구합니다 經濟경제에얽매여옴치고 쯸수업스나[29) 지글々々쯸는感情감정을 풀곳이업다가 누가압흘서난사람이잇스면 可否가부를莫論막론하고 批難비난하며 그들에게確實확실한人生觀인생관이업는만치 事物사물에解決해결이업스며 同情동정과理解이해가업시 形勢형세닷는대로이리긋기고저리긋기게됩니다 무슨方針방침을세워서라도 救구해줄 生覺생각은少毫소호도업시 마치演劇연극이나活動寫眞활동사진求景구경 하드시 滋味자미스러워하고 鼻笑비소하고즐叱질하야 일썻先眼선안에着心착심하엿든 有望유망한青年청년으로하여곰 委縮위축의不具者불구자를맨드는것아닌가 보라歐米구미各國각국에서는 突飛돌비한行動행동하는者자를 流行유행을삼아 그거슬獎勵장려하고 그거슬人材인재라하며 그거슬天才천재라하지안는가 그럼으로압흘다토아 創作物창작물을내나니 이럼으로日進月步일진월보의社會사회의進步진보가 보이지안는가 朝鮮조선은엇더한가 조곰만變변한行動행동을하면 곳抹殺말살식혀 再起재기치못하게하나니 古今고금의例예를보아라天才천재는 當時당시風俗習慣풍속습관의 滿足만족을갓지못할뿐아니라 次代차대를推測추측할수잇고 創作창작해낼수잇나니變動변동을行행하는者자를 엇지輕率경솔이볼가보냐 可恐가공할거슨 天才천재의싹을분질너놋는거시외다 그럼으로朝鮮社會조선사회에는 今後금후로는第一線제일선에나서活動활동하는사람도必要필요하거니와 第二線제이선第三線제삼선에處처하야有望유망한青年청년으로逆境역경에處처하엿슬째 그길을틔워주는援助者원조자가잇서야할

---

29 '쯸수업스니'의 오기.

거시오 事物사물의原因動機원인동기를 深察심찰하야 쓸대업는 道德도
덕과法律법율노서裁判재판하야 큰罪人죄인을맨들지안는 理解者이해자
가 잇서야할거십니다

青邱청구 氏씨에게

　氏씨여 이만하면 써러저잇는동안내生覺생각을알겟고 變動변동
된 내生活생활을알겟사외다 그러나 여보서요 아직싸지도나는내게
適當적당한幸福행복된길이어대잇는지를찻지못하엿서요 氏씨와同居
동거하면서 쌔々로 意思衝突의사충돌을하며 아해들과살님사리에엄병
덤병時日시일을보내는거시幸福행복스러웟섯슬는지 쏘는放浪生活방
랑생활노나서 스켓취쌕스를메고 감파스에그림그리고 다니는이生活
생활이幸福행복스러을지 모르겟소 그러나 人生인생은家庭가정만도人
生인생이아니오 藝術예술만도人生인생이아니외다 이것저것合합한거
시人生인생이외다 마치水素수소와酸素산소와合합한거시물인것과가
치, 여보서요 내主義주의는이러해요 사람中중에는 普通보통으로사는
사람과 普通보통以上이상으로사는사람이잇다고봅시다 그러면그普
通보통以上이상으로사는사람은 普通보통사람以上이상의 精力정력과個
性개성을가진者자외다 더구나近代人근대인의 理想이상은 남의하는일
을다하고 남는精力정력으로 自己자기個性개성을發揮발휘하는거시 가
장最高최고理想이상일 거시외다 그난理論이론쑨이아니라 實例실례가
만흐니 偉人傑士위인걸사들의 生活생활은그러하외다 即즉修身濟家治
國平天下수신제가치국평천하가古今고금이다를것업나이다 나는이러한理
想이상을가지고 十年십년家庭生活가정생활에 내일을繼續계속해왓고 自

84

今자금으로도 實行실행할 自信자신이잇든거시외다 그럼으로部分的부분적이 내生活생활幸福행복이될理리萬無만무하고 綜合的종합적이라야정말내가要求요구하는幸福행복의길일거시외다 이理想이상을破壞파괴케됨은 엇지遺憾유감이아니릿가

感情감정의循環期순환기가十年십년이라하면 실헛든사람이조와도지고조왓든사람이실여지며 親친햇든사람이머러지고머럿든사람이親친해도지며 善선한사람이惡악해도지고 惡악햇든사람이善선해도지나이다 氏씨의十年십년後후感情감정은엇어케될가 以上이상에 도말하엿거니와 夫婦부부는세時機시기를지나야 정말夫婦生活부부생활의意味의미가잇다고하엿습니다 나는임의그대의長處短處장처단처를다알고 氏씨는내의長處短處장처단처를 다아는以上이상互相補助호상보조하야살어갈 우리가아니엿든가

何如間하여간以上이상몃가지主義주의로 離婚이혼은내本意본의가아니오 氏씨의 强請강청이엿나이다 나는無抵抗的무저항적으로讓步양보한거시니 千萬番천만번生覺생각해도 우리處地처지로우리人格인격을統一통일치못하고 우리生活생활을統一통일치못한거슨 부그러운일이입니다

어울너바라난바는 八十팔십老母노모의 餘生여생을便편하게하고 네아해의 養育양육을充分충분이注意주의해주시고남어지는氏씨의健康건강을바라나이다

一九三四1934, 八8

—《삼천리》6권 9호, 1934년 9월

이혼고백장
── 청구 씨에게

나이 사십, 오십에 가까웠고, 전문교육을 받았고, 남들이 용이히 할 수 없는 구미만유歐美漫遊[1]를 하였고 또 후배를 지도할 만한 처지에 있어서 그 인격을 통일치 못하고 그 생활을 통일치 못한 것은 두 사람 자신은 물론 부끄러워할 뿐 아니라 일반 사회에 대하여서도 면목이 없으며 부끄럽고 사죄하는 바외다.

청구 씨!

난생처음으로 당하는 이 충격은 너무 상처가 심하고 치명적입니다.

비탄, 통곡, 초조, 번민 ── 이래邇來[2] 이 일체의 궤로에서 생의 방황을 하면서 일편으로 심연의 밑바닥에 던진 씨를 나는 다시 청구 씨 하고 부릅니다.

청구 씨! 하고 부르는 내 눈에는 눈물이 그득 차집니다. 이것을

---

1   유럽과 아메리카 지역을 두루 여행함.
2   아주 가까운 때.

세상은 나를 '약자야!' 하고 부를까요?

날마다 당하고 지내는 씨와 나 사이는 깊이 이해하고 지실知悉하고[3] 자부하던 우리 사이가 몽상에도 생각지 않던 상처의 운명의 경험을 어떻게 현실의 사실로 알 수 있으리까.

모두가 꿈, 모두가 악몽, 지난 비극을 나는 일부러 이렇게 부르고 싶은 것이 나의 거짓 없는 진정입니다.

'선량한 남편' 적어도 당신과 나 사이의 과거 생활 궤로에 나타나는 자세가 아니오리까. '선량한 남편' 사건 이래 얼마나 부정하려 하였으나, 결국 그러한 자세가 지금 상처를 받은 내 가슴속에 소생하는 청구 씨입니다.

사건 이래 타격을 받은 내 가슴속에는 씨와 나 사이 부부 생활 십일 년 동안의 인상과 추억이 명멸해집니다. 모든 것에 무엇 하나나 조금도 불만과 불평과 불안이 없었던 것이 아닙니까. 씨의 일상의 어느 한 가지나 처인 내게 불심[4]이나 불쾌를 가진 아무것도 없었던 것 아닙니까? 저녁때면 사퇴 시간에 꼭꼭 돌아왔으며 내게나 어린애들에게 자애 있는 미소를 띠는 씨였습니다. 연초는 소량으로 피우나 주량은 조금도 없었습니다. 이 의미로 보면 씨는 세상에 드문 '선량한 남편'이라고 아니할 수 없나이다. 그런 남편인 만치 나는 씨를 신임 아니할 수 없었나이다. 아니 꼭 신임하였었습니다. 그러한 씨가 숨은 반면에 무서운 단결성, 참혹한 타기唾棄[5]성이 포함돼 있을 줄이야 누가 꿈엔들 생각하였으리까. 나를 반성할 만한 나를 참회할 만한 촌분의 틈과 촌분의 여유도 주지 아니한 씨가 아니

---

3   모든 형편이나 사정을 자세히 알다. 또는 죄다 알다.
4   의심스러움.
5   업신여기거나 아주 더럽게 생각하여 돌아보지 않고 버림.

었습니까. 어리석은 나는 그래도 혹 용서를 받을까 하고 애걸복걸하지 아니하였는가.

미증유의 불상사 세상의 모든 신용을 잃고 모든 공분 비난을 받으며, 부모 친척의 버림을 받고 옛 좋은 친구를 잃은 나는 물론 불행하려니와 이것을 단행한 씨에게도 비탄, 절망이 불소할 것입니다. 오직 나는 황야를 헤매고 암야에 공막空漠[6]을 바라고 자실自失하여[7] 할 뿐입니다.

떨리는 두 손에 화필과 팔레트를 들고 암흑을 향하여 가는 것인가. 그렇지 않으면 광망光芒[8]의 순간을 구함인가. 너무 크고 너무 중한 상처의 충격을 받은 내게는 각각으로 절박한 쓸쓸한 생명의 부르짖음을 듣고 울고 쓰러지는 충동으로 가슴이 터지는 것 같사외다.

우리 두 사람의 결혼은 '거짓 결혼'이었었나 혹은 피차의 이해와 사랑으로 결합하면서 그 생활의 흐름을 따라 우리 결혼은 '거짓'의 기로에 떨어진 것이 아니었는가. 나는 구태여 우리 결혼 우리 생활을 '거짓'이라 하고 싶지 않소. 그것은 이미 결혼 당시에 모든 준비 모든 서약이 성립되어 있었고 이미 그것을 다 실행하여 온 까닭입니다.

청구 씨!

광명과 암흑을 다 잃은 나는 이 공허한 자실 상태에서 정지하고 서서 한 번 더 자세히 내성할 필요가 있다고 생각합니다. 이와 같이 염두하느니만치 나는 비통한 각오의 앞에 서 있습니다. 세상의 모든 조소, 질책을 감수하면서 이 십자가를 등지고 묵묵히 나아가

6   텅 비어 쓸쓸함.
7   자기의 존재를 잊을 정도로 얼이 빠지다.
8   비치는 빛살.

려 하나이다. 광명인지 암흑인지 모르는 인종과 절대적 고민 밑에 흐르는 조용한 생명의 속삭임을 들으면서 한 번 더 소생으로 향하여 행진을 계속할 결심이외다.

약혼까지의 내력

벌써 옛날 내가 십구 세 되었을 때 일이외다. 약혼하였던 애인[9]이 폐병으로 사거하였습니다. 그때 내 가슴의 상처는 심하여 일시 발광이 되었고 연하여 신경쇠약이 만성에 달하였습니다. 그해 여름 방학에 동경에서 나는 귀향하였었나이다. 그때 우리 남형男兄[10]을 찾아 나를 보러 겸겸하여 우리 집 사랑에 손님으로 온 이가 씨였습니다. 씨는 그때 상처한 지 이미 삼 년이 되던 해라 매우 고독한 때이었습니다. 나는 사랑에서 조카딸과 놀다가 씨와 딱 마주쳤습니다. 이 기회를 타서 남형이 인사를 시켰습니다. 씨는 며칠 후 경성으로 가서 내게 장찰長札[11]을 보내었습니다. 솔직하고 열정으로 써 있었습니다. 우선 자기 환경과 심신의 고독으로 취처하여야겠고 그 상대자가 되어 주기를 바란다는 것이었사외다. 나는 물론 답하지 아니했습니다. 내게는 그만한 마음의 여유가 없었던 것이외다. 두 번째 편지가 또 왔습니다. 나는 간단히 답장을 하였습니다. 며칠 후에 그는 또 내려왔습니다. 파인애플과 과실을 사 가지고. 나는 이번에는 보지 아니하였습니다. 씨는 본향으로 내려가면서 동경 갈 때

9   문인 소월素月 최승구崔承九를 가리킴.
10   나혜석의 오빠 나경석을 뜻함.
11   긴 사연의 편지.

편지하여 달라고 하였습니다. 그 후 내가 동경을 갈 때 무의식적으로 엽서를 하였습니다. 밤중 오사카를 지날 땐 웬 사방모자 쓴 학생이 인사를 하였습니다. 나는 알아보지를 못하였던 것이외다. 교토까지 같이 와서 나는 동행 사오 인이 있어 직행하였습니다. 동경 히기시오 쿠보에서 동행과 같이 자취 생활을 할 때이외다. 씨는 토산 하츠바시를 사 들고 찾아왔습니다. 씨는 도쿄제대 청년회 웅변대회에 연사로 왔었습니다. 낮에는 반드시 내 책상에서 초고를 해 가지고 저녁때면 돌아가서 반드시 편지를 하였습니다. 어느 날 밤에 돌아갈 때이었습니다. 전차 정류장에서 내가 손을 내밀었습니다. 씨는 뜨겁게 악수를 하고 인하여 가까운 수풀로 가자고 하더니 거기서 하나님께 감사하다는 기도를 올리었습니다. 이와 같이 씨의 편지, 씨의 말, 씨의 행동은 이성을 초월한 감정뿐이었고 열熱뿐이었사외다. 나는 이 열을 받을 때마다 기뻤습니다. 부지불각중 그 열 속에 녹아 들어가는 감이 생겼나이다. 이와 같이 씨는 교토, 나는 동경에 있으면서 일일에 일차씩 올라오기도 하고 혹 산보하다가 순사에게 주의도 받고 혹 보트를 타고 일일의 유쾌함을 지낸 일도 있고 설경을 찾아 여행한 일도 있었습니다. 이렇게 육 년간 끄는 동안 씨는 몇 번이나 혼인을 독촉한 일이 있었습니다. 그러나 나는 단행하고 싶지 아니하였습니다. 그는 무엇보다 남이 알 수 없는 마음 한편 구석에 남은 상처의 자리가 아직 아물지 아니하였음이요 하나는 씨의 사랑이 이성을 초월하리만치 무조건적 사랑 즉 이성 본능에 지나지 않는 사랑이요 나라는 일 개성에 대한 이해가 있을까 하는 의심이 생긴 것이외다. 그리하여 본능적 사랑이라 할진대 나 외에 다른 여성이라도 무관할 것이요 하필 나를 요구할 필요가 없을 듯 생각던 것이었습니다. 전 인류 중 하필 너는 나를 구하고 나는 너를 짝지으려 하는 데는 네가 내게 없어서는 아니되고 내가 네게 없어서는 아니될 무엇 하나를 찾아 얻지 못하는 이상 그 결혼 생활은 영구치 못할 것이요 행복지 못하리라는 것을 나는 일찍이 깨달았던 것이었습니다. 그렇다고 나는 그를 놓기 싫었고 씨는 나를 놓지 아니하였습니다. 다만 단행을 못 할 따름이었습니다. 그러다가 양편 친척들의 권유와 및 자기 책임상 택일을 하여 결혼한 것이었습니다. 그때 내가 요구한 조건은 이러하였습니다.

일생을 두고 지금과 같이 나를 사랑해 주시오.

그림 그리는 것을 방해하지 마시오.

시어머니와 전실 딸과는 별거케 하여 주시오.

씨는 무조건하고 응낙하였습니다.

나의 요구하는 대로 신혼여행으로 궁촌 벽산에 있는 죽은 애인의 묘를 찾아 주었고 석비까지 세워 준 것은 내 일생을 두고 잊지 못할 사실이외다. 하여튼 씨는 나를 전 생명으로 사랑하였던 것은 확실한 사실일 것입니다.

십일 년간 부부 생활

경성서 삼 년간, 안동현[12]에서 육 년간, 동래[13]에서 일 년간, 구미[14]에서 일 년 반 동안 부부 생활을 하는 동안 딸 하나, 아들 셋, 소생 사 남매를 얻게 되었습니다. 변호사로 외교관으로 유람객으로

12 중국 만주 지역 이름.
13 부산 지역.
14 미국.

아들 공부로 부로 화가로 처로 모로 며느리로 이 생활에서 저 생활로 저 생활에서 이 생활로 껑충껑충 뛰는 생활을 하게 되었습니다. 경제상 유여하였고 하고자 하는 바를 다 해 왔고 노력한 바가 다 성취되었습니다. 이만하면 행복스러운 생활이라고 할 만하였습니다. 씨의 성격은 어디까지든지 이지理智를 떠난 감정적이어서 일촌의 앞길을 예상치 못하였습니다. 나는 좀 더 사회인으로 주부로 사람답게 잘 살고 싶었습니다. 그리함에는 경제도 필요하고 시간도 필요하고 노력도 필요하고 근면도 필요하였습니다. 불민한 점이 불소하였으나 동기는 사람답게 잘 살자는 건방진 이상이 뿌리가 빼어지지 않는 까닭이었습니다. 덤으로 부부간 충돌이 생긴 뒤에 반드시 아이가 하나씩 생겼습니다.

주부로서 화가 생활

내가 출품한 작품이 특선이 되고 입상이 될 때, 씨는 나와 똑같이 기뻐해 주었습니다. 모든 사람은 나에게 남편 잘 둔 덕이라고 칭송이 자자하였습니다. 나는 만족하였고 기뻤었나이다.

주위 사람 및 남편의 이해도 필요하거니와 이해하도록 하는 것이 필요하외다. 모든 것의 출발점은 다 자아에게 있는 것이외다. 한집 살림살이를 민첩하게 해 놓고 남은 시간을 이용하는 것을 반대할 사람은 없을 것이외다. 나는 결코 가사를 범연히 하고 그림을 그려 온 일은 없었습니다. 내 몸에 비단옷을 입어 본 일이 없었고 일분이라도 놀아 본 일이 없었습니다. 그러므로 내게 제일 귀중한 것이 돈과 시간이었습니다. 지금 생각건대 내게서 가정의 행복을 가져간 자는 내 예술이 아닌가 싶습니다. 그러나 이 예술이 없고는 감정을 행복하게 해 줄 아무것도 없었던 까닭입니다.

구미만유

구미만유를 향하게 해 준 후원자 중에는 씨의 성공을 비는 것은 물론이요 나의 성공을 비는 자도 있었습니다. 그리하여 우리의 구미만유는 의외로 쉬운 일이었습니다. 사람은 하나를 더 보면 더 보니만치 자기 생활이 신장해지는 것이요 풍부해지는 것이외다. 만유한 후에 씨는 정치관이 생기고 나는 인생관이 다소 정돈이 되었나이다.

일, 사람은 어떻게 살아야 좋을까. 동양 사람이 서양을 동경하고 서양인의 생활을 부러워하는 반면에 서양을 가 보면 그들은 동양을 동경하고 동양 사람의 생활을 부러워합니다. 그러면 누구든지 자기 생활에 만족하는 자는 없사외다. 오직 그 마음 하나 먹기에 달린 것뿐이외다. 돈을 많이 벌고 지식을 많이 쌓고 사업을 많이 하는 중에 요령을 획득하여 그 마음에 만족을 느끼게 되는 것이외다. 즉 사람과 사물 사이에 신의 왕래를 볼 때뿐 만족을 느끼게 되는 것이외다. 이, 부부간에 어떻게 하면 화합하게 살 수 있을까. 일 개성과 타 개성이 합한 이상 자기만 고집할 수 없는 것이외다. 다만 극기를 잊지 마는 것이 요점입니다. 그리고 부부 생활에는 세 시기가 있는 것 같사외다. 제일 연애 시기의 때에는 상대자의 결점이 보일 여가 없이 장처長處[15]만 보입니다. 다 선화 미화 할 따름입니다. 제이 권태 시기, 결혼하여 삼사 년이 되도록 자녀가 생하여 권태를 잊게 아니한다면 권태증이 심하여집니다. 상대자의 결점이 눈에 띄고 싫증이 나기 시작됩니다. 통계를 보면 이때 이혼 수가 가장 많습니다. 제삼 이해 시기, 이미 부나 처가 피차에 결점을 알고 장처도 아는 동안 정의情誼[16]가 깊어지고 새로운 사랑이 생겨 그 결점을 눈감아 내리고 그 장처를 조장하고 싶을 것이외다. 부부 사이가 이쯤 되면 무슨 장애물이 있든지 떠날 수 없게 될 것이외다. 이에 비로소 미와 선이 나타나는 것이요 부부 생활의 의의가 있을 것입니다. 삼, 구미 여자의 지위는 어떠한가. 구미의 일반 정신은 큰 것보다 작은 것을 존중히 여깁니다. 강한 것보다 약한 것을 아껴 줍시다. 어느 화합에든지 여자 없이는 중심점이 없고 기분이 조화되지 못합니다. 일 사회의 주인공이요 일 가정의 여왕이요 일 개인의 주체이외다. 그것은 소위 크고 강한 남자가 옹호함으로뿐 아니라 여자 자체가 그만치 위대한 매력을 가짐이요 신비성을 가진 것입니다. 그러므로 새삼스러이 평등 자유를 요구할 것이 아니라 본래 평등 자유가 구존해 있는 것이외다. 우리 동양 여자는 그것을 오직 자각지 못한 것뿐이외다. 우리 여성의 힘은 위대한 것이외다. 문명해지면 해질수록 그 문명을 지배할 자는 오직 우리 여성들이외다. 사, 그 외의 요점은 무엇인가. 데생이다. 그 데생은 윤곽뿐의 의미가 아니라 컬러 즉 색채 하모니 즉 조자調子[17]를 겸용한 것이외다. 그러므로 데생이 확실하게 한 모델을 능히 그릴 수 있는 것이 급기일생의 일이 되고 맙니다. 무식하나마 이상 네 개 문제를 다소 해결하게 되었습니다. 그러므로 나의 생활 목록이 지금부터 전개되는 듯싶었고 출발점이 일로부터 되리

15 좋거나 잘하거나 긍정적인 점.
16 서로 사귀어 친하여진 정.
17 소리의 높낮이가 길이나 리듬과 어울려 나타나는 음의 흐름. 가락.

라고 생각하였습니다. 따라서 이상도 크고 구체적 고안도 있었습니다. 하여간 전도를 무한히 낙관하였으나 과연 어떠한 결과를 맺게 되었는지 스스로 부끄러워 마지않는 바외다.

시어머니와 시누이의 대립적 생활

결혼 후 일 년간 시어머니와 동거하다가 철없이 살아가는 젊은 내외의 장래를 보장하기 위하여 고향인 동래로 내려가서 집을 장만하고 매삭[18] 보내는 돈을 절약하여 땅마지기를 장만하고 계셨습니다. 그의 오직 소원은 아들 며느리가 늦게 고향에 돌아와 친척들을 울을 삼고 살라 함이요 자기가 분분전전이 모은 재산을 아버지 없이 길리운 아들에게 유산하는 것이외다. 그리하여 이 재산이란 것은 삼인이 합동하여 모은 것이외다. (얼마 되지 않으나) 한 사람은 벌고 한 사람은 절약하여 보내고 한 사람은 모아서 산 것이외다. 그리하여 두 집 살림이 물 샐 틈 없이 짜이고 재미스러웠사외다. 이렇게 화락한 가정에 파란을 일으키는 일이 생겼사외다.

우리가 구미만유하고 돌아온 지 일삭[19] 만에 셋째 시삼촌이 타지방에서 농사짓던 것을 집어치우고 일분[20] 준비 없이 장조카 되는 큰댁, 즉 우리를 믿고 고향을 돌아온 것이외다. 어안이 벙벙한 지 며칠이 못 되어 둘째 시삼촌이 또 다섯 식구를 데리고 왔습니다. 귀가 후 취직도 아니된 때라 돕지도 못하고 보자니 딱하고 실로 난처한

18 매달.
19 한 달.
20 사소한 부분. 아주 적은 양.

처지이었사외다. 할 수 없이 삼촌 두 분은 일 년간 아랫방에 모시고 사촌들은 다 각각 취직게 하였습니다. 이러고 보니 근친간 자연적은 말이 늘어지고 없는 말이 생기기 시작하게 되었고 큰 사건은 조석이 없는 사촌 아들을 아무 예산 없이 고등학교에 입학을 시키고 그 학자學資[21]는 우리가 맡게 된 것이외다.

만유 후에 감상담 들으러 경향 각처로부터 오는 지인 친구를 대접하기에도 넉넉지 못하였사외다. 없는 것을 있는 체하고 지내는 것은 허영이나 출세 방침상 피치 못할 사교이었사외다. 이것을 이해해 줄 그들이 아니었사외다. 나는 부득이 남편이 취직할 동안 일 년간만 정학하여 달라고 요구하였사외다. 삼촌은 노발대발하였사외다. 이러자니 돈이 없고 저러자니 인심 잃고 실로 어쩔 길이 없었나이다.

때에 씨는 외무성에서 총독부 사무관으로 가라는 것을 싫다 하고 전보를 두 번이나 거절하고 (관리하라고) 고집을 부려 변호사 개업을 시작하고, 경성 어느 여관객이 되어서 예쁜 기생 돈 많은 갈보들의 유혹을 받으면서 내가 모 씨에게 보낸 편지가 구실이 되어 이 요릿집 저 친구에게 이혼 의사를 공개하며 다니던 때이었습니다. 동기動機에 아무 죄 없는 나는 방금 서울에서 이혼설이 공개된 줄도 모르고 씨의 분을 더 돋우었으니 "일촌의 앞길을 헤아리지 못하는 이 천치 바보야, 나중 일을 어찌하려고 학자를 떠맡았느냐." 하였사외다.

우리 집 살림살이에 간접으로 전권을 가진 자가 있으니, 즉 시누이외다. 모든 일에 시어머니의 코치 노릇을 할 뿐 아니라 심지어 서울서 온 손님과 해운대를 갔다 오면 내일은 반드시 시어머니가

---

21 학비.

없는 돈을 박박 긁어서라도 갔다 옵니다. 모두가 내 부덕의 소산이라 하겠으나 남보다 많이 보고 남보다 많이 배운 나로서 인정인들남만 못하랴마는 우리의 이 역경에서 일어나기에는 아무 여유가 없었던 까닭이었사외다.

내가 구미만유에서 돌아오는 길에 여러 친척 친구들에게 토산물을 다소 사 가지고 왔습니다. 그러나 시어머니와 시누이며 그 외근친에게는 사 가지고 오지 아니하였습니다. 이는 내가 방심하였다는 것보다 그들에게 적당한 물건이 없었던 것이외다. 본국에 와서사 드리려고 한 것이 흐지부지한 것이외다. 프랑스에서 오는 짐 두짝이 모두 포스터와 회엽서[22]와 레코드와 화구뿐인 것을 볼 때 그들은 섭섭히 여기고 비웃은 것이외다. 실로 사는 세상은 같으나 마음 세상이 다르고 하니 괴로운 일이 많았습니다. 일로 인하여 시어머니와 시누이의 감정이 말하지 않는 중에 간격이 생긴 것이외다.

씨의 동복 남매가 삼 남매이외다. 누이 둘이 있으니 하나는 천치요 하나는 지금 말하는 시누이니 과도히 똑똑하여 빈틈없이 일처리를 하는 여자외다. 청춘 과부로 재가하였으나 일점 혈육 없이 어디서 낳아 온 딸 하나를 금지옥엽으로 양육할 뿐이요 남은 정은 어머니와 오라비에 쏟으니 전전분분이 모은 돈도 오라비를 위함이라 그리하여 될 수 있는 대로 오라비와 고향에서 가까이 살다가 여생을 마치려 함이었사외다. 어느 때 내가, "나는 동래가 싫어요. 암만해도 서울 가서 살아야겠어요." 하였사외다. 이상의 여러 가지를보아 오라비 댁은 어머니께 불효요 친척에 불목[23]이요 고향을 싫어

22 그림엽서.
23 서로 사이가 좋지 아니함.

하는 달뜬 사람이라고 결론이 된 것이외다. 이것이 어느 기회에 나타나 이혼설에 보조가 될 줄 하느님 외에 누가 알았으랴. 과연 좁은 여자의 감정이란 무서운 것이요, 그것을 짐작지 못하고 넘어가는 남자는 한없이 어리석은 것이외다.

한 가정에 주부가 둘이어서 시어머니는 내 살림이라 하고 며느리는 따로 예산이 있고 시누이가 간섭을 하고 살림하는 마누라가 꾀사실[24]을 하고 전후좌우에는 형제 친척이 와글와글하니 다정치도 못하고 약지도 못하고 돈도 없고 방침도 없고 나이도 어리고 구습에 단련도 없는 일개 주부의 처지가 난처하였사외다. 사람은 외형은 다 같으나 그 내막이 얼마나 복잡하며 이성 외에 감정의 움직임이 얼마나 얼기설기 얽매었는가.

C와 관계

C[25]의 명성은 일찍부터 들었으나 초대면하기는 파리였사외다. 그를 대접하려고 요리를 하고 있는 나에게 "안녕합쇼." 하는 초 인사는 유심히도 힘이 있는 말이었사외다. 이래 부군은 독일로 가서 있고 C와 나는 불어를 모르는 관계상 통변을 두고 언제든지 삼인이 동반하여 식당, 극장, 선유, 시외 구경을 다니며 놀았사외다. 그리하여 과거지사, 현 시사, 장래지사를 논하는 중에 공명되는 점이 많았고 서로 이해하게 되었사외다. 그는 이탈리아 구경을 하고 나

---

24 '없던 일을 꾀를 내어 사실처럼 꾸며냄'의 의미로 추측.
25 정치인 '최린'을 가리킴.

보다 먼저 파리를 떠나 독일로 갔사외다. 그 후 쾰른에서 다시 만났사외다. 내가 그때 이런 말을 하였나이다. "나는 공을 사랑합니다. 그러나 내 남편과 이혼은 아니하렵니다." 그는 내 등을 뚝뚝 두드리며 "과연 당신의 할 말이오. 나는 그 말에 만족하오." 하였사외다. 나는 제네바에서 어느 고국 친구에게 "다른 남자나 여자와 좋아 지내면 반면으로 자기 남편이나 아내와 더 잘 지낼 수 있지요." 하였습니다. 그는 공명하였습니다. 이와 같은 생각이 있는 것은 필경 자기가 자기를 속이고 마는 것인 줄은 모르나 나는 결코 내 남편을 속이고 다른 남자 즉 C를 사랑하려고 하는 것은 아니었나이다. 오히려 남편에게 정이 두터워지리라고 믿었사외다. 구미 일반 남녀 부부 사이에 이러한 공공연한 비밀이 있는 것을 보고 또 있는 것이 당연한 일이요 중심되는 본부나 본처를 얻지 않는 범위 내의 행동은 죄도 아니요 실수도 아니라 가장 진보된 사람에게 마땅히 있어야 할 감정이라고 생각합니다. 그러므로 이러한 사실을 판명할 때는 웃어두는 것이 수요 일부러 이름을 지을 필요가 없는 것이외다. 장발장이 생각납니다. 어린 조카들이 배고파서 못 견디는 것을 차마 볼 수 없어서 이웃집에 가 빵 한 조각 집은 것이 원인으로 전후前後 십구 년이나 감옥 출입을 하게 되었사외다. 그 동기는 얼마나 아름다웠던가. 도덕이 있고 법률이 있어 그의 양심을 속이지 아니하였는가. 원인과 결과가 따로따로 나지 아니하는가. 이 도덕과 법률로 하여 원통한 죽음이 오죽 많으며 원한을 품은 자가 얼마나 있을까.

가운은 역경에

　소위 관리 생활 할 때 다소 여유 있던 것은 고향에 집 짓고 땅 사고 구미만유 시 이만여 원을 썼으며 은사금으로 이천 원 받은 것이 변호사 개업 비용에 다 들어가고 수입은 일분 없고 불경기는 날로 심혹해졌습니다. 아무 방침 없어 내가 직업 전선에 나서는 수밖에 없이 되었사외다. 그러나 운명의 마는 이 길까지 막고 있었습니다. 귀국 후 팔 개월 만에 심신 과로로 하여 쇠약해졌습니다. 그리고 내 무대는 경성이외다. 경제상 관계로 서울에 살림을 차릴 수 없게 되었사외다. 또 어린것들을 떠나고 살림을 제치고 떠날 수 없었사외다. 꼼짝 못 하게 위기 절박한 가운데서 마음만 졸이고 있을 뿐이었나이다. 만일 이때 젖먹이 어린 것만 없고 취직만 되어 생계를 할 수 있었더면 우리의 앞에 이러한 비극이 가로 걸치지를 아니했을 것이외다. 이때 일이었사외다. 소위 편지 사건이외다. 나를 도와줄 사람은 C밖에 없을 뿐이었사외다. 그리하여 무엇을 하나 경영해 보려고 좀 내려오라고 한 것이외다. 그리고 다시 찾아 사귀기를 바란다고 한 것이외다. 그것이 중간 악한배들의 오전誤傳으로 '내 평생 당신에게 맡기오.'가 되어 씨의 대노를 산 것이외다. 나의 말을 믿는다는 것보다 그들의 말을 믿을 만치 부부의 정의는 기울어졌고 씨의 마음은 변하기를 시작하였사외다.

　조선에도 생존 경쟁이 심하고 약육강식이 심하여졌습니다. 게다가 남이 잘못되는 것을 잘되는 것보다 좋아하는 심사를 가진 사람들이라 이미 씨의 입으로 이혼을 선전해 놓고 편지 사건이 있고 하여 일없이 남의 말로만 종사하는 악한배들은 그까짓 계집을 데리고 사느냐고 하고 천치 바보라 하여 치욕을 가하였다. 그중에는 유력한 코치자 그룹이 삼사 인 있어서 소위 사상가적 견지로 보아 나를 혼자 살도록 해 보고 싶은 호기심으로 이혼을 강권하고 후보자를 얻어 주고 전후 고안을 꾸며 주었나이다. 그들의 심사에는 한 가정의 파열 어린이들의 전도를 동정하는 인정미보다 이혼 후에 나와 C의 관계가 어찌 되는가를 구경하고 싶었고 억세고 줄기찬 한 계집년의 전도가 참혹히 되는 것을 연극 구경같이 하고 싶은 것이었사외다. 자기의 행복은 자기밖에 모르는 동시에 자기의 불행도 자기밖에 모르는 것이외다. 이 사람 저 사람에게 이혼의 의사를 물어보고 십 년간 동거하던 옛날 애처의 결점을 발로시키는 것도 보통 사람의 행위라 할 수 없거니와 해라 해라 하는 추김에 놀아 결심이 굳어져 가는 것도 보통 사람의 행위라 할 수 없는 것이외다.

여하간 씨의 일가가 비운에 처한 동시에 일신의 역경이 절정에 달하였사외다. 사건이 있으나 돈 없어서 착수치 못하고 여관에 있어 서너 달 숙박료를 못 내니 조석으로 주인 대할 면목 없고 사회 측에서는 이혼설로 비난이 자자하니 행세할 체면 없고 성격상으로 판단력이 부족하니 사물에 주저되고 씨의 양뺨 뼈가 불쑥 나오도록 마르고 눈이 쑥 들어가도록 밤에 잠을 못 자고 번민하였사외다. 씨는 잠 아니 오는 밤에 곰곰히 생각하였사외다. 우선 질투에 받쳐 오르는 분함은 얼굴을 붉게 하였사외다. 그러고 자기가 자기를 생각하고 또 세상 맛을 본 결과 돈 벌기처럼 어려운 것이 없는 줄 알았사외다. 안동현 시절에 남용하던 것이 후회 나고 아내가 그림 그리려고 화구 산 것이 아까워졌나이다. 사람의 마음은 마치 배 돛대를 바람을 끼워 달면 바람을 따라 달아나는 것같이 그 근본 생각을 다는 대로 모든 생각은 다 그 편으로 향하여 달아나는 것이외다. 씨가 그렇게 생각할수록 일시도 그 여자를 자기 아내 명의로 두고 싶지 않은 감정이 불과 같이 일어났사외다. 동시에 그는 자기 친구 일인이 기생 서방으로 놀고 편히 먹는 것을 보았사외다. 이것도 자기 역경에서 다시 살리는 한 방책으로 생각했을 때 이혼설이 공개되니 여기저기 돈 있는 갈보들이 후보 되기를 청원하는 자가 많아 그중에서 하나를 취하였던 것이외다. 때는 아내에게 이혼 청구를 하고 만일 승낙지 않으면 간통죄로 고소를 하겠다고 위협을 하는 때였사외다. 아아, 남성은 평시 무사할 때는 여성이 바치는 애정을 충분히 향락하면서 한 번 법률이라든가 체면이라는 형식적 속박을 받으면 작일까지의 방자하고 향락하던 자기 몸을 돌이켜 금일의 군자가 되어 점잔을 빼는 비겁자요 횡포자가 아닌가. 우리 여성은 모두 일어나 남성을 주저呪詛하고자 하노라.

이혼

나는 아이들을 데리고 동래 있었을 때외다. 경성에 있는 씨가 도착한다는 전보가 왔습니다. 나는 대문 밖까지 출영하였사외다. 씨는 나를 보고 반목불견으로 실쭉합니다. 그의 안색은 창백하였고 눈은 올라갔었나이다. 나는 깜짝 놀랐사외다. 그리고 무슨 불상사가 있는 듯하여 가슴이 두근거렸나이다. 씨는 건넌방으로 가더니 나를 부릅니다.

"여보 이리 좀 오오."

나는 건너갔사외다. 아무 말 없이 그의 눈치만 보고 앉았사외다.

"여보 우리 이혼합시다."

"그게 무슨 소리요 별안간에."

"당신이 C에게 편지하지 않았소."

"했소."

"'내 평생을 바치오.' 하고 편지 안 했소?"

"그렇지 아니했소."

"왜 거짓말을 해. 하여간 이혼해."

그는 부등부등 내 장 속에 넣었던 중요 문서 및 보험권을 꺼내서 각기 나눠 가지고 안방으로 자기 어머니에게 맡깁니다.

"얘, 고모 어머니 오시래라. 삼촌 오시래라."

미구에 하나씩 둘씩 모여들었습니다.

"나는 이혼을 하겠소이다."

"얘, 그게 무슨 소리냐. 어린것들을 어쩌고."

어제 경성서 미리 온 편지를 보고 병석처럼 하고 누워 있던 시어머니는 만류하였사외다.

"어, 그 사람, 쓸데없는 소리."

형은 말하였사외다.

"형님, 그게 무슨 소리요."

"서방질하는 것하고 어찌 살아요."

일동은 잠잠하였다.

"이혼 못 하게 하면 나는 죽겠소."

이때 일동은 머리를 한데 모으고 소곤소곤하였소이다. 시누이가 주장이 되어 일이 결정되나이다.

"네 마음대로 해라. 어머니에게도 불효요 친척에게도 불목이란다."

나는 좌중에 뛰어들었습니다.

"하고 싶으면 합시다. 이러니저러니 여러 말할 것도 없고 없는 허물을 잡아낼 것도 없소. 그러나 이 집은 내가 짓고 그림 판 돈도 들었고 돈 버는 데 혼자 벌었다고도 할 수 없으니 전 재산을 반분합시다."

"이 재산은 내 재산이 아니다. 다 어머니 것이다."

"누구는 산송장인 줄 아오, 주기 싫단 말이지."

"죄 있는 계집이 무슨 뻔뻔으로."

"죄가 무슨 죄야, 만드니 죄지!"

"이것만 줄 것이니 팔아 가지고 가거라."

씨는 논문서 한 장, 약 오백 원가량 가격되는 것을 내어 준다.

"이따위 것을 가질 내가 아니다."

씨는 경성으로 간다고 일어선다. 그 길로 누이의 집으로 가서 의논하고 갔사외다.

나는 밤에 잠을 이루지 못하고 곰곰 생각하였사외다.

"아니다 아니다 내가 사죄할 것이다. 그리고 내 동기가 악한 것이 아니었다는 것을 말하자. 일이 커져서는 재미없다. 어린것들의 전정을 보아 내가 굴하자."

나는 불현듯 경성을 향하였사외다. 여관으로 가서 그를 만나 보았사외다.

"모든 것을 내가 잘못하였소. 동기만은 결코 악한 것이 아니었소."

"지금 와서 이게 무슨 소리야. 어서 도장이나 찍어."

"어린 자식들은 어찌하겠소."

"내가 잘 기르겠으니 걱정 말아."

"그러지 맙시다. 당신과 내 힘으로 못 살겠거든 우리 종교를 잘 믿어 종교의 힘으로 삽시다. 예수는 만인의 죄를 대신하여 십자가에 못 박히지 아니했소?"

"듣기 싫어."

나는 눈물이 났으나 속으로 웃었다. 세상을 그렇게 비뚜로 얽히어 맬 것이 무엇인가. 한번 남자답게 껄껄 웃어 두면 만사 무사히 되는 것이 아닌가. 나는 씨가 요지부동할 것을 알았사외다. 나는 모씨에게로 달려갔사외다.

"오빠, 이혼하자니 어쩔까요?"

"하지. 네가 고생을 아직 모르니까 고생을 좀 해 보아야지."

"저는 자식들 전정을 보아 못 하겠어요."

"엘렌 케이[26] 말에도 불화한 부부 사이에 기르는 자식보다 이혼하고 새 가정에서 기르는 자식이 더 양호하다지 아니했는가."

"그것은 이론에 지나지 못해요. 모성애는 존귀하고 위대한 것이니까요. 모성애를 잃는 에미도 불행하거니와 모성애에 길리지 못하는 자식도 불행하외다. 이것을 아는 이상 나는 이혼은 못 하겠어요. 오빠, 중재를 시켜 주셔요."

"그러면 지금부터 절대로 현모양처가 되겠는가?"

"지금까지 내 스스로 현모양처 아니된 일이 없으나 씨가 요구하는 대로 하지요."

"그러면 내 중재해 보지."

모 씨는 전화기를 들어 사장과 영업국장에게 전화를 걸었사외다. 중재를 시키자는 말이었사외다. 전화 답이 왔사외다. 타협될 희망이 없으니 단념하라 하나이다. 모 씨는

하지. 해. 그만치 요구하는 것을 안 들을 필요가 무엇 있나. 씨

---

26 스웨덴의 여성 사상가이자 교육자.

는 소설가이니만치 인생 내면의 고통보다 사건 진행에 호기심을 가진 것이었사외다. 나는 여기서도 만족을 얻지 못하고 돌아왔나이다. 그날 밤 여관에서 잠이 아니 와서 엎치락뒤치락할 때 사랑에서는 기생을 불러다가 흥이냐 흥이냐 놀며 때때로 껄껄 웃는 소리가 스며 들어왔나이다. 이 어이한 모순이냐. 상대자의 불품행을 논할진대 자기 자신이 청백할 것이 당연한 일이거든 남자라는 명목하에 이성과 놀고 자도 관계없다는 당당한 권리를 가졌으니 사회제도도 제도려니와 몰상식한 태도에는 웃음이 나왔나이다. 마치 어린애들 장난 모양으로 너 그러니 나도 이러겠다는 행동에 지나지 아니했사외다. 인생 생활의 내막의 복잡한 것을 일찍이 직접 경험도 못 하고 능히 상상도 못 하는 씨의 일이라 미구에 후회 날 것을 짐작하나 이미 기생 애인에 열중하고 지난 일을 구실 삼아 이혼 주장을 고집불통하는 데야 씨의 마음을 돌이키게 할 아무 방침이 없었사외다.

나는 부득이 동래를 향하여 떠났사외다. 봉천으로 달아날까 일본으로 달아날까 요 고비만 넘기면 무사하리라고 확신하는 바이었사외다. 그러나 불행히 내 수중에는 그만한 여비가 없었던 것이외다. 고통에 못 견뎌서 대구에서 내렸사외다. Y 씨 집을 찾아가니 반가워하며 연극장으로 요릿집으로 술도 먹고 담배도 피우며 그 부인과 세 사람이 날을 새웠사이다. 씨는 사위 얻을 걱정을 하며 인재를 구해 달라고 합니다. 나만 아는 내 고통은 쉴 새 없이 내 마음속에 돌고 돌고 빙빙 돌고 있나이다. 할 수 없이 동래로 내려갔사외다. 씨에게서는 여전히 이틀에 한 번씩 독촉장이 왔사외다.

"이혼장에 도장을 치오. 십오 일 내로 아니 치면 고소하겠소."

내 답장은 이러하였사외다.

남남끼리 합하는 것도 당연한 이치요 떠나는 것도 당연한 이치나 우리는 서로 떠나지 못할 조건이 네 가지가 있소. 일은 팔십 노모가 계시니 불효요 이는 자식 사 남매요 학령아동인 만큼 보호해야 할 것이오. 삼은 일 가정은 부부의 공동생활인 만큼 생산도 공동으로 되었을 뿐 아니라 분리케 되는 동시에 마땅히 일가—家가 이가二家 되는 생계가 있어야 할 것이오. 이것을 마련해 주는 것이 사람으로서의 의무가 아닐까 하오. 사는 우리 연령이 경험으로 보든지 시기로 보든지 순정 즉 사랑으로만 산다는 것보다 이해와 의로 살아야 할 것이오. 내가 이미 사과하였고 내 동기가 전혀 악으로 된 것이 아니오. 또 씨의 요구대로 현처양모가 되리라고 하였사외다.

씨의 답장은 이러하엿사외다.

"나는 과거와 장래를 생각하는 사람이 아니오. 현재로만 살아갈 뿐이오. 정말 자식이 못 잊겠다면 이혼 후 자식들과 동거해도 좋고 전과 똑같이 지내도 무관하오."

나를 꾀는 말인지 이혼의 시말이 어찌 되는지 역시 몰상식한 말이었사외다. 해 달라 아니 해 주겠다 하는 동안이 거의 한 달 동안이 되었나이다. 하루는 정학시켜 달라고 한 삼촌이 노심을 품고 앞장을 서고 시숙들 시누이들이 모여 내게 육박하였사외다.

"잘못했다는 표로 도장을 찍어라. 그 뒷일은 우리가 다 무사히 만들 것이니."

"혼인할 때도 두 사람이 한 일이니까 이혼도 두 사람이 할 터이니 걱정들 마시고 가시오."

나는 밤에 한잠 못 자고 생각하였사외다.

일은 이미 틀렸다. 계집이 생겼고 친척이 동의하고 한 일을 혼자 아니하려 해도 쓸데없는 일이다. 나는 문득 이러한 방침을 생각하고 서약서 두 장을 썼습니다.

서약서

부夫 ○○○과 처妻 ○○○은 만 이 개년 동안 재가 우又는[27] 재취를 않기로 하되 피차의 행동을 보아 복구할 수가 있기로 서약함.

우右 부 ○○○ 인

처 ○○○ 인

중재를 시키려 상경하였던 시숙이 도장을 찍어 가지고 내려왔나이다. 그는 이렇게 말하였나이다.

"여보 아주머니 찍어 줍시다. 그까짓 종이가 말하오? 자식이사 남매나 있으니 이 집에 대한 권리가 어디 가겠소? 그리고 형님도 말뿐이지 설마 수속을 하겠소."

옆에 앉았던 시어머니도

"그렇다 뿐이겠니. 그러다가 병날까 보아 큰 걱정이다. 찍어 주고 저는 계집 얻어 살거나 말거나 너는 나하고 어린것들 데리고 살자그려."

나는 속으로 웃었다. 그리고 아니꼽고 속상했다. 얼른 도장을 꺼내다가 주고

"우물쭈물할 것 무엇 있소. 열 번이라도 찍어 주구려."

과연 종이 한 장이 사람의 심사를 어떻게 움직이게 하는지 예측지 못하던 일이 하나씩 둘씩 생기고 때를 따라 변하는 양은 울음으로 볼까 웃음으로 볼까. 절대 무저항주의의 태도를 가지고 묵언 중에 타임이 운반하는 감정과 사물을 꾹꾹 참고 하나씩 겪어 제칠 뿐이었나이다.

27 또는.

108

이혼고백서
─ 청구 씨에게

이혼 후

H에게서 편지가 왔나이다.

"K에게서 전화가 왔는데 이혼 수속을 필하였다고 사방으로 통지하는 모양입니다. 참 우스운 사람이오. 언니는 그런 사람과 이혼 잘했소. 딱 일어서서 탁탁 털고 나오시오."

그러나 네 아이를 위하여 내 몸 하나를 희생하자. 나는 꼼짝 말고 있으련다. 이래 두 달 동안 있었나이다.

공기는 일변하였나이다. 서울서 씨가 종종 내려오나 나 있는 집에 들르지 아니하고 누이 집에 들러 어머니와 아이들을 청해다가 보고 시어머니는 눈을 흘기고 시누이는 추기고 시숙들은 우물쭈물 부르고 시어머니는 전권이 되고 만다. 동리 사람들은 "왜 아니 가누 언제 가누." 구경 삼아 말한다. 아이들은 할머니가 과자 사탕을 사 주어 가며 내 방에서 데려다 잔다. 이와 같이 전쟁 후 승리자나 패배자 간과 같이 나는 마치 포로와 같이 되었나이다. 나는 문득 이렇게 생각했다. '네 어린것들을 살릴까 내가 살아야 할까.' 이 생각으로 삼일 밤을 철야하였사외다.

오냐 내가 있는 후에 만물이 생겼다. 자식이 생겼다. 아이들아 너희들은 일찍부터 역경을 겪어라. 너희는 무엇보다 사람 자체가 될 것이다. 사는 것은 학문이나 지식으로 사는 것이 아니다. 사람이라야 사는 것이다. 장 자크 루소의 말에도 "나는 학자나 군인을 양

나혜석

성하는 것보다 먼저 사람을 기르노라." 하였다. 내가 출가하는 날은 일곱 사람이 역경에서 헤매는 날이다. 그러나 이러나 내 개성을 위하여 일반 여성의 승리를 위하여 짐을 부둥부둥 싸 가지고 출가 길을 차렸나이다.

북행 차를 탔다. 어디로 갈까. 집도 없고 부모도 없고 자식도 없고 친구도 없는 이 홀로 된 몸 어디로 갈까. 어디로 갈까.

경성에서 혼자 살림하고 있는 오라비 댁으로 갔었나이다. 마침 제사 때라 봉천서 남형이 돌아왔었나이다. 이미 장찰로 사건의 시종을 말했거니와 이번 사건에 일체 자기는 나서지를 아니하고 자기 아내를 내어보내어 타협 교섭한 일도 있었나이다.

"하여간 당분간은 봉천으로 가서 있게 하자."

"C를 한번 만나 보고 결정해야겠소."

"만나 보긴 무얼 만나 보아."

"일이 이만치 되고 K와 절연이 된 이상 C와 연을 맺는 것이 당연한 일이 아니겠소."

"별말 말아라. K가 지금 체면상 어쩌지를 못하여 그리하는 것이니까 봉천 가서 있으면 저도 생각이 있겠지."

이때 두어 친구는 절대로 서울 떠나는 것을 반대하였나이다. 그는 서울 안에 돈 있는 독신 여자가 많아 K를 유혹하고 있다는 것이었사외다. 형은 이렇게 말하였다.

"다른 여자를 얻는다면 K의 인격은 다 알 수가 있는 것이다. 다 운명에 맡기고 가자 가."

봉천으로 갔었나이다. 나는 진정할 수 없었나이다. 물론 그림은 그릴 수 없었고 그대로 소일할 수도 없었나이다. 나는 내 과거 생활을 알기 위하여 초고해 두었던 원고를 정리하였사외다. 그중에 모성에 대한 글 부부 생활에 대한 글 애인을 추억하는 글 자살에 대한 글 지금 당할 모든 것을 예언한 것같이 되었나이다. 그리하여 전에 생각하였던 바를 미루어 마음을 수습할 수 있었던 것이외다. 한 달이 못 되어 밀고 편지가 왔었나이다.

"K는 여편네를 얻었소. 아이도 데려간다 하오."

아직도 설마 수속까지 하였으랴 사회 체면만 면하면 화해가 되겠지 하고 믿고 있던 나는 깜짝 놀랐사외다. 형이 들어왔소이다.

"너 왜 밥도 안 먹고 그러니?"

"이것 좀 보오." 편지를 보였다. 형은 보고 비소하였다.

"제가 잘못 생각이지. 위인爲人은 다 알았다. 그까짓 것 단념해 버리고 그림하고나 살아라. 걸작이 나올지 아니?"

"나는 가 보아야겠소."

"어디로?"

"서울로 해서 동래까지."

"다 끝난 일을 가 보면 무얼 해. 치소嗤笑[28]받을 뿐이지."

"그러나 사람이 되고서 그럴 수가 있소. 생활비 한 푼 아니 주고 이혼이 무어요."

"이 개월간 별거 생활 하자는 서약은 어찌 된 모양이야?"

"그것도 제 맘대로 취소한 것이지."

"그놈 미쳤군 미쳤어."

"나는 가서 생활비 청구를 하겠소. 아니 내가 번 것을 찾겠소."

"그러면 가 보되 진중히 일을 해야 네 치소를 면한다." 나는 부산행 기차를 탔습니다.

28   빈정거리며 웃음.

경성역에 내리니 전보를 받은 T가 나왔습니다. T의 집으로 들어가 우선 씨의 여관 주인을 청했습니다. 나는 씨의 행동이 씨 혼자의 행동이 아니라 여관 주인을 위시하여 주위에 있는 친구들의 충동인 것을 안 까닭이었나이다.

"여보셔요."

"예."

"친구의 가정이 불행한 것을 좋아하십니까 행복된 것을 좋아하십니까?"

"네, 물으시는 뜻을 알겠습니다. 너무 오해하지 마십쇼."

나는 전혀 몰랐더니 하루는 짐을 가지고 나갑디다.

"나도 그 여자 잘 아오. 며칠 살겠소."

T는 말한다.

나는 두어 친구로 동반하여 북미창정北米倉町[29] 씨의 살림집을 향하여 갔었습니다. 나는 밖에 섰으려니까 씨가 우쭐우쭐 오더니 그 집으로 들어가지 아니하고 내 앞을 지나갑니다.

"여보, 찻집에 들어가 이야기 좀 합시다."

두 사람은 찻집으로 들어갔습니다.

"나 살 도리를 차려 주어야 아니하겠소."

"내가 아나. C더러 살려 달래지."

"남의 걱정은 말고 자기 할 일이나 하소."

"나는 몰라."

나는 그 길로 부청府廳[30]으로 가서 복적 수속을 물어 가지고 용

---

29 현재 서울 중구 북창동.
30 일제강점기에 부府의 행정 사무를 처리하던 기관.

지를 가지고 사무실로 갔었나이다.

"여보, 복적해 주오."

"이게 무슨 소리야."

"지난 일은 다 잊어버리고 갱생하여 삽시다. 당신도 파멸이요 나도 파멸이요 두 사람에게 속한 다른 생명까지도 파멸이오."

"왜 그래."

"차차 살아 보오. 당신 고통이 내 고통보다 심하리다."

"누가 그런 걱정하래."

훌쩍 나가 버린다.

그 이튿날이외다. 나는 씨를 찾아 사무실로 갔사외다. 씨는 마침 점심을 먹으러 자택으로 향하는 길이었나이다.

"다점茶店에 들어가 나하고 이야기 좀 합시다."

씨는 아무 말 없이 달음질을 하여 그 집 문으로 쑥 들어섰나이다. 나도 부지불각 중 들어섰나이다. 뒤를 따라 방 안으로 들어섰나이다. 여편네는 세간 걸레질을 치다가

"누구요." 한다.

세 사람은 마주 쳐다보고 앉았다.

"영감을 많이 위해 준다니 고맙소. 오늘 내가 여기까지 오려던 것이 아니라 다점에 들어가 이야기를 하겠더니 그냥 오기에 쫓아온 것이오."

"길에서 많이 뵌 것 같은데요."

"그런지도 모르지요."

"내가 오늘 온 것은 이같이 속히 끝날 줄은 몰랐소. 기왕 이렇게 된 이상 나도 살 도리를 차려 주어야 할 것 아니오. 그렇지 않으면 나도 이 집에서 살겠소. 인사 차리지 못하는 사람에게 인사를 차

리겠소."

씨는 아무 말 없이 나가 버렸나이다. 나와 여편네와 담화가 시작되었나이다.

"대체 어떻게 된 일이오?"

"그야 내게 물을 것 무엇 있소. 알뜰한 남편에게 다 들었겠소."

"그래 그럼 그리는 재주가 있으니까 살기야 걱정 없겠지요."

"지팡이 없이 일어서는 장사가 있답디까."

"나도 팔자가 사나워서 두 계집 노릇도 해 보았소마는 어린것들이 있어 오죽 마음이 상하리까. 어린것들을 보고 싶을 때는 어느 때든지 보러 오시지요."

"그야 내 마음대로 할 것이오."

"저 남산 꼭대기 소나무가 얼마나 고상해 보이겠소마는 그 꼭대기에 올라가 보면 마찬가지로 먼지도 있고 흙도 있을 것이오."

"그 말씀은 내가 남의 첩으로 있다가 본처로 되어도 일반이겠다는 말씀이지요."

"그것은 마음대로 해석하구려."

씨가 다시 들어왔나이다. 세 사람은 다시 주거니 받거니 이야기가 시작되었나이다.

이때 어느 친구가 들어왔나이다. 그는 이번 사건에 화해시키려고 애를 쓴 사람이었나이다.

"무엇들을 그러시오."

"둘이 번 재산을 나눠 갖자는 말이외다."

"그 문제는 내게 일임하고 R 선생은 나와 같이 나갑시다. 가시지요."

나는 더 있어야 별수 없을 듯하여 핑계 삼아 일어섰나이다. 씨와 저녁을 먹으며 여러 이야기를 하였나이다.

나는 그 이튿날 동래로 내려갔사외다. 나는 기회를 타서 네 아이를 끼고 바다에 몸을 던질 결심이었나이다. 내 태도가 이상하였는지 시어머니와 시누이는 눈치를 채고 아이들을 끼고 듭니다. 기회를 탈래도 탈 수가 없었나이다. 또다시 짐을 정돈하기 위하여 잠가 두었던 장문을 열었나이다. 반이 쑥 들어간 것을 볼 때 깜짝 놀랐나이다.

"이 장문을 누가 곁쇠질[31]을 했어요."

"나는 모른다. 저번에 아범이 와서 열어 보더라."

"그래 여기 있던 물건은 다 어쨌어요."

"안방에 갖다두었다."

"그것은 다 이리 내놓으시오."

여편네들 혀끝에 놀아 잠근 장을 곁쇠질하여 중요 물품을 꺼낸 씨의 심사를 밉다고 할까 분하다고 할까. 나는 마음을 눅혀서 생각하였나이다. 역시 몰상식하고 몰인정한 태도이외다. 그만치 그가 쓸데없이 약아지고 그만치 그가 경제상 핍박을 당한 것을 불쌍히 생각하였나이다. 다시 최후의 출가를 결심하고 경성으로 향하였나이다. 황망한 사막에 섰는 외로운 몸이었나이다.

어디로 향할까

모성애를 고수해 보려고 갖은 애를 썼나이다. 이 점으로 보아

31 제 열쇠가 아닌 것으로 자물쇠를 여는 짓.

양심에 부끄러울 아무것도 없었나이다.

나는 죽을 수밖에 없는 사람이 되고 말았나이다. 죽는 일은 쉽사외다. 한 번 결심만 하면 뒤는 극락이외다. 그러나 내 사명이 무엇이 있는 것 같사외다. 없는 길을 찾는 것이 내 힘이요 없는 희망을 만드는 것이 내 힘이었나이다.

역경에 처한 자의 요령은 노력이외다. 근면이외다. 번민만 하고 있는 동안은 타임은 가고 그 타임은 절망과 파멸밖에 갖다주는 것이 없나이다. 나는 우선 제전[32]에 입선될 희망을 만들었나이다. 그림을 팔고 있는 것을 전당하여 금강산행을 하였나이다. 구 만물상 만상정에서 한 달간 지내는 동안 대소품 이십 개를 얻었나이다. 여기서 우연히 아베 요시에[33] 씨와 박희도[34] 씨를 만났사외다.

"아, 이게 웬일이오." 박희도 씨는 나를 보고 놀랐사외다.

"센세이 고코니 아르 상가 오리마스요.(선생 여기에 R 씨가 있네요.)"

아베 씨는 우리 방 문지방에 걸터앉으며 유심히 내 얼굴을 쳐다보았나이다.

"고히토리데?(혼자이십니까?)"

"이치닌 모노가 이치닌데 이루노가 아다리마헤쟈 아리마셍카.(혼자 몸이 홀로 있는 게 당연하지 않습니까?)"

"이키마쇼우.(갑시다.)"

씨는 강한 어조로 동정에 넘치는 말이었사외다.

"아사마데 데키아가루 에가 아리마스카라 아스노 유우가타 쿠

<hr>

32 '제국미술전람회帝国美術展覧会'의 준말.
33 1910년대에 총독부 기관지인 《경성일보》와 《매일신보》의 사장을 지냈다.
34 삼일운동 당시 민족 대표 33인 중 한 사람으로, 《동양지광》을 창간했다.

다리데 이키마쇼우.(내일까지 완성할 그림이 있으니 내일 저녁에 내려가겠습니다.)"

"데와 호테루데 맛데이리마스.(그럼 호텔에서 기다리겠습니다.)"

"나니토소.(아무쪼록.)"

씨는 한 발을 질질 끌며 의자에 앉았사외다. 타고 다니는 의자에.

"닌겐모 고우낫차 시마이데스네.(인간도 이쯤되면 끝장이지.)"

"센세이도우 이다시마시테.(선생도 별말씀을.)"

그 이튿날 호텔에서 만나도록 이야기하고 금번 압록강 상류 일주일행 중에 참가되도록 이야기가 진행되었었나이다. 그 이튿날 양씨兩氏[35]는 주을 온천으로 가시고 나는 고성 해금강으로 갔었나이다. 고성군수 부인이 동경 유학 시 친구였던 관계상 그의 사택에 가서 성찬으로 잘 놀고 해금강에서 역시 아는 친구를 만나 생복을 많이 얻어먹었나이다.

북청으로 가서 일행을 만나 혜산진[36]으로 향하였나이다. 후기령 경색은 마치 한 폭의 남화이었나이다. 일행 중 아베 씨, 박영철[37] 씨, 두 분이 계셔서 처처에 환영이며 연회는 성대하였나이다. 신갈포로 압록강 상류를 일주하는 광경은 형언할 수 없이 좋았었나이다. 일행은 신의주를 거쳐 경성으로 향하고 나는 봉천으로 향하였나이다. 거기서 그림 전람회를 하고 대련까지 갔다 왔었나이다. 그 길로 동경행을 차렸나이다. 대구서 아베 씨를 만나 경주 구경을 하고, 진영으로 가서 박간농장[38]을 구경하고 자동차로 통도사, 범어사를 지나 동래

---

35 두 사람.
36 함경도와 북경도를 잇는 통로.
37 강원도지사와 함경북도지사를 지낸 조선인 출신 최고위 총독부 관료의 한 사람.
38 일제강점기 경남 진영군에 있던 대규모 농장.

를 거쳐 부산에 도착하여 연락선을 탔나이다. 동경역에는 C가 출영하였었나이다. 그는 의외에 내가 오는 것을 보고 놀랐사외다.

파리에서 그린 내게는 걸작이라고 할 만한 「정원」을 제전에 출품하였었나이다. 하룻밤은 입선이 되리라 하여 기뻐서 잠을 못 자고 하룻밤은 낙선이 되리라 하여 걱정이 되어서 잠을 못 잤나이다. 천이백이십사 점 중 이백 점 선출에 입선이 되었었나이다. 너무 기쁨에 넘쳐 전신이 떨렸사외다. 신문 사진반은 밤중에 문을 두드리고 라디오로 방송이 되고 한 뉴스가 되어 동경 일판을 뒤떠들었사외다. 이로 인하여 나는 면목이 섰고 내 일신의 생계가 생겼나이다. 사람은 남자나 여자나 다 힘을 가지고 납니다. 그 힘을 사람은 어느 시기에 가서 자각합니다. 아무라도 한 번이나 두 번은 다 자기 힘을 자각합니다. 나는 평생 처음으로 자기 힘을 의식하였나이다. 그때에 나는 퍽 행복스러웠사외다. 아 아베 씨는 내가 갱생하는 데 은인이외다. 정신상으로나 물질상 얼마나 힘을 써 주었는지 그 은혜를 잊을 길이 없사외다.

모성애

기백만인 여성이 기천 년 전 옛날부터 자식을 낳아 길렀다. 이와 동시에 본능적으로 맹목적으로 육체와 영혼을 무조건으로 자식을 위하여 바쳐 왔나이다. 이는 여성으로서 날 때부터 가지고 나온 한 도덕이었고 한 의무였고 이보다 이상 되는 천직이 없었나이다. 그러므로 연인의 사랑, 친구의 사랑은 상대적이요 보수報酬[39]적이나 어머니가 자식을 사랑하는 것만은 절대적이요 무보수적이요 희생적이외다. 그리하여 최고 존귀한 것은 모성애가 되고 말았사외다. 많은 여성은 자기가 가진 이 모성애로 인하여 얼마나 만족을 느꼈으며 행복스러웠는지 모릅니다. 그러나 때로는 이 모성애에 얽매여 하고 싶은 것을 하지 못하고 비참한 운명 속에서 울고 있는 여성도 불소不少하외다. 그러면 이 모성애는 여성에게 최고 행복인 동시에 최고 불행한 것이 되고 말았습니다. 여자가 자기 개성을 잊고 살 때 모든 생활 보장을 남자에게 받을 때 무한히 편하였고 행복스러웠나이다마는 여자도 인권을 주장하고 개성을 발휘하려고 하며 남자만 믿고 있지 못할 생활 전선에 나서게 된 금일에는 무한히 고통이요 불행을 느낄 때도 있는 것이외다.

나는 어느덧 네 아이의 어머니가 되고 말았사외다. 그러나 내가 애를 쓰고 아이를 배고 아이를 낳고 아이를 젖 먹여 기르는 것은 큰 사실이외다. 내가 모母 된 감상기[40] 중에 자식의 의미는 단수에 있는 것이 아니라 복수에 있다고 하였사외다. 과연 하나 기르고 둘 기르는 동안 지금까지의 애인에게서나 친구에게서 맛보지 못하는 애정을 느끼게 되었었나이다. 구미만유하고 온 후로는 자식에게 대한 이상이 서 있게 되었었나이다. 아이들의 개성이 눈에 뜨이고 그들의 앞길을 지도할 자신이 생겼었나이다. 그리하여 나는 그들을 길러 보려고 얼마나 애쓰고 굴복하고 사죄하고 화해를 요구하였는지 모릅니다. 그러나 모든 것이 무용지물이 되고 말았구려.

39 고맙게 해 준 데 대하여 보답을 함.
40 나혜석이 쓴 산문의 제목.

금욕 생활

야반에 눈이 뜨이면 허공의 구석으로부터 일진의 바람이 어디선지 모르게 불어 들어옵니다. 그때 고적이 가슴속에 퍼지는 것을 깨닫습니다. 지금까지 내가 느끼는 고적은 아픈 것은 있었으나 해될 것은 없었습니다. 지금 느끼는 고적은 독초 가시에 찔리는 자국의 아픔을 깨달았습니다. 어디로부터 와서 어디로 가는지 모르는 가운데서 무엇을 하든지 그 뒤는 고적합니다.

나는 소위 정조를 고수한다는 것보다 재혼하기까지는 중심을 잃지 말자는 것이외다. 즉 내 마음 하나를 잊지 말자는 것이외다. 나는 이미 중실中實을 잃은 사람이 되고 말았습니다. 이에 중심까지 잃는 날은 내 전정은 파멸이외다. 오직 중심 하나를 붙잡기 위하여 절대 금욕 생활을 하여 왔사외다.

남녀를 물론하고 임신 시기에 있어서는 금욕 생활이 용이한 일이 아니외다. 나도 이때만은 태몽을 꾸면서 고통으로 지냈나이다.

나는 처녀와 같고 과부와 같은 심리를 가질 때가 종종 있나이다. 그러고 독신자에게는 이러한 경구가 있는 것을 잊어서는 아니 됩니다.

"모든 사람에게 허락할까 한 사람에게도 허락지 말까." 이성의 사랑은 무섭다. 사람의 정열이 무한히 올라가는 것이 아니라 한란계의 수은이 백 도까지 올라갔다가 도로 저하하듯이 사랑의 초점을 백 도라 치면 그 이상 올라가지 못하고 저하하는 것이외다. 그리하여 열정이 고상高上할 시는 상대자의 행동이 미화 선화 하나, 저하할 시는 여지없이 추화 악화 해지는 것이외다. 나는 이것을 잘 압니다. 그리하여 사랑이 움돋을 만하면 딱 부질러[42] 버립니다. 나는 그 저

하한 뒤 고적을 무서워함입니다. 싫어함입니다. 이번이야말로 다시 이런 상처를 받게 되는 날은 갈 곳 없이 사지로밖에 돌아갈 길이 없는 까닭입니다. 아 무서운 것!

적막한 것이 사람입니다. 그러므로 사람은 살아 있는 것이 무의미로 생각하기에는 너무 깊은 감각을 주는 것을 알 수 있습니다. 어디 굴리든지 어떻게 하든지 거기까지 가는 사람은 은택 입은 사람입니다. 적막에서 돌아오는 그것이 우리의 희망일는지 모릅니다.

아, 사람은 혼자 살기에는 너무 작습니다. 타임의 일일은 짧으나 그 타임의 계속한 일 년이나 이 년은 깁니다.

이혼 후 소감

나는 사람으로 태어난 것을 후회합니다. 나는 사람으로 태어나고 싶어 태어난 것이 아니라 사람이 어떠한 것인지 이 세상이 어떠한 곳인지 모르고 태어난 것 같사외다. 이 인생 됨이 더 추하고 비참한 것이요 더 절망적으로 되었다 하더라도 나는 원망치 아니합니다. 지금 나는 죽어도 살아도 똑같다고 생각합니다. 죽음은 무서운 것이외다. 그럴 때마다 자기를 참으로 살렸는지 아니하였는지 봅니다. 나는 자기를 참으로 살릴 때는 죽음이 무섭지 않사외다. 다만 자기를 다 살리지 못하였을 때 죽음이 무섭습니다. 그런 고로 죽음의 공포를 깨달을 때마다 자기의 부덕함을 통절히 느낍니다.

나는 자기를 천박하게 만들고 싶지 않은 동시에 타인을 원망하

---

41 '부러뜨리다'의 방언.

기 전에 자기를 반성하고 싶습니다. 자기 내심에 천박한 마음이 생기는 것을 알고 고치지 않고는 있지 못하는 사람은 인류의 보물이외다. 이러한 사람은 벌써 자기 마음속에 있는 잡초를 잊고 좋은 씨를 이르는 곳마다 펼치어 사람 마음의 양식이 되는 자외다. 즉 공자나 석가나 예수와 같은 사람이외다. 태양은 만물을 뜨겁게 아니하려도 자연 덥게 만듭니다. 아무런 것이 오더라도 그것을 비추는 재료로 화化해 버립니다. 바다는 아무리 더러운 것이 뜨더라도 자체를 더럽히지 않습니다.

모든 사람의 경우와 처지를 생각해 보자 그때 거기에서 자기를 찾습니다. 사랑을 깨닫습니다. 그러므로 자기가 요구하는 사람을 먼저 자기로 만들 것입니다. 사람은 자기 내심의 자기도 모르는 정말 자기를 가지고 있습니다. 보이지도 알지도 못하는 자기를 찾아내는 것이 사람 일생의 일거리입니다. 즉 자아 발견이외다.

사람은 쓸데없는 격식과 세간의 체면과 반쯤 아는 학문의 속박을 많이 받습니다. 있으면 있을수록 더 가지고 싶은 것이 돈이외다. 높으면 높을수록 더 높아지고자 하는 것이 지위외다. 가지면 가지니만치 음기로 되는 것이 학문이외다. 사람의 행복은 부를 득한 때도 아니요 이름을 얻은 때도 아니요 어떤 일에 일념이 되었을 때외다. 일념이 된 순간에 사람은 전신 세청한 행복을 깨닫습니다. 즉 예술적 기분을 깨닫는 때외다.

인생은 고통 그것일는지 모릅니다. 고통은 인생의 사실이외다. 인생의 운명은 고통이외다. 일생을 두고 고병을 깊이 맛보는 데 있습니다. 그리하여 이 고통을 명확히 사람에게 알리는 데 있습니다. 범인은 고통의 지배를 받고 천재는 죽음을 가지고 고통을 이겨 내어 영광과 권위를 취해 낼 만한 살 방침을 차립니다. 이는 고통과 쾌락 이상 자기에게 사명이 있는 까닭이외다. 그리하여 최후는 고통 이상의 것을 만들고 맙니다.

번뇌 중에서도 일의 시초를 지어 잊는다.

내 갈 길은 내가 찾아 얻어야 한다.

사람은 누구든지 자기 운명이 어찌 될지 모릅니다. 속 마디를 지은 운명이 있습니다. 끊을 수 없는 운명의 철쇄이외다. 그러나 너무 비참한 운명은 왕왕 약한 사람으로 하여금 반역케 합니다. 나는 거의 재기할 기분이 없을 만치 때리고 욕하고 저주함을 받게 되었습니다. 그러나 나는 필경은 같은 운명의 줄에 얽히어 없어질지라도 필사의 쟁투에 끌리고 애태우고 괴로워하면서 재기하려 합니다.

조선 사회의 인심

우리가 구미만유하기까지 그다지 심하지 아니하였다마는 갔다 와서 보니 전에 비하여 일반 레벨이 훨씬 높아진 것이 완연히 눈에 띄었습니다. 그리하여 유식 계급이 많아진 동시에 생존경쟁이 우심尤甚하여졌습니다.[42] 생활 전선에 선 이천만 민중은 저축 없고 직업 없고 실력 없이 살 길에 헤매어 할 수 없이 대판으로 만주로 남부여대男負女戴 하여 가는 자가 불소하외다. 과연 조선도 이제는 돈이 있든지 실력 즉 재주가 있든지 하여야만 살게 되었사외다.

사상상으로 보면 국제적 인물이 통행하는 관계상 각 방면의 주의 사상이 목입하게 됩니다. 이에 좁게 알고 널리 보지 못한 사람으

42   더욱 심하다.

로 그 요령을 취득하기에 방황하는 것은 당연한 이치입니다. 비빔밥을 그냥 먹을 뿐이요 그중에서 맛을 취할 줄 모르는 것이 대부분입니다. 그러므로 오늘은 이 주의에서 놀다가 내일은 저 주의에서 놀게 되고 오늘은 이 사람과 친했다가 내일은 저 사람과 친하게 됩니다. 일정한 주의가 확립지 못하고 고립固立[43]한 인생관이 서지를 못하여 바람에 날리는 갈대와 같은 시일을 보내고 맙니다. 이는 대개 정치 방면에 길이 막히고 경제에 얽매여 자기 마음을 자기가 마음대로 가질 수 없는 관계도 있겠지만 너무 산만적이 되고 말았나이다.

조선의 유식 계급 남자 사회는 불쌍합니다. 제일 무대인 정치 방면에 길이 막히고 배우고 쌓은 학문은 용도가 없어지고 이 이론 저 이론 말해야 이해해 줄 사회가 못 되고 그나마 사랑에나 살아 볼까 하나 가족제도에 얽매인 가정 몰이해한 처자로 하여 눈살이 찌푸려지고 생활이 신산스러울 뿐입니다. 애매한 요릿집에나 출입하며 죄 없는 술에 투정을 다 하고 몰상식한 기생을 품고 즐기나 그도 역시 만족을 주지 못합니다. 이리 가 보면 나을까 저 사람을 만나면 나을까 하나 남은 것은 오직 고적뿐입니다.

유식 계급 여자 즉 신여성도 불쌍하외다. 아직도 봉건시대 가족제도 밑에서 자라나고 시집가고 살림하는 그들의 내용의 복잡이란 말할 수 없이 난국이외다. 반쯤 아는 학문이 신구식의 조화를 잃게 할 뿐이요 음기를 돋을 뿐이외다. 그래도 그대들은 대학에서 전문에서 인생 철학을 배우고 서양에나 동경에서 그들의 가정을 구경하지 아니하였는가. 마음과 뜻은 하늘에 있고 몸과 일은 땅에 있는 것이 아닌가. 달콤한 사랑으로 결혼하였으나 너는 너요 나는 나

---

43 곧고 올바르다.

대로 놀게 되니 사는 아무 의미가 없어지고 아침부터 저녁까지 반찬 걱정만 하게 되는 것이 아닌가. 급기 신경과민 신경쇠약에 걸려 독신 여자를 부러워하고 독신주의를 주장하는 것이 아닌가. 여성을 보통 약자라 하나 결국 강자이며 여성을 작다 하나 위대한 것은 여성이외다. 행복은 모든 것을 지배할 수 있는 그 능력에 있는 것이외다. 가정을 지배하고 남편을 지배하고 자식을 지배한 나머지에 사회까지 지배하소서. 최후 승리는 여성에게 있는 것이 아닌가.

　조선 남성 심사는 이상하외다. 자기는 정조 관념이 없으면서 처에게나 일반 여성에게 정조를 요구하고 또 남의 정조를 빼앗으려고 합니다. 서양에나 동경 사람쯤 하더라도 내가 정조 관념이 없으면 남의 정조 관념이 없는 것을 이해하고 존경합니다. 남에게 정조를 유인誘引하는 이상 그 정조를 고수하도록 애호해 주는 것도 보통 인정이 아닌가. 종종 방종한 여성이 있다면 자기가 직접 쾌락을 맛보면서 간접으로 말살시키고 저작시키는 일이 불소하외다. 이 어이한 미개명의 부도덕이냐.

　조선 일반 인심은 과도기인 만치 탁 터 나가지를 못하면서 내심으로는 그런 것을 요구합니다. 경제에 얽매여 움치고 뛸 수 없으니 지글지글 끓는 감정을 풀 곳이 없다가 누가 앞을 서는 사람이 있으면 가부를 막론하고 비난하며 그들에게 확실한 인생관이 없는 만치 사물에 해결이 없으며 동정과 이해가 없이 형세 닿는 대로 이리 긋고 저리 긋게 됩니다. 무슨 방침을 세워서라도 구해 줄 생각은 소호少毫도 없이 마치 연극이나 활동사진 구경하듯이 재미스러워하고 비소하고 질타하여 일껏 선안先眼[44]에 착심하였던 유망한 청년

44　선구적인 안목.

으로 하여금 위축의 불구자를 만드는 것 아닌가. 보라. 구미 각국에서는 돌비한 행동하는 자를 유행을 삼아 그것을 장려하고 그것을 인재라 하며 그것을 천재라 하지 않는가. 그러므로 앞을 다투어 창작물을 내나니 이러므로 일진월보의 사회의 진보가 보이지 않는가. 조선은 어떠한가. 조금만 변(變)한[45] 행동을 하면 곧 말살시켜 재기치 못하게 하나니 고금의 예를 보아라. 천재는 당시 풍속 습관의 만족을 갖지 못할 뿐 아니라 차대를 추측할 수 있고 창작해 낼 수 있나니 변동을 행하는 자를 어찌 경솔히 볼까 보냐. 가공할 것은 천재의 싹을 분질러 놓는 것이외다. 그러므로 조선 사회에는 금후로는 제일선에 나서 활동하는 사람도 필요하거니와 제이선 제삼선에 처하여 유망한 청년으로 역경에 처하였을 때 그 길을 틔워 주는 원조자가 있어야 할 것이요 사물의 원인 동기를 심찰하여 쓸데없는 도덕과 법률써 재판하여 큰 죄인을 만들지 않는 이해자가 있어야 할 것입니다.

청구 씨에게

씨여, 이만하면 떨어져 있는 동안 내 생각을 알겠고 변동된 내 생활을 알겠사외다. 그러나 여보셔요 아직까지도 나는 내게 적당한 행복된 길이 어디 있는지를 찾지 못하였어요. 씨와 동거하면서 때때로 의사 충돌을 하며 아이들과 살림살이에 엄벙덤벙 시일을 보내는 것이 행복스러웠을는지 또는 방랑 생활로 나서 스케치 박스를 메고 캔버스에 그림 그리고 다니는 이 생활이 행복스러울지 모르겠소. 그

---

45 별난 데가 있다.

126

러나 인생은 가정만도 인생이 아니요 예술만도 인생이 아니외다. 이것저것 합한 것이 인생이외다. 마치 수소와 산소와 합한 것이 물인 것과 같이, 여보셔요 내 주의는 이러해요. 사람 중에는 보통으로 사는 사람과 보통 이상으로 사는 사람이 있다고 봅시다. 그러면 그 보통 이상으로 사는 사람은 보통 사람 이상의 정력과 개성을 가진 자외다. 더구나 근대인의 이상은 남의 하는 일을 다 하고 남는 정력으로 자기 개성을 발휘하는 것이 가장 최고 이상일 것이외다. 그는 이론뿐이 아니라 실례가 많으니 위인 걸사들의 생활은 그러하외다. 즉 수신제가치국평천하가 고금이 다를 것 없나이다. 나는 이러한 이상을 가지고 십 년 가정생활에 내 일을 계속해 왔고 자금自今[46]으로도 실행할 자신이 있던 것이외다. 그러므로 부분적이 내 생활 행복이 될 리 만무하고 종합적이라야 정말 내가 요구하는 행복의 길일 것이외다. 이 이상을 파괴케 됨은 어찌 유감이 아니리까.

감정의 순환기가 십 년이라 하면 싫었던 사람이 좋아도 지고 좋았던 사람이 싫어도 지며 친했던 사람이 멀어도 지고 멀었던 사람이 친해도 지며 선한 사람이 악해도 지고 악했던 사람이 선해도 지나이다. 씨의 십 년 후 감정은 어떻게 될까. 이상에도 말하였거니와 부부는 세 시기를 지나야 정말 부부 생활의 의미가 있다고 하였습니다. 나는 이미 그대의 장처 단처를 다 알고 씨는 나의 장처 단처를 다 아는 이상 상호 보조하여 살아갈 우리가 아니었던가.

하여간 이상 몇 가지 주의로 이혼은 내 본의가 아니요 씨의 강청이었나이다. 나는 무저항적으로 양보한 것이니 천만 번 생각해도 우리 처지로 우리 인격을 통일치 못하고 우리 생활을 통일치 못한

---

46 지금을 기준으로 하여.

것은 부끄러운 일입니다.

　　아울러 바라는 바는 여든 노모의 여생을 편하게 하고 네 아이의 양육을 충분히 주의해 주시고 나머지는 씨의 건강을 바라나이다.

1934. 8.

장정심(張貞心·1898∼1947)

　　장정심은 1898년 경기도 개성에서 태어나 기독교 가정에서 성장해 어려서부터 신앙생활을 하며 신교육을 받았다. 1925년 호수돈여자고등보통학교를 졸업하고 서울에 올라와 이화학당 유치사범과에 진학해 졸업했다. 졸업 후 고향에 내려가 호수돈여자고등보통학교 부설 유치원에서 교사 생활을 하며 삼일운동 후 생겨난 여성운동 단체에서 활발히 활동했다. 엡윗청년회, 개성 여자교육회, 개성 신간회 등에서 강사나 간사로 활동했다. 이후 서울의 감리교협성여자신학교에 다시 입학해 학업을 계속했다. 1927년 기독교계에서 운영하는 잡지《청년》에「기도실」등을 발표하며 작품 활동을 시작해 1933년 한성도서주식회사에서 첫 시집『주의 승리』를 출간했다. 시집 제목에도 드러나듯이 독실한 신앙생활과 신앙심을 표방한 시들이 주로 실렸다. 이듬해인 1934년에 두 번째 시집『금선』을 출간했다.『금선』은 서정시는 물론 시조와 동시 등에 이르기까지 181편의 작품을 수록한 상당한 규모의 시집이다. 같은 해에『조선기독교 50년 사화』를 여성 선교의 시각으로 편찬한 것도 특기할 만하다. 1938년 조선기독교여자절제회의 서기를 거쳐 총무를 맡으며 금주 금연 운동을 전개했다. 작고할 때까지 신문과 잡지에 많은 시작품을 발표했다. 1947년 개성의 자택에서 병환으로 별세했다.

　　첫 시집『주의 승리』에서부터 예수의 생애에 감명을 받고 그의 뜻을 따르고자 하는 의지를 드러냈던 장정심은 두 번째 시집『금선』에 와서는 한층 더 깊어진 종교적 인식과 주체적 자아 인식에 도달한다. 민족과 역사에 대한 책임과 윤리를 드러낸다는 점에서 장정심의 시 세계를 더욱 주목할 만하다. 또한 금강산, 대동강, 박연폭포 등 이 땅의 역사적 장소를 기독교적 의미의 낙원으로 그 상징성을 부각하며 낙원에 대한 갈망을 통해 역사의식과 민족해방 의식을 드러냈다는 점에서 1930년대 시문학사에서 의미가 있다.

『금선』에 수록된「행주치마」에서 장정심은 임진왜란 때 행주대첩을 소재로 다룬다. 장정심은 권율 장군의 승리로 역사에 기록된 행주대첩에서 행주치마에 돌을 나르며 함께 싸웠던 여성들을 주목한다. "한양 여걸의 옛 행주치마/ 찢어졌어도 그의 열정이오/ 뚫어졌서도 그의 충심이니/ 땀과 피를 쌓든 그 행주치마"(「행주치마」)를 입고 싶다는 바람을 통해 "한심한 살림사리에/ 눈물 바지"하는 앞치마 대신 역사의 현장에서 당당한 주체로서 함께하는 여성으로 살고 싶다는 시인의 바람을 드러낸다.

이경수

행주치마

한양 여걸의 그 행주치마
나도 한번입어 봤으면
돌이아니라 금덩이 였든지
연전연승 했든 그 행주치마

잔돌 굵은돌 비발치듯이
석전시대가 그립습니다
화살 총알을 막아내기에
뚫어지고 찢어졌든 그 행주치마

오늘 우리의 앞치마에는
무엇하기에 해여졌나
한심한 살림사리에
눈물 바지하기에 해여저 가지오

장정심

한양 여걸의 옛 행주치마
찢어졌어도 그의 열정이오
뚫어졌서도 그의 충심이니
땀과 피를 쌓든 그 행주치마

— 장정심, 『금선』(한성도서주식회사, 1934)

김말봉(金末鳳·1901~1961)

김말봉은 1901년 경남 밀양에서 태어나 함양군 안의면에서 성장했다. 본명은 말봉末峰, 필명은 말봉末鳳, 보옥步玉이다. 부산 일신여학교를 거쳐 서울 정신여학교를 1919년에 졸업했다. 그 뒤 황해도 재령의 명신학교 교원으로 근무하다가, 일본으로 건너가 1923년 도쿄 송영고등여학교, 1927년 교토 도시샤여자전문학부 영문과를 졸업했다. 1929년《중외일보》기자로 취직하고 이듬해 부산에서 전상범과 결혼했다. 1936년 남편과 사별 후 1937년 이종하와 결혼했다. 그 후 광복 때까지 일본어로 글쓰기를 거부해 작품 활동을 중단한다. 김말봉은 해방 후 작품 활동을 재개하고, 1946년 8월 10일 열네 개 좌우익 여성 단체가 함께 결성한 폐업공창구제연맹의 회장을 맡아 공창 폐지 운동의 전면에 나섰다. 매매춘 여성들의 갱생과 사회생활 적응을 위한 교육기관 격인 희망원 설립을 추진했으나 무산되자, 사재를 털어 박애원을 운영했다. 「카인의 시장」(1945)은 공창 폐지의 필요성을 여론화하기 위해 쓴 것으로 알려져 있다. 1955년 미국무부 초청으로 도미 시찰을 하며 소설가 펄 벅을 만났다. 1957년 대한민국예술원 회원에 당선되었고, 기독교 장로교회에서 우리나라 최초의 여성 장로가 되었다. 1961년 폐암 합병증으로 별세했다.

김말봉은 1932년 보옥이라는 필명으로《중앙일보》신춘문예에 단편소설 「망명녀」를 응모하여 당선되었다. 1935년《동아일보》

에 연재한 장편소설 「밀림」에 이어, 1937년 《조선일보》에 연재한 「찔레꽃」이 단행본으로 출간된 후에도 3쇄를 발행할 정도로 독자들의 호응을 얻었다. 해방 후 1947년 《부인신보》에 연재한 「카인의 시장」은 1951년 제목을 바꿔 『화려한 지옥』으로 출간한다. 이즈음부터 김말봉은 본격적으로 작품 활동을 재개하면서 1954년 「새를 보라」, 「바람의 향연」, 「옥합을 열고」, 「푸른 날개」 등 네 편의 소설을, 1957년 「생명」, 「푸른 장미」, 「방초탑」 등 세 편의 소설을 여러 신문과 잡지에 동시 연재했다. 1958년부터 1959년까지 「화관의 계절」, 「사슴」, 「아담의 후예」, 「장미의 고향」, 「해바라기」 등 수많은 작품을 발표했다. 해방 후의 장편 연재소설들은 사회제도를 개혁하려는 의지와 기독교적 이상주의를 보여 준 것으로 평가받았다.

김말봉은 「밀림」과 「찔레꽃」이 대중적으로 큰 인기를 얻으면서 1930년대 후반 통속소설의 유행을 이끌었다. 김말봉은 스스로 통속 작가이기를 자처했을뿐더러 순수문학만 고수하는 기존 작가들을 '순수귀신'이라 칭하며 비판했다. 「찔레꽃」의 청순가련형의 여주인공을 둘러싼 고난과 극복이라는 이야기는 이후 대중 멜로드라마의 전범을 이루었다. 기존 문학장뿐 아니라 여성문학장에서 폄하되었던 하위 장르의 양식을 차용해 상층 부르주아의 부도덕성, 공창제 등을 비판했다는 점에서 사회성 멜로드라마를 통해 여성문학의 범주를 확장했다고 평가받는다.

김양선

찔레꽃

작품 소개

「찔레꽃」은 1930년대 대중소설의 성취도와 상업성을 가늠할 수 있는 작품으로, 발췌된 부분은 소설의 결말에 해당한다. 발췌한 첫 장면에서는 여주인공 정순의 고용주인 조만호의 성적 타락, 만호 집 침모의 탐욕, 기생 옥란의 질투와 복수심이 뒤섞여 빚어진 살인 사건의 전말을 보여 준다. 이어지는 두 번째 장면은 정순을 오해했던 옛 애인 민수가 용서를 빌지만 그를 받아들이지 않는 정순의 단호한 모습을 보여 준다. 작가는 타락한 세계에서 순결과 도덕성을 지킨 여주인공의 선택을 숭고하고 감상적 문체로 그린다. 소설의 제목이기도 한 "희고도 고은 찔레꽃"은 주인공 정순을 상징하는 이미지이다.

김양선

一六16

벽장 속에 옥란은 숨을 죽이고 단도 자루를 단단히 감아쥐엇다 두취는 자리에 누은 채 부스락부스락 련방 조희[1]소리를 내며 무슨책인지 신문인지 읽는 모양이다 이윽고 조두취는 한 손을 내밀어 머리맛헤 노인 전등의 스위치를 돌려 버리자 방 안은 완전히 캄캄하여젓다

『응! 고년이 아주 맹랑하단 말야 아 십만 원을 그냥 담박 주어 버렷더라면 큰일 날 번햇지 흥』

하고 두취는 감개무량한 드시 혼자말을 하는 것이다 벽장 속에 잇는 옥란은 하 — 얀 잇발을 드러내 노코 악마와 가티 우섯다

『네 생명도 이 밤으로 마지막이다』

옥란은 한 손으로 옷고름을 치마 허리 속으로 미러너코는 두취

---

1   '종이'의 방언.

의 잠들기를 기다렸다

불이 꺼진 지 한 십 분이나 되엿슬가 두취의 코 구는 소리 나기만 고대하고 잇는 옥란의 귀에 이상한 소리가 들려왔다 바시시! 문을 여는 소리가 들리자

『자 드러와요 하하하 자 어여』

두취의 나즈막하게 부르짓는 소리에 따라 자박자박 사람이 갓가히 오는 기척이 난다 그리고 부시럭 하는 이불 소리!

『가정교사로군!』

벽장 속에 잇는 옥란의 눈에서 파 ── 란 불이 흘러나왔다. 창에 기대안젓든 경구는 두 손으로 머리를 싼 채 창문을 획 열어제치고 침을 탁 배앗탓다.

『액 ── 더러운 게집!』

경구는 일 분 전 자기의 시야(視野)를 섯처간 한 개의 사실을 머리속에 내쫓츠려는 듯이 그는 벌덕 이러나서 전등을 켯다 그리고 그는 모든 잡념을 물리치고 잠자는 리성(理性)을 깨우치려는 듯이 정말(丁抹) 농촌이라는 영역 팜풀렛을 차저 손에 들엇다 그러나 글자 우에는 분명코 조곰 전에 달빗이 가득찬 복도 우으로 고양이처럼 가볍게 달려가든 한 개의 그림자가 명멸되고 잇서 그는 눈을 감고 고개를 흔들엇다

하얀 침의를 입고 짤막한 머리를 엇개 우에 드리운 녀자 그는 분명코 정순이엇다.

『벌서부터 아버지 침실에 드나들고 잇섯든 것을……』

경구는 이러서서 또다시 창문을 열고 탁! 하고 침을 배텃다 그러나 그담 순간 경구는 주춤하니 서 버렷다 어데서

『사람, 사람 살유 ── 』

하는 비명이 어렴풋이 들려온 까닭이다 경구는 고개를 기우렷
다 쾅쾅 문을 두들기는 소리와 함께 요란하게 울리는 경종! 강도가
들거나 불이날 때만 쓰게 되여 잇는 경종 소리가 밤공기를 뚤코 요
란히 들려왓다 경구는 침의 바람으로 층층대를 뛰어 나려왓다

『사람 사람 사람 살리우』

하는 녀자의부르짓는 소리에 뒤밋처

『아무도 업나 얘 ─ 아무도 업나』

하는 두취의 웨치는 소리가 들려온다 소리 나는 방향은 분명코
부친의 침실 잇는 곳이다

경구는 어슴프래 슴여드는 달빗을 밟고 복도를 달렷다 아버지
의 방에는 불도 업고 게다가 두꺼운 커 ─ 텐으로 가라워 달빗도 업
다. (단지 두취의 방은 겨울이라도 방장²⁾은 업스니 그것은 위생상 납브
다는 것을 알고 일부러 두취가 폐지한 까닭이다)

경구는 방문을 획 열엇다 순간 피비린내가 훌적 경구의 코밋흘 싯
처 갓다 경구는 부들부들 떨리는 손을 더듬어 전등 스위치를 틀엇다.

—《조선일보》, 1937년 10월 2일

十七17

왼편 귀밋헤서 줄줄 피가 흐르는 조두취는 자리에 걱구러진 채
억개로 숨을 쉬고 잇는 녀자를 흔들며

---

2   방문이나 창문에 치거나 두르는 휘장.

『정순이 정순이 이봐 정순이 정신 차려』

하고 녀자를 안아 이르키려 하나 녀자는 대답 소리도 업고 방금 흘러나오는 선혈로 설백의 요닛[3]은 점점 넓게 물들여지고 잇다.

경구는 위선[4] 전화실로 달려가서 병원에 전화를 하고 도라오니 아버지의 목에다 붕대를 감고 잇는 사람이 잇다 경구는 그사이 몰려온 식구들을 둘러보며 허둥지둥 소리를 질럿다

『도적놈은 다라나도 조흐니 의사의 자동차가 드러오도록 얼른 가서 대문 열어 놔』

그 소리에 누구인지

『네 ─ 』

하고 나가는 사람이 잇다

『여보 정순이 정순이 정신 채려 응 정순이!』

하고 업드러저 잇는 녀자의 엇개를 흔드는 두취의 음성은 분명히 통곡에 갓가웟다

벌서 절반 넘어 붕대를 감고 잇든 손이 딱 멈첫다 그리고

『웨 그리십니가 저는 정신을 채리고 잇는데요?』

하고 은방울을 굴리듯 하는 정순의 목소리가 들리자 두취는

『응?』

하고 주위를 도라보앗다

『정신을 채리십시요 정순이는 여기 잇습니다』

하고 붕대를 들고 잇는 정순이가 두취의 얼굴 아페서 소리를 치자 두취는 비로소 정순을 아라본 듯이

---

3   '요잇('욧잇'의 방언)'을 소리 나는 대로 씀. 요의 몸에 닿는 쪽에 시치는 흰 헝겊.
4   우선.

『아 ― 그럼 정순이는 다치지 안엇군…… 그러면 그러면 이건 누구야?』

두취는 여우에게 홀린 사람 모양으로 어리둥절하여 방바닥에 걱구러저 잇는 또 한 사람의 정순을 드려다보앗다 순간

『영자야! 아이구 영자야 그래 넌 죽느냐?』

하고 사람들을 헷치고 압흐로 내닷는 녀인 그는 침모 박 씨다

『아이구 영자야 어밀 죽여다구 어미가 너를 너를 이러케 만드럿구나』

침모는 거의 밋친 듯이 그는 허 ― 엿케 도라간 눈으로 영자의 상반신을 이르켯다 갑상선을 한일자로 칼날을 바든 영자는 벌서 사지가 서 ― 늘하게 되여 온다

『아이구 명천 하나님 이 늙은 년에게 벼락을 내려 주서요 이년이 돈에 눈깔이 어두어서…… 아이구 ― 』

정순은 탈지면과 붕대를 가지고 영자의 겻흐로 왓다

『마나님 좀 붓드세요 의사가 오기까지 출혈이나 좀 막게요』

하고 침모를 흔들엇스나 거이 밋처버린 침모는 그런 소리는 대답도 업시 통곡하고 잇다

『자 안 선생님 저기 붓들 테니깐요 자 붕대를 감으세요』

하고 경구가 영자의 억개를 붓안엇다 그리는 동안에 의사가 오고 그리고 경관도 왓다 상노 아이가 경찰에다가 강도가 침입하엿고 전화를 한 까닭이다

의사는 정순의 림기응변으로 출혈을 적게 하엿다는 것을 대단히 칭찬을 하고 영자와 두취를 자동차에 실어 병원으로 다려갓다

경관 압헤 두 손을 모흔 채

『나리님 이년을 이년을 죽여 주서요』

하고 침모 박 씨는 모든 것을 고백하엿다 순사가 위선 침모를 서(署)로 대려가려고 나설 때

『진범인은 여기 잇세요 호호』

하고 서편 창에 걸려잇는 커 — 텐 아래에서 녀자의 우슴소리가 들려왓다 여럿의 눈은 일시에 소리 나는 곳으로 올맛다 피가 무든 단도를 한 손에 들고나오는 젊은 녀인은 무엇이 우스운지 생글생글 우스며

『저는 기생 백옥란이애요 대리고 가시면 자세한 말슴을 엿줄 테니깐요』

하고 옥란은 경관 압흐로 나섯다 경관은 포승으로 옥란을 결박하랴 할 때

『아이 숭해 포승은 관두어요 다라나지 안흘 테니……』

그러나 경관은 수갑으로 옥란의 백어 가튼 두 손을 찰각 채워 버렷다

날이 새엿다 산지옥과 가튼 한밤이 지나고 새로운 아츰이 도라왓다 정순은 아즉도 열이 내리지 안는 용길의 방으로 가려고 복도로 나올 때 거기 죽은 사람의 얼골과 가티 빗츨 일흔 민수가 두 손을 읍하고 서 잇는 것과 마조첫다.

『정순 씨!』

민수는 체면도 업시 마루바닥 우에 꿀어안젓다.

『모든 것은 나의 천박한 탓이엇습니다 정순 씨!…… 어제밤 경애 씨와 함께 극장을 나와서 두어 군데 차집을 돌고 경애 씨를 바라다드리려고 이곳으로 온 때 벌서 일이 저질러젓습듸다…… 모든 것을 인제야 깨다랏소이다……정순 씨!』

『……』

『당신이 경구 군에게 나와는 사실 약혼한 사실이라는 것을 고백하신 뒤 우리 네 사람이 다시 맛나자는 것도 나는 그 흉악한 오해 때문에 물리처 버렷지요 정순 씨! 용서해 주십시요』

『……』

『정순 씨 나는 경애 씨와 약혼을 햇습니다 그러나 정순 씨의 결백이 증명된 이상 나는 지금 새로히 당신의 선고를 기다립니다 경애 씨와 약혼을 파기하라 하면 저는 즐거히 그 명령을 쫏겟습니다』

『……』

정순은 아무 소리도 못 들은 것처럼 눈을 돌려 뜰을 바라보앗다 언제부터 흐리엿든지 소나무 가지에는 솜 갓흔 눈송이가 소리 업시 내리고 잇는 것이 눈에 띄엿다

『정순이 자 잠자코만 잇지 말고 무어라고 말을 해 주어요 민수 씨는 암만해도 정순이 업시는 살지 못할 사람이니까』

하고 정순의 엇개 넘어로 말하는 사람은 종이 인형처럼 혈색을 일흔 경애다

『말을 하라구요?』

비로소 정순은 입을 떼엿다

『모든 것은 될 대로 되지 안엇서요?…… 민수 씨! 임의[5] 한 녀자를 울렷스니 또다시 한 녀자를 울리는 것은 너무잔인하지 안어요?…… 두 분은 임의 약혼을 하섯스니…… 행복되시기만 빕니다』

말을 맛친 정순은 싹 도라서서 용길의 병실을 향하고 발길을 옴겻다 어름주머니를 새로 가라 용길은 색 — 색 잠이 드는 모양이다 간호부도 밧게 나가고 방에는 증기난로의 치르르 끌른 소리밧게

5   이미.

지극히 조용하다

어데서 레코=드 소리가 들려온다 대청에 잇는 라듸오인 모양이다

『찔레꼿갓치 괴론 그대 맘가티 내 가슴 내 가슴에 품어 주게나 시내 언덕 풀숩혜 찔레꼿 피네 희고도 고흔 찔레꼿 피엿다지』

하는 모 성악가의 독창이다

창 넘어 입도 떠러지고 가지도 시드러진 찔레덤불 위에는 때 아닌 찔레꼿이 송이송이 날르고 잇스니 그것은 겨울의 선물 흰 눈이다 가지 우에 나붓기는 눈송! 다음 송이가 와서 안즐 동안 자최 업시[6] 스러지는 눈송이! 그것은 하염업시 헛터지는 찔레꼿 화변의 하나하나이다 아니 덧업는 인생 행복…… 정순의 가슴을 기리 가시[7]처럼 할퀴여 주고 간 민수의 사랑이 아닐가

방싯 문이 열렷스나 창밧게 날르는 눈만 직히고 잇는 정순은 자기 뒤에 사람이 가까히 오는 것을 알지는 못하엿다

『정순 씨!』

나즈막이 불르는 소리에 흘깃 뒤를 도라보니 그것은 매마진 어린아이처럼 눈물 어린 두 눈에 미소를 띤 경구엿다

—《조선일보》, 1937년 10월 3일

---

6   자취 없이.
7   일본어로 '송곳'을 의미하는 기리(きり)와 '가시'의 합성어로 '송곳 같은 가시'로
     추정.

박화성(朴花城·1903~1988)

　　박화성은 1903년 전라남도 목포에서 태어났다. 숙명여자고등 보통학교를 졸업하고 전남 영광학교에서 교사로 재직하던 중 시인 조운을 만나면서 습작을 시작했고, 1925년 이광수의 추천으로 《조선문단》에 소설 「추석전야」를 발표하며 작가가 되었다. 1926년 일본여자대학교 영문학 전공으로 입학해 유학생 독서회 활동 등에서 사상의 형성기를 거쳤다. 1928년에는 근우회 동경지부 창립대회 위원장이 되고 사회주의자 김국진과 비밀 결혼을 했다. 김국진이 '삐라 사건'으로 검거되자 「백화」(1932)를 《동아일보》에 연재하는 등 소설을 써 생계를 담당하지만 끝내 파경을 맞고 삼십 대 중반에 목포의 사업가 천독근과 재혼했다. 1947년 2월 조선문학가동맹 목포지부장에 뽑혀 몇 편의 작품을 발표했으나 장남이 실종되고 남편의 사업이 어려워진 후에야 다시 작품을 쓰게 되었다. 1950년대 중반부터 박화성은 많은 장·단편소설들을 발표했다. 1964년 한국여류문학인회를 창설해 초대 회장을 역임했으며 한국문학상, 3·1문화상 등을 수상했다. 여성 작가 최초로 장편소설을 썼고 희곡과 동화 창작도 시도했다.

　　박화성은 일제강점기 가부장적 문단에서 여류 작가답지 않다는 비판을 받을 만큼 계급이나 민족 문제 같은 선 굵은 이야기를 쓰며 부조리한 시대의 증언자를 자처했다. 자신의 고향인 목포를 배경으로 해 농민의 빈곤과 제국의 억압을 다뤘다. 사회주의자로서 「홍수전후」(1934), 「한귀」(1935) 등에서 민중이 겪는 고통을 조명하며 민중의 저항과 연대를 강조했다. 해방기에는 「광풍 속에서」(1948)를 발표해 남한 정부가 제정한 축첩제 폐지 법률안은 여성 해방의 현실적인 대안이 될 수 없다고 비판하며 좌익 작가로서의 정체성을 보여 주었다. 1950년대 중반 이후에는 4·3항쟁, 여수순천 십일구사건 등 반공 사회의 금기를 건드리는 소설 「휴화산」(1977)을 발표했다. 또한 「고개를 넘으면」(1955~1956), 「거리에는 바람이」(1964) 등 사랑과 자기 실현에 강인한 의지를 지닌 여성을 주인공으로 한 대중적 장편소설로 인기를 얻었다.

박화성은 김명순, 나혜석, 김일엽을 잇는 제2기 신여성 작가로 사회 문제에 대한 관심은 높지만 여성 문제에 대한 의식은 다소 약하다고 평가받아 왔다. 그러나 다수의 작품에서 여성을 주인공이나 화자로 내세워 부조리한 사회 현실을 목도하고 부딪치면서 제 나름의 현실 의식을 획득해 가는 과정을 그리며 보수적 성 규범을 탈피한 여성상을 창조했음을 확인할 수 있다. 「추석전야」는 노동 수탈과 성적 수탈을 교차시켜 식민지 조선에 대한 제국의 수탈을 젠더화하고 계급의식을 지닌 여직공의 성장을 그려 낸 문제적 작품이다. 「백화」는 아나키즘적인 대안 공동체에 대한 이상을 보여 준다. 다른 한편으로 박화성은 남성 중심적인 한국 문단에 맞서 여성작가의 저자성을 승인받고자 분투한 투사였다. 박화성은 1960년대 한국여류문학인회를 창설하고 여류문학전집을 펴내는 등 한국문단에서 여성작가의 저자성을 증명하는 데 큰 기여를 했다.

김은하

秋夕前夜추석전야

一 1

紡績工場방적공장의午後오후六時6시汽笛기적이쒸 ― 하고울자벤도싼흰裎보엽혜낀女工여공들이울으르몰녀나온다. 手巾수건쓴十五六歲15, 6세의處女처녀들로부터얼골눌으스럼한 三十30末滿미만의젊은婦人부인들이別世界별세계에나 온듯이숨을내쉬며左右좌우를돌아다보면서참엇든이약이를짓걸인다. 午前오전七칠부터終日종일을機械기계와싸흠하기에고달핀그들의機械기계의奴隷노예가되엿든軟연한그몸들이 이제그자리를써나自由자유의몸이된것이다.

海風해풍으로도有名유명하거니와 風景풍경으로도屈指굴지하는木浦목포의夕陽석양은 棉花면화가루에붉어진그들의눈을慰勞위로해주며海岸해안의凉風양풍은 쌈에절은그들의얼굴을곱게싯어준다. 그럼으로終日종일토록귀가득근그리는機械기계의소리와머리골이터질듯이甚심한기름냄새숨이턱々막히는몬지속에서 눈을부비며쌈을흘닌면서無意識무의식으로機械기계의종이되여나(自我자아)를니졋든그들도

午後오후六時6시가되여工場공장門문을나서셔 바다저편月出山월출산 우에붉게타는저녁구름을바라보며 浦口포구로돌아오는흰돗대의움 이즉는[1]기—ㄴ 그림자를돌아보면서凉風양풍이머리카락을헛날니 는海岸해안을걸을째는 니젓든나를다시차즌듯이 情神정신을차려싀 원함을늣기며 自由자유의몸이된것을깃버한다.

그러나. 그깃븜은暫間잠간이오 도라온魚船어선에서움을거리며 소리치는사람의소리와 船頭선두가으로싸허노흔수박生鮮생선, 乾物 건물에서 개미쎄갓치덤비며 눈이벍에서날쒸는사람틈을걸어올째는 가슴이쎅은해지고머리가 묵어워지면서 집에서기다릴주린食口식구 들이눈에보이자한숨을쉬면서 고개를쑥쌧치고 젊은女子여자들의마 음을살여는듯이거리거리에벌여노은모든것 보기만해도침이흘으는 먹을것들이벌여잇는 것을안이볼여는듯이밧부게발을옴긴다. 그들 은午前오전七時7시에나온自己자기의집에들어갈째짜지이러한日課일 과를每日매일每日매일계속한다. 그러나집에들어만가면各各각각일어 나는風波풍파는날마다가달으다.

二2

第一제일쒸썰어저나온 瑛信영신의두눈갓은붉어지고 그의왼편 팔둑적삼에는피가드문드문뭇어잇다. 그는벤도禣보를든채로왼편팔 둑억개아래를꽉붓잡으며얼골을씹흐린다.
『아이고아야—이러케몹시닷첫슬가아이고 이八子팔자야』

---

1   '움즉이는'의 오기.

하는한숨과함께손을쩨인다. 눌녓든唐苧당저적삼이피에착달너붓헛다. 그의每日매일慰勞위로거리인夕陽석양은 의구히붉고 바람은如前여전히셔늘한것만 흰돗대는더욱 閒暇한가히 돌아오것만 오날은그것도 그의눈에쩨이지안어지고다만悲憤비분과怨恨원한에 숨을식은그리며 발만재게놀닌다.

『인제야오지오 나는발서나온줄알고암만차저도잇서야지』
하고 築축에서기다리고섯든리웃집玉禮옥례어머니가 반갑게닥어오며벤도를쎄앗는다.

『이째싸지기다렸습데싸 느진대몬저 가실것이지』
하며瑛信영신은팔을붓잡는다.

『참 시럽시만히닷첫소 아이고저피—엇절가 밝아니뭇은것이 참보기실은데 쓸々

이놈의목구멍이무엇이라고그저허대다가別별꼴을다—當당한단말이오』
하며瑛信영신의얼골을쳐다보더니

『울었소눈싸지벍어요 어머니가쏘쌈작놀내시것소 어서나아야 쓸것인데』

『글세말이오 어머니가놀내실것이쌱하지이왕이런몸이야팔이 불어지거나……』

말거나말을맛치지안코입셜을쌱문다. 눈에서는눈물이한방울 쑥—쩌러진다.

『긔어코그놈이일을저즐고만다니쎄 하필요새사말고팔을닷첫스니아이원수의자식』
하고玉禮옥례母모도눈을싯는다.

瑛信영신은악가工場공장에서當당하든일이문득눈에보인다. 곳

148

조금前전이다 工場공장감독이와서돌아단니다가양금이라는處女처녀
의긴머리를쏙잡어달엿다. 양금이는깜작놀나돌아보다가감독인줄
알고는다시고개를돌엿다. 이러한짓이한두번아닌까닭이다. 그者자
는다시양금의머리를쓰다듬으며

　　　『입분사람이머리가좃소』

하고는쏘한번잡어당기고는쌤을만즈려하엿다. 참엇든양금이도두
번재는못견대겟든지 머리를툭채여잡어쌔이며

　　　『웨이래그것밋친놈이네』

하며瑛信영신에게로避피해왓다 양금이는女工여공中중第一제일어엽부
고귀여운處女처녀인데다瑛信영신을쌀으는故고로瑛信영신亦是역시사
랑하는까닭이다. 징그러웁게빙긋이웃고섯든감독은無顏무안한얼골
에두눈이 벍게지며

　　　『무어 내가밋친놈이?이놈의가시네낫분말이햇소지바리』

하며양금이를싸리려는듯이쏘차왓다. 양금이는瑛信영신의뒤로돌
아가며

　　　『그래엇재 웨남을건드려』

　　　발서감독의검은주먹은양금이의붉고軟연한쌤을휘갈겻다

　　　『요놈의가시네(게집애)쏘말이해봐라 내가엇재밋친놈이냐말
이다』

하며쏘한번주먹이올차례. 瑛信영신은쌜니주먹을억개로밧어휙—
쓰리치고몸을돌닐재 긔계를 건드리자 북이튀여나와적삼을쑬코 왼
편팔을찔넛다. 양금은얼는두손으로팔을쌕잡으며

　　　『아이고머니 環娥경아어머니가다첫네』

하며엉—엉—울고잇다. 다른女工여공들도고개를돌니고혀를쓸
々차나敢감히갓가히오지는못한다. 감독은놀낸눈으로憤분이찬瑛信

149

영신을나려다보면서

　『당신이웨 참견햇소』

하며 未安^{미안}한듯이적삼에뭇은피를발아본다. 瑛信^{영신}은前日^{전일}부터貧富^{빈부}와階級^{계급}에對^대한反抗心^{반항심}을잔득가지고잇섯前^전며더구나감독의平日^{평일}行爲^{행위}를몹시뮈워하든터이라 떨니는입설로

　『그러면당신이웨몬저 그싸위짓을하 느냐말이야 감독이면점잔케감독이나하지 어린애들머리를 잡어달이며 婦人^{부인}들을건들며그싸위못된짓을하니누가조타고하겟소 그래노코는당신이도로혀싸러웅 그게무슨짓이야 웨우리는개만도못하게보이오?우리도사람이야 사람 긔계에몸이매엿슬지언정이러한당신과쏙갓흔사람이란말이야 우리는당신갓치낫분짓은하지안는조흔사람이란말이야』

　그는毒^독이가득찬눈으로감독을처다보며소리를벌억벌억질은다

　『저―主人^{주인}에게갑시다 내가당신이하든짓을다말하고결단을낼터이니……』

　김감독은어이업는듯이섯다. 다른女工^{여공}에게갓흐면오히려쌤을갈기며『나가거라 너안이와도 조타』하겟지만女工^{여공}中^중第一^{제일}나히만흔【만태야二十九^{이십구}】사람이오 平時^{평시}에어렵게보고쩌리든사람이며主人^{주인}도信用^{신용}하든터임으로瑛信^{영신}에게는엇절수가업다는듯이지갑을쩌내드니一圓^{1원}짜리를내여

　『여보 이것가지고고약사서발너하면곳낫소』

하고瑛信^{영신}의억개를건드린다. 瑛信^{영신}은더욱憤^분이나서목싸지막힐디경이다. 一圓^{1원}을밧어서감독에게로다시던지며

　『이것은웨이래 돈귀신당신이나잘처먹우一圓^{1원}주고내억개를산단말이오 돈만보면아모것도다니저버리는줄아오 이게무슨개갓

흔짓이야 자—갑시다 主人_{주인}에게든지 파출소에든지 나만건드려
만보오 돈잇는당신이긔나 罪_죄업는내가이긔나해봅시다』
하며 숨을식은그린다 女工_{여공}들은나갓흐면밧겟다는듯한눈으로싸
에썰어진조희돈을앗가운듯이바라본다 감독은머리를슬々만지고입
맛을다시며

　　『여보 내가잘못햇소 다시는안그러지 참말이오 오늘은내가잘
못햇소』
하며돈을집는다.

　　『그래잘못햇지 千番_{천번}萬番_{만번}잘못햇서 그러니가잔 말이야』
하고나선다 감독은웃으며

　　『여보가도소용업소 당신잘이햇다고안이해 내가잘못햇다고하
니 그만두시오』
하고저쪽으로가버린다 瑛信_{영신}은더 억지를 쓸냐고햇스나 그놈말
갓치 나를잘햇다고도아니할 것이오 그리도도척이갓흔감독녀석이
오늘은잘못햇다고썰々매는것을보고『애라내 버려두어라부득 부득
억지쓴다고別_별조흔일잇겟니』하고수건으로傷處_{상처}를동이며양금
이를찻느라고돌나볼째 여섯時_시汽笛_{기적}이쒸하고운다 눈이부은양
금이는쌜니제자리로가더니조곰잇다가瑛信_{영신}을돌아보고는 휙—
나갓다다른女工_{여공}들도일을싯지우고나몬저々々々々나가버렷다 瑛
信_{영신}은나가는그들의뒤모양을보자참엇든셜음이북밧처 그대로서
서우느라고조곰느젓든것이다. 여긔싸지생각한瑛信_{영신}의눈에서는
다시눈물이쑥々썰어지며한숨이길게나왓다 뒤에서自動車_{자동차}가
쑥—쑥소리친다

　　『웨 작고이러시오 그만울고치나시오』
하는玉禮_{옥례}어머니말에다시情神_{정신}을차려길을빗기며돌아보니발

서四街里사가리에왓다. 압흐로사흘밧게남지안은秋夕추석대목을그저넘기지안으려고송방마다걸어노은당기와단님이瑛信영신의져즌눈을쌈싹놀내인다

『아―뎌당기좀보시오대님도만코……』

이째짜지의셜음은댕기와밧고앗다.

『올해는凶年흉년이라고해도호사치례거리들은 더사는갑데다만은우리갓흔것들이야……』

하며 玉禮옥례어머니도맛장구를친다. 瑛信영신의눈은거리兩便양편에數수업시걸어노은당기에서써날수업다

『우리璟娥경아하나만사주엇스면 英영이도밤낫고흔허리쯴댄님그노래만불으는대……』[2]

압흔것도니져버리고추석秋夕지낼궁리에 가슴은잔득부풀어올은다.

三3

『아이고 저것이웬일이야응 피가웬일이고응 무슨일이냐』

좁쌀에安南米안남미싸락이를셕거박아지에씻고잇든瑛信영신의늙은싀어머니가들어오는瑛信영신을보자불으짓는다七十칠십이나되여보이는老人노인은허리를굽으리고瑛信영신에게로오더니瑛信영신의눈과 젹삼의피를번갈어보며대답을기다리느라고입셜만바라보고섯다

『아니올시다 조곰닷첫습니다 북이튀여나와서……』

2   기호 '』' 누락.

하며쌜니방으로들어갓다. 어머니는다시굽으리고가서박아지를
들며

　『그저이런八字_{팔자}는어서죽어야지 이쏠저쏠다— 못보것다
응—응—』

　입셜이실눅실눅하자 긔침이쿨넉쿨넉나온다. 조곰잇다가헌적
삼을갈아입고나온瑛信_{영신}은양철에불을집히며

　『웨 져게집애는누엇담니까?』

　어머니는그말대답도안코急_급히오더니瑛信_{영신}을쎠밀며

　『오라—저리가거라 얼는봐도억개가만히닷첫는대웨이러냐 저
리가거라저리가—』

하며자긔가불압헤안저서나무를썩는다

　『어머니 環娥_{경아}가웨누엇셔요』

하며再次_{재차}물엇다

　『아침에학교에가니새 월사금안갓고온사람은못온다고그러드
라냐엇저드라냐 그래서붓그러그냥왓다고이쌔까지방에서둥글고울
고만잇더니아마자는갑으다』

　瑛信_{영신}은퇴마루에벌덕주저안젓다 다시더말할긔운이업슴이
다억개가몹시저린다 쒸는발소리가나며여섯살된英_영이가 막댁이를
쓰을고들어와瑛信_{영신}의무릅에가턱안기며

　『어머니 내허리쯴댄님사가지고왓서요 응—어듸봐아 어무니
누님은울엇서 어서내허리쯴내놔야—』

하며엄마의팔을빗틀녀고한다

　『아이고가만잇거라 엄마가팔이닷처서압흐다 허리쯴은래일모
래사다주마』

하고달내는말도英_영의귀에는쓸대업다는듯이

『안해―거줏말쟁이 오늘꼭사다주마고하더니막―째릴난다』
하며막댁이를들어싸릴야다가 하―하―웃고방으로쮜어들어가
더니

　『누님! 아이 어무니왓네 어서댕기랑월사금달나고하소 어이 니
러나야니러나』
하며쌔우는모양이다

　　『아이고아야』

　씅々그리는璔娥경아의소리가들니자男妹남매는방에서나왓다

　『웨 낫잠은자느냐 할머니혼자하시게내버러두고 웨―그모양
이야』
하며瑛信영신은퉁々부은쌀의얼골을흘겨본다. 밥이부글부글넘으며
좁쌀알이솟에서흘너나린다. 瑛信영신과璔娥경아는부억으로들어갓
다리웃집에서다듬이하는소리가듯기조케長短장단을맛친다

　　四4

　　음력팔월열사흘달이東天동천에휠을신나왓다 電燈전등이빗나는
市街시가는거듭달의빗을밧어 긔와집과草家초가집웅이아슬하게보인
다. 孺達山유달산은별을쑤린듯붉은눈들이쌈박인다 한울에별 市街시
가에電燈전등山산밋헤불 세가지구슬들이밤빗속에서各각기졔멋대로
반짝이고잇다.

　　木浦목포의낫(晝주)은참보기에애쳐러웁다 南便남편으로는늘비
한日人일인의긔와집이오 中央중앙으로는草家초가에 富者부자즐의녯
긔와집이섁겨잇고 東北동북으로는樹林수림中중에西洋人서양인의집과

男女學校남녀학교와禮拜堂예배당이솟아잇는外외에 멧긔와집을 내노코는 싸에붓흔草家초가뿐이다. 다시건너편孺達山유달산밋흘보자 집은돌틈에 구멍만쌀─히쭐어진도야지막갓흔草幕초막들이山산을덥허完然완연한貧民窟빈민굴이다. 그러나差別차별이甚심한이都會도회를 안고잇는自然자연의風景풍경은極극히아름다웁다

東北동북으로 비스듬이눕흔성당산聖堂山숲속에서十字架십자가를머리에꼿고 아련히내다보는聖堂성당은 멀니西海서해에썰어지는 落照낙조를바라보며느린鐘종소리를 거머가는市街시가에고요히흘닌다. 압山산達聖寺달성사의새벽鐘종소리에눈뜬木浦목포는 뒤山산聖堂성당의졈은鐘종소리에눈을감는것이다. 녯절의새벽鐘종소리 寺院사원의晩鐘만종은 木浦목포가홀로가진자랑거리이며 聖堂성당以北이북으로는 밧가는소의핑경소리가閒暇한가하고 논두덕길로풀을지고오는 農夫농부와 밧매는안악네들의흥글타령이흘으는農村농촌이오北便북편바다가에서자리를잡고안즌긔와가마(洞里동리일흠)은漁村어촌이다 감자배 수박배 나무배 고기배 돗대가들어선海邊해변에서 김치거리를씻고잇는婦人부인은漁夫어부의안해인듯 孺達山유달산北便북편은구멍만쭐어진돌틈草幕초막이오 南便남편의孺達山유달산은풀은밧쑌임으로山산밋은 山村산촌을보는感감이잇다 하로에네번식나가고들어오는汽車기차를 보내며맛는停車場정거장을中心중심으로 鮮人선인과日人일인의商店상점이즐비한中央중앙은 朝鮮조선의멧재안가는都會도회로붓그럽지안으며 크고적은섬이둘너잇는풀은바다에 점잔은汽船기선과 어엽분흰돗대 방정스러운發動船발동선들이들고나는港口항구의特色특색은南便남편海岸해안에잇다 周圍주위의風景풍경은그림갓고 農村농촌과漁村어촌 山村산촌과都會도회와 港口항구의各色각색맛을兼겸하야가지고잇는木浦목포는每日매일움즉이고時々刻々시시각각으로자라

155

가것만 그裏面이면에잠겨잇는貧民빈민의生活생활은다른곳에서볼수업슬만한悲慘비참한살림이숨어잇는것이다 그럼으로낮(晝주)에놉흔곳에서이 저자를나려다째는 그러틋 여러가지늣김이 니러나거니와 밤의都會도회는다만아름다울쑨이다. 데일보기실흔山산밋구멍집은 어둠에무치고 生氣생기잇는불들만電燈전등밋혜안지겟다는듯이황홀거리고잇서 별밤에는 한울과싸에 별과불을 가릴수업시 붉은구슬들만빗나고잇슬쑨이다. 『木浦の夜は美ーい[3]』이것은쏫있는사람의 밤시가市街를보면서불으짓는言句언구이다.

八時8시汽車기차가쉬인듯한소리를 질으며야단스럽게停車場정거장에다을쌔 달을가리고잇든엷은구름은 흔적업시슬어지고달은前전보다더욱쌔긋한얼골로웃고잇다.

海岸해안에서부터닐어난바람이 슬슬여러집을것처 湖南町호남정瑛信영신의집뒤쏫싸라닙을 제멋대로뒤척이다가病병든닙하나를瑛信영신의머리우에쑥써러첫다. 오날써도못갈것을 秋夕추석은닥처 겨우압흔팔을쓸고終日종일일을맛치고온瑛信영신이 看護婦간호부인自己자기동모의집에가서藥약을어더발으고와서달을처다보고잠간섯는中중이다머리에써러진버들닙을주어나리며

『어머니 발서나뭇닙이써러짐니다 가을은아주왓슴니다그려』

하며나무닙을어머니에게보인다. 퇴마루에걸어안저긴담배대를물

고안젓든어머니는

『모래가秋夕추석이아니냐 그런대참 이애야 악가쌍세밧으러왓
드라 그래서主人주인이업다고하니쌔잇다가오마고가드라 또엇저잔
말이냐 英영이아범만잇섯드라면……』

老人노인은三年3년前전에죽은自己자기의아들을생각하며한숨을
쉰다. 그의아들은 얼골도참말잘낫섯다. 學校학교하고는 普通學校보
통학교卒業졸업쑨이거니와日本일본말잘하고 쏙々함으로엇던日本人
일본인의집에잇슬째에도 着實착실하고부즈런하다하야主人주인이매
우 사랑하엿다. 그래서과부인어머니와외아들이 살기에아모괴로움
이업섯다 아들의十九歲19세되든가을이다. ××女學校여학교四年4년
級급에서 인물이나공부로첫손가락을쏩는端正단정한處女처녀이나다
만家勢가세의形便형편으로不得부득이 들어안게된 十七歲17세의瑛信
영신을며누리로마자貴귀한孫子손자男妹남매를 두팔로얼으며 얌전한
아들夫婦부부의孝誠효성으로아모일업시자미잇게살어왓다 그러나運
命운명의변덕은헤아릴수업는것이다. 돈々하고[4]着實착실한그의아들
은偶然우연이病병이들어 肺病폐병이라는일흠아래에서 三年3년前전五
月오월에北邙山북망산도한덩이흙무덤을일은後후로 여간한貯蓄저축은
藥價약가로업서지고 집싸지쌔앗겨 젓방으로돌아단이며 홀머누리가
바느질품을팔아男妹남매의學費학비를대이며 네食口식구목을축이는
中중 今年금년四月사월부터새로생긴紡績工場방적공장에 들어가日給일
급四五十錢4, 50전으로 겨우목숨만이어가는이집形便형편이엇더하랴
이집도瑛信영신의親庭친정父母부모가自己자기의살든집을가련한쌀에
게내여주고 自己자기로는新作路신작로오막사리를어더가지고죽장수

---

4   '든든하고'의 오기.

를함으로 老人노인은사돈에게도未安미안함을말할수업다. 每日매일며
누리의애쓰는모양을볼째는恒常항상『내아들이 살엇드라면』하는말
뿐이 救濟策구제책이나갓치생각된다 지금도몰으는사이에쑥나온것
이다. 瑛信영신은얼골을찜흐리며

　　『어머니 쏘그런소리를하십니다그러 쓸대잇서요 그런말한대야
서로속만傷상하지오그저사는대로살지오 셜마 산사람목구멍에 거
미줄칠납데까요』
하며如前여전히달만바라보고있다 말은이러케大凡대범히햇거니와事
實사실어머니입에서 그말이나올째는瑛信영신의가슴이찌저지는듯 터
지는듯 아즉도男便남편生時생시에自己자기를사랑하여주며情정답개해
주든그사람은 쎠에깁히 ― 색여있다. 어느째男便남편을니즈랴 그는
죽엇거니와그의사랑은내가흙이될째까지는나를쩌나지안을것이다
밤이깁허 홀로바느질하고잇슬째는은연이自己자기男便남편이겻헤안
저서『그만하고잡시다』하며바느질가음을쌔앗는듯하야 겻흘돌아보
면 희미한燈등불만窓창틈으로새어들어오는바람에춤추고잇슴을볼째
는 그냥고자리에업더저울며밤을새우는것이例事에사이엿다. 그러나
참고견대여늙으신어머님生前생전에 男便남편의그孝誠효성을내가代
身대신하려니 우리는못배화서殳을못일우것니와男妹남매는긔어코내
팔이불어지드래도 남부럽지안케식여보려니決心결심하고環娥경아는
×××女學校여학교에入學입학식엿든것이열두살되는今年금년에高等
科고등과一學年1학년이며 英영이는幼稚園유치원에보내여每日매일재롱이
늘어가는고로 男妹남매를樂낙으로삼고긔막힌苦生고생과슮흠을달개
밧고지내는中중이번에는더욱形便형편이어어려웁게되엿다. 그리부
득 ― 졸으지는안치만 環娥경아는동모들의모양낸衣服의복이나 당기
를몹시불어워하는모양이다 그것도無理무리는아니다 三年3년을되는

대로흰옷만주어입고 남보다더길고검은머리에 기름째뭇은흰당기만
매고단니든어린것이아니냐 지난五月오월에服복을벗자 동모들의고사
나 갑사의 붉고긴댕기를 보고와서는여러번붉은댕기말을하엿다 더
구나男便남편의사랑하든環娥경아 놉히슨코째와가스스럼한눈과귀염
잇는입모습이自己자기를달멋다고항상거울로나란이빗최며사랑하든
環娥경아! 지금도環娥경아의웃는입모습을볼째에는가슴의쓰림을 이기
지못한다 그러한環娥경아의所願소원인붉은댕기를秋夕추석에는쏙해주
마고하여왓다 어제도월사금싸문에학교에서그냥와서 오늘도못가고
잇스면서도행여나어머니가댕기가음을사가지고오시나 물어보고십
지만 그보다도더큰月謝金월사금싸문에입도못벌이고 눈치만보며 쳐
분만기다리는모양이 코가시리도록애처러우며 철업는英영이는幼稚
園유치원에서는 富者부자집 도련님의 양복과구두보다도 웃집에사온고
훈허리싣과댄님만부러워서졸으니 그것도 사주어야할것이다 그쑨인
가 이번에는참으로늙은어머니당목적삼이라도해드려야할것이다 새
벽이면 다섯時시에몰으게일어나서밥지어노으시고 저녁이면 량식이
업서못하는져녁外외에는 쏙 손수지으시고기다린다 그러한어머님이
써러진광포적삼만입고게시는것이 얼마나 不安불안한지그러나第一제
일急급한것은 環娥경아의월사금이다 英영이는처음에五圓5원빗내여드
려논뒤로는아즉도아모말이업스니내비려두드래도 쏘쌍세가잇다 그
러면돈이얼마나잇서야되나 環娥경아의月謝金월사금이二圓2원 여긔까
지생각하자밧게서主人주인찻는소리가들닌다

　　『主人주인잇수』하는것은렴감의소리다.

　　『이애야 왓다 저—쌍세밧으러』

하며어머니가은근히소리친다. 瑛信영신은벌덕닐어나서나가며

　　『녜 잇슴니다 쌍갑이얼마나되나요?』

159

하고 單刀直入단도직입으로물엇다

『아생각해보시구려 한달에一圓1원五十錢50전인대다가석달을 못냇스니四圓4원五十錢50전아니오이번에는꼭밧아야하겟수다 도모지 군색해서살수가잇서야지』
하며늙은셔울老人노인은달빗헤 더 햇슥해보이는瑛信영신의얼골을 바라본다.

『글세요 난들 좀—얼는해드리십흐릿싸만은업스니싸그럿치요 오날도업는대 엇절가요』하며조심스럽게가만이 老人노인을본다

『엇절가요가 다무엇이요 나도이번은꼭밧고말겟소 업스니못낸다고만하면 나중에는엇절터이요』

『그럿치만업스니싸 업다지 잇는걸업다고 합니싸 지금은手中수중에한푼도업스니 말이지오』

瑛信영신의입셜은발으르썰닌다

『여보 그래못내겟단말이오 못내겟스면 나가구 집을팔어버리오그려 못내겟스니 밧지마오이건 셰를부리나』

빗받기에는博士박사가된듯한老人노인은손을버리며경판을붓친다.

『아이구 老人노인이무슨말슴을그러케하십니싸못내는사람이셔는웬셰오 돈잇는사람이나셰부릴世上세상에 이런가난뱅이가셰가웬말입니싸 그만두고가십시오來日내일은꼭들이리다』

툭—내던지듯이하고瑛信영신은들어와그전자리에다시안저달을바라본다 달은如前여전히平和평화롭게웃고잇다

「그러면來日내일저녁에올터이니 해노코기다리시우」[5]

---

5   기호『』의 오기.

하고는집행이의소리만점々멀니들닌다

　　瑛信영신은두손을가저다 얼골을가리고몸을두어번흔들엇다 어머니의한숨소리가 山산이문허저라는듯이들닌다 瑛信영신은깜작놀나고개를들엇다 어머니의게신것을니저버린것이다 瑛信영신은북밧치는비悲와분憤을참고天然천연이안저악가생각을게속한다. 環娥경아의 월사금二圓2원댕기댄님모두하야三圓3원가량이다 쌍셰가四圓4원五十錢50전 來日내일은다시좁쌀과쌀액이를팔아야할것이다 쏘明日명일이라고고기는못해드리나마 白米백미한되는팔아야될터인대一圓1원만잇스면될것이다 그러면얼마이냐十一圓11원이다 十一圓11원만잇스면爲先위선발등에불을쓰겟다十一圓11원!瑛信영신은악가工場공장시찰하러왓든當地당지富者부자의아들감독이눈에보인다. 그富者부자의아들은죽은自己자기男便남편과한同窓生동창생이다 그러나 貧富빈부의差차로 하나는苦生고생만하다가죽어버리고하나는工夫공부를 계속하야맛친것이다. 그심술구진감독녀석이굽실々하며차례로구경식힐째 그는아모氣色기색이업시平凡평범하게보기를맛치고나갓다그는富者부자랄망정 過과히 호사는아니하엿스나그의가진夜光珠야광주시계는 分明분명히高價고가일것이다 그時計시계아니그에게는아니 富者부자라는놈의주먹속에는 鐵匣철갑속에는 몃千천圓원몃萬만圓원이잇스렷다 지금도술을마시며한자리에서몃十십圓원式식 기생의 우슴갑주기에 얼마나업셔질것이다 그흔한돈이 웨 이런몸에는이리도貴귀한가 來日내일은工場공장에서돈을 준다고하엿다 十日給10일급이五圓5원이니六圓6원이모자란다 六圓6원 六圓6원 六圓6원만잇스면 무엇팔것이잇나 팔것도업다 그러면엇저랴 瑛信영신은고개를숙이고方針방침을생각한다. 악가順任순임(看護婦간호부일홈)이네집에갓슬째바느질품파는順任순임의싀어머니가바느질감이너머만타고하엿다 그것은

161

갑사저고리하나와젹은관사져고리두個개이엿다 그러타 그것을가져오자싹은세개에一圓1원十錢10전이다 十一圓11원이라면…… 가져오자. 그는밧분듯이벌덕일어낫다 억개가다시압흐기始作시작한다저린다쑤신다 이억개를가지고엇더케하랴 그러나가져오자 瑛信영신의발은無意識무의식으로門문을向향하야옴겨진다

『이애야 어대갈내』하는어머니의소리에 깜싹놀내며

『져 저긔좀갓다오겟습니다』하고쑥—나왓다. 엇전지情神정신이희미하여지고 머리가감々하며 아득한것갓다 밤져자에는모든實果실과가불빗헤반작인다. 바느질하며 전방직히는婦人부인들이눈에씌인다 어대선지時計시계가열時시를쌩—쌩친다. 하늘한가운대서쑴으로드러가는都會도회를애닯은듯이나려다보는달의얼골은더욱빗난우슴에맑에진다.

六6

모레새벽에보내기로한져고리세個개를오날밤과來日내일밤으로해서一圓1원十錢10전을벌겟다는慾心욕심으로밧부게손을놀니는瑛信영신은 각금을흔손으로 왼편팔을싹잡고는눈쌀을씹흐린다 이것을해서 一圓1원十錢10전을가진대야무엇할것이생각나지도안는다 그는생각지도안으려하며바늘든손만밧부게놀닌다 어대선지귀쏠암이가쪽々쪽々하더니 그소리조차도쑥끈치고닭의소리가처음으로들닌다 어머니는두어번니러나서서그만두라고도하시고이약이도하시더니이제는天地천지를몰으고줌으신다 두번재닭이우럿다 솜씨곱고손쌜은 瑛信영신의손에셔갑사저고리는비져나왓다 관사져고리거죽을붓칠

째까지닭은세번재울엇다. 瑛信영신은못참겟다는듯이불을툭쓰고쓸어젓다. 늣기는婦人부인을慰勞위로하려는듯이희미한달빗과날빗이모기쟝발은窓창으로새여들어오며薄命박명한과부의저즌눈을새벽별하나가들여다본다.

열나흔날밤이것만 달은둥글대로둥글엇다 終日종일집집에서나든썩방아소리가달쓰기前전까지도나더니달의世界세계가되자 달을보며松餅송병을먹는아해들이 불어간다 기름냄새 칼판소리 심지어病院병원아래움집에서도 맛난내음새가나건만 瑛信영신의집만 비로쓴듯이쓸々하다 뜰에서男妹남매의『강강수월래(强羌水越來)』를불으며뛰는소리가겨우寂寞적막을째트린다. 瑛信영신은져고리를밤으로보내려고工場공장에서나오자져녁도먹지안코 짓맛추려한다 그는각금입에셔더운김을훅—훅—쑤므며손을머리에엇졋다가 팔을잡엇다가한다 그의팔은부어셔적삼우으로까지불눅하게낫타난다. 식은그려지는숨을입으로불며九時9시後후에期於기어코맛쳣다

심불임갓든環娥경아가손에一圓1원十錢10전을가지고돌아왓다

『이것으로내댕기………』하며

어머니의얼골을힐긋보자 無顔무안한듯이몸을틀고는다시밧그로쏠으나간다.

『이령감님이 웨이째싸지아니오나요』

瑛信영신은工場공장에셔밧은 피갑 쌈갑 눈물갑 五오圓원을주머니에셔쯔내며어머니를돌아보고물엇다

『안오기는웨 안와야 그싹정이가……곳올걸이요』

말이맛치자마자

『主人주인잇소』하는셔울령감의소리

『네 잇소』하고瑛信영신은나아가령감과마주섯다.

『자―되엿스면쥬시오』하고 쎠만남은손을내민다.

瑛信영신은내미는손을탁싸리고五圓5원을얼골에다가갈기며 (十八字18자 削除삭제)[6]하고십헛다 그러나 업는놈은有口無言유구무언 이다 에라참어라하고

『녜 되엿는대 다는못드리겟슴니다 두달것이나먼 져밧으시지오』

령감은눈귀가실죽해젓다

『아 쏘잔소리로구려 오날저녁에는다준다고 아니햇소』턱이달 달썰닌다

瑛信영신은미움과怨원망과더러움과憤분함에몸을썰엇다

『여보시오 좀생각을해보시오그려 오날내가五圓5원밧기는햇소 이다 자―이것이五圓5원아니오 그러나령감님도생각을해보십시오 이것이열흘것인대 四圓4원五十錢50전을령감쎄다드리고보면 하로도 못살을五十錢50전을가지고엇절것입니가 부득부득다달나면드리리다 만은 그럴수야……』말소리에 힘잇기로有名유명한瑛信영신이것만 지 금말소리에는힘도업시썰니기만한다 그의손은다시니마로올나갓다

령감은쌋댁하지도안은氣色기색으로

『여보이世上세상이엇던世上세상이라고……… 내몸다음에남이 야― 석달이나용셔해주엇스면그만이지 인내오 五圓5원』

하며손을내민다 瑛信영신은벌컥내쥬엇다 령감은 지갑에셔五十錢

---

6   검열로 인한 삭제.

164

50전銀貨은화를내여瑛信영신의외손에노앗다 銀錢은전이달빗을反射반사하야瑛信영신의눈을찔은다 瑛信영신은銀貨은화가더럽다는듯얼는쌍에써러첫다. 령감은간다보아라하고집행이를쯰을며천천히나려간다

瑛信영신은그만싸에퍽―쥬저안는다

『아―世上세상은이러쿠나아― 사람은이러쿠나아― 더러워이世上세상』

쥬먹으로쌍을치며몸부림을한다

『이럴줄이야몰낫다 이러케世上세상이나에게毒독하게할줄이야몰낫다 그전에도좀毒독했느냐만은아이고요러케까지흙흙』

그는쌍에업더저궁근다 숨이더운김에턱턱막히고 입설이탄다몸이불덩이갓고억개가쑤신다. 어머니가나왓다

『이애야그러지마라』하는싯말소리가썰니며붓들어일으킨다 瑛信영신은情神정신을일은듯이다시업더젓다만은생각을 더욱分明분명히려속코저한다 사흘前전부터팔을닷친데다가 (그것도他人타인갓흐면別별治療치료를다할만큼만히다첫다)잇흘이나工場공장에를니를갈고단엿다 게다가어제밤은쑵박새우고 오날저녁을굶엇다 一圓1원二十錢20전을벌냐고 억개가붓고머리가어즐업고 입안이불갓고속이메식々々한것을참엇다 그래서쌍세를三圓3원만주게되면 二圓2원六十錢60전을가지고 불덩이갓흔이몸을쯰을고저자에나가 생각든대로 해볼냐고 하엿다 그리하더니아―요런일까지도야속하게 몹시도나를복는이世上세상 瑛信영신은생각을맛치고죽은듯이업더저잇다. 어머니의주름잡힌얼골을흘너나리는늙은눈물이달빗헤반짝인다

『이애야 니러나거라 네가이러면나는엇저것냐』

어머니의울음이툭터졋다 입셜을불며혀(舌설)를마시면셔소리

165

가커진다 環娥경아가 英영이를 다리고오다가 우는할머니의얼골과업
더진어머니를번가라보다가어머니우에업드리며 으악소리친다 英영
이도운다 瑛信영신은소스라치며일어낫다 그中중에셔도남붓그러운
생각이난것이다

　『아이고무슨소리들이냐 남붓그럽게』

　　말할째마다입에셔더운김이훅―씻친다 입설이부엇다 얼골이
붉은물드린듯이벌거케달엇다 적삼우으로부여스럼한물이팔에서숨
여나왓다 無心무심한달은빗난우슴을瑛信영신에게보낸다 쩔어진 銀
錢은전이말업시희게빗난다 이것을본英영이는 울음을긋치고 얼는銀
錢은전을집으며

　　『어머니 돈여기잇소』하고쌜니집어든다 어머니에게서더렵다고
排斥배척을밧어쩔어진銀錢은전은 아들의손에서더욱곱게빗나고잇다

　　『아―英영아 버려라 내버려라 더러운그銀錢은전을 아 버려 라 더
렵다』하고몸셔리를치며다시업더진다별안간 기침이始作시작되엿다
그는몸을빙빙틀며괴로워한다 어머니는며누를붓들고들어왓다(字자
削除삭제)[7] 어머니의눈이둥글애지며 얼골이노라케질닌다 어린男妹남
매의울음소리가 다시터졋다. 막車차가 凄涼처량한소리를질으고달녀온
다 英영이가내버린 銀錢은전은 마당에서 如前여전히 찬란하게빗나고
잇다. 쯧

一九二四1924 九9 一四14

―《조선문단》4호, 1925년 1월

7　검열로 인한 삭제.

추석전야

1

방적 공장의 오후 여섯 시 기적이 뛰— 하고 울자 벤또 싼 흰 보 옆에 낀 여공들이 우르르 몰려나온다. 수건 쓴 십오륙 세의 처녀 들로부터 얼굴 누르스름한 삼십 미만의 젊은 부인들이 별세계에나 온 듯이 숨을 내쉬며 좌우를 돌아다보면서 참았던 이야기를 지껄인 다. 오전 일곱 시부터 종일을 기계와 싸움하기에 고달픈 그들의 기 계의 노예가 되었던 연한 그 몸들이 이제 그 자리를 떠나 자유의 몸 이 된 것이다.

해풍으로도 유명하거니와 풍경으로도 굴지屈指하는[1] 목포의 석 양은 면화 가루에 붉어진 그들의 눈을 위로해 주며 해안의 양풍凉風[2] 은 땀에 전 그들의 얼굴을 곱게 씻어 준다. 그러므로 종일토록 귀가

---

1 매우 뛰어나 수많은 가운데서 손꼽히다.
2 시원한 바람.

득근거리는 기계의 소리와 머릿골이 터질 듯이 심한 기름 냄새 숨이 턱턱 막히는 먼지 속에서 눈을 부비며 땀을 흘리면서 무의식으로 기계의 종이 되어 나(자아)를 잊었던 그들도 오후 여섯 시가 되어 공장 문을 나서서 바다 저편 월출산 위에 붉게 타는 저녁 구름을 바라보며 포구로 돌아오는 흰 돛대의 움직이는 긴 그림자를 돌아보면서 양풍이 머리카락을 흩날리는 해안을 걸을 때는 잊었던 나를 다시 찾은 듯이 정신을 차려 시원함을 느끼며 자유의 몸이 된 것을 기뻐한다.

그러나. 그 기쁨은 잠깐이요 돌아온 어선에서 우물거리며 소리치는 사람의 소리와 선두 가로 쌓아 놓은 수박 생선, 건물에서 개미 떼같이 덤비며 눈이 벌게서 날뛰는 사람 틈을 걸어올 때는 가슴이 뻐근해지고 머리가 무거워지면서 집에서 기다릴 주린 식구들이 눈에 보이자 한숨을 쉬면서 고개를 쑥 빼치고 젊은 여자들의 마음을 사려는 듯이 거리거리에 벌여 놓은 모든 것 보기만 해도 침이 흐르는 먹을 것들이 벌여 있는 것을 아니 보려는 듯이 바쁘게 발을 옮긴다. 그들은 오전 일곱 시에 나온 자기의 집에 들어갈 때까지 이러한 일과를 매일매일 계속한다. 그러나 집에 들어만 가면 각각 일어나는 풍파는 날마다가 다르다.

2

제일 뒤떨어져 나온 영신의 두 눈가는 붉어지고 그의 왼편 팔뚝 적삼에는 피가 드문드문 묻어 있다. 그는 벤또 보를 든 채로 왼편 팔뚝 어깨 아래를 꽉 붙잡으며 얼굴을 찌푸린다.

"아이고 아야 —— 이렇게 몹시 다쳤을까. 아이고 이 팔자야."

하는 한숨과 함께 손을 떼인다. 눌렸던 당저[3] 적삼이 피에 착 달라붙었다. 그의 매일 위로거리인 석양은 의구히 붉고 바람은 여전히 서늘하건만 흰 돛대는 더욱 한가히 돌아오건만 오늘은 그것도 그의 눈에 뜨이지 않아지고 다만 비분과 원한에 숨을 시근거리며 발만 재게 놀린다.

"인제야 오시오. 나는 벌써 나온 줄 알고. 암만 찾아도 있어야지."
하고 축[4]에서 기다리고 섰던 이웃집 옥례 어머니가 반갑게 다가오며 벤또를 빼앗는다.

"이때까지 기다렸습데까. 늦은데 먼저 가실 것이지."
하며 영신은 팔을 붙잡는다.

"참, 실없이 많이 다쳤소. 아이고 저 피 — 어쩔까. 발가니 묻은 것이 참 보기 싫은데 끌끌.

이놈의 목구멍이 무엇이라고 그저 허대다가 별꼴을 다 — 당한단 말이오."
하며 영신의 얼굴을 쳐다보더니

"울었소. 눈까지 벌게요. 어머니가 또 깜짝 놀래시겠소. 어서 나아야 쓸 것인데."

"글쎄 말이오. 어머니가 놀래실 것이 딱하지. 이왕 이런 몸이야 팔이 부러지거나……."

말거나 말을 마치지 않고 입술을 꽉 문다. 눈물이 한 방울 뚝 — 떨어진다.

"기어코 그놈이 일을 저지르고 만다니께. 하필 요새사 말고 팔

---

3   중국에서 나는 모시.
4   돌이나 흙으로 단이 지도록 높이 쌓은 평평한 터.

을 다쳤으니. 아이 원수의 자식."

하고 옥례 엄마도 눈을 씻는다.

　　영신은 아까 공장에서 당하던 일이 문득 눈에 보인다. 곧 조금 전이다. 공장 감독이 와서 돌아다니다가 양금이라는 처녀의 긴 머리를 쭉 잡아당겼다. 양금이는 깜짝 놀라 돌아보다가 감독인 줄 알고는 다시 고개를 돌렸다. 이러한 짓이 한두 번 아닌 까닭이다. 그자는 다시 양금의 머리를 쓰다듬으며

　　"이쁜 사람이 머리가 좋소."

하고는 또 한번 잡아당기고는 뺨을 만지려 하였다. 참았던 양금이도 두 번째는 못 견디겠던지 머리를 툭 채어 잡아 빼며

　　"왜 이래. 그것 미친놈이네."

하며 영신에게로 피해 왔다. 양금이는 여공 중 제일 어여쁘고 귀여운 처녀인 데다 영신을 따르는 고로 영신 역시 사랑하는 까닭이다. 징그럽게 빙긋이 웃고 섰던 감독은 무안한 얼굴에 두 눈이 벌게지며

　　"무어 내가 미친놈이? 이놈의 가시내 나쁜 말이 했소지바리."

하며 양금이를 때리려는 듯이 쫓아왔다. 양금이는 영신의 뒤로 돌아가며

　　"그래 어쩨 왜 남을 건드려."

　　벌써 감독의 검은 주먹은 양금이의 붉고 연한 뺨을 휘갈겼다.

　　"요놈의 가시내(계집애) 또 말이 해 봐라. 내가 어째 미친놈이냐 말이다."

하며 또 한번 주먹이 올 차례다. 영신은 빨리 주먹을 어깨로 받아 획 — 뿌리치고 몸을 돌릴 때 기계를 건드리자 북이 튀어나와 적삼을 뚫고 왼편 팔을 찔렀다. 양금은 얼른 두 손으로 팔을 꽉 잡으며

　　"아이고머니, 경아 어머니가 다쳤네."

하며 엉 — 엉 — 울고 있다. 다른 여공들도 고개를 돌리고 혀를 끌끌 차나 감히 가까이 오지는 못한다. 감독은 놀란 눈으로 분이 찬 영신을 내려다보면서

"당신이 왜 참견했소."

하며 미안한 듯이 적삼에 묻은 피를 바라본다. 영신은 전일부터 빈부와 계급에 대한 반항심을 잔뜩 가지고 있었으며 더구나 감독의 평소 행위를 몹시 미워하던 터이라 떨리는 입술로

"그러면 당신이 왜 먼저 그따위 짓을 하느냐 말이야. 감독이면 점잖게 감독이나 하지 어린애들 머리를 잡아당기며 부인들을 건들며 그따위 못된 짓을 하니 누가 좋다고 하겠소. 그래 놓고는 당신이 도리혀 때려 응. 그게 무슨 짓이야. 왜 우리는 개만도 못하게 보이오? 우리도 사람이야 사람. 기계에 몸이 매였을지언정 이러한 당신과 꼭 같은 사람이란 말이야. 우리는 당신같이 나쁜 짓은 하지 않는 좋은 사람이란 말이야."

그는 독이 가득 찬 눈으로 감독을 쳐다보며 소리를 버럭버럭 지른다.

"저 — 주인에게 갑시다. 내가 당신이 하던 짓을 다 말하고 결단을 낼 터이니……."

감독은 어이없는 듯이 섰다. 다른 여공에게 같으면 오히려 뺨을 갈기며 "나가거라. 너 아니 와도 좋다." 하겠지만 여공 중 제일 나이 많은 (많대야 스물아홉) 사람이요 평시에 어렵게 보고 꺼리던 사람이며 주인도 신용하던 터이므로 영신에게는 어쩔 수가 없다는 듯이 지갑을 꺼내더니 일 원짜리를 내어

"여보, 이것 가지고 고약 사서 발러. 하면 곧 낫소."

하고 영신의 어깨를 건드린다. 영신은 더욱 분이 나서 목까지 막힐

171

지경이다. 일 원을 받아서 감독에게로 다시 던지며

　"이것은 왜 이래. 돈 귀신 당신이나 잘 처먹우. 일 원 주고 내 어깨를 산단 말이오. 돈만 보면 아무것도 다 잊어버리는 줄 아오. 이게 무슨 개 같은 짓이야. 자 — 갑시다. 주인에게든지 파출소에든지 나만 건드려만 보오. 돈 있는 당신이 이기나 죄 없는 내가 이기나 해 봅시다."

하며 숨을 씨근거린다. 여공들은 나 같으면 받겠다는 듯한 눈으로 땅에 떨어진 종이돈을 아까운 듯이 바라본다. 감독은 머리를 슬슬 만지고 입맛을 다시며

　"여보 내가 잘못했소. 다시는 안 그러지. 참말이오. 오늘은 내가 잘못했소."

하며 돈을 집는다.

　"그래 잘못했지. 천 번 만 번 잘못했어. 그러니 가잔 말이야."

하고 나선다. 감독은 웃으며

　"여보 가도 소용없소. 당신 잘했다고 아니해. 내가 잘못했다고 하니 그만두시오."

하고 저쪽으로 가 버린다. 영신은 더 억지를 쓰려고 했으나 그놈 말 같이 나를 잘했다고도 아니할 것이요 그리도 도척이 같은 감독 녀석이 오늘은 잘못했다고 쩔쩔매는 것을 보고 '에라, 내버려두어라. 부득부득 억지 쓴다고 별 좋은 일 있겠니.' 하고 수건으로 상처를 동이며 양금이를 찾느라고 돌아볼 때 여섯 시 기적이 뛰 하고 운다. 눈이 부은 양금이는 빨리 제자리로 가더니 조금 있다가 영신을 돌아보고는 획 — 나갔다. 다른 여공들도 일을 끝지우고 나 먼저 나 먼저 나가 버렸다. 영신은 나가는 그들의 뒷모양을 보자 참았던 설움이 북받쳐 그대로 서서 우느라고 조금 늦었던 것이다. 여기까지 생

각한 영신의 눈에서는 다시 눈물이 뚝뚝 떨어지며 한숨이 길게 나왔다. 뒤에서 자동차가 뿌 — 뿌 소리친다.

"왜 자꾸 이러시오. 그만 울고 치나시오.[5]"

하는 옥례 어머니 말에 다시 정신을 차려 길을 비키며 돌아보니 벌써 사거리에 왔다. 앞으로 사흘밖에 남지 않은 추석 대목을 그저 넘기지 않으려고 송방[6]마다 걸어 놓은 댕기와 대님이 영신의 젖은 눈을 깜짝 놀랜다.

"아 — 저 댕기 좀 보시오. 대님도 많고……."

이때까지의 설움은 댕기와 바꾸었다.

"올해는 흉년이라고 해도 호사 치렛거리들은 더 사는 것 같다만은 우리 같은 것들이야……."

하며 옥례 어머니도 맞장구를 친다. 영신의 눈은 거리 양편에 수없이 걸어 놓은 댕기에서 떠날 수 없다.

"우리 경아 하나만 사 주었으면. 영이도 밤낮 고운 허리끈 대님 그 노래만 부르는데……."

아픈 것도 잊어버리고 추석 지낼 궁리에 가슴은 잔뜩 부풀어 오른다.

3

"아이고 저것이 웬일이야 응. 피가 웬일이고. 응 무슨 일이냐."

---

5 '지나시오.'의 의미로 추정.
6 예전에, 주로 서울에서 개성 사람이 주단, 포목 따위를 팔던 가게.

좁쌀에 안남미 싸래기[7]를 섞어 바가지에 씻고 있던 영신의 늙은 시어머니가 들어오는 영신을 보자 부르짖는다. 칠십이나 되어 보이는 노인은 허리를 구부리고 영신에게로 오더니 영신의 눈과 적삼의 피를 번갈아 보며 대답을 기다리느라고 입술만 바라보고 섰다.

"아니올시다. 조금 다쳤습니다. 북이 튀어나와서……."

하며 빨리 방으로 들어갔다. 어머니는 다시 구부리고 가서 바가지를 들며

"그저 이런 팔자는 어서 죽어야지. 이 꼴 저 꼴 다 — 못 보것다. 응 — 응 —."

입술이 실룩실룩하자 기침이 꿀럭꿀럭 나온다. 조금 있다가 헌 적삼을 갈아입고 나온 영신은 양철에 불을 지피며

"왜 저 계집애는 누웠답니까?"

어머니는 그 말대답도 않고 급히 오더니 영신을 떠밀며

"오라 — 저리 가거라. 얼른 봐도 어깨가 많이 다쳤는데 왜 이러냐. 저리 가거라, 저리 가 —."

하며 자기가 불 앞에 앉아서 나무를 꺾는다.

"어머니 — 경아가 왜 누웠어요."

하며 재차 물었다.

"아침에 학교에 가니께 월사금 안 갖고 온 사람은 못 온다고 그러드라냐 어쩌드라냐. 그래서 부끄러 그냥 왔다고 이때까지 방에서 뒹굴고 울고만 있더니 아마 자는갑다."

영신은 툇마루에 벌떡 주저앉았다. 다시 더 말할 기운이 없음이다. 어깨가 몹시 저린다. 뛰는 발소리가 나며 여섯 살 된 영이가

---

7 '싸라기(부스러진 쌀알)'의 방언.

막대기를 끌고 들어와 영신의 무릎에 가 턱 안기며

　"어머니, 내 허리끈 대님 사 가지고 왔어요. 응 — 어디 봐아. 어무니 누님은 울었어. 어서 내 허리끈 내놔야 — ."

하며 엄마의 팔을 비틀려고 한다.

　"아이고 가만 있거라. 엄마가 팔이 다쳐서 아프다. 허리끈은 내 일모레 사다 주마."

하고 달래는 말도 영의 귀에는 쓸데없다는 듯이

　"안 해 — . 거짓말쟁이. 오늘 꼭 사다 주마고 하더니. 막 — 때 릴란다."

하며 막대기를 들어 때리려다가 하 — 하 — 웃고 방으로 뛰어 들 어가더니

　"누님! 아이 어무니 왔네. 어서 댕기랑 월사금 달라고 하소. 어 이 일어나야 일어나."

하며 깨우는 모양이다.

　"아이고 아야."

　끙끙거리는 경아의 소리가 들리자 남매는 방에서 나왔다.

　"왜 낮잠은 자느냐. 할머니 혼자 하시게 내버려 두고. 왜 — 그 모양이야."

하며 영신은 퉁퉁 부은 딸의 얼굴을 흘겨본다. 밥이 부글부글 넘으 며 좁쌀알이 솥에서 흘러내린다. 영신과 경아는 부엌으로 들어갔 다. 이웃집에서 다듬이질하는 소리가 듣기 좋게 장단을 맞춘다.

4

음력 팔월 열사흘 달이 동천에 훨씬[8] 나왔다. 전등이 빛나는 시가는 거듭 달의 빛을 받아 기와집과 초가지붕이 아슬하게[9] 보인다. 유달산은 별을 뿌린 듯 붉은 눈들이 깜박인다. 하늘에 별 시가에 전등 산 밑에 불 세 가지 구슬들이 밤빛 속에서 각기 제멋대로 반짝이고 있다.

목포의 낮은 참 보기에 애처롭다. 남편南便으로는 늘비한 일인日人의 기와집이요 중앙으로는 초가에 부자들의 옛 기와집이 섞여 있고 동북으로는 수림 중에 서양인의 집과 남녀 학교와 예배당이 솟아 있는 외에 몇 기와집을 내놓고는 땅에 붙은 초가뿐이다. 다시 건너편 유달산 밑을 보자. 집은 돌 틈에 구멍만 빤 ── 히 뚫어진 돼지막 같은 초막들이 산을 덮어 완연한 빈민굴이다. 그러나 차별이 심한 이 도회를 안고 있는 자연의 풍경은 극히 아름답다.

동북으로 비스듬히 누운 성당산 숲속에서 십자가를 머리에 꽂고 아련히 내다보는 성당은 멀리 서해에 떨어지는 낙조를 바라보며 느린 종소리를 검어 가는 시가에 고요히 흘린다. 앞산 달성사의 새벽 종소리에 눈뜬 목포는 뒷산 성당의 저문 종소리에 눈을 감는 것이다. 옛 절의 새벽 종소리, 사원의 만종은 목포가 홀로 가진 자랑거리이며 성당 이북으로는 밭 가는 소의 평경[10] 소리가 한가하고 논두덕[11]길로 풀을 지고 오는 농부와 밭매는 아낙네들의 흥글타령이 흐르는 농촌이요 북편北便 바닷가에서 자리를 잡고 앉은 기와가마(동리

---

8 정도 이상으로 넓게 벌어지거나 열린 모양.
9 맥락상 '아스름하다(또렷하게 보이거나 들리지 않고 희미하고 흐릿하다)'의 뜻.
10 '풍경'의 방언.
11 '둔덕, 언덕'의 방언.

이름)는 어촌이다. 감자배 수박배 나무배 고깃배 돛대가 들어선 해변에서 김칫거리를 씻고 있는 부인은 어부의 아내인 듯 유달산 북편은 구멍만 뚫어진 돌 틈 초막이요 남편의 유달산은 푸른 밭뿐이므로 산밑은 산촌을 보는 감이 있다. 하루에 네 번씩 나가고 들어오는 기차를 보내며 맞는 정거장을 중심으로 선인鮮人과 일인의 상점이 즐비한 중앙은 조선의 몇 째 안 가는 도회로 부끄럽지 않으며 크고 작은 섬이 둘러 있는 푸른 바다에 점잖은 기선과 어여쁜 흰 돛대 방정스러운 발동선들이 들고나는 항구의 특색은 남편 해안에 있다. 주위의 풍경은 그림 같고 농촌과 어촌, 산촌과 도회와 항구의 각색 맛을 겸하여 가지고 있는 목포는 매일 움직이고 시시각각으로 자라 가건만 그 이면에 잠겨 있는 빈민의 생활은 다른 곳에서 볼 수 없을 만한 비참한 살림이 숨어 있는 것이다. 그러므로 낮에 높은 곳에서 이 저자를 내려다볼 때는 그렇듯 여러 가지 느낌이 일어나거니와 밤의 도회는 다만 아름다울 뿐이다. 제일 보기 싫은 산밑 구멍집은 어둠에 묻히고 생기 있는 불들만 전등 밑에 안 지겠다는 듯이 황홀거리고 있어 별밤에는 하늘과 땅에 별과 불을 가릴 수 없이 붉은 구슬들만 빛나고 있을 뿐이다. "모쿠포노 요루와 비 ─ 이.(목포의 밤은 아름답다.)" 이것은 뜻 있는 사람의 밤 시가를 보면서 부르짖는 언구이다.

5

여덟 시 기차가 쉬인 듯한 소리를 지르며 야단스럽게 정거장에 닿을 때 달을 가리고 있던 엷은 구름은 흔적 없이 스러지고 달은 전보다 더욱 깨끗한 얼굴로 웃고 있다.

해안에서부터 일어난 바람이 슬슬 여러 집을 거쳐 호남정 영신의 집 뒤 포플러잎을 제멋대로 뒤척이다가 병든 잎 하나를 영신의 머리 위에 뚝 떨어쳤다. 오늘 떠도 못 갈 것을 추석은 닥쳐 겨우 아픈 팔을 끌고 종일 일을 마치고 온 영신이 간호부인 자기 동무의 집에 가서 약을 얻어 바르고 와서 달을 쳐다보고 잠깐 섰는 중이다. 머리에 떨어진 버들잎을 주워 내리며

"어머니 벌써 나뭇잎이 떨어집니다. 가을은 아주 왔습니다그려."

하며 나뭇잎을 어머니에게 보인다. 툇마루에 걸어앉아 긴 담뱃대를 물고 앉았던 어머니는

"모레가 추석이 아니냐. 그런데 참 이 애야 아까 땅세 받으러 왔더라. 그래서 주인이 없다고 하니께 이따가 오마고 가드라. 또 어쩌잔 말이냐. 영이 아범만 있었더라면……."

노인은 삼 년 전에 죽은 자기의 아들을 생각하며 한숨을 쉰다. 그의 아들은 얼굴도 참말 잘났었다. 학교라고는 보통학교 졸업뿐이거니와 일본말 잘하고 똑똑하므로 어떤 일본인의 집에 있을 때에도 착실하고 부지런하다 하여 주인이 매우 사랑하였다. 그래서 과부인 어머니와 외아들이 살기에 아무 괴로움이 없었다. 아들이 19세 되던 가을이다. ××여학교 4년급에서 인물이나 공부로 첫손가락을 꼽는 단정한 처녀이나 다만 가세의 형편으로 부득이 들어앉게 된 17세의 영신을 며느리로 맞아 귀한 손자 남매를 두 팔로 어르며 얌전한 아들 부부의 효성으로 아무 일 없이 재미있게 살아왔다. 그러나 운명의 변덕은 헤아릴 수 없는 것이다. 든든하고 착실한 그의 아들은 우연히 병이 들어 폐병이라는 이름 아래에서 삼 년 전 오월에 북망산 한 덩이 흙무덤을 이룬 후로 여간한 저축은 약가藥價로 없어지고 집까지 빼앗겨 곁방으로 돌아다니며 홀며느리가 바느질 품을

팔아 남매의 학비를 대며 네 식구 목을 축이는 중 금년 사월부터 새로 생긴 방적 공장에 들어가 일급 사오십 전으로 겨우 목숨만 이어가는 이 집 형편이 어떠하랴. 이 집도 영신의 친정 부모가 자기의 살던 집을 가련한 딸에게 내어 주고 자기는 신작로 오막살이를 얻어 가지고 죽 장수를 하므로 노인은 사돈에게도 미안함을 말할 수 없다. 매일 며느리의 애쓰는 모양을 볼 때는 항상 "내 아들이 살았더라면." 하는 말뿐이 구제책같이 생각된다. 지금도 모르는 사이에 쑥 나온 것이다. 영신은 얼굴을 찌푸리며

"어머니, 또 그런 소리를 하십니다그려. 쓸 데 있어요? 그런 말 한대야 서로 속만 상하지요. 그저 사는 대로 살지요. 설마 산 사람 목구멍에 거미줄 칠까요."

하며 여전히 달만 바라보고 있다. 말은 이렇게 대범히 했거니와 사실 어머니 입에서 그 말이 나올 때는 영신의 가슴이 찢어지는 듯 터지는 듯 아직도 남편 생시에 자기를 사랑하여 주며 정답게 해 주던 그 사람은 뼈에 깊이 ─ 새겨 있다. 어느 때 남편을 잊으랴. 그는 죽었거니와 그의 사랑은 내가 흙이 될 때까지는 나를 떠나지 않을 것이다. 밤이 깊어 홀로 바느질하고 있을 때는 은연히 자기 남편이 곁에 앉아서 "그만하고 잡시다." 하며 바느질감을 빼앗는 듯하여 곁을 돌아보면 희미한 등불만 창틈으로 새어 들어오는 바람에 춤추고 있음을 볼 때는 그냥 그 자리에 엎더져 울며 밤을 새우는 것이 예사이었다. 그러나 참고 견디어 늙으신 어머님 생전에 남편의 그 효성을 내가 대신하려니 우리는 못 배워서 끝을 못 이루었거니와 남매는 기어코 내 팔이 부러지더라도 남부럽지 않게 시켜 보려니 결심하고 경아는 ×××여학교에 입학시켰던 것이 열두 살 되는 금년에 고등과 일 학년이며 영이는 유치원에 보내어 매일 재롱이 늘어 가는 고

로 남매를 낙으로 삼고 기막힌 고생과 슬픔을 달게 받고 지내는 중 이번에는 더욱 형편이 어렵게 되었다. 그리 부득부득 조르지는 않지만 경아는 동무들의 모양낸 의복이나 댕기를 몹시 부러워하는 모양이다. 그것도 무리는 아니다. 삼 년을 되는 대로 흰옷만 주워 입고 남보다 더 길고 검은 머리에 기름때 묻은 흰 댕기만 매고 다니던 어린것이 아니냐. 지난 오월에 복服을 벗자 동무들의 고사나 갑사의 붉고 긴 댕기를 보고 와서는 여러 번 붉은 댕기 말을 하였다. 더구나 남편의 사랑하던 경아 높이 선 콧대와 가느스름한 눈과 귀염 있는 입모습이 자기를 닮았다고 항상 거울로 나란히 비쳐며 사랑하던 경아! 지금도 경아의 웃는 입모습을 볼 때에는 가슴의 쓰림을 이기지 못한다. 그러한 경아의 소원인 붉은 댕기를 추석에 꼭 해 주마고 하여 왔다. 어제도 월사금 때문에 학교에서 그냥 와서 오늘도 못 가고 있으면서도 행여나 어머니가 댕깃감을 사 가지고 오시나 물어보고 싶지만 그보다도 더 큰 월사금 때문에 입도 못 벌리고 눈치만 보며 처분만 기다리는 모양이 코가 시리도록 애처로우며 철없는 영이는 유치원에서는 부잣집 도련님의 양복과 구두보다도 웃집에 사 온 고운 허리끈과 대님만 부러워서 조르니 그것도 사 주어야 할 것이다. 그뿐인가. 이번에는 참으로 늙은 어머니 당목 적삼이라도 해 드려야 할 것이다. 새벽이면 다섯 시에 모르게 일어나서 밥 지어 놓으시고 저녁이면 양식이 없어 못 하는 저녁 외에는 꼭 손수 지으시고 기다린다. 그러한 어머님이 떨어진 광포 적삼만 입고 계시는 것이 얼마나 불안한지. 그러나 제일 급한 것은 경아의 월사금이다. 영이는 처음에 오 원 빚내어 들여논 뒤로는 아직도 아무 말이 없으니 내버려 두더라도 또 땅세가 있다. 그러면 돈이 얼마나 있어야 되나. 경아의 월사금이 이 원. 여기까지 생각하자 밖에서 주인 찾는 소리가 들린다.

"주인 있수." 하는 것은 영감의 소리다.

"이 애야 왔다. 저 ─ 땅세 받으러."

하며 어머니가 은근히 소리친다. 영신은 벌떡 일어나서 나가며

"네 있습니다. 땅값이 얼마나 되나요?"

하고 단도직입으로 물었다.

"아 생각해 보시구려. 한 달에 일 원 오십 전인 데다가 석 달을 못 냈으니 사 원 오십 전 아니오. 이번에는 꼭 받아야 하겠수다. 도모지 군색해서 살 수가 있어야지."

하며 늙은 서울 노인은 달빛에 더 해쓱해 보이는 영신의 얼굴을 바라본다.

"글쎄요. 난들 좀 ─ 얼른 해 드리고 싶으리까만은 없으니까 그렇지요. 오늘도 없는데 어쩔까요." 하며 조심스럽게 가만히 노인을 본다.

"어쩔까요가 다 무엇이오. 나도 이번은 꼭 받고 말겠소. 없으니 못 낸다고만 하면 나중에는 어쩔 터이오."

"그렇지만 없으니까 없다지 있는 걸 없다고 합니까. 지금은 수중에 한 푼도 없으니 말이지요."

영신의 입술은 바르르 떨린다.

"여보, 그래 못 내겠단 말이오. 못 내겠으면 나가구 집을 팔아버리오그려. 못 내겠으니 받지 마오. 이건 세를 부리나."

빚 받기에는 박사가 된 듯한 노인은 손을 벌리며 경판을 붙인다.[12]

"아이구, 노인이 무슨 말씀을 그렇게 하십니까. 못 내는 사람이

12　서울 말씨를 쓴다. '경판'은 서울말이라는 뜻.

세는 웬 세요. 돈 있는 사람이나 세 부릴 세상에 이런 가난뱅이가 세가 웬 말입니까. 그만두고 가십시오. 내일은 꼭 드리리다."

톡 — 내던지듯이 하고 영신은 들어와 그 전 자리에 다시 앉아 달을 바라본다. 달은 여전히 평화롭게 웃고 있다.

"그러면 내일 저녁에 올 터이니 해 놓고 기다리시우."
하고는 지팡이의 소리만 점점 멀리 들린다.

영신은 두 손을 가져다 얼굴을 가리고 몸을 두어 번 흔들었다. 어머니의 한숨 소리가 산이 무너져라는 듯이 들린다. 영신은 깜짝 놀라 고개를 들었다. 어머니의 계신 것을 잊어버린 것이다. 영신은 북받치는 비悲와 분憤을 참고 천연히 앉아 아까 생각을 계속한다. 경아의 월사금 이 원 댕기 대님 모두 하여 삼 원가량이다. 땅세가 사 원 오십 전. 내일은 다시 좁쌀과 싸래기를 팔아야 할 것이다. 또 명일明日이라고 고기는 못 해 드리나마 백미 한 되는 팔아야 될 터인데 일 원만 있으면 될 것이다. 그러면 얼마이냐. 십일 원이다. 십일 원만 있으면 우선 발등의 불을 끄겠다. 십일 원! 영신은 아까 공장 시찰하러 왔던 당지 부자의 아들 감독이 눈에 보인다. 그 부자의 아들은 죽은 자기 남편과 한 동창생이다. 그러나 빈부의 차로 하나는 고생만 하다가 죽어 버리고 하나는 공부를 계속하여 마친 것이다. 그 심술궂은 감독 녀석이 굽실굽실하며 차례로 구경시킬 때 그는 아무 기색이 없이 평범하게 보기를 마치고 나갔다. 그는 부자랄망정 과히 호사는 아니하였으나 그의 가진 야광주 시계는 분명히 고가일 것이다. 그 시계 아니 그에게는 아니 부자라는 놈의 주먹 속에는 철갑 속에는 몇천 원 몇만 원이 있으렷다. 지금도 술을 마시며 한자리에서 몇십 원씩 기생의 웃음값 주기에 얼마나 없어질 것이다. 그 흔한 돈이 왜 이런 몸에는 이리도 귀한가. 내일은 공장에서 돈을 준다고 하였다. 십일급十日給이 오 원이니 육 원이 모자란다. 육 원, 육 원, 육 원만 있으면. 무엇 팔 것이 있나. 팔 것도 없다. 그러면 어쩌랴. 영신은 고개를 숙이고 방침을 생각한다. 아까 순임(간호부 이름)이네 집에 갔을 때 바느질품 파는 순임의 시어머니가 바느질감이 너무 많다고 하였다. 그것은 갑사 저고리 하나와 적은 관사 저고리 두 개였다. 그렇다. 그것을 가져오자. 삯은 세 개에 일 원 십 전이다. 십일 원이라면……. 가져오자. 그는 바쁜 듯이 벌떡 일어났다. 어깨가 다시 아프기 시작한다. 저린다. 쑤신다. 이 어깨를 가지고 어떻게 하랴. 그러나 가져오자. 영신의 발은 무의식으로 문을 향하여 옮겨진다.

"이 애야, 어디 갈래." 하는 어머니의 소리에 깜짝 놀라며

"저 저기 좀 갔다오겠습니다." 하고 쑥 — 나왔다. 어쩐지 정신이 희미하여지고 머리가 감감하며 아득한 것 같다. 밤 저자에는 모든 실과가 불빛에 반짝인다. 바느질하며 전방 지키는 부인들이 눈에 띈다. 어디선지 시계가 열 시를 땡 — 땡 친다. 하늘 가운데서 꿈으로 들어가는 도회를 애달픈 듯이 내려다보는 달의 얼굴은 더욱 웃음에 말개진다.

6

모레 새벽에 보내기로 한 저고리 세 개를 오늘 밤과 내일 밤으로 해서 일 원 십 전을 벌겠다는 욕심으로 바쁘게 손을 놀리는 영신은 가끔 오른손으로 왼편 팔을 꽉 잡고는 눈살을 찌푸린다. 이것을 해서 일 원 십 전을 가진대야 무엇 할 것이 생각나지도 않는다. 그는 생각지도 않으려 하며 바늘 든 손만 바쁘게 놀린다. 어디선지 귀

뚜라미가 쪽쪽쪽쪽 하더니 그 소리조차도 뚝 그치고 닭의 소리가
처음으로 들린다. 어머니는 두어 번 일어나서 그만두라고도 하시
고 이야기도 하시더니 이제는 천지를 모르고 주무신다. 두 번째 닭
이 울었다. 솜씨 곱고 손 빠른 영신의 손에서 갑사 저고리는 빚어 나
왔다. 관사 저고리 거죽을 붙일 때까지 닭은 세 번째 울었다. 영신은
못 참겠다는 듯이 불을 툭 끄고 쓰러졌다. 느끼는 부인을 위로하려
는 듯이 희미한 달빛과 날빛이 모기장 바른 창으로 새어 들어오며
박명한 과부의 젖은 눈을 새벽별 하나가 들여다본다.

7

열나흗날 밤이건만 달은 둥글 대로 둥글었다. 종일 집집에서
나던 떡방아 소리가 달 뜨기 전까지도 나더니 달의 세계가 되자 달
을 보며 송병을 먹는 아이들이 불어 간다. 기름 냄새 칼판 소리 심지
어 병원 아래 움집에서도 맛난 내음새가 나건만 영신의 집만 비로
쓴 듯이 쓸쓸하다. 뜰에서 남매의 '강강수월래'를 부르며 뛰는 소리
가 겨우 적막을 깨뜨린다. 영신은 저고리를 밤으로 보내려고 공장
에서 나오자 저녁도 먹지 않고 끝마치려 한다. 그는 가끔 입에서 더
운 김을 훅 ― 훅 ― 뿜으며 손을 머리에 얹었다가 팔을 잡았다가
한다. 그의 팔은 부어서 적삼 위으로까지 불룩하게 나타난다. 시근
거려지는 숨을 입으로 불며 아홉 시 후에 기어코 마쳤다.

심부름 갔던 경아가 손에 일 원 십 전을 가지고 돌아왔다.

"이것으로 내 댕기……." 하며

어머니의 얼굴을 힐끗 보자 무안한 듯이 몸을 틀고는 다시 밖

으로 쪼르르 나간다.

"이 영감님이 왜 이때까지 아니 오나요."

영신은 공장에서 받은 피값 땀값 눈물값 오 원을 주머니에서 꺼내며 어머니를 돌아보고 물었다.

"안 오기는 왜 안 와야 그 걱정이가……. 곧 올 것이오."

말이 마치자마자

"주인 있소." 하는 서울 영감의 소리.

"네 있소." 하고 영신은 나아가 영감과 마주 섰다.

"자 — 되었으면 주시오." 하고 뼈만 남은 손을 내민다.

영신은 내미는 손을 탁 때리고 오 원을 얼굴에다가 갈기며(열여덟 글자 삭제)하고 싶었다. 그러나 없는 놈은 유구무언이다. 에라 참아라 하고

"네, 되었는데 다는 못 드리겠습니다. 두 달 것이나 먼저 받으시지요."

영감은 눈귀가 실쭉해졌다.

"아, 또 잔소리로구려. 오늘 저녁에는 다 준다고 아니했소." 턱이 달달 떨린다.

영신은 미움과 원망과 더러움과 분함에 몸을 떨었다.

"여보시오, 좀 생각을 해 보시오그려. 오늘 내가 오 원 받기는 했소이다. 자 — 이것이 오 원 아니오. 그러나 영감님도 생각을 해 보십시오. 이것이 열흘 것인데 사 원 오십 전을 영감께 다 드리고 보면 하루도 못 살 오십 전을 가지고 어쩔 것입니까. 부득부득 다 달라면 드리리다만은 그럴 수야……." 말소리에 힘 있기로 유명한 영신이건만 지금 말소리에는 힘도 없이 떨리기만 한다. 그의 손은 다시 이마로 올라갔다.

영감은 까딱하지도 않은 기색으로

"여보, 이 세상이 어떤 세상이라고……. 내 몸 다음에 남이
야 — . 석 달이나 용서해 주었으면 그만이지. 이리 내오, 오 원."
하며 손을 내민다. 영신은 벌컥 내주었다. 영감은 지갑에서 오십 전
은화를 내어 영신의 외손[13]에 놓았다. 은전이 달빛을 반사하여 영신
의 눈을 찌른다. 영신은 은화가 더럽다는 듯 얼른 땅에 떨어쳤다. 영
감은 간다 보아라 하고 지팡이를 끌며 천천히 내려간다.

영신은 그만 땅에 픽 — 주저앉는다.

"아 — 세상은 이렇구나. 아 — 사람은 이렇구나. 아 — 더러워
이 세상."

주먹으로 땅을 치며 몸부림을 한다.

"이럴 줄이야 몰랐다. 이렇게 세상이 나에게 독하게 할 줄이야
몰랐다. 그전에도 좀 독했느냐마는. 아이고 요렇게까지 흑흑."

그는 땅에 엎더져[14] 궁근다.[15] 숨이 더운 김에 턱턱 막히고 입술
이 탄다. 몸이 불덩이 같고 어깨가 쑤신다. 어머니가 나왔다.

"이 애야 그러지 마라." 하는 끝말 소리가 떨리며 붙들어 일으
킨다. 영신은 정신을 잃은 듯이 다시 엎더졌다만은 생각을 더욱
분명히 연속고자 한다. 사흘 전부터 팔을 다친 데다가 (그것도 타인
같으면 별 치료를 다 할 만큼 많이 다쳤다.) 이틀이나 공장에를 이를 갈
고 다녔다. 게다가 어젯밤은 꼬박 새우고 오늘 저녁을 굶었다. 일 원
이십 전을 벌려고 어깨가 붓고 머리가 어지럽고 입안이 불같고 속
이 메슥메슥한 것을 참았다. 그래서 땅세를 삼 원만 주게 되면 이 원

13 한쪽 손.
14 '엎드리다'의 준말.
15 '뒹군다'의 전북 방언.

육십 전을 가지고 불덩이 같은 이 몸을 끌고 저자에 나가 생각던 대로 해 보려고 하였다. 그리하더니 아— 요런 일까지도 야속하게 몹시도 나를 볶는 이 세상. 영신은 생각을 마치고 죽은 듯이 엎더져 있다. 어머니의 주름 잡힌 얼굴을 흘러내리는 늙은 눈물이 달빛에 반짝인다.

"이 애야 일어나거라. 네가 이러면 나는 어쩌겠냐."

어머니의 울음이 툭 터졌다. 입술을 불며 혀를 마시면서 소리가 커진다. 경아가 영이를 데리고 오다가 우는 할머니의 얼굴과 엎더진 어머니를 번갈아 보다가 어머니 위에 엎드리며 으악 소리친다. 영이도 운다. 영신은 소스라치며 일어났다. 그중에서도 남부끄러운 생각이 난 것이다.

"아이고 무슨 소리들이냐. 남부끄럽게."

말할 때마다 입에서 더운 김이 훅— 끼친다. 입술이 부었다. 얼굴이 붉은 물 들인 듯이 벌겋게 달았다. 적삼 위로 부유스럼한 물이 팔에서 스며 나왔다. 무심한 달은 빛난 웃음을 영신에게 보낸다. 떨어진 은전이 말없이 희게 빛난다. 이것을 본 영이는 울음을 그치고 얼른 은전을 집으며

"어머니, 돈 여기 있소." 하고 빨리 집어 든다. 어머니에게서 더럽다고 배척을 받아 떨어진 은전은 아들의 손에서 더욱 곱게 빛나고 있다.

"아— 영아 버려라. 내버려라. 더러운 그 은전을. 아 버려라. 더럽다." 하고 몸서리를 치며 다시 엎더진다. 별안간 기침이 시작되었다. 그는 몸을 빙빙 틀며 괴로워한다. 어머니는 며느리를 붙들고 들어왔다. (글자 삭제) 어머니의 눈이 둥그레지며 얼굴이 노랗게 질린다. 어린 남매의 울음소리가 다시 터졌다. 막차가 처량한 소리를

187

지르고 달려온다. 영이가 내버린 은전은 마당에서 여전히 찬란하게
빛나고 있다.

1924. 9. 14.

찾은 봄·잃은 봄

때	현대 봄
곧	죽림이라는 농촌 (목포 인촌)
사람	금죽 十九19세의 처녀
	은죽 十五15세 (금죽의 아우)
	용주 二十二22세 (도회지의 직공)
	때수 二十三23세 (동내총각 천치)
	김 주사 三十五35세 (지주)
	길순 十六16세 (은죽의 동무)
	길순 어머니 四十40세가량
	초동 두 사람 노리ㅅ군 팔구 명

금죽의 집 뒷겿. 무대 정면으로 가시나무 울타리가 죽 둘러 있고 울 밖은 산에서 나려오는 좁은 길이 언덕비탈에 비스듬이 되어 있다. 울안도

약간 경사(傾斜)가 되어 있어 울 밖과 울안 언덕에는 파란 잔디가 덮여 있다.

울타리에는 사립문만 내놓고 당목이 죽 널려 있고 은죽이와 길순이가 반쯤 더러운 의복들을 입고 (길순의 옷은 기워졌다) 무대 좌편에 있는 능수버들나무 아래서 캐여 온 나물을 다듬고 있다. 석양의 포군한 볕이 널어 논 당목과 척척 늘어진 능수버들가지에 비최어 있다.

은죽   (나물을 뒤직이며) 나는 쑥이 제일 많구나. 어디 너는 (길순의 나물을 뒤적여 본다) 이런 온갖 것이 다 있네. 개불딱지 곰봄 부리 나숭개 가시나물 물네쟁이 사랑부리[1] 아니 사랑부리가 웨 이리 많으냐?

길순   (은죽이가 펼쳐 논 나물을 모으면서) 나는 논두렁으로 다니면서 캣으니까 그렇지. 논두렁에는 사랑부리가 많지 않던?

은죽   (나물을 다듬으며) 요새는 쑥이나 캐서 먹어야지 다른 것은 다 못 먹는단다. 거 봐라. 나숭개는 꽃피였지 다른 것들은 다 쇠여 버렸지? 그래도 너는 어디서 연 ── 한 것을 골라 캤구나.

길순   (여전이 고개는 숙인 채로) 너는 밥을 해 먹을 테니까 쑥만 캤지. 또 떡도 해 먹는다면서? 그렇지만 나는 그저 닥치는 대로 아무것이나 캣다.

은죽   그래도 사랑부리가 들면 죽을 못 쒀 먹어 애. 써서 못 먹어. 삶아서 우렸다가 무쳐나 먹지 너 죽에만 들어 봐라 어찌 쓴지……

길순   (은죽의 말을 가로막으며) 누가 모르는 사람 있군. 흥 내가 더 잘 알지 네가 더 잘 알 테냐?

---

1   별꽃나물, 냉이, 엉겅퀴, 씀바귀 등의 방언으로 모두 봄나물이다.

은죽	그럼 웨 알면서도 그래?
길순	글세 요새는 하도들 많이 캐내니까 나물도 어찌 귀한지 어디 그리 많이 있어야지. 그저 쓰거나 말거나 아무것이나 먹고 죽지만 않을 것이라면……(고개를 떨어트린다)
은죽	(길순이를 힐끗 보며 소리를 부드럽게) 너이 아버지는 지금도 그렇게 몹시 아프시냐?
길순	(고개만 끄덕인다)
은죽	아이고 그런데 그 쓰디�쓴 풋나물죽만 잡숫는구나. (혀를 찬다)
길순	그것이라도 하로 세 끼만 잡수시면야 오즉이나 좋겠냐만은 한 줌씩만 넣는 좁쌀이 없을 때는 그나마도 못 해 드리고 병드신 이를 출출이 굶으시게 하는 것을 생각하면 그만 눈에서 피가 빠질라고 (말을 못 마치고 눈물을 씻는다)

(버들 피리 소리 가까이 들리며 초동[2] 두 사람 나무를 지고 길 좌편에서 나려온다. 진달네꽃이 나무 짐에 잔뜩 꽂혀 있다)

은죽, 길순 (돌아다본다)

(초동 두 사람 피리 불면서 지나가 버린다)

| 은죽 | (갑작이 쓸쓸한 표정을 하며) 길순아 우리 형이 시집가 버리면 나는 병든 아버지하고 어떻게 둘이만 살어갈지 지금부터 근심이 돼서 죽겠다. |

2   땔나무를 하는 아이.

길순 참 너이 형이 김 주사네 첩으로 간다지?

은죽 그렇단다. 그래서 요새는 김 주산가 김 박사인가가 쌀 한 가
      마니 드려다 주어서 그 덕에 밥맛을 보는 것이란다. (입을 삐
      쭉그리며 한숨 쉰다)

길순 그렇기라도 하니까 반신불수 너이 아버지를 삼시로 밥 봉양
      을 하는 게 아니냐? 나도 금죽이같이 인물이나 이뻤더라면
      김 부자네 셋재 첩으로라도 팔려 가서 우리 아버지 밥이나
      안 굶으시게 할 것인데……(비웃는 듯이 쓸쓸하게 웃는다)

은죽 얘 남부끄럽다. 그런 소리 말아라.

길순 너는 그래도 잔치 때 쑥떡 한다고 신이 나서 쑥만 잘 캐더라.

은죽 (갑작이 생각난 듯이) 아니 아까 그 여편네들 이때까지 놀고
      있는지 모르겠다. 아이고 참 노래들도 잘하고 춤들도 잘 추
      더라. 그렇지?

길순 목포년들은 서방이 벌어다 주면 가만이 자빠저서 먹기가 심
      심하니까 그저 해마다 떼몰려와서는 새파랗게 젊은 것들이
      그 지랄이여. 나는 꼴 보기 싫여서 잘 보지도 않았다.

은죽 이래도 한세상 저래도 한세상이라는데 우리같이 없는 사람
      들은 봄이 되면 배고파 성가시고 굶기가 설지만 그런 사람들
      이야 뭐이 성가서서 못 논단 말이냐? 아따 그 장구 치는 여편
      네는 장구도 참 잘 치고 노래도 썩 잘하더라.

길순 (픽 웃으며) 네까짓 게 장구를 잘 치는지 노래를 잘하는지 어
      떻게 아느냐? 참 주전없네[3].

은죽 그걸 몰라? 우리 학교 다닐 때는 봄이면 꼭 그 여편네를 따라

3   주제넘다.

192

다니면서 구경했더란다. 나도 노래도 할 줄 알고 춤도 출 줄
알어 애.

길순   (나물 다듬던 손을 쉬고 은죽을 바라보며) 어디 해 봐라. 아
이 — 어디 어서 좀 해 봐. 응 어서.

은죽   (치마를 떨고 일어나서 춤을 덩실덩실 춘다) 얼시구 좋다 — 얼
씨구 —

길순   (허리를 굽으려 가며 웃더니) 참 잘 추는구나. 그것도 아침에
밥 먹은 덕이고 저녁에 쑥밥 먹을 테니까 흥이 나서 그러는
것이다. 나는 춤을 출랴도 우선 긔운이 없어 못 추겠다.

은죽   (선 채로 귀를 기우리더니 손바닥을 치고 껑충 뛰며) 야 길순
아! 저것 봐. 그것들이 이리로 오나 보다.

(장구 소리 노래소리 가까이 들려온다)

길순   인제 요리로 가다가 냇가에 잔디밭 있는 언덕 있지 거기서
또 한바탕 지랄들 하고 나서 정거장으로 나갈랴고 그러는가
보다. (일어난다)

(젊은 부인 칠팔 명이 춤추고 노래하며 우편으로부터 한 줄로 서서 온
다(길이 좁아서) 손에는 양산들을 들었다. 비단옷들을 입고 술이 취하
여 얼굴이 뻘앟게 되었다)

합창 소리 아리아리랑 서리서리랑 아라리가 났네 — 아 — 리 — 랑 어영
얼시구 날 넘겨 주소 —
장구 치는 이의 혼자소리 우리야 — 문전에 옥동자 놀고 — 유달산 — 봉오

리에 하이카라가 논 — 다

(양산을 두 손으로 들고 응덩춤도 추고 양산 없는 이는 두 손을 벌려 춤을 추면서 합창을 되푸리한다)

혼자 부르는 소리 정든님 오실 적에 인사도 못 해 — 행주치마 입에 물고 서 입만 빵 — 끗

(길순 은죽 그 소리에 마주 보고 웃는다. 보통이 짐을 지고 따라오든 아이가 두 처녀를 돌아보고 히히 웃고 지나간다)

(합창 소리 들려오면서 그들은 좌편으로 사라진다. 길순 은죽 잠깐 멍 — 하니 섰다가 다시 앉아서 나물을 만진다)

길순   망한 년들 뭣이 그리 좋아서 응덩춤들을 추고 지랄이어. 저런 년들 시어머니나 남편들은 속들도 좋지. 어쩌면 저런 것들을 막우 내봐.

은죽   너는 웨 그리 야단이냐? 봄 아니냐? 봄에는 나무 쌌나고 새움 돋고 꽃피고 만물이 다 요동한다고 않던? —ㄴ년 내 못 놀던 여편네들도 봄이 되면 그만 사지가 다 놀아나서 기엏고 산이나 들로 기어 나오고야 만단다.

길순   글세 목포 것들은 늙은이들 젊은 것들 또 사내들 그저 누구 할 것 없이 막우 놀아난다면서 그래? 그것들이 이런 대 나와서 뛰고 지랄들만 했지 우리 동내 사람들이 배가 고파서 일도 못 하고 방에 자빠졌거나 못 먹어서 병들어 죽거나 또 나물죽 쒂 먹고라도 살겠다고 말만큼씩 한 게집애들까지 다 산

194

이나 들에 덮여 있거나 뭐 그런 것은 꿈에도 모르고 그저 남의 동내에 와서 그저 요란들만 피고 맘들만 시끄럽게 해 놓고 그저 만난 음식 냄새만 피어 놓고. 비러먹을 년놈들 꼴 보기 싫여서 어서 이놈의 봄이 지나가 버려야지 정말 그 꼴 보기 싫여 죽것다니까.

은죽   (방글방글 웃으며) 너는 못 놀아나니까 부애만 나지 같이 놀아나게만 됐어 봐라. 웨 노는 것이 숭이냐? 그 사람들은 먹고 입을 것에 아무 념려가 없는데 웨 모처럼 찾아온 봄을 싫다고 할 거냐? 우리도 그 사람□[4]같이 우리 동리 이 좋은 산 물들 꽃 이런 것들하고 놀아 볼 날이 우리에게도 와야만 할 것인데 대체 언제나 그런 세상이 될른지? 아니 그래도 그런 때가 꼭 오기는 온다고 그러더라.

길순   (눈을 반짝이고 은죽이를 처다보며) 누가 그러든?

은죽   누구가 그러더라. 이담에 내가 그 사람 너한태 가라켜 주까?

길순   (반가이) 그래 그래.

(노래소리 크게 들린다. 아리랑 노래를 곡조 틀리게 버럭버럭 소리 질러 부르는 노래소리)
뒷동산 할미꽃 필똥 말똥
우리나 연애는 될똥 말똥
아리랑 아리랑 아라리오
아리랑 고개로 넘어간다

4   '사람들'로 추정.

은죽   (길순을 보며) 야! 때수 온다. 때수.

길순   저런 소리 질으는 것 봐. 저 자식은 밤낮 저런 소리에 부를 줄
        몰라. (서로 마주 보고 웃는다)

(때수 좌편 길로 나무를 지고 내려온다. 검정 바지저고리를 입고 무엇인지 한 아름
이나 되게 안았다. 금죽의 집 울 밖에 와서는 더 큰 소리로 아리랑을 불른다)

은죽   (돌아다본다) 때수야. (큰 소리)

길순   때수야. (큰 소리)

때수   오 — 야. (큰 소리)

은죽   오늘도 칙 캤지?

때수   그 — 래. (큰 소리 천치의 소리)

은죽   나 좀 주라.

때수   그래라. (큰 소리)

은죽   (길순보고 눈찟한다)

길순   (치마를 털고 일어나서 은죽이와 함께 울타리로 쫓아 올라간다)

때수   (나무 짐을 세워 놓고 울 밖에 붙어 선다. 눈 하나 멀었다) (은
        죽 길순 울안에 서 있다)

은죽   아이고 칙도 퍽 굵다. 제일 굵은 것으로 둘만 내라. (손을 울
        넘어로 넘긴다)

때수   굵은 것은 못 줘.

길순   굵은 것은 뭣 할래?

때수   (그 대답은 하지 않고) 아나. 이것도 굵어. (은죽에게 준다)

은죽   해해 요까짓 거. 그럼 그 꽃이랑 줘.

때수   (나무 틈에 꽂인 진달레꽃을 한 묶음 준다)

196

길순	저것 봐라. 꼭 좋은 것은 따로 두고 나쁜 것만 준다니께. 저 꽃다발이 더 크고 좋구만. 너 그것 누구 줄라고 그러냐 응?
때수	(빙긋이 웃는다. 천치의 웃음)
은죽	때수야 너 피리는 안 맨들었냐?
때수	맨들었어.
길순	어디?
때수	(나무 틈에서 찾아낸다)
길순	인 줘 (손을 넘겨 받으려고한다)
때수	(피리를 들고 길고 굵은 것을 따로 골라내고 길순 손에 쥐어 준다)
길순	또 그런다이. 저 녀석 망했네. (불어 본다. 이것저것 골라 불다 가 하나를 가지고는 은죽에게 준다) 때수야 너 이것 어디서 만 들었냐?
때수	뒷개 냇가 ─ ㅅ에 가 봐라 버들나무가 꽉 찼어야.
은죽	(웃으며) 어떻게 만들었냐?
때수	(눈을 꺼벅꺼벅하며) 인제 봐라 응 버드나무가지를 떡 ─ 꺾 어서 ─
은죽	그래.
때수	강아지를 요리조리 똑똑 따고 (몸짓해 가며) 그래서는.
길순	(웃음을 못 참는 듯이 몸을 비비 꼰다)
은죽	그래서? (역시 웃는다)
때수	고놈을 비비 틀어서……

(별안간 길순이 부르는 소리 길순 어머니 흩어진 머리 더러워진 의복으 로 우편 길로 오며 악을 쓴다)

길순 어머니 이년 길순아! 저런 창자 빠진 년이 어디가 또 있을까?

길순　　　(훌쩍 뛰어 나려와서 나물을 바구미에 분주이 담는다)

길순 어머니 (뒷싸리문에 붙어서서) 아니 글세 나이가 열여섯 살이나 처
　　　　먹은 년이 낼모래 시집가면 색기 날 년이 저렇게 속이 없
　　　　으니 어쩌잔 말이어. 아침에 나간 년이 병든 애비는 종일
　　　　굶고 누었는데 어서 와서 쓴 나물죽이라도 끄려 먹일 생각
　　　　은 않고 저 병신놈하고 시시닥거리고 거덜거리고 내돌리
　　　　고만 있는 것 좀 봐. 저런 망할 년 같으니. 이년아 먹을 것
　　　　있는 은죽이하고 맨똥구멍만 있는 너하고 같으냐? 속창 빠
　　　　진 년. 이년 얼른얼른 주서 담아 가지고 썩 못 가?

　　　　(길순 어머니 욕하는 동안 때수 나뭇짐 지고 우편으로 사라지고 은죽도
　　　　나려와서 나물을 다듬는다)

길순　　　(은죽이를 힐끗 보고 눈찟하며 사립문으로 나가 우편 길로 퇴장)

길순 어머니 (딸에게 눈 흘기고 섰다)

　　　　(금죽 좌편 버드나무 아래로서 등장. 분홍저고리 쪽물치마 입고 머리
　　　　치렁치렁하다. 오른손에 소쿠리를 들었다. 둥그스럼하고 얼굴 하얀 어
　　　　여쁜 얼굴)

금죽　　　아니 이때까지 뭘 하고 있어? 얼른얼른 하지 않고 (당목 있는
　　　　데로 가다가 길순 어머니를 보고) 아이 길순 어머니 오셨소?
　　　　좀 들어오시지.

길순 어머니 뭣 — 을. 그냥 갈라네. 당목 발했는가?[5] (당목을 죽 둘러보

198

며) 며칠재 발했는지 인제 히네.

금죽　　사흘째 발했어라우. 인제 그만 풀해⁶⁾ 버릴라고 (사립문에 기대어 선다)

길순 어머니 잔채날도 닷새밖에 안 남았지 아매? 음력 삼월 열일헤날이라니까 오늘이 열이틀 응 꼭 닷새 남았구만. 언제 푸사해서⁷⁾ 옷이나 맨들것는가?

금죽　　못 맨들면 말지요. (힘없는 소리)

길순 어머니 자네 열네 살때 어머니가 도라가셨지? 큰애기 혼자 고생도하더니 (혀를 차며) 그런 데다가 아버지까지 병신 아니 몸을 못 쓰시는지가 이 년째나 되니…… 그래도 자네는 부자집으로 들어가니께 그날부터 호강이지만 은죽이랑 아버지가 (금죽이가 얼굴을 찡그리는 것을 보고 잠깐 멈츳하다가 즉시 화제를 돌린다) 혼인날은 이모가 오셔서 주장할 것인가?

금죽　　(그 말 대답은 하지 않고 은죽에게) 인제 다 했구나 어서 가서 쑥이나 삶아라. 그래서 몰상하니 밥 지어. 아버지 진지는 한쪽으로 따로 안치고. 그리고 터전에서 파 뽑아다가 밥 우에 얹어서 무치도록 해라 응.

은죽　　자네는 뭣 — 할란가?

금죽　　(웃으며) 내야 할 것 없을가 봐? 어서 가서 시작해.

　　　　(은죽 금죽의 나오던 곳으로 퇴장. 당목에와 나무가지에 석양이 끝만

5　'바르다'. '풀칠한 종이나 헝겊 따위를 다른 물건에 고루 붙이다.'의 의미로 추정.
6　풀기가 배어들게 하여 피류 따위를 뻣뻣하게 하다.
7　옷감에 풀을 먹이다.

물려 있다)

길순 어머니 요새는 파무침이 제일 만난 반찬이지마는 간장 없고 기름
　　　　　없으니 깨소금에만 저려 먹으니 쓰기만 하지. 아이고 참
　　　　　사람 살기가 어째 이 모양인고. (한숨진다)
금죽　　　있다가 길순이 좀 보내시오. 기름 조곰 보내 드리깨. 한 병 받
　　　　　었어라우. 간장도 이모네 집이서 한 동우 갖어왔읍네다.
길순 어머니 응? 별일이네. 아니 그 이모가 무슨 선심이 나서?
금죽　　　(픽 웃으며) 흥 속이 있어 그렇겠지오. 우리가 굶어 죽지 않을
　　　　　모양이니깨 보냈지오. 있는 사람들 속이란 참 무섭고 더러워
　　　　　요. (사이)

　　　　　(길순 황황이 뛰어오며)

길순　　　어머니 어머니 아버지가……
길순 어머니 (깜짝 놀라 되들아서며) 응? 아버지가 어째? (말하면서 빨리
　　　　　길순이와 퇴장)

　　　　　(금죽이가 당목을 걷으려 할 때 때수 우편 길로 등장. 금죽을 보고 싱글
　　　　　벙글 웃으며 사립문을 열고 들어온다)

금죽　　　때수냐? 그게 뭐냐? (조이를 받으며) 누가 주든?
때수　　　용주가 주드라. 펜지여 펜지.
금죽　　　(깜짝 놀랜다) 응? 어디서?
때수　　　용생이고개서.

금죽	(편지를 읽는다. 때수 금죽을 빙 돌아가며 태도를 살펴본다)
금죽	(편지를 접어 입에 물고 한참 생각에 잠겨 있다)
때수	(아까 골라 두었던 칙 꽃묶음 피리 신문지에서 풀어내어) 아나. 금죽아. (금죽 앞으로 쑥 들이민다)
금죽	아이 고맙다. 이렇게 늘 갖다주니께 미안하다. 어디 피리나 불어 볼까?(피리 분다. 썩 잘 부는 소리)
때수	히히 참 잘 부네. 나보다 더 잘 분다.
금죽	(방긋 웃으며) 뭘 네가 더 잘 불지. 때수야 여기 잠간 있거라. 나 안에 좀 들어갔다 오께 응? (오든 길로 퇴장)
때수	(금죽의 들어간 곳을 끼웃거린다. 천치의 행동)
금죽	(한 손에 보라빛 염랑 들고 등장) 때수야 이 주머니 내가 너 줄라고 했다. 허리끈에 차고 단겨라 응.
때수	(반갑게 받아 드려다보며 웃는다)
금죽	때수야 그리고 요것은 편지다 응 용주 갖다주고.
때수	용주 어디로 갔는가 몰라.
금죽	그래? (사이) 그럼 찾아서 줘라. 그리고 무슨 말이던지 내 말이나 용주 말은 남보고 도모지 말어 응? (때수를 정답게 드려다본다)
때수	(갑작이 염랑을 땅에 던져 버린다)
금죽	(물끄럼이 때수를 보다가) 때수야 내가 편지 갖다주라고 염낭 준 줄 아냐? 날마당 네가 칙이랑 꽃이랑 갖다주고 또 네가 좋으니께 내가 너 줄나고 역부로 맨들었지. (집어다가 다시 쥐여 준다)
때수	(금죽이를 한번 처다보고 우편으로 퇴장)
금죽	(때수의 뒷모양을 보고 한숨을 쉰 후에 당목을 걷는다)

201

(김 주사, 우편 길로 와서 사립문 열고 들어선다. 금죽 잠간 돌아보고 마자 걸어서 한 아름 안고 마당에 나려선다)

김 주사 (넥타이를 만지며 금테 안경을 바로 하면서 금죽의 앞으로 간다) 금죽이! 금죽이.

금죽 (김 주사를 쳐다보고 우뚝선다)

김 주사 우리 금죽이는 점점 더 에뻐만 간단 말이여. 아니 그 잘난 당목은 뭣 하러 빨았서. 내가 속속드리 비단옷을 질머지고 금비네 금가락지 가지구서 금죽이 더리러 올 텐대.

금죽 (고개를 살작 돌린다)

김 주사 이것 봐. 금죽이. 고렇게 매정하게 굴지만 말고 몇일만 잇으면 내 사람 될 테니깨 얘기도 좀 하고 그래 응?

금죽 무슨 얘기를 해요?

김 주사 (입이 헤 버러지며) 얘기가 좀 ─ 많은가? 집은 어떻소? 팔뚝 시게도 샀소? 그런 말을 좀 물어 줘.

금죽 내가 꼭 물어볼 말이 있어요.

김 주사 뭐? 응? 우리 금죽이가 묻는 말이라면 말을 꾸어다가라도 대답하지.

금죽 (고개를 살그머니 들어 김 주사를 쳐다보며) 우리 논밭문서를 정말 도로 주시겠어요? 집문서랑……

김 주사 아 ─ ㅁ 그렇고말고. 주다말다. 그것뿐인가 금죽 아버지 아니 장인 평생 잡수시고 쓰실 돈도 드린다고 하지 않았서?

금죽 그럼 그 논밭문서를 지금 가졌어요? 이자게산서라든가 무슨 차용증서라든가 그것도요?

김 주사 아 ─ ㅁ 여기 있지 금죽이를 맘에 둔 후부터는 늘 이렇게 포

켙트에 넣어 가지고 다녀. (내여 보인다)

금죽   그것 지금 나를 주세요.

김 주사   (잠간 주저한다)

금죽   싫으면 그만두세요. (고개를 당목 속에 살작 묻으며 교태를 부린다)

김 주사   싫기는 자 — 여기 있어. 인제 내 사람인대 뭘. (금죽이 손을 잡어다가 쥐여 준다)

(용주 좌편 길로 오다가 이것을 본다. 분노에 타는 표정. 검은 골덴 하복을 입었다)

금죽   (문서를 봉투에서 꺼내어 펴 본다)

김 주사   (금죽의 머리를 어루만진다)

(용주 주먹을 쥐고 달려올 듯하다가 오던 길로 빨리 퇴장)

금죽   고맙습니다. 자 이렇게 내 품에 간직했어요. 당신은 내 은인입니다

김 주사   (빙긋 웃으며) 남편이지 은인이여? 자 — 어디 우리 신식 키쓰나 한번 할까? (금죽을 껴안으려 한다. 금죽 뿌리친다)

김 주사   누가 볼가 봐 그러나? 보기는 아무도 없는대! 또 보면 어때? 부부끼리 키쓰하는데. (금죽을 꽉 안고 금죽의 입을 찾아 얼굴을 해맨다)

(우편으로 때수 오다가 이것을 보고 우뚝선다. 큰 소리로 아리랑을 불

은다)

뒷동산 할미꽃 필똥 말똥

우리나 연애는 될똥 말똥

(김 주사, 깜짝 놀라 금죽을 놓아준다)

김 주사	망할 놈 나는 누구라고 병신 놈이 남의 헤방 부리고 다니네.
금죽	(빨리 소쿠리를 들고 퇴장)
때수	주사 양반 저 — 기서 쌈 났어라우.
김 주사	어디서?
때수	길순 아버지가 죽었는데 김 주사가 때려서 죽었다고 사람들이 주사 양반 잡아 오라고 야단들이라우.
김 주사	미친놈은 미친 소리만 하는군. (사립문을 열고 좌편 길로 퇴장. 때수! 울타리사 붙어 서서 집 안을 기웃거리다가 좌편 길로 걸어갈 때 천천이 막 나림)

　　二2[8]

그날 밤 아홉 시쯤. 같은 장소. 달빛이 안윽하게 빛윈다. 기적 소리가 먼 곳에서 들려온다. 늘어진 버들나무가지 그림자가 아른거린다.

(금죽 하얀 치마저고리를 입고 등장. 머리채가 보이지 않는다. 언덕진 곧에 앉아서 달을 쳐다본다) (잠간 사이) (용주 좌편 길로 나려온다. 금

8　이 작품은 총 2장 구성으로, '1장' 표기 없이 '2장'만 표기되어 있다.

죽 이러나 사립문을 열고 섰다)

용주   (금죽이를 힐끗 보고 들어선다)

금죽   (사립문을 잠그고) 이리 와요. (앞서서 버들나무 아레로 가서
앉는다)

용주   (덜석 주저앉으며 고개를 숙으린다)

금죽   때수를 언제 봤어요?

용주   ……

금죽   아까 그 시간에는 좀 자미없고 또 밤에 만나야만 되겠어 기
별했더니……

용주   아까 그 시간에야 귀한 사람을 만날 테니까 잡어뗴야지.

금죽   어쩌면. (고개를 숙인다)

용주   아니 그럼 거짓말이란 말이오? (금죽을 나려다보다가) 아니
벌서 쪽을 쪘구려 흥 인제는 아주 김가 놈의 게집이 된 셈이
오? (말소리 떨린다)

금죽   아이구 어쩌면 그런 소리를……

용주   이런 그럼 어쨌단 말이오? 내 눈으로 직접 본 대로 말하면 아
니라고만 하니.

금죽   아니 아까 왔었어요. (쳐다보며 눈물 씻는다)

용주   그럼. 두 분이 서로 안고서 (사이) 액 (벌덕 이러선다) 자 — 나
는 가겠소 내가 왔던 목적을 그대로 가지고 가오. 금죽이는 벌
서……(가랴 한다)

금죽   (깜짝 놀래여 붙든다) 아니 웨 이래요. 글세 남의 말 들어 보
지두 않고……

용주   (달을 쳐다보며) 내게도 얼마나 하고 싶은 말이 많이 있으랴.

그러나……

금죽   (붙들어 앉히며) 당신이 먼저 하실 말을 하세요. 그러지 말고……

용주   내가 말을 하면 금죽이가 그대로 하지도 않을 텐데 뭘 하러 해.

금죽   당신도 약자가 되고 말았구려. 감정이란 괴물 앞에서는…….
      말을 해 봐서 듣지 않거던 들을 때까지 설복할 용기는 없단
      말이애요?(힘 있는 말소리) 웨 전에 나를 가라쳐 주든 힘과
      열이 없어졌단 말이오?

용주   그때는 금죽이가 순결하든 때……

금죽   (급히 말을 막으며) 아니 그럼 지금은?

용주   지금은 아버지에게 히생되어 팔려 가는 가련한 제물……

금죽   그럼 더 불상하지 않소?

용주   흥 글세 그것이 그 행동이 동정을 받을 만한 일인지 아닌지
      야 금죽이가 나보다 더 잘 알고 있을 줄 아오.

금죽   그럼 어쩐단 말이오? 아버지는 반신불수이고 아들이 있나?
      전답과 집문서는 벌서 뺏기고 인제는 그 녀석이 아주 길로만
      나가라구 하겠다 그리고 병신 아버지는 대체 먹을 것이 없으
      면 굶어 죽을 터이고 무어 여러 말 할 것 있어요? 이렇게 됐
      으니 내가 말이지오. 그 녀석이 욕심려서[9] 화단[10]을 일으켜
      놓은 그 화단의 원인인 내가 히생만 하면 그만 아니겠어요?

용주   흥 위대하고 거룩한 히생이구내.

금죽   글세 위대한지 비겁한지야 나종을 보아야 알겠지만. 그럼 당
      신은 어떻게 오늘 별안간 왔어요.

---

9 '욕심 부려서'의 오기.
10 화를 일으킬 실마리.

용주	오늘 밤에 당신을 데리구 가려고…….
금죽	가면 어떻게 돼요?
용주	사실은 나 있는 공장에 여공부에다가 언제부터 감독에게 말을 해 놨더니
금죽	아니 어떻게 당신이 감독하고도 친하단 말이오?
용주	그거야 나종에 알고 그랬더니 자리가 하나 났단 말이여. 그래서 오늘은 일부러 휴가해 가지고 왔더니 (이때 때수 우편 길로 가만가만이 걸어와서 좌편 길가 울타리에 붙어 선다) 벌서 금죽이의 맘이 돈에 팔려 버린 듯 싶기에 그냥 갈가 하였소.
금죽	(방긋 웃으며 고개를 숙인다)
용주	금죽이! 자 어쩌겠소? 나는 바쁘오. 막차로 갈 테니까. (엄숙한 목소리로) 금죽 씨의 생각은 결정되었을 듯싶소. 그 생각대로 그대의 행동을 결정하시오.
금죽	(품에서 봉투를 꺼내며) 아까 김가에게서 받은 게 이것이야요. 나는 벌서 뜻을 정하였지오. 전답과 집문서를 빼앗고서……
용주	그러고서 결혼을 아니하면 나종에 김가가 사기죄로 고소를 해서 증역을 살게 되면 어쩌는고? (비로소 금죽의 얼굴을 정답게 드려다본다)
금죽	(냉담하게) 흥 하게 되면 살지. 그러나 웬걸 김가가 고소해서 징역 살게까지 되고 있을라구?
용주	금죽이(금죽의 손을 잡는다) 그러한 용기가 있소?
금죽	있구말구요.
용주	나는 그대를 믿겠소.
금죽	믿으세요. 그 증거로는 나는 오늘 밤 막차로 당신을 따라서 아니 당신을 졸라서라도 기엏고 오늘 밤에 떠나고 말리라고

이렇게 변장까지 하고 있지 않어요? (용주를 처다보며 그의
가슴에 쓰러지듯 안긴다)

(때수 눈물을 씻으며 우편으로 퇴장)

용주   (힘찬 소리로) 금죽이! 우리 봄은 지금부터이오. 자 어서 준
비하고 나오시오. (급히 막 내린다)

(一九三四1934, 四4, 一二12, 病床試作병상 시작[11])

—《신가정》2권 7호, 1934년 7월

---

11   병상에서 시험삼아 집필함.

강경애(姜敬愛·1906~1944)

　　강경애는 1906년 황해도 송화에서 가난한 농민의 딸로 태어났다. 네 살 때 아버지가 돌아가시고 이듬해 개가한 어머니를 따라 장연으로 이주해 성장한다. 열 살이 지나 장연소학교에 입학한 그는 학비와 학용품조차 마련하기 힘들어 어렵게 학업을 마친다. 이때의 경험은 강경애의 작품 세계를 관류하는, 궁핍과 제도적 모순에 대한 저항 의식으로 표출된다. 열여섯 살 무렵 의붓아버지가 죽은 뒤 형부의 도움으로 평양 숭의여학교에 진학한다. 여학교 3학년 때인 1923년 기숙사의 지나친 규칙에 항의하는 동맹휴학에 관련되어 퇴학을 당한다. 같은 해 장연에 문학 강연을 온 양주동을 만나면서 본격적인 문학 수업을 시작한다. 이듬해 상경해 양주동과 기거하면서 문학 공부를 하는 한편, 동덕여학교 3학년에 편입해 1년간 공부했다. 하지만 사회 인식의 차이로 두 사람은 곧 헤어진다.

　　1920년대 후반 강경애는 장연에서 무산 아동을 위한 흥풍야학교를 개설하고 학생들을 가르쳤다. 하지만 서울로 출분했던 사실 때문에 고향 사람들과 가족의 비난을 받자 간도 용정 일대에 머무르다 다시 장연으로 돌아온다. 1931년 1월 《조선일보》 부인문예란에 단편소설 「파금」을 독자 투고 형식으로 발표하며 등단한다. 양주동과의 만남, 근우회 활동은 소설가이자 여성으로서의 자아를 정립하는 데 중요한 역할을 했다. 같은 해 강경애는 장하일과 결혼해 용정으로 이주한다. 그곳에서 이주 조선인의 현실을 고발한 여러 편의 소설과 수필을 남겼다. 1939년《조선일보》간도지국장을 지냈으나 3년 전 얻은 병이 악화되어 고향 장연으로 돌아온다. 1940년 2월에 상경해 경성제대병원에서 치료를 받았으나 병이 악화되어 1944년 별세한다.

강경애의 작품 활동은 일제강점기 조선인들이 대거 이주해 간 간도에서 이루어졌다. 「채전」(1933)과 「축구전」(1933), 항일 무장 투쟁의 공과를 여성의 삶과 연결지어 형상화한 「소금」(1934), 「모자母子」(1935), 「어둠」(1937) 등을 연이어 발표한다. 장편소설로는 여성 문제를 어머니와 딸의 일대기를 통해 그려 낸 「어머니와 딸」(1931~1932)과 식민지 시대 노동소설의 대표작으로 꼽히는 「인간 문제」(1934)가 있다. 1936년 가난한 농촌 현실을 극단적인 자연주의적 기법으로 그린 「지하촌」을 발표했다. 강경애의 후기 작품은 하층계급 여성의 비극적 행로를 통해 항일 무장 투쟁이 실패로 돌아간 뒤 간도의 상황을 그리거나 전망이 부재한 상태에서 암중모색하는 여성 지식인의 자기반성을 그렸다.

강경애는 평생을 가난과 병으로 고통 받으며 문단과 거리를 둔 채 작품 활동을 했는데도 치열한 작가 정신으로 식민지 여성의 현실을 사실적으로 그린 작가로 평가받는다. 여성들이 식민지 민중으로서 민족적·계층적·성적 억압을 겪는 상황에 천착한 그의 작품은 일제강점기 여성의 현실과 이의 문학적 형상화 수준을 가늠하는 척도이다.

김양선

소금[1]

농가

　용정서 팡둥(中國人중국인 地主지주)이 왔다고 기별이 오므로 남편은 벽에 걸어 두고 애끼던 수목두루마기를 끄내 입고 문밖을 나갔다. 봉식 어머니는 어쩐지 불안을 금치 못하여 문을 열고 바쁘게 가는 남편의 뒷모양을 물그럼이 바라보았다. 참말 팡둥이 왔을까? 혹은 자×단(自×團)[2]들이 또 돈을 달라려고 거짓 팡둥이 왔다고 하여 남편을 다려가지 않는가? 하며 그는 울고 싶었다. 동시에 그들의 성화를 날마다 받으면서도 불평 한마디 토하지 못하고 터들터들 애쓰는 남편이 끝없이 불상하고도 가엾어 보이었다. 지금도

1　총 6회 연재되었고 2회부터 제목이 '소곰'이다.
2　자위단自衛團: 만주사변 이후 만주 지역의 독립운동가 색출, 항일운동 탄압, 치안 유지 등을 위해 일제가 친일 한인 육성을 목적으로 만든 무장 조직. 연재 당시 검열 때문에 ×로 표시되었다.

저렇게 가고 있지 않는가! 그는 한숨을 푹 쉬며 없는 사람은 내고 남이고 모두 죽어야 그 고생을 면할 께야 별수가 있나 그저 죽어야 해 하고 탄식하였다. 그러고 무심히 그는 벽을 걸고 있는 그의 손톱을 발견하였다. 보기 싫게 길리인 그의 손톱을 한참이나 바라보는 그는 사람의 목숨이란 끊기 쉬운 반면에 역시 끊기 어려운 것이라 하였다.

그들이 바가지 몇 짝을 달고 고향서 떠날 때는 마치 끝도 없는 망망한 바다를 향하여 죽음의 길을 떠나는 듯 뭐라고 형용하여 아픈 가슴을 설명할 수 없었다. 그러나 불행 중 다행으로 이곳까지 와서 어떤 중국인의 땅을 얻어 가지고 농사를 짓게 되었으나 중국 군대인 보위단(保衛團)[3]들에게 날마다 위협을 당하여 죽지 못해서 그 날그날을 살아가군 하였다. 그러기에 그들은 아침 일어나는 길로 하늘을 향하여 오늘 무사히 보내기를 빌었다.

보위단들은 그들이 받는바 월급만으로는 살 수가 없으니 농촌으로 돌아다니며 한 번 두 번 빼앗기 시작한 것이 지금에 와서는 으레히 할 것으로 알고 아무 주저 없이 백주에도 농민을 위협하여 빼앗군 하였다. 그러니 농민들은 보위단 몫으로 언제나 돈이나 기타 쌀을 준비해 두지 않으면 목숨이 위태한 것을 깨닫고 아무것은 못하더라도 준비해 두곤 하였다. 그동안 이어 나타난 것이 공산당이었으니 그 후로 지주와 보위단들은 무서워서 전부 도시로 몰리고 간혹 농촌으로 순회를 한다더라도 공산당이 있는 구역에는 감히 들어오지를 못하게 되었다. 그러나 시국이 바뀌이며 공산당이 쫓기어

---

3   경찰력이 미치지 않는 지역에서 마적 등에 대응하기 위한 목적으로 설치된 중국의 무장 자위 단체로, 중국인이나 중국에 귀화한 한인 청년으로 구성되었다. 일제 군경에 협력해 정보를 제공하고 일제의 세력 확장을 견제하는 역할을 했다.

들어가면서부터 자×단들이 나타나게 된 것이었다. 그는 그의 손톱을 바라보며 몇 번이나 보위단들에게 죽을 번하던 것을 생각하며 그나마 오늘까지 목숨이 붙어 있는 것이 기적같이 생각되었다. 그리고 남편을 찾았을 때 벌서 남편의 모양은 보이지 않았다. 그는 멀리 토담 우에 휘날리는 기빨을 바라보며 남편이 이전 건너 마을까지 갔는가 하였다. 그리고 잠간 잊었던 불안이 또다시 가슴에 답답하도록 치민다. 남편의 말을 들으니 자×단들에게 무는 돈은 다 물었다는데 참말 팡둥이 왔는지 모르지 지금은 씨 뿌릴 때니 아마 왔을 께야 그러면 오늘 봉식이는 팡둥을 보지 못하겠지 농량⁴⁾도 못 가져오겠구면 하며 다시금 토담을 바라보았다. 저 토담은 남편과 기타 농민들이 거이 일 년이나 두고 쌓은 것이다. 마치 고향서 보던 성 같이 보였다. 그는 토담을 볼 때마다 지금으로부터 사오 년 전 그 어느 날 밤 일이 문득문득 생각히웠다. 그날 밤 한밤중에 총소리와 함께 사면에서 아우성 소리가 요란스러이 났다. 그들은 얼핏 아궁 앞에 비밀이 파 놓은 움에 들어가서 몔칠일 후에야 나와 보니 팡둥은 도망가고 기타 몇몇 식구는 무참히도 죽었다. 그후로부터 팡둥은 용정에다 집을 사고 다시 장가를 들고 아들딸을 낳아서 지금은 예전과 조곰도 차이가 없이 살았던 것이다.

팡둥이 용정으로 쫓기어 들어간 후에 저 집은 자×단들의 소유가 되었다. 그래서 저렇게 기를 꽂고 문에는 파수병이 서 있었다.

그는 눈을 옮겨 저 앞을 바라보았다. 그 넓은 들에 해빛이 가득하다. 그리고 조껴 같은 새무리들이 그 푸른 하늘을 건너 질러 펄펄 날고 있다 우리도 언제나 저기다 땅을 갖어 보나 하고 그는 무의식

4   농사짓는 동안 먹을 양식.

간에 탄식하였다. 그러고 그나마 간도 온 지 십여 년 만에 내 땅이라고 뭇을 짓게 된 붉은 산을 보았다. 저것은 아주 험악한 산이었는데 그들이 짬짬히 화전을 일구어서 이전 밭이 되었다. 그러나 아직도 완전한 곡식은 심어 보지 못하고 해마다 감자를 심으곤 하였다.

올에는 저기다 조를 갈아 볼까 그러고 가녘으로는 약간 수수도 갈고…… 그때 그의 머리에는 뜻하지 않은 고향이 문득 떠오른다 무릎을 스치는 다방솔밭 옆에 가졌던 그의 밭! 눈에 흙 들기 전에야 어찌 참아 그 밭을 잊으랴! 아무것을 심어도 잘되던 그 밭! 죽일 놈! 장죽을 묻고 그 밭머리에 나타나는 참봉 영감을 눈앞에 그리며 그는 이렇게 중얼거렸다. 그러고 가슴이 울렁그리며 손발이 가늘게 떨리는 것을 깨달으며 그는 고향을 생각지 않으려고 눈을 씩씩 부비치고 정신을 바짝 차리었다. 그때 뜰 한구석에 쌓아 둔 짚나까리에서 조잘대는 참새 소리를 요란스러이 들으며 우둑허니 섰는 자신을 얼핏 발견하였다. 그는 곧 돌아섰다. 방 안은 어지러우며 여기 일감이 나부터 손질하시오 하는 것 같았다. 그는 분주히 비를 들고 방을 쓸어 내었다. 그러고 군대군대 뚫어진 갈자리[5] 구멍을 손끝으로 어루만지며 잘 살아야 할 터인데 그놈 그 참봉 놈 봐란 듯이 우리도 잘 살아야 할 터인데…… 하며 그의 눈에는 눈물이 글성글성해졌다. 아무리 맘만은 지독히 먹고 애를 써서 땅을 파나 웬일인지 자기들에게는 닥치는 이 불행과 궁핍이었던 것이다. 팔자가 무슨 놈의 팔자야 하느님도 무심하지 누구는 그런 복을 주고 누구는 이런 고생을 시키고…… 이렇게 생각하며 그는 방 안을 구석구석이 쓸었다. 그러고 비 끝에 채어 대구르르 대구르르 굴러나는 감자

5   삿자리. 갈대를 엮어서 만든 자리.

를 주어 바가지에 담으며 시렁을 손질하였다. 이곳 농가는 대개가 부엌과 방 안이 통해 있으며 방 한구석에 솥을 걸었다. 그리고 그 옆에 시렁을 매군 하였다. 그가 처음 이곳에 와서는 무엇보다도 방 안이 맘에 안 들고 도야지 굴이나 쇠 외양간같이 생각되었다. 그리고 어찌다 손님이 오면 피해 앉을 곳도 없었다. 그러니 멍하니 낯선 손님과도 마주 앉지 않으면 안 되게 되었다. 그러나 시일이 차츰 지나니 낯선 남성 손님이 온다더라도 처음같이 그렇게 어색하지는 않았다. 그저 그렁저렁 지낼 만하였다. 그리고 반드시 부뜨막 앞에는 비밀 토굴을 파 두는 것이다. 그랬다가 어대서 총소리가 나던지 개 소리가 요란스레 나면 온 식구가 그 움 속에 들어가서 몇일이든지 있군 하였다. 그리고 옷이나 곡식도 이움에다 넣고서 시재[6] 입는 옷이나 먹을 양식을 조금씩 꺼내 놓고 먹군 하였다. 말할 것도 없이 보위단이며 마적단 등이 무서워서 이렇게 하군 하였다.

시렁을 손질한 그는 바구미에 담아 둔 팥을 고르기 시작하였다. 고요한 방 안에 팥알 소리만 재그럭 사르르 하고 났다. 팥알과 팥알로 시선이 옮아지는 그는 눈이 피곤해지며 참새 소리가 한층 더 뚜렷이 들린다. 동시에 저 참새 소리같이 여러가지 생각이 순서 없이 생각났다. 내일이라도 파종을 하게 되면 아침 점심 저녁에 몇 말의 쌀을 가져야 할 것 오늘 봉식이가 팡둥을 맞나지 못해서 쌀을 못 가져올 것 그러나 나무를 팔아서 사라구 한 찬감은 사 오겠지…… 생각이 차츰 히미해지며 졸음이 꼬박꼬박 왔다. 그는 눈을 부비치고 문밖으로 나오다가 무심히 눈에 띠인 것은 벽에 매달아 둔 메주였다. 「참 메주를 내놓아야겠다」 하며 바구미를 밖에 내놓

6   지금의 시간. 현재.

고서 메주를 떼어서 문밖에 가즈런히 내놓았다. 그러고 그는 비를 들고 메주의 먼지를 쓸어 내었다. 그는 하나하나의 메주 덩이를 들어 보며 간장이나 서너 동이 빼고 고초장이나 한 단지 담그고…… 그러자면 소금이나 두어 말은 가져야지 소금…… 하며 그는 무의식간 한숨을 푹 쉬었다. 그러고 또다시 고향을 그리며 멍하니 앉아 있었다. 고향서는 소금으로 이를 다 닦았건만…… 달리는[7] 데도 소금 한 줌이면 후련하게 내려갔는데 하였다. 그가 고향 있을 때는 하도 없는 것이 많으니까 소금 같은 데는 생각이 밎으지 못하였는지는 모르나 어쨌던 이곳 온 후로부터는 그는 소금 때문에 남몰래 운 적이 한두 번이 아니었다. 소금 한 말에 이원 이십 전! 농가에서는 단번에 한 말을 사 보지 못한다. 그러니 한 근 두 근 극상 많이 산대야 사오 근에 지나지 못한다. 그러므로 장 같은 것도 단번에 담그지를 못하고 소금 생기는 대로 담그다가도 어떤 때는 메주만 썩여서 장이라고 먹군 하였다. 장이 신거우니 온갖 찬이 신거웠다. 끼니 때가 되면 그는 남편의 얼굴부터 살피게 되고 어쩐지 맘이 송구하였다. 남편은 입밖에 말은 내지 않으나 번번히 얼굴을 찡그리고 밥술이 차츰 늘여지다가 맥없이 술을 놓군 하는 때가 종종 있었다. 이 모양을 바라보는 그는 입안의 밥알이 갑자기 돌로 변하는 것을 느끼며 슬며시 술을 놓고 돌아앉았다. 그러고 해종일 들에서 일하다가 들어온 남편에게 등허리에 땀이 훈훈하게 나도록 홀홀 마시게 국물을 만들어 놓지 못한 자기! 과연 자기를 안해라고 할 것일까?

어떤 때 남편은 식욕을 충동시키고져 하여 고초가루를 한 술식 떠넣었다. 그러고는 매워서 눈이 뻘 애지고 이마가에서는 주먹 같은

7   '체하다'의 방언.

땀방울이 맺히군 하였다.「고초가루는 웨 그리 잡수서요」하고 그는 입이 벌려지다가 가슴이 무뚝해지며 그만 입이 다물어지고 말았다 동시에 음식을 맡아 맨드는 자기 아아 어떻게 해야 좋을까?

이러한 생각을 되푸리하는 그는 한숨을 땅이 꺼지도록 쉬며 오늘 저녁에는 무슨 찬을 만드나 하고 메주를 다시금 굽어보았다. 그때 신발 소리가 자박자박 나므로 그는 머리를 들었다. 학교에 갔던 봉염이가 책보를 들고 이리로 온다.

「웨 책보 가지고 오니?」

「오늘 반공일[8]이어 메주 내났네」

봉염이는 생글생글 웃으며 메주를 들어 맡아 보았다

「아버지 가신 것 보았니?」

「응 정 팡둥이 왔더라 어머이」

「팡둥이? 왔디?」

이때까지 그가 불안에 붙들려 있었다는 것을 느끼며 가볍게 한숨을 몰아쉬었다.

「어서 봤니?」

「팡둥 집에서…… 저 아버지랑 자×단들이랑 함께 앉아서 뭘 하는지 모르겠더라.」

약간 찌푸리는 봉염의 양미간으로부터 올마오는 불안!

「팡둥도 같이 앉았디?」

봉염이는 머리를 끄덕이며 무슨 생각을 하고 또다시 생글생글 웃었다. 그러고 책보 속에서 달래를 꺼냈다.

「학교 뒷밭에 가 달래가 어찌 많은지.」

---

8   오전만 일을 하고 오후에는 쉬는 날이라는 뜻으로, '토요일'을 이르던 말.

「한 끼 넉넉하구나.」

대견한 듯이 그의 어머니는 달래를 만져 보다가 그중 큰놈으로 골라서 뿌리를 잘으고 한 꺼풀 벗긴 후에 먹었다. 봉염이도 달래를 먹으며

「어머니 나두 운동화 신으면……」

무의식 간에 봉염이는 이런 말을 하구도 어머니가 나물할 것을 예상하며 어머니를 바라보던 시선을 달래뿌리로 옮겼다. 달래뿌리와 뿌리 사이로 날아나는 운동화, 아까 용애가 운동화를 신고 참새같이 날뛰던 그 모양!

「재는 이따금 미친 수작을 잘해!」

그의 어머니는 코끝을 두어 번 부비치며 눈을 흘겼다. 봉염이는 달래가 흡사히 운동화로 변하는 것을 느끼며 어머니 말에 그의 조고만 가슴이 따그워 왔다.

「어머니는 밤낮 미친 수작밖에 몰라!」

한참 후에 봉염이는 이렇게 종알거렸다. 그리고 용애의 운동화를 바라보고 또 몰래 만져 보던 그 부러움이 어떤 불평으로 변하여지는 것을 그는 느꼈다. 그의 어머니는 봉염이를 똑바루 보았다.

「그래 네 말이 미친 수작이 아니냐 공부도 겨우 시키는데 운동화 운동화 이애 이애 너도 지금 같은 개화 세상에 낳기에 그나마 공부도 하는 줄 알아라. 아 우리들 전에 자랄할 때에야 뭘 어디가 물 긷고 베 짜고 여름에는 김매구 그래두 집신이나마 어디 공은 것 신어 본단다…… 어미 애비는 풀 속에 머리들을 밀고 애쓰는데 그런 줄을 모르고 운동화? 배나 꿇지 않으면 다행으로 알아 그런 수작하랴거던 학교에 가지 마라!」

「뭐 어머이가 학교에 보내우뭐」

봉염이는 가볍게 공포를 느끼면서도 가슴이 오쓱하도록 반항하였다. 그러고 얼굴이 갑작이 화끈하므로 눈을 깜박하였다.

「그래 너의 아버지가 보내면 난 그만두라고 못 할까 계집애가 웨 저 모양이야 뭘 좀 안다고 어미 대답만 톡톡하고 이얘 이놈의 계집애 어미가 무슨 말을 하면 잠잠하고 있는 게 아니라 톡톡 무슨 아가리질이냐! 그래 네 수작이 옳으냐? 우리는 돈 없다…… 너 운동화 사 줄 돈이있으면 병식이 공부를 더 시키겠다야」 봉염이는 분낌에 달래만 작구 먹고 나니 매워서 못 견딜 지경이다. 그러고 눈에는 약간의 눈물이 비쳤다.

「웨 돈 없어요 웨 오빠 공부 못 시켜요!」

그 순간 봉염의 머리에는 선생님의 하던 말이 번개같이 떠오른다. 그러고 그의 가슴이 터질 듯이 끓어오르는 불평을 어머니에게 토할 것이 아님을 깨달았다. 그러나 아무것도 모르고 딸만 굵[9]게 생각하고 덤비는 그의 어머니가 너무도 가엾었다. 그의 어머니는 하도 어이가 없어서 멍하니 봉염이를 바라보았다. 동시에 없으면 딴 남은 그만두고라도 제 속으로 나온 자식들한테까지라도 저런 모욕을 받누나 하는 노여운 생각이 들며 이때까지 가난에 들볶이던 불평이 눈등이 뜨겁도록 치밀어 올라온다.

「웨 돈 없는지 내가 아니 우리 같은 거지들에게 웨 태어났니 돈 많은 사람들에게 태어나지 자식! 흥 자식이 다 뭐야!」

어머니의 언짢아하는 모양을 바라보는 봉염이는 작년 가을에 타작마당이 얼핏 떠오른다. 그때 여름내 농사 지은 벼를 팡둥에게 전부 빼앗긴 그때의 어머니! 아버지! 지금 어머니의 얼굴빛은 그때

---

9   그르다.

와 꼭 같았다 그리고 아무 반항할 줄 모르는 어머니와 아버지! 불상
함이 지나쳐서 비굴하게 보이는 어머니!

「어머니 웨 돈 없는 것을 알아야 해요 운동화는 웨 못 사 줘요
오빠는 웨 공부 못 시켜요!」

그는 이렇게 말해 가는 사이에 그가 운동화를 신고 싶어 한 것
이 잘못이 아니라는 것을 깨달았다. 그리고 무심하게 들어 두었던
선생님의 말이 한 가지 두 가지 무뚝무뚝 생각났다.

「이애 이년의 계집애 웨 돈 없어 미천 없이 남의 땅 붙이니 없
이 내 땅만 있으면⋯⋯」

여기까지 말했을 때 그는 가슴이 뜨끔해지며 말문이 꾹 막히
었다.

그리고 또다시 솔밭 옆에 가졌던 그 밭이 떠오르며 그는 눈물
이 쑥 삐어졌다. 그리고 금방 그 밭을 대하는 듯 눈물 속에 그의 머
리가 아롱아롱 보이는 듯 보이는 듯 하였다.

그때 가볍게 귓가를 스치는 총소리! 그들 모녀는 눈이 둥글애
서 일어났다.

짚나까리 밑에서 졸던 검둥이가 어느듯 그들 앞에 낱아나 컹컹
짖었다.

第二回 제2회
유랑(流浪)

그들은 마적단과 공산당을 번갈아 머리에 그리며 건너마을을
바라보았다. 이 마을 저 마을에서 개 짖는 소리가 그들로 하여금 한

칭 더 불안을 갖게 하였다. 그리고 아까까지도 시원하던 바람이 무서움으로 변하야 그들의 옷까를 가볍게 스친다.

「이애 너 아버지나 어서 오섰으면…… 웨 이러고 있누. 무엇이 온 것 같은데 어쩐단 말이」

봉염의 어머니는 거이 울상을 하고 가만이 서 있지를 못하였다. 총소리는 연달아 건너왔다. 그들은 무의식 간에 방 안으로 쫓기어 들어왔다. 이제야말로 건너마을에는 무엇이던지 온 것이 확실하였다. 그러고 몇몇의 사람까지도 총에 맞아 죽었으리라 하였다. 이렇게 생각하고 나니 봉염의 어머니는 속에서 불길이 확근확근 올라와서 견딜 수가 없었다. 그리면서도 감히 방문 밖에까지 나오지는 못하였다. 무엇들이 이리도 달려오는 것만 같았던 것이다.

「어쩌누? 어쩌누? 봉식이라도 어서 오지 않구」

그는 벌벌 떨면서 이렇게 중얼거렸다. 암만해도 남편이 무사할 것 같지 않았던 것이다. 더구나 팡둥과 같이 남편이 앉았다가 아까 그 총소리에 무슨 일을 만났을 것만 같았다.

「이애 너 아버지가 팡둥과 함께 함께 앉았디? 보았니」

그는 목에 침기라고는 하나도 없고 가슴이 답답해 왔다. 봉염이도 풀풀 떨면서 말은 못 하고 눈으로 어머니의 대답을 하였다. 그때 멀리서 신발 소리 같은 것이 들려오므로 그들은 부엌 구석의 토굴로 뛰어 들어가서 감자 마대 뒤에 꼭 붙어 앉았다. 무엇들이 자기들을 죽이려고 이리 오는 것만 같았다. 한참 후에

「어머니……」

부르는 봉식의 음성에 그들은 겨우 정신을 차리고 맞우 아으성을 치고도 얼른 밖으로 나오지를 못하였다. 그들이 움 밖에까지 나왔을 때 또다시 우뚝섰다. 그것은 봉식이가 전신의 피투성이를 했

인간문제

으며 그 옆에 금방 내려 뉘인 듯한 그의 아버지의 목에서는 선혈이 샘처럼 흘렀다. 그의 어머니는

「아!」

소리를 지르고 그 자리에 팔싹 주저앉았다. 그다음 순간부터 그는 바보가 되어 멍하니 바라만 볼 뿐이었다 병식이는 어머니를 보며 안타까운 듯이

「어머니는 웨 그러구만 있어요 어서 이리 와요」

봉염이가 곧 어머니의 팔을 붙들었으나 그는 일어나다가 도루 주저앉으며

「너 아버지. 너 아버지」
하고 중얼거릴 뿐이었다.

그 밤이 거이 새어 올 때에야 봉염의 어머니는 겨우 정신을 차리고 목을 내어 어이어이 하고 울었다.

「넌 어찌 아버지를 만났니 그때는 살았더냐. 무슨 말을 하시디?」

봉식이는 입이 쓴 듯이 입맛만 쩍쩍 다시다가

「살 께 머유!」

대답을 기다리는 어머니의 모양이 난차하여 이렇게 소리치고 나서 한숨을 후 쉬었다. 그리고 항상 아버지가 팡둥과 자×단원들에게 고마히 구는 것이 어쩐지 위태위태한 겁을 먹었더니만 결국은 저렇게 되구야 말았구나 하였다. 아버지 생전에 이 문제를 가지고 부자가 서로 언쟁까지도 한 일이 있었으나 끝끝내 아버지는 자기의 뜻을 세웠다. 보다도 그의 입장이 그로 하여금 그렇게 하지 않고는 견디지 못하게 하였던 것이다.

아버지 생전에는 봉식이도 아버지를 굵다고 백번 생각했지만

막상 아버지가 총에 맞아 넘어진 것을 용애 아버지에게 듣고 현장에 달려가서 보았을 때는 어쩐지 「너무들 한다!」 하는 분노와 함께 누가 굶고 옳은 것을 분간할 수가 없이 머리가 아뜩해지군 하였다.

　이튿날 아버지의 장례를 지낸 봉식이는 바람이나 쏘이고 오겠누라고 어대로인지 가 버리고 말았다. 모녀는 봉식이가 오늘이나 내일이나 하고 돌아오기를 손꼽아 기다리나 그 봄이 다 지나도 돌아오기는 고사하고 소식조차 끊어지고 말았다. 그래서 그들은 기다리다 못해서 봉식이를 찾아서 떠났다. 월여[10]를 두고 이리저리 찾아다니나 그들은 봉식이를 만나지 못하였다. 마침내 그들은 용정까지 왔다. 그것은 전에 봉식이가 「고학이라도 해서 나두 공부를 좀 해야지」 하고 용정에 들어왔다 나올 때마다 투덜그리던 생각을 하야 행여나 어느 학교에나 다니지 않는가 하였던 것이다. 그러나 그들 모녀가 학교란 학교 뜰에는 다 가서 기웃거리나 봉식이 비슷한 학생조차 만나지 못하였다. 그들이 마즈막으로 TH학교까지 가 보고 돌아설 때 봉식이가 끝없이 원망스러운 반면에 죽지나 않았는지? 하는 불안에 발길이 보이지를 않았다. 더구나 이전 어대로 갔나? 어대가서 몸을 담아 있나? 오늘 밤이라도 어대서 자나? 이것이 걱정이요 근심이 되었다.

　해가 거이 저 갈 때 그들은 팡둥을 찾아갔다. 그들이 용정에 발길을 돌려놀 때부터 팡둥을 생각하였다. 만일에 봉식이를 찾지 못하게 되면 팡둥이라도 만나서 사정하야 봉식이를 찾아 달라고 하리라 하였던 것이다. 그들이 큰 대문을 둘이나 지나서 들어가니 마침 팡둥이 나왔다.

10　한 달이 조금 넘는 기간. 달포.

「왔소. 언제 왔소?」

팡둥은 눈을 크게 뜨고 반가운 뜻을 보이었다. 봉염의 어머니는 그의 반가워하는 눈치를 살피자 찾아온 목적을 절반 남아 성공한 듯하야 한숨을 남몰래 몰아쉬었다. 팡둥은 봉염의 머리를 내려 쓸었다.

「그새 어대 갔어 한번 갔어 없어 섭섭했서」

「봉식이를 찾아 떠나서요. 봉식이가 어디 있을까요?」

봉염의 어머니는 가슴을 두군그리며 팡둥을 쳐다보았다.

「봉식이 만나지 못했어. 모르갔소」

팡둥은 알까 하여 맥없이 그의 입슐[11]을 쳐다보던 그는 머리를 숙였다. 팡둥은 그들 모녀를 다리고 방으로 들어갔다. 캉(坑갱)[12]에 앉아 있는 팡둥의 안해인 듯한 나[13] 젊은 부인은 모녀와 팡둥을 번갈아 쳐다보며 의심스러운 눈치를 보이었다. 팡둥은 한참이나 모녀를 소개하니 그제야 팡둥 부인은

「올라 앉어요」

하고 권하였다. 팡둥은 차를 따라 권하였다. 가벼운 차내를 맡으며 모녀는 방 안을 슬금슬금 돌아보았다. 방 안은 시언하게 넓으며 캉(坑갱)이 좌우로 있었다. 캉 아래는 빛나는 돌로 깔리었으며 저편 창 앞에는 대리석으로 만든 테 ― 불이 놓였고 그 우에는 검은 바탕에 오색 빛나는 화병 한 쌍을 중심으로 적고 큰 시계며 유리 단지에 유유히 뛰노는 금붕어 등 그타 이름 모를 기구들이 테 ― 불이 무겁도록 실리어 있다. 창우 벽에는 팡둥의 사진을 비롯하야 가족들

11 입술
12 중국 북방 지대의 살림집에 놓는 방의 구들.
13 나이.

의 사진이며 약간 빛을 잃은 가화들이 어지럽게 꽂히었다. 그러고 테 ─ 불을 뚝 떨어져 이편 벽에는 선 굵은 불타의 그림이 조으는 듯하고 맞은편에는 문짝 같은 체경이 왼벽을 차지했으며 창문 밖 저편으로는 화단이 눈가이 서늘하도록 푸르렀다.

그들은 어떤 별천지에 들어온 듯 정신이 얼얼하였다 그러고 그들의 초라한 모양에 새삼스럽게 더 부끄러운 생각이 들며 맘 놓고 숨 쉬는 수도 없었다.

팡둥은 의자에 걸어앉으며 권연을 불여 물었다.

「여기 친척 있어?」

봉염의 어머니는 머리를 들었다.

「없어요」

이렇게 대답하는 그는 팡둥이 어째서 친척의 유무를 묻는 것임을 생각할 때 전신에 외로움이 훨씬 끼친다 동시에 팡둥을 의지하랴고 찾아온 자신이 얼마나 가엾은 것을 느끼며 팡둥의 어깨 넘어로 보이는 화단을 물그럼이 바라보았다. 신록에 무르익은 저 화단! 그는 얼핏 밭에 조쌨도 이전 퍽이나 자랐겠구나! 김매기 바쁠 테지 내가 웬일이야 김도 안 매구 가을에는 뭘 먹구사나 하는 걱정이 불숙 일었다. 그러고 시선을 멀리 던졌을 때 티 없이 맑게 개인 하늘이 마치 멀리 논물을 바라보는 듯 문득 그들이 불이던 논이 떠오른다. 논귀까지 가랑가랑하도록 올라온 그 논물! 벼 포기도 퍽이나 자랐을 게다! 하며 다시 하늘을 쳐다보았을 때 그 하늘은 벼 포기 사이를 헤치고 깔렸던 그 하늘이 아니었느냐! 그 사이로 털이 푸르르한 남편의 굵은 다리가 철버덕철버덕 건일지 않았느냐! 그는 가슴이 뜨끔해지며 다시 팡둥을 보았다. 남편을 오라고 하야 함께 앉았던 저 팡둥은 살아서 저렇게 잇는데 그는 어찌 하야 죽었는가 하며 이때껏 참았던 설움이 머리가 무겁도록 올라왔다.

「친척 없어. 어디 왔어?」

팡둥은 한참 후에 이렇게 채처 물었다. 목구멍까지 빼듯하게 올라온 억울함과 외로움이 팡둥의 말에 눈물로 변하야 슬슬 떨어진다. 그는 맥없이 머리를 떨어트리며 치마귀를 쥐어다 눈물을 씼었다. 곁에 앉은 봉염이도 어머니를 보자 눈물이 글성글성해졌다. 모녀를 바라보는 팡둥은 난처하였다. 지금 저들의 눈치를 보니 자기에게 무엇을 얻으러 왔거나 그렇지 않으면 자기 집을 바라고 온 것임을 시간이 지날사록 깨달았다. 그는 불쾌하였다. 저들을 오늘로라도 보내랴면 돈이라도 몇 푼 집어 줘야 할 것을 느끼며 당분간 집에서 일이나 식히며 두워 둬 볼까? 하는 생각이 어렴풋이 들었다. 팡둥은 약간 웃음을 띠웠다.

「친척 없어. 우리 집 있어. 봉식이가 찾아왔어 갔어 응」

팡둥의 입에서 떨어지는 아들의 이름을 들으니 그는 원망스러움과 그리움 외로움이 한데 뭉치어 견딜 수가 없었다. 그러고 팡둥의 말과 같이 봉식이가 언제던지 나를 찾아오려나 그렇지 않으면 제 아버지와 같이 어대서 어떤 놈에게 죽엄을 당해서 다시는 찾지 않으려나? 하는 의문이 들며 흙흙 느껴 울었다.

그 후부터 모녀는 팡둥 집에서 일이나 해 주고 그날그날을 살아갔다. 팡둥은 날이 갈사록 그들에게 친절하게 굴었다. 그러고 어떤 때는 밤이 오래도록 그들이 있는 방에 나와서 이런 이야기 저런 이야기를 하여 주며 때로는 옷감이나 먹을 것 같은 것도 사다 주었다. 그때마다 봉염의 어머니는 감격하야 밤 오래도록 잠들지 못하군 하였다.

팡둥의 안해가 친정집에 다니려 간 그 이튿날 밤이다 그는 팡둥의 안해가 말라 놓고 간 팡둥이 속옷을 재봉침에 하였다. 팡둥의 안해가 언제 올른지는 모르나 어쨌든 그가 오기 전에 말라 놓은 일을 다 해야 그가 돌아와서 만족해할 것이다. 그러므로 그는 밤잠을 못 자고 미싱을 돌렸다. 그는 이 집에 와서야 미싱을 배왔기 때문에 아직도 서툴렀다. 그래서 그는 바늘이 불어질서라 기계에 고장이 생길서라 여간 조심이 되지를 않았다.

저편 팡둥 방에서 피리 소리가 처량하게 들려왔다. 팡둥은 밤만 되면 저렇게 피리를 불거나 그렇지 않으면 깡깡이를 뜯었다. 깡깡이 소리는 시끄럽고 때로는 강아지가 문짝을 할퀴며 어미를 부르는 듯하게 참아 듣지 못할 만큼 귀가이 간지러웠다. 그러나 저 피리 소리만은 그럴듯하게 들리었다.

일감을 밟고 씩씩하게 달아 오는 바늘 끝을 바라보는 그는 한숨을 후 쉬며 「봉식아 너는 어째서 어미를 찾지 않느냐」 하고 중얼거렸다. 그는 언제나 봉식이를 생각하였다. 낯선 사람이 이 집에 오는 것을 보면 행여 봉식의 소식을 전하려나 하야 그 사람이 돌아갈 때까지 주의를 게을르지 아니했다. 그러나 이렇게 기다리는 보람도 없이 그날도 그날같이 봉식의 소식은 막막하였다 팡둥은 그들에게 고마이 구나 팡둥의 안해는 종종 싫은 기색을 완연히 들어내었다. 그때마다 그는 봉식을 원망하고 그리워하며 운 적이 한두 번이 아니었다. 아무래도 장내까지는 이 집을 바라지 못할 일이요 어디로든지 가야 할 것을 그는 날이 갈사록 느꼈다. 그러나 맘만 초조할 뿐이요 어떻게 하는 수는 없었다. 그는 이러한 생각을 되푸리하며 팡둥의 안해가 없는 사이 팡둥 보고 집세나 하나 얻어 달라고 해 볼까? 하며 피리를 불고 앉았을 팡둥의 뚱뚱한 얼굴을 그려 보았다. 그러니 어찌 그런 말을 해 집세를 얻는다더라도 무슨 그릇들이 있어야지 아무것도 없이 살림을 어떻게 하누 하며 등불을 물끄럼이 바라보았다.

어느덧 피리 소리도 끝히고 사방은 고요하였다. 오직 들리느니 잠든 봉염의 그윽한 숨소리뿐이다. 그는 등불을 휩싸고 악을 쓰고 날아드는 하루사리 떼를 보며 문득 남편의 짧았던 일생을 회상하였다. 그렇게 살고 말 것을 반찬 한 번 맛있게 못 해 주었지 고추가루만 땀이 나도록 먹구 참…… 여기는 웨 소금값이 그리 비쌀까?

그래도 이 집은 소금을 흔하게 쓰두면 그게야 돈 많으니 작구 사 오니까 그렇겠지 돈? 돈만 있으면 뭐든지 다 할 수가 있구나 그 비싼 소금도 맘대로 살 수가 있는 돈 그 돈을 어째서 우리는 모지 못했는가 하였다

그때 신발 소리가 자박자박 나더니 문이 덜거럭 열린다. 그는 놀라 휘근 돌아보았다. 검은 바지에 힌 적삼을 입은 팡둥이 빙그레 웃으며 들어온다. 그는 얼른 일어나며 일감을 한 손에 들었다.

「앉아서! 일만 했어?」

팡둥의 시선은 그의 얼굴로부터 일감으로 옮긴다. 그는 등불 곁으로 다가앉으며 팡둥보고 이 말을 할까 말까? 집세 하나 얻어 주시요 하고 금방 입술 사이로 흘러나오려는 것을 참으며 팡둥의 기색을 흘금 살피었다

「누구 옷이야? 내 해[14]야?」

팡둥은 일감 한 끝을 쥐어 보다가

「내 해야…… 배고프지 않아? 우리 방에 나가 차물도 먹고 과자도 먹구 웅 나갔어」

14 것. 그 사람의 소유물임을 나타내는 말.

일감을 잡아다린다. 그는 전 같으면 얼른 팡둥의 뒤를 딸아나 갈 터이나 팡둥의 안해가 없는 것만큼 주저가 되었다.

「배고프지 않아요」 이렇게 말하는 그는 웬일인지 눈섭 끝에 부끄럼이 사르르 지나친다. 팡둥은 일감을 획 빼았았다.

「가 응 자 어서어서」

그는 일감을 바라보며 어쩌야 좋을지 몰랐다. 그러고 이 기회를 타서 집세를 얻어 달라고 할까 말까 할까……

「안 가?」

팡둥은 일어서며 아까와는 달리 어성을 높인다. 그는 가슴이 선듯해서 얼른 일어났다. 그러나 비쭉비쭉 나가는 팡둥의 살진 뒷덜미를 보았을 때 싫은 생각이 부쩍 들었다. 그러고 발길이 떨어지지를 않았다. 문밖을 나가던 팡둥은 휘근 돌아보았다. 그 얼굴은 무어라고 형용할 수 없는 무서움을 띠웠다. 그는 맥없이 캉을 나려섰다. 그러고 잠든 봉염이를 바라보았을 때 소리쳐 울고 싶도록 가슴이 답답하였다.

第三回 제3회
해산

이듬해 늦인 봄 어느 날 석양이다. 봉염의 어머니는 바누질을 하다가 두 눈을 부비치며 방문을 바라보았다. 빩안 문 우에 첨하 끝 그림자가 뚜렷하다. 오늘은 팡둥이 오려나 대체 어델 가서 그리 오래 있을가? 그는 또다시 생각하였다. 팡둥의 안해만 대하면 그는 묻고 싶은 것이 이 말이었다. 그러나 언제든지 새초롬해서 있는 그의 기색을 살피다가는 그만 하려던 말을 주리치고 말았다. 그러고 이렇게 석양이 되면 오늘이나 오려나? 하고 가슴을 조렸다. 광둥이 온대야 그에게 그리 기쁠 것도 없건만 어쩐지 그는 광둥이 기다려지고 그리웠다. 오면 좋으련만…… 이번에는 꼭 말을 해야지 무어라구? 그다음 말은 생각나지 않고 두 귀가 확근 단다. 어떻거나 그도 짐작이나 할까? 하기는 뭘 해 남정들이 그러니 고렇게 내게 하리…… 그는 광둥의 얼굴을 머리에 그리며 원망스러운 듯이 바라보았다.

그날 밤 후로는 광둥의 태도가 아무리 좋게 해석해도 냉냉해진 것만 같았다. 처음에는 점잖으신 어른이고 더구나 성미 까다로운 안해가 곁에 있으니 저러나 부다 하였으나 시일이 지날사록 원망스러움이 약간 머리를 들었다. 반면에 끝없는 정이 보이지 않는 줄을 타고 광둥에게로 자꾸 쏠리는 것을 그는 느꼈다. 그는 한숨을 후― 쉬며 이마가에 흐르는 땀을 씻었다. 언제나 자기도 광둥을 대하여 주저 없이 말도 건니우고 사랑을 받아 볼까? 생각만이라도 그는 진저리가 나도록 좋았다. 그러나 자기 주위를 둘러싸고 있는 모든 환경을 깨닫자 그는 울고 싶었다. 그러고 광둥의 안해가 끝없이 부러웠다. 그는 시름없이 머리를 숙이며 원수로 애는 웨 배었는지 하며 일감을 들었다. 바눌 끝에서 떠오르는 그날 밤. 그날 밤의 광둥은 성난 호랑이같이도 자기에게 덤벼들지 않았던가. 자기는 너무 무섭고도 두려워서 방 안이 캄캄하도록 느리운 비단 포장을 붙들고 죽기로써 반항하다가도 못 이겨서 애를 배게 되지 않았던가. 생각하면 자기의 죄 같지는 않았다. 그런데 웨 자기는 선듯 광둥에게 이 말을 하지 못하는가. 그러고 그렇게 먹고 싶은 냉면도 못 먹고 이때까지 참아 왔던가. 모두가 자기의 못난 탓인것 같다. 웨 말을 못 해 웨 주저해 이번에는 말할 테야 꼭 할 테야 그러고 냉면도 한 그릇 사다 달라지 하며 그는 눈앞에 냉면을 그리며 침을 꿀꺽 삼켰다. 그러나 이 생각은 헛된 공상임을 깨달으며 한숨을 푸 쉬면서도 픽 하고 웃음이 나왔다. 모든 난문제가 산과 같이 자기를 둘러싸고 있거늘 어린애같이 먹고 싶은 생각부터 하는 자신이 웃읍고도 가련해 보이었던 것이다. 그러나 먹고 싶은 것은 어쩔수 없다. 목이 가렵도록 먹고 싶다. 냉면만 생각하면 한참씩은 안절부절할 노릇이다.

그가 뱃 속에 애 든 것을 알게 되었을 때 유산시키려고 별짓을 다 하여 보았다. 배를 쥐어박아도 보고 일부러 칵 넘어지기도 하며 벽에다 배를 대고 탕탕 부디처도 보았다 그리고도 유산이 되지를 않아서 나종에는 양잿물을 마시려고 캄캄한 밤중에 그 몇 번이나 일어 앉았던가. 그러면서도 그 순간까지도 냉면은 먹고 싶었다. 누가 곁에다 감추고서 주지 않는 건만 같았다, 그렇게 먹고 싶은 냉면을 못 먹어 보고 죽는다는 것은 너무나 애달픈 일이다. 더구나 봉염이를 생각하구는 그만 양잿물 그릇을 쏘치고 말았던 것이다.

삭수[15]가 차올수록 그는 어쩔 줄을 몰랐다. 위선 남의 눈에 들키지나 않으려고 끈으로 배를 꽁꽁 동이고 밥도 한두 끼니는 예사로 굶었다. 그리고 될 수 있는 대로 사람을 피하여 이렇게 혼자 일을 하군 하였다.

그때 지르릉 하는 이십오세(馬車마차) 소리에 그는 머리를 번쩍 들었다. 팡둥 방에서 뛰여나가는 신발 소리가 나더니 바바! 바바! 하고 팡둥의 어린애들이 떠드는 소리가 들린다. 그는 왔구나! 하였다. 따라서 가슴이 후닥닥 뛰며 뱃 속의 애까지 빙빙 돌아간다. 그는 치마 줄음이 들석들석하는 것을 보자 배를 꾹 눌렀다. 신발 소리가

15 개월 수.

231

이리로 옴으로 그는 얼른 일어났다. 그리고 팡둥이 혹시 나를 보려 오는가 하였다.

「어머이 팡둥 왔어. 그런데 팡둥이 어머이를 오래」

봉염이는 문을 열고 드려다본다. 그는 팡둥이 아님에 다소 실망은 하면서도 안심되었다. 그러나 팡둥이 자기를 보겠다고 오라는 말을 들으니 부끄럼이 확 끼치며 알 수 없는 겁이 더럭 났다. 그리고 말을 할 수 없이 입이 담으러지며 손발이 후둘후둘 떨린다.

「어머이 어디 아파?」

봉염이는 중국 게집애 같이 앞 머리카락을 보기 좋게 잘랐다. 그는 머리카락 새로 눈을 동그랗게 뜨고 어머니를 말뚱히 쳐다본다. 그는 딸에게 눈치를 보이지 않으려고 머리를 돌리며

「아니」

봉염이는 한참이나 무슨 생각을 하더니

「어머이 팡둥이 성난 것 같아 웨」

「웨 어쩌더냐?」

「아니 글세 말야.」

봉염이는 솔가에서 달아저서 보기 싫게 된 그의 손톱을 드려다 보면서 아까 팡둥의 얼굴을 생각하였다. 그때 팡둥의 안해 소리가 빽 하고 났다.

「뭣들 하기 그러고 있어. 어서 오라는데」

심상치 않은 그의 어성에 그들은 일시에 불길한 예감을 품으면서 팡둥 방으로 왔다. 팡둥은 어린애를 좌우로 안고서 모녀를 바라보았다. 그리고 잠간 눈쌀을 찌푸리며 눈을 거칠게 뜬다. 팡둥의 안해는 입을 비쭉하였다.

「훙 자식을 얼마나 잘 두었기에 애비 원수인 공산당에 들었을까.

그런 것들은 열 번 죽여도 좋아…… 우리는 공산당 친쵀[16]는 안 돼. 공산과는 우리는 원수야. 오늘부터는 우리 집에 못 있어. 나가야지.」

모녀를 딱 쏘아본다. 모녀는 갑작이 무슨 말인지를 알아들을 수가 없었다. 그러고 머리가 어쩔쩔해 왔다.

「이번 쟝궤디가 국자가[17] 가서 네 오빠 죽이는 것을 보았단다」

모녀는 어떤 쇠방망이로 머리를 사정없이 후려치는 듯 아뜩하였다. 한참 후에 봉염의 어머니는 팡둥을 바라보았다. 팡둥은 그의 시선을 피하여 어린애를 보면서도 그 말이 옳다는 뜻을 보이었다. 그는 한층 더 아찔하였다. 그 애가 참말인가 하고 그는 속으로 부르짖었다.

「어서 나가! 만주국에서는 공산당을 죽이니깐」

팡둥의 안해는 귀고리를 흔들면서 모녀를 밀어내었다. 모녀는 암만 그들이 그래도 그 말이 참말 같지 않았다. 그러고 속 시원히 팡둥이가 말을 해 주었으면 하였다. 팡둥은 그들을 바라보자 곧 불쾌하였다. 그날 밤 그의 만족을 채운 그 순간부터 어쩐지 발길로 그의 엉덩이를 냅다 차고 싶게 미운 것을 느꼈다. 그다음부터 그는 봉염의 어머니와 마주 서기를 싫여하였다. 그러나 살림에 서투른 젊은 안해를 둔 그는 그들을 내보내면 아무래도 식모든지 착실한 일꾼이든지를 두어야겠으니 그러자면 먹여 주고도 돈을 주어야 할 터이므로 오늘내일하고 이때까지 참아 왔던 것이다. 보담도 내보낼 구실 얻기가 거북하였던 것이다.

그런던 차에 이번 국자가에서 봉식이 죽는 것을 보구서는 곧

---

16 다른 책에서는 '친척'으로 표기하고 있으나 '공산당과 친해서는(관련이 있어서는)' 정도의 의미로 추정된다.
17 현 중국 연길의 옛 지명.

결정하였다. 무엇보다도 공산당의 가족이니만큼 경비대원들이 나중에라도 알면 자신에게 후환이 미칠까 하는 생각이었고 또 하나는 자긔가 극도로 공산당을 미워하느니만큼 공산당이라는 말만 들어도 소름이 끼쳐서 못 견디었던 것이다.

안해에게 밀리어 문밖으로 나가는 모녀를 바라보는 팡둥은 봉식의 죽던 광경이 다시 떠오른다.

친구와 교외에 나갔다가 공산당을 죽인다는 바람에 여러 사람의 뒤를 따라가서 드려다보니 벌서 십여 명의 공산당을 죽이고 꼭 하나가 남아 있었다. 그는 좀 더 빨리 왔더면 하고 후회하면서 사람들의 틈을 뻐기고 들어갔다. 마침 경비대에게 끌리어 한가온대로 나앉은 공산당은 봉식이가 아니었느냐! 그는 자긔 눈을 의심하고 몇 번이나 눈을 부비친 후에 보았으나 똑똑한 봉식이었다. 전보다 얼굴이 검어지고 거칠게 보이나마 봉식이었다. 그는 기침을 칵 하며 봉식이가 들으리만큼 욕을 하였다. 그리고 행여 봉식이가 돈을 벌어 가지고 어미를 찾아오면 자기의 생색도 나고 다소 생각함이 있으리라고 하였던 것이 절망이 되었다.

누런 군복을 입은 경비대원 한 사람은 시퍼런 칼날에 물을 드르르 부었다. 그러니 물방울이 진주같이 흐른 후에 칼날은 무서우리만큼 빛났다. 경비대원은 칼날을 드려다보며 심뻑 웃는다. 그리고 봉식이를 바라보았다 봉식이는 얼굴이 쌔하얗게 질리고도 기운 있게 버티이고 있었다. 그러고 입모습에는 비웃음을 가득히 띠우고 있다. 팡둥은 그 웃음이 여간 불쾌하지 않았다. 그리고 어느 때인가 공산당에게 위협을 당하던 그 순간을 얼핏 연상하며 봉식이가 확실히 공산당이라는 것을 의심하지 않았다. 그러자 칼날이 번쩍할 때 봉식이는 소리를 버럭 지른다. 어느새 머리는 땅에 떨어지고 선혈이 솩 하고 공중으로 뻐치울 때 사람들은 냉수를 잔등에 느끼며 흠칫 물러섰다.

　생각만이라도 팡둥은 소름이 끼치어서 어린애를 꼭 껴안으며 어서 모녀가 눈에 보이지 않기를 바랐다. 모녀는 문밖에까지 밀리어 나오고도 팡둥이가 따라나오며 말리려니 하였다. 그러나 그들이 보따리를 가지고 대문을 향할 때까지 팡둥은 가만이 있었다. 봉염의 어머니는 노염이 치받치어 휙 돌아서서 유리창을 통하여 바라보이는 팡둥의 뒷덜미를 노려보았다. 미친 듯이 자기를 향하여 덤벼들던 저 팡둥이 그가 무어라고 소리를 지르려고 할 때 팡둥의 안해와 웬 아지 못할 사나이가 그를 돌려 세우며 그들을 밖으로 내몰았다.

　그들은 정신없이 시가를 벗어나 해란강변으로 나왔다. 강물이 앞을 막으니 그들은 우뚝섰다. 어대로 가나? 하는 생각이 분에 흩어졌던 그들의 생각을 집중시켰다. 그들은 눈을 들었다. 해는 누엿누엿 서산에 걸렸는데 저 멀리 보이는 마을 앞에 둘러선 버들 숲은 흡사히도 그들이 살던 쌘드거우(三頭溝삼두구) 앞에 가로놓였던 그 숲과도 같았다. 그곳에는 아직도 남편과 봉식이가 있을 것만 같았다. 그러나 다시 한번 눈을 부비치고 보았을 때 봉염의 어머니는 털석 주저앉았다. 그리고 소리 높이 흐르는 강물을 드려다보며 그만 죽고 말까 하였다. 동시에 이때까지 거짓으로만 들리던 봉식의 죽음이 새삼스럽게 더 걱정이 되며 가슴이 쪼개지는 듯하였다. 그러나 그 말은 믿고 싶지 않았다. 봉식이는 똑똑한 아이다. 그러한 아이가 애비 원수인 공산당에 들었을 리가 없을 듯하였다.

　그것은 자기 모녀를 내보내랴는 거짓말이다.

　「죽일 년 그년이 내 아들을 공산당이라구 에이 이년놈들 벼락 맞을라 누구를 공산당이래…… 너의 놈들이 그러고 뒈질 때가 있을

235

라. 누구를 공산당이래」

　봉염의 어머니는 시가를 돌아보며 이를 북북 갈았다. 시가에는 수없는 벽돌집이 다닥다닥 붙어 앉았다.

　저렇게 많은 집이 있건만 지금 그들은 몸담아 있을 곳도 없어 이리 쫓기어 나오는 생각을 하니 기가 꽉 찼다. 그리고 저자들은 모두가 팡둥 같은 그런 무서운 인간들이 사는 것 같아 보였다. 이렇게 원망스러우면서도 이리로 나오는 사람만 보이면 행여 팡둥이가 나를 찾아 나오는가 하여 가슴이 뜨끔해지군 하였다.

　어스름 황혼이 그들을 둘러쌀 때에 그들은 더욱 난처하였다. 봉염이는 훌쩍훌쩍 울면서

　「오늘 밤은 어대서 자누? 어머이」

하였다. 그는 순간에 팡둥 집으로 달려 들어가서 모주리 칼로 찔러 죽이고 자기들도 죽고 싶은 충동이 강하게 일어났다. 그래서 그는 벌떡 일어났다. 그러나 그의 앞으로 끝없이 걸어 나간 대철로를 바라보았을 때 소식 모르는 봉식이가 어미를 찾아 이 길로 터벅터벅 걸어올 때가 있지 않으려나……. 그리고 또다시 팡둥의 말과 같이 아주 죽어서 다시는 만나지 못하려나 하는 의문에 그는 소리쳐 울고 싶었다. 속 시원이 국자가를 가서 봉식의 소식을 알아볼까. 그러자 그 후에 참말이라면 모주리 죽이고 나도 죽자! 이렇게 결심하고 어정어정 걸었다.

　그날 밤 그들은 해란강변에 있는 중국인 집 헛깐에서 자게 되었다. 그것도 모녀가 사정을 하고 내일 시장에 내다 팔 시금치나물과 파 등을 다듬어 주고서 승낙을 받았다. 봉염의 어머니는 밤이 깊어 갈사록 배가 작고 아팠다. 그는 애가 나오려나 하고 직각하면서 봉염이가 잠들기를 고대하였다. 그러나 잠이 많던 봉염이도 오늘은

잠들지 않고 팡둥 부처를 원망하였다. 그러고 이때까지 몸 아끼지 않고 일해 준 것이 분하다고 종알종알하였다.

「용애는 잘 있는지. 우리 학교는 학생이 많은지」

잠꼬대 비슷이 봉염이는 지꺼리다가 그만 잠이 들고 만다.

그의 어머니는 한숨을 후 쉬며 어서 봉염이가 잠든 틈을 타서 나오면 얼른 죽여서 해란강에 띠우리라 결심하였다.

그러고 배를 꾹꾹 눌렀다.

바람 소리가 후루루 나더니 비방울이 후두두 떨어진다.

그는 되기 딴은 잘되었다 하였다. 이런 비 오는 밤에 아무도 몰래 애를 낳아서 죽이면 누가 알랴 싶었던 것이다.

그리고 그는 봉염의 몸을 어루만지며 낡은 옷으로 그의 머리까지 푹 씨어 놨다. 비는 출출 새기 시작하였다.

그는 봉염이가 비에 젖었을까 하야 가만이 그를 옮겨 누이고 자기가 비 새는 곳으로 누었다. 비는 차츰 기세를 더하야 좍좍 퍼부었다. 그리고 그의 몸도 점점 더 아펐다.

그는 봉염이가 깰세라 하야 입술을 깨물고 신음 소리를 밖에 내지 않으려고 애썼다. 그러나 신음 소리가 코구멍을 뚫고 불길같이 확확 내달았다. 그리고 비방울은 그의 머리카락을 타고 목덜미로 입술로 새어 흐른다.

「어머이!」

봉염이는 벌떡 일어나서 어머니를 더듬었다.

「에그 척척해」

어머니의 몸을 만지는 그는 정신이 펼적 들었다. 그리고 비가 오는 것을 알았다.

「비가 새네 아이그 어떻거나」

237

딸의 말소리도 이전 들리지 않고 딸이 들을세라 조심하던 신음 소리도 더 참을 수가 없었다. 그는 「으흥 으흥」 하면서 몸부림쳤다. 머리로 벽을 쾅쾅 받다가도 시원하지 않아서 손으로 머리를 감아쥐고 오짝오짝 뜯었다.

봉염이는 어머니를 흔들다가 흔들다가 그만 「흑흑」 하고 울었다.

어머니는 봉염이를 밀차며 「응응」 하고 힘을 썼다 ── 한참 후에 「으악!」 하는 애기 울음소리가 들렸다. 봉염이는 어머니 곁으로 다가 붙으며

「애기?」

하고 부르짖었다.

어머니는 얼른 애기를 더듬어 그의 목을 꼭 쥐려 하였다.

그 순간 두 눈이 확근 달며 파란 불꽃이 쌍으로 내달았다.

그리고 전신을 통하야 짜르르 흐르는 모성애! 그는 자기의 숨이 턱 마키며 쥐려는 손끝에 맥이 탁 풀리는 것을 느꼈다.

그는 땀을 낙수처럼 흘리며 비켜 누어 버렸다. 그러고

「아이구!」

하고 소리쳐 울었다.

第四回 제4회

유모

애기를 죽이려다 죽이지 못하고 또 무서운 진통기를 벗어난 봉염의 어머니는 이제는 극도로 배고픔을 느꼈다. 지금 따끈한 미역

국 한 사발이면 그의 몸은 가뿐해질 것 같다. 미역국! 지난날에는
남편이 미역국과 흰 이팝을 해 가지고 들어와서 손수 떠 넣어 주던
것을…… 하며 눈을 꾹 감았다. 비에 젖고 또 비에 젖은 허깐 바닥에
서는 흙내에 피비린내를 품은 역한 냄새가 물큰물큰 올라왔다. 어
떻거나? 내가 무엇이든지 먹구 살아야 저것들을 키울 터인데 무엇
을 먹나, 누가 지금 냉수라도 쫄쫄 끓여다가만 주어도 그 물을 마시
고 정신을 차릴 것 같다. 그러나 그는 흙을 쥐어 먹기 전에는 아무
것도 먹을 것이 없지 않은가, 봉염이를 깨울까, 그래서 이 집 주인에
게 밥이나 좀 해 달랄까, 아니아니 못 할 일이야, 무슨 장한 애를 났
다고 그러랴, 그러면 어떻게? 오라지 않아 날이 밝을 터이니 아침에
나 주인집에서 무엇이든지 얻어먹…… 하였다. 그러고 눈을 번쩍
떠서 뚫어진 허깐문을 바라보았다, 아직도 캄캄하였다. 날이 언제
나 새려나, 이 집에는 닭이 없는가 있는가 하며 귀를 기울였다 사방
은 죽은 듯이 고요하다. 간혹 채마밭에서 나는 듯한 버레 소리가 어
두운 밤에 별빛 같은 그러한 느낌을 던져 주었다. 그는 애기를 그의
뛰는 가슴속에 꼭대이며 자긔가 아무렇게서라도 살아야 할 것 같
다. 내가 웨 죽어, 꼭 산다. 너의들을 위하여 꼭 산다 하고 중얼거렸
다. 애를 낳기 전에는 아니 보다도 이 아픔을 겪기 전에는 죽는다는
말이 그의 입에서 떠나지 않았고 또 진심으로 죽었으면 하고 생각
도 많이 하였다. 그러나 마침 주검과 삶의 경계선에서 아차아차한
곱이를 넘기고 겨우 소생한 그는 어쩐지 죽고 싶지는 않았다. 오히
려 삶의 환히를 느꼈다. 그가 하필 이번뿐만이 아니라 이러한 경우
를 여러 번 당하였으나 그러나 남편의 생전에는 주검에 대하야 한
번도 생각해 보지도 않았으며 역시 죽고 싶지도 않았다. 그래서 주
검이란 아무 생각 없이 대하였을 뿐이었다.

이튿날 봉염의 어머니는 곤히 자는 봉염이를 흔들어 깨웠다. 봉염이는 벌떡 일어났다.

「너 이거 내다가 빨아 오너라. 그저 물에 헤우면 된다」

피에 젖은 속옷이며 걸레 뭉치를 뭉쳐서 그의 손에 들려 주었다. 그때 봉염의 어머니는 어쩐지 딸이 어려웠다. 그리고 딸의 시선이 거북스러움을 느꼈다. 봉염이는 아직도 가슴이 울렁거리며 모두가 꿈속에 보는 듯 분명하지를 않고 수없는 거미줄 같은 의문과 공포가 그의 조고만 가슴을 꼭 채웠다. 그는 얼른 일어나 밖으로 나왔다. 그의 어머니는 딸이 나가는 것을 보고 저것이 치울 터인데 하며 자신이 끝없이 더러워 보이었다.

봉염의 신발 소리가 아직도 살아지기 전에 그는 애기의 얼굴을 자세히 드려다보았다. 볼사록 뭉치 정이 푹푹 든다. 그리고 애기의 얼굴에 얼굴을 맞대지 않고는 견데지 못하였다. 주인집에서 깨어 부산하게 구는 소리를 그는 들으며 밥을 하는가, 밥을 좀 주려나, 좀 주겠지 하였다. 그리고 미역국 생각이 또 일어나며 김이 어리인 미역국이 눈앞에 자꾸 얼른거려 보인다. 따라서 배는 점점 더 고파왔다. 이제 몇 시간만 더 이 모양으로 굶었다가는 그가 아무리 살고 싶어도 살 수가 없을 것 같았다. 그는 이러한 생각에 겁이 펄쩍 났다. 무엇을 좀 먹어야 할 터인데 그는 눈을 뜨고 사면을 휘돌아보았다. 아직도 허간은 컴컴하다. 컴컴한 저편 구석으로 약간식 뵈이는 파뿌리! 그는 어제저녁에 주인 여편네가 오늘 장에 내다 팔 파를 허간으로 옮겨 쌓던 생각을 하며 옳다! 아무 게라도 좀 먹으면 정신이 들겠지 하고 얼른 몸을 소꾸어 파뿌리를 뽑았다. 그러나 주인이 나오는 듯하여 그는 몇 번이나 뽑은 파를 입에 대다가도 감추군 하였다. 마침내 그는 파를 입속에 넣었다. 그리고 우쩍 씹었다. 그때 이가 시끔하여 딱 맞찔린다. 그래서 그는 얼굴을 찡그리며 입을 쩍 버린 채 한참이나 벌리고 있었다.

침이 턱밑으로 흘러나릴 때에야 그는 얼른 손으로 침을 몰아넣으며 이 침이라도 목구녕으로 삼켜야 그가 살 것 같았다. 그는 다시 파를 입에 넣고 이번에는 씹지는 않고 혀끝으로 우물우물하야 목으로 넘겼다. 넘어가는 파는 웨 그리도 차며 뻣뻣한지, 그의 목구멍은 찢어지는 듯 눈물이 쑥 삐어졌다. 「파를 먹구도 사는가」 그는 이렇게 생각하며 허깐문 사이로 보이는 하늘을 멍하니 쳐다보았다.

그때 신발 소리가 나며 허깐문이 홱 열린다.

「어머이 용애 어머이를 빨래터에서 만났어. 그래서 지금 와!」

말이 채 마치기 전에 용애 어머니가 들어온다. 봉염의 어머니는 얼결에 일어나 그의 손을 붙들고 소리를 내어 울었다. 용애 어머니는 「싼더거우」서 한집안같이 가까이 지내었던 것이다. 그래서 봉염이를 따라 이렇게 왔으나 그들의 참담한 모양에 반가움이란 다다라나고 내가 어째서 여기를 왔던가 하는 후회가 일었다. 그러고 뭐라구 위로할조차 생각나지 않았다.

「아니 봉염의 어머이 이게 어찌 된 일이요」

한참 후에 용애 어머니는 입을 열었다. 봉염이 어머니는 울음을 끝이고

「다 팔자 사나와 그렇지요. 웨 죽지 않고 살았겠수…… 그런데 언제 나려왔수. 여기를?」

「우리? 작년에 모두 왔지. 우리 동네서는 모두 떠났다오. 토벌난통에 모두 밤도망들을 했지. 어디 농사할 수가 있어야지. 그래 여기 나려오니 이리 어렵구려」

봉염이 어머니는 퍽으나 반가웠다. 그러고 용애 어머니를 놓쳐

241

서는 안 될 것을 번개같이 깨다르며 모든 것을 숨김없이 말하고 사정하리라하고 결심하였다.

「용애 어머이 난 아이를 났다우. 어제밤에 이걸…… 어떻어우. 사람 하나 살리는 셈치고 날 며칠 동안만 집에 있게 해 주. 어떻어겠우. 날 같은 년 만나기만 불차례지[18]……」

그는 말끝에 또다시 울었다. 용애 어머니를 만나니 남편이며 봉식의 생각까지 겹쳐 일어나는 동시에 어째서 남은 다 저렇게 영감이며 아들딸을 다리고 다니며 잘 사는데 나만이 이런 비운에 빠졌는가 하는 생각이 들었던 것이다.

용애 어머니는 한참이나 난처한 기색을 띠우다가 한숨을 푹 쉬었다.

「그러시유 할 수 있소」

용애 어머니는 더 무르려구도 안 하고 안 나오는 대답을 이렇게 겨우 하였다. 뒤에서 가슴을 조리고 있던 봉염이까지 구원받은 듯하여 한숨을 호 내쉬었다.

「고맙수. 그 은혜를 어찌 갚겠수」

봉염의 어머니는 떨리는 음성으로 이렇게 말하고 봉염에게 애기를 업혀 주었다. 용애 어머니는 이렇게 모녀를 다리고 가나? 남편이 뭐라고 나물하지나 않으려나? 하는 불안에 발길이 무거워졌다

용애네 집으로 온 그들은 사흘을 무사히 지났다. 애 어머니는 남의 빨래삯을 맡아 날이 채 밝지도 않아서 빨랫가로 다라나고 용애 아버지는 철도공사 인부로 역시 그랬다. 그□서[19] 근근히 살아

18 '불찰이지'로 추정.
19 '그곳서'로 추정.

가는 것을 보는 봉염의 어머니는 그들을 마주 바라볼 수 없이 어려웠다. 그래서 얼른 일어나고 말았다. 그날 저녁 봉염의 어머니는 빨랫가에서 돌아오는 용애 어머니를 보고

「나두 남의 빨래를 하겠으니 좀 맡아다 주」

용애 어머니는 눈을 크게 떴다.

「어서 더 눕고 있지 웬일이오……어려워 말우」

용애 어머니는 갑작이 무슨 생각이 난 듯이 눈을 껌뻑이더니 다가앉았다. 부엌에서는 용애와 봉염의 종알거리는 소리가 들렸다.

「아니 저 나 빨래 맡아다 하는 집엔 젖유모를 구하는데…… 애가 달렸다더라도 젖만 많으면 두겠다구 해. 그 대신 돈이 좀 적겠지만…… 어떠우?」

봉염의 어머니는 귀가 번쩍 띠웠다.

「참말이요? 애가 있어도 된돼요?」

용애 어머니는 이 말에는. 우물주물하고

「하여간 말이야. 한 달에 十二三12, 3원을 받으면 집세 얻어서 봉염이와 애기는 따루 있게 하고 애기에겐 봉염의 어머니가 간간히 와서 젖을 메기고 또 우유를 곁드리지 어떠허나 큰애 같지 않아 간난애니까 저게서 알면 재미는 좀 적을 께요. 그러니 위선은 큰애라고 속이고 들어가야지 그러니 그렇게만 되면 그 버리가 아주 좋지 않우」

봉염의 어머니는 버리 자리가 난 것만 다행으로 가슴이 뛰도록 기뻤다.

「그러면 어떻게든지 해서 들어가도록 해 주우」

하였다. 그리고 돈만 그렇게 벌게 되면 이 집에 신세진 것은 꼭 갚아야겠다 하며 자는 애기를 돌아보았을 때 저것을 떼고 남의 애게 젖을 먹여? 하였다.

며칠 후에 몸이 다소 튼튼해진 봉염의 어머니는 드디어 젖유모로 채용이 되어 애기와 봉염이를 떨어치고 가게 되었다. 그리고 봉염이와 애기는 조고만 방을 세 얻어 있게 하였다. 그 후부터 애기는 봉염이가 맡아서 길렀다. 애기는 매일같이 밤만 되면 불이 붙는 것처럼 울고 자지 않았다. 그때마다 봉염이는 애기를 업고 잠 오는 눈을 꼬집어 다리며 방 안을 거닐었다. 그리고 나중에는 애기와 같이 소리를 내어 울면서 어두운 문밖을 내다보군 하는 때가 종종 있었다.

이렇게 지나기를 한 일 년이 되니 애기는 우는 것도 좀 나지고 오줌이며 똥두 누겠노라고 낑낑대었다. 봉염이는 애기를 잘 건우워 주다가도 애가 놀러 왔는데 작고 운다던지 제 작란감을 흘으러 놓는다던지 하면 애기를 사정없이 따리었다. 그리고 밑어 오줌과 똥을 누겠노라고 못 하고 방바닥에 싸 놓으면 사뭇 죽일 것같이 애기를 메치며 따리군 하였다. 그것은 애기가 미워서 따리는 게 아니고 제 몸이 고달프고 귀치않으니 그렇게 하는 것이었다. 애기의 이름은 봉염의 이름자를 붙여서 봉희라고 지었다. 봉희는 이전 우유를 안 먹고 간간히 어머니의 젖과 밥을 먹었다. 그는 이제야 겨우 빨빨 기었다. 그리고 때로는 오뚝 일어서고 자착자착 걸었다. 그러나 눈치는 아주 엉뚱나게 밝았다. 그러므로 어떤 때는 똥과 오줌을 방바닥에 싸 놓고도 언니가 따릴 것이 무서워서 「으아」 하고 따리기 전부터 미리 울곤 하였다. 그리고 어떤 때는 봉염이가 동무와 놀 량으로 봉희를 보고 자라고 소리치면 봉희는 잠도 안 오는 것을 눈을 꼭 감고서 땀을 빨빨 흘리며 자는 체하였다. 그가 돌이 지나도록 자란 것은 뼈도 아니오 살도 아니오 눈치와 머리통뿐이었다. 머리통은 조고만 바가지통만은 하였다. 그리고 머리통이 몹시도 굳었다. 그러나 이 머리통을 싸고 있는 머리카락은 갓 났던 그대로 노란 것이 나

스스하였다. 어쨌던 그의 전체에서 멍 붙어 보이는 곳이란 이 머리 통같이도 뵈이고, 혹은 이 머리통이 너무 체에 맞지 않게 크므로 못 이겨서 오래 살지 못하고 죽을 것같이도 무겁게 뵈이군 했다.

봉희는 어머니를 알아보았다. 그래서 어머니가 왔다 갈 때마다 그는 번번히 울었다. 그때마다 삼 모녀는 서로 붙안고 한참씩이나 울다가 헤지군 하였다.

어느 여름날이다. 봉염이는 열병에 걸려 밥도 못 져 먹고서 자리에 누어 있었다. 왼몸이 불같이 뜨거워서 밎어 어대가 아픈지도 알아낼 수가 없었다. 곁에서 봉희는 「앵앵」 울었다. 봉염이는 어머니나 와 주었으면 하면서 어제 먹다 남은 밥을 봉희의 앞에 놔 주었다. 봉희는 우름을 끝이고 밥을 퍼 넣는다. 봉염이는 눈을 딱 감고 팔을 이마에 올려놓았다. 그러다 신발 소리 같아 눈을 번쩍 떠서 보면 어머니는 아니오, 곁에서 봉희가 밥그릇 쥐어 다니는 소리다. 그는 화가 버럭 났다.

「잡놈의 계집애 한자리에서 먹지 여기저기 다니며 버려 놓니!」

눈을 부릅떴다. 봉희는 금시 우름이 터져 나오는 것을 참으며 입을 비죽비죽하였다. 그리고 문을 돌아보았다 필시 봉희도 어머니를 찾는 것이라고 봉염이는 얼른 생각되었을 때 그는 「어머이!」 하고 소리치고 싶은 충동을 강하게 받았다. 그는 입술을 꼭 담을고 한참이나 울듯 울듯이 봉희를 바라다보았다.

「봉희야 너 엄마 보고 싶니? 우리 갈까?」

그는 누가 시켜 주는 듯이 이런 말을 쑥 뱉었다. 봉희는 말그럼이 보더니 밥술을 뎅그렁 놓고 달아온다. 봉염이는 아차 내가 공연한 말을 했구나! 후회하면서 봉희를 힘껏 껴안았다. 그때 두 줄기 눈물이 그의 볼에 뜨겁게 흘러나리는 것을 그는 깨달았다.

「어머이는 웨 안 나와. 오늘은 꼭 올 차리인데. 그렇지 봉희야!」

봉희는 아무것도 모르고

「응」

하고 대답할 뿐이었다.

「어서 밥 머. 우리 봉희는 착해」

봉염이는 봉희의 머리를 내려 쓸고 내려놨다. 봉희는 또다시 밥술을 쥐고 밥을 먹었다. 봉염이는 멍하니 천정을 바라보았다, 언제인가 어머니가 와서 깨끗이 씰어 주고 가던 거미줄은 또다시 연기같이 슬어 붙었다. 「어머니는 거미줄이 슬었는데두 안 온다니」하였다. 그 후에도 어머니는 몇 번이나 왔건만 그 기억은 아득하야 이런 말을 하지 않고는 견디지 못하였다. 그는 돌아누우며 어머니가 조반을 먹구서 명수를 업구 문밖을 나오나…… 에크 이전 되놈의 상점은 지났겠다. 이전 문앞에 왔는지도 모르지 하고, 다시 문편을 흘금 바라보았다. 그러나 신발 소리는 들리지 않았다. 오직 봉희가 술구는[20] 소리뿐이다.

그는 벌떡 일어나서 문을 탁 열어제쳤다. 봉희는 어쩐 까닭을 모르고 한참이나 언니를 말그럼이 바라보다가 발발 기어 왔다.

그는 코에서 단김이 확확 내뿜는 것을 깨다르며 팔삭 주저앉았다.

밖에는 곁집 부인이 흰 빨래를 울자주에 바삭바삭 소리를 내며 널고 있었다. 바루 밖으로 넘어오는 손끝은 흡사히 어머니의 다정한 그 손인 듯, 그리고 금시로 젖비린내를 가득히 피우는 어머니가 저 바루 밖에 섰는 듯하였다. 그는 젖비린내 속에 앉아 있으면 어쩐

20 숟가락질을 하다.

지 맘이 푹 뇌이고 평안하믈 느꼈다.

그는 못 견디게 어머니 품에 자기의 다는 몸을 탁 안기고 싶었다. 그는 목이 마른 듯하야 물을 찾았다. 그래서 봉희가 밥 말아 먹던 물을 마셨지만은 어쩐지 더 답답하였다.

이렇게 자리에 못 붙고 안타까워하던 그는 어느새 잠이 들었다가 무엇에 놀라 후닥닥 깨었다.

그의 얼굴에 수없이 붙었던 파리 소리만이 왱왱 하고 났다.

그는 얼른 봉희가 없는 데 정신이 바짝 들었다.

뒷니어 어머니가 왔었나? 그래서 봉희만 다리고 어대를 나갔나 하는 생각이 들자 그만 발악을 하고 울고 싶었다.

그는 미친 듯이 달려 일어났다. 그래서 밖으로 튀어나가니 어머니와 봉희는 보이지 않았다. 그리고 찌는 듯한 더위는 마당이 붉어지도록 내려 쪼인다. 어대 갔을까? 어머니가? 하고 울 밖에까지 쫓아 나갔다가 앞집 부인을 만났다.

「우리 어머이 못 봤우?」

「못 봤어…… 웨 어대 아프냐? 너」

어머니 못 봤다는 말에 더 말하고 싶지 않은 그는 눈이 벌애서 찾아 다니다가 방으로 들어왔다. 그때 뒤뜰에서 무슨 소리가 나므로 벌떡 일어나 뛰어나갔다.

저편 뜨물동이 옆에는 봉희가 붙어 서서 그 큰 머리를 숙이고 마치 젖 빨듯이 입을 뜨물동이에 대고 뜨물을 꼴깍꼴깍 들여 마시고 있다. 그리고 머리털은 해볕에 불을 댄 것처럼 빨갛다.

247

第五回제5회
어머니의 마음

　사흘 후에 봉염이는 드디어 죽고 말았다. 그의 어머니는 할 수 없이 유모를 그만두고 명수네 집에서 나오게 되었으며 봉희 역시 몹시 앓더니 그만 죽었다. 형제가 죽는 것을 본 주인집에서는 그를 나가라고 성화 치듯 하였다. 그는 참다 못해서 주인 마누라와 아우성을 치면서 싸왔다. 그러고 끌어내기 전에는 움직이지 않을 뜻을 보이고 하루 종일 방 안에 누어 있었다. 전날에 그는 밀어 집세를 못 내도 주인 대하기가 거북하였는데 지금은 어디서 이러한 대담함이 생겼는지 그 스사로도 놀랄 만하였다.

　이제도 그는 주인 마누라와 한참이나 싸웠다. 만일 주인 마누라가 좀 더 야단을 쳤다면 그는 칼이라도 가지고 달라붙고 싶었다. 그러나 다행이 주인 마누라는 그 눈치를 채었음인지 슬그머니 들어가고 말았다. 「흥! 누구를 나가래 좀 안 나갈껄 암만 그래두」 이렇게 중얼거리며 그는 문편을 노려보았다. 그러고 좀 더 싸우지 않고 들어가는 주인 마누라가 어쩐지 부족한 듯하였다. 그는 지금 땅이라도 몇십 길 파고야 견딜 듯한 분이 우쩍우쩍 올라왔던 것이다.

　분이 내려가려니 잠간 잊었던 봉염이 봉희, 명수까지 펀히 떠오른다. 생각하면 할수록 그들은 자기가 일부러 죽인 듯했다. 그가 곁에 있었으면 애들이 그러한 병에 걸렸을런지도 모르거니와 설사 병에 걸렸다더라도 죽기까지는 안 했을 것 같았다. 그는 가슴을 탁탁쳤다. 「남의 새끼 키우누라 제 새끼를 죽인단 말이냐…… 이년들 모두 가면 난 어찌란 말이 날 마자 다려가라」 하고 소리를 내어 울었다. 그러나 음성도 이미 갈리고 지쳐서 몇 번 나오지 못하고 콱 막

248

힌다. 그러구는 목구멍만 찢어지는 듯했다. 그는 기침을 칵칵 하며 문밖을 흘끔 보았을 때 며칠 전 일이 불현듯이 떠올랐다.

그날 밤 비는 좍좍 퍼부었다. 봉염의 어머니는 봉염이가 앓는 것을 보구 가서 도무지 잠들 수가 없었다. 그래서 밤중에 그는 속옷 바람으로 명수의 집을 벗어났다. 그가 젖유모로 처음 들어갔을 때 밤마다 옷을 벗지 못하고 누었다가는 명수네 식구가 잠만 들면 봉희를 찾아와서 젖을 먹이군 하였다. 이 눈치를 채인 명수 어머니는 밤마다 눈을 밝히고 감시하는 바람에 그 후로는 감히 옷을 입지 못하고 누었다가는 틈만 있으면 벗은 채로 달아오는 때가 종종 있었던 것이다. 그 밤, 낮에 다녀온 것을 명수 어머니가 뻔히 아는 고로 다시 가겠단 말을 못 하고 누었다가 그들이 잠든 틈을 타서 소리 없이 문을 열고 나온 것이다. 사방은 지척을 분간할 수 없이 어두우며 모라치는 바람결에 굵은 비방울은 그의 벗은 어깨를 사정없이 나리쳤다. 그리고 눈이 뒤집히는 듯 번개불이 번쩍이고 요란한 천둥소리가 하늘을 따려 부시는 듯 아뜩아뜩하였다.

그러나 그는 지금 아무것도 무서운 것이 없었다. 오직 그의 앞에는 저 하늘에 빛나는 번개불같이 딸들의 신변이 각 일각으로 걱정되었던 것이다.

그가 숨이 차서 집까지 왔을 때 문밖에 허연 무엇이 있음에 그는 깜작 놀랐다. 그러나 그것은 봉염인 것을 직각하자 그는 와락 달려들었다.

「이년의 계집애 뒈지려고 예가 누었냐?」 비에 젖은 봉염의 몸은 불같았다. 그는 또다시 아뜩하였다. 그리고 간폭을 갈가내는 듯함에 그는 부루루 떨었다. 따라서 젖유모고 무엇이고 다 집어뿌리겠다는 생각이 머리가 아프도록 났다, 그러나 그들이 방까지 들어와서

강경애

가즈런히 누었을 때 그의 머리에는 또다시 불안이 불 일 듯하였다. 명수가 지금 깨어서 그 큰 집이 떠나갈 듯이 우는 것 같고 그리고 명수 어머니 아버지까지 깨어서 얼굴을 찡그리고 자기의 지금 행동을 나물하는 듯, 보다도 당장에 젖유모를 그만두고 나가라는 불호령이 떨어지는 듯 아니 떨어진 듯 그는 두 딸의 몸을 번갈아 만지면서도 그의 손끝의 감촉을 잃도록 이런 생각만 자꾸 들었다. 그는 마침내 일어났다. 자는 줄 알았던 봉희가 젖꼭지를 쥐고 달려 일어났다. 그리고 「엄마!」 하고 우름을 내쳤다. 봉염이는 참아 어머니를 가지 말란 말은 못 하고 흙흙 느껴 울면서 어머니의 치마ㅅ길을 잡고

　　「조금만 더……」

하던 그 떨리는 그 음성 — 그는 지금도 들리는 듯하였다. 아니 영원히 이쳐지지 않을 것이다.

　　그는 벌떡 일어났다. 그리고 이 모든 생각을 하지 않으려고 방안을 빙빙 돌았다. 그러나 불똥 튀듯 일어나는 이 쓰라린 기억은 어쩔 수가 없다. 그리고 명수의 얼굴까지 떠올라서 핑핑 돌아간다. 빙긋빙긋 웃는 명수 「그놈 울지나 않는지……」 나오는 줄 모르게 이렇게 중얼거리고는 그는 억지로 생각을 돌리려고 맘에 없는 딴말을 지꺼렸다. 「에이 이놈의 자식 너 때문에 우리 봉희 봉염이는 죽었다. 물러가라!」 그러나 명수의 얼굴은 점점 다가온다. 손을 들어 만지면 만져질 듯이…… 그는 얼른 손등을 꽉 물었다. 손등이 아픈 것처럼 그렇게 명수가 그립다. 그리고 발길은 앞으로 나가려고 주춤주춤하는 것을 꾹 참으며 어제 이맘때 명수의 집까지 갔다가도 명수 어머니에게 거절을 당하고 돌아오던 생각을 하며 맥없이 머리를 떨어트리었다. 「흥! 제 자식 죽이고 남의 새끼 보고 싶어 하는 이 어리석은 년아 웨 죽지 않고 살아 있어? 웨 살아 웨 살아 그때 죽었으면 이 고

생은 하지 않지」하며 남편의 죽은 것을 보고 따라 죽을까? 하던 그 때 생각을 되풀이하였다. 그리고 자신이 이러한 비운에 빠지게 된 것은 남편이 죽기 때문이라고 단정하였다. 그리고 남편을 죽인 공산당 그에게 있어서는 철천지 원수인 듯했다. 생각하면 팡둥도 그의 남편이 없기 때문에 그에게 그러한 일을 감행하지 않았던가. 그렇다 모두가 공산당 때문이다. 그때 공산당이라고 경비대에게 죽었다는 봉식이가 떠오르며 팡둥의 그 얼굴이 선명하게 나타난다. 「이놈 내 아들이 공산당이라구…… 내쫓으려면 그냥 내쫓지 무슨 수작이냐 더러운 놈…… 봉식아 살았느냐 죽었느냐?」 그는 봉식이를 부르고 나니 어떤 실끝 같은 희망을 느꼈다. 국자가엘 가자 그래서 봉식이를 찾자 할 때 그는 가기 전에 명수를 봐야겠다는 생각이 불숙 일어난다. 명수 명수야! 하고 입속으로 부르며 무심히 그는 그의 젖꼭지를 꼭 쥐었다. 지금쯤은 날 부르고 우지 안는가?…… 그는 와락 뛰어나왔다. 그러나 명수 어머니의 그 얼굴이 사정없이 그의 앞을 콱 가루막는 듯했다. 그는 우뚝 섰다. 「이년! 명수를 웨 못 보게 하니 네가 낳기만 했지 내가 입대 키우지 않았니 죽일 년 그 애가 날 더 따르지 널 따르겠니 명수는 내 거다」하고 눈을 부릅떴다. 그러나 다음 순간에 명수의 머리카락 하나 자유로 만져 보지 못할 자신인 것을 깨다를 때 그는 머리를 푹 숙였다.

고요한 밤이다. 이 밤의 고요함은 그의 활활 타는 듯한 가슴을 눌러 죽이려는 듯했다. 이러한 무거운 공기를 헤치고 물쿤 스치는 감자 삶은 내! 그는 지금이 감자철인 것을 얼핏 느끼며 누구네가 감자를 이리도 구수하게 삶는가 하며 휘돌아보았다. 그리고 뜨끈한 감자 한 톨 먹었으면 하다가 흥! 하고 고소를 하였다. 무엇을 먹구 살겠다는 자신이 기막히게 가련해 보였던 것이다. 그는 벽을 의지

251

해서 하늘을 멍하니 바라보았다. 하늘에는 달이 둥실 높이 떴고 별들이 종종 반짝인다. 빛나는 별 어떤 것은 봉염의 눈 같고 봉희의 눈 같다. 그러고 명수의 맑은 눈 같다. 젖을 주물우며 쳐다보던 명수의 그 눈「에이 이놈 저리 가라!」그는 또다시 이렇게 중얼거렸다. 그러고 봉희 봉염의 눈을 생각하였다. 엄마가 그리워서 통통 붓도록 얼룩 울던 그 눈들 아아 이 세상에서야 어찌 다시 대하랴!…… 공동묘지에나 가 볼가 하고 그는 충충 걸어 나올 때 달 아래 고요히 놓인 수없는 묘지들이 휙 지나친다. 그는 갑작이 싫은 생각이 냉수같이 그의 등허리를 지나친다. 여기에 툭 튀어나오는 달 같은 명수의 그 얼굴 그는 멈칫 서며 주검이란 참말 무서운 것이다 하며 시름없이 저편을 바라보았다. 그때 그는 무엇에 놀란 사람처럼 호닥닥 달려나왔다.

　앞집 처마 끝 그림자와 이집 처마 끝 그림자 사이로 눈송이같이 깔리어 나간 달빛은 지금 명수가 자지 않고 자기를 불으며 누어 있을 부드러운 흰 포단과 같았던 것이다. 그러나 그것은 그의 볼을 사정없이 후려치는 듯한 달빛이었다. 그는 두 손으로 볼을 쥐고 그 달빛을 밟고 섰다. 그러고「명수야!」하고 쏟아져 나오는 것을 숨이 막히게 참으며 조금도 이지러짐이 없는 저 달을 쳐다보았다. 그의 눈에는 어느듯 눈물이 술술 흐른다. 그리고 정이란 치사한 것이다! 라고 생각하였다.

　그는 문득 그의 그림자를 굽어보며 이제로부터 자신은 살아야 하나 죽어야 하나가 의문이 되었다. 맘대루 하면 당장이라도 죽어서 아무것도 잊으면 이 우에 더 행복은 없을 것 같다. 그러구 나니 그의 몸은 천근인 듯 이 무게는 주검으로써야 해결할 것 같다. 죽으면 어떻게 죽나? 양잿물을 마시고…… 아니 아니 그것은 못 할 께야 오장육부가 다 썩어 나리고야 죽으니 그걸 어떻게 그러면 물에 빠져…… 그의 앞에는 핑핑 도는 푸른 물결이 무섭게 나타나 보인다. 그는 흠칫하며 벽을 붙들었다. 사는 날까지 살자. 그래서 봉식이도 만나 보고 그놈들 공산당들도 잘되나 못되나 보구. 하늘이 있는데 그놈들이 무사할까 부야 이놈들 어디 보자. 그는 치를 부루루 떨었다 마침 신발 소리가 나므로 그는 주인 마누라가 또 싸우러 나오는가 하고 안방 편으로 머리를 돌렸다. 반대 방향에서

「웨 거기 섰우?」

그는 휘끈 돌아보자 용애 어머니임에 반가웠다. 그리고 저가 명수의 소식을 가지고 오는 듯싶었다.

「명수? 아까 낮에 잠간 봤우」

「울지? 자꾸 울 께유!」

용애 어머니는 그를 물그럼이 바라보며 아까 명수가 발악을 하고 울던 생각을 하였다. 그리고 봉염의 어머니 역시 얼마나 명수를 보고 싶어 한다는 것을 즉석에서 알 수가 있었다.

「어제 갔댔우? 명수한테」

「예 그년이 죽일 년이 애를 보게 해야지 흥! 잡년 같으니」

용애 어머니는 잠간 주저하다가

「가지 말아요 명수 어머니가 벌서 어서 알았는지 봉염이 봉희가 염병에 죽었다구 하면서 펄펄 뜹데다. 아예 가지 말아유」

그는 용애 어머니마저 원망스러졌다.

「염병은 무슨 염병. 그 애들이 없는데야 무슨 잔수작이래유 그만두래 내 그 자식 안 보면 죽을가 뭐 안 가 안 가유 흥!」

명수 어머니가 앞에 섯는 듯 악이 바락바락 치밀었다 그의 기색을 살피는 용애 어머니는

253

「그까짓 말은 그만둡시다 우리! 저녁이나 해 자셨우?」

치마길을 휩싸고 쪼그려 앉는 용애 어머니에게서는 청어 비린 내가 물큰 일어난다. 그는 갑작이 자기가 배가 고파서 이렇게 더 어렵다는 것을 알았다. 그러고 용애 어머니에게 말하야 식은 밥이라도 좀 먹어야겠다 하였다.

「오늘도 또 굶었구려 산 사람은 먹어야지유! 내 그럴 줄 알고 밥을 좀 가져오렸더니…… 잠간 기대리우 내 얼른 가져올게」

용애 어머니는 얼른 일어나서 나간다. 봉염의 어머니는 하반신이 끊어지는 듯 배고픔을 느끼며 겨우 방 안으로 들어가서 쾅 하고 누어 버렸다. 용애 어머니는 왔다.

「좀 떠 보시유 그러고 정신을 차려유 그러구 살 도리를 또 해야지…… 저 참 이 남는 장사가 있우?」

봉염의 어머니는 한참이나 정신없이 밥을 먹다가 용애 어머니를 바라보았다.

「아주 이가 많이 남아유 저 거시기 우리 영감도 그 버리러 오늘 떠났다오」

「무슨 버리유?」

버리라는 말에 그의 귀는 솔깃하였다. 용애 어머니는 음성을 낮후며

「소금 장사 말유」

「붙잡히면 어찌유?」

봉염의 어머니는 눈을 둥그렇게 떴다.

「그러기에 아주 눈치 빨으게 잘해야지 돈버리하랴면 어느 것이나 쉬운 것이 어디 있우 뭐」

그는 이렇게 말하면서 먼 길을 떠난 영감의 신변이 새삼스럽게

더 걱정이 되었다. 한참이나 그들은 잠잠하고 있었다.

「봉염의 어머니두 몸이 튼튼해지거들랑 좀 해 봐유 조선서는 소금 한 말에 삼십 전 안에 든다는데 여기 오면 이 원 삼십 전! 얼마나 남수」

그의 말에 봉염의 어머니는 기운이 버쩍 나면서도 다시 얼핏 생각하니 두 딸을 잃은 자기다. 남들은 아들딸을 먹여 살리려고 소금 짐까지 지지만 자신은 누구를 위하야……? 마침내 자기 일신을 살리려는 결론을 얻었을 때 그는 너무나 적저함²¹⁾을 느꼈다. 그러나 아무리 자기 일신일지라도 스사로 악을 쓰고 벌지 않으면 누가 뜨물 한 술이니 거저 줄 것일까? 굶는다는 것은 차라리 주검보다도 무엇보다 무서운 것이다. 보다도 참기 어려운 것은 그것이다. 요전까지도 그의 정신이 흐리고 왼 전신이 나른하더니 지금 밥술을 입에 넣으니 확실히 다르지 않은가. 그리고 가슴을 눌으는 듯하던 주위의 공기가 가뿐해 오지 않는가. 살아서는 할 수 없다 먹어야지…… 그때 그는 문득 중국인의 허간에서 봉희를 낳고 파뿌리를 씹던 생각이 났다. 그는 몸서리를 쳤다. 그리고 그동안에 그는 명수네 집에서 비록 맘 고통은 있었을지라도 배고픈 일은 당하지 않았다는 것을 처음으로 느꼈다. 그는 명수의 얼굴을 또다시 머리에 그리며 명수가 못 견디게 작구 울어서 명수 어머니가 할 수 없이 날 또다시 다려가지 않으려나? 하면서 밥술을 놓았다.

「웨 더 자시지 이전 아무 생각도 말구 내 몸 튼튼할 생각만 해유」

「튼튼할…… 흥 사람의 욕심이란…… 영감 죽어 아들딸……」

그는 음성이 떨리어 목메인 소리를 하면서 문 편을 시름없이

---

21 적적함.

바라보았다. 달빛에 무서우리만큼 파리해 보이는 그의 얼굴을 바라보는 용애 어머니는 나가는 줄 모르게 한숨을 쉬었다.

그리고 하늘도 무심하다 하며 달빛을 쳐다보았다.

「그럼 어쩌우 목숨 끊지 못하구 살 바에는 튼튼해야지 지나간 일은 아이에 생각지 말아유」

이렇게 말하는 용애 어머니는 그의 곁으로 다가앉으며 헐으러진 그의 머리를 만져 주었다.

그는 얼핏 명수가 젖을 먹으며 그 토실토실한 손으로 그의 머리카락을 쥐어뜯던 생각이 나서 저윽히 가라앉았던 가슴이 다시 후닥닥 뛴다. 그는 무의식 간에 용애 어머니의 손을 덥석 쥐었다.

「명수 지금 잘까유?」

말을 마치며 용애 어머니 무릎에 그는 머리를 파묻고 소리를 내어 울었다. 어느덧 용애 어머니 눈에서도 눈물이 흘렀다.

「우지 마우 그까짓 남의 새끼 생각지 말아유 쓸데 있우?」

「한 번만 보구는…… 난 안 볼래유 이제 가유 네 용애 어머니」

자기 혼자 가면 물론 거절할 것 같으므로 그는 용애 어머니를 다리고 가랴는 심산이었다.

용애 어머니는 아까 입에 못 담게 욕을 하던 명수 어머니를 얼핏 생각하며 난처하였다.

그래서 그는 언제까지나 잠잠하고 있었다. 봉염의 어머니는 벌떡 일어났다. 그리고 용애 어머니의 손을 잡아끌었다.

「봉염의 어머니 좀 진정해유 우리 내일 가 봅시다」

하고 그를 꼭 붙들어 주저앉히었다. 달빛은 여전히 그들의 얼굴에 흐르고 있다.

밀수입

북국의 가을은 몹시도 시산하다.[22] 우뢰 같은 바람 소리가 대지를 뒤흔드는 어느 날 밤 봉염의 어머니는 소금 너 말을 자루에 넣어서 이고 일행의 뒤를 따렀다. 그들 일행은 모두가 여섯 사람인데 그중에 여인은 봉염의 어머니뿐이었다. 앞에서 걷는 길잡이는 십여 년을 이 소금 밀수로 늙었기 때문에 눈감고도 용이하게 길을 찾아가는 것이다. 그러므로 그들은 이 길잡이에게 무조건 복종을 하였다. 그리고 며칠이든지 소금 짐을 지는 기간까지는 벙어리가 되어야 하며 그 대신 의사 표시는 전부 행동으로 하군 하였다.

그들은 열을 지어 나란히 걸었다. 바람은 여전히 불었다. 그들은 앞에 사람의 행동을 주의하며 이 바람 소리가 그들을 다오쳐 오는 어떤 신발 소리 같고 또 어찌 들으면 순사의 고함치는 소리 같아 숨을 죽이군 하였다. 그리고 어제도 이 근방 어디서 소금 짐을 지다 총에 맞아 죽은 사람이 있다지 하며 발걸음 옴김을 따라 이러한 불안이 저 어둠과 같이 그렇게 답답하게 그들의 가슴을 캄캄케 하였다.

남들은 솜옷을 입었는데 봉염의 어머니는 겹옷을 입고 발까락이 나오는 고무신을 신었다. 그러나 치운 것은 모르겠고 시간이 지날사록 머리에 인 소금 자루가 무거워서 견딜 수 없다. 머리 복판을 쇠뭉치로 사정없이 뚫으는 것 같고 때로는 불덩이를 이고 가는 것처럼 자꾸 따거웠다. 그가 처음에 소금 자루를 일 때 사내들과 같이 엿 말을 이렸으나 사내들이 극력 말리므로 애수한 것을 참고 너 말

---

22 '스산하다'의 방언.

을 이게 된 것이다. 그런 것이 소금 자루를 이고 단 십 리도 오기 전에 이렇게 머리가 아팠다. 그는 얼굴을 잔뜩 찡그리고 두 손으로 소금 자루를 조금씩 쳐들어 아픈 것을 진정하렸으나 아무 쓸 데도 없고 팔까지 떨어지는 듯이 아프다. 그는 맘대로 하면 이 소금 자루를 힘껏 쥐여 뿌리고 그 자리에서 자신도 그만 넌쩍 죽고 싶었다. 그러나 그것은 공연한 맘뿐이었다. 발길은 여전히 사내들의 뒤를 따라간다. 사내들과 같이 저렇게 나도 등에 져 보더라면…… 이제라도 질 수가 없을까 그러랴면 끈이 있어야지 끈이…… 좀 쉬여 가지 않으려나 쉬여 갑시다. 금시로 이러한 말이 입밖에까지 나오다는 칵막히고 만다. 그러고 여전히 손길은 소금 자루를 들어 아픈 것을 진정하려 하였다.

이마와 등허리에서는 땀이 낙수처럼 흘러서 발밑까지 나려왔다. 땀에 젖은 고무신은 웨 그리도 미끄러운지 걸핏하면 그는 쓸어지려 하였다. 그래서 그는 정신을 바짝 차리면 벌서 앞에 신발 소리는 퍽이나 멀어졌다. 그는 기가 나서 따라오면 숨이 칵칵 막히고 옆구리까지 결린다. 두 말이나 일 것을…… 그만 쏟아 버릴까? 어쩌누? 소금 자루를 어루만지면서도 그는 참아 그리하지는 못하였다.

어느듯 강물 소리가 어렴풋이 들린다. 그들은 이 강물 소리만 들어도 한결 답답한 속이 좀 풀리는 듯하였다. 강가에 가면 이 소금짐을 벗어 놓고 잠시라도 쉬일 것이며 물이라도 실컨 마실 것 등을 생각하였던 것이다. 그러면서도 강 적편에 무엇들이 숨어 있지나 않을까? 하는 불안이 강물 소리를 따라 높아 간다. 봉염의 어머니는 시언한 강물 소리조차도 아픔으로 변하야 그의 고막을 바눌 끝으로 꼭꼭 찌르는 듯 이 모양대로 조곰만 더 가면 기진하야 죽을 것 같았다. 마침 앞에 사내가 우뚝 서므로 그도 따라섯다. 바람이 무서웁게

지나친 후에 어디선가 벌레 울음소리가 물결을 따라 들렸다. 낑 하고 앞에 사내가 앉는 모양이다. 그도 털석 하고 소금 자루를 나려놓으며 쓸어졌다. 그리고 얼른 머리를 두 손으로 움켜쥐며 바눌로 버티어 있는 듯한 눈을 억지로 감았다. 그러면서도 앞에 사내들이 참말로 다들 앉았는가 나만이 이렇게 쓸어졌는가 하야 주의를 게을르지 않았다.

아픈 것이 진정되니 왼몸이 후들후들 떨린다. 그는 몸을 웅쿠릴 때 앞에 사내가 그를 꾹 질은다. 그는 후닥닥 일어났다. 사내들의 옷 벗는 소리에 그는 한 층 더 정신이 바짝 들었다. 그는 잠깐 주저하다가 옷을 훌훌 벗어 돌돌 뭉쳐서 목에 달야 매었다. 그때 그는 놀릴 수 없이 아픈 목을 어루만지며 용정까지 이 목이 이 자리에 붙어 있을까? 하는 의문이 들었다. 그리고 사내가 이어 주는 소금 자루를 이고 다시 걷기 시작하였다.

벌서 철버덕철버덕하는 물소리가 나는 것을 보아 앞에 사람은 강물에 들어선 모양이다. 벌서 그의 발끝이 모래사장을 거처 물속에 들어간다. 그는 오소소 치우며 알 수 없는 겁이 버쩍 들어서 물결을 굽어보았다. 시컴엏게 보이는 그 속으로 물결 소리만이 요란하였다. 그리고 뭉쿨뭉쿨 내려 밀치는 물결이 그의 몸을 올려 주었다. 그때마다 머리끝이 쭈뼛해지며 오한을 느꼈다. 그리고 흑 하고 숨을 들여마셨다.

물이 깊어 갈수록 발밑에 깔린 돌이 굵어지며 걷기도 몹시 힘들었다. 그것은 돌이 께느르한[23] 해감탕[24] 속에 묻치어 있기 때문이

23 몸을 움직이고 싶지 않을 만큼 느른하다.
24 바닷물 따위에서 흙과 유기물이 썩어서 이루어진 진흙탕.

다. 그래서 걸핏하면 미끈하고 발끝이 줄다름을 치는 바람에 정신이 아득해지군 하였다. 봉염의 어머니는 몇 번이나 발이 미끄러지고 또 곱드디었다.[25] 물은 젖가슴을 확실히 지나쳤다. 그때 그의 발끝은 어떤 바위를 드디다가 미끈하야 다름질쳐 나려간다. 그 순간 왼몸이 확끈해지도록 그는 소금 자루를 벗티이고 서서 넘어지려는 몸을 바루잡으려 하였다. 그러나 벌어지는 다리와 다리를 모두는 수가 없었다. 그리고 소리를 쳐서 앞에 사내들에게 구원을 청하려 하나 웬일인지 숨이 막히고 답답해지며 암만 소리를 질러도 나오지도 않거니와 약간 나오는 목소리도 물결과 바람결에 묻쳐 버리군 하였다. 그는 죽을힘을 다하야 왼발에 힘을 드리고 섯다 그때 그는 죽는 것도 무서운 것도 아뜩하고 다만 소금 자루가 물에 젖으면 녹아 버린다는 생각만이 미끄러져 나려가는 발끝으로부터 머리털 끝까지 뻗히었다.

앞서가는 사내들은 거이 강가까지 와서야 봉염의 어머니가 따르지 않는 것을 눈치채이고 근방을 찾아보다가 하는 수 없이 길잡이가 오던 길로 와 보았다. 길잡이는 용이하게 그를 만났다. 그리고 자기가 조곰만 더 지체하였더라면 봉염의 어머니는 죽었으리라 직각되었다. 그는 봉염의 어머니의 손을 잡아 일쿠며 일변 소금 자루를 나리어 자기의 어깨에 메었다. 그리고 그의 발끝에 밟히는 바위를 직각하자 봉염의 어머니가 이렇게 된 원인이 여기 있는 것을 곧 알았다. 그리고 자기는 이 바위 옆을 훨신 지나쳐 길을 인도하였는데 어쩐 일인가 하며 봉염의 어머니의 손을 꼭 쥐고 걸었다.

봉염의 어머니는 정신이 흐릿해졌다가 이렇게 걷는 사이에 정

25 곱디디다. 발을 접질리게 디디다.

신이 조금 들었다. 그러나 몸을 건사하기 어렵게 어지러우며 입안에서 군물이 실실 돌아 헛구역질이 자꾸 나온다. 그러면서도 머리에는 아직도 소금 자루가 있거니 하고 마음대로 머리를 움직이지 못하였다. 그들이 강가까지 왔을 때 맘을 조리고 있던 나무지 사람들은 욱 쏟어 일어났다. 그리고 저마큼 두 사람을 어루만지며 어떤 사람은 눈물까지 흘리었다. 자기들의 신세도 신세려니와 이 부인의 신세가 한 층 더 불상한 맘이 들었다 동시에 잠 한잠 못 자고 오릇이 굶어 왔다 자기들을 기다리고 있을 안해와 어린것들이며 부모까지 생각하고는 뜨거운 한숨을 푸푸 쉬었다.

그 순간이 지나가니 또다시 맘이 조리고 무서워서 잠시나마 가만히 앉아 있을 수가 없었다. 그래서 그들은 이번에는 봉염의 어머니를 가운데 세우고 여전히 걸었다. 이번에는 밭고랑으로 가는 셈인지 봉염의 어머니는 발끝에 조 베인 자죽과 수수 베인 자죽에 찔리어서 견딜 수 없이 아팠다. 그는 몇 번이나 고무신을 벗어 버리렸으나 그나마 버리지는 못하였다. 그는 언제나 이렇게 맘을 내고도 한 번도 그의 속이 흡족하게 실행하지는 못하였다. 그저 망사리었다. 나중에는 고무신이 찢어져 조 뿌리나 수수 뿌리에 턱턱 걸려 한 참씩이나 진땀을 뽑으면서도 여전히 버리지는 못하였다.

그들이 어떤 산마루턱에 올라왔을 때 「누구냐? 손 들고 꼼짝 말고 서라 그렇지 않으면 쏠 터이다!」

이러한 고함 소리와 함께 눈이 부시게 파란 불빛이 솩 하고 그들의 얼굴에 빛치운다. 그들은 이 불빛이 마치 어떤 예리한 칼날 같고 또 그들을 향하여 날아오는 총알 같아서 무의식 간에 두 손을 번쩍 들었다. 그리고 이전 소금을 빼앗겼구나! 하고 그들은 저만큼 속으로 생각하였다. 이렇게 단정은 하면서도 웬일인지 저들이 공산당이나 아닌가 혹은 마적단인가 하며 진심으로 그리 되었으면 하고 바랐다. 공산당이나 마적단 들에게는 잘 빌면 소금 짐 같은 것은 빼앗기지 않기 때문이었다.

길잡이로부터 시작하여 깡그리 몸 뒤짐을 하고 난 저편은 꺼풋[26]하고 불을 끄고 한참이나 중얼중얼하였다. 그들은 불을 끄니 전신이 소름이 오싹 끼치며 저놈들이 칼을 빼어 들었는가 혹은 총뿌리를 겨우웠는가 하여 견딜 수 없이 안타까웠다. 그때 어둠 속에서는

「여러분! 당신네들이 웨 이 밤중에 단잠을 못 자고 이 소금 짐을 지게 되었는지 알으십니까!」

쇳소리 같은 웅장한 음성이 바람결을 타고 높았다. 떨어진다. 그들은 옳다! 공산당이구나! 소금은 빼았기지 않겠구나 저들에게 뭐라구 사정하여 될까 하고 두루 생각하였다. 저편의 음성은 여전히 흘러나왔다. 그들은 말하는 시간이 지날수록 어서 말을 끊치고 놓아 보냈으면 하였다. 그리고 이 산 아래나 혹은 이 산 저편에 경비대가 숨어 있어 우리들이 공산당의 연설을 듣고 있는 것을 들으면 어쩌나 하는 불안이 자꾸 일어난다 봉염의 어머니는 저편의 연설을 듣는 사이에 「쌴드거우」 있을 때 봉염이를 따라 학교에 가서 선생의 연설 듯던 것이 얼핏 생각키우며 흡사히도 그 선생의 음성 같았다. 그는 머리를 번쩍 들며 저편을 주의해 보았다. 다만 칠 같은 어둠만이 가로막힌 그 속으로 음성만 들릴 뿐이다. 그는 얼른 우리 봉식이도 저 가운대나 섞이지 않았는가 하였으나 그는 곧 부인하였다. 그리고 봉식이가 보통 아이와 달라 똑똑한 아이니 절대로 그런 축에는 섞이지 않았을 것이라고 단정되었다. 이렇게 생각하고 나니

---

26 바람에 날리어 매우 힘 있게 떠들리며 빠르고 세게 움직이는 모양.

봉식의 대한 불안은 적어지나 저들의 말하는 것은 어쩐지 이 소금 자루를 빼앗으려는 수단 같기도 하고 저 말을 끝이고 나면 우리를 죽이려는가 하는 의문이 자꾸 들었다.

어둠 속에서 연설이 끝난 후에 원노에 잘 다녀가라는 인사까지 받았다. 그들은 얼결에 또다시 걸었다. 그러면서도 저들이 우리를 돌려보내는 것처럼 하고 뒤로 따라오며 총질이나 하지 않으려나 하여 발길이 허둥그렸다. 그러나 그들이 산을 넘어 밭머리로 들어설 때 비로소 안심하고 □□□□□□□□□□□□□□□□□□□□이지 하고[27] 한숨 끝에 탄식하였다.

봉염의 어머니는 조급한 맘을 진정할사록 저들이 의심할 수 없는 공산당들이었구나! 하였다. 그러고 아까 그들의 앞에서 깜작하지 못하고 섰던 자신을 비웃으며 세상에 제일 못난 것은 자기라 하였다. 남편을 죽이고 자긔를 이와 같은 구렁이에 빠친 저들 원수를 마주 서고도 말 한마디 못 하고 떨고 섰던 자신! 보다도 평시에 저주하고 미워하던 그 맘조차도 그들 앞에서는 감히 생각도 못 한 자기 아아! 이러한 자기는 지금 살겠누라고 소곰 자루를 지고 두 다리를 움직인다. 그는 기가 막혀서 웃음이 나올 지경이었다 그러고 못난 바보일사록 살겠다는 욕망은 더 크다고 깨달았다. 동시에 한 가지 의문되는 것은 저들이 어째서 우리들의 소곰 짐을 빼았지 않고

---

27 검열로 인해 붓질로 지워진 부분이다. 국문학자 한만수는 고려대학교 중앙도서관에 소장된 판본을 대상으로 국립과학수사연구소 문서감식실의 협조를 받아 지워진 글자를 복원했다. 팔호 안의 문자는 문맥으로 추정했고, 첫 부분의 "공산당들"은 이상경의 『강경애 전집』에서 복원한 글자를 참고한 것이다. "공산당들□(이)야 □□□만은 바른 사람들이지 하고".(이상경 엮음, 『강경애 전집』, 소명출판, 2002, 수정증보판, 537쪽; 한만수, 「강경애 「소금」의 복자 복원과 검열 우회로서의 '나눠쓰기'」,《한국문학연구》31호, 동국대학교 한국문학연구소, 2006, 6쪽)

그냥 보내었을까가 의문이었다. 그렇게 사람 죽이기를 파리 죽이듯 하고 돈과 쌀을 잘 빼앗는 그놈들이…… 하며 그는 이제야 저주하기 시작하였다.

그들은 낮에는 산속에서 혹은 풀숲에서 숨어 지나고 밤에만 걸어서 사흘만에야 겨우 용정까지 왔다. 집까지 온 봉염의 어머니는 소금 자루를 어따가 감추어야 좋을지 몰라 한참이나 망서리다가 낡은 상자 안에 넣어서 방 한구석에 놓고야 되는 대로 주저앉았다. 방 안에는 찬바람이 실실 돌고 방바닥은 얼음덩이같이 차다. 그는 머리와 발까락을 어루만지며 목이 메어서 울었다. 집에 오니 또다시 봉염이며 봉희며 명수까지 선하게 보이는 듯하였던 것이다. 그들이 곁에 있으면 이렇게 쓰리고 아픈 것도 한결 나을 것 같다. 그는 한참이나 울고 난 뒤에 사흘 동안이나 지난 생각을 하며 무의식 간에 몸서리를 쳤다. 그러고 이 눈물도 여유가 있어야 나온다는 것을 알았다. 그는 으흠 하고 신음을 하며 누을 때 소금 처치할 것이 문득 생각키운다. 남들은 벌서 다 팔았을 터인데 누가 소금 사려 오지 않는가 하여 문편을 흘금 바라보다가 내가 소금 짐을 져 왔는지 여 왔는지 누가 알아야지 그만 내가 일어나서 앞집이며 뒷집을 깨워서 물어볼까? 그러다가 참말 순사를 만나면 어떻게 하며 그는 부시시 일어나려 하였다. 아! 소리를 지르도록 다리 뼈마디가 마찔리어 그는 한참이나 진정해 가지고야 상자 곁으로 왔다.

그는 잠깐 귀를 기우려 밖을 주의한 후에 가만히 손을 넣어 소금 자루를 쏠어 만졌다. 이것을 팔면 얼만가…… 八원하고 八十전! 그러면 밀린 집세나 마자 물고…… 한 달 살까? 이것을 미천으로 무슨 장사라도 해야지 무슨 장사?…… 하며 그는 무심히 만져지는 소곰덩이를 입에 넣으니 어느듯 입안에는 군물이 시르르 돌며 밥이라도 한 술 먹었으면 싶게 입맛이 버쩍 당긴다. 그는 입맛을 다시며 침을 두어 번 삼킬 때 소금이 들지 않으면 맛이 없다. 그렇다! 하였다. 그때 그는 문득 남편과 아들딸이 생각키우며 그들이 있으면 이 소금으로 장을 담가서 반찬해 먹으면 얼마나 맛이 있을까! 그러나 그들을 잃은 오늘에 와서 장을 담을 생각인들 할 수가 있으랴! 그저 죽지 못해 먹는 것이다. 그는 한숨을 푹 쉬었다. 생각하니 자신은 소금 들지 않은 음식과 같이 심심한 생활을 한다. 아니 괴로운 생활을 한다. 이렇게 괴로운…… 하며 그는 머리를 슬슬 어루만졌다. 머리는 얼마나 이끄러지고 부어올랐는지 만질 수도 없이 아프고 쓰리었다. 그는 얼굴을 상자에 대며 봉식아 살았느냐 죽었느냐 이 어미를 찾으렴…… 난 더 살 수 없다!

어느 때인가 되어 무엇에 놀라 그는 벌떡 일어났다. 벌서 날은 환하게 밝았는데 어떤 양복쟁이 두 명이 소곰 자루를 내놓고 그를 노려보고 있다. 그는 그들이 순사라는 것을 번개같이 깨닫자 풀풀 떨었다.

「소곰표 내놔!」

관염(官鹽)은 꼭 표를 써 주는 것이다. 그때 그는 숨이 꽉 막히며 앞이 캄캄해 왔다. 그리고 얼른 두만강에서 소금 자루를 빠트리지 않으려고 죽을힘을 다하였었던 그때와 흡사하게도 그의 신경이 날카로워지는 것을 느꼈다. 그때는 길잡이가 와서 그의 손을 잡아 살아났지만 아아! 지금에 단포와 칼을 찬 저들을 누가 감히 물리치고 자긔를 구원할까?

「이년! 너 사염(私鹽) 팔라 다니는 년이구나 당장 일어나라!」

순사는 그의 눈치를 채이고 이것이 관염이 아닌 것을 곧 알았다. 그래서 그는 이렇게 소리치며 그의 손을 잡아 나꾸쳤다. ▢▢▢

265

□□□□□□□□□□□밤 산마루에서 무심□□□□□
□□□□□□□□□□□□□□□□□□□□□□□□
□□□□□□□□□□□□□□□□□□□□□□□□
□□□□□□□□□□□□□□□□□□□□□□□□
□□□□□□□□□□□□□□□□□□□□□□□□
□□□□□□□□□□□□□□□□□□□□□□□□□[28]

— 끝 —

—《신가정》2권 5~10호, 1934년 5~10월

---

28 결말 부분 역시 검열로 지워졌다. 이상경의『강경애 전집』과 한만수의 논문을 참고
하여 복원한 결말의 내용은 다음과 같다. 추정한 글자는 괄호에 표기했다.
"별안간 그의 몸은 화끈 달며 어젯밤 산마루에서 무심히 아니 얄밉게 들었던 그들
의 말이 □□떠오른다.「당신네들은 우리의 동무입니다! 언제나 우리와 당신네들
이 합심하는 데서만이 우리들의 적인 돈 많은 놈들을 대□(적)할 수 있습니다!」□
□('컴컴' 혹은 '캄캄')한 어둠 속에서 □(이)어지던 이 말! 그는 가슴이 으적하였
다. 소금 자루를 뺏지 않던 그들 □□('이다' 혹은 '이었다') 그들이 지금 곁에 있
으면 자긔를 도와 싸울 것 같다. 아니 꼭 싸워 줄 것이고 □□□ 내 소금을 빼앗
은 것은 돈 많은 놈이었구나!」 그는 부지중에 이렇게 고□□□(함쳤다) 이때까지
참고 눌렀던 불평이 불길같이 솟아올랐다. 그는 벌떡 일어났다." (『강경애 전집』,
537~538쪽; 한만수, 앞의 책, 6~7쪽)

人間問題 인간 문제

작품 소개

　　일제강점기 노동소설의 대표작으로 꼽히는 강경애의 『인간 문제』 중 두 군데를 골랐다. 첫 번째 부분은 고향 용연에서 지주 정덕호의 노동 착취와 성 착취를 피해 도시로 나온 선비와 간난이가 같이 인천의 대동방적공장에 첫 출근하여 기숙사와 공장 환경을 둘러보는 장면이다. 일제강점기 노동 현장을 사실적으로 묘사했다. 두 번째 부분은 소설의 결말로 선비가 폐결핵으로 죽고, 고향에서부터 선비를 짝사랑했던 첫재가 그녀의 죽음을 계기로 '인간 문제'를 해결하고자 투쟁할 것을 다짐하는 장면이다.

김양선

(93)

그 밤을 자고 난 세 동무는 드디어 대동방적공장 안에 잇는 기숙사로 들어오게 되엇다. 새로 회벽을 한 한 간이나 되는 방에 역시 세 동무가 함께 잇게 되엇다. 그들은 백여 간이나 넘는 듯한 기숙사를 둘러보고 공장 안을 살펴보앗다. 서울 T문 밖에 잇는 제사 공장은 여기에 대면 아무것도 아니엇다. 우선 기숙사며 공장은 내노코라도 그 안에 설비된 온갖 기계가 서울서는 보지도 못하든 것이엇다. 대개 발전기라든가 제사기라든가 흡사한 것이 일부일부에 없지는 안흐나 서울의 것보다는 아주 대규모적이엇다.

고치를 삶는 가마도 서울서는 대개 세수대야만 하고 와꾸(자새)[1]도 하나엿는데 여기 것은 가마가 장방형으로 길게 되엇으며 서울의 가마의 십 배는 될 것 같엇다. 그러고 와꾸도 한 사람의 앞에

1   새끼, 참바 따위를 꼬거나 실 따위를 감았다 풀었다 할 수 있도록 만든 작은 얼레.

십여 개 내지 이십 개까지 쓰게 된다고 하엿다. 선비는 처음이니 아무것도 모르나 간난이와 인숙이는 입을 쩍쩍 버렷다.

한곁부터 간난이와 인숙이는 제오백 번 제오백일 번이라는 번호를 타 가지고 공장으로 들어가 일을 하게 되엇다. 그러나 선비만은 아주 처음이라고 해서 간난이가 맡은 오백 번호에 곁들여서 실 켜는 법을 배우게 되엇다.

저편 발전소에서 일어나는 소음과 돌아가는 와꾸의 소음이 합치여서, 공장 안은 정신 차릴 수가 없이 소란하엿다. 선비는 멍하니 서서, 간난이가 실 켜고 잇는 것을 보고 잇다. 간난이는 늘 해 보든 것이 되어서 모든 것을 손익게 하엿다.

위선 남직공이 갖다주는 초벌 삶은 고치를 펄펄 끓는 가마 속에 들어붓고 조고만 비로 돌아가며 꾹꾹 누른다. 그러니 실 끝이 모두 비에 묻어 나왓다. 처음에 나뿐 실 끝은 비로 끌어내어 가마 좌우에 꽂힌 못에 걸어 노코 나서 다시 비를 넣어 실 끝을 끌어 올리엇다. 이번에는 약간 누런색을 띠이운 정한 실 끝이엇다. 간난이는 실 끝을 왼손에 걸어쥐고 나서 바른손으로 실 끝을 하나식 끌어 사기 바눌에 붙엿다. 그러니 실이 술술 풀려 올라간다.

서울 공장에서는 이 사기 바눌이 한 개 아니면 혹 두 개까지는 잇엇으나 이렇게 수십 개식 되지는 안앗다. 간난이는 세 개의 사기 바눌에 실을 붙엿다. 우선 능해지기까지 세 개를 사용하다가 차차로 느릴 모양이다.

공장 남쪽 벽은 전부가 유리로 되엇으며 천정까지도 유리를 달앗다. 그리고 제사기도 두 줄식 마주 놓고 그 가운대는 길을 내엇으며 그리로는 감독들이 왔다 갓다 하고 잇다. 서울서는 감독이 다섯 사람이엇는데 이곳은 감독이 삼십 명은 되는 모양이다.

오백 번호나 나왓건만 여기서도 아직도 수백 번호가 나가리만큼 아득해 보였다. 선비는 얼굴이 빨개서 가마에서 뽑혀 나오는 실 끝을 들여다보앗다. 벌서 간난이의 손은 끓는 물에 익어서 빨가케 타오른다. 그리고 손끝은 물에 부풀어서 허여케 되엇다.

『간난아! 내 좀 하리!』

선비가 그의 귀에다 입을 대고 말하엿다. 간난의 귀밑으로는 땀이 비방울같이 흘러나린다. 간난이는 생긋 웃어 보이며 머리를 흔들엇다. 그리고 여전히 실을 골라 사기 바눌에 붙인다.

『처음 와서도 아주 잘해』

바라보니, 감독이란 자가 마주 서서 들여다본다. 그리고 선비를 바라보며

『어서 잘 배워야 해…… 그래서 빨리 일을 해야 돈을 벌지』

선비는 가만히 섯는 자신이 끝없이 부끄럽게 생각되었는데, 또 이런 말을 들으니 기가 막혔다. 감독은 선비의 숙인 볼을 곁눈질해 보며, 그들의 앞을 떠나지 않앗다.

그때 전기불이 환하게 들어왓다. 선비는 놀라 전등불을 바라보며, 그리고 그의 눈앞에 벌려 잇는 온갖 기게며, 여직공들을 볼 때, 자기는 어떤 딴세게에 들어왔는가? 하리 마큼 그의 주위가 변한 것을 느꼈다.

『선비야, 너 좀 해 봐』

간난이가 물러난다. 선비는 실 끝을 쥐니, 손이 떨리며 손발이 후둘후둘 떨려서 맘대루 손을 놀리는 수가 없엇다.

『가마이! 실이 끊어젓구나!』

간난이가 발판을 꾹 눌럿다 노니, 기게가 정지되엇다. 간난이는 실 끝을 사기 바눌 속으로 너허서 저편 끝과 꼭 부비치며,

『실이 끊어지면 이러케 실 끝을 맺는다, 봐라 선비야! 그리고 정지시키랴면 이러케 하면 돌던 기게가 멎는다』

그때 싸이렌의 소리가 우렁차게 일어난다. 선비는 눈이 둥글해서 물러본다.

(94)

『선비야! 저 싸이렌이 울면 우리는 나가고 야근할 동무들이 들어와서 다시 일을 계속한단다』

말도 채 마치지 못하야 야근할 여공들이 우루루 밀려 들어온다 간난이는 얼른 기게를 정지시킨 후 실 감긴 와꾸를 뽑아 들고 공장 밖을 나와 감정실 앞에 느러선 여공들 뒤에 가 섯다.

『선비야, 넌 먼저 가거라』

선비는 공장문 밖에 나와 서 잇엇다. 공장 안에서는 여전히 기게가 요란스러운 소리를 발하고 잇다. 간난이가 돌아오는 것을 보고 선비는 걸엇다. 벌서 식당에서는 종소리가 울려 나왓다.

—《동아일보》, 1934년 11월 22~23일

(117)

선비는 안타깝게 올라오려는 기침을 막기 위해서 얼른 비 끝으로 번덕이[2]를 건지려 하엿다. 전등불에 비취어 금빛같이 빛나는 가

271

마 물속에서 끈임없이 뽑히어 올라가는 저 실 끝! 하루에도 저 실을 수만 와꾸나 감아 놋는 것이다.

선비는 번덕이를 건저 입에 물며 머리를 들어 와꾸를 바라보앗다. 번개 치듯 돌아가는 와꾸에 힌 무지개같이 서기를 뻗치며 감기는 저 실! 처음에 그가 저 와꾸를 바라볼 때는 뭐라고 형용 못 할 애착을 느끼엇으며 그러고 저것들을 뽑아서 「하꼬」[3]에 담아 가지고 감정실로 들어갈 때의 만족이란 말할 수가 없엇다. 그러나 지금에 저것을 바라볼 때는 그것들이 그의 생명을 좀집어[4] 들어가는 어떤 크다란 벌레같이 생각되엇다.

감독이 이리로 오는 눈치를 채고 선비는 얼른 머리를 수것다. 그러고 실 끝을 골라 바짝 쥐고 사기 바늘에 붙엿다. 이번에는 감독이 눈도 거절떠 보지 안코 지나간다. 선비는 감독이 지나친 것만 다행으로, 하던 생각을 다시 계속하였다.

감독의 소리가 크게 나므로 흘금 바라보니, 곁의 동무의 와꾸를 툭 쳐서 돌린다. 동무는 얼굴이 빨개서, 실 끝을 이려고 허둥그린다…… 그 팔! 그 손끝! 참아 눈 가지고는 바라보지 못할 것이다. 선비 이마의 땀을 씻으며, 그의 손까락을 다시 보앗다. 빨가케 익은 손등! 물에 부풀어서 허여케 된 다섯 손까락! 산 손등에 죽은 손까락이 달린 것 같앗다. 그는 전신에 소름이 오싹 끼치며, 이 공장 안에 죽은 손까락이 얼마든지 싸인 것을 그는 깨달앗다.

와꾸 와꾸 잘 돌아라

2   번데기.
3   일본어 'はこ'. 상자.
4   '좀먹다'의 북한어.

272

펑펑 잘 돌아라

발전기 소음을 타고, 이런 노래가 꺼젓다…… 살앗다……
하엿다.

(118)

선비도 어느덧 그 노래에 마추어

와꾸 와꾸 잘 돌아라
펑펑 잘 돌아라
네가 잘 돌면 상금
네가 못 돌면 벌금

겨우 이러케 입속으로 부른 선비는 눈등이 뜨거워지며 눈물이
주루루 흘러나렷다. 괴롬을 잊기 위한 이 노래! 일에 자미를 붙이기
위한 이 노래도 선비에게 잇어서는 아무런 효과를 내지 못햇다 활활
닷는 가마 속에 그의 몸덩이를 너코 달달 복는 것 같앗다. 목이 타고
가슴이 울렁거리고 코안이 달고 눈알이 뜨거웟다. 그는 맘대로 하면
이 자리에 칵 엎어저서 몇 분 동안이나마 쉬엇으면 이 아픈 것이 좀
나을 것 같앗다. 선비는 지나는 감독의 구두 소리를 들으며 몸이 아
파서 오늘은 일을 못 하겟어요 하고 몇 번이나 말을 하렷으나 입이
깍 붙고 떨어지지 안앗다. 어딘지 전날에도 선비는 감독들만 대하면
이러케 입이 굳어젓는데 더구나 몸이 아프니 말할 것도 없엇다.

273

선비는 이제야 자기의 병이 심상하지 안음을 알앗다. 그러고 기침할 때마다 침에 섞여 나오는 붉은 실 같은 피도 더욱더욱 관심되엇다. 내일은 병원에를 가야지! 꼭 가야지! 하엿다. 그러고 예금 통장에 적혀 잇는 돈 액수를 회게 하여 보앗다. 선비가 이 공장에 들어온 지가 벌서 거의 일 년이 되어 온다. 그동안 식비 제하고 그러고 구두값으로 일용품값으로 제하고 겨우 삼 원 오십 전가량 남아 잇다. 이제 그것으로 병원에까지 가면 도리어 빚을 지게 될 것이다. 무슨 병이기에 삼 원씩이나 들까? 그저 극상해야 한 일 원어치 약 먹엇으면 낫겟지? 하엿다.

그는 저편 벽에 걸린 크단 괘종시게를 바라보앗다. 새루 두 시 십 분을 가리치고 잇다. 선비는 그의 닷는 가슴에나마 한줄기의 희망과 기쁨을 느끼고 잇엇다

실이 끊어져 너풀거리므로 선비는 얼른 실 끝을 이으며 감독의 눈에 띠우지 안핫는가 하야 머리를 들 때 앞이 아뜩해지며 쓸어지려 하엿다. 그 바람에 그의 바른손이 가마 물속에 미끄러져 들어갓다.

그는

『아!』

비명을 내며 얼핏 손을 챗다. 그때 손은 이미 뜨거운 물에 담기엇섯으니 아픈지 어떤지 분명하지 안핫으나 이윽고 손과 팔이 저리고 쓰리어서 죽을 지경이엇다.

『어대 몹시 다앗수?』

선비는 머리를 들고 바라보앗다. 그 순간에 자기에게 말을 던진 것이 고치 통을 들고 온 남 직공이라는 것을 알자 첫재의 그 얼굴이 획 떠오른다. 선비는 눈물을 뚝뚝 흘리며 머리를 돌렷다. 남 직공은 멍하니 섯다가 돌아간다 전 같으면 부끄럼이 앞을 가리웟을 터

이나 오늘은 왼몸이 아프고 팔목까지 데엇으니 그런지 부끄럼도 아무것도 모르겟고 그저 남 직공에게 무엇인가 호소하고 싶은 충동을 강하게 느끼엇다. 그러고 그가 첫재라면 선비는 서슴치 안코 그의 몸에 피로해진 자신의 몸덩이를 맡기고 싶엇다. 선비는 못 견디게 쓰린 팔목을 혀끝으로 핥으며 돌아가는 남 직공을 흘금 바라보앗다. 눈물이 앞을 가리워 그의 얼굴이 히미하게 보인다. 선비는 아무래도 이 밤을 새워 일할 것 같지가 안핫다. 그는 시게를 바라보면서 감독이 이리로 오면 말하겟다 하고 생각하엿다.

멀리 서 잇는 감독이 그림자같이 눈앞에 히미하게 얼른거리므로 그는 정신을 바짝 차리엇다. 그때 감독이 그의 앞을 지나치는 듯 하야 그는 입을 떼이려 하엿다. 그 순간 기침이 칵 나오며 가슴에서 가래가 끓어 올라오므로 그는 얼핏 입에 손을 대엇다. 기침이 뒤를 이어 작고 나오려 하는 것을 참으려고 애를 쓸 때 마침내 그의 입에 댄 다섯 손가락 새로 붉은 피가 주르르 흘르며 선비는 고만 그 자리에 쓸어지고 말엇다.

(119)

어떤 토굴 속 같은 방 안에 첫재는 우둑허니 앉아 잇엇다. 매일 같이 노동하던 그가 이러케 우둑허니 앉아 잇으려니 이 이상 더 안타까운 괴롬은 또 없을 것 같앗다 그러나 숨지 안흐면 안 될 형편이므로 동무들이 전전푼푼 갖다주는 것을 가지고 요새 이러케 들어앉고만 잇엇던 것이다.

잡생각이라고는 해 본 적이 없는 그도 하루 종일 하는 일이 없으니 별의별 생각이 다 일어나군 하엿다. 그는 요새 신철이를 몹시 생각하엿다. 철수를 통하야 신철의 소식을 가끔 들으나 언제나 시원치 안흔 소식이엇다. 어서 빨리 나아 가서 다시 손에 손을 마주 잡고 전날과 같이 일을 햇으면 조흘 터인데…… 여기까지 생각한 첫재는 월미도를 향하야 가던 긴 행렬을 다시금 눈앞에 그려 보앗다. 그리고 선비의 놀라던 모양이 문득 생각난다. 참말 선비엇던가? 그가 참말 선비라면 어느 때든지 만나 볼 것 같앗다. 그때 그는 어제밤 철수에게로 나왓을 대동방적공장의 보고를 듣고 싶은 생각이 부쩍 낫다. 그리고 속이 달아 못 견디겟으므로 밖으로 나왓다.

그가 철수의 집까지 오니, 마침 철수는 집에 잇엇다. 철수는 소리를 낮후어,

『서울서 어떤 동무 편에, 신철의 소식을 알앗오……』

첫재는 머리를 번쩍들엇다. 그리고 그 크단 눈을 둥그렇게 떳다.

『불기소가 되어서 나왓대우…… 리유는 사상전환이라우』

『전환?……』

첫재도 무의식 간에 그의 말을 받고 나서, 이 말을 믿어야 할까? 믿지 안허야 올흘까? 갈꽉[5]를 잡을수가 없엇다. 그리고 갑작이 뭐라고 형용할 수 없는 힘이 그의 가슴을 짝 채우고 말앗다. 철수는 첫재의 낙심하는 모양을 살피고,

『동무! 신철이가 전향햇다는 것이 그리 놀랄 것이 아닙니다. 소위 지식계급이란 그러치오. 신철이는 나오자 M국에 취직하고 더욱 돈 만흔 게집을 얻고 햇다우』

취직하고…… 돈 만은 게집을 얻구…? 이 새로운 말에 첫재는

5 '갈피'로 추정.

무엇인가 번개같이 그의 머리를 찔러 주는 것이 잇엇다. 그러나 무엇이라고 꼭 집어 대여 철수와 같이 술술 지꺼릴 수는 없엇다.

그때 밖에서 신발 소리가 벼락 치듯 나더니 문이 확 열리엇다. 그들은 벌떡 일어낫다.

(完완)

그들은 뒤문 편으로 다가서며 바라보앗다.

간난이엇다. 철수는 나물하듯이 간난이를 보앗다. 간난이는 숨이 차서 한참이나 머뭇머뭇하다가

『지금……곧 와 주서야 하겟우 네? 빨리……』

간난이는 겨우 이러케 말하고 확 돌아서 나가 버렷다. 그들의 놀란 가슴은 아직도 벌렁그린다 첫재는 간난이를 바라볼 때, 몹시 낯이 익어 보이는데도, 얼핏 누구인지는 생각나지 안앗다. 철수는 첫재를 돌아보앗다.

『가치 갑시다…… 아마 죽어 가는 모양이오!』

첫재는 철수의 눈치를 살피며 그의 뒤를 따라 밖으로 나왓다. 철수는 급하게 거르며 앞뒤를 흘금흘금 돌아본 후에 가만히 말을 꺼냇다.

『어제밤 대동방적공장에서 여성 동무 하나가 병으로 인하야 해고되엇는데……』

그때 자전거가 획 지나치자, 물고기 비린내가 훅 끼치운다. 첫재는 물고기 장사를 눈결에 보고 철수의 말을 다시 한번 속으로 되풀리하여 보앗다. 그때 그는 가슴이 묵직함을 느꼇다.

『병인즉은 폐병인데…… 후!』

철수는 그 조고만 눈을 쪽 찌어지게 뜨며 입술을 꾹 다물어 보인다. 그때 첫재는 멀리 수림 우으로 보이는 대동방적공장의 연돌을 바라보앗다. 여전히 시컴한 연기를 풀풀 토한다. 첫재는 선비도 그러한 병에나 걸리지 안헛는지? 하엿다.

그들이 간난의 집까지 왓을 때 간난이는 맞받어 나왓다. 그리고 입을 실룩으리며 무슨 말을 하기는 하나 음성이 탁 갈리어서 무슨 소리인지 알아들을 수가 없엇다. 그들은 벌서 눈치를 채고 나는 듯이 방으로 뛰어들엇다 철수는 병자의 겯으로 와서 들여다보며 흔들엇다.

『동무! 정신 좀 차리우 동무!』

병자의 몸은 벌서 싸늘하게 식엇으며 얼굴이 파라케 되엇다. 철수는 후 하고 한숨을 쉬고 첫재를 돌아보앗다. 가슴을 조리고 섯떤 첫재가 한 거름 다가서며 들여다보는 순간

『선비!』

그도 모르게 그는 소리를 지르고 나서 웃뚝 섯다. 그의 앞은 아득해지며 어떤 암흑한 낭 아래로 채여 떨어지는 것을 느꼇다. 그가 어려서부터 그리워하던 이 선비! 한번 만나 보려니…… 하던 이 선비, 이 선비가 인전 저러케 죽지 안앗는가! 찰라에 그의 머리에는 아까 철수에게서 들엇던 말이 번개같이 떠오른다.『돈 만흔 게집을 얻구 취직을 하구……』그러다! 신철이는 그만한 여유가 잇엇다! 그여유가 그로 하여금 전향을 하게 한 게다. 그러나 자신은 어떤가? 과거와 같이 그러고 눈앞에 나타나는 현재와 같이 아무러한 여유도 없지 안는가! 그러나 신철이는 길이 만타. 신철이와 나와 다른 것이란, 여기 잇엇구나!

이러케 생각한 첫재는 눈을 부릅뜨고 선비를 바라보앗다. 어려서부터 그러케 사모하던 저 선비! 안해로 맞아 아들딸 나코 살아 보랴던 선비! 한 번 만나 이얘기도 못 해 본 그가 결국은 시체가 되어 바루 눈앞에 노히지 안핫는가!

이제야 죽은 선비를 엣다 받아라! 하고 던저 주지 안는가.

여기까지 생각한 첫재의 눈에서는 불덩이가 펄펄 나는 듯하엿다.

그러고 불불 떨엇다. 이러케 무섭게 첫재 앞에 나타나 보이는 선비의 시체는 차츰 시컴한 뭉치가 되어 그의 앞에 칵 가로질리는 것을 그는 눈이 뚫어저라 하고 바라보앗다.

이 시컴한 뭉치! 이 뭉치는 점점 크게 확대되어 가지고 그의 앞을 캄캄하게 하엿다. 아니 인간이 걸어가는 앞길에 가루질리는 이 뭉치…… 시컴한 뭉치, 이 뭉치야말로 인간 문제가 아니고 무엇일까?

이 인간 문제! 무엇보다도 이 문제를 해결하지 안흐면 안 될 것이다. 인간은 이 문제를 위하야 몇천만 년을 두고 싸워 왔다. 그러나 아직 이 문제는 풀리지 안코 잇지 안은가! 그러면 앞으로 이 당면한 큰 문제를 풀어 나갈 인간이 누굴까?

—《동아일보》, 1934년 12월 19~22일

최정희(崔貞熙 · 1906~1990)

최정희는 1906년 함경북도 성진군에서 한의사 집안의 장녀로 태어났으나 아버지의 첩 살림으로 숙명여자고등보통학교와 중앙보육학교를 어렵게 마쳤다. 신여성 예술가를 꿈꾸어 '학생극예술좌'에 참여하고, 이때 만난 사회주의 예술가 김유영 사이에 아들 하나를 둔 채 이혼했다. 조혼한 아내가 있는 김동환과의 사이에서 소설가 김지원, 김채원을 낳지만 '등록되지 않은 아내'로, 또 남편이 북에 피랍되자 혼자서 아이를 키워야 하는 모가장으로 평온함과는 거리가 먼 삶을 살았다. 다른 한편으로 최정희는 격동의 역사 속에서 카멜레온처럼 입장을 바꾸며 권력에 순응한 대표적인 여성 명사이다. 1934년 조선프롤레타리아예술동맹 사건으로 옥살이를 했지만 전시 체제가 형성되자 친일 행위에 나섰고, 한국전쟁기에는 공군종군작가단 창공구락부에서 활동하며 우익 이데올로그를 자처했다. 한국여류문학인회 회장, 대한민국예술원 회원, 소설협회 대표위원 등을 지냈을 만큼 한국문학사에서 최정희는 살아 있는 문학 권력이었다.

최정희는 1931년에 김동환이 주간으로 있던 《삼천리》의 기자로 입사해 글을 쓰기 시작했고, 그해 10월 해당 잡지에 「정당한 스파이」를 발표하며 작가가 되었다. 등단 초기에는 「지맥」(1939), 「인맥」(1940), 「천맥」(1941) 등에서 사생아, 제2부인을 중심으로 조선의 가부장제 사회에서 발생하는 여성 문제를 실감 나게 형상화하고 모성성으로 환원될 수 없는 여성의 욕망을 그려 냈다. 일제강점기 말에 다수의 친일 작품을 발표했다. 최정희는 과오를 지우려는 듯 해방 이후 「풍류 잡히는 마을」(1947)로 남한이 근대적 개혁의 일환으로 시행한 '토지 추수의 삼분병작제'가 소작 농민의 삶을 위협하는 부조리한 현실을 비판하면서 농민의 정치 세력화를 강조했다. 그러나 한국전쟁기에는 어머니의 만류를 무릅쓰고 군에 입대하려는 아들을 그린 「임 하사와 어머니」(1952)로 국가주의에 협력했다. 전쟁이 끝나고 여성문학장이 형성된 후에는 『녹색의 문』(1953), 『끝없는 낭만』(1958), 『인간사』(1960) 등 여성 주인공이나 화자를 내세워 격동의 한국사를 여성의 체험과 관찰로 조명하는 역작들을 발표했다. 후기작으로 『찬란한 대낮』, 『탑돌이』(이상 1976) 등이 있다.

최정희는 스캔들 속의 신여성 작가, 친일 작가, 가짜 사회주의자, 체제 순응적인 여성 작가 등 불명예스러운 낙인이 찍힌 작가다. 그러나 한국 여성문학장의 형성에 큰 영향력을 미친 문단 기획자였다. 일제강점기에는 《삼천리》의 기자로서 한국문학사 최초의 여류 작가 좌담회를 이끌었으며 여성 작가들의 문단 진출을 독려했다. 해방과 전쟁 후에는 각종 문학 공모전의 심사위원, 문예지 추천위원으로 활동하면서 많은 여성 작가를 발굴하고 후원했다. 무엇보다 최정희는 80여 편에 이르는 장·단편소설을 발표할 만큼 문학적역량이 뛰어난 작가였다. 비록 현실에서는 권력을 추종했지만 작가 최정희는 민족·계급·이념으로 환원되지 않고 때로 그것과 충돌하는 작품을 통해 여성적 글쓰기의 전복적 가치를 밝혀 주었다.

김은하

地脈지맥

　아무래도 나는 아이들 보는 데서 짐을 정리할 수가 없었다. 설주는 그래도 내가 타일르고 달래고 하면 혹 그런가 부다고, 고지 듣는 일도 있겠지만, 형주만은 고 약삭빠르고 눈치 빨은 것이 세간 전부를 뒤처 내놓고 서드르는 것을 보드래도 벌서 저이들한태 내가 서울 가서 애기 인형과 솔곱노리 작난깜을 사 가지고 곧 도라온다 한 말이 거짓이라 알 것이고 그렇게 아느라면 그는 내게 어떤 슬픈 질문을 디레댈지, 또 나는 그 질문에 얼마를 가슴 아퍼야 할지 모르므로 나는 미리 그런 비극을 피하기 위해서 형주를 먼저 동생네 집에 대려다 두고 설주는 방 아랫목에 재워 놓고 세간 정리를 시작했다. 세간 정리라기보다 과거 팔 년간의 내 생활의 기록을 걷우기 시작했다.

　다 걷운대야 얼마 못 되는 세간이었다. 고릿짝 두어 개와 책상, 책들을 넣은 궤짝, 남편이 입든 옷, 아이들 옷 내 옷까지가 들어 있든 적은 농짝 한 개, 보끄렘이 몇 개, 김치독, 장독, 몇 개와 부엌에서 쓰든 약간의 그릇, ─ 이런 것들 외엔 다른 것이 없었다. 말하자면 대단히 너절부레한 것들이었다. 하나 내게 있어선 그 너절부레한 것들이 보물보다 귀한 것들이었다. 칠팔 년 동안을 나와 낯이 익고 내 손때 무든 것들이었다. 그것들을 독갑의 등물[1]같이 버리고 떠날 것을 생각하면 또한 가슴이 죄여들고 손끝까지 매시시하도록 전신에 힘이 탁 풀리지만, 나는 그보다 더 소중하고 한 시각을 떼여 놀 수 없는 아이들까지 버리고 가는 몸인 것을 생각하고 애수한 대로 내가 가지고 떠날 것 이외의 것은 전부 주섬주섬 싸고 동이고 한 후 동생한태 팔아 버리도록 부탁한 김치ㅅ독 장ㅅ독, 항아리들, 부엌에서 쓰든 그릇과 솥 ── 이런 것들과 함께 마루에 들어 내다놓았다. 내가 떠난 후, 팔든지 누구를 주든지 버리든지, 나는 다시 거기에 관해서 생각지 않기로 결심하고 ── .

　세간을 다 드러낸 방은 몹시 허성했다. 내 여장(旅裝)인 고리짝 한 개가 밝지 않은 전등 아래 유난히 댕그랗고, 아랫목에 자는 설주의모양이 한결, 호도도해 보였다. 허리를 곱으리고 벽을 향해 도라누었는 모양이 매우 추운 듯해서 나는 헌 잡지, 신문, 휴지쪽들 ── 짐을 꾸리고 난 뒤에 남은 모든 것들 ── 을 한 아름 안고 부엌에 나가 한 단 넘어 남은 장작을 죄다 대여 놓고 불을 짚였다. 쉽게 안 달니든 장작이것만 불쑤시개가 많은 탓인지 수월이 훨훨 붙으며 싯뻘건 불길이 무서운 즘생의 혀끝같이 널름거리는데 그것이 내 전신을 아궁지 속에 삼키려는 것 같아서 어떻게 무서웠든지 모른다. 솥에 물도 이내 끓어 번저서 소리와 불길이 한테 나를 위협했다. 나는 부지깽이를 집어던지고 허둥지둥 방으로 달려 들어왔다. 마는 눈에 널름거리는 불길이 보이고 끓어 번지는 물 소리가 여전히 귀

1 　도깨비 물건.

에 들렀다.

『내가 웨 간다구 했을까』

나는 또 이렇게 중얼거렸다. 이것은 결코 내가 처음 하는 말이 아니였다. 동무의 동생의 친구의 형인 서울 기생 김연화 집에 침모 겸 그 집 살림 전부를 맡어 보기로 하고 한 달에 월급 십오 원씩에 결정하든 날부터 보름 넘어를 날마다 떠난다고 하면서 못 떠나고 하로에 몇 번씩 마음속에 혼자 부르짖든 말이였다. 아이들의 자는 양에도, 노는 모양에도, 대수롭지 않은 대화에도 — 어쨌든 나는 이 런 적은 변화에까지 가슴이 금방 터지려는 화산같이 뒤틀리고 마음 의 균형을 잃고 어릿광대질을 해 온 것이였다. 동무는 내게 남의 집 사리를 가거니 생각 말고 내 생활의 재출발을 도모하는 좋은 기회 로만 알면 그만 아니냐고 용기를 돋아 주는 것이나, 나는 도모지 용 기가 생기지 않었다.

내가 언제부터 이렇게 세상이 두렵고 용기가 없었든지 모르 겠다.

동경 M대학에 학적을 두었을 때는 나는 물론 문학을 해 보려 고 마음먹었다. 하늘을 좋아하고 지평선을 넘어서 그 넘어에 있는 아름답고 꿈같은 세상에 언제고 한번 가 보고 싶어 하든 — 스믈도 못 되는 낭만의 처녀였을지 모른다. 그러나 예과 이 학년 여름방학 에 귀성했을 때 동무의 소개로 어느 독서회에서 죽은 남편 홍민규 와 알게 되면서부터 문학보다 정치를 알고 사회를 아는 것이 긴급 한 문제 같어서 나는 여름방학에 귀성한 채 다시 동경 건너가지 않 고 홍민규라는 씩씩하고 건장하고 믿음즉한 청년에게 정치를 배우 고 사회과학을 읽는 것이 즐거웠다. 그래서 쉑스피어, 톨스토이, 체 홉, 모파 — 상을 제처 놓고 홍민규가 읽었다는 책이면 무엇이나,

아모리 어려운 것이래도 읽으려 했고 또 읽었다. 이미를 통할 수 있어서 읽었든지 모르나 그 어려운 사회주의 의론, 로동조합 조직론 등의 — 어쨌든 그 시대의 가장 진보적 서적을 다는 몰나도 읽을 마큼 읽어서 누가 노동조합 문제를 말하고 사회주의 의론에 관해서 운운하면 나는 얼른 알아들었고 또 몇 마디식 참견하기도 했다. 이러한 사실이 민규에게 큰 놀람이자 기쁨이였든 모양으로 그는 내가 동경 드러가는 것을 극력 말리군, 곧 나와 돈의정 자기 학숙방에 적은 살림을 시작하자고 했다. 나는 물론 그의 말대로 학교에 안 갈 것과 그와 살림을 시작할 것을 승낙했다. 어머님의 반대나 남의 우슴이 문제가 아니였다. 세상이야 어떻하든 간에 그가 있음으로 기쁘고, 그를 도아주는 것이 내 유일의 즐거움이였다. 뒤를 이어 꼬리를 물고 일어나는 재난 — 남편이 옥에 가고 남편의 안해가 찾어와서 해괴스레 굴고, 친정어머니가 도라가고 생활 곤난이 심하고 — 했으나 나는 낙망하지 않었다. 세상이 모다 내 마음대로 될 것 같었다. 그러기에 남편이 그의 안해와 정면 해결을 하고저 서울의 우리 적은 살림을 대구로 옮기자고 할 때에 나는 내가 가장 무서워하고 꺼리고 하는 그의 안해가 있는 대구에 간다고 했고 대구에 가서의 파란곡절은 말이 아니였으나 나는 그가 죽지 않고 있는 날까진 그의 안해로 아이들의 행복된 어머니로서 당당히 살어왔다. 마는 남편이 금방 숨이 지면서부터 나는 세상에 가장 불행한 운명의 소유자인 것을 알었다. 남편이 죽든 날부터 나는 헌신짝같이 비지발 없는 여자가 되였다. 세상의 도덕이 나를 버리고 인습이 나를 버리고 법규가 나를 버렸다. 남편이 살어서 그처럼 무섭고 싫어하든 큰마누라는 당당히 남편 시체 앞에서 머리를 풀어헤치고 윽실득실 몽여든 일가친척들에게 아주 자긍스런 자세로 남편의 죽엄을 혼저 설워

하는 체 남편이 살아서 자기를 싫어한 것은 전연 내 탓이라 나를 조소하고 힐난을 했으나 나는 거기에 댓구할 자격도 용기도 없었다. 또 남편이 세상을 떠나서 스므 날 만에 남편의 부친이 — 즉 시아버지가 뇌빈혈로 도라갔을 때도 그는 내가 혹시 탐내는가 싶었음인지 재산 전부를 자기 앞으로 넘겨 놓으며 호기를 피웠으나 나는 또한 아모런 말도 할 자격이 없었음을 알았다. 그것도 그러려니와 조수와 같이 밀려드는 생활 위협을 면해 보려고, 남편이 도라간 후 두 해를 두고 직업을 구하려고 했으나 그것 역시 남의 등록 없는 안해요 어머니라는 탓으로 — 다시 말하면 나를 증명해 주는 관청의 공중이 없는 까닭에 나는 보통학교 촉탁에서 학원 선생에서 회사, 은행 사무원에서 다 거부를 당했다. 그런 고로 내게는 팔 년 전 싯껌언 남학생들과 한 교실에 글을 배우며 하늘을 좋아하며 지평선 넘어의 신비한 세상을 생각하든 꿈도, 자본론이니 노동조합 조직론이니 하는 어려운 책을 읽어 가며, 내가 생각하는 좋은 세상이 오고 내가 생각하는 즐거움이, 행복함이, 쉬이 올 것 같은 희망도 모 — 든 고난을 대항하든 용기도 다 — 없어졌다. 내가 옛날과 같은 무엇이나 할 수 있을 것 같은 용기와, 능력이 조금이래도 남어 있다면 나는 그다지 아이들을 두고 떠난다는 사실이나 기생의 침모로 간다는 사실이 병적으로 싫고 무섭지 않았을 것이다. — 아무래도 나는 서울 가서 아이들을 쉬이 대려갈 것 같지 못하고 취직이 쉬이 될 것 같지 않은 예감이 들기만 하고 기생집에서 기생의 뒤추배질[2]하는 초라한 내 꼴만이 눈앞에 선 — 할 뿐이였다.

2　'추배(追陪)'는 '함께 가다, 모시고 걷다'의 의미로 '뒤에서 돌보고 모시는 일'로 추정.

밖에서 들어온 탓인지 방은 더 한층 휑 — 하니 넓고 높은 것 같고 방이 넓은 까닭에 설주의 누운 양이 한결 더 옷독했다. 나는 그 옷독한 양을 도저히 거저 볼 수 없었다. 무슨 일이 있드래도 그들 앞에, 눈물을 안 보이려든 내 신조가 그만 깨여지고 말았다. 아이의 이마며 뺨이며 엉뎅이며를 전부 눈물 속에 더드며 어르만저 가며 나는 어린아이같이 엉엉 크게 울었다.

『엄마 와 그러노?』

설주는 벌컥 이러나 앉으며 눈이 둥그레졌다. 나는 당황하지 않을 수 없었다. 마는 아모것도 아닌 듯이

『안야 지금 엄마가 불을 때서 그래』

하고 대답했다. 그래도 설주는 믿을 수 없다는 듯 황소 눈같이 버려 뜨고 입을 쩍쩍 버리며 눈물을 삼키는 내 얼골을 말끔이 처다만 보는 것이였다.

『설주야 자자 응』

나는 또 한마디 목메인 소리를 했다. 설주는 내 말에 댓구하려고 안 하고 여전히 내 표정을 살피다가

『엄마 울었지?』하는것이였다.

『울긴 왜 불을 때서 그래』

『……』

설주는 말이 없으나 어쩐지 눈에 눈물이 글성해진 것 같았다.

『설주 엄마가 네 밤 자구 안 와두 잠자쿠 있어요 응』

나는 그들에게 네 밤 자고 온다고 거짓말한 것이 가슴 아퍼서 이렇게 말했드니 설주는 어떻게 알어들었든지

『정거장에 가 기다릴 테라』하고 대답했다. 이것은 더 딱한 일이 아닐 수 없었다.

나는 금방 정거장에 오돌오돌 떨고 섰는 그의 적은 형상이 보여서 그의 머리맡에 놓인 작난깜 상자를 만지작거리며 한참이나 우름을 잔즐군[3] 후,

『엄마가 과자랑 작난깜이랑 많이 사 올 테니 정거장에두 나오지 말어요 응 정거장에 나갔다가 누가 붓잡어 감 어떡해』하고 타일르듯 말한즉

『엄마 참말 네 밤 자구 올래?』하는 것이였다.

『엄마가 인제 서울 가서 형아랑 너랑 대려갈 테야』

『은제? 네 밤 자구?』

『글세! 엄마가 편지할 때까지 기다려 응』

『하마 엄마가 네 밤 자구 온닥 칸 거 거짓말이구나』

『그래』

나는 바른대로 대답하는 수밖에 없었다.

『엄마!』

『왜』

『나 순이네 집에 안 있을난다.』

『왜?』

『순이 가스내가 고 아주 못됐따이까 난 참말 안 갈나네』

나는 목에 생선 가시 걸린 것처럼 목을 길쭉이 빼든 채 말이 없었다.

『엄마 난 형아캉 있을난다』

설주는 다시 이렇게 말했다. 큰 문제가 아닐 수 없었다. 어지간하면 제가 있기 원하는데, 형주와 함께 있게 했으면 내 맘도 덜 죄이

---

3   입술 따위를 잇따라 약하게 움직이다.

288

고 좋으련만, 동생한태 형주 하나를 매끼는 것도 여러 번 — 오히려 설주를 매끼려는 순이네 집보다 더 고려를 하고 다시 한 것이었다. 그러지 않을 수 없는 것이 동생의 남편이 봄부터 보통학교 훈도를 아주 그만두고 몸저누운 것이 아모 날도 차도가 없음으로 집안에 경황이 없을 뿐 아니라 가세도 넉넉치 못하고 또 그 우에 시어머니가 있어서 형주까지도 순이네 집에 맽기려고 했는데 순이네 집 역시 회사에 다니든 남편이 실직된 후로 그 안해인 보통학교 훈도의 월급 오십팔 원으로 생게를 이어 가는 형편이니 둘식 맽길 수가 도저히 없었다.

『설주 너 왜 간다구 그르드니 그래?』

『엄마가 네 밤 자구 온닥 카이 그랬지라』

나는 할 말이 없었다. 묵묵히 앉아 있다가 다시 몹시 나즌 목소리로 그러나 좀 위엄 있게

『너 서울 가는 거 안 좋와, 서울 가서 학교에 댕김 얼마나 좋을 텐데 그래』

『서울 가면 보통핵교 가나……엄마 참말이가?』

『그럼』

『그란데 순이 고 가스내가 나캉 형아캉은 보통핵교 몬 댕긴닥 하데』

『왜?』

『아버지 없어서 안 된닥 카디라』

어룬들이 하는 이 얘기를 순이는 듣고 아마 무슨 척이 날 때면 설주를 골려 주느라고 한 모양인데 나는 이 비참한 그의 말을 어떻게 받어디레야 할지 또 몰랐다. 나는 그의 앞에 얼른 도라앉어 그를 내 잔등에 엎이라고 손짓만 했다. 그에게 내 얼골을 보이지 않으려

함에서였다. 그는 아무 영문을 모르고 잔등에 덥석 엎였다. 내가 웨 저를 업는지 그는 매우 궁금한 양이였으나 아무 말이 없었다. 나는 방 안에서 몇 번 왔다 갔다 하다가 작구만 얼골이 달어오르고 전신이 화끈거려서 아이에게 씨우고 싸고 한 후 마당에 나갔다. 불을 땔 적에 안 보이든 흰 달이 마당 복판에 차게 떨고 싸르륵싸르륵 울타리 수수ㅅ대를 거처서 바람이 지나갔다.

나는 아이 업은 내 우습광스런 그림자를 밟으며 마치 미친 사람과도 같이 말없이 장시간을 왔다 갔다 거닐었다. 설주는 이러한 내 태도와 또 내가 저를 업어 주는 이유를 알고 싶다는 듯, 자못 의심스런 어조로

『엄마 와 나 업는 기요』 하고 물었다. 나는 이유를 바른대로 가르치지 못했다. 설주가 한 여러 말 ― 순이네 집에 가 있고 싶잖다는 말, 아버지가 없어도 보통학교에 다니느냐는 말이 괴로워서 업었다고 안 하고 「네가 업고 싶어서 업었다」고 대답했다. 그랬드니 설주는 궁금하든 것, 의심스럽든 것이 죄다 풀린 양으로 거기 대한 말은 다시 없고 ―

『그람 춥은디 드러가자 그마』 하군 내 잔등에 머리를 파묻으며 업디려 버렸다. 방에 드러가드래도 그는 곧 누어서 잣스면야 문제 없지만 그는 또 무슨 말을 할지 몰났으므로 나는 여전히 것고 있었다. 마당 복판에 하얀 달도 어느새 옆집 오동나무 엉성한 가지 넘어에 히미해지고 난데없든 검은 구름이 갑작이 쭉 펴졌다. 내 우습광스럽든 그림자도 없어지고 바람이 싸르륵싸르륵 더 매서웠다. 설주는 춥고, 또 어두운 밤이 싫었든지 더욱 잔등에 거마리같이 찰싹 들어붙으며 방에 들어가자고 했다.

설주는 방에 들어가 내려놓자 이내 잠이 사르르 들었다. 나도

한잠 자려고 그 옆에 그의 손을 꼭 잡고 누었으나 잠이 오지 않아서 천정과 방 안에 놓인 처량한 물건들 ― 설주 머리맡에 작난깜 등과 가즈런히 놓인 ― 나 없는 사이에 입을 한 벌 옷과 웃목에 댕그란이 놓인 내 짐짝을 살피고 있으랴니까, 시게가 네 시를 쳤다.

『땡 땡!』

나는 가슴이 덜컥 내려앉았다. 한 시간만 하면 떠나가야 할 시각! 비참한 최후를 가진 사람과도 같은 마음을 잔줄구며 사르시 이러나서 머리를 빗고 그 밖에 다른 준비를 한 후 설주를 깨웠다. 느께든 잠이 곤할 것인데 그는 겁결에 곤두박질해 이러나며

『엄마 가나? 난두 정그장에 갈나네』하는 것이었으나 정거장에 그를 떠러트리고 나 혼자 훌쩍 떠난다면 가는 나나 남어 있는 그나 피차에 못 할 일이겠음으로『순이네 집에 가 있으면 엄마가 정거장에 짐을 붙이고 곧 들어오겠느라』고 나는 이렇게 달내인 다음, 머리맡에 놓았든 한 벌 옷과 작난깜 상자를 그에게 들려 주었다. 그는 양쪽 옆구리에 한 개씩 끼고 이러서서 허청허청 문 앞쪽을 걸었다. 여니 때 같으면 아모 불평 없이 어룬의 말을 듣는 양이 거저 귀엽기만 할 텐데 엄마가 정거장에 짐을 붙이고 도라오려니 하고 고스라니 나가는 양을 나는 참아 볼 수가 없었다.

달이 숨자 곧 눈이 내리기 시작했든 모양으로 밖은 어느새 마당이 하얗게 눈이 한 벌 덮이여 있었다. 설주는 마루 아래 내려서서 흰 눈이 덮인 마당에 고양이 발 같은 적은 발자귀를 조롱 지으며 살작 문밖에 사라졌다. 나도 말이 없고 저도 말이 없었다. 저는 어째 한 번 도라다보지도 않고 그냥 가 버렸는지 모르나 나는 몇천 번을 부르고 몇만 번을 부르고 싶은 것을, 아니 그보다도, 눈 위를 아장아장 걷는 ― 옷보퉁이와 작난깜 상자를 끼고 나오는 설주의 회색 맵

씨를 부둥켜안고 딩굴고 싶었다.

정거장엔 동생과 순이 어머니가 벌써 나와 있었다. 동생은 나를 보자 이내 입을 비죽비죽 눈물이 걸성해지며 외면을 했다. 나는 그들 ── 동생한테는 어제저녁에 대려다준 형주의 이얘기가 듣고 싶고 순이 어머니한테는 금방 떠나간 설주의 이얘기가 천년같이 궁금스러웠다. 나는 거저 서 있는 것도 자칫하면 우름이 폭발된 것 같아서 큰 숨을 여러 번 쉬며 아득인 산, 아득한 저쪽을 바라보았다.

『그렇게 하라구 호적등본을 사용해 보란 말이야』

이것은 전에도 동무가 내게 한번 권해 보든 말이였다 즉, 서울에 있는 내 호적 ── 아직 결혼 안 한 처녀대로 ── 도라가신 아버지 어머님의 딸로 그냥 있는 호적등본을 사용해서, 다시 또 하면 처녀 행세를 해서 직업을 구해 보라는 것인데 나는 두 해를 두고 생활난을 받으면서도 그렇게 하지 않었다.

『고집을 세울 것 없어요, 그깐놈의 세상을 좀 속이구 살면 어때』

『속히구래두 잘 살 수 있다면 모르지만』

『위선 보통학교 촉탁이나 학원 선생을 하드래두 생활은 그대루 해 나갈 수 있잖어』

『언제까지』

『하는 때까지 해 보지 뭐』

『안 될 말이야 그건 비극을 또 한 개 지여내는 것밖에 안 돼, 법율이 인증하지 않는다 치드래도 나는 이미 남의 안해였고 또 현재 당당한 어머닌데 어떻게……』

『그게 고집이라는 거야 제발 좀 그 고집을 집어치워요, 글세 그렇게 한다구 어머니가 못 될 거 어디 있수』

『고집이라면 고집일지 모르지만 아무리 살기 위해서의 한 개의 수단이라 치드래두 그건 결국 내 자신을 속히는 것이 되구 마니까. 혹 당신 말대루 그런 방법을 써서 생활난을 면한다구 하드래두 내 마음이 밥을 굶는 이상으로 괴롭다면 안 하는 게 오히려 낫지 않겠어』

동무는 다시 말이 없고 ──. 경성행 열차가 껌언 연기를 뿜으며 디레다었다. 어느 때 어디서나 그렇지만 차가 닷자 여러 사람들은 매우 분주하게들, 차에 올랐다. 나도 그 사람들 속에 그 사람들과 같이 분주히 차에 올랐다. 오르자 얼마 안 되여 차는 움즉였다. 나는 곧 창에 덧장을 내려 버렸다. 눈이 푹푹 나리는 날이 더욱 서글프기도 했지만 차창 밖에 전개되는 그 아득히 넓은 눈 세상에 고양이같이 적은 발자귀를 지으며 가기 싫은 순이네 집에서 짐을 붙이고 도라올 엄마를 기다리는 설주의 모양, 네 밤만 자면 엄마가 애기 인형과 좋은 작난깜을 사다 주려니 하는 형주의 모양, 차가 움즉이자, 어린애처럼, 엉엉 울든 동생, 이러한 괴로운 그림자들이 어리웠든 까닭이다.

서울엔 정오가 훨씬 넘어서 내렸다. 서울 하늘도 흐리고 서울에도 서글프게 눈이 퍼부었다. 나는 역 앞에서 인력거 한 대를 잡아 타고 낙원정 ××번지 김연화 집을 찾기로 했다.

『어디 가시랍쇼?』

나는 동무가 적어 주든 종이쪽을 인력거꾼에게 주어 버리려다가 ── 전에 어릴 때 종종 거리에서 주소 적은 종이쪽을 들고 남의 집사리를 가는 허줄한 여자들이 그 행방을 묻든 일을 본 일이 있어서 ── 나는 꼭 그 허줄히 보이든 그 여자들과도 같은 감이 있어서 쪽지는 내여 안 주고 말로 일러 주었다. 인력거꾼은 내 말이 떠러지자 속짐작이 있는 듯, 하얀 길을 껑충껑충 뛰기 시작하고 — 나는 흔들리는 인력거 안에 적게 뚫인 괜한 구녕으로 나를 열아홉까지 곱게 길러 준 고향의 거리를 살피며 팔 년이란 세월이 짧지 않음을 느꼈다. 그동안에 내게 이러난 변화보다도 고향의 거리는 활짝 달러졌었다. 내가 서울을 떠나든 때 없든 교통신호대가 거리거리의 주지처럼 서 있고 불쑥불쑥 높이 웅장한 건축들이 휘황했다 — 고향이 찬란하게 단장하는 사이에 나는 이렇게 처참한 꼴을 하고 고향에 도라오는구나 혼자 속으로 이렇게 중얼거리는데 인력거는 어느 곳에 머물었다.

『다 왔는뎁쇼』

인력거에서 내린 나는 꼭 도적질하려는 사람처럼 가슴이 두근거렸다. 그런대로 김연화란 문패 붙은 대문 안에 머리를 약간 디레밀고 주인을 찾았다. 그러나 주인 찾는 소리가 너무 적고 떨려서 내 자신도 그 소리가 내 소리 같지 않게 들렸다, 나는 다시 몇 번 역시 떨리는 소리로 또 불러 보았다. 그제서야 안에서 적은 계집아이가 중문을 빼끔이 열고 누구를 찾느냐고 묻는 것이 심부름하는 아이인 듯 보였다.

『너 이 댁에 있는 애냐?』

『네 그렀읍니다』

아이는 영남 사투리로 매우 겸손하게 대답해 주었다. 나는 그 겸손한 태도보다 그 아이의 말세[4]가 반가웠다. 형주나 설주의 말소리를 듣는 듯했다.

---

4 말하는 기세나 태도.

『아가 이게 김연화 씨 집이냐?』

『네 그른대 어디서 오셋능기요』

『쥔댁 안 게시냐?』

『네 어쩌녁에 나가셨는디 안 드러오싯구마! 그런대 어디서 오싯능기요?』

『나 대구서 왔어』

『아이고 대구서요? 정말 대구서 오싯능기요 난두 대구서 왔지라오』

아이는 몹시 반가운 양이었다.

『대구서 어찌 오셋능기요』

『쥔댁이 뭐라구 말이 없든?』

『뭐 말입기요……? 대구서 침모가 온닥 카디 안죽 안 왔구마』

『나야』

『?』

계집애는 의아한 시선으로 내 전신을 흘터보고 난 뒤 위선, 안으로 안내하드니 다시 도라서서

『참말잉기요…… 아인 상 싶구마』했다. 나는 대답 대신에 그에게 웃어 보이는 수밖에 없었다.

그 아이가 안내하는 건너방에 나는 적고 초라한 그 아이의 이불인 듯한 것과 또 그 아이에 허줄한 것들이 어즐부레하게 널린 것을 두루 살피며 다못 얼마라도 다른 데 직업을 구하기까지는 그 을스냥스런 방에 있어야 할 것을 생각하고 마음이 쇠덩어리같이 가라앉었다. 어릴 쩍 아버지를 따라 시굴 일가집에 가서 집이 그리워 잠을 못 이루고 일가집 낯서른 방과 벽과 천정들이 거저 서글프게만 뵈든 때보다 더한 심정이었다. 그러면서도 나는 김연화가 도라오기

최정희

를 기다려서 귀를 대문 밖에 기우리기를 잊지 않았다. 바람에 대문이 삐 — 꺽할 때마다 몇 번을 웃둘웃둘 놀랐는지 몰랐다. 하나 그는 밤 열두 시가 지나서야 도라왔다.

『문 열어라』

바람 소리와 함께 들리는 갈갈히 찢긴 음성, 나는 그것이 확실히 김연화의 소리라 알았을 때 얼마나 낙망을 했던지, 소리를 들어서 그의 성품을 알고 교양을 알았음에서였다. 그가 제 방에 들어가기까지 나는 그 여자에게 관한 일절을 귀로 알려고 노력을 했다. 그러고 있는데

『왔으면 건너올 거지…… 일루 건너오라구 해』

라는 역시 찬물을 껴언는 듯한 싫은 소리가 들려오는 것이었다. 아마 게집애가 내가 온 것을 이야기한 모양이었다. 나는 아이가 건너오기 전에 건너갔다. 미다지를 열자 고쟁이 바람으로 경대 앞에서 화장을 지우든 김연화는 나를 한번 흘깃 보자 닷자곳자로

『저 비러먹을 년이 미쳤던가 얌전한 사람 하나 얻어 보내랬드니 저런 하이칼날 보냈구면 아이 참 속상해 죽겠서』

나는 이 모욕에 어떻게 댓구를 해야 할지 몰라서 어리둥절해 있을 수밖에 없었다. 그는 이러한 내 태도를 또 어떻게 해석을 했든지

『아니 그래 남의 집사리를 온 사람이 히사시개밀[5] 하구 야단이니…… 여보 당신 어디 부레먹겠소』하는 것이 아닌가. 동무가 내게 처음 해 준 이야기를 들어 보면 김연화는 기생은 기생이래도 요새 햇내기 까불고 모양내고 거저 아모런 비판 없이 우슴을 팔아 남자

---

5   히사시가미庇髪. 앞머리와 옆머리를 둥글게 크게 부풀리고, 나머지는 정수리에서 묶어 고정시킨 신여성의 머리 모양.

들의 돈만 빼사 내려는 기생들과는 달라서 교양 있고, 춤 잘 추고 소리 잘하는 서울에도 몇 째 안 가는 고급 기생으로 본래 심성이 좋을 뿐 아니라, 나이가 삼십 고개를 넘자니까 인생의 쓴맛 단맛을 다 짐작할 수 있는 좋은 기생이라 했으나 교양이란 말을 참아 붙일 수 없는 그의 말과 행동을 본다면 무엇이 고급하며 교양이 있으며 성품이 좋으며 세상을 아는 것인지 알 수 없었다. 원래 기생의 교양이란 그런 것이고 고급하다는 기생이 그렇고 성품 좋다는 기생이 그런 것인지는 모르나 참 언어도단이 아니랄 수 없었다.

나는 개곡감 먹은 입같이 입맛이 다시여질 뿐, 말이 안 나와서 그야 뭐라든 말든 건넌방에 건너와 버리고 말았다. 날이 밝으면 떠날 예산에서였다. 하나 밝는 아츰을 기다려 정작 떠나려고 한즉 김연화는 제가 밤새ㅅ것 사내들한태 시달려서 오고 나면 자연 신경질이 되어지는 것이라 하며 제가 전날 저녁에 한 일을 뉘우치고 함으로 나는 그만 주저앉았는데, 그는 정말 제 말과 같이 사내들안태 밤느께까지 시달려서 그러는진 모르나 어잿던 내가 자기 집에 있는 동안 종종 예의 그 갈갈이 찢긴 음성에, 무교양한 언사를 써 가며 그것도 나안태 직접 하는 일은 없고, 행낭어멈이나 심부럼하는 아이를 빙자해 가며 욕설을 퍼붓는데 그양 웃어 버릴 수도 없었다.

— 팔자가 기구한 년이라 부리는 년한태까지 눌리워 산다는 둥.

— 남의 집을 사는 꼴에 아니꼽게 책은 웬 책이며 책을 들구 앉음 누가 크게 무서워할 줄 아느냐는 둥.

— 옷이 됐으면 웨 제 손으루 못 건네다 주구 계집애년만 식히는 거냐, 안방에 송장이 썩는다드냐, 똥이 들어찼다드냐는 둥.

이 밖에도 그는 내가 심부럼하는 아이를 아츰마다 머리를 빗겨 주고, 내 보선을 줄거서[6] 신기고 나와 한자리에 째우고 하는 일

등 — 모다 생선 가시같이 아픈 모양이었다. 내가 심부름하는 아이에게 가는 마음이란 기생 김연화 앞에 밤낮 콩 볶이우듯 달달 볶이우는 어린 모양이 가엽고 또 그가 하는 말 — 아버지가 돈 십 원을 받고 보내온 후 도망가고 싶은 마음이 몇백 번 있었는지 모르나 기차 탈 돈이 없고 어떤 기차를 타는지 몰라서 매일같이 대구 하늘이 어디쯤 되나 하고 하늘만 쳐다보며 지내 왔다는 — 것이 가엾었든 까닭이고, 그리고 대린 옷이거나 새로 지은 옷이거나 내 손수 안방에 들고 가서 김연화에게 바처 디리지 못한 것은 사흘이 멀게 갈아 디리는 사내가 자든 방이라 생각하면 그 방에 건너가기는 고사로 그런 방과 한 집웅 밑에 붙은 방에 사는 것이, 근지럽고 또 그의 옷을 매만지는 것조차, 께름직하고 치욕 같아서 하로바삐 자리를 바꾸려는 마음에서였든 것이다. 그렇다고 남의 일을 맡아 하는 이상 나는 정말 그가 매일같이 갈아입는 갑정 삼팔 모번단 하부다이 이런 보드라운 등속의 고쟁이 안까지 삼팔이나 명주를 바처입는 호사스런 옷치장을 그야말로 눈코 뜰 새 없이 해 디레댔다. 본래 기생 옷이란 그런 것인지 모르나 어쨋던 아이들 옷과 마찬가지로 잘 더러워졌다. 사내들과 붙안고, 부벼 대고 해서 회색이나 오동색 등의 것은 매일 빨아 짓지 않는다 하드래도 꼬깃꼬깃 구겨저서 하로를 안 빼고 대려야 했고, 힌 옷은 매일 빨아도 술 먹은 사내들의 손때는 좀체 벗어 안 저서 언제 빨든 삶아서 빨아야 했다. 이렇게 하느라고 나는 실상 책 한 권 바루 읽지를 못했다. 내가 바쁜 틈틈에 혹 책을 들었다면 그것은 책을 읽기 위해서라기보다 피곤과 내 자신에 대한 환멸을 잊어 보자는 마음에서였을 것이다. 결코 김연화를 골리기

6　줄여서.

위해서가 아니었다. 차라리 내게 그러한 마음의 여유가 있었으면 오즉 좋으랴. 너무나 나약한 나, 너무나 주접사니 없는 나, 그날그날 닥치는 생활에 억매여 자신을 썩은 개고기처럼 비지발 없이 굴리는 것을 생각하면 나는 내 몸을 칼로 푹푹 찔러도 시원치 않을 것 같았다. ── 더구나 아이들의 꿈을 꾸고 난 이튿날이면 나는 완전히 전신의 맥을 잃고 시력까지 어지러워서 문창이 누렇게 씰룩거리기만 했다. 그러면서도 나는 한 달 넘어를 똑같은 생활을 하고 있었다.

『글쎄 괜이 속을 태우실 거 뭐란 말씀얘요』
하늘이 몹시 푸르든 날 ── 해 저물역이었다. 이것은 내게 전부터 좋은 델 조처 못 하고 웨 사서 고생이냐고, 화신상회 같은 데 여점원으로도 좋을 것이고 또 그렇지 않으면 전남 부호, 큰 자동차 회사를 한다는 사람 첩의 집에 가정교사를 가도 좋지 않겠느냐고 두어 번 권해 본 일이 있은 행낭어멈이 내가 김연화와 맞장구를 그여히 치고야 말든 때 다시 권해 보느라고 한 말이었다. 전남 부호 자동차 회사 주인집에 삼 년을 행낭을 살다가 딸 계집애 하나를 기생에 넣은 후 김연화가 소리와 춤이 일흠났다는 말을 듣자 정말 그런 집 행낭을 산다면 딸 동기가 기생 김연화로부터 소리거나 춤이거나 배우는 바가 적지 않을 것이라 짐작하고 자기가 삼 년이나 기분 좋게 살든 집을 나와서 김연화 집으로 옮아왔다는 이 행낭어멈은 사람이 도모지 무지하지 않고 또 마음씨도 좋고 알뜰하고 돈만 있다면 남부럽지 않게 사내나 자식이나 제 몸을 조히 거더 갈 여자로 그는 내가 김연화의 뒤치닥거리 하는 일을 안타까우리만치 걱정을 해서 며칠 전에도 김연화의 인력거가 문밖에 사라지는 것을 기다렸다가, 내게 전 주인 여자의 인품 좋은 것과 또 자기가 내 사정을 종종 가는

때마다 그 주인 여자에게 이야길 하는 까닭에 그 전남 부호의 첩이
라는 여자가 내게 대단한 호의와 동정을 가지고 가정교사라기보다
자기와 동무 삼아 가치 와 있자고 한다는 말까지 했으나 나는 하로
바뻐 아이들 대려올 조처를 하는 것이 문제지, 내 편리를 돌봐서 자
리를 옮길 마음은 없느라고 말을 막아 버렸든 것이다. 하나 김연화
에게 당장 나갈 것을 선언한 이상, 제가 대려 디리든 사나이들과 내
가 눈조화질 친다는 데는 견딜 수 없는 일이여서, 그렇지 않아도 김
연화와 맞장구질하는 때부터 나는 행낭어멈의 하든 말을 생각해 보
지 않은 것은 아니었다.

　『그 여자 말이얘요, 그 영애 어머니 이야기하든 집 말이얘요』
내 쪽에서 먼저 말을 끄집어냈다.

　『네. 참 좋아요, 마음씨가 꼭 침모 아씨 비슷하다니까요, 제발
좀 가세요, 지금이래두 가신다면 제가 가서 알아보구 오죠…….　가
신다면 여북 좋아하실까, 참 가엽서요. 먼저 남편한태 난 애가 못 잊
허서, 늘 우시군 하는데 참 볼 수가 없어요』마음 어진 행낭어멈은
진실로 자기 일같이 내 사정과 그 전 주인 여자의 사정을 살펴서 이
야기하는 것이었다.

　『몇 살이나 됐는데…… 본남편은 어떻게 됐기에?』

　『글쎄 자세한 건 모르구요 본남편이 있긴 한가 부드군요, 쥔 영
감 육춘 아우가 거게 와서 있는데 그 사람 말을 드르면 본남편이 지
금 영감이, 참 색씨가 맘에 들어 하는 눈치를 알아채군 슬그머니 어
디 피해 가드라나요, 그리구 돈을 수백 원 받아먹었다구 그러는데,
당자의 말은 남편이 어딜 갔다구만 해요. 어쨋던 변변찮은 사낸 모
양이드군요. 그 맘 존 솜씨에 뿌리치구 떠났을 적엔 접대두 침모 아
씨 예길 했드니 참 안됐다구 하면서 애들이 얼마나 보구 싶으랴구,

그러는군요, 웬만하시면 애기들까지 대려다 가치 있으랄지두 몰라요, 영감만 말을 들으면야 당장 그러자구 할 꺼애요, 그 아씨두 글재주가 있나 부든데요 늘 책을 보구 그러세요』

『영감이란 이는 늘 집에 있는가요.』

『안요 분주해서 집에 있는 때가 적어요. 늘 어디루 댕겨오시드군요. 식구라군 얼마 안 되죠. 영감 육춘 아우 양반하구 큰마느라 아들하구 쥔아씨뿐이죠. 영감 육춘 아우란 양반이 집안일을 전부 맡아 본대요. 아이들 가르칠 사람을 여러 사람이 청을 해 왔는데 영감이 사내들은 마단 대나요』

나는 행낭어멈의 말을 들어서도 그 전라도 부호의 첩이란 여자의 생활 윤곽을 대강 짐작할 수가 있었으므로 더 다른 것을 캐어 묻지 않고 또 저녁이 작꾸 늦어지는 까닭에 무를 여가도 없었지만 행낭어멈을 식혀서 청진동에 있는 그 집에 보내기로 했다.

어멈은 갔다 얼마 안 되여 한 장의 봉투편지를 들고 왔다.

── 영애 어멈한태 말씀을 듣고 벌서부터 한번 찾아뵙고 싶었읍니다마는 이럭저럭 오늘까지 미루웠읍니다. 지금부터래도 누추한 제 집이오나 와 게신다면 다행하겠나이다.

매우 간단하나 요령 있게 잘 쓴 편지었다. 나는 이 고마운 편지에 뭉쳤든 불안이 그만 사라지고, 미지의 동무를 한시 급히 만나고 싶은 마음이 불연듯 일어났다. 그래서 나는 곧 영애 어멈의 뒤를 따라 저므른 저녁길을 걸어 청진정 그 집에를 갔다. 가면서 수없이 그 여자에게 관한 것을 생각하고 상상했다. 가서 본즉 그 여자는 내가 상상한 것 이상으로 편지보다도, 더 요령 있고 영애 어멈의 이야기보다도, 고왔다. 일흠은 부용이라 하는데 용모와 자태에 맞는 이름이었다. 하나 그 고흔 몸과 마음에 영애 어멈이 이야기한 이상의 쓸

개보다 더 쓰거운 슬픔이 깃드린 것을 나는 그 집에 가서 한 닷새 되든 날, 비가 줄줄 나리는 오후에 알아내었다.

부용은 아무 말 없이 내게 그림 한장을 쥐어 주군 눈물이 글성해지는 것이었다. 따빈치의 「모나리자」도 미 ─ 레 ─ 의 「만종」도 또 어느 화가가 잘 그린 솜씨의 그림도 아닌 도화용지에 아무렇게나 그린 서트른 그림이었다. 나는 힌 도화용지의 크레용으로 쭉쭉 가루세루 갈긴 검정 비행기와 또 그보다 더 싯검언 비행기 아래의 대포를 자꾸만 디레다보며, 이모저모 뜯어보며 부용이가 내게 그것을 보혀 준 의미를 알아낼려고 무한히 애를 썼으나 아무리 봐야 무슨 영문인지 알 수 없었다. 이게 뭐냐고 얼른 물어보아도 좋을 것이었으나 그렇게 슬픈 표정을 지으며 쥐어 준 그림이길래, 나도 거기서 그와 똑같지는 못하드래도 그가 웨 슬퍼하는 까닭쯤은 알아내야 할 것 같아서 도화지를 몇십 번 디레다봤든지 모른다. 자꾸만 그렇게 디레다보고 있으랴니까, 부용은 또 한 가지 내 마음을 더 의아스럽게 할 것을 쥐여 주었다. 나는 이 여자가 무슨 요술을 부리는 것이 아닌가고 의심하면서 그가 주는 둘째 번의 봉투를 받아 읽었다. 그림과 같이 서틀고 또 말을 붙혀 읽을 수 없는 글이였는데 떠듬떠듬 겨우 붙혀서 끝까지 읽어 본즉 그것은 내가 상상하고 예상했든 것과는 아주 달른 내용을 가진 글이고 또 그림이었다. 그러나 가장 슬픈 글이고 슬픈 그림이었다. 엘텔의 슬픔도 아니었다. 그것과는 비극을 지닌 글과 그림이었다. 나는 부용에게 무엇이라 할 말이 없어서 묵묵히 앉아 있을 밖에 없을 때 부용은 내 무릎 우에 막우 엎드려

『형 난 어쩌면 좋아요』하고 울어 버렸다. 정말 어쨋으면 좋을지 알 바를 모를 일이었다. 어쨋으면 좋겠느냐고 흑흑 느껴 가며 우는 부용이도 한없이 슬프고, 또 비행기와 대포를 그려 놓고 ─ 그것

과 함께 어머니한태 보내는 슬픈 편지, 아버지의 첩을 대포로 쏘아 죽이고 비행기를 타고 어머니한태로 빨리 가고 싶다는 보통학교 육 년생인 열세 살 먹은 부용의 남편의 아들아이의 글과 그림도 나는 똑같이 슬펐든 까닭이다.

『인제 하는 수 없잖아 운명이거니 하구 살 밖에 없지』 부용은 내가 이렇게 말하자 내 무릎에서 벌컥 일어나 아주 얼굴을 바싹 치켜들고 그 검실검실한 눈에 눈물을 흠뻑, 담은 채, 다음과 같이 부르지졌다.

─ 모두 내 죄얘요. 내가 잘못했어요. 정말 대포루 쏴 죽일 년 이얘요. 아츰에 개 방을 좀 치워 주구 책상 정리를 해 주려니까 글쎄 그 편지가 뺄함 속에서 나오는군요. 다른 데 하는 거라면 떼 볼 리 있어요. 제 에미한태 하는 거라 떼여 봤드니 글쎄 그렇군요 난 어떡하면 좋와요. 그것두 지난밤에 영선이 꿈만 안 꾸었드면 개 방에 들어두 안 갈 텐데 밤새두룩 영선일 안꾸 뺨을 마추구 부비구, 껴안구 하구 나니 이건 도무지 죽겠군요 추운데 뒤곁으루 앞마당으루 미친 것처럼 서성거리다가 개한테래두 잘해 줘야 할 것 같은 마음이 생기겠죠 그래서 뛰어 들어가 방을 쓸구 책상을 치운다구 한 노릇이 그렇게 됐어요. 난 죽어야 해 죽는 수밖에 없어요

『영선이란 건 누구얘요?』

『영선이요? 영선이요? 영선이가 싀굴[7] 있어요』

부용은 목이 메어 몇 번을 꺽꺽거리며 이렇게 부르지졌다. 나는 그가 누구라는 말은 하지 않아도 그의 태도와 표정으로서 넉넉

---

7   시골에.

303

히 영선이란 아이가 부용이가 시골에 두고 자기가 난 아이라는 것을 알 수 있었다. 그것은 미리 영애 어멈 말도 들었으려니와 내가 아이를 낳아 봤고 또 아이를 길러 봤고, 그 아이들을 떼어 놓아 보기 때문이었다.

　『다려다 같이 있을 순 없어? 몇 살인데?』

　『다섯 살이라우 어떻게 대려와요, 못 대려와요, 보구 싶어서 잠간 뵈 달래두 안 뵈 주는 걸요…… 지난가을에두 하두 미칠 것 같애서 시골 내려갔댓지요 열흘이나 사람을 사이에 넣어서 앨 좀 보게 해 달래두 안 듣는군요 나중엔 염체를 버리구 내가 그 집엘 갔군요, 그랬더니 마츰 아이 아부진 없구 아이 할머니와 새 예편네가 있는데 저 할머니가 문안에 들어서게나 하겠어요. 그러는대루 막 뛰어 들어가 저 할머니 앞에서 뭐라 뭐라구 짓거리는 아이를 달려들어 안었지요 그런데 이놈의 아이가 글쎄 일 년이 겨우 넘었는데 나를 몰라보구 내가 암만 눈물을 딱고 정색을 하며 내가 엄마야 내가 엄마야 해두 울면서 저 할머니한테루만 가는군요, 저 할머닌 아이가 그러니까 더 야단스레 무슨 염치로 왔느냐 아이를 아주 죽이러 왔느냐구 소리소리 지르며 벌벌 떠는군요, 글세 웨 그래요 그놈의 아이가 웨 제 에미를 몰라본단 말애요 아이구……』

　부용은 다시 방바닥에 쓸어졌다.

　『다시 갈 순 없어?』

　나는 파도치는 그의 억개 위에 물었다. 그는 머리를 흔들어 대답을 대신했다.

　『아이 아버지가 잘못했다메……』

　『누가 그래요?』

　부용은 벌떡 일어나며 이렇게 웨쳤다. 그리고 다시 계속해서

『내가 죽일 년이애요 내가 죽일 년이애요. 골난을 참을 줄 물라서 그랬어요. 돈만 있으면 사는 줄 알구 그랬어요. 돈이 무슨 필요가 있는 거애요. 내겐 영선이밖에 없어요 아무것두 없어요. 다 없어요. 이 지옥 같은 생활이 내게 웨 있는 거애요. 사랑하지두 않는 사람을 웨 따라왔을가, 난 참말 이 생활이 지긋지긋해요. 모두가 거짓뿐애요. 하루하루를 살아간다는 것이 거짓을 쌓아 가는 것밖에 없어요. 그러게 나는 대포루 쏘아 죽여두 싸요. 걜가 잘 봤어요. 걜 내가 진정 사랑해 본 일이 없구려. 밥을 않 먹구 학교에 가두 가슴 아퍼 본 일이 없구 개가 병들어 누을 대두 아이 앓는 것은 둘째루 개가 죽으면 내가 잘못 서들어서 죽였다구 하면 어쩌나, 그러면서두 오히려 개가 죽기나 했으면 하는 생각까지 하게 되니 죽일 년이 아이구 뭐겠어요. 걜 사랑하구 개 장래를 위한다구 하는 건 다 거짓말이애요. 한구석엔 언제나 걜 미워하는 마음이 늘 꿈뜰거리구 있어요. 그 맘을 없샐려구 끔직이 노력해두 그게 안 돼요. 다른 아이라면 사랑할 수 있을 것두 같은데 개마는 그리 안 되는군요 내가 낳지 않았더래두 사랑하는 사람의 자식이면 그렇지두 않을 것 같애요. 영선일 대신해 걜 사랑해 보려구 그렇게 앨 쓰것만 안 되는군요, 저 아버진 그래두 날 보구 걜 시험공불 시켜 주라는군요. 시켜 볼려구 생각두 했지만 결국 거짓을 더 하게 되는 게 되구 말겠게 사람을 구하기루 한 거랍니다 형 난 어쩌면 좋쑤? 이 공허한 마음을 뭣으루 채울 수 있을지…… 우리 영선이두 그 지금 있는 여자가 내가 걜 미워하는 것처럼 미워할까……』

부용은 말을 이을 수 없이 입에 경련이 생겼다. 루 — 소의 「참회록」을 다 읽던 날보다 더한 긴장과 흥분에서 나는 그의 아픈 가슴과 경련이 더 심해 가는 슬픈 얼굴을 쳐다보며 여기에도 한 개의 비극이 있었구나 하고 부르짖었다 너무나 큰 비극임에 틀림없었다. 오라지 않아서 그는 아이를 낳어야 할 어머니로 배가 뫼ㅅ봉오리같이 볼록해 있었다. 사랑하지도 않는 사람의 아이를 얼마 안 있어 낳을 참이었다.

『형 저하구 삽시다 전 이 집을 뛰쳐나가겠어요 형을 그여히 오시게 한 것두 그래서였어요』

한참 뒤에 그는 아주 다정한 자세와 얼굴을 지으면서 내게 이렇게 말했다.

나는 이 급작스런 문제의 제출에 어떤 답안을 나려야 할지 어리벙했다. 얼른 생각하면 하로라도 견디어 있을 수 없을 듯하고 또 한편으로는 하는 수 없이 그 생활을 계속해야 할 것 같고. 어쨌던 나는 부용을 위해서 내 최선을 다해야 할 것같이 생각되었다. 아름다운 그 마음속에 뿌리박은 아픔을 파내 주고 싶었다. 하나 아무리 해야 내 힘과 내 능력으로선 어떻게 하는 재주가 없을 것 같았다.

『결국 아이가 낳기를 기다려서 아이를 길르고 아이가 자라는 걸 보면서 사는 수밖에 없을 거야』

이것은 어느 날 그의 죽은 듯이 조용하고 커다란 방에서 내가 그에게 한 말이었으나 그와 나는 둘이서 몇 시간을 모든 소설에 나타난 슬픈 운명을 가진 여주인공을 이야기하고 또 그 밖에 내가 아는 수없이 많은 불우한 여자들의 이야기를 하고 나서 한 말이었다.

『그러다가 죽으란 말이군요』

중등교육을 받았고 또 자기의 과거를 뉘우칠 줄 알고 세상에서 가장 아픈 — 아이를 떠나는 괴롬을 받고 그리고도 남보다 더한 쓰린 생활을 하고 책을 많이 읽는 그는 나 이상으로 자기 앞에 벌어진 비극을 수습 못 할 것을 잘 알면서도 이렇게 한마디 해 보는 것이었다. 나는 그것을 그가 너무 세상을 잘 알기 때문에 하는 말이거니 들어 버리고 더 대꾸하지 않았다. 대꾸가 없드라도 그는 또 내 마음을 알고 있었다. 둘이는 십년지기와 같은 마음을 가질 수 있었다. 하나 사이가 가까워 가면 갈사록 괴로울 뿐이었다.

나는 그의 마음의 아픔이 커 가는 것을 보는 때문이고 그는 또 내 해결 지을 수 없는 생활 문제 아이들의 입학(入學) 문제를 잘 알고 있는 때문이었다.

『이렇게 하면 어떨가, 이 사람하구 갈라지면서 애는 길러 줄 테니 애 양육빌 달라면!……』

부용은 하로 어느 날은 또 이런 새 문제를 끄집어냈다. 아주 큰 발견이나 한듯 벌떡 일어나 앉으며 웨쳤다. 그럴 법도 한 일이었다. 그는 나를 보아서도 그러려니와 자기의 능력을 알고 또 여자가 세상을 혼자 살아간다는사실, 더구나 아이까지 있고선은 어렵다는 것을 무척 잘 알고 있는 까닭에 현재 남편과 갈라질 때 돈만 얼마 타 낼 수 있다면 그에서 다행한 일은 또 없을지 모를 것이다. 하나 그는 일 분도 안 돼서 다시 시무룩해지며

『안 될 거야, 자기가 싫다면 몰라두…… 전에 큰마누란 위자료를 줘서 보낼려구 했지만…… 안 되지 안 돼. 밖에 못 나가게 지키느라구 육촌 아울 갔다 뒀는데…… 가정교사두 남잔 안 된다구 했는데……』하는 것이었다. 결국 우리는 아무 날도 아무런 해결을 못 지은 채 세월만 흘러서 나는 아이들 입학시켜야 할 시기가 닥쳐 오고 부용은 뱃 속의 아이가 커 가고 했다.

그래서 몹시 초조하던 날 — 음역설을 지난 지도 훨씬 오랜 뒤었다. 나는 그여히 이상훈을 찾기로 했다. 이 사람 저 사람 남편의

옛날 동지들을 생각해 봤으나 그 사람들의 거처를 알 바 없었고 또 그들은 현재 나를 도와줄 만한 열과 힘이 없을지도 모른다고 생각했다. 정말, 그들의 전부가 그 많던 열과 힘의 전부를 가 버린 시대와 함께 흘러 버리고 오직 물꺼품인 몸뚱이 한 개를 주체 못 해서 주린 개처럼 허둥허둥할지 모른다. 그러므로 찾아서는 안 될 상훈을 찾기로 한 것이었다. 사실 나는 그가 어디서 어떻게 사는지를 잘 몰랐다. 전년 가을에 꼭 한 번 남편이 돌아간 것을 위문해서 편지 온 일이 있고서는 전여 소식 없이 지나갔다. 생각하면, 내가 상훈을 찾는다는 것은 크게 거북한 일이 아닐 수 없었다. 문학소녀이던 동경 시대 — 솀쓰피어, 체홉을 읽을 때 내 구름같이 피어나는 공상을 곱게 받아 주던 그를 나는 여름방학에 귀향한 후 이래로 살님을 하고 아이를 낳고 남편을 죽이고 그리고 온갖 풍상을 격느라고 편지 한 장 없이 소식 한 번 전한 일 없이 팔 년이란 기인 세월을 지나왔던 것이다. 작년 가을에 한 편지에도 회답을 못 하고 있었다. 그렇다고 그를 그동안 아주 깜앟게 잊어버린 것은 아니었다, 때때로 나는 그이 까닭에 외로워하고 그이 까닭에 멍청해서 시야의 초점을 잃고 하염없이 앉아 있는 일도, 있긴 했다마는, 남편이 살아 있을 때는 남편이 살아 있는 까닭에 그를 생각지 말자고 했고 남편이 죽은 뒤에는 남편이 죽은 까닭에 더욱 그를 생각지 말자던 사람이다.

내가 해 저물역 길을 미끄러지며 찾아낸 명치정 구십팔 번지는 「고마도리」라는 차ㅅ집이었다. 인접한 편지에 다방을 한다는 이야긴 없었지만, 명치정 거리란 데가 다방 거리고 또 그가 햄직한 일인 것 같기도 하기에 나는 「고마도리」라는 다방 앞에서 얼마 망사리지 않고 홀에 들어갔다. 들어서자 심부름하는 사환 아이가 곧 가까이 오므로 나는 빈 테에불 한 자리를 잡아 앉은 후 상훈을 찾았다. 내

예상이 맞았다. 상훈은 곧 나왔다. 듬성듬성 전과 조금도 다름없는 체격과 얼굴로 가까히 내 앞에 와서

『웬일이십니까』 역시 전과 달르지 않은 깊숙하게 검은 눈을 내 얼굴과 그리고 내 전신에 던지며 놀라는 기색도 없이 이렇게 말하는 것이었다.

『앉으십시요 변하지 않으셨군요』

그는 내게서 눈을 떼지 않은 채로 있었다.

나는 그 시선에 수 없이 쏠리고 있는 것을 아이가 차를 갔다 놓아 줄 때에야 비로소 깨달았다.

『언제 오셨읍니까』

『벌써요 한 두어 달 되나 봐요』

『그런데 인제야 찾아 줍니까』

『어디 계신질 알아야지요』

『오늘은 어떻게 아시구?』

『전에 언젠가 편지하셨지요. 주소가 혹 갈였으면 어쩌나 하면서 찾아왔어요』

『편질 받긴 받으셨군요. 주소를 전혀 모르다가 어떤 동무가 알아다 줘서 알았읍니다…… 그런데 지금 어디 계서요?』

『동무 집에요』

『혼자요?』

『네』

『아이들은?』

나는 그가 아이들 있는 것을 어떻게 알가, 그는 내 생활을 죄다 알고 있을까, 알고 있다면 나를 생각하구 있음에설까 그렇지 않으면, 내게 복술하기 위해설까, 나는 맘속으로 혼자 이렇게 오만가지

생각을 해 보다가,

『어떻게 애들 있는걸 아셨어요?』하고 물어봤다. 그랬더니 그는 한번 그의 독특하게 웃는 묵직한 웃음을 빙그레 웃은 다음,

『웨 몰라요. 뭐던지 다 알구 있어요』하는 것이었다. 나는 가슴이 덜컥 내려앉았다. 쓰레기통같이 짓저분한 내 생활을 그가 미리 알고 있다는 것이 싫었다. 하나 한편으론 기쁘기도 했다. 어떻게 됐던 간에 그가 무슨 심사에서였던지 내게 관심을 가지고 있었다는 것이 무한히 기뻤다.

『그럼 웨 가만이 계셨서요』

하지 않으려던 말이 불쑥 나와 버렸다. 그를 찾기로 결정했을 때 나는 그에게 대해서 아무렇지도 않으려 하고 또 그렇게 할 수 있을 것을 자신을 가졌던 것인데 옛날과 똑같이 호수의 저 ― 밑바닥까지 흔들어 놓는 그 음성과 산림같이 깊숙한 눈이 나도 모르는 사이에 비조산 꽃구경으로, 갈대밭이 우수수하는 데를 숫한, 가을 버레들의 우름을 들으며 다니든 때에로 내 마음은 이끌리고 말았다.

『가만 안 있구 어떻게 합니까, 떠나간 사람을…… 헌신짝같이 버리구 간 사람을』

그는 무슨 연극의 세리후[8] 외이듯 이렇게 중얼거리군, 허공에 시선을 굴리고 있었고, 나는 할 말이 없어서, 고개를 숙인 채 내 구두코를 내려다보고 있었다.

『편지두 여러 번 했지요. 회답이 없길레 편치 않으신가 해서 처음엔 퍽 궁금했지요 그러다가 소식을 알군, 그저 가만 있기루 작정해서 팔 년을 꼽박 그렇게 살아왔읍니다. 불행하 됐단 말을 들었을

---

8   せりふ. '연극, 영화 등의 대사'를 의미하는 일본말.

때 곧 뛰어가 보구 싶었지만, 경솔한 태도 같기에 그만뒀지요 지나
간 이야긴 할 것 없구…… 그런데 앞으로 어떻게 할 작정입니까?』

　　나는 고개를 들어 그를 쳐다볼 뿐으로 말은 못 했다. 가장 옳다
고 자신했던 과거의 내 생활 전체가 너무 무비판적이었던 것 같고
경박했던 것 같음을 그의 말을 듣는 사이에 알았다.

　　『서울서 사시겠읍니까?』

　　그는 다시 물었다.

　　『글세요』

　　나는 내가 찾아온 뜻을 이야기하려다가 그만두고 간단히 이렇
게 대답해 두었다. 나는 그이 앞에서 처참한 내 생활 여부를 이야기
하기가 점점 두렵게 여겨졌다.

　　『무슨 풀랜이 있으면 이야기하시요. 도아디린다구까진 못 하
지만 힘 자라는 대루……』

　　『……』

　　『말 못 할 사정이 있읍니까?』

　　『안요』

　　『그럼』

　　『……』

　　『지금 계신 데가 동무 집이라지요?』

　　『네』

　　그는 내가 말 안 하는 뜻을 다른 데 두는 모양이었다. 혹시 개
과[9]라도 하지 않았는가 하는 의심을 가진 듯했다.

　　『실례지만 정말 동무 집입니까』

9　　개가改嫁.

『정말입니다』

『그럼 웨 혼자 그렇게 오래 와 계서요?』

『……』

『은영 씨! 어떤 말슴이든 해 주시면 어떻습니까. 지금 계신 데 가 영구히 사실 집이 안입니까?』

그는 내가 추측하던 마음을 들어내 놓았다.

『영구히 살 집이요…… 안애요 다 안애요』

『그럼 됩니까. 웨 그리 달러지셨어요. 전엔 퍽 명랑했는데……』

그렇게 일러 놓고 보니 그런 것도 같았다. 전엔, 내가 종달새처 럼 명랑하기도 했다. 어느 때 그는 내 조잘거리는 것을 물끄럼이 보 다간, 이름을 아주 종달새라구 짓구 말지. 한 일도 있었다. 그러면 나 는 그의 황소같이 느리고 또 말이 적은 그를 복수하잔 마음에서 굼 벵이라 별명을 지어 주군 했다. 그러던 일이 어제 같고 또 그리웠다.

『굼벵일 아세요?』

나는 참말, 어린애가 되어 바로 내가 그를 굼벵이라고 불러 보 던 때와 같이 오히려 더 수집은 소리로 그러나 매우 어릿광스럽게 말을 했다. 내가 듣기에도 내게 이렇게 어린애 같은 데가 남어 있었 든가 싶은 소리었다. 아마 일찍이 남편 앞에서도 이러한 소리와 또 마음을 가져 본 일이 없든 것 같다.

『글세 그래 종달새지…… 각금 잘 그렇게 조잘거리던 양반이 웨 그런가 싶어요』

『어떡해요 달러지는 걸, 세월이 가구 나이를 먹구 하면……』

『다른 덴 조금두 안 달러졌어요. 그냥 그대루 있는데…… 맘두 그냥 있을 것 같애요』

『그냥 있을 리 있어요 변하는 것이 원칙인데……』

『원칙을 무시하는 경우가 얼마던지 있짆아요?』

『어떻게요』

『변했는데 변하지 않은 거루 보아지는 거……』

『그건 뭐얘요?』

나는 이렇게 반문했으나 그의 말의 의미를 해득치 못해서가 아니었다. 내가 그를 전에나 똑같이 보는 그 마음도 말하자면 일종 원측을 무시하는 마음의 소위가 아닌가 하는 것까지도 나는 생각해 봤다.

『은영 씨가 옛날이나 지금이나 똑같이 아름다운 거, 앞으로 영원히 그렇게 있을 거 말입니다』

『펠닉스[10]던가요?』

『네 펠닉스지요. 내 맘속에 영원히 안주할 펠닉스입니다. 나는 이 펠닉스 까닭에 외롭고 또 질거울 수 있읍니다』

『전 그런 신비한 존재가 못 돼요』

나는 또 내 신변에 눈을 돌렸든 까닭이다 구중중한 현실이 내 앞에 큰 즘생처럼 가로누어 굼틀거리는 것을 보았던 까닭이다.

『그건 상관없겠지요 은영 씨가 남편과 아이들과 유쾌히 살 쩍에두 난 혼자서 생각하고 외로워하고 그리고 어느 때던지 내 앞에 나타날 때가 있으려니 하는 기적을 기다리구 있었으니까』

나는 겁이 덜컥 났다. 그의 말이 거짓이 아니라고 믿었기 때문이다. 진실을 보는 때처럼 무서운 것이 없느니라고 사람들의 하던 말을 들어 본 적은 있지만 나는 일직이 이처럼, 엄숙히 내 맘과 몸을 한테 떨게 하는 진실은 당해 본 일이 없었다.

10 피닉스.

『안얘요 저를 옛날의 알던 동무로 알아주십시요 저는 도무지 그런 말을 들을 자격두 없어요 제가 얼마나 괴로운 형편에 있는가를 들어주십시요』

나는 부르짖듯 애원하듯 그의 앞에 진정 정당한 ─ 내가 조금도 거리낌 없다고 생각하는 자세 ─ 즉 설주와 형주의 어머니의 태도를 지은 후 나는 그를 찾을 때의 하려던 생활 문제, 아이들 입적에 대한 문제 등의 이야기를 전부 다 했다.

상훈은 이야기를, 참말 조용히 반문이나 질문 한 번 없이 말하자면 나와 다른 이야기하던 때와 똑같이 태연히 하고 나서,

『내게 전부 맡겨 주십시요』 역시 태연한 어조로 말하는 것이었다. 나는 감사하다고 인사하기도 쑥스럽고 해서 다만 엄숙한 자세 그대로,『굼벵일 아세요』하던 때와는 아주 달르게 앉아만 있었다.

『주솔 적어 주시던지 틈이 계시면 나와 주서두 좋구요. 이층에 언제든지 있읍니다』

나는 청진정 주소를 적어 놓고 그리고 틈 있는 대로 나와서 맞날 것을 약속한 후 숙소에 돌아왔다. 숙소엔 동생한테서 편지가 와 있었다.

── 언니 이월이라는데 이렇게 날세가 쌀쌀합니다. 몸이나 건강하십니까. 그런데 언니 어쩌면 좋습니까, 송(宋)의 병이 점점 더쳐서 이삼 일 내로 입원 치료를 하라는 의사의 명령이 나렸는데 형주 때문에 야단입니다. 언니가 대려갈 형편이 못 되는 것은 잘 알지만 여기 형편도 그렇고 또 아이들도 벌서 석 달이나 엄마 보고 싶은 맘에 그만 풀이 죽었읍니다. 형주는 날마다 그 추운데 몇 번씩 정거장에 엄마 마중을 나가는데 아무리 나가지 말래두 언제 나가는지 모르게 빠저 감니다. 종종 설주가 와서 같이 가는 때도 있읍니다. 설

314

주는 엄마가 인제 형아캉 나캉 서울 대려간다고 하면서두 정거장
엔 나가는군요, 형주는 정거장에만 나갈 뿐이지 밥을 안 먹거나 잠
을 안 자거나 하진 안는데 설주는 순이 어머니 이야길 드르면 초저
녁엔 눈을 꼭 감고 자는 체하다가도 밤이 들어서 집안 식구가 다 잠
든 눈치가 뵈면 이불 속에서 혼자 울 뿐 아니라, 엄마가 몹시 그리운
날이면 밥을 통 안 먼는다는군요. 저두 어제사 그런 이야길 들었읍
니다. 순이 어머니도 이때가지 이런 말은 언니가 슬퍼할가 바 하지
않었다구 하나 아이들 일이 너무 가엾어서 그만 죄다 써 버렸읍니
다. 어제저녁 서울서 학교 다니든 사촌 시누가 몸이 앞어서 왔는데
무슨 이야기 끝에 자기 동무 이야기가 나서 자세 물어봤드니 하순
이가 그 하순인지 아닌지 모르나 어쨋든 지금 성화여학교에 정하순
이란 그런 아이가 있다는군요. 하와이 어머니한태서 학비가 온다는
거며 나이가 열아홉이라는 거며, 아버지가 없다는 거며, 성질이 이
상하다는 거며 하순이와 흡사한 점이 있아오니 좀 가 보십시요. 저
는 그 애가 꼭 하순이라면 한 달에 백 원 턱이나 되는 학비가 온다니
언니가 대리구 게시면 피차에 좋지 않을까 생각했읍니다. 그럼 언
니 얼른 꼭 가 보십시요. 몸 안녕하십시오.

동생 선영 올님

　이튼날 아츰, 나는 성화여학교엘 하순을 찾어 떠났다. 하순은
전에 내가 여학교 다니든 때니까 벌서 십 년도 훨씬 넘는 — 옛날
일이다. 그의 어머니가 아메리카 영사관 서기로 있든 사람과 하와
이로 떠날 적에 아홉 살 먹은 하순을 이웃에 사는 아주 타남인 우리
어머니한태 맡겨서 어머니는 그의 어머니가 부탁한 대로 석 달만
맡아 기르자고 하든 것을 오 년 동안, 어머니가 돌아가시든 때까지
길른 것이다. 그때 어머니가 돌아가신 후 동생과 함께 대구에 살님

을 옮기게 되어서 하순을 충청도 저의 고모 집에 보낸 이후로 전혀 소식이 없었다. 나는 그가 기운 없이 아이들 축에도 안 끼고, 우리 어머니가 그처럼 사□해 주것만[11], 도모지 따르지 않고, 내 동생 선영이와 싸호기만 하면 이내 주먹 같은 눈물이 그 맑고 크고 깜안 눈에서 뚝뚝 떠러지고 사람의 눈을 그시고 도적질을 가끔 해내고, 거짓말도 잘하고 —— 그러면서도 마음씨가 모질지 못하든 것을 생각하며 성화여학교 사무실 안에 들어섰다. 마츰 교장이 여자분이어서 나는 교장과 하순에게 관한 이야기를 물렀다. 정하순은 과연 그 하순이었다. 교장은 하순이가 우리 집에 있은 것도 알고 있었다. 우리 집에서 고모 집에 가서부터 하순은 어머니한태서 오는 돈을 그 고모부가 죄다 받어 쓰군 보통학교 육 학년에서 그만둔 아이를 마저 마처 줄 생각도 없이 집에 죽 박어 두고 심부름이나 시켰으며, 하순이가 그 고모 집을 도망해서 서울 와서 이리저리 전전하다가 성화여학교에 온 뒤에도 그 고모부라는 시골 사람은 가끔 술이 취한 채로 하순을 찾어와서 싀골 내려가자고 한다는 것이었다. 마는 하순이가 성화여학교에 입학한 후 하와이에 있는 그 어머니는 교장한태기인 편지를 보내어 하순의 장래를 의탁한다고 하기 때문에 교장은 어미 없는 하순이도 가엾지만 먼 곳에서 딸의 전정을 염려하는 어머니의 마음을 알어서 학교에서나 기숙사에서 선생과 동료들 사이에 평이 좋지 못한 것을 날마다 타일르고 책망을 하고, 때로는 때리기까지 한다고 했다. 중에도 딱 질색인 것은 동무 새에 감정을 이르키고, 거리의 유행을 잘 거더 디리고, 군것질을 잘하고 한 달의 백 원 씩 오는 돈을 아무리 안 쓰게 하느래도 요리조리 어떻게든 공교

11　'사랑해 주것만'으로 추측.

316

스레 구실을 꾸며서 백 원 돈을 거진 쓰게 된다는 것을 이야기한 후 교장은 내게 하순이 같은 아이는 기숙사에 두기보다 차라리 잘 관리하는 사람만 있으면 혼자 있는 편이 낫겠다고 말했다. 이것은 내가 그에게 내 뜻을 미리 말했든 까닭에 한 말인지 모르지만, 내 생각에도 하순에겐 좀 더 따뜻한 환경과 부드러운 손길이 필요할 것을 알았다. 더구나 그가 우리와 떠난 후 여러 가지로 고생했다는 이야길 듣고 나니 퍽 안되었었다. 하순은 교장의 안내로 곧 내게로 나왔다. 어떻게 자랐는지 옛날 면목이라군 별로 없고, 깜아잡잡하든 얼굴이 환 ── 이 윤이 나고 히고 맑든 눈이 더욱 빛났다.

『언니 웬일이겠수?』

그는 나를 곧 알어본 모양으로 지저 올여서 굽실굽실한 머리를 내 가슴에 파묻고 억개를 들먹거렸다 나는 옛날 어머니 밑에 같이 자라든 그를, 눈앞에 그리며,

『너 날 알겠니』 하고 물었다. 그랬드니 『웨 □라요[12] 은영 언니 아니우』 하며 이내 젖은 얼굴에 웃음을 띠우고 반가워했다. 나는 교장에게 말한 대로 그에게 나와 같이 있으면 어떻겠느냐는 의견을 물었다. 그랬드니 그는 내 말을 채 듣기도 전에, 아주 기뻐서 펄쩍펄쩍 뛰며 『언니 정말이우 난 기숙사에서 나가는 날이면 춤을 추겠어』 하는 것이었다. 교장의 이야기를 들어서 그가 기숙사를 싫어할 것은 미리 짐작하고 있은 바이었으니 놀날 것까진 없지만, 어쨌든, 교장이 앞에 앉었는데 그런 말을 함부로 막 내바다 하는 데는 놀라지 않을 수 없었다,

---

12 '몰라요'로 추측.

집은 성화여학교와 부용이 집 가까운 데 하느라고 수송정에 얻었다. 나는 살님을 작만하고 아이들과 하순을 대려오고 하느라고 한 보름 동안 그야말로 눈코 뜰 새 없이 바뺏다. 상훈이도 맞나지 못하고, 부용이와 조용히 이야기할 사이도 통 없었다. 그러한 어느 날 저녁, 부용이가, 편지 한 장을 들고 왔다. 낮에 멧센저어가 가저온 것이라 했다.

사연은 간단한데 한번 다녀간 후 도모지 소식이 없길래 어디 편치 않은지 그렇지 않으면 신변에 무슨 일이 생겼는지 궁금해서 벌서 좀 찾어보고 싶었으나 어떤 형식으로 찾어보는 것이 좋을지 몰라서 이때까지 있었다는 그것뿐이었다.

『형! 이이가 누구얘요?』

내가 글발에서 눈을 들었을 때 부용은 물었다. 그렇지 않어도 그에게 상훈을 맞나고 오든 저녁부터 알니자든 문제었다. 그랬는데 어쩐지, 마음이 떨여서, 무슨 큰 죄를 짓는 사람 같기도 하고 또는 귀한 보물을 간직한 것처럼, 즐겁기도 하고, 어쨌든 나는 이러한 마음인 까닭에, 부용에게 이야기를 못 했든 것이다. 그리고, 또 상훈을 다시 맞나려고 하지 않은 데도 있었다.

『아는 사람인데……』

아무래도 어색했다. 바른대로 하지 않은 까닭이었다.

『부용이! 이 사람이 동경 있을때 알든 사람이야』

나는 그의 앞에 숨기는 것이 괴로웠기 때문에 어색스럽게 부용의 이름까지 불르며 다시 이렇게 말했다.

『형은 좋겠어요』

부용은 쓸쓸한 표정을 지었다.

『무엇이?』

『그런 이가 있으니까』

『내 맘을 몰으구 하는 소리지』

『돌아가신 이를 생각하는 것두 좋지만, 그렇지만……』

『그것두 그렇지만 그보다 더 딱한 일이 있어 부용이가 직접 당해 보기 전엔 설명을 해두 몰라』

『그이가 지금 어디 있우?』

『서울에』

『저이 집이 서울인가요?』

『아니지 부산 사람이야』

『그이 집은 부산 있겠군』

『그런가 봐 지금 찻ㅅ집을 하는데 그 이 층에 혼자 있나 봐』

『몇 살인데 장가갔나요』

『안 갔을걸, 동경 있을 때 안 갔었으니까, 내가 여름방학에 나왔다가 다시 안 들어가구 그렇게 된 뒤로 쭉 나만 생각했대. 앞으로두 그렇게 한다는군, 그리구 뭣이나 죄다 자기한태 말하라는군』

『아이, 형은 참 좋겠어요. 그럼 그이와 결혼을 하시지 뭘 그러세요』

『안 돼요. 어떻게 결혼을 할 수 있어 못 해』

『웨 못 해요. 그이가 부인이 없겠다 형은 남편이 없겠다 피차에 사랑하겠다, 형의 지금 처지로 봐선 참, 좋을 것 같구만, 애들두 그이 앞으루 입적시킬 수 있잖어요. 그런 다행한 일이 어디 있길래 그러세요.』

『그 다행한 일에 큰 불행이 있을 것은 어떡하구』

『뭔데?』

『난 그이를 맞나려는 생각을 가질 때부터 그땐 더구나 아무렇지도 않게 맘먹었는데 그때부터 내가 만약 그를 좋아하게 되면 어쩔까 하는 생각을 했을까』

『하게 되면 어때요. 좋지 뭐, 그거 보세요. 형이 그일 사랑하기 때문에 그런 생각이 나는 거 아니겠수』

『그럴런지 모르지…… 하지만, 내가 사랑하고 내가 좋와한다구 결혼할 수 없는 일이구 애들을 입적시키려구 ── 그런 외부적 조건을 살리자구 큰 비극을 지어낼 순 없어, 안 돼지, …… 안 돼 못 해요』

『암만 그래두 결혼하구 말걸』

부용은 내 얼굴에 나타난 감정을 어떻게 보았든지 이렇게 말하군, 그 애수가 담북 잠긴 눈을 내게 쓸쓸히 던졌다.

『부용이 이것 봐』

나는 그를 또 이렇게 조용히 불렀다, 그리고 다시 아주 나즌 소리로,

『부용은 내가 뭘 무서워하고 뭘 불행하다구 하는지 모르지? 모를 거야. 그것만 아니면 내가 그의 이야길, 그를 맞나구 오든 길로 부용한태 말을 할 거야, 그리고 그이를 자꾸 맞날 수 있을 거야. 지금두 이야기한대루 그일 맞나려 갈 때부터 떨면 가지 않엇을 거야. 또 그이가 온갖 것을 다 맽기라구 했음에두 불고하구 나는 다시 아무런 일언반구의 말 없이 하순을 대려다가 살림을 채리구 아이들을 대려오구 그리구두 아무 말 없이 보름 넘어를 있은 거야』

『그게 대체 뭘까?』

『가만 있으라구, 내가 말할깨. 내가 만약 리상훈이란 사람을 몰랐드면, 그를 생각하지 않었드면 이런 걸 못 알았을 거야, 부용이, 부용이가 큰마누라 아인 못 사랑하잖어. 암만 사랑하재도 안 되짢

아. 그것과 마찬가지루 제 자식이 아닌 아들이니 제 자식이 아니드래두 아무런 관련이 없는 남의 자식은 귀해할 수 있지 사랑해 줄 수 있는 경우가 있지만, 사람의 심리란 것이 참으로 기기묘묘한 것이여서 제가 낳지 않은 남의 자식이든지 제 자식이 아닌 안해의 자식, 즉 여편네가 대리고 들어온 자식이고 보면 미워하게 되는 것이 보통인 것 같애. 가만 보라구. 이붓자식을 미워 안는 사람이 별루 있는가. 「이붓애비 묘에 벌초」란 말두 이런 데서 생긴 것일 꺼야, 이붓애비가 미워했으니까, 그 묘 벌초에 정성될 수가 있겠어……』

『그런 경우도 있지만, 진정 사랑하는 사람의 자식이라면 안 그럴 것 같아요』

『사랑하는 사람의 자식인 때문에 더 하다니까. 실례를 들라면 들 수 있어! 하순이 어머니 말이야 하와이 가기 전에 바로 우리 이웃에서 살았는데 그 안해는 그러니까 하순 어머니지…… 그렇게 사랑하면서도 하순인 어떻게 미워하는지, 참 하순 어머니가 울기두 많이 했다우, 난 그땐 그걸 통 몰났지. 그랬는데, 차츰 접대, 상훈을 맞나고 나서부터 하순 어머니 남편인 그 사내가 하순이 때메 늘 싸우고 하순 어머니가 울고 하던 일이 더구나 어제 같구만. 어쨌든 교양이 있는 사람이나 없는 사람이나 간에 그 표현 방법이 다를 뿐이지 심리 상태는 다 일반일 것 같애』

『그래서 하순일 두구 떠났나요』

『그럼. 데리구 갈 수 있어야지. 사내가 쩡쩡대서…… 그 어린 걸, 떼 두구 가는 어머니 마음이 어쨌겠수. 석 달 만에 곧 데려갈 도릴 하겠느라드니 아직 못 대려가구 그 멀니서 개 때문에 가진 앨 쓰는구려. 참 어머니 도라가시기 전에 집에 어머니한태 온 편지를 보면 눈물 안 흘릴 사람이 없을 거야. 아무것두 모르는 나두……』

나는 여기까지 이야기를 하다가 부용이가 얼굴에 수건 가리우는 것을 보고, 그만 끊어 버렸다. 그는 필경 시골 있는 영선일 또 생각하는 모양이었다. 다시 내게 상훈의 이야길 권하려고도, 무르려고도 하지 않고 가린 수건이 즐퍽하니 젖어만 갔다.

이러한 일들이 다시 말하면 나도 슬픈 사람인데 부용을 보고, 하순을 보고 또 거기에 대한 책을 더 읽게 되고 그래서 아이들한테 가는 마음이 더하는 까닭에 나는 상훈의 편지 답장으로 답장이라기보다, 그를 다시 맞나지 말자는 마음에서, 아이들도 대려다가 학원에 넣고, 생활 문제도, 아는 동무의 알선으로 안정되게 되었다는 것과 일전 돌연히 찾아가서 쓸데없이 오래 있다가 온 것을 뉘우치고, 앞으로 아이들 입학 때문에 바쁘겠고, 먼저 있든 집에서 이사를 했다는 것 등을 적어 보낸 후, 나는 정말 한결 더, 상훈에게 대한 내 마음을 조종해 가며 오직 아이들을 입학식힐 준비에만 분망했다마는 서울 안에 있는 사립 학교란 학교는 죄다 도라다니며, 사정을 이야기하고 입학을 애원했으나, 아무 데서도 내 원을 용납해 주지 않았다.

　　—사생아를 애호하자 사생아를 구출하자, 부모들의 비합법적 결합의 죄(?)가 그 자식에게 미치게 되어 있는 것은 그릇된 법이라는 론의가 분분하나 그것은 한 개의 공론으로 흘러가고 수없이 많은 사생아는 어느 날이나 이 거리 저 거리에 물에 기름처럼 제대로 떠돌아야 하니 이 책임은 과연 누가 지여야 할 것인가. 전국적으로 적지 않은 수ㅅ자에 달하고 있는 그들 사생아, 그들은 언제까지 사회의 냉혹한 처벌을 받어야 할 것인가. 사회는 그들의 부량을 꾸짓고 법률은 그들의 범행을 응징하기보다 그들에게 안정한 처소와 따

뜻한 애무를 주어야 할 것이 아닐까.

　나는, 내 잘못을 뉘우치는 한편 이러한 사회에 대한 불평 불만이 목구멍까지 치밀어 올났다. 나는 상상의 온갖 규률, 풍속 인습 도덕에의 반발이 생기고 증오가 생겼다. 이것은 내가 한때 분별없이 남이 하니까, 나도 하고 남이 좋다니까 나도 좋거니 하고 남이 싫다니까 나도 그렇거니 하든, 즉 다시 말하면 분위기에 휩쌔여서 기분적 행동을 하는 그런때에 가졌던 반발이나 증오가 아니였다. 이것이야말로 한때에 그러한 경솔과 무분별한 행동으로 해서 받은 보수, 그 쓰라린 체험에서 단련된 내 의지의 눈으로 정확히 보아서 하는 반발이였고 증오였다. 그런 까닭에선지 반발과 증오는 행동적이 못 되고 심하면 심할사록 점점 풀이 죽고 용기가 줄어들고 아무래도 그 세상과 타협해 살아 나갈 가망이 없을 것 같은 생각만 들어서 나는 때때로 아이들과 함께, 죽엄을 생각해 보는 미련한 여자가 되는 일도 있었다. 마는 그러한 것은 생각뿐이고 날마다 하루 이틀 그대로 살아가긴 했으나 이렇게 사는 생활이란 불안과 공허밖게 가저올 것이 없었다. 죽엄보다 무섭고 싫은 일이였다. 가만히 앉어 있느라면, 세상의 온갖 설음을 죄다 내 죄로만 쏠여 들어오는 것 같고 그러다가도 귀를 더 기우려 그 소란한 소리의 전부를 경청하려고 들면 그것들은 모다 꿈속같이 멀니 사라저 가고 내 소리까지도 그 사라저 멀어진 소리와 함께, 아득해지는 것이였다. 이럴 때면 천정에 뚫린 적은 구녕이 무슨 아귀의 눈같이 벌늠거려서 괜스레 무서워지는 것이였다. 아이들이, 곁에 있어도 쓸데없고, 그럴사록 나는 혼자 가만히 언제까지 움즉이지 않고 있는 것이 좋았다. 아니 그것은 거짓말일지 모른다. 그것보다도 나는, 무었을 붓잡을 것이 있었으면 싶었다. 아무것이나 휘여잡았으면 싶었다. 그렇다고 부용을 불너올 생각도 상훈을 찾아갈 생각도 없었다.

　이렇게 된 나는 신(神)을 생각해 보는 때가 있었다. 마음의 뷔인자리를 신앙으로 채울 수 없을까 하는 것을 생각해 보았다. 그래서 나는 개나리꽃도 거진 저 가고, 세상은 녹음으로, 푸른 단장을 하게 되든 어느 날, 학원에 집어넣었든, 형주 설주를 대리고, 닷자곧자로 남산정 있는 성모학교에 간 것이었다. 이것은 내가 아이들을 단지 그 학교에 넣자는 마음에서만이 아니였다 나와 아이들과 함께 신의 품에 고달프지 않고저 함에서였다. 그런 까닭에, 검은 복장 입은, 십자가와 염주를 느린 신부(神父) 앞에 내 맘 전부를 이야기하고, 신부가 아흔아홉 마리의 양보다, 한 마리의 잃어졌던 양을 사랑한다는 성경 구절을 읽고 십자가를 그어 기도할 때 정말 신 앞에 나는 내 맘 전부를 바치기로 맹세했던 것이다. 진실로 나는 세상에서 완전히 버림받은 자의 슬픔과 괴롬을 신만이 알 것 같고 초조한 마음과 불안한 생각도 신만이 없새 줄 것 같어서 오직 신 앞에 즐겁자고 노력을 했다. 다른 책을 읽지 않고 성서를 읽고, 안식일이 아니드래도 회당에 가서 신 앞에 꿀어 업대였든 것이다. 하나, 그래도 마음은 조금도 가볍지 못했다. 아이들이 학원에 다니든 때보다 날마다 즐거워하고 그들이 성서를 외우고 찬송가를 불르고, 마리아를 알고 예수를 알고, 신을 두려워하는 맘과 함께 착한 일을 해야 한다는 마음을 가지는 것을 보는 때면 다시 한번 내 마음 준비의 부족함을 스스로 꾸짖고 다시 자세를 곳치군 했으나, 그러면 그럴사록, 불안이 커지고, 전보다, 한층 더 자신에 대한 환멸을 느낄 뿐이였다. 그것뿐 아니라, 정 심한 때는 아츰저녁 미사 올릴 때에 울리는 종소리조차 거룩하지 못하고, 무슨 서글픔을 못 이겨 흐느끼는 아픈 소리 같았고 신 앞에 무릎을 꿀은 신부와 수녀의 검은 복장 속엔 신을 저주하는 마음이 독사같이 꿈틀거리는 것같이 보였다. 종종 까닭 없이 눈물이 핑그르 돌고, 손까락 하나 까딱하기 싫게, 사흘이나 나흘이래도 한 모양으로 앉아 있을 것만 같기도 했다. 전에 한 번도 없던 일이였다. 나는 어째서 이런 마음이 생기는지 나도 몰랐다. 백양나무잎이 하늘 높이 푸르게 흔들리는 것이 싫어서 쩔쩔 끓는 한낮에도 문을 닫고 앉았는 일이 있고 그러다가도 벽에 걸린 마리아 초상에 시선이 가기만 하면, 나는 무엇에 놀란 듯 뚱그랗게 눈을 그리로 모흐고 한숨을 후유 길게 내쉬군 했다. 이렇게 내가 마음의 갈등과 오뇌를 안고 허덕이든 어느 날. 나는 한 장의 편지를 받게 되었다.

　── 당신이 다시 안 오시는 마음을 잘 압니다. 당신의 보고서(報告書) 비슷한 편지를 받든 날부터 더욱 당신을 생각지 말고 가만히 곱게 당신을 그대로 나 혼자 몰래 옛날이나 마찬가지로 생각하자고, 노력했읍니다. 당신을 괴롭게 하는 것이 내 본의가 아닌 까닭입니다. 마는, 저는 아마 당신을 생각해야 할 운명을 가진 듯합니다. 전 생애를 당신을 위해 바치려나 봅니다. 아무런 주저없이 자신 있게 대답할 말이라면 당신을 사랑한다는 말 이외엔 없을 것입니다. 저열한 사나이라고 나무랩하시겠지만, 제 이 마음은 신에 가까운 마음일 것입니다. 믿을 수 없는 일이겠지오. 더구나 현대인에게 있어서 믿는다는 사실은 극히 곤난한 것이니까요. 만나 뵈었을 쩍에도 말슴한 것과 같이 당신은 제 마음속에 언제나 깃드릴 페닉스입니다. 당신이 팔 년 전 여름방학에 저를 떠나가서 다시 소식이 없든 때보다, 저는 지금 더 외롭습니다, 당신으로 해서 얻는 외로움이니 즐겁게 감당하는 수밖엔 없읍니다, 마는 사람을 사랑함으로서 받는 외롬이란 세상에 가장 괴로운 일이 아닐까 합니다. 이렇게 괴로운 일을 왜 하는지 저도 모릅니다. 신밖에 알 이 없읍니다. 제가 당신을

사랑하는 것은 확실히, 전세(前世)의 숙연(宿緣)인가 합니다. 다시 말씀드린다면 마음의 고향(故鄕)을 찾자는 것인지도 모릅니다. 저를 언제까지 방황하게 하시겠습니까.

다방에서 이상훈 올림

편지를 쭉 내려 읽고 나니 가슴이 꽉 죄여드는 것이 질식이래도 할 것 같았다. 다리가 후둘거리고, 전혀 마음이 허공에 뜬 것처럼, 허둥지둥 방 안을 서성거려 보다가 책상 앞에 멍하니 앉아 보다가 입가에 우슴을 띄여 보다가 — 갈피를 찾지 못했다. 어쨌던 나는 누가 보면 미친 사람이라 할 만치 그만큼 당황했다. 당황했다기보다 즐거워했다. 한밤을 꿈속에서 그이에게 내가 그를 사랑한다는 내 마음 전부를 고백하든 이튿날 성모마리아 앞에 꿀어앉아 내 마음을 뉘우쳐 보든 일도, 성당 신부에게 신보다 사람을 더 사랑하는 경우에도 구원받을 수 있느냐고 물었을 때 신부가 사람은 — 더구나 젊은이는 애욕에서 발을 빼는 날이래야 완전히 신의 음성을 듣고 신의 얼굴을 볼 수 있다고 하든 말을 끔찍이 신봉하려고 하든 일도, 다 내 자신을 속히는 어리석은 일로밖에 생각되지 않았다. 북악산 근처의 푸른 경치도 나를 위해 있는 것 같고 태양이, 푸른 숲이, 아니 왼 우주가 모두 나를 위해서 있는 것 같았다. 그래서 끝내 나는 상훈을 찾아가고야 말게 되었다.

그날 저녁 나는 아이들께 복습을 식혀 놓고 아홉 시나 되어 하순에게 아이들을 재워 달라고 일르고 거리에 나섰다. 거리는, 더구나 다방 거리인 명치정 길은 낮과 같이 밝고 사람들이 오고 가고 와글와글 끓었다. 나는 그 길을 슬픈 이얘기의 주인공인 듯한 — 하나 세상에서 가장 행복한 상봉을 하게 되든 일을 생각하면서 고마도리 이 층, 상훈의 방문을, 녹크했다. 문이 곧 열리며 공기와 함께 방 안의 흐뭇한 냄새가 전신에 풍겨 왔을 때 돌기둥이 되여 있는 그와 나는 똑같은 자세와 표정을 지었다.

『서울에 게시긴 했군요』

한참 만에야 그는 말할 수 있었든 모양이었다.

『서울에 게시긴 했군요』

방에 드러 앉았어도 그는 다시 이런 말을 했다. 나는 그 무릎에 어떤 해석을 내려야 할지? 내가 서울에 있었다는 사실만이라도 신기해서 그러는 건지 그렇지 않으면 서울에 있으면서 소식 없이 있었다는 것이 괘씸해서 그러는 건지 원체 시무룩하기만 한 그의 표정이라 알아낼 수가 없었다. 그래서 나는 대답 대신에 잠깐 우서 보이고, 그리고 나는 방 안을 휘위 돌아 살폈다. 동경 시대나 다름없이 단조한 방 채림새었다. 삼면에 쭉 돌아가며 책이 쌓여 있고 책상이 있고, 철필 잉크병, 재터리, 이런 것들이 있는 외에 책상 우에 놓인 화병에 하이얀 적은 꽃이 꼬쳤을 뿐이었다. 아무것도 없는 방이었으나, 안윽하고 마음 드는 방이였다. 방 안에 물건들, 그와 가까이 있을 수 있는 것들이, 심지어 벽장 속에 들어 있는 이부자리, 그가 기대여 있는 벽까지도 나는 무척 행복할 것 같다고 생각했다. 더구나 하이얀 적은 꽃은 바람이 드러올 쩍마다 전등불 아래 하늘거리며 하얀 우슴을 내뿜었다.

『저 꽃이 좋군요』

『그거요, ……그걸 다방 애들이 사 온 걸 이름이 좋아서 갖다 꽂았지오, 원체, 게을러서, 꽃을 좋아는 하면서두, 물 주구 어쩌는 게 싫어서……』

『이름이 뭔데요!』

『내일(明日)이라나요. 하이넨가 꿰텐가 잘 생각이 않 나지

327

만…… 어쨌던 사람은 내일을 기다리다가 그 내일에 묘지로 간다는 말이 있지요. 저 꽃 이름이 내일이라구 들었을 때 이내 그 시가 생각나서 갖다 꽂아 놓긴 했는데…… 어쩐지 내 운명을 더 또렷이 설명해 주는 것 같아서 그만 빼 버려야겠어요』

『운명을 설명한다구요?』

『너두 내일내일하다가 그 내일에 죽느니라구 일러 주는 것 같단 말씀입니다』

『죽지 말지오』

나는 그가 담배를 피어 들고 연기를 길게 내뿜는 것을 바라보다가 이렇게 말했다. 이것은 아무렇게나 한 말이 아니었다. 그는 죽음을 초월할 것 같고, 그가 죽는다는 사실은 영원히 있을 수 없는 것처럼 생각되었음에서였다. 하나 다시 그도 죽고 나도 죽는 것이라고 생각하니, 가슴이 꽉 맥히는 듯한 감정에 사로잡히지 않을 수 없었다.

『은영 씨!』

죽는다는 사실을 생각하고 잔뜩 흥분하고 있는 때였음으로 그의 부름에 그를 쳐다보는 내 시선이 범상치 못했음인지 상훈은 말이 더 없고 나를 그 검고 신비한 눈으로 바라만 보고 있어서 내 전신이 죄다 그 눈으로 휩쓸려 들어가는 듯함을 느꼈다. 그래서 나는 고개를 숙이고 눈을 감아 버리고야 말았다. 그의 눈을 주체할 수 없었다기보다 내 얼굴에 일어나는 경련을 막기 위해서였다. 눈을 감았으나 상훈의 심원(深遠)한 표정 목조(木彫)와 같이 이지적인 얼굴 그 얼굴이 움즉일 때면 쏟아저 넘치는 정열을 주체 못해 하는 양과, 부드러운, 뜨먹뜨먹 떼어 놓는 말소리며, 풍부한 체구, 이 모든 것들이 더 한층 또렷해지고, 방 안 공기와 색과, 기온과, 그 방에만 있는 고유한 냄새까지 전부 내 폐부 속에 슴여드는 것만 같았다.

『제가 한 편지를 어떻게 생각하십니까?』

참, 오랜 뒤었다. 주위의 소음도 안 들리고, 영겁에서 영겁으로 흐르는 시간까지도 정지되어 그와 내가 그 영겁에 영원히 살 수 있을 것 같은 엄숙과 긴장 속에 그는 무겁게 입을 열었다. 나는 일종 현기ㅅ증을 일으킬 것 같은 위태스런 기분에서, 아모 말도 못 하고 오직 고개만 들었다.

『저를 나무랠하시자구 오시진 않으셨지오?』

나는 이 무름에 대답할 수가 없어서 잠시 가만히 앉아 있었다. 그랬드니 상훈은 조금도 어색치 않은 자신 있는 어조로

『미망인의 재혼을 어떻게 생각하십니까』 하고 이번엔 아주 생통같이 딴문제를 꺼집어내는 것이었다. 나는 꿈에서 놀라 깬 듯 정신없이

『네?』 하고 반문했다.

『미망인의 재혼을 승인하심니까』 그는 다시 더 똑똑히 말하는 것이었다.

『안요』

몹시 당황한 대답이었다. 상훈의 태도와는 엄청나게 차이가 나는 자신의 당황함이 나는 스스로 부끄러웠다.

『왜요? 승인 안 하는 이유가 어디 있읍니까』

사실인즉 승인 못 할 이유가 없었다. 더구나 법률이 용인한다는 것까지 나는 알고 있음으로, 이렇다 하고 내세울 이론이 없었다.

『그럼 부인하신단 말슴이군요』

그는 내 대답 없는 것이 갑갑하단 듯이 또다시 이렇게 물었다.

『경우에 따라선』

『어떤 경우에』

『특수한 경우 말씀이얘요』

『어떤 경우가 특수할까요?』

『예를 들면 저 같은……』

『뭐가 특수합니까. 특수할 거 도모지 없어요, 특수하다고 생각하는 건 은영 씨의 고집입니다. 다녀가신 뒤루 저두 은영 씨 마음을 짐작하구 참 은영 씨의 현숙한 마음을 침범치 않으려구 무척 노력두 했읍니다. 마는 그것이 은영 씨를 생각하는 참된 삶이 아닌 것을 알았읍니다. 다시 말하면 참된 삶을 살아 나가는 사람들의 할 일이 아니란 걸 다시 알았읍니다. 편지에두 말씀했지만, 당신을 생각하는 건 내게 숙명적 의무같이만 생각돼서 당신이 혼자 애들을 대리구 고생하는 걸 도모지 볼 수 없어요. 비 오는 거리에 우산 없이 나선 사람을 보는 것같이 초조해요』

『그렇지만 안 돼요』

『그럼 혼자 사신단 말씀입니까』

『네』

『영원히』

『네』

『혼자 살아야 할 이유가 어디 있읍니까』

『그것이 편하니까요』

『편하세요, 제가 당신을 행복하게 할 수 없단 말씀이군요』

『안요』

『그럼, 뭡니까』

『전 괴로우면서두 그대루 제 앞에 던져진 운명과 싸와 가며 사는 것이 즐거운 때문읍니다. 거기서 버서난다는 건 제 양심에 다시 없을 고통일 것 같애요』

『양심의 기준이란 게 어디 있읍니까…… 자기를 파멸식히라는 양심, 그건 자기를 속히는 양심입니다.』

모르는 것은 아니었다. 하나 나는 그의 이 말과 함께 내 귀에, 쇠덩어리와 쇠덩어리가 서루 부디치는 때 생기는 그런, 아주 내 신경 전부를 일으켜 세우는 소리가 또 하나 들려왔으니 그것은,

—— 애욕에서 발을 빼는 날이래야 완전한 구원을 받을 수 있다 —— 든 검은 복장을 입은 엄숙한 신부의 음성이었다.

나는 그만 자리에서 일어났다. 아모 영문을 모르는 상훈은 아마 내게 여러 번 까닭을 물었을 것이나 나는 그의 그 여러 마디의 말을 다 못 듣고, 그냥 뛰어서 도망하듯 집으로 돌아왔다.

집에는 아이들만 자고 하순은 없었다. 다른 때보다 하순의 밤 외출이 내게 더한층 염려가 되었다. 내가 밤에 나갔든 까닭에 하순이가 나간 것 같게만 생각되었다. 나는 상훈을 찾아갔든 것을 무한히 뉘우치지 않을 수 없었다. 더구나 형주 설주가, 덥다고 몸에 뭘 하나 가리지도 않고 차 버리고 자는 양이 견딜 수 없었다. 그것들에게, 이불을 가리워 주며 벼개를 베워 주며 하느라니까, 이건 또 벼개 밑에서 편지 한 장이 나오는 것이 아닌가, 나는 곧 하순의 글발인 줄 알고 어쩐지 심상치 않은 예감에서 가슴이 섬뜩해졌다. 아니나 다를까 편지엔 다른 말이 없고, 사랑하는 사람과 서울서 살 수 없음으로 북행 차를 타고 만주로 떠난다는 것과, 내게 벌서 이야기 못한 것은 내가 그 사람을 나무램 할가 봐서 나 몰래 떠나는데, 그 사랑하는 사람이란 사람은 동흥백화점 점원으로 얼굴이 로바 —— 드• 테일러와 같이 멋쟁이로 생긴 미남잔데 그이가 없으면 세상에 살맛이 없기 때문에 함께 떠난다는 것만 적혀 있었다. 편지를 읽고 그제야 살펴보니 그는 방 웃목에 놓았든 튜렁크와 고리짝과 그 외에 못

에 걸었든 제 옷들을 하나 빼지 않고 다 가져갔었다. 오직 책상 우에 학교에 가지고 다니든 책과 책가방과 필통 이런 것들만 남아 있을 뿐이었다.

기가 막히는 일이었다. 나는 이에 대한 사건을 어떻게 수습을 해야 옳을지 몰랐다. 수사원을 제출할까 하는 생각도 있었으나 그렇게 된다면 더구나 일이 웃읍게 버러지지 않을까 하는 염려가 생기고, 그렇다고 그냥 버러둘 수도 없는 일이었다. 편지에 쓴 것으로만은 그 상대 되는 남자가 어떤 성격자며 또 생활환경이 어떻게 되어 있는지, 하순을 얼마나 사랑하는지, 하순을 사랑해서 대리고 떠났는지, 도모지 윤곽을 알 수 없을 뿐 아니라, 북행이라고만 했으니 북선인지, 그렇지 않으면 만주 지방인지, 돈이 없어서 떠났는지 사랑의 도피행을 했는지, 어쨋던 밤새도록 꼽박 생각을 하며, 행여 그래도 도라올까 하고 문밖에 귀를 수없이 기우렸다. 그러면서 문득 나는 내가 팔 년 전 어머니 몰래 집을 떠나든 밤 일을 생각해 냈다. 나도 하순이와 꼭같이 밤에 나왔고, 내가 동경에 가지고 다니든 튜렁크와, 고리짝을 어머니 몰래 마루에 미리 내여놓았다가 어머니가 잠든 눈치를 살펴서 인력거에 거더 실고, 홍민규의 적은 하숙방을 찾아갔든 것이다. 그날 밤, 어쨋던 어머니는 내가 떠난 것을 알았을 때 내가 하순이 나간 것을 걱정하는 수백 걱정을 하시고 염려를 하셨을 것이다. 어떻게 보면 하순의 출분은 팔 년 전의 내 자신을 비쳐 주는 것 같기도 했다. 그것과 조금도 다른 것이 없었다. 다르다면 팔 년 전의 나는, 홍민규의 씩씩한 모양이 좋았다기보다, 그가 하는 일, 그가 전 인류를 위해서, 말하자면 남을 위해서 일한다는 것이 좋아서, 따라 나섰으나, 팔 년 후의 하순은 로바 ― 드•테일러와 비슷한 멋쟁인 미남자가 좋아서 그가 없는 세상엔 살맛이 없어서 따라 떠난 ─ 그것만이 다를 것이다.

하순의 도라오기를 기다리다 못해 나는 하순이가 떠나서 사흘째 되든 날, 하순의 학교 교장을 찾아가서 만났다. 교장은 오히려 내게 미안하다고 하며 하순에겐 언제든지 그런 일이 있으리라 예상하고 있었다는 것과 가치 잘 다니든 학생한테서 벌써 하순의 이야길 다 알고 있느라는 것을 이야기하므로 나도 그 하순의 친구라는 학생을 만나 하순의 이야기를 듣기로 했는데…… 그의 말인즉 하순은 로바 ─ 드•테일러와 같다는 남자와 알게 된 지 한 스므 날밖에 안 된다는 거며 처음에 알기는 동흥백화점에 향수 사러 갔다가 비로소 피차에 좋아지게 되여 어떤 날은 학교를 조퇴까지 해 가며 그 백화점에 가서 바로 그 로바 ─ 드•테일러와 같은 사람이 팔고 있는 화장품부의 물건 ─ 크림, 분, 그 외에 그곳에 진열되어 있는 거개[13]를 삿다는 거며, 이번 그 남자와 가치 떠난 데 대해선 자기도 전혀 모르나 몇일 전에 하순은 자기에게 그 남자가 어디로 가치 떠나자고 한다는 이야길 하고 내가 걱정하면 어떻게 하느냐는 염려를 하드란 것이었다. 그리고 그는 그 우에 더 첨부해서 그 녀석이 로바 ─ 드•테일러니 뭐니 해 가지고 그 백화점에 화장품 사러 오는 젊은 여자들을 바람낸다는 것과 그 백화점에선 그것을 알면서도 그 녀석을 쫓아내긴커냥 오히려 더 우대를 해서 꼭 화장품 진열부에만 두는데 이 녀석이 인제 아주 꾀가 늘어서 어렵지 않게 여자들을 홀긴다는 것을 말했다. 그의 말을 듣고 보니 하순의 일이 더 염려스러워서 마치 하순은 내가 불행하게 만든 것같이도 생각되었다. 내가 상훈을 찾지 않았드면 아니 떠났을지도 모르는 일이고 떠나드래도 나는 그

---

13 거의 대부분.

에게 여러 가지 주의를 식혀 줄 것을 그랬다고 마음에 뉘우쳤다.

하순의 출분은 마음이 괴롭을 줄 뿐 아니라 생활에까지 큰 변동을 주었다. 내가 해주로 떠나게 된 것은 전혀 그 까닭이었다. 하긴 해주에 꼭 가야만 하게 된 것은 아니었다. 내가 신부(神父)에게 내 사정 ― 하순의 출분이며 또 그 외의 여러가지 사정 ― (하나 나는 상훈의 이야기만은 못 했다. 실상 내가 다른 곳으로 떠나야 한다는 생각을 하게 된 가장 큰 원인은 상훈이와 멀리 떨어져 있어 보자는 것이였다) ― 을 전부 이야기했을 때 신부는, 서울에도 몇 군데의 취직 자리를 말해 줬으나, 나는 신부의 친구가 경영하고 있다는 해주요양원을 부디 택하게 된 것이었다. 해주에 가서도 아이들은, 곧 해주 성모학교에 전학할 수 있었고, 또 다른 직업보다, 가장 내 마음에 드는, 폐병 환자의 동무가 되여 주는 자미있는 직업이 좋았고 또 신부의 친구인 요양원 원장은 무척 사람이 좋아서 마음이나 육신이나 병들어 괴로운 사람이면 누구나, 곤처 주기에 노력을 한다는 신부의 말을 믿었기 때문이었다.

하나, 해주로 가려고 아주 작정하든, 바로 상훈이가 찾아와서 사랑하지도 않는 여자와 결혼을 하고, 형주와 설주를 자기 앞으로 입적식히겠다고 말하고 가든 날 밤, 또 나는 종종 꾸든 꿈을 꾸었다. 나는 그의 말이 고맙고 슬프고 질식할 만치 목이 메었으나, 아이들을 그이 앞으로 다시하면 홍가를 이가로 하라는 말이 기가 막혀서 그만 성을 펄쩍 내였다. 그래서 상훈은 더 말을 못 하고 무안해하며 도라갔다. 나는 그것이 미안하고 못 잊어서 그랬든지 상훈의 가슴에 내 얼굴을 파묻고 흑흑 느껴 가며 울고 그이는 나를 머리와 어깨를 어르만져 주고 쓰다듬어 주는데 나는 무엇이 슬퍼서 울었는지

334

자꾸만 울다가 깨고 보니 초생달이 진 검은 밤, 천정도 벽도 보이지 않고 오직 어둠이 공허한 방 안을 배회하고 있을 뿐이었다. 나는 허공을 눈으로 더듬으며 그가 쓰다듬은 내 머리와 어깨를 얼마를 만져 보았든지 모른다. 그를 잊으려고 멀리로 떠나는 노력을 하는데도, 그이는 왜 내 꿈속에서까지 나를 괴롭게 하는지, 나는 그를 원망하고 싶었다. 그러면서도 해주로 떠나는 바로 직전까지도 나는 푸랱•폼에서 전송하는 신부의 눈을 피해 가며 행여 그가 나왔을까 하고 수없이 찾았든 것이나, 신이 아닌 그가 어떻게 내가 그를 만났을 때 아르켜 주지 않은 사실을 알고, 나와 주랴.

차에 올라서도, 마음은 여전했다. 마는 달리는 창턱에 턱을 고이고 검은 세상을 — 아니 깊은 밤 하늘에 반짝이는 별을 오오래 쳐다보는 사이에 나는 내가 가진 슬픔, 내가 가진 번뇌, 이것은 나만이 가진 것이 아니고 또 그것이 이 지상에만 있는 것도 아니고, 왼 우주에 — 태양과 별과 달과 그 모든 것에까지 있을 것 같은 생각이 들었다. 그리고 보니 별은 정말 하늘에서 모진 슬픔 속에 오열(嗚咽)하는 것 같기도 했다. 잃어버린 무엇을 찾고저 헤매는 것 같기도 했다. 그러나 별들은, 그 무수한 별 중에 어느 하나도, 땅에 떨어지거나 몸부림을 치거나 하지 않고, 오직 제 몸을 불살르며, 아픔을 견대 가며, 눈물을 삼켜 가며, 캄캄한 밤하눌의 궤도(軌道)를 직히고 있는 것같이도 보였다. 나는, 그러한 별들을 보는 사이에 문득 엄숙해져야 할 것 같은 충동을 받았다. 별이 하늘의 궤도를 버서나지 않듯이 나는 지상의 궤도를 버서나지 않을 인내와 극기와 성실과 용기를 준비해야 되겠다는 생각을 가졌다. 생각을 가질 뿐만 아니라, 나는 결심을 굳게 하고 형주, 설주가 엄마와 처음 타 보는 기차가 즐거워서 밖았이 잘 보이지도 않는데 손까락질을 하며, 재깔거리며 웃어 대며, 내게 여러 가지 질문을 하든 때, 나는 만족하게 그들 질문에 대답을 못 해 준 일을 뉘우치며, 그것들이 자는 옆에서 그들을 잘 성장식히는 것이 내게 던저진 운명이요, 내가 버서나지 못할 지상의 궤도라고 마음속에 부르짖었다.

— 최정희, 『천맥』(수선사, 1948)

백신애(白信愛·1908~1939)

백신애는 1908년 경북 영천에서 태어나 32세의 젊은 나이로 사망했다. 완고한 아버지 밑에서 성장해 신식 교육을 받지 못했고 15세가 될 때까지 독선생에게 한학과 여학교 강의록 등을 배웠다. 16세에 대구사범학교에 들어가 수학한 후 3종 훈도 자격을 얻어 짧은 교원 생활을 했다. 이후 상경해 조선여성동우회, 여자청년동맹 등에 가입해 활동했으며, 1929년 「나의 어머니」로 《조선일보》 신춘문예에 당선되어 등단했다. 1928년에 블라디보스톡을 여행한 경험으로, 대표작 「꺼래이」(1934)를 작품화했다. 1930년 도일해 니혼대학 예술과에 다니면서 연극에도 몰두했다. 1933년 결혼해 2년 만에 이혼하고 1938년 오빠 기호와 중국 상해를 여행하는 등 순탄치 않은 삶 속에서도 활달한 성격의 신여성이었다고 한다. 단편소설 열일곱 편과 수필 십여 편을 남겼다.

백신애는 탈국경적 공간에서 식민지 수탈의 현실과 여성의 욕망, 애욕의 문제까지 담아낸 일제강점기의 대표적 여성 작가로 꼽힌다. 소설 「나의 어머니」, 「꺼래이」 이후 「복선이」, 「채색교」, 「적빈」, 「낙오」(이상 1934), 「악부자」, 「의혹의 흑모」, 「정현주」(이상 1935), 「학사」, 「빈곤」, 「정조원貞操怨」(이상 1936), 「광인수기」, 「소독부」, 「여인」(이상 1938), 「혼명에서」, 「아름다운 노을」(이상 1939) 등의 작품이 있다. 대표작 「꺼래이」에서는 러시아 국경을 넘나드는 순이네 일가가 추위와 굶주림에 시달리는 참상을 통해 조선인 디아스포라의 현실을 보여 주었다. 또한 「적빈」에서는 남의 집 허드렛일을 하는 '매촌댁 늙은이'의 사연으로 며느리들의 출산을 준비하는 가난한 시어머니의 애환을 절절하게 그려 냈다. 사람은 똥힘으로 산다며 똥도 참는 매촌댁의 힘겨운 자식 먹여살리기는 웃음과 슬픔의 아이러니로 하층 여성의 현실을 전달한다. 그 외에도 구여성의 비극을 다룬 작품들과 새 세계를 찾아 나아가는 신여성들을 보여 주는 작품들은 여성주의 의식을 확보한 작품들로 평가받는다. 유고작인 「아름다운 노을」에서는 나이 어린 소년을 사랑하는 화가를 통해 여성의 애욕을 대담하게 그리며 여성의 욕망을 작품화하는 시도를 보여 주었다.

백신애는 유랑하는 민중의 궁핍한 삶에서부터 여성의 능동성을 금기하는 사회적 억압에 의문을 던지는 데까지 경계에 선 사람들의 다양한 문제에 관심을 두고 있었다. 여성 작가로는 드물게 러시아, 일본, 중국 등 당시의 세계사적 공간을 경험하고 작품에 녹여 내 '주변성', '타자성', '여성성'을 중심으로 연구되고 있다.

이선옥

써래이

쓸려갓습니다. 맛치 병드른 거러지 쎄와도 가티……. 굵은 주 먹만큼 한 돌맹이를 쏙쏙 짜박은 울퉁불퉁하고도 싹싹한 돌길 우 로……. 오랜 감금(監禁)의 생활에 울고 잇스라고 세월이 얼마나 갓 는지는 몰랏스나 여러 가지를 미루어 생각하건대 아마도 동짓달 금 옴쎄나 되는가 합니다.

고국을 쩌날 쌔는 첫가을이여서 세루 겹조고리에 엷은 속옷을 입고 왓섯슴으로 아즉까지 그쌔 그 모양대로이니 나날이 깁허 가 는 시베리아의 냉혹한 바람에 몸둥어리는 얼어 터진 지가 오래이엿 습니다. 조선 청년 두 사람 소년 한 사람 중국 쿨리[1](勞動者노동자) 한 사람 나 도합 다섯 사람이 쓸려가는 일행이엿습니다.

「쌰쪽삿게」[2]를 쓰고 길다란 「만도」[3]를 닙은 군인 두 사람이

---

1   coolie, 육체노동에 종사하는 하층의 중국인·인도인 노동자. 19세기에 아프리카·
    인도·아시아의 식민지에서 혹사당했다.
2   뾰족한 모자. '삿게'는 러시아 모자인 '사프카'를 지칭하는 것으로 보임.
3   망토. 소매없는 외투.

총끗헤다 날카로운 창을 쮜여 들고 압뒤로 서서 쑤벅쑤벅 우리를 몰아갓습니다.

　어머니의 외쌀로 고히고히 길리운 몸이 군대군대 어러 터저 물이 흐르는데 잇다금 쑤리는 눈보라조차 사정업시 휘갈겨 몰려가는 신세를 더욱 애쓴케 하엿습니다. 칼날가티 산쑷하고 고초가티 매운 믁찍한 묵에를 가즌 바람결이 엷은 옷을 뚤코 마음대로 왼몸을 어여 내엿습니다. 모―든 감각을 일어바린 「로봇트」가티 어듸를 향하야 가는 길인지 죽음의 길인지 삶의 길인지 아모것도 몰으고 얼어붓흔 혼(魂)만이 감을감을 눈을 쓰고 업허지며 잣버지며 총대에 쮤리워 가며 절눔절눔 걸어갓습니다.

　「슈다!」

　하면 이편 길로

　「쑤다!」

　하면 저편 길로 군인의 총끗을 짜라 흐미한 삶을 안고 작고 걸엇습니다.

　길가에 오고가는 사람들은 발길을 멈추고 바라보며 어린아해는 어머니 팔에 매여달리며 손가락질햇습니다. 그 모든 사람들은 우리 일행을 구경하는 것인 줄은 모를 리 업섯으나 그에 대하야 무슨 감각을 늣기기에는 너머나 어러 쌔진 몸둥이엿스며 너머나 억울한 그쌔엿습니다. 번창한 그 시가의 거리를 무인 광야을 것는 것가티 얼어붓는 이 몸 하나 외에는 아모 생각도 나지 안엇습니다.

　「내가 이대로 얼어 죽는단 말인가!」

　이 한마듸 생각만이 간신히 가삼속에서 움즈기고 잇슬 짜름이엿습니다.

　것고 것고 쏘 걸어 얼마나 걸엇는지 어느 사이에 우리 일행은

거리를 쩌나 파도치는 바닷가에 다엇습니다. 우리는 그곳에서 긔선을 탓습니다. 어느 사이에 긔선은 륙지를 쩌나 만경창파에 술렁거리기 시작햇습니다. 륙지가 멀어짐을 짜라 바람결은 더욱 사나워지며 배는 출렁거리여 갑판 우에 옹크리고 꼿꼿하게 버들어진 우리 다섯 사람이엿습니다. 한째에 물결 방울이 우리 쌤을 째릴 째 비로소 나는 생명의 최후를 늣것습니다. 얼른 살피니 겻헤 잇든 중국 쿨리가 매고 왓든 짐을 쓸르고 이불 한 개를 쓰내여 저 혼자 감고 안저 잇섯습니다.

「아모리 다 가치 쫏겨 가는 신세이나마 중국 사람에게는 매고 단이는 이불이라도 잇건만」

가슴속으로 그의 적은 행복(?)을 부러워하며 나는 나도 몰으게 소리를 질럿습니다. 그째 무슨 소리를 질럿는지 나도 몰읍니다. 그 쿨리는 나의 몹시 흘긴 눈을 바라보며 잠간 머뭇하며 잠잠하드니 그만 샛쌈앗케 얼어 쌔진 얼골이 꿈틀꿈틀 경련을 짓더니 누런 잇쌀을 내여노흐며 벙어리 우름가티 시작도 쯧도 분별업는 소리로 「으어……」하며 울엇습니다. 그 눈에서 쩌러지는 굵다란 눈물인지 내려덥치는 물결 방울인지 바람결에 물방울이 나의 얼골에 쌔려 부첫습니다. 쿨리는 이러나 자긔 이불을 피여 조곰식이라도 가티 논어 덥흐려 햇습니다. 겻헤 안젓든 소년이

「그놈의 되놈 난워 덥자는대 울기는 왜?! 어—흉악한 놈」

하자 두 청년은

「고맙소!」

하며 이불을 쌩겨 바람을 막으려 햇습니다. 그째 비로소 우리를 쓰을고 온 군인 두 사람이 그림자와 가티 갑판 우에는 인적이 업슴을 쌔달엇습니다.

나는 그제야 참다 못한 불덩이가 와락 터저 올러왔습니다. 벌썩 이불을 차고 이러서니 겻헤 청년이

「왜 이러오 이불이 것치지 안소?」

하며 이러서는 나를 원망하엿습니다. 나는 그째 그 청년의 얼골에 침을 뱃고 십헛습니다.

「죽엄이 우리 압헤 닥아오지 안엇느냐 잠시 이불이 것치는 것을 안타싸워하야 우리의 생명을 쌔앗기고 말 것이냐. 모든 리유와 사정은 둘재로 하고 죽음을 압헤 두고도 옹크리고만 잇슬 테냐! 이 것이 우리들을 망하게 한 약하고 게으른 가장 못난 근성(根性)의 하나이다. 그러므로 우리는 ××× ×××××쏘한 이곳에서도 ××× 되는 것이다」

하는 자긔의 무력(無力)과 약함을 한탄만 하다가 살어저 가는 우리들에 대한 분로가 터저 올랏든 싸닭입니다. 그래서 나는 선실 (船室)을 항하야 다름박질을 할 쌔 채 멋 자욱 옴겨 놋치도 못하야 갑작이 출렁하드니 흰 물결 한 쎄가 사나웁게 갑판에 철석 내려 덥헛습니다. 나는 몸의 중심을 잡기 전에 그만 물결에 덥히여 너머지고 말엇습니다. 그래도 이러나려고 니를 악물엇습니다마는 련겁허 출넝그리는 배와 물결에 다시 업더지고 밋스러지고 하야 좀처럼 이러서지지를 안엇습니다. 어느 사이에 덥친 물결은 어름이 되여 갓득이나 얇은 옷이 바삭바삭 소리가 낫습니다.

「녀자는 젓가슴이 얼면 죽어」

하든 이야기가 엇더케 생각이 낫던지 나는 이러한 생각보다 가슴을 음켜 안을려고만 애를 썻습니다. 쏘 한바탕 물결이 철석 덥치자 엇더케 된 셈인지 이러서고 말엇습니다. 그 발로 바로 선실을 향하야 쒸여 내려갓습니다. 그째 나는 사람의 악이란 진실로 무섭

342

고 큰 것임을 늣것습니다.선실 안에는 뜻뜻한 짐이 꽉 차 잇고 섯던
사람은 외투를 벗고 잇섯습니다 나는 번개가티 그중에서 군인을 차
저내여 그 억개를 움켜잡고 갑판을 가르켯습니다. 그제야 군인도
뉘웃첫는지 무어라 중얼대며 손짓을 하엿습니다. 그는 나에게 갑
판에 잇는 다른 사람도 모다 선실 안으로 들어오라고 일르는 것이
나 나는 그 뜻을 진작 알어채지 못하엿습니다. 겻해 잇든 젊은 녀자
하나가 웃으며 나의게 군인의 말을 자세하게 타일르는지 손짓으로
열심히 설명하여서 그제야 나는 그 뜻을 알아채고 밧비 층대를 다
시 올라갓습니다. 갑작이 뜻뜻한 데 들어갓다가 다시 모진 바람결
에 나온 까닭인지 그들에게 선실로 가자는 말을 전키 전에 다시 업
드러지고 말엇습니다. 바람소리 물소리에 그들은 업드러진 나를
돌아보지도 안엇습니다. 이제는 어름덩이가 된 이불자락에다 머리
를 감추고 모다 죽엇는지 살엇는지 움지기지도 안엇습니다. 잇다
금 바람 소리와 함께 쿨리의 우는 소리만 간간이 들럿습니다. 나는
슬픔과 분로가 사뭇처 소리를 질럿스나 입이 마음대로 되지 안엇습
니다.

　「어여엇」

　하는 소리와 함께 군인 한 사람이 나를 슬어 이르키엿스나 나
는 짜로 내 몸을 지탕할 수 업섯습니다. 군인은 벌덕 나를 가로안고
선실로 내려왓습니다. 나는 손을 들어 갑판을 가르치며 련해 소리
를 치며 손짓을 햇습니다. 덩다러 짜러나온 또 한 사람의 군인이 놀
란 드시 갑판 우로 올라가더니 엉엉 우는 쿨리와 함께 세 사람도 내
려왓습니다. 네 사람은 한 엽해 싸하 둔 짐 뭉치 겻헤 자리를 잡고
나는 군인들 겻해 갓다 누이게 되엿습니다. 그째 압흐고 쓰라린 것
이야 엇더케 형용해 낼 수가 업습니다.

이러구러 배가 어느 항구에 닷는 모양인지 사람들이 벅적거리기 시작하자 군인은 나를 부등켜 이러안치고 무엇이라 말햇습니다. 나는 이곳에서 쏘 내리워지는구나— 하는 생각에 다시 치운 바람이 련상되여 금방 긔절될 것가티 소름이 씨첫습니다. 그래서 군인을 치어다보며 못 가겟다고 손을 흔들엇습니다. 정말 나는 그 쓸쓸한 선실을 써나기는 죽기보다 실혓스며 얼마든지 끗업시 그대로 누어 잇고 십헛든 것입니다. 군인은 한번 억개를 움쑥해 보이며 무엇이라 큰 소리를 내여 한참 중얼댓습니다. 그들은 나를 보고 웃는 것이엿습니다. 한바탕 우슴이 터지자 혹은 웃고 혹은 가엽다는 듯이 나를 바라보기도 하며 서로 짓걸대엿습니다. 그 짓걸대는 말소리에서 잇다금

　「쩌래이…… 쩌래이……」

　하□⁴⁾ 가장 귀 익은 단어가 칼날가티 나의 고막을 □□습니다.⁵⁾ 「쩌래이」라는 것은 고려(高麗)라는 말□니⁶⁾ 즉 조선 사람을 가르키는 것이엿슴으로 그 자리에서의 나는 만흔 사람의 우슴써리가 되고 잇는 것을 늣것습니다. 치움에 못 익여 쏘 아모 죄 업는 몸이 무슨 까닭에 그다지 학대를 밧어 가며 가는 압길의 죽음과 삶을 알지도 못하면서 그들의 명령대로만 쑤벅쑤벅 싸르겟느냐 하는 것이 내가 손을 흔든 리유이엿스나 그들의 눈에는 내가 무지몰식하고 무력한 야만인의 표본의 하나로밧게 더 보이지 안엇든 것 갓흐며 그들도 이럿케 생각되엿슴으로 웃고 써들고

　「쩌래이!」

4　'하는'으로 추정.
5　'찢엇습니다'로 추정.
6　'말이니'로 추정.

를 련발하는 것이엿습니다. 그째까지 웃으며 무엇이라 중얼거
리든 군인이 갑작이 얼골을 정색하며 총대로 나의 억개를 찝즉이며

「쓰카래 ―」

를 소래첫습니다. 나는 와락 가슴이 터저 오르는 분로를 엇더
케 할 줄 몰라 벌덕 군인의 턱밋해 솟어 이러섯습니다.

「여보십시요 공연히 그리지 마시요」

하는 소리와 함께 이상하게도 얼골이 빗쭈러지고 흡사 뢰병[7]
환자가티 얼어 터진 얼골로 두 청년과 소년이 나를 잡아쓸엇습니
다. 그 순간에 나의 두 손이 군인의 멱살을 움켜잡고 잇는 것을 깨달
엇습니다. 군인은 그째의 자긔들의 취할 태도를 얼른 생각지 못하
야 눈만 커닷케 쓰고 잇는 것을 보자 나는 갑작이 히쓰테리와 가튼
고소(苦笑)의 우슴이 터저 올랏습니다.

「너이들이 우리의 복잡하고 파란중첩한 사정을 알수가 잇느
냐. 너의들에게 무슨 죄가 잇느냐 모든 죄는 우리에게 잇다. 우리의
약함에 잇섯든 것이다」

나는 군인의 멱살을 놋코 줄우룩…… 흐르난 눈물과 함께 이미
항구에 대인 배를 내릴려고 움즈기기 시작햇습니다.

배를 대인 곳은 조그마한 항구엿습니다. 배에서 내려 얼마 것
지 아니하야 붉은 긔를 쏘즌 ×××가 보엿습니다. 그곳에 이르니
군인 복색한 중국인 가튼 사람이 우리를 마젓습니다.

나는 지금까지 말을 몰라 고생밧든 설은 원정이 일시에 폭발되
여 부지증 그 군인을 향하야 달려갓습니다.

「여보십시요!」

7   뇌병. 뇌의 질환을 통틀어 이르는 말.

어느 사이에 쏘다시 눈물이 쫄— 흘러내렷습니다.

「와? 이러심둥」

이외에도 그 군인은 조선 사람 즉 꺼래이엿습니다 나는 세상에
는 그만치 깃브고 반갑고 정다움은 쏘다시는 업스리라고 생각햇습
니다. 싸히고 싸혓든 설음이 물밀듯 치밀어 올랏습니다.

「아이그 당신 조선 사람이야요?」

「내! 고려ㅅ사람 입쏘마」

그 군인은 나를 바라보앗습니다. 나는 무슨 말을 먼저 해야 조
흘지 몰낫스므로 묵묵히 바라보기만 햇습니다 우리를 잇끌고 온 두
군인도 그 조선 사람 군인과 악수를 하고 우리를 그에게 맥기고는
집 안을 향하야 들어갓습니다.

「이곳이 어듸야요?」

나는 비로소 그 군인을 향하야 뭇기 시작햇습니다.

「영긔 말임둥? 영긔는 ××××××라 합늬」

그는 별로 정다운 표정도 보이지 안코 그대로 우리 일행을 바
라보며

「어서 들어갑소 영긔 서서 말하는 것이 안입늬」

그는 우리를 몰아 마조 보이는 허물어저 가는 흰 벽돌집을 가
르켯습니다.

「여보십시요 우리를 쏘 감금한단 말이요?」

그는 나의 말을 못 알아들엇는지 아모 말 업시 압헤 서서 길을
인도햇습니다. 나는 달려가 그의 압흘 막으며

「여보세요 우리를 쏘 가둘려거든 모다 한곳에 너어 주세요 나
는 혼자 연방에는 가기 실습니다」

군인은 고개만 끄썩거리며 벽돌집 안으로 들어갓습니다. 조금

들어가니 나무로 만든 두터운 문이 잇는대 그 문은 참새들의 쏭이 말러붓허 잇고 몬지와 말쏭 집수새 등이 지저분하게 쌀려 잇서 아모리 보아도 외양깐이엿습니다. 집 외양은 흰 벽돌이나 그 집의 말 못 할 속치장에 다시 놀라지 안을 수 업습니다.

덜커덕 그 나무문이 열리자 그 안을 한번 드려다본 나는 하마트면 뒤로 넘어질 번햇습니다 놀라지 마십시오. 그 안에는 하얀 옷 입은 우리 쩌래이들이 방이 터저라고 채여 잇섯습니다.

「아익! 조선 사람들이다!」

나는 소리를 치고 말엇습니다.

—《신여성》, 1934년 1월

「동무들! 방은 잉것 하나밧게 업슴늬 좀 비좁드라도 들어가참소」

맨 나종쌔지 들어가지 안코 입을 벌닌 채 문턱에 벗틔고 서 잇는 나의 등을 밀어넛코는 덜커덕 문을 잠그고 쑤벅쑤벅 가 버렷습니다.

나는 다시금 긔가 막혀 방 안을 살펴보니 전날에는 부엌으로 쓰든 곳인지 솟 걸은 붓드막 자리가 잇고 그 겻헤 부리씌로 만든 물통이 노여 잇스며 좁드란 송판을 엉금엉금 걸처 노하 공중적 침대를 만들어 노앗는대 방 전체는 사 평(四坪)밧게 되지 안엇습니다. 그 공중 침대 우에는 쌕々하게 사람이 올라안저 잇섯습니다. 맛치 쌀래 장사의 상자 속가티 옹게종게 쏙쏙 짜안고 잇섯습니다. 좌우간 안저나 보려 햇스나 안즐 곳이 업습니다. 방바닥에는 대소변이 질벅거려 발붓칠 곳도 변변치 못하엿습니다. 문이라고는 내가 들어온

나무문과 그와 마조 보는 편에 크다란 쇠창살을 박은 겹유리문이 하나 잇슬 뿐이엿습니다.

그 쇠창살도 부러지고 굽으러지고 하야 더욱 그 방 안의 살풍경을 낫하냇습니다.

끗업시 뭘건이 서 잇는 나를 바로 겻헤 안젓든 륙십가량 되여 보이는 로파가 손목을 잡아쓰을며

「엇지겟소 양! 여긔 좀 안쏘 우리도 다— 이럴 줄 모르고 왓서 쏭이」

함경도 사투리로 두 눈에 눈물을 흠벅 모으며 목메인 소리로 겨우 자리를 내여 쓰러 안치엿습니다.

자세히 살펴보니 우리 일행 다섯 사람 외에 열아홉 사람이 안저 잇섯습니다. 우리를 합아야 스물네 사람이니 겨우 사 평(四坪)박게 되지 안는 방 안에서 더구나 사람이 안즐 곳은 삼 평 반도 채 못되니 어쎠케 용납을 할 수가 잇겟습니다 갓득이나 송판대기가 쓴어지도록 기름을 쌰고 안젓는 데다 쏘 다섯 사람이나 덧부치기를 해노흐니 먼저 온 그들에게는 그리 반가울 것이 업스리라마는 그래도 그들은 방이야 터저 나가든 말든 정답게 마저 주며 가진 이야기를 다— 뭇고 쏘 자긔네들 신세타령도 하엿습니다 그래서 어쎠케 빈줄러 내엿는지[8] 몃 사람은 송판 우에 안게 되엿습니다. 이불을 메인 중국 쿨니는 끗까지 자리를 잡지 못하고 아니 자리를 빈줄러 낼 쌔마다 뒤에 선 조선 청년에게 양보하고 맨 나종까지 우득허니 서 잇섯습니다. 그래도 나는 동포들의 몸과 몸에서 새여 나오는 훈긔에 몸이 녹기 시작하자 노근노근하니 정신이 황홀해지며 쌔쓧한 그리

8   빈줄러 내다. 비좁은 상태에서 조금씩 당겨서 자리를 만들어 내다.

운 고향 어머니 집에나 돌아온 것가티 힘이 낫습니다.

「저— 되ㅅ놈은 안즐 재리가 업나!」

하며 고개를 드는 것헤 로파의 말소리에 정신이 돌리어서 돌아보니 아즉까지 쿨니는 이불을 맨치고 잇섯습니다. 나는 이상하게도 가슴이 쩌릿하여젓습니다. 능히 자긔가 안즐 수 잇섯든 자리를 조선 청년에게 먼저 물려준 그의 마음속이 가업섯든 것이니 그가 자리를 벗틔고 차지하지 안는 것은 도덕적례의(道德的禮儀)에 싸른 것은 안일 것이나 갑판 우에서 이불을 논어 덥든 그째와는 반대되는 처지에 잇슴을 그는 늣것슬 것입니다. 그 사이에 자긔와 가튼 중국 사람이 하나이라도 끼여 잇섯드면 그는 그럿케 서 잇지는 안엇슬 것입니다.

그째의 쿨니의 심정은 「써래이」로 태여난 나에게는 잘 살펴볼 수가 잇섯습니다.

「다— 가티 안질 권리를 가지고 들어온 이 방 안에서 누구는 안고 누구는 안지 못하는가 오늘까지 우리 「써래이」가 당해 오는 억울한 비애를 축소(縮小)식힌 것이 지금의 쿨니 너와도 가트리라!」

나는 벌덕 이러나 문을 두들기기 시작햇습니다만 손이 어러터진 터이라 한편 구두짝흘 버서 들고 힘 잇는 대로 문을 두들것습니다.

「웨? 두들기오 안 옴누마」

하며 작고 말럿습니다 그래도 나는 작고 두들것드니 갑작이 문이 덜컥 열렷습니다. 나는 쏘 두들기려고 올려메엿든 구두짝을 발에 쉬이며 바라보니 앗가 그 조선 사람 군인이엿습니다.

「어째 불럿슴둥」

나를 퉁명스럽게 나려다보며 물엇습니다.

「이것 보서요 이럿케 좁은 자리에 엇더케 이 만흔 사람이 안질

349

수 잇서요? 아모리 안저도 다— 는 안질 수가 업소구려 다른 곳으로 난우어 두든지 엇더케 해 주서요」

자세히 귀를 기울이고 듯고 잇든 군인은

「동무 말쇠리 잘 모르겟섯소마 무슨 말임둥 안질 재리가 배잡단 말입쇠이?」

나는 긔가 막혓습니다.

「참! 어이업는 조선 동포이시구려!」

김쌔진 「쌔—루」 가티 나의 입안이 믹믹하여젓습니다. 그째 가티 온 소년이 쒸여나오며 하하 우스며

「예! 예! 그럿섯쇠이」

하엿습니다. 나는 소년의 재미잇서 하며 함경도 사투리를 흉내 내는것이 우스웟습니다 군인은 고개를 씃덕씃덕하며 두 손을 펴고 억개를 줏춤해 보이고

「할쇠 업섯소마 방이 잉것뿐 입쇠이 멧날 고생 안 입소마 참고 견댑소」

하고는 문을 닷처 바리려 햇습니다. 나는 와락 그의 덜미를 잡아닥치며

「이것 무슨 말이요 한 시간 두 시간이 아니고 오늘 밤을 이대로 둔다면 엇더케 한단 말이요 상관에게 말해서 좀 구처해 주시요」

군인은 휙 돌아서며

「내가 뭐를 알쇠잇슴둥 저— 우에서 하는 명령이대로 영긔는 그대로 합구마 나는 모르겟쓰이」

덜컥 잠그려는 그 문을 쎄밀며 나는 소리를 첫습니다.

「여보시요 이대로는 안 됩니다 무슨 죄야요 글세 무슨 죄들인가요 웨 우리를 이런 고생을 식힌단 말이요 조선 사람이란 죄밧게

는 아무 죄도 업습니다 다— 가튼 조선 사람인 당신이 모르겟다면 우리는 어쩌케 한단 말이요」

군인도 난감한 드시 다시 고개를 문 안에 들여밀며

「글시 동무들이 무슨 죄 잇서 이라는 줄 압쏘이? 다— 가튼 죄선 사람이라도 우에 잇는 사람들은 맘이 곱지 못옵니…… 나도 동무들가티 욕본 쌔 잇섯쏘마 ××에 친한 동무 업슴둥 그 동무에게 쇠줄씰(電報전보)해서 ×××에게 청을 하오면 되오리」

군인은 이재는 아조 잠구어 버리려 햇습니다.

「아니 보십시요 미안합니다만 전보 좀 노아 주실 수 업습니까?」

군인은 다시 고개를 들여밀며

「무싀긔?」

「아니 전보 한 장 처 달나 말입니다」

소년이 쪼 우스며

「안입쏘마 쇠줄씰 말입싀이」

하고 설명을 하엿습니다 그쌔 나는 문박게 송판 한 쪼각이 노혀 잇는 것을 발견햇습니다. 군인에게 그 송판을 집어 달나고 바더 들고 그와 다시 만날 약속을 해 놋코 돌려보냇습니다 나는 그 송판을 붓두막에다 걸처 놋코 그 우에 올러안즈며 그쌔까지 그대로 서 잇는 쿨니를 바라보앗습니다. 엇전지 나의 몸은 너머 피로하엿든 까닭인지 이상하게도 마음이 평은하여젓습니다.

「거긔 안저!」

하며 내가 안젓든 자리를 가르켯습니다.

「아! 이 뢧놈을 그리로 보냄새 당신이 이리 오소」

방 안 사람은 모다 나를 침대 우로 오라 하엿다 쿨니는 이 눈치를 채엿는지 나를 쩨밀며 자긔가 붓드막 우로 올러왓습니다. 그의

351

눈에는 눈물이 매ㅅ처 잇섯습니다 그는 나를 바라보며

「스파시―보 제브슈싸!」

하엿습니다. 그리고 메고 온 뭉치 속에서 어느 째부터 감추어 두엇든 것인지 샛감은 쌍을 쓰집어내여 한 귀퉁이를 쑥 쩨여 내 압헤 쑥 내밀엇습니다.

쿨니의 얼골은 눈물과 코물이 겔겔 흐르고 손은 샛캄앗케 째가 뭇어 길다란 손톱 밋헤는 몬지가 쏙쏙 차 잇섯습니다.

「쑤― 쉬 쑤― 쉬」

그는 한 손에 든 팡을 비여 먹으며 내 압헤 작고 내밀엇습니다. 내 눈에도 눈물이 고여지며 그 쌍 쪽을 바다 들엇습니다.

「스파씨 ― 보」

그에게 감사한 인사를 하고 그 쌍 쪽을 급히 한닙 물어쓰덧습니다. 나는 그째 만 하로 반[9]을 물 한 목음 삼켜 보지 못하고 굼주렷든 것입니다. 금지옥엽가티 귀히귀히 자라난 어머니의 쌀이 무엇입니까 나는 그째 그 쌍가티 맛잇는 음식은 아즉것 먹어 보지 못햇습니다.

한시도 견대 나지 못할 것 가튼 그 방 안의 생활도 벌서 일주일 동안이나 게속되엿습니다. 아침에 이러나면 일제히 밧것으로 나가 세수를 식히우고 저녁에 한번식 불리워 나가 대소변을 보게 하엿습니다 광막한 벌판 저편 가에서 둥그다란 달이 써오르는 것을 바라보며 벌판에서 제 마음대로 대소변을 보는 것이 나는 퍽 유쾌하엿습니다 하로는 대소변 시간에 혼자 방 안에 남아 잇기도 쓸쓸해서 보고 십지도 안은 뒤를 보는 척하고 것으로 나왓습니다. 그날 밤은

9 만 하루 반.

보름이엿든지 퍽으나 크고도 둥근 달이엿습니다 벌판의 이곳저곳
서는 뒤보는 사람들이 헛치어 안젓고 군인 하나는 총을 집고서 파
수를 보고 잇섯습니다. 나는 파수병 겻헤 서서 수작을 붓처 보앗습
니다.

「쓰바릿쉬! 저 달이 곱습니다」

나는 달을 가르키고 다음에 달을 보며 일제히 뒤를 보고 잇는
사람들을 가르켯습니다.

파수병은 짤막한 한마듸 말을 한 나를 붓들고 무엇이라 길게
길게 이야기하엿습니다. 나는 그저 고개만 쯔덕이엿습니다. 그랫드
니 그는 싱긋 우스며 나에게 밧삭 닥아서며

「달도 곱지마는 너도 곱구나」

그는 달을 가르키고 나의 얼골을 가르켯습니다 나는 그 말의
쯧을 아래차리고 휘 도라서 방으로 들어오고 말엇습니다. 그는 나
를 붓잡으려다가 맛참 뒤를 다 본 사람들이 하나둘 이러서는 것을
보고 그대로 서 잇섯습니다.

그 이튼날이엿습니다. 아침의 식료(食料)를 가지고 온 군인의
얼골이 전날과 달러젓슴으로 나는 한번 자세히 처다보앗습니다 그
는 훨신 큰 키와 하얀 얼골과 고흔 니빨을 가즌 젊은 군인이엿습니
다 나는 그가 어제밤에 파수 보든 군인 것을 알아차리고 우서 보엿
습니다. 그러나 마음속은 썰니엿습니다.

그 방 안에 잇는 사람의 반은 밀수입하는 사람들이엿습니다.
그들은 중국으로 가서 헐하게 사 가지고 그곳에 와서 ×××의 눈
을 속여 가며 빗사게 팔다가 붓들리운 것이엿스며 그 외는 모다 이
민(移民)이엿습니다. 모다들 몰래 국경을 넘어서다 붓들린 것이엿
습니다.

353

「우리는 몃 번이나 재판햇습니 쏘 한번 더하면 뉘 우게 되여 쌍을 씌여 주든지 다시 국경으로 쫏든지 한답대!」

속옷을 풀어제치고 이를 잡든 로파가 나에게 이야기햇습니다.

「아무라도 농사짓는 쌍을 그저 씌여 준다 하길내 우리도 이럿케 왓섯늬」

「그건 참말 그저 쌍을 씌여 준답두마 우리는 바로 국경에서 붓잡혓스니까 이럿치……」

「아이구 말 맙소 아무래도 우리 내지 쌍이 좃습두마 여긔 오니 「얼마우자」 미워서 살겟습듸!」

「얼마우자」 이것은 조선을 써난 지 몃 대(代)나 되는 조선 사람을 이르난 말이니 그들은 조선 사람이면서도 조선말을 변변히 할 줄 모르는 것이엿습니다. 그 조선 군인도 역시 「얼마우자」의 한 사람이엿습니다.

「아이구 엇지겟늬 여긔서 쌍을 아니 씌 주면 우리는 엇지겟늬」

「설마 죽겟소 국경 밧게 쫏차내면 쏘 한번 몰내 들어옵지요 쫏처내면 쏘 드러오고 쫏차내면 쏘 들어오고 슺헤 가면 뉘가 못 익이는가 해 봅시다. 고향에 들어갓자 발 붓칠 쌍 한 쏘박 업지 엇더케 산담. 이왕 나선 길이니 나는 죽든 살든 이 쌍에 와 살고야 말겟소」

로파 아들인지 검으틔틔한 젊은 사나히가 로파를 반박하듯 힘을 도으듯 이럿케 말햇습니다.

「아이 듯기 실타 이 몹슬 손들아 너이들 째문에 이 고생이지 멀정한 농사를 버리고 이놈의 쌍에 와서이런 고생이 뭣고 아이구 엇지겟늬」

「앗다 참 몃 번 쫏겨 가도 나종에 쌍만 엇두록하면 그만이지머!」

「아이구 어지게늬야!」

밤이나 낫이나 이 로파는 늘 중얼대며 안타가워하며 아들과 싸홈을 하엿습니다. 더구나 밤이 되면 쑹 이 알는 소리, 늣겨우는 소리, 젊은 내외의 틱접그리는 소리, 모다가 잠 못 의루는 나의 가슴을 어여내는 듯시 압흐게 하엿습니다.

일주일을 지난 이른 아침이엿습니다. 우리 일행 다섯 사람을 제한 외에는 모다 밧그로 불리워 나갓습니다 갑작이 방 안이 비여지니 살을 어이는 찬바람이 방 안을 어름 무덤가티 쌀쌀하게 하엿습니다. 허줄어저 가는 쇠창살에 스러지려는 몸을기대여 눈 싸힌 밧겻을 내여다보고 잇섯습니다. 열아홉의 남녀로 소위 힌옷 입은 한 쎄가 일렬로 느러서서 압뒤로 말 탄 군인을 세우고 뒤 산등을 넘어가고 잇섯습니다.

「엇지겟느냐! 어듸를 갑누마!」

로파의 외마듸 소리가 나의 가슴에 와 활살가티 쏩혓습니다.

「일희에게 잽여가는 목자 일흔 양 쎄와도 가티 헤매여 들은 국경의 험악한 길을 다시금 쫏겨 넘는 가엽슨 힌옷의 쎄래이 쎄…… 몃 날이 다 안 가서 나도 저와 갓흘 것을…… 이 몸도 쎄래이니 면할 줄이 잇스랴!」

나는 처량하여저 가는 가슴을 쾅 한번 두달겨 보고 송판 우에 마음썻 사지를 피여 보앗습니다.

「아이그 저 사람들이 국경으로 축방[10]을 당하는구려!」

하며 청년 한 사람이 털쩍 주저안저 목을 놋코 울기 시작햇습니다. 나는 벌덕 이러나 그의 겻헤 밧삭 닥아안저서

---

10 추방.

「웨? 우시요」

나의 이 말소리는 너머나 노여움에 떨리고 쌀쌀하고도 무거웟습니다.

「웨 우시요?」

련겁허 한 번 더 물어보앗스나 그는 한 번 내여노흔 우름을 씃치지 못햇습니다.

「여보시요 울 째가 아닙니다 웨 약하게 눈물이 난단 말이요 눈물을 흘릴 만한 정렬을 가진 우리들이 웨 우리 쌍을 써낫단 말이요 매우 안탁가우나 우리는 우리 속에서 배워야 하겟스며 ××야 하겟습니다. 비록 나를 ××낸 고국일지라도 나는 그 뭇××슬 속에 쒸여 들어가겟습니다. 양 쎄를 버리고 달려온 목자가 무슨 염치로 눈물이 난단 말이요. 이곳에서 좃기운다면 그것은 ×××××이 되는 것입니다. 울지 말고 저 동포들의 뒤를 싸러갑시다」

과연 우리 일행도 그 이튼날 아침 일즉이 불리워 나갓습니다. 나가는 문턱에서 달밤에 파수 보든 그 키 큰 군인이 나의 억개를 툭 첫습니다.

「잘 잇스오!」

나는 그를 돌아보앗습니다 그는 나의 억개 우에다 검은 세―루로 된 웃저고리를 걸처 주엇습니다. 비록 날거 쌔진 것이엿스나 그의 호의에 나는 감사할 말이 막히여 고개를 숙엿습니다. 그는 모르는 척 시침이를 싸고 나를 압세우고 마당으로 나왓습니다 마당에는 안장 지은 두 마리의 말이 곱비를 울리고 서 잇섯습니다 두 사람의 군인이 총을 메고 말등에 올러타자 우리에게 최후 선언을 하는 「얼마우자」의 그 조선 군인은

「동무들 할 쉬 업섯고마 국경으로 축출한답니」

하엿습니다 나는 그의 겻흐로 가서

「약속한 쇠줄글은 그만두시요 나는 우리 쌍으로 가겟습니다」

하며 악수로 하직하고 축방(追放)의 길을 써낫습니다 두 사람의 말 탄 군인 중 한 사람이 그 키 큰 군인이엿슴이 나의게 조곰마는 밋음과 안심을 주엇습니다.

황량한 시베리아의 벌판과 냉혹한 찬바람에 살을 비어 내며 우리들은 산등도 넘고 어름길도 건느며 두 군인의 말곱비 소리를 가삼 우에 들엇습니다 쫏기워 가는 가엽슨 무리들의 걸어간 자취 우에 다시 발을 옴겨 되될 째 자욱마다 피눈물이 고여 잇섯습니다 말 등 우에 놉히 안진 군인 두 사람은 놉히놉히 목을 합하야 노래를 불럿습니다 그 노래소리는 찬 벌판을 지나 산 넘어로 살어지며 쫏겨다니는 무리들을 조상하는 것 갓텃습니다.

잇다금 치움과 피로에 발길을 멈추다가 다시 니를 악물고 것기 시작하는 나를 나려다본 키 큰 군인은 위로하듯 다섯 손가락을 피여 보엿습니다. 아즉 오십 로리[11](五十露里) 남엇다는 쯧이엿습니다.

한 씍의 「싸리」나무 울창한 산길을 지날 째 어느듯 산그림자는 둣터워지며 애긋는 시베리아의 석양이엿습니다.

검은 세—루 웃저고리 속으로 가만히 젓가슴을 움켜안으며

「이 웃저고리 하나가 고국까지 갈 동안 나의 생명을 싸쯧하게 휩싸 주리라」

나는 군인을 치여다보앗습니다. 군인은 애처러운 리별의 마즈

---

11 일본어 'ろり'. 노리. 러시아에서 이정里程(어떤 곳에서 다른 곳까지 이르는 거리)을 나타내는 단위.

막 우슴을 보내며 말등에서 허리를 굽혀 나의 얼골을 들여다보앗습
니다.

—《신여성》, 1934년 2월

모윤숙(毛允淑·1909~1990)

　　모윤숙은 1909년 함경남도 원산에서 출생해 함흥 영생보통
학교, 개성 호수돈여자고등보통학교, 이화여자전문학교 영문과에
서 차례로 수학했다. 양친 모두 독실한 기독교 신자인 집안에서 시
인은 일찍부터 서구적 세계관을 접했다. 졸업 후 간도 용정에 위치
한 명신여학교, 경성 배화여자고등보통학교에서 교사로 재직한 후
《삼천리》기자 생활을 했다. 1934년부터 '극예술연구회', '시원' 동
인에서 활동하다 춘원의 소개로 당시 보성전문학교 교수인 안호상
과 결혼한다. 세 번째 서사시집『성삼문』을 집필 중에 1981년 고혈
압과 동맥경화증으로 투병하다 1990년 별세했다.

　　모윤숙은 1940년대에는 조선문인협의회 간사직, 친일 단체인
조선임전보국단 경성지부 발기인 겸 산하 부인대의 간사를 겸임하
면서 조선의 여성들을 '반도부인', '총후부인'으로 동원하는 친일
활동을 했다. 해방 후에는 극우적이고 친미적인 정치 활동을 했다.
뛰어난 영어 실력으로 정치 브로커 역할을 하며 이승만과 UN 한국
임시위원단 인도 대표인 메논을 연결해 남한 단독 정부 수립에 부
정적이었던 메논의 생각을 바꿔 놓았다. 1947년과 1949년에 열린
UN총회에 한국 대표로 참가해 남한 단독 정부의 국제적 승인을 위
한 활동을 했다. 한국전쟁기에 도강에 실패해 수복 때까지 숨어 지
내는 치욕을 경험하고는 선전문「천지가 지옥화」, 반공 시「국군은

죽어서 말한다」(1951)를 창작했다고 전한다. 이후 극적으로 생존해 미군 장성과 외교관을 대상으로 로비와 정보 수집을 목표로 한 낙랑클럽 회장, 극우 단체 대한여자청년단총본부 단장을 지낸다. 이러한 삶은 한국에서 신여성으로 추앙받던 한 시인이 굴곡진 정치 상황에서 지극히 국가주의적이고 보수적인 방향으로 자신의 정체성을 잡아 가는 전형적 여정이라 볼 수 있다.

문단에서도 우익 성향의 문예지 《문예》(1949)를 창간해 반공주의 문예 이념을 전파하는 데 앞장서고 이후 각종 요직을 두루 거친다. 국제펜클럽본부 부위원장, 한국문화단체총연합회 최고위원, 여류문인협회 회장, 한국현대시협회 회장, 예술원 원로회원 등을 역임한다. 그 공로를 인정받아 이후 예술원상, 국민훈장 모란장을 받고 민주공화당의 전국구 국회의원을 지냈다. 문인으로서는 1931년 2월 잡지 《동광》에 시 「피로 색인 당신의 얼굴」을 발표하며 문단에 등장했고, 첫 시집으로 『빛나는 지역』(1933) 이후 『렌의 애가』(1937), 『옥비녀』(1947), 『국군은 죽어서 말한다』(1952) 등과 장편 서사시 「논개」(1974), 서사시집 『황룡사 구층탑』(1975) 등, 시수필집 『회상의 창가에서』, 『밀물썰물』과 중편소설 「미명」(1940), 콩트 「전화」(1938) 등을 발표했다.

모윤숙의 초기 시는 감상주의적 낭만성이 특징이었다면, 이후 친일시 등에서는 남성적이고 파토스가 강한 톤으로 변화한다. 시집 『렌의 애가』는 모윤숙의 대표작으로 서정적인 내용과 정열적이고 감상적인 톤을 보인다.

박지영

조선의 딸

이마음 물결에 고요치못할때
믿부신 그의音聲음성 내곁으로날너와
내靈魂영혼의 귀ㅅ가를 흔들어줍니다
『너는지금 무엇을생각하느냐』고.

내가자리에 피곤히 긔대었을때
소리없이 그의손은 내가슴에찾어와
고닲은 내魂혼에 속삭입니다
『너는 웨 잠이들지몯하느냐』고.

해여진 치마보고 艱難간난을슬퍼할때
어대선지 그얼골은 가만히나타나
깨여진窓창틈으로 속삭입니다
『너는朝鮮조선의 딸이아니냐』고.

361

그리운사람있어 눈물질때면
내억개 가만히 흔드는이있어
慈悲자비한목소리로 들여줍니다
『人生인생의 全部전부는 사랑이아니라』고.

一九三三年1933년 봄

── 모윤숙,『빛나는 지역』(조선창문사, 1933)

노천명(盧天命·1911~1957)

　　노천명은 1911년 황해도 장연군에서 태어났다. 본래 항렬자를 따라 기선基善이라 지었다가 여섯 살 때 홍역을 심하게 앓다 기적적으로 살아났다고 해서 천명天命으로 개명했다고 한다. 무역업을 했던 부친 덕에 비교적 유복한 유년 시절을 보내다가 1917년 아들을 간절하게 원했던 부친의 뜻에 따라 보통학교 입학 전까지 남장을 했다고 전해진다. 보통학교 입학 직후 아버지가 사망하여, 서울로 이주해 진명보통학교와 진명여자고등보통학교, 이화여전 영문과에 입학해 문학소녀 시절을 보낸다. 부친을 잃고 고향을 떠나온 상실감에 이어 여학교 졸업 당시 모친을 연이어 잃은 슬픔은 노천명의 문학 세계에 큰 영향을 끼친다. 시를 잘 쓰는 문학소녀로 유명했던 노천명은 이화여전 시절 은사인 변영로, 김상용의 지도를 받으며 《신동아》에 시 「포구의 밤」(1932)을, 교지 《이화》에 시조 「어머니의 무덤에서」(1932)를 발표한다. 졸업 후 '극예술연구회'에도 참여하여 안톤 체호프의 「앵화원(벚꽃 동산)」(1934)을 공연한다.

　　1935년 《시원》에 「내 청춘의 배는」을 발표한 후 문단의 주목을 받는다. 노천명은 생전 생업을 지속했다. 《조선중앙일보》 학예부 기자, 《여성》의 편집기자, 해방 이후에는 《서울신문사》와 《부녀신문사》 기자, 전후에는 중앙방송국에 촉탁직으로 근무한다. 노천명은 1942년 2월 《조광》에 실은 「기원」을 시작으로 여러 편의 친일

시와 산문을 썼다. 광복 이후, 친일 행적에 대한 반성의 의미로 조선 문학가동맹에 가입하여 소극적으로 활동한다. 한국전쟁기 미처 피난을 가지 못해 서울 수복 후 공산당에 부역한 혐의로 서울시경에 체포되어 2년 형을 받았다가 주변 문인들의 도움으로 6개월 만에 풀려난다. 이때의 체험은 그의 영혼과 육체에 큰 상처를 남겼다. 휴전 후 모교인『이화70년사』편찬에 관여하던 중 1957년 재생불능성빈혈로 쓰러져 자택에서 별세한다.

첫 시집『산호림』(1938)을 자비로 출간한 이후 시집『창변』(1945),『별을 쳐다보며』(1953), 수필집『산딸기』(1950),『나의 생활백서』(1954),『여성서간문독본』(1955) 등을 출간했다.

「사슴」(1938)으로 유명한 노천명은 기본적으로 낭만주의적 정서를 밑바탕으로 깔고 있지만, 존재들의 허무주의적 심연을 절제된 감정으로 표현한 감각적 감수성을 갖춘 시인이다. 굴곡이 많은 생애를 경유하면서 겪었던 고통이 멜랑콜리하게 내면화되어 표현되기도 하고, 자신을 둘러싸고 벌어진 여러 불합리한 평가에 저항하듯 때론 남성적 화자를 등장시켜 중성적 목소리를 내기도 한다. 이러한 점은 그를 둘러싸고 벌어진 위계화된 억압적 질서를 교란시키는 여성주의적 실천 행위라고 볼 수 있다.

박지영

自畵像_{자화상}

五尺一寸五分_{오척일촌오분}키에 二寸_{이촌}이 부족한 不滿_{불만}이있다. 부얼 부얼한 맛은 전혀 잊어버린 얼골이다 몹시 차보여서 좀체로 갓가히 하기 어려워 한다.

거린듯 숫한눈섭도 큼직한 눈에는 어울리는듯도 싶다만은……

前時代_{전시대} 같으면 환영을 받았을 삼딴같은 머리는 클럼지한 손에 藝術品_{예술품} 답지 않게 언쳐저 간얄핀몸에 무게를 준다. 조고마한 꺼릿김에도 밤잠을 못자고 괴로워 하는 性格_{성격}은 살이 머물지 못하게 虐待_{학대}를 했을게다.

꼭담은 입은 괴로움을 내뿜기 보다 흔이는 혼자 삼켜버리는 서걸푼 버릇이있다 三_삼온스의 『살』만 더 있어도 무척 생색나게 내얼골에 쓸데가 있는 것을 잘 알것만 무데지 못한 성격과는 妥協_{타협}하기가 어렵다.

처신을 하는데는 산도야지 처럼 대담하지 못하고 조고만 유언비어에 도 비겁하게 삼간다. 대(竹)처럼 꺽거는 질지언정

구리(銅) 처럼 휘여지며 꾸부러지기가 어려운성격은 각금 자신

노천명

을 괴롭힌다.

— 노천명, 『산호림』(한성도서주식회사, 1938)

男남사당

나는 얼굴에 粉분을 하고
삼싼가티 머리를 싸네리는 사나이

초립에 쾌자를 걸친 조라치들이
날나리를 부는 저녁이면
다홍치마를 둘르고 나는 香丹향단이가 된다

이리하야 장터 어늬 넓운마당을 빌어
람프불을 도둔 布帳포장속에선
내 男聲남성이 十分십분 屈辱굴욕되다

山산넘어 지나온 저村촌엔
銀은반지를 사주고 십흔
고흔 處女처녀도 잇섯것만

다음날이면 써남을 짓는
處女처녀야
나는 집시의 피 엿다
내일은 쏘 어늬洞里동리로 들어간다냐

우리들의 道具도구를 실은
노새의 뒤를 짜라
山산쌀기의 이슬을 털며
길에 오르는 새벽은

구경군을 모흐는 날나리소리 처럼
슬픔과 기쑴이 석겨 핀다

—《삼천리》1940년 9월;

노천명,『창변』(매일신보사출판부, 1945)

송계월(宋桂月·1911~1933)

송계월은 1911년 함남 북청군 신창면에서 태어나 어부이자 신창지역 사회운동단체 소속이었던 아버지 송치옥의 영향으로 어렸을 때부터 사상 방면의 책과 사회과학 서적을 탐독하며 자랐다. 15세 때 홀로 경성행을 감행해 1927년 경성여자상업학교에 입학했다. 재학 중 학교의 불법 행위에 대항해 세 차례 동맹휴교를 주도하고 구류 처분을 받았다. 1930년 1월 15일 서울 여학생 만세운동을 이끌었다. 이때 보안법 위반으로 검거되어 1930년 3월, 징역 6월, 집행유예 2년 선고를 받았다. 1931년 2월 경성여자상업학교를 졸업하고 조지아백화점 직원으로 취직했다. 4월 개벽사《신여성》기자가 되었다. 첫 기사는 송적성이라는 필명으로 1931년 4월에 실은 「내가 신여성이기 때문에」였다. 송계월은 이 글에서 "신여성의 책임을 진 우리는 이들(경제, 투쟁에서 활약하는 여성들을 의미)의 처지, 착취당하는 자의 각성이 필요할 것이며 좀 더 의지 군게 투쟁력을 완성시킴에 있으며, 이들의 무기가 되어 일하지 않아서는 안 될 것"이라고 주장했다. 1931년 10월부터 1932년 1월까지 개벽사에서 발간하는《신여성》,《제일선》,《혜성》,《어린이》에 본명과 필명으로 여러 글을 발표했다. 1931년 12월《신여성》에 실은 「공장소식」에서는 열악한 노동환경과 감독의 성폭력 위협에 시달리는 제사 공장 여성 노동자들의 현실을 고발했다. 1932년 2월 여학생

만세운동 때 수감 생활 중 얻은 위병과 폐병을 치료하기 위해 고향 북청으로 요양을 떠난 중에 1932년 3월 《삼천리》에 소설 「가두연락의 첫날」을 발표했다.

송계월이 요양 중이던 1932년 5월 '처녀 출산'을 했다는 가짜 뉴스가 퍼졌고, 이갑기가 《여인》 가십란에 이를 공개적으로 실었다. 송계월은 소문에 대한 반박 글 「역선전에 대한 일언」, 「데마에 향하여」를 연속 발표하면서 황색 저널리즘의 비윤리성을 비판했다. 1933년 고향에서 장결핵으로 별세했다.

송계월은 여성 작가들의 독자적인 단체 결성과 기관지 발간을 제안한 최정희의 글에 반박하는 글 「여인 문예가 크룹 문제」에서는 "진정한 진보적 의의를 가지는 것은 남성 대 여성의 성적 관계에 있는 것이 아니고 부르주아계급 대 프롤레타리아계급이라는 계급적 관계에 있다."라고 주장했다. 스물세 살의 나이에 요절한 송계월의 삶은 소문에 저항하면서 식민지 현실의 민족적·성적 질곡을 넘어서려 했던 신여성의 상을 보여 준다. 또한 식민 치하 여성 노동자 계급의 현실과 운동을 본격적으로 형상화했다는 점에서 문학사적으로도 의미가 있다.

김양선

내가 新女性신여성이기 째문에

新女性신여성! 新女性신여성! 얼마나 過去과거에 빗치어 보아 色彩색채 다른 시원한 名詞명사며 同時동시에 얼마나 귀여운 일흠일까? 그저 귀엽다고 하기보담도 責任책임질 만한 귀여운 일흠이다.

이 貴귀여운 일흠을 가진 所有者소유자가 果然과연 어쩌한 環境환경과 어쩌한 處地처지에서 脫出탈출하여 街頭가두로 발을 옴것는가? 이들의 過去과거의 生活생활은 어쩌하엿는가? 멧천 년 긴—歲月세월을 經濟的경험적으로 政治的정치적으로 이 모—든 社會的사회적 條件조건에 잇서서 不平等불평등한 地位지위에서 家庭가정과 社會사회의 二重이중 三重삼중의 桎梏질곡 밋헤서 苦痛고통과 壓制압제를 밧든 것은 否認부인할 수 업는 事實사실이다. 亦是역시 現在현재에 잇서서도 이 모—든 不利불리한 條件조건을 벗지 못하고 쓰라린 桎梏질곡를 打破타파치 못하고 잇는 女性여성이 全部전부라고 하여도 過言과언이 아니다. 그러면 이러한 歷史역사를 가진 女性여성은 우리 朝鮮조선뿐일까? 아니다. 이러한 歷史역사를 가지고 잇는 것은 世界세계 女性여성의 壓制압제와 苦痛고통의 共通공통된 運命운명이엿섯다. 이러한 處地처지에서 暗

371

黑암흑의 壁벽을 박차고 밝은 社會사회로 街頭가두로 活舞臺활무대로 陣진을 삼으려는 慾望욕망 亦是역시 同一동일한 것이다. 然연이나 이러한 가운데서도 가장 뒤써러진 女子여자라면 우리 朝鮮조선 女性여성 하나밧게 업슬 것이다.

그러면 今日금일 우리 朝鮮조선의 新進신진 女性여성 卽즉 글ㅅ子자나 吸收흡수하엿다는 그들의 覺醒각성 程度정도는 果然과연 어쩌한가? 이들의 思想사상 方面방면의 理解이해 生活上생활상의 意識의식 立脚입각한 處所처소 當당할 責任책임 그것이 무언가 認識인식한 사람은 이들 中중에도 얼마나 될가? 섭섭하나마 一般的일반적으로 最低級최저급한 것뿐이니 우리 新智識신지식을 어느程度정도까지 相當상당히 차진 新女性신여성 所謂소위 先進者선진자 自體자체가 充實충실한 個性개성의 自覺자각을 가지고 社會意識사회의식에 눈쓴 이가 果然과연 멧 사람을 손꼽을 것인가? 責任책임 만흔 少數소수 部隊부대의 先驅者선구자는 무엇으로써 家庭가정에 예속된 그들을 구할 것인가?

몬저 新女性신여성 自體자체의 覺醒각성을 促進촉진식힘에도 잇겟지만은 그보다 家庭가정에서 無數무수의 壓制압제밧는 그들과 後進후진의 女性여성을 爲위하야 社會사회의 裡面이면 家庭가정 內部내부에 蟠居반거[1]한 이들의 潛在的잠재적 勢力세력을 쌔트릴 날센 칼을 만드는 데 重要點중요점을 삼을 것이다.

그러면 좀 나아가 家庭가정의 굴을 버서나 意識의식 업시 經濟경제 鬪爭투쟁에서 活躍활약하는 그들에게 取취할 態度태도는 무엇일까?

몬저 이들이 搾取착취當당하고 잇는 ××은이들에게 어쩌한 態度태도를 取취하는가? 이들의 狡滑교활한 行動행동에 이 婦女부녀 그들

---

1   틀어박혀 살고 있다.

은 그것을 알고 잇는가? 이들은 알지 못하는 것이 事實_{사실}이며 이곳에서도 그者_자들에게서 亦是_{역시} 賤待_{천대}를 밧지만 이것을 그들은 아는지 問題_{문제}일 것이다. 여긔서 先進者_{선진자}의 重_중한 責任_{책임}은 如何_{여하}한가?

新女性_{신여성}의 責任_{책임}진 우리는 이들의 處地_{처지} 착취當_당하는 者_자의 覺醒_{각성}을 必要_{필요}할 것이며 좀 더 意志_{의지} 굿게 鬪爭力_{투쟁력}을 完成_{완성}식힘에 잇스며 이들의 무긔가 되여 일하지 안어서는 안 될 것인댄. 所謂_{소위} 前衛_{전위}인 그들은 只今_{지금}까지 무슨 役割_{역할}을 하여 왓는가? 쏘한 무엇으로 그들에게 쏙크를 주엇는가? 이 말에 감히 對答_{대답}이 나올 것인가?

이들은 오히려 勞働_{노동} 婦女_{부녀}들의 阿片_{아편}에 지남이 무엇이 잇는가? 新女性_{신여성} 同志_{동지}! 自身_{자신}의 覺醒_{각성}도 몬저 말한 바와 가티 亦是_{역시} 鬪爭化_{투쟁화}하여야 하겟지마는 더욱 무엇보담도 ……을 當_당하는 이들의 唯一_{유일} 친구? 武器_{무기}가 되여야 할 것이다.

엽흘 도라보지 말고 猛進_{맹진}함에 우리의 熱_열이 타오를 것이다.

쏘는 이러한 階級_{계급}을 버서나 意識_{의식} 그것보담도 智識_{지식}을 吸收_{흡수}하고 封建的_{봉건적} 保守_{보수} 思想_{사상}을 쩌나 또한 家庭_{가정} 外_외의 世界_{세계}를 모르는 女性_{여성}을 쩌나 이들은 直接_{직접} 經濟_{경제} 鬪爭_{투쟁}에서 努力_{노력}하는 분에게 쏘한 몃 마디의 말을 하려고 한다. 只今_{지금}까지의 職業女性_{직업여성}은 어쩌한 生覺_{생각} 밋헤서 이 線上_{선상}에 나왓는가. 이는 單純_{단순}히 시집을 가기 前_전에 시집 準備_{준비}하는 데서 지나지 안엇다. 그리하야 職業_{직업} 그것을 一時的_{일시적} 惑_혹은 가장 偶然的_{우연적} 生活_{생활} 狀態_{상태}로 알고 進出_{진출}하엿슴을 누구나 알 것이다. 이들은 웨 이러한 生覺_{생각}을 가지지 안어서는 안 되엿슬까?

이도 亦是역시 封建的봉건적 殘宰잔재가 남어 준 家庭가정에 굿센 因襲인습으로 굿어진 觀念관념에 쓰을려서 人間的인간적 存在존재로서의 生活생활을 오히려 欽羨흠선[2]하고 社會的사회적 存在존재보담 家庭的가정적 存在존재를 意慾의욕하는 것이 一般일반 女性여성의 惡傾向악경향이다. 그러면 一般일반 職業女性직업여성의 初步초보는 무슨 抱負포부로써 첫 거름을 옴기려는가? 이들은 그들의 機械기계보담도 사람으로써 꼿꼿히 싸워 나가지 안으면 안 될 것이며 좀 더 鬪爭的투쟁적이라야만 할 것이다. 그리고 우리는 男子남자의 寄生蟲기생충이라는 일홈보담도 獨立독립한야 살어갈 土臺토대를 잡어야만 할 것이며 家庭가정이란 世界세계를 잘 理解이해하여야 할 것이다.

×

未安미안합니다 筆者필자는 亦是역시 당신들과 가튼 環境환경에 억매여 잇는 만큼 이곳을 打破타파하려는 生覺생각으로써 써 노앗스나 筆者필자 自身자신에도 錯誤착오된 點점이 만흐리라고 生覺생각하오니 그 點점은 만히 용서하여 줌을 바랍니다.

—《신여성》5권 4호, 1931년 4월

2   우러러 공경하고 부러워함.

女人여인 文藝家문예가 크릅[1] 問題문제
─ 崔貞熙최정희 君군의 「宣言선언」과 關聯관련하야

「東光동광」新年號신년호에 崔貞熙최정희 君군은 女人여인 文藝家문예가 크릅 結城결성 問題문제에 對대하야 새롭게 提議제의하고 잇다. 그리고 이 問題문제는 요즘 二三이삼의 동무들 사이에도 濃厚농후한 熱情열정을 갓고 傳波전파되여 가고 잇는 것이다.

그러나 이 問題문제에 對대하야 나는 特別특별히 崔貞熙최정희 君군과 意見의견을 同一동일히 하고 잇지 아니하다.

即즉 한마듸로 말하면 나는 崔貞熙최정희 君군의 提議제의에 對대하야 到低도저히 贊意찬의를 가질 수 업다는 것이다.

첫재로 우리들이 正堂정당한 立場입장에서 생각할 째에 오늘의 所謂소위 女流여류 作家작가 크릅이라는 것을 獨立的독립적으로 分離분리식혀서 結成결성하는 것은 아무 意義의의를 가지지 못한다는 것이다. (絶對절대로 내가 作家작가라는 意味의미에서 이를 둘추는 것은 아니다) 아니 그것은 意義의의가 업슬 뿐만 아니라 客觀的객관적으로는 도

---

1   그릅.

375

리혀 反動的반동적 行動행동의 한 形態형태로밧게 볼 수 업다는 것이다. 왜 그러냐 하면 今日금일에 잇서서는 今日금일의 歷史的역사적 現實性현실성과 關聯관련하여 생각할 째에 眞正진정한 進步的진보적 意義의의를 가지는 것은 男性남성 對대 女性여성의 性的성적 關係관계에 잇는 것이 아니고 쑤르조아 階級계급 對대 프로레타리아 階級계급이라는 階級的계급적 關係관계에 잇다는 것이다.

이것은 다만 公式的공식적 意義의의에서 그러할 쑨 아니라 現實的현실적 實踐的실천적 意義의의에서 생각할 째에 더옥 그러한 것이다. 이째의 나의 論論론론에 對대하야 貞熙정희 君군은 두 번 反駁반박하리라!—너는 一面일면을 보고 一面일면을 보지 못하엿다. 오늘이 아무리 資本主義社會자본주의사회의 末期的말기적 時代시대라도 그리고 兩大양대 階級계급의 決定的결정적 對立대립 時代시대라고 하여도 女性여성에게 存在존재하는 特殊性특수성이라는 것은 到底도저히 無視무시할 수 업스며 쏘 無視무시하여서는 아니 되는 것이 아닌가?……라고

올타! 勿論물론 그러하다. 오늘날에도 우리들은 當然당연히 女性여성의 特殊性특수성이라는 것을 充分충분히 是認시인해야 된다. 그러나 이째에도 나는 다음과 가티 생각한다 우리들이 眞正진정한 意味의미에서 女性여성의 特殊性특수성을 考慮고려한다는 것은 그 나라에서 履行이행되고 잇는 正當정당한 大衆運動대중운동과 密接밀접한 組織的조직적 關聯관련 밋헤서야 그것을 是認시인하게 되는 것이라고 나는 말하여 둔다. 그럿치 아니하고 다만 女性여성의 特殊性특수성이라는 것만을 獨自的독자적으로 생각하여 그것을 一般일반 大衆運動대중운동과 아무 關聯관련 업시 孤立고립식히려는 行動행동이 잇다면 그것은 斷然단연히 排斥배척해야 할 行動행동이라고 생각한다.

그것을 實際的실제적 意義의의에서 例예를 들면 勞働組合노동조합

은 婦人勞働組合부인노동조합이라는 것이 孤立的고립적으로 存在존재하는 것이 아니라 勞働組合노동조합 內내에 一定일정한 部門的부문적 組織조직 즉 婦人委員會부인위원회 쏘는 婦人部부인부라는 것이 結成결성되게 되는 것이다.

그리고 이것은 내 自身자신의 생각에 依의하면 단순히 實際的실제적 意義의의에서만 그러한 것이 아니라 藝術運動예술운동에서도 맛당히 그러하여야 된다고 생각한다.

一定일정한 나라에서 藝術運動예술운동으로서 一定일정한 正當정당한 大衆대중 團體단체가 結成결성되여 잇는 째에는 온갖 階級계급 意義의의를 갓는 藝術運動예술운동은 그 大衆運動대중운동과 密接밀접한 組織的조직적 關聯관련 밋헤서 行動행동되야 한다고 생각한다.

그러케 생각할 째에 오늘날에 우리 조선에는 비록 심히 不活撥불활발한 狀態상태에 노여 잇다고 하여도 오히려 프로레타리아 藝術運動예술운동의 大衆的대중적 團體단체인 「카프」라는 것이 存在존재되여 잇는 것이 아닌가?

여긔에 잇서 우리가 眞正진정하게 女性여성作家작가 크릅 結城결성 問題문제를 云云운운하려면 當然당연히 카프에 參加참가하여 그中중에 婦人部부인부로서의 結城결성을 企圖기도하는 것이 아닌가?

그러함에도 不拘불구하고 崔貞熙최정희 君군은 그러한 組織조직 問題문제에 對대하야는 아무 意見의견도 업시 漠然막연히 女性여성 作家작가 크릅 問題문제를 提議제의하고 잇다. 그것은 果然과연 엇더한 것을 意味의미하는 것인지?

그리고 萬一만일 이 問題문제가 崔貞熙최정희 君군이 아니고 다른 사람에게서 提議제의되엿다면 勿論물론 이번의 나의 駁文박문[2]은 아무 意義의의를 갓게 못 된다. 그러나 崔貞熙최정희 君군으로서는 지금까지

377

自稱자칭 프로레타리아的적 立地입지에서 藝術運動예술운동 云云운운해 온 것이다. 그러한 自己자기의 公言공언과 關聯관련하야 이번의 君군의 提議제의를 볼 째에 너무도 藝術運動예술운동의 意識의식이 曖昧애매한 것을 섭섭히 생각하는 바이나. 한 보 나가서 君군이 無産婦人運動무산부인운동의 實踐的실천적 意義의의에 잇서 아무 意義的의의적 發展발전을 엿볼 수가 업는 것에 또한 섭섭한 생각을 가지지 아늘 수 업다.

이러한 의미에서 나는 맨 나종으로 君군의 自身자신의 變態的변태적 提議제의에 對대하야 두 번 反省반성이 잇기를 바라는 바이다. 그리고 同一동일한 문제에 對대하야 一層일층 明白명백한 君군의 解明해명이 잇기를 要求요구하여 마지안는 바이다.

—《신여성》6권 3호, 1932년 3월

2   옳고 그름을 따져 논박하는 글.

이선희(李善熙·1911~미상)

이선희는 1911년 함남 함흥에서 태어나 원산에서 성장했다. 수필들을 보면 그녀에게 원산은 매우 의미 깊은 추억의 장소이면서 도시적 감수성을 형성하는 배경이 된 곳이다. 이선희가 자신을 가리켜 '도회의 딸', '아스팔트의 딸'이라고 말하는 저변에는 바로 이러한 원산의 영향이 자리 잡고 있다. 원산 루씨여자고등보통학교를 졸업한 후 이화여전 성악과에 진학했다가 문과로 전과해 3년간 수학했다. 1933년 개벽사 기자로 들어가《신여성》편집인으로 활동하면서 수필 등을 발표했고, 1934년 12월《중앙》에 단편 「가등」을 발표하면서 소설가로 등단했다. 소설가 김학철의 회고에 따르면 개벽사에 일 년간 다니다가 카바레 여급이 됐다고 하는데, 이 시기부터 희곡 작가 박영호와 결혼하기까지의 과정은 명확하지가 않다. 1936년부터 1940년까지 왕성한 작품 활동을 벌이는 한편 1938년에는《조선일보》학예부 기자로 활동하다 1940년 10월부터《신세기》에 기자로 활동했다. 1934년부터 1946년까지 단편소설 열 편과 중편소설 두 편, 장편소설 한 편, 콩트 세 편 등 열여섯 편의 소설을 발표했고 기자로서도 많은 수필과 잡문을 남겼다.

발표된 소설로는 「도장」, 「계산서」, 「여인도」, 「숫장수의 처」(이상 1937), 『여인명령』(1937~1938), 「매소부」, 「연지」, 「돌아가는 길」(이상 1938), 「탕자」, 「처의 설계」(이상 1940), 「춘우」(1941) 등이 있다. 광복 후 《서울신문》에 발표된 「창」(1946) 한 편을 남기고 1946년 말경 남편 박영호와 함께 월북한 것으로 알려진다. 소설가 최정희에 따르면 재취 결혼으로 전실 자식과 자신이 낳은 두 아들이 있었다. 그 때문에 결혼 생활은 평탄치 못했던 것 같다. 『여인명령』, 「도장」, 「연지」 등에 등장하는 전실 자식과의 갈등이나 모성애에 대한 갈등, 처첩 갈등은 어머니에 대한 기억이 없는 어린 시절과 계모인 작가의 경험과 관련 있어 보인다. 수필에서는 남성 중심의 결혼 제도에 대한 비판 의식이 드러나며, 신여성이나 구여성 모두 그러한 제도의 피해자임을 지적한다. 소설 작품에서도 가부장적 결혼 제도의 폐해를 경험하는 여성들의 비애가 잘 나타난다.

이선희 작품의 가장 두드러진 문학사적 특징은 근대적 도시에 등장한 새로운 여성 군상을 그려 냈다는 점이다. 이 작가의 소설에 등장하는 백화점 여점원, 카페 여급, 매소부 등은 일제강점기에서의 도시화·상품화로 새롭게 등장한 근대적 직업여성들이다. 이들의 생활에는 가부장적인 이념들과 자본주의적 가치관이 얽혀 들어 있는데, 이선희의 작품은 바로 이러한 삶의 현실에 기반한다. 여주인공들의 삶은 주로 '화려한 불빛' 속에서 '캄캄한 어둠'을 직면하는 전락의 구조를 취한다. 이선희의 작품은 '집'과 '거리' 모두에서 변화되기 시작한 여성의 일상을 그려 내 도시적 공간과 여성의 삶의 관계를 본격적으로 드러냈다는 점에서 문학사적 의미가 있다.

이선옥

圖章도장

터노쿠 말이지 저 집 맛동서는 일음이 조와서 맛동서지 실상인즉 개밥에 도토리 굴듯 이 구석 저 구석으로 굴너다니는 판박은 소박떼기다.

변덕이 왜죽 끌틋 하고 준치 가시갓치 깔그러운 자근동서 집에 언처서 부엌떼기 천덕구럭이로 동자질, 마전질, 왼갓 구진일은 모주리 치르는 신세가 그리 조흘리도 업슬 터인데 무슨 까닭인지 저 집 맛동서는 노방 얼골이 활작 피고 입술 울에는 우슴이 처덕처덕 무더 잇지 안흔가.

그야 입은 삐두러저도 말은 바로 하랫다고 저 집 맛동서의 생김 생김이 활작 피지 안어 세상업스면 오죽한가. 그저 두말할 것 업시 두들겨 잡은 메주덩이랄박게.

광고판 갓흔 얼골판이 붉기는 왜 그리 붉으며 사철 두 입귀가 침에 허엿케 부러 잇스니 그 주먹 갓흔 들창코하고 어느 모로 보든지 볼품은 업시 생겨 먹었다.

허나 일색 소박은 잇서도 박색 소박은 업다고 나잇살이나 지긋한 호라비나 엇잿든 게집 궁한 사내헌테루 시집을 갓슬 말이면 자식 섹기들하고 구수하게 잘 살 것을 원악 짝이 찌브는[1] 남정네를 맛나서 말도 만코 탓도 만코 한평생 고생사리가 치마끈에 매달니는 꼴이 하도 딱하다

×

『왓소 왓소 글세 왓구려』

『아규 오긴 누가 왓소?』

『아 글세 저 집 맛동서 사내가 왓구려』

『아이 웬일이람. 큰녀편네한테 발을 끈흔 지가 벌서 칠 년인가 팔 년인가 됏다죠. 엇재든 그 집 영태가 나서 석 달 만에 집을 나가 버렷다는데 지금 그 애가 일곱 살 아니우? 글세

그 사람도 모질어요. 바로 요 아래 나무장께서[2] 첩석건[3] 자저지게 살문서 엇저면 여기는 한 번도 발질을 안 하는구려 그런데 엇더케 돼서 왓슬가 잠시 단니러 왓누 아주 살러 왓누 원 궁금해 죽겟네』

『인제는 아마 돌봐주려나 보지 아모리 못낫서도 큰녀편네가 큰녀편네거든 조강지처를 엇지 한담』

『그러키만 하면야 작히나 좃켓소. 맘씨가 하 그리 착하니 후덕도 보련만서두……』

---

1 '한쪽으로 기우는'의 의미.

2 ~근처에서.

3 서껀. ~이랑 함께.

동내 녀편네들이 수군덕거리고 수다를 피이는 폼이 이만저만
이 아니다.

×

저 집 맛동서의 남정네가 온 지도 오늘이 벌서 사흘재다

맛동서는 처음에 남편네를 대햇슬 때 반가움은 둘째 치고 겁부
터 몬저 집어먹엇다. 남편네가 대문 안으로 드러서는 것을 보고 부
엌으로 뛰여 드러가 후둘후둘 떨고 잇슨 것만 보아도 알 것이다.

그랫는데 한 이틀 동안 두고 눈치를 살펴보니가 전보다 한풀
꺽긴 듯싶다. 재작년엔 와서 『도장』을 내여노흐라고 몸부림 칼부림
을 해서 맛동서가 한바탕 죽엇다 살엇지만 이번에는 암만 보아도
또 『도장』 때문에 온 눈치는 안이다.

맛동서는 뱃속이 흐뭇햇다. 인제는 아마 마음을 잡고 자기를
거더 줄야나 보다고 생각한 까닭이다.

그럼 그러치 안쿠 인제 재게도 나이 설흔다섯이나 되고 나도
설흔셋이나 됏스니 철두 날 대로 낫고 또 하나밧게 업는 아들을 생
각해서라도 모른다고는 못 하겟지.

맛동서는 속으로 여러 가지 궁리를 햇다. 남편의게 해야 할 이
야기, 의논할 일이 여간 만흔 게 안인데 어느 것브터 몬저 끄내야 할
지 허두를 잡지 못햇다.

맛동서는 이런 이야기브터 몬저 하리라 맘을 먹고 혼자 벌죽하
게 우섯다.

첫재 이 집에 너무 오래 언처 잇서서 아모리 동기간일지라도

시동생이 가엽고 불상하니 딴살님을 나자고 해야 할 것이고 그리고 딴살님을 나면 나도 남과 갓치 밖앗 출입이 자즐 텐데 나드리 옷으로 교직[4] 숙고사[5] 저고리나 한 감 밧궈 달나고 해야지.

그리고 영태 고무신도 하나 사야겟고 속바지도 업는데 하나 사 달나고 해야지.

맛동서는 한참 흥이 나서 또 이런 생각도 해냇다.

이담에 내 환갑이 되거든 애들을 내 압헤 불너내여 잔을 부으라 하고…… 그러구 환갑상에는 자근녀편네 환갑상보다 한 가지나 두 가지를 더해 노아 달나고 해야지. 아무렴 큰녀편네하고 자근녀편네하고 어듸 갓흔가.

맛동서는 이러케 여러 가지 조흔 생각을 하며 남편 압헤서 우슴을 석거 가며 이야기할 자기를 맘속에 그려 보앗다.

그야 의조흔 내외간 갓흐면야 한창 세상사리에 깨가 쏘다질 때지만 이 집 맛동서네야 어듸 그럴 처지인가. 맛동서는 남편의게 이야기만 좀 해 봐도 원을 풀 것 갓햇다.

×

『참 그런데 얼마나 조흐시유 인제 쥔어른이 자리를 꽉 잡은 모양이야. 그래 하도 오래간만에 맛나서 얼마나 재미잇는 이야기를 만히 햇소』

---

4   두 가지 이상의 실을 섞어서 짜는 일. 또는 그런 직물.
5   삶아 익힌 명주실로 짠 고사. 봄과 가을 옷감으로 쓴다.

『재미잇는 이야기가 다 뭐유. 그 녀편네보고야 구구거리고 잘 놀겟지만 나한테는 밤낮 낙시눈[6]을 해 가지고 잇지. 허기야 그 녀편네가 오즉 아양을 떠러 바치겟소 내야 그런 재간이 잇서야지』

『저것 좀 봐 웃고잇네 그래 샘이 안 난단 말요? 나갓흐면 그놈의 영감 수염을 잡아 끄들겟네』

『녀편네 맘은 다 한 가지요 그러치만 나는 큰녀편네니깐 어더케 하우 꾹 참는 수밧게』

『히히…… 내 이야기 좀 드러 보실라우 어제 전녁에 말요 맘먹고 한번 이야기해 보지 안엇겟수』

『나 돈 좀 주시유』

『돈이 어듸잇서』

『돈이 호주머니에 갓득한 걸 죄다 봣는데. 내 모를 줄 알구』

『흥 귀엽기두하다 은장도 갓흐면 모가지를 때서 옷고름에 차고 단니겟다 못난 게 국으로[7] 가만이 잇기나 하지』[8]

『히히…… 나를 목아지를 때서 옷고름에 차고 단니겟대』

『조흔 소릴 드럿구려 그래 가만이 잇섯소?』

『가만 잇긴요 나도 막 해냇죠. 첩의 딸들은 잘해 줍듸다 잘해 줘요』

---

6   '낚싯바늘처럼 날카로운 눈'으로 추정.

7   제 생긴 그대로. 또는 자기 주제에 맞게.

8   이 부분은 만동서가 남편과 나눈 지난 대화를 인용해 설명하는 내용이다. 원본에서는 일반 대화체와 동일하게 서술되어 있다. 다음 인용도 마찬가지다.

『이년아 네 눈깔노 봣늬』

『보지 안쿠. 못 봣슬가. 이담에 아들 번 돈은 못 쓸 줄 아시우』

『개 갓흔 년 파닥지⁹⁾만 보면 구역이 나서 죽겟는데 게다가 또』

『이러케 중얼거리며 이러나 나가랴는 걸 내가 두 손으로 바지 가랭이를 덥석 잡아 쥐고 느러지지 안엇수.』

『가긴 어딜 가시유 날 죽이고 가시유』

『그랫드니 내 손을 끈혀저라 하고 냅다 갈기는구면. 이것 점 보시유. 아직도 시퍼러케 멍이 들엇는데 손목만 부러 보지 가만히 안처 노코 멕여 살니라지.』

『아이 저런 몹씨 마젓구려 그래 압흐지 안웁되가』

맛동서는 무엇을 생각하는지 눈을 멀거니 뜨고 한참 잇드니 얼골을 붉히며

『별누 압흔 줄도 모르겟든데 하도 오래간만에 그이 손길이 살에 와서 다으니가 압흔 것보다도……』

『원 저런 변이 잇나 압흔 것보다도 엇덥되까. 남편네 손이 오즉이나 그리워야 저런 소리가 나올고. 세상에 사내들이란 몹쓸 것들이지 저러케 알뜰살틀한 맥내 맘을 몰나주다니. 이담에 죽거든 사내로 태여나 그 원수를 갑흐소』

『원 사내들이 녀편네 속을 어더케 알어유. 쇠털갓치 만흔 날에 내 속 썩는 것을 생각하면 책으로 매도 맷 책이 될지…… 그 말 저 말 다 해서 뭣 해요』

『그래도 아들 하나를 나서 봣첫스니 늙으막에야 호사가 느러

─────────────────

9 '얼굴, 상판대기'의 의미로 추정.

386

질껄』

『참 그건 그러초. 나도 우리 영태 하나만 잘 키워 노흐면 메누리 보구 페백 밧구』

『자근마누라의게는 딸 둘뿐이고 아들은 업다지? 그 마누라 몸에서 또 아들이 나면 엇지누』

『자근녀편네가 또 아들을 나혀야 그건 내 아들이지요. 게집애들도 그러치 죄다 내 딸이야유. 나는 큰마누라니까 민적에 잇거든요. 민적에 올은 내 일홈이 김정순이라나요. 민적이 제일이죠 그러기에 큰마누라가 조타는 게 아니유? 그 애들도 죄다 내 압흐로 올나서 내 아희들이야유. 저 어미야 암만 나흐면 쓸데 잇나요 나만 땡을 잡엇지. 그 녀편네도 생각하면 불상하죠. 백 년 잇스면 언제 민적에 올나 보나요』

맛동서는 요새로 빩언 얼골이 더 빩애지고 우슴판을 채리노라고 노상 그 커다란 입을 터트리고 잇다.

그저 애들을 다리고도 종일 아부지가 과자를 사 오신다는 둥 큰아부지한테 매를 좀 마저야겟다는 둥 공연히 애들게[10] 빙자해서 남편 타령뿐이다

×

이러구리 저 집 맛동서의 남편네가 온 지 엿새쯤 되던 날이다.

맛동서는 오늘도 마음이 흐믓하고 조와서 바느질감을 찻노라

---

10 애들을.

고 머리ㅅ장을 뒤지는데 맨 밋헤서 빩안 헌겁에 싼 조고마한 꾸러미가 나왔다. 그것은 별것이 아니라 맛동서의 도장이다

맛동서는 가슴이 뜨끔헷다. 요물 갓흔 도장이 튀여나온 것은 무슨 불길한 일의 증조갓치 보엿다.

대체 이 도장은 언제 무슨 필요로 셕여 두엇는지는 모르겟스나 그 도장에는 『김정순』이라고 씨여 잇다

맛동서가 세상에 데일 무서워하는 것은 이 도장이다. 손가락만한 나무에 글자를 셕이고 그 끗헨 빩안 인즙[11]이 무더 잇는 이 물건이 그러케 몹씨 무서운 도장이다.

맛동서가 도장을 이처럼 무서워하는 리유는 여러 가지엿다. 대체 이 도장이란 것은 한 번 잘못 찍기만 하면 공짜로 집행을 맛는 수도 잇고 때 가서 징역을 사는 수도 잇고 또 눈을 번히 뜨고도 가산 전부를 빼기는 수도 잇다고 생각하는 까닭이다.

이러한 도장에 대한 지식이 언제부터 늘엇는지는 모르나 엇재든 맛동서의게 도장이 생겻슬 때브터 이 지식은 충분이 준비되엿다.

그런데 맛동서가 이처럼 도장을 무서워하는 까닭이란 돈을 빼앗긴다든지 하는 데 잇지 안을 것은 뻔한 노릇이니 그것은 그가 몹시도 가난한 늙은 질그릇 장수의 딸인 까닭이다.

그러나 이 도장이 맛동서의게 참으로 무서운 연고는 이 도장을 한 번 찍으면 『이혼』한다는 것이다.

『이 도장을 한 번 찍으면 이혼한다?』 얼마나 고약하고 숭악스런 말이냐. 맛동서는 재작년 이맘때 격든 풍파를 생각해 내지 안흘 수 업섯다.

11 인주.

388

재작년 이맘때도 남편이 와서 이혼 문데로 집안이 부글— 끌 엇다.

맛동서는 그날 밤 잠을 노치고 이 궁리 저 궁리 끄테 가만히 도장을 차자 가지고 뒷겻흐로 나갓다.

그는 더듬더듬 굴뚝 엽헤 가서 손가락으로 굴뚝 혀구리를 팟다 그리고 도장을 그 속에 파뭇고 발노 꽁꽁 다저 노앗다.

밋친 사람처럼 도장을 내여노흐라고 야료를 하는 남편은 도장을 못 내놋켓거든 그냥이라도 친정으로 가라고 성화갓치 졸낫다.

『날더러 어딀 가라구 그러시유 나야 죽으나 사나 이 집 사람인데 날더러 어딀 가라구 그러시유』

맛동서는 시집와서 십여 년에 남편의 정 재미잇는 세상사리를 모르는 대신에 꼭 한 가지 알고 밋는 것이 잇다.

자기는 살아도 이 최씨 집 사람이오 죽어도 이 최씨 집 귀신이라는 생각이다. 아마 이것은 그의 가슴에 흙이 언칠 때까지 뺄내야 뺄 수 업는 고집일 것이다.

맛동서는 벌서 칠팔 년 동안 친정에 발을 끈헛다. 행여 친정에 다니러 갓다가 아조 밀녀날가 겁을 내여 세상업서도 친정엘 아니 갓다.

죽어도 쫓겨 가지 안코 이 자리를 직히노라고 죽은깨를 뒤집어 쓴 여우 갓흔 자근동서의 요강까지 부셔서 밧첫든 것이다.

그때도 남편이 가라고 하다 못해서 매질을 시작하야 하룻밤 하룻낫을 마젓다 나종에는 장작으로 어듸를 때렷는지 코피를 동이로 쏫고 머리채를 휘잡혀서 개색기갓치 대문 박게 동댕이를 치웟다. 그는 압흐단 말 한마듸 못 하고 남편이 볼가 봐 정신업시 다시 기어 들어와서 행낭방[12]에 숨어 잇섯다.

그런데 남편이 행낭방애까지 쪼처들어와 또 매질을 하려고 헷다 그는 구석으로 몸을 피하며 두 손을 드러 남편을 막는 것 갓드니 그만 쓰러저 기절해 버리고 마럿다.

일이 여기까지 미치매 이혼 문뎨도 자연 옴으러들고 말 수박게 자칫하면 살인이 날 판이니 더 손을 대일 수가 잇스랴. 헐벗고 상스러운 저 몸동이를 아조 죽여 노키 전에야 엇지하는 도리가 업섯다.

니[13]의 신물이 돌 만치 지긋지긋한 이 싸홈에 백전노장 격인 맛동서가 명치 끗헤 숨이 붓허 잇서서는 이 집 박을 나설 리가 만무한 노릇이다.

맛동서는 지난 일을 생각하며 길게 한숨을 쉬엿다. 그리고 그 얄구즌 도장을 얼는 옷 속에 꼭 감처 두엇다.

×

맛동서는 밤이 깁쑥하도록 바느질을 하면서 이 궁리 저 궁리에 정신이 팔여 안젓다.

아직 전녁상을 밧지 아니한 남편의 밥그릇이 아랫목에서 눈이 말뚱말뚱해서 처다본다.

맛동서는 맘을 크게 먹고 먼 빛으로 남편의게 말을 걸어 보군 헷다. 사실상 지금까지도 남편의 코ㅅ끗만 보면 쥐구녁을 찾지 못해 하는 판이다.

---

12 행랑방. 대문간에 붙어 있는 방.
13 '이'의 경상도 방언.

전 갓흐면야 벌서 열두 번도 더 야단이 낫슬 텐데 닷새 엿새가 되도록 아모런 동틔가 나지 안는 걸 보니 아마 인제는 정말 나를 거 둘냐나 보다고 생각할 때 맛동서의 눈에는 눈물이 돌앗다.

이때다 대문 소리가 삐—걱 나며 박게 나갓든 남편이 들어온다. 맛동서는 엇절 줄을 몰나 바느질감을 치이며 황망이 서둘넛다

전녁상을 물닌 뒤에 남편은 처음으로 안해를 불넛다 그리고 길고 정다운 이야기나 할 것처럼 은근스럽고 조용하게 말머리를 가다듬엇다.

『여보 내 임자의게 하나 무러볼 것이 잇소. 내가 만일 가막쏘[14]에 드러가서 징역을 살게 되면 임자는 엇절 테요』

『가막쏘에 가시다니 뭘 잘못하섯기에 가막쏘엘 가신다구 하시유』

『허— 그러기에 말유. 내게 무슨 망신살이 뻣칫는지 글세 이게 무슨 꼴이요. 자칫하면 콩밥을 먹게 돼스니 이 노릇을 엇지면 좃소?』

『글세 무슨 일이게 그런 숭한 말슴을 하시유 설마 점잔흐신 어른을 그러케 할나구요』

『점잔코 점잔치 안은 게 어듸가 잇소. 법에 들어서는 제 할애비라도 잘못하면 잡어다가 징역을 살니는 거요 그런데 이 일에는 꼭 임자가 나서 줘야 무사할 텐데 엇지면 좃소?』

『에그머니 나 갓흔 게 뭘 안다고 나서요. 무슨 장사ㅅ끗흐로 잘못된 일인가요』

남편의 신상에 이런 변고가 생긴 것도 놀납거니와 마득이[15] 딱

---

14 가막소. '감옥'의 강원도, 전남 방언.

한 노릇이래야 날 갓흔 것보구 저처럼 사정을 하실라구.

옛이야기에 드르면 중한 죄를 짓고 옥에 가친 남편을 위해서 몸을 파라 속량하는 수도 잇고 대신 목숨을 바처 구하는 수도 잇지 안흔가.

하늘 갓흔 남편이 가막소에 가게 되면 나는 무슨 면목으로 목구녁에 쌀물을 넘기고 살어 잇단 말인가.

맛동서는 눈에 핏발이 뻐치고 량편 볼이 홧홧 달아올낫다.

『무슨 일인데 말슴하서요 나 갓흔 게 열 번을 죽으면 대순가요 집안 일이 바루 패이도록 해야지우. 근대 무슨 일이야유』

『뭘 별것 아니구 임자 도장만 한 번 찍으면 되는 거야』

남편은 말끗흘 흐렷다.

『도장을 찍어유?』

기어히 도장 이야기로구나. 그러케 끄리는 도장 타령이 또 나오는구나. 인제는 아조 이저버린 줄만 알엇드니. 도장은 찍어 무엇한단 말인가.

자라 보고 놀난 가슴이 솟뚜껑 보고도 놀난다고 맛동서는 말문이 맥혀 멀거니 남편을 바라다보고 안젓다.

『여보 일이 이 지경 됏는데 임자한테 그실[16] 것은 무에겟소. 사실 사람마다 어려운 일을 당할 때면 제 가족밧게 더 갓가운 게 어듸 잇소.

내 죄다 이야기할게 찬찬이 드러 보오. 다른 게 아니라…… 말하기는 좀 거북하오마는 저게 섹시 하나 잇는데 엇지엇지해서 나하

---

15 '오죽하다'의 평안북도 방언.
16 '속이다'의 함경도 방언.

고 혼인하지 안흐면 안 될 형편이오. 만일 이 혼인을 못 하게 되는 날이면 망신도 망신이려니와 저쪽에서 가만히 잇지 안켓다오. 엇더케든지 날로 가막소에 쓰러 너허 콩밥을 멕일 작정이라니 일이 우습게 되잔엇소?』

『혼인을 하시단요 그럼 나는 엇더커구 혼인을 하서요. 엇던 찌저 죽일 년이 남 녀편네 자식이 다 잇는 당신게 온대유』

맛동서의 우둥퉁한 얼골은 네모가 저서 구더 버리고 사팔뜨기 두 눈이 한테로 모혀 눈물을 흘넛다.

『그러기에 말이 안이오. 임자가 지금 눈을 딱 감고 『이혼장』에 도장을 찍어 주면 낸들 아조 모른다고 하겟소. 이런 일에 임자 덕을 보지 안으면 엇지하오. 남편 하나 살니는 셈 잡고 도장을 찍어 주오. 감옥엘 가느니 차라리 죽는 게 낫지 안소?』

『……』

모도 다 내 팔자 소관이다. 남편네가 저 지경이 되고 최씨 집안이 망하는 판에 아모리 무서운 도장이래도 내놋는 수박게 더 잇스랴. 남편 하나 구하려면 본처인 내가 죽으래도 죽고 살내도 살어야지.

『엇절 테요 못 하겟수?』

『그럼 내 도장만 찍으면 꼭 되나요?』

『되구 말구 여부가 잇소』

『도장을 찍어도 나는 늘 이 집에 잇지요?』

『……』

맛동서는 장문을 열고 감춰 두엇든 도장을 차젓다. 무섭게 매듭이 지고 마른 가랑입갓치 껄그러운 손으로 도장을 남편 압헤 밀어 노앗다.

남편네를 위해서 하는 이 일이 남편네와 남이 되게 하는 노릇

393

이라고는 생각지도 안코 도장을 내여노코 말엇다.

— 《여성》 10호, 1937년 1월

임옥인(林玉仁·1911~1995)

　　임옥인은 1911년 함경북도 길주 출생으로 아버지 임희동 밑에서 수학했으며, 한글학자 정태진에게서 문학과 역사 교육을 받았다. 기독교계 여학교인 함흥 영생여자고등보통학교와 일본 나라여자고등사범학교를 졸업했다. 이후 함흥 영생여자고등보통학교와 루씨여자고등보통학교에서 교편을 잡았으며 1945년 광복 이후 혜산진 대오천 가정학교를 설립 운영했고, 건국대학교 가정대학 교수가 되었다. YWCA 회장, 크리스찬문학가협회 초대 회장을 역임하는 등 기독교 활동도 이어 나갔다. 《부인신보》, 《부인경향》에서 편집을 맡았으며, 아세아 자유문학상, 건국대학교 학술공로상, 한국예술원상, 한국여류문학인상, 대한민국보관 문화훈장 등을 수상했다. 임옥인은 1939년 《문장》에 「봉선화」로 작품 활동을 시작했으며 등단 이래 여든 편의 단편소설, 열세 편의 장편소설, 수필과 평론 등을 발표했다.

　　수필 『나의 이력서』(1985)에서 "문학과 교육과 신앙 이것이 내 인생의 세 기둥"이라고 서술했듯이, 임옥인은 계몽적 자장 아래 종교와 여성의 정체성을 구현하는 작품 세계를 구축해 나갔다. 우선 가부장제 사회에서 희생되거나, 그 안에서 주체성을 확립하려는 여성의 삶에 주목한 작품들에는 「전처기」(1941), 「후처기」(1940), 『장미의 문』(1960), 「순백의 서」(1955) 등이 대표적이다. 이들은 공통적으로 가부장적인 사회에 내재된 남성 중심의 모순적 제도를 비판하고, 자신의 주체를 발현하는 적극적인 여성의 삶을 보여 준다. 『여대 졸업생』(1957), 「힘의 서정」(1961~1962), 「어떤 혼사」(1964) 등은 다양한 인물이 사랑의 갈등 속에서 치유되고 결실을 맺는 이야기로 사랑의 위대함과 진정성을 전경화한다. 마지막으로 기독교적 세계관을 드러낸 장편소설 「들에 핀 백합화를 보아라」(1958~1960)가 있다. 이 소설은 악녀를 단죄하고 성녀를 찬양하면서 기독교 담론에 순응하는 여성 인물을 그렸다. 보수적 여성상이 가진 한계에도 불구하고 당시 기독교 여성 지식인의 단면을 그렸다는 점에서 의미가 있다. 1970년대부터 기독교적 세계관에 매진하면서 수필을 주로 집필했다. 여성 개인의 삶에 천착했던 사랑의 테마는 인류애로 확장되었다.

'월남 여성 작가', '기독교적 세계관' 등 임옥인의 작품 세계를 한정 짓는 어구들을 다시 들여다본다면 가부장적 사회에서 여성의 삶이 천착한 면모가 전경화된다. 전쟁문학 혹은 이산문학은 전쟁이 배태한 엄혹한 경험, 역사적 사건 아래 여성의 삶을 소거했다. 임옥인의 작품 『월남 전후』(1956)는 공산주의라는 외부적 현실에서 삶을 개척해 나간 여성을 형상화했다는 점에서 의미 있는 작품이다. 임옥인은 스스로 '여자의 세계'가 소설의 주요한 테마임을 자인한 바 있다. 가부장적 사회에서 지식인 여성의 삶이 좌절되거나 견고화되는 과정은 임옥인의 소설 세계에 주요한 문제의식이라는 점에서 전후 문학사적 의미가 있다.

이미정

後妻記 후처기

경성에서 차를 타고 S읍에 가까워질 때까지 그동안이 실로 여덟 시간도, 넘건만 남편은 시무룩해서, 창밖만 바라보다가 가끔 고개를 군들거리며 조을 뿐, 별로 말이 없었다. 내가 물어보는 말에 겨우 대답이나 할 뿐, 신혼 제삼 일 만에 하는 여행으로선 쓸쓸하기가 짝이 없었다.

그는 첫인상과 같이 무뚝뚝하고 말이 없을 줄 짐작은 했었지만, 또 그러므로 해서 믿음성이 있어 보이는 까닭에 결혼까지의 과정을 밟은 것이지만, 일평생 저렇게 재미성 없는 사람과 함께 늙으려니 하면 내 가슴엔 벌써 아지 못할 불안이 굼틀거렸다. 그러나 아니다, 후회란 내게 당치 아니한 약한 짓이다 하고 나는 자칫하면 흐려지는 눈을 끔벅여 가며 손을 모으고 단정히 앉아 있었다. 나는 속으로 내 친한 동무가

『생이별 짜리엔 가두 죽은 후취룬 안 갈 일야.』

하던 말을 생각하고 혼자 고소했다. 그리고 보아 그런지, 바로 마즌편에 앉아 실신한 사람 모양을 하고 히미한 시선으로 창밖 멀

리멀리를 바라보는 남편은 꼭 무슨 사라진 그림자를 따르는 사람같이 보였다. 그것은 내 마음에 일어나는 부질없는 착각일런지도 모른다. 나는 겁이 더럭 난다. 오래오래 함께 살 사람을 벌써 이렇게 의심하고 어쩌자는 것인가, 나는 내 마음을 꾸짖고 더욱 긴장한 자세를 하고 앉아 있었다.

차가 길고 높은 기적을 뽑았다. S읍이 가까워지는 것이다. 넓은 벌이 나타나고 먼 산이 아득히 보이고, 그 산 위에 흰 구름발이 피여오르고, 넓은 강이 번득이며 나타났다. 이 강이 유명한 N강인 것이다. 멀리서 보아도 맑고 깨끗한 강이었다. 나는 새 땅에 처음 오는 호기심을 참기 어려웠다.

『아아 N강, 저것 보서요, 저 강을.』

하고 나는 나도 모르는 사이에 남편의 무릎을 몹시 흔들었다. 남편은 깜짝 놀라 나를 바라본다. 손에 쥐었던 부채를 창턱에 놓고

『강물 못 봤어, 무에 그리 신통해?』

남편은 이렇게 퉁명스레 쏘아 주고 턱을 치켜들고 담배를 피어 물었다. 나는 등곬에 솟은 땀을 손수건으로 닦고, 창밖만 시름없이 내어다보았다.

S읍에 내려야 내가 면목 있는 사람이라곤 별로 없을 게다. 결혼식에는 참예 안 하셨던 시부모와 시동생들이 있을 게고, 그리고 그 애들이 있을 것이다. 영수는 아홉 살, 복희는 일곱 살이래지. 어떤 애들일까. 저이 아버지를 닮아서 저렇게 무뚝뚝할가? 소문으로만 들은 저이 어머니를 닮아 상냥할가. 나를 보고 엄마라고 할가? 나는 그 애들을 만나는 순간 무엇을 느낄 것인가

그보다도 나는 어서 내 것으로 사 놓았다는 물건들이 보구 싶다. 오천 원짜리 피아노, 오백 원짜리 올간, 삼백 원짜리 삼면경.

또 양복장 등등,

중매를 선 신 의사를 통해 내가 제일로 주문한 것은 피아노였다. 나는 일즉 피아노 없는 내 신가정을 상상해 본 일조차 없었다. 상대야 누구든, 내가 가는 집엔 꼭 피아노가 있어야만 했다. 그리고 정말 그에게 사게 한 것이다.

내 욕망도 그러했거니와 아무리 서른 살 먹은 신부이기루 여학교 교원이오, 전문학교를 나온, 소위 재원인 나를 이규철, 즉 남편이 셋째 번 후취로 요구한다면 나도 어떤 무리한 주문이라도 하고야 결혼을 승락할 용기가 난 것이다. 돈에 굳기로 유명하다는 이규철이가 신부의 환심을 사기 위해 수천 원을 드려 피아노를 사다니 꽤 반한 상대리라는 평판이 돌았다지만, 그가 내게 대해 애정을 갖었는진 모르나 나는 그에게서 정다운 공기와 전적인 열정을 느낄 수는 없었다. 이런 일이 내게 있어선 오히려 다행한 일일른지도 모른다.

나는 몇 해 전에 사랑하는 사람에게서 버림받은 여자이다. 그도 의사였다. 서른이 채 못 된 젊은 의사였다. 그는 미나라는 아름다운 간호부와 나를 피해 만주로 가 버리고, 나는 결혼 날만 기다리던 노처녀였다.

그런 일이 내 마음을 더욱 강하게 반동적으로 만들어 버렸다. 남에게 지지 않겠다는 괴팍한 성미가 이런 실패에 부다처 더욱 굳어져 버렸다.

나는 결혼하되 꼭 그와 같은 의사와 하기로 작정이었다. 세 번째거나 네 번째거나 그와 같이 깨끗한 예방의를 입고 청진기를 들고 사람 앞에서 엄숙한 표정을 지을 줄 아는 그런 의사가 원이었다. 내 남편 되는 사람이 의사이기로 그것이 내 과거를 메꿀 만한 무엇이 있을 것인가? 나는 내 남편의 전 모습에서 나를 버리고 떠나간

사람의 전부를 느끼랴는 것인가?

그러나 내 마즌편에 앉은 의사라는 내 남편은, 마음속으로 암만 깨끗한 예방의를 입히고 왕진 가방을 들려 보았대야 의사다운 데가 없다. 얼굴이 희고 이마가 넓고 수염이 검은, 즉 말하자면 풍모가 수려한 것이 의사라고만 (이것은 나의 어리석은 우상 때문에 그러려니와) 느껴지는 나는, 몸이 우직스레 생기고, 얼굴이 검붉고 탁한, 검은 「로이드」 안경테 속에서 살기를 띈 듯한, 쓰윽 째진 듯한 붉은 두 눈이 움직이는 것을 바라보고는 내 관념 때문에 현실엔 아무 기쁨도 못 가져오는 생활의 출발을 저즐렀고나 하고 뉘우쳤다. 그러나 나는 이 차를 나리는 시각부터 당당한 의사 부인으로, 더군다나 수십만 재산가의 부인으로 행세를 할 것이요, 이 S읍 부인들 우에서는 인테리 주부가 되는 것이다.

나는 내 기쁨 때문에는 행복할 수가 없었지만, 투쟁심 때문에는 충분히 즐거울 수가 있었다.

남편이 개업하고 있는 병원에서 길을 사이에 놓고 조금 떨어진, 꽤 큰 집이 우리 집이라 한다. 밖으로 보나, 안에서 보나 다 내 취미에는 안 맞는다. 안에 세간들도 그러하다. 벌써 전에 부친 내 짐은 클르지 않았는데도 안에는 바로 전 시간까지 여편네가 살던 집 같은 공기와 세간이 왼 집 안에 그득 차 있었다. 내 짐은 클르지 않아도 그대로 살 수 있는 차림차림이다.

집에는 수염은 허옇게 세였을망정 얼굴이 검붉게 윤나는, 건장하게 생기신 시아버지와, 키가 작으마한 고생으로 늙어 버리신 듯한 시어머니와, 그 밖에 촌에서 온 많은 친척들과 이웃 사람들이 있었다. 나는 시부모라고 무턱대고 공손할 필요를 느끼지 않았다. 나이 많고, 시부모라는 것만으로도 충분히 어려운 존재련만 나는 마음으로부터 머리가 숙어지지를 않았다. 그저 인사라고 서먹히 하고, 시부모도 나를 그렇듯이 반겨 주시지는 않았다. 그것은 아무리 바쁜 일이 있었다 치드라도 내 첫인사를 받고는 지금까지 계시던 촌으로 곧 가 버리신 것을 보아도 알아지는 일이었다.

왜식으로 꾸민 응접실에 나를 위해 샀다는 피아노와 올간 그리고 삼면경이 놓여 있었다. 피아노와 올간은 뚜껑을 열고 건반을 눌러 보고 만족했다.

나는 나 이외에 이 집에 그득 차 있는 또 다른 여자 즉 내 남편 된 사람에게 가장 가까워 보이는 그림자를 방 안에서 보는 듯해서 매우 불쾌했다.

인사 왔던 사람들이 다 흩어진 후 몇 시간을 방문도 열지 않던 한 오십 되어 보이는 여자가 입을 조금 빗축하고 두꺼운 아랫입술을 내밀고 나타났다.

『내 딸 대신 온 사람이오? 아이들 데리구 고생하겠소.』

매우 거만스런 태도요, 도전적이다. 나는 그 태도에 못지않게 대담하고 이것도 내 버릇인 두꺼운 아랫입술을 뻿쭉 내밀었다. 그 부인은 이어 담배를 피어 물고 눈을 가늘게 떴다. 그 모습에서 나는 그의 젊은 시절을 여러 가지로 상상해 보았다. 키가 크고 몸이 균형지고 살빛은 검을망정 선명한 윤곽의 얼굴, 음성이 둥글고 멋지다. 이 S읍에서 제일 이뻤다는 이 여자의 딸 즉 내 남편의 전처를 나는 이 여자 속에 느끼고 만나는 시각부터 속이 좋지 아니했다. 담배를 피어 문 손매라든가, 앉음앉이라든가, 옷 입은 거탈[1]이 여염집 부인 같지가 않았다. 나는 속으로 이 여자가 꽤 강한 내 적인 것을 직감해

---

1   겉으로 드러난 모습.

버렸다.

　남편이 여장을 풀고 병원으로 나간 뒤 나는 심란한 마음을 벅눌러 가며 피아노 앞에 걸터앉았다. 악보는 없이 짚어지는 대로 건반을 때렸다. 내 마음을 상증하는 즉흥곡이었을지 모른다. 곁엣방에 앉았던 남편의 장모는 무어라고 고함을 질은 양도 싶은데 나는 무슨 소린지 알아듣지 못했다. 내가 피아노에서 손을 떼었을 때,

　『아, 영수 애비 어디서 미친 걸 데려왔군. 팔자 사납다 보니 별꼴야.』

　고래고래 소리를 질렀다. 나는 남자들처럼 머리를 뒤로 쓸어 넘기며 못 들은 척했다.

　오후 세 시 반이나 됐을까 현관문이 좌르르 열리더니,

　『할머니』

　귀여운 사내아이 음성이다. 「옳다 영수다」 하고 현관에서 랜드셀[2]을 메고 들어오는 모양을 바라보았다. 나를 보더니 발을 딱 멈추고 시커먼 눈을 끔뻑하고 서먹히 웃어 보였다. 나는 또 속으로 「옳다 따르게 할 수 있는 애다」 하고 마주 나가 머리를 쓸어 주었다.

　『영수야 이리 온, 게서 뭘 하는 거야.』

　영수는 외할머니 방에 뛰어 들어가고 말았다.

　영수가 학교에서 돌아온 후 얼마 아니되어 계집아이 복희가 돌아왔다. 나를 보더니

　『저게 누구야 난 싫여 할머니.』

　어디선가 빗자루를 들고 오더니 내 등 뒤를 갈겼다. 나는 어떻게 해야 옳은가?

2　일본어 'ランドセル'. 란도셀, 초등학생용 책가방.

『요 계집애 꽤 힘들이겠다.』

고 중얼거렸다. 일곱 살이라고 하나 얼굴이나 말하는 것이 닳아먹어서 못된 어른 같다. 오히려 오라비인 영수 놈이 순진해 보인다.

내가 이 집에 오기 전까지 애들 외할머니가 식모를 데리고 살림을 보아 왔다 한다. 전처가 삼 년 전에 죽었다니까 그 후로 주욱 그렇게 내려온 모양이다. 나는 그와 도저히 한 솥의 밥을 못 먹을 줄을 알고 남편과 상론해서 딴 집을 잡게 했다. 나갈 때 자기 딸이 쓰던 세간을 전부 달라는 것이었으나 낡은 재봉침과 적은 농짝과 또 냄비나 그릇 같은 세간을 얼마 내보내고 다른 것에는 손을 대게 못했다. 아무리 쓴다기루 이런 촌살림에, 식모까지 다섯 식구에 먹는 데만 사백 원씩 썼다는 여자다. 있으면 흥청망청 쓰고, 없을 땐 좁쌀 알도 없이 살았다는 소문의 주인공이다. 나는 모든 뒷소리를 각오하고, 내 마음대로 결정을 짓고 아이들 남매는 내 손에 돌아오게 했다. 말이 되라면 말이 되어 방바닥을 기고, 무엇을 사 달라면 밤중을 가리지않고 사다 줬다. 「저게 저게」 하던 계집애 복희도 점점 나를 엄마라고 불으게쯤 되었다. 외할머니와의 거래는 절대로 금했다. 내 눈을 속여서는 가는진 몰라도 내가 보는 데는 가는 일도 없이 되었다.

일할 줄 모르고, 더럽고, 손이 거칠고, 처먹기만 하는 식모도 내어 보냈다. 남편과 나와 아이들 남매, 이렇게 네 식구만으로 되었다. 시부모는 십 리 밖 촌에 계시고, 시동생들은 유학 중이었다. 그래도 먼 데와 가까운 데서 오는 손님이 끊지지 않아서 나는 매일매일을 바쁘게 지냈다. 찬꺼리는 물론, 빨래비누, 휴지 같은 일용품도 다 내가 사 드렸다. 뜰 안에 우물이 없어서 물도 공동 우물에 가서 내가 길어 왔다. 열대여섯 살에 곧잘 이던 물동이를 처음 일 땐 조금 무거운 듯 팔이 부들부들 떨리고 허리가 휘청거려서 물을 흘리곤 했지만 그것도 곧 익숙해졌다.

『왜 사람을 못 시켜? 창피하게 물동인 왜 여.』

『참 별일 다 보겠어, 물동이 이는 게 뭐 그리 창피하담, 당신 서울 사람요?』

남편과 나는 가끔 이런 말다툼을 하게 되었다.

한편 나는 내 짐을 정리하고 전처의 농 속을 보게 되었다. 다른 사람의 얘길 들으면 그는 결혼할 때엔 아무것도 아니해 오고 시집와서 다른 색씨들 치장을 구경하고는 그렇게 많이 했다는 것인데 장롱 속에는 값진 비단옷이 헤일 수 없이 꽉 들어차 있었다. 나는 껌언 장은 보기 싫으니 패 때든지 그의 어머니에게 주든지 하고 속의 옷들만 꺼내 내 장 속에 집어넣으랴고 했다. 하나 남편은 전처의 분위기를 없애는 것이 허수한지, 그가 쓰던 세간은 그대로 두자는 것이었다. 나는 내가 해 가지고 온 옷들이 전처의 것만 못해도 깊이 간직해 두고, 부엌일 같은 궂은일에 전 사람의 옷들을 꺼내 입는다. 치마 같은 것은 뜯어서 아이들 이부자리도 하고 방석 같은 것도 만들었다. 나는 전 사람의 그림자를 쫓되 내가 소비해서 없애랴는 심산이다.

하로는 남편의 서재를 정리하다가 두꺼운 앨범을 발견했다. 그 속에는 남편과 옥숙과의 역사를 얘기하는 여러 장의 사진이 들어 있었다. 주을 온천에서 그의 어깨를 붙잡고 헤죽히 웃으며 찍은 남편의 모양이나, 상상보다 훨신 어여뿐 그의 신부 차림이라든지 각각 어린애들을 안고 찍은 가족사진이 다 내 비위를 긁었다. 더구나 그의 확대한 요염한 반신상이 견딜 수 없었다. 나는 발작적으로 갈기갈기 찢어 버렸다. 무에라 중얼거리며. 마는 무슨 말을 중얼거렸는지 모른다. 사진을 있는 대루 다 쪽쪽 찢고 그리고 그것들을 아궁에 쓸어넣고 성냥을 그어 댔다. 나는 가슴이 후들후들 몹시 떨렸다.

이 일이 남편에게 알려 안 질 리 없다. 그리고 아이들 외할머니한테도. 내 동무인 덕순의 말을 들으면 내가 사진을 찢어 없앤 것을 알고 벼락같이 성을 내다가

『사위 면목을 봐서래두 노연 생각을 참으셔요.』

하는 덕순의 말을 듣고 나와 맞붙는 것은 피했으나 자기가 꼭 한 장 갖고 있던 딸의 사진을 크게 확대시켜서 저이 방에 걸어 놓고 바라본다는 것이었다.

남편이 아이들을 더구나 복희를 사랑하는 일은 특별했다. 내가 이 집에 온 밤부터 소위 신부와의 한자리 속에도 복희를 꼭 안고 자는 것이었다. 그 애의 모습이, 보면 볼수록 제 어머니다. 동그스럼한 얼굴에 옷둑한 코며 조금 눈초리가 올라간 것이라든지 입모양이 유난히 선명한 거라든지 모다 내가 사진에서 본 그 애의 어머니 같았다.

『잰 꼭 저 엄마야, 점점 더 이뻐져』

보는 사람마다 이렇게 말했다. 남편은 그런 말을 들을 때마다 복희를 못 견디겠다는 듯이 쓰다듬고 더 유심히 디려다본다. 나는 이 복희가 꼭 죽은 저이 엄마의 몸과 마음을 본떠서 나를 볶는 것만 같이 생각했다. 그러면서도 나는 아이들의 예습과 복습을 꼭 보아 주었고 도시락도 알뜰이 싸 주었다. 내복이나 입는 옷이나 이부자리들을 늘 깨끗이 해 주었다. 처음에는 저이들의 비위를 맞춰 주다가 차츰 좋지 못한 버릇을 한 가지식 한 가지식 고쳐 갔다. 웃어른께 인사하는 것 고맙다는 말과 앉음앉음과 간식을 조절하는 것과 함부로 돈푼을 집어 안 주는 일과 이런 것을, 가르치고 고치고 타일러서 점점 나어졌다. 남편은 여기에 대해선 내게 고맙다는 뜻을 품

405

는 모양이었으나 조금 정도를 지나치면 눈을 부릅뜨고

　『애들은 왜 못 견디게 구는 거야, 되지 못하게시리.』

　고래고래 소리를 질렀다. 나는 그 당장엔 웃어 보이다가도 며칠을 두고 비꼬고 트집을 썼다.

　『저 계집앤 꼭 저이 어멈을 닮았나 봐!』

　내 입에선 이런 말도 나오고

　『조 계집앤 꼭 첩감이야.』

　이렇게도 소리쳤다.

　복희는 점점 내가 보는 데선 태연스레 엄마 엄마 하고 말 잘 듣는 척하다가도 돌아서면 어른 이상으로 내게 대한 준열한 비판을 내리는 모양이었다. 나는 복희가 커 가는 것이 무섭기까지 하다.

　애들 외할머니는 집을 나간 뒤로 생활이 곤란하기 짝이 없다. 다른 사람의 말을 듣거나 또 내가 본 바에 의하면 이 여자는 무엇이나 남겨 두는 법이 없다는 것이다 젊어서는 여러 부호들의 주머니 끈을 풀게 하고 딸을 시집보내 놓고는 그 덕에 흥청망청 쓰다가 내가 들어선 다음부터는 꼴이 말 아니다. 자연히 내게 어열이 올 것은 물론이지만 남편도 내 살림사리를 보고 전 장모가 얼마나 헤펐다는 것을 깨닫는 모양이어서 일 년 동안 쌀 섬이나 대어 주고는 그만인 모양이다. 나는 속으로 통쾌했다. 늘 머리에 기름만 반지르르 바르고 담배를 피여 물고 이 집 저 집 돌아다니며 쓸데없는 얘기만 하고, 날을 보내는 게으른 여자를 미워 안 할 수가 없다.

　내가 이 집에서 살림을 시작한 이후 생활비는 전 장모와 전처가 있을 때보다는 삼분지 일로 충분했다. 그렇다고 한 달에 한차례식의 곰국과 닭찜을 걸른 것도 아니었다. 닷새에 한 번씩의 장날이면 장에 가서 여러 가지 찬꺼리를 사되 영양이 있고 값싼 것으로 했다. 풋고추나 호박이나 오이 사는 데도 불르는 값에서 일 전이라도 깎아야 마음이 놓였다. 내 버릇인 뒤짐을 집고 두꺼운 아랫입술을 쑥 내밀고 그리고 안경 쓴 내 꼴이 장판에는 곧 알려졌다.

『이 의사 새댁이래.』

수근거렸다.

『애구 무슨 우리게서 깎을라구 그래시오? 돌아가신 그 전 부인은, 깎기는커녕 다문 얼마래두 더 주던데.』

『흥 안 될 소릴, 그럴 사람 따루 있죠, 우린 돈 귀한 줄 아니까.』

나는 바구니 하나로 찬거리를 사 들고 거릿길을 덜렁덜렁 걸어서 집에 돌아오곤 했다.

그리고 꽤니 전에 하던 대로 우리 집에 와서 일을 돕는 척하고 얻어먹으려 드는 사람들에게 대해선 극단으로 배척하는 태도를 보였다. 김장 때 같은, 때에 좀 도아주고도 많은 보수를 요구했으나 나는 딱 잡아떼고, 최소한도의 보수를 했을 뿐이다. 촌에서 시부모가 오셔도 보통 식사대로 했고 남편이 병원에서 들어오기 전에 시아버니가 저녁상을 재촉하시면

『이 집에선 주인이 와야 저녁 쓰는 법입니다.』

하고 호기스레 대답했다. 시아버니는 그길로 문을 크게 닫고 가 버리셨다.

한번은 촌에서 시어머니가 남편이 좋아하는 명란젓을 석유통으로 하나 맛스레 담거 보내셨다. 집에서 날것으로 혹은 두부찌개에도 넣 먹고 왼 동삼[3]을 두고 먹었건만 그대로 많이 남았길래 남을 주는 것도 아깝고 해서 하로는 장에 이고 나가서 죄다 팔아 버렸다.

---

3 겨울의 석 달. 삼동三冬.

아는 여편네들을 만나면

　『이봅세, 명란 좀 사 줍세.』

하고 수작을 걸었다. 저므림 때까지 팔았으나 그래도 남은 것은 가지고 들어와 소금을 더 뿌려서 꼭꼭 눌러 두었다.

　이 일이 있은 뒤로 촌에 계신 시부모는 다시는 아무것도 안 보내 주셨다. 나도 아무것도 아니 보내기로 했다. 좁은 S읍 안에 이 의사 부인이 명란을 팔았단 소문은 굉장한 모양이다.

　『기생의 소생이래두 옥숙의 편이 그래두 점잖았어. 돈을 쓸 줄 알고 인정이 있었거던. 그러게 그가 있을 제 그 집에 좀 많이들 드나들었어?』

　『참 그래. 점잖은 사람 부인다웠지. 옥숙의 전 부인도 무식은 했을망정 좀 듬직했어? 아여 지금것은 새도랭이[4]라니, 깍쟁이구.』

　『그래두 애들은 잘 걷우나 보든데.』

　『그럼 그렇지두 못함 죽일 년이게?』

　『아무러나 애들 잘 걷움 그만 아냐?』

　이렇게들 내게 대한 비평은 자자한 모양이고 덕순을 제하고는 병원에서 오는 심부름꾼 외에 우리 집 문 앞에 들어서는 사람이 없었다.

　나는 세간들을 기름이 끓게 닦다질하고 집 안 구석구석을 말끔히 치우고 화초를 기르고 빨래는 한 가지라도 밀릴세라 빨아 대리고 장독대를 보암직이 차려 놓고 마당을 쓸고 목욕탕을 소제하고, 이렇게 날마다 분주했다. 나는 무엇이나 손에 일감을 쥐고야 백였다. 낮 동안에는 바느질도 했다. 명주 빨래도 손수 해서 다듬었다.

4　'새퉁이'의 방언. 밉살스럽거나 경망한 짓, 또는 그런 짓을 하는 사람.

한번은 남편의 명주 바지를 솜 두어서 뒤집는데 복희가 우유를 쏟아서 다시 빨던 일을 생각하면 이가 갈린다.

나는 덕순이 이외에 아무도 찾아 오지 않는 것을 마음 편하고 또 다행히 여겼다. 덕순은 같은 여학교를 나온 동무이다. 그가 소학교 교원의 아내로 다섯 아이의 어머니로 넉넉지 못한 살림사리라도 부즈런히 알뜰히 해 나가는 것이 반가웠다. 구식 여성에 지지 않게 일할 줄 아는 것이 기뻤다. 그런 의미에서 나와 동지다.

가끔 서로 털어놓고 얘기도 많이 했다. 나는 이 덕순이에게서 내 남편의 지낸 얘기들을 들었다. 신중한 덕순은

『괘니 이런 얘기 해도 괜찮을가?』

다짐을 하고 내가 무슨 얘기든 그시지 말고 하라고 졸르는 바람에 여러 가지 얘기를 들려주었다.

『병원 선생님은 복희 엄마를 잃고 중이 됐드랬어.』

『중이?』

나는 못 알아드른 듯이 재처 물었다.

『중이 되다니?』

『응, 중이 됐다니 입산위승이 아니라 그렇게 중같이 지냈단 말야.』

『여편네 잃구 중같이 지냈음 왜 또 장가는 가?』

『그러게 말야.』

덕순은 입맛을 다시고

『그래도 왜 지금 잘만 지내시는데.』

우리의 부부 사이를 말하는 것이었다. 남편과 나 사이는 처음부터 담장으로 맥힌 듯 내부적으론 아무 교섭도 없는 듯하다.

『처음 부인은 아주 조혼이래, 정이 없어 갈라졌구, 복희 엄마완

열열한 연애결혼이지, 참 선생님이 연앨 다 하시구 호호.』

덕순은 웃었다.

복희 엄마와는 오 년 동안을 자미있게 살았는데 처음 여편네와 헤어지기 전에 옥숙이가 임신을 했고 이혼하는 데 그사이의 말성이란 말할 수가 없었다 한다. 첫 여편네는 남편과 헤어져 나가면서 복희 엄마에게 몹쓸 방투5)란 방투는 다 했다는 것이다. 무당을 시켜서도 그러구 손수 지붕 위에 칼날을 박아 놓는다든지.

복희 엄마가 결핵으로 시름시름 오래 두고 앓으면서도 앓는 기색을 안 내고 두러눕는 법 없이 늘 앉아 있었던 까닭에 다른 사람들은 병이 고된 것을 몰랐다 한다. 사람을 보면 늘 상냥히 웃고 자기를 도아주는 사람에겐 두텁게 주고 마음이 서글서글한 데가 있었고 남편의 마음도 잘 조종해서 남편은 우직스런 그대로 전 마음을 그에게 부었던 것이라 한다. 그 무뚝뚝한 사람이 늘 집에 들어오면 히죽히죽 웃고 얘기하고 떠들었다 한다. 그러다가 그의 병이 위중한 것을 알자 병원에도 나가지 않고 병간호를 하고 밤낮 그 방을 지켰다 한다.

『참 숨이 끊어지자 그 큰 몸이 떼굴떼굴 굴러가면서.』

『아이고 난 어쩌라우 난 어쩌라우.』6)

동네방네 떠나가게 울더라는 것이다.

그 후로는 남편은 일체 고기를 못 먹었다는 것이다. 아내의 각혈하던 양과, 또 숨이 끊어지기 전에 낳은 갓난애기를 본 것이 오래

5   저주하는 방책을 쓰다.
6   덕순의 말 속에 인용된 남편의 말이다.

오래 눈에 선연하던 까닭일 것이다.

『독신으로 지낼 테야.』

남편은 이렇게 중얼거리고 아내의 대상과 소상 등 범절을 다 했다 한다. 나와 결혼한 이후론 가끔 자리를 가지고 병원 진찰실 옆방에서 자는데 친한 동무와 얘기하는 걸 들으면, 그런 밤이면 못 견디게 복희 어미의 생각이 나는 때라 한다. 또 가끔 우는 때도 있고. 그것은 나와 결혼한 까닭에 더 생각난다고 하고.

모든 조건이 나보다 남편의 마음을 끌게 생겼던 그 여자, 그 우직스레 생긴 남편의 순박한 마음을 독점하고 죽어도 그 마음에 깊이 자리 잡은 채 있는 그 여자…… 그 환영은 곧 복희에게 있을 것이다. 그 애에게 그 애 어머니를 느끼고 남편은 그것으로 낙을 삼을 것이다. 첫 여편네에게서 난 계집애는 어미를 따라 보냈는데 그 애는 남보다 더 미워한다는 것이다. 복희 모가 죽은 후 전처가 떠나면서 발악을 한 일과 방투질한 것을 생각코 전처를 만나기만 하면 죽이고 싶다고 한다고.

덕순은 쓸데없는 얘기를 했다는 듯이 그리고 내게 대해 충심으로 미안하다는 듯이 나를 바라보았다. 나는 아무 표정 없이 시무룩해 앉아 있었다.

사람을 부리기만 하고 손끝 하나 까딱 않고 놀고먹은 복희 모는 남편의 마음을 독점했다. 나는 이 집의 하녀 노릇밖에 더 한 것이 무언가? 그에게서 따뜻한 음성과 시선과, 애정을 느껴 본 일이 있는가. 아니다. 한 번도. 나는 내 마음을 괴롭혀 주던 옛사람을 결혼이란 한 직무 속에 매장해 버렸지만, 그는 나로 인해 죽은 아내를 더 생각는다지 않는가. 나는 내 고집 때문에 인망이 없고 사람들 앞에서 경원을 당하나 눈코 뜰 새 없이 충실히 일하고 부즈런하지 않는

411

가, 내 이 자랑을 왜 몰라주는가?

　나는 마음으로 여러 생각하는 것이 귀찮아졌다. 아무 말도 듣기 싫고, 아무 말도 하기가 싫다. 또 그것들은 내게 불필요한 것이다. 덕순이와는 그날 이후 절교해 버리고 말았다. 그래도 외롭지가 않다. 외로울 게 어딨어? 못난 생각이지. 나는 이렇게 생각하고 세상과 더불어 사괴이기를[7] 그만두고 완전히 고립해 버렸다. 나는 일함으로 즐거울 수 있었고, 재산 많은 이 의사의 부인이란 간판 때문에 다른 사람을 경멸할 수가 있었고 교제를 아니함으로 번거러움에서 떠날 수가 있었다. 나는 내 악기들과 재봉침과 옷들과 기타 내 세간들에게 깊이 애착한다. 그것들을 거울같이 닦아 놓고 나는 만족히 빙그레 웃는 것이다. 나는 살아 있는 것만으로 기쁘고 일하는 것만으로 자랑스럽다. 나는 나 이외의 모든 것을 충분히 경멸할 수가 있다. 남편의 마음도 경멸하고, 나를 비평하는 모든 사람을 경멸할 수가 있는 것이다.

　영수와 복희의 학교 성적은 다 좋았다. 통신표를 바라볼 때의 만족한 남편의 얼굴은 웃읍기까지 했다.

　『고것들 꽤 잘했네.』

　남편은 세 번째라고 쓴 영수의 것과 다섯 번째라고 쓴 복희의 통신표를 언제까지나 놓을 줄 몰랐다. 나는 속으로

　『저이들이 잘나서 그런가 뭐? 다 내 덕이지.』

　중얼거렸다. 그리고 내 속에 움직이는 내 유일한 「고것」은 나서, 커서 저 애들보다는 몇 배나 더 잘할 것만 같았다.

　덕순이를 절교해 버린 내 주위에는, 집식구 이외엔 강아지 새

<hr />

7　'사귀다'의 옛말.

끼 하나 어른거리는 것이 없었다. 이런 외부의 사교에서 멀리멀리 떠나도 털끝만치도 고독과 허전함을 느끼잖는다. 내 속에 커 가는 한 생명이 내 유일한 벗이요 가장 소중한 존재이다. 나는 「내 것」이라고, 이렇게 생각하는 것만으로 가슴이 터질 듯이 기쁘다.

내 주위는 점점 제한되어 가나 그러나 내 마음은 무한정으로 확대되어 가는 것 같다.

나는 이런 내 세계에서 내 뱃 속에 커 가는 내 아이의 태동을 빙그레 웃으며 느끼는 것이다.

—《문장》2권 9호, 1940년 11월;
임옥인, 『후처기』(여원사, 1957)

지하련(池河連·1912~미상)

지하련은 1912년 경남 거창에서 대지주 이진우와 부실 박옥련 사이에서 서녀로 태어났다. 본명은 이숙희다. 필명은 등단 전까지는 이현욱을 사용했고, 등단과 동시에 지하련池河連 혹은 池河蓮을 사용했다. 동경소화고녀를 졸업했으며 동경여자경제전문학교에서 수학했다. 일본 유학 중에 만난 임화와 1936년 결혼했다. 1940년 백철의 추천으로 《문장》에 단편소설 「결별」을 발표하면서 등단했다. 1946년 《문학》에 발표한 단편소설 「도정」이 조선문학가동맹에서 주최한 해방기념조선문학상 소설 부문에 후보작으로 추천되었다. 임화가 월북한 이후 1948년 무렵 월북한 것으로 추정된다. 1953년 임화는 남로당계 문인들과 함께 반국가변란죄, 미제의 스파이 혐의 등으로 체포 및 처형되었으며 이 소식을 들은 지하련이 실성한 채 평양을 돌아다녔다고 한다. 이후 1960년 평안북도의 한 교화소에 격리 수용되었다가 49세의 나이로 병사했다고 전해진다.

지하련이 남긴 작품은 많지 않다. 첫 작품인 「결별」을 포함해 총 일곱 편의 단편소설과 몇 편의 시와 산문이 전부다. 그러나 적은 작품 수에도 불구하고 지하련의 소설은 당대의 소설들과는 구별되는 그녀만의 작품 세계를 분명하게 보여 준다. 지하련은 1948년 첫 소설집 『도정』을 백양당에서 출판했다. 표제작 「도정」은 사회주의 지식인인 주인공 석재가 광복 이후 자신의 삶에 대해 철저하게 반성하고 자신의 내면에 안주한 소시민성을 극복하려는 의지를 표현한 작품이다. 심리주의 소설의 새로운 지평을 열었다는 평가가 보여 주듯 그녀의 소설은 사건의 전개보다는 인물의 심리에 대한 섬세한 묘사를 통해 소설 세계를 구성한다. 인물의 심리에 대한 집요한 관심과 관찰은 등단작인 「결별」에서부터 일관되게 유지되었다. 「결별」, 「가을」(1941), 「산길」(1942)에서는 결혼과 연애 문제로 갈등하는 인물들의 심리를 묘사와 대화로 세밀하게 그렸으며 「체향초」(1941), 「종매」(1948), 「양」(1948)에서는 일제강점기 말 암흑기를 살아 내야 했던 지식인의 우울한 내면을 드러냈다.

해방 전후에 창작된 지하련의 문학은 결혼 및 연애와 맞닥뜨린 여성의 내면 심리로 권위주의적인 가부장적 질서의 모순을 폭로한 여성적 글쓰기의 한 전범을 제시했다. 또한 지하련의 문학은 일본 제국주의의 폭력성 앞에서 무기력할 수밖에 없었던 지식인의 갈등과 번민으로 점철된 내면 풍경을 묘사하는 식민지 문학의 한 특징을 띤다.

이미정

山산길

신발을 신고, 대문께로 나가는 발자취 소리까지 들렸으니, 뭘 더 의심할 여지도 없었으나, 순재는 일부러 미다지를 열고 남편이 있나 없나를 한번 더 살핀 다음 그제사 자리로 와 앉았다.

앉어선 저도 모르게 호 — 한숨을 내쉬였다.

생각하면, 남편이 다른 여자를 사랑한다는, 이 거치장스런 문제를 안고, 비록 하로ㅅ밤 동안이라고는 하지만, 남편 앞에서 내색하지 않은 것이 되려 의심적을 일이기도 하나 한편 순재로선 또 제대로 여기 대한 다소간이나마 마음의 준비 없이 뛰어들 수는 없었든 것이다.

아직 단출한 살림이라 아츰 볕살이 영창에서 쩽 — 소리가 나도록 고요한 낮이다.

이제 뭐보다도 사태와 관련식혀 자기 처신에 대한 것을 먼저 정해야 할 일이었으나, 웬일인지 그는 모든 것이 한껏 부피고 어지럽기만 해서 막상 머리에 떠오르는 생각이라는 것이 기껏 어제 문주와 주고받은 이야기의 내용이었다.

바로 어제 이맘때ㅅ 일이다.

일요일도 아닌데 문주가 오기도 뜻밖이거니와, 들어서는 참으로 그 난처해하는 표정이라니 일즉이 문주를 두고 상상할 수는 없었다.

학교는 어쩌고 왔느냐고 순재가 말을 건너도 그저

「응? 엉 ─」

하고 대답할 뿐, 통이 그 말에는 정신이 없었다. 그러더니 별안간

「너이 분 그동안 늦게 들어오지 않았니?」

하고, 불숙 묻는 것이다.

순재는 잠간 어리둥절한 채

「그건 웨 묻니?」

하고 물어볼 수밖에 없었다.

「그래 넌 조금도 몰랐니」

문주는 제 말을 계속한다.

「모루다니, 뭘 몰라?」

「연히허고 만나는 걸 말이다」

「연히허고?」

순재는 뭔지 직각적으로 가슴이 철석했다. 그러나 너무도 꿈밖이고 창졸간[1]이라, 어찌된 셈인지 종시 요량키가 어려웠다.

「발서 퍽 오래전부터래 ─」

문주는 처음 말을 시작느라 긴장했던 마음이 잠간 풀려 그런지, 훨신 풀이 죽어 대답했다.

「누가 그러든?」

다시 순재가 무른 말이다.

1   미처 어찌할 수 없이 매우 급작스러운 사이.

「연히가 그랬다」

「연히가?」

「그러믄」

순재는 한순간 뭐라고 말을 이를 수가 없었다.

문주가 말을 꺼내기도 벼락으로 꺼냈거니와, 너무도 거창한 사실이 그야말로 벼락으로 앞에 와 나자빠진 셈이다.

말없이 앉아 있는 순재를 보자

「어떻게 얘기를 꺼내야 할지 잘 엄두가 나지 않아서 주저했지만, 언제까지 모를 것도 아니고, 그래서 오늘은……」

하고, 이번엔 문주가 말을 시작했다.

「그래 오늘에서야 알리러 왔단 말이냐?」

순간 그는 여지껏 막연했든 남편에 대한 분함과, 연히에 대한 노여움이 한꺼번에 쏟아진 것처럼 애꾸진 문주를 잡고 잠간 어성을 높였다.

「나무랜대두 헐 말은 없다만, 사실은 너 때문에만이 아니고 연히 때문에도…… 저야 무슨 짓을 했건 나를 동무로 알고 이야기하는 것을 내 바람에 말할 순 없지 않니?」

문주는 처음과는 달러 훨신 말이 찬찬해졌다.

「연히만이 동무냐?」

순재는 여전 말소리가 어지러웠다.

「혹 너가 먼저 알고 무러봤다면, 연히 말을 너헌테 못 하듯 나는 너를 속이지도 못했을지 모른다」

「지금은 무러봐서 얘길 허니?」

이번엔 순재도 비교적 침착했다.

「너가 묻기 전 먼저 연히가 부탁했다」

「나헌테 알리라구?」

두 사람은 잠간 동안 말이 없었다.

「나헌테 알리란 부탁까진 난 암만 생각해도 잘 알 수가 없다 연히헌테 가건 장하다구 일러라 ─!」

순재는 끝내 페밭듯 일어섰으나, 다음 순간 어디로 가서 뭘 잡어야 할지 얼울한[2] 그대로 다시 자리에 앉고 말았다.

「이런 것을 혹 운명이란 것에 돌린다면 누구 한 사람만 단지 미워할 수는 없을 거다」

조금 후 문주가 건넨 말이다.

순재는 얼른 대척[3]이 없었으나, 이 순간 그에게 이것은 분명히 역한 수작이었다. 사실 그는 몹시 역했기 때문에 훨씬 침착할 수 있었는지도 모른다.

제법 한참 만에서야 순재는

「뉘가 미워한다디?」

하고 말을 받았다.

「이따금 몹시 미우니 말이다」

두 사람은 다시 말이 없었다.

순재는 평소에 문주를 자기네들 중 제일 원만한 성격으로 보아 왔었다. 그렇기에 누구보다도 공평한 ─ 때로는 어느 남성에게도 지지 않을 좋은 판단과 이해력을 가졌다고 믿어 왔었다. 그러나 어쩐지 이 순간만은 이것을 그대로 받을 수가 없었다. 이제 자기를 앞에 두고 홀로 침착한 그 태도에 감출 수 없는 적의(敵意)를 느낀다

---

2   마음이 불안하다.
3   말대꾸.

지하련

기보다도 점점 안존해지고 차근차근해지는 말투까지가 더할 수 없이 비위를 거슬렀다.

「얘기 더 없니?」

급기야 순재가 건넌 말이다.

「혼자 있고 싶으냐?」

문주가 도로 물었다.

순재는 뭔지 더 참을 수가 없었다.

「가거라!」

지극히 별미적은[4] 말이였으나, 문주는 별루 아무렇지도 않은 양, 가만이 우섰을 뿐이었다.

그 우슴이 결코 조소가 아닌 것을 알수록 그는 웬일인지 거듭 더 참을 수가 없었다.

책상 우에 턱을 고인 채 순재는 여전 몽총하니[5] 앉어 있었다.

문듯 창 넘어로 앞산이 메이기 이마에 내려질 듯 가까웁다.

순재는 전일 이렇게 앉어서 보는 산이 그리 좋지가 않었다. 뭐보다 그 너무 차고, 쇄락한 것이 싫었다. 그러나 이제 이러구 앉었는 동안 웬일인지 산은 전에 달러 뭔지 은윽하고[6] 너그러운 것 같기도 해서 다시 이것을 잡고 한 번 더 바라다보려는 참인데 핏득 마음 한 귀퉁을 숫치는 ── 산은 사람보다도 오랜 마음과 숫한 이야기를 진였을께다 ── 하는 우수운 생각과 함께 별안간 덜미를 쥐고 덤비는 고독(孤獨)을 그는 한순간 어찌할 수가 없었다.

4   말이나 행동이 어울리지 아니하고 멋이 없다.
5   붙임성과 인정이 없이 새침하고 쌀쌀하다.
6   으늑하다. 조용하고 깊숙하다.

조금 후, 그는 처음으로 남편이 자기와 관련되어 머리에 떠오르는 것이었으나, 역시 모를 일이다. 평소 남편을 두고는 도저히 상상할 수도 믿을 수도 없는 일이다.

그러나 생각하면 이제 순재로서 믿기 어렵다는 뜻은 남편으로서 그런 짓을 해서는 못쓴다는 의미도 될지 모르고, 또 이것은 두 사람의 마음의 평화한 요구(要求)이고, 거래(去來)일지도 몰랐다. 허지만 가령 이 믿을 수 없는 사실이 그실 믿어야만 할 사실일 때는 두 사람은 발서 그 마음의 거래를 달리할 수밖에 없다. 이러기에 만일 이것이 정말이라면 그는 지금 스스로 감당해야 할 노여움이라든가 골란한 감정도 그실은 군색하기 짝이 없는 것이어서 — 첫째 노여움의 감정이란 또 하나 구원(救援)의 표정이기도 하다면! 이제 그로서 남편에게 뭘 바라고 요구할 하등의 묘책이 없는 것이다.

생각이 점점 이렇게 기울스록 그는 무슨 타산(打算)에서보다도 아직 호리지[7] 않은 젊은 여자의 자존심으로 해서도 연히에게는 물론, 남편에게까지, 뭘 노하고 분해할 면목이 없고, 염체가 없을 것만 같다.

순재는 그대로 앉인 채 여전 생각을 번거럽히고 있었다.

별루 어머니가 그리운 것도 같은 야릇한 심사를 겪으면서 우정[8] 죽은 벗이라든가, 알른 벗들의 쓸쓸한 자취를 더듬고 있었으나, 역시 그리 간단치 않고 만만치 않은 것은 남편이었다. 설사 순재로서 — 그분은 「남편」인 동시 「자기」였든 것이고, 연히는 내 동무인 동시 아름다운 여자였다고 — 마음을 도사려[9] 먹기쯤 그리 어려울

7   조금 그럴듯한 말로 속여 넘기다.
8   '일부러'의 방언.
9   마음을 죄어 다잡다.

것도 없었으나 문제는 이게 아니라 이제 남편에게까지 이 싸늘한 이해(理解)라는 것을 하지 않고는 당장 저를 유지할 수 없는 사정이 더헐 수 없이 유감되다기보다도 야속하기 짝이 없다.

순재는 자기도 모르는 사이

(저를 의지하려는 마음이 남을 의심할 때보다 더 괴로운 이유는 대체 어데 있는가?)

하고 가만이 일러 보는 것이었으나, 생각이 예까지 미치자 그는 웬일인지 몹시 피곤해져서 암만해도 뭘 더 생각해 나갈 수가 없었다.

벼개를 내려베고 뭘 꼬집어 생각하는 것도 없이 멍충이 누어 있으려니

「아지머니 겸심[10] 채려 와요?」

하고 심부름하는 아이가, 문을 연다. 그는 관두라고 하려다가,

「그래 가저온」

하고 대답했다. 그러나 쪼루루 저편으로 가든 아이가 되도라오면서, 누군지

「김순재 씨가 댁예요?」

하고 외치는 소리가 들린다.

어데 난 용달이다.

그는 편지를 손에 든 채 잠간 주저했으나, 뜻밖에도 연히에게서 온 것을 알자, 놀라지 않을 수 없었다.

남편이 사랑하는 여자가 연히인 것을 어제 문주에게 들어 처음 알기는 했으나, 근근 두 달 동안이나 무단이 소식을 끊고 궁금함을

---

10 '점심'의 경기, 충청, 함경북도 방언.

끼치든 연희를 두고는 참이 믿기 어려웠든 것처럼, 그는 다시금 아연해질 뿐, 미처 두서를 잡을 수가 없었다.

（무슨 까닭으로 편지는 했을가?）

그는 겉봉을 찢으면서도 종을 잡을 수가 없었다.

그러나 편지는 지극 간단해서 「街가」 라는 차ㅅ집에서 기다릴 테니 네 시 정각에 꼭 좀 만나 달라는 ── 이것이 그 전부요 내용이었다.

쭈볏이 서 있는 심부름꾼이

「가랍니까?」

하고 회답을 재촉했을 때야 비로서 그는,

「전했다고 일르시요」

하고 방으로 들어왔다.

마악 자리로 와 앉으려구 하는데, 이번엔, 객적으리만치

「네니 내니 하고 어려서부터 자라 온 동무는 아니래도 그래도 친했댔는데……」

하는, 당찮은 생각 때문에 한동안 그는 모든 것이 그저 야속하기만 했다.

「친했음 었저란 말야 ── 」

그는 다시 중얼거려 보는 것이었으나 역시 무심해야 할 일이었다.

순재는, 좌우간 아직 시간이 많이 남은 것을 다행으로, 아까만양 벼개를 베고 드러누었다.

오두마니 천정을 향한 채 ── 어제 문주는 무슨 이야기를 하려고 했든가? 혹 문주는 여기서 바로 연희에겔 갔는지도 또 오늘 연희가 만나자는 것은 어제 문주를 만났기 때문인지도 모른다는, 이러한 생각을 한참 두서없이 느러놓고 있는 참인데 웬일로 눈앞에 연

지화련

히가 벌안간 뛰어드는 것이다.

허둥허둥 연히를 좇아 다름질할 수밖엔 없었다.

아무리 보아도 그 시원스런 눈하고 뭔지 다겁할 것도 같은 이쁜 입모습이라성, 대체 그 어느 곳에 이처럼 비상한 용기와 놀라운 개성(?)이 드러 있었는지 암만 생각해도 모를 일이다.

그는 여전 이 당돌하리만큼 정면으로 닥어서는 아름다운 여자를 눈앞에 노치려군 않았다.

하긴 지금 순재 앞에 있는 이 짧은 편지로도 능히 시방 연히가 무엇에도 누구에게도 조금도 구해(拘碍)받고 있지 않단 것을 알어내기엔 그리 어렵지가 않을뿐더러, 만일 연히로서 아무런 질서(秩序)에도 하등의 구속 없이 있을 때 순재로서 굳이 완고하단 건 어리석은 일이다. 설사 순재의 어떤 고집한 비위가 만나기를 꺼려 하는 경우라고 한대도 연히로서 만일 —— 저편이 노한 것이라고, 생각을 한다면 이건 당찮은 손이다.

순재는 발서 노하는 편이 약한 편인 것을 잘 알고 있기 때문이다.

—— 거진 한 시간이나 앞서, 순재는 자리에서 일어났다.

화장도 하고, 일부러 장 속에 있는 치마까지 내어 입었다.

그리고 한번 더 거울을 본 다음에 집을 나섰다.

그러나 부펜[11] 거리만은 그래도 싫었든지, 광화문 통에서 내려 황금정으로 가는 전차를 바꿔 탔다.

타고 가다가 어디서고 길이 과히 어긋나지 않을 지점에서 어느 좁은 길로 해 찾아갈 요량이다.

11 '붐비다'의 경북 방언.

봄날이라고는 해도 고대 한식이 지났을 뿐, 더욱 해질 무렵이라 그런지 아직 겨울인 듯 쌀쌀하다.

두 여자는 여전 말을 잃은 채 소화통(昭和通)[12]으로 들어, 다시 산길을 잡았다.

순재는 조금 전 찻집에서도 그러하였거니와, 이제 거듭 보아도 연히는 그동안 놀랄 만치 이뻐진 대신, 또 놀랄 만치 자기와는 멀어진 것만 같으다.

단 두 달 동안인데 그처럼 가깝든 동무가 대체 무슨 조화로 이처럼 생소하냐고 스스로 물어본댔자 그저 당장 기이할 뿐이다.

첫째 만나면 손이라도 잡고 반겨해야 할 사람이 제법 정중이 일어선 채 깎듯이 위해 인사하는 품이, 비록 순재로 하여 얼굴이 붉어지는 쑥스러움을 느끼게 했다고는 할망정 웬일로 자기 역시 전처럼 대답할 수 없었든 것도 이 기이함에 하나였거니와, 이러한 종잡을 수 없는 느낌이 한데 뭉처 점점 어두어지고 무거워지는 마음 우에 급기야 모든 것이 한껏 너절하게만 생각되는 — 보다 먼 곳에의 고독감도 결국 이 순간에 있어 기이한 현상의 하나였다.

한동안 그는 아무것에도 격하고 싶지 않은 야릇한 상태를 겪으며 잠자코 걸었다.

어듸를 들어왔는지 두 여자는 수목이 짙은 좁다란 길을 잡고 개천을 낀 채 올려걸었다

방금 지나온 곳이 유달리 번화한 거리라서 그런지 바로 유곡인 듯 호젓하다.

「나 인제 새로히 뭘 후회하고 있진 않습니다. 단지 여태 잠자코

12 현재 퇴계로의 일제강점기 명칭.

425

있어 괴로웠을 뿐예요!」

하고, 비로서 연히가 말을 건넌다.

　　순재는 여전 쑥스러운 채,

　　「잘 압니다」

하고, 연히 말에 대답을 했으나, 뭘 잘 안다는 것인지 스스로도 모를
말이다.

　　「날 비난하시려건 맘대로 하세요, 허지만 이제 내게도 말이 있
다면 그분을 사랑했다는 것 ─ 사랑 앞에서 조금도 거짓말을 하지
않았다는 것입니다.」

　　연히는 다시 말을 이었다.

　　순재는 연히가 전에 달러,[13] 몹시 건방진 것 같아서, 그것이 가
볍게 비위를 거스리기도 했으나 이보다도 뭔지 그 말에서 느껴진
절박감 때문에

　　「네, 잘 알아요」

하고 똑같은 말을 되푸리했다.

　　그러나, 이 약간 조소적인 말에도 연히는 별루 돌아볼 배 없이

　　「그분을 사랑하고 싶은, 그분이 사랑하는 단 한 사람이고 싶은
마음 때문에 나는 아무 겨를도 없었읍니다, 허지만 역시 그분 앞에
아름다운 여자는 당신이었어요 ─ 」

하고, 똑바로 앞을 향한 채 혼자말하듯 가만가만 이야기를 계속했다.

　　순재는 힐끗 연히를 처다봤으나 그 깍가낸 듯 선이 분명한 칙
면 어느 곳에서도 전날 이쁜 눈이 그저 다정하기만 하든 연히를 찾
어낼 수는 없었다.

13　전과 다르게.

그가 잠간 대답을 잊은 채 걷고 있는 동안 연히는 다시 말을 이었다.

「혹 이것이 내 최후의 감상(感傷)일지도 또 나보다 아름다운 사람에 대한 노여움의 표현인지도 알 수 없으나 아무튼 꼭 한번 뵙고 싶었읍니다」

「만나 무슨 이야기를 하려구요?」

비로서 순재가 물어본 말이다.

두 사람은 처음으로 눈이 서로 마조쳤으나 웬일인지 피차 강잉하게[14] 무심한 표정이려구 했다.

「글세요 — 결국 당신이 이겼다는 — 내가 졌다는 이야기를 하려구 했는지요」

하면서, 연히는 뭔지 가벼이 우섰다.

순재는 별안간 얼굴이 확근 다라왔다.

「그럴 리가 있나요?」

하고 우정 능치면서도 애꾸지 빨칵하는 감정을 어찌는 수가 없었다.

「이제 우리 두 사람을 나란이 세워 놓고 누구의 형상이 숭 없는가 한번 바라다보십시요 내 모양이 사뭇 고약할 테니」

연히는 여전 같은 태도로 말한다.

「안해란 훨신 늙고 파염치한 겁니다.」

순재는 결국 그 노염을 이렇게 표현할 수밖엔 없었으나, 말이 맞자[15] 연히의 표정 없는 얼굴이 무엇엔지 격노하고 있는 것을 놓질 수는 없었다. 과연 모를 일이다. 이제 막 순재가 한 말은 순재로

14 마지못하여 그대로 하다.
15 말을 마치자.

지하련

서 대단 하기 어려웠든 말일 뿐 아니라 또 어느 의미로 보아선 정말 이기 때문이다.

「두 사람의 관계가 이미 삼자로선 상상 못 할 정도로 깊어졌다면 어쩌겠어요?」

잠자코 있든 연히가 별안간 건넌 말이다.

아무리 호의로 해석한대도 이 말까지는 않아도 좋을 말이다. 순간, 그의 머리를 숫치는 — 연히는 내가 얼마나 비겁한가를 자기류로 시험해 보구 싶은 게다 — 하는, 맹낭한 생각 때문에 그는 끗내

「깊고 옅고 간 결국 같을 겁니다」

하고, 자기도 모를 말을 중얼거렸다.

그러나, 이 애매한 말을 연히가 어떻게 들었는지

「그야 그렇겠지만, 난 그것보다도 그분을 얼마나 사랑하는가를 무른 겁니다」

하고 다시 건너다 봤다.

순재는 마치 덜미를 잽히고 휘둘리는 사람처럼 당황한 얼굴이기도 했으나 역시,

「당신헌테 지지 않을 겁니다」

하고 대답할 수밖엔 없었다.

머리를 숙인 채 잠자코 거르면서도 그는 일이 맹낭하기 짝이 없다. 조금 전까지도 오히려 쑥스러움을 느낄 정도였으니 무엇에 요동할 리 없었고 또 연히를 만나기까지도, 물론 저편이 연히라 다소간의 봉변은 예측한 바로 친대도 기실 은연중 곤경에 빠질 사람은 연히라고 생각했기 때문이다. 뭐보다도 불쾌한 것은 점점 평온하지 못한 자기 마음의 상태다.

순재가 마음속으로 다시 조금 전 연히가 한 말을 들치고 있으려니,

「다른 건 다 이겨도 그분을 사랑하는 것만은 나헌태 이기지 마세요, 여기까지 지게 되면 나는 스스로 타락할 길밖에 도리가 없습니다.」

하고, 뭔지 훨신 서글푼 어조로 연히가 말을 이었다. 그리고는 인차 순재가 뭐라구 대답할 나위도 없이

「그분은 누구보다도 자기 생활의 질서를 소중이 아는 사람입니다. 설사 당신에 비해 나를 더 훨신 사랑하는 경우라도 결코 현실에서 이것을 포현하지는 않을 겁니다」

하고, 제 말을 계속했다. 이제야 이야기는 바른길로 드러섰다. 결국 이 한 말을 하기 위해, 연히는 순재를 불러낸 것 인지도 몰랐다.

이리 되면 세상 못 할 말이없다. 순재는 이젠 당황하기보다도 대체 무슨 까닭으로 이런 말을 하는지가 알 수 없다. 그러나 불행히도 그는 이 욕된 경우에 있을 말의 준비가 없었다. 평소 남편의 사람됨을 보아 방금 연히가 한 말이 정말일지도 모르기 때문이였다.

순재가 의연 잠자코 있는 것을보자 이번엔,

「안해인 것을 다행으로 아세요?」

하고 연히가 다시 채첬다.[16]

순재는 더 참을 수가 없었다.

「꿈에두요!」

「정말요?」

「네 ——」

---

16 재촉하여 다그치다.

「웨요?」

「당신과 같은 위치에 나란이 서 보구 싶어서요」

「자유로운 선택이 있으라구요?」

「네 ─ 」

별루 천천이 말을 주고받는 두 여자의 얼굴은 꼭같이 핼숙했다. 연히는 한동안 가만이 순재를 바라보고 있었다. 아무 표정도 없었으나 결코 무표정한 얼굴은 아니었다.

순재는 자기도 모르게 얼굴을 떠러트렸으나 순간 굴욕이 이 우에 더할 수가 없었다.

조금 후

「무서운 사람이에요, 가장 자신 있는 사람만이 능히 욕을 참을 수 있는 겁니다」

하고 연히가 혼자ㅅ말처럼 중얼거렸다.

순재는 거반[17] 지쳐 그대로 입을 담을고 말았으나 연히야말로 무서운 여자였다. 단지 간이 큰 여자가 아니라, 어데까지 자기를 신뢰하는 대담한 여자다, 인생에 있어 이처럼 과감할 수가 없다. 도저히 그 체력을 당할 수 없어 순재로선 감히 어깨를 견울 수가 없었다.

─ 어디를 지나왔는지, 문득 넓다란 산길이 가로놓였다.

차차 어둠이 몰려와, 근역이 자옥했다.

심부름 하는 아이가 우정 크다란 목소리로,

「아지머니 이제 오세요?」

하고 마조 나오는 품이 돌아온 모양이었다.

17 거의.

430

이제 막 문밖에서 다짐받든 마음과는 달러, 별안간 두군거리는 가슴을, 그는 먼저 부엌으로 들어가,

「발서 오셨구나! 진지는 어쨌니?」

하는, 허튼수작으로 겨우 진정한 후 그제사 방으로 들어왔다.

남편은 두 팔을 벤 채, 맨 방바닥에 그냥 번듯이 드러누어 있었으나 웬일인지 안해가 들어와도 모른척 그냥 누어 있었다.

순재가 바꿔 입을 옷을 꺼내 들고 나올 때쯤 해서, 그제사 남편은 ——

「어딜 갔었오?」

하고 돌아다봤다.

순재가 다시 들어오려니, 이번엔 철석 엎어저 누은 채 뭔지 눈이 퀭 —— 해서 있다가,

「어딜 갔었오?」

하고, 한 번 더 묻는 것이다.

「연히가 만나재서 갔댔어요」

하고, 안해가 대답을 했으나, 남편은 여기 대답 대신 이번엔 훅닥 일어앉어 담배를 붙였다. 그러더니

「연히가 당신을 뭣 허러……」

하고, 혼자말처럼 중얼거리면서,

「그래 만나서 뭘했오?」

하고, 물었다.

순재는 뭐든 잠자코 있어선 안 된다고 생각하면서도 뭔지 지금껏 욱박질렸든 감정이 스스로 위태로워 얼른 말을 꺼낼 수가 없었다.

안해가 잠자코 있는 것을 보자,

「괘니 당신헌태꺼정 이런저런 생각을 끼치기도 싫었고 또 나

혼자서도 충분히 해결 지울 자신도 있고 해서, 잠자코 있었으나 결국 사람의 의지란 한도가 있었나 보. 생각하면 대단 유감스런 일이지만 이미 지나간 일이니 이해하시요 ──」

하고, 남편은 별루 천천이 말을 시작했다.

순재는 말을 할라면 한이 없었으나, 결국 할 말이 없어, 역시 덤덤이 앉아 있으면서도, 이제 남편의 말과 연히의 말을 빚어 두 사람의 관계의 끝 간 데를 알기는 그리 어렵지가 않았다.

「사실은 당신으로서 이해하기가 어려운 게 아니라 이해를 암만 해도 무사해지지 않는 「마음」이 어려운 거지만 사람은 많은 경우, 힘으로 불행을 막을 수 없는 대신, 닥처온 불행을 겪는 데 지혜[18]가 있어야 할 거요」

하고 남편은 다시 말을 계속했다.

조금도 옳지 않은 말이나, 역시 옳은 말이기도 한 것이 딱했다. 그는 끝내 참기 어려운 역정으로 해서, 자기도 모를 당찮은 말을

「많이 괴로워요?」

하고, 배상바르게[19] 내던지고 말았다.

남편은 제법 한참 만에서야

「괴롭다면 어찌겠오?」

하고 되물었다.

「괴롭지 않을 방도를 생각하셔야지」

「괴롭지 않을 방도란?」

「그걸 내가 알 께 뭐예요 ──」

18 지혜.
19 배상하다. 좀스럽고 아니꼽다.

여전 배상바른 말씨다.

조금 후 남편은

「당신 실수라는 것, 생각해 본 일 있오?」

하고 다시 물었다.

「없어요 ─ 」

「연애란 건?」

「……」

「있을 수 있읍디까?」

남편은 채처 물었으나, 그는 잠자코 있었다. 어쩌면 둘 다 있을
지도 모루기 때문이다 그러나 다음 순간 그는 끝내,

「그래 실수를 했단 말예요?」

하고 물어볼 수밖엔 없었다.

이 훨신 조소적인 말을 남편이 어떻게 받는 것인지

「그럼 연애라야만 쓰오?」

하고 마조 보면서, 이번엔 훨신 혼자ㅅ 말처럼

「아무것이고 해서는 못쓰는 겁니다」

했다.

「못쓰는 일을 왜 했어요?」

「그렇게 사과하지 않소 ─ 」

「사과를 해요?」

「마젔오 ─ 」

순재는 뭔지 더 참을 수가 없었다. 그는 무슨 까닭으로 이 순간
연히를 생각해 냈는지

「연히가 개가 무슨 봉변이겠어요…… 당신 개헌태도 나헌테도
나뿐 사람이에요 ─ 」

433

하고는 허둥허둥 모를 말을 중얼거렸다.

　남편은 뭔지 한동안 물끄럼이 안해를 보구 있더니,

　「그래 마젔오, 당신 말이 ─ 」

하고 대답하는 것이다.

　「뭐가 마젔어요, 그런 법이 어데 있어요?」

　하고, 거반 대바질을 해도, 남편은 역시 같은 태도다. 그러드니,
별안간

　「사과할 길밖에 도리 없다는 사람 가지고 웨 작구 야단이요?
웨 따지려구만 드오, 따저선 뭘 하자는 거요? 당신 날 사랑한다는
것 거짓말 아니요? 웨 무조건하고 용서할 수 없오?」

하고는 벌컥하는 것이다.

　이리 되면 이건 언어도단이다. 너무도 이기적이라니 그 정도를
넘는다. 그러나 알 수 없는 일은 지금까지의 어느 말보다도 오히려
마음을 시원하게, 후련하게 해 주는 것이 스스로도 섬찍하고 남을
일이었다.

　밤이 이식[20]해서 두 부부는 벗처럼 벼개를 나란이 하고 여전
이야기를 주고받었다.

　차차 남편은 웃음의ㅅ 말까지 하는 것이었으나, 순재는 여전
뭔지 맘이 편칠 못했다. 이것은 밤이 점점 기울스록 더 날카로워만
갔다.

　생각하면 남편은 역시 훌륭하다. 가만이 곁눈질을 해 보아도
그 누어 있는 자세로부터 말하는 표정까지 그저 늠늠하기 짝이 없

20　이슥하다. 밤이 꽤 깊다.

다. 만사에 있어 능히 나무랠 건 나무래고 옹호할 건 옹호하고 살필 건 살피고 뉘우칠 건 뉘우쳐서, 세상에 꺼리낄 게 없다. 어느 한곳에도 애여 남을 괴롭필 군색한 인격이 들었든 것 같지 않고, 팔모로 뜯어봐야 상책이 한곳 나 있을 것 같지 않다. 단지 전보다 또 하나의 「경험」이 더했을뿐 이제 그 겪은 바를 자기로서 처리하면 그뿐이다.

「연히 보구 싶지 않우?」

별루 쑥스럽고 돌연한 무름이었다. 그러나 남편은 이미 객적은 수작이라는것처럼, 시무룩이 웃어 보일 뿐, 굳이 대답하려구도 않는다.

「어째서 그렇게 무사하냐 말에요」
하고, 한번 더 채치려니, 이번엔 뭐가 몹시 피곤한 것처럼, 얼굴을 찡긴 채,

「사랑하는 사람을 두고 또 한 여자를 사랑한다는 건 한갓 실수로 돌릴 수밖에. 당신네들 신성한 연애파들이 보면, 변색을 하고 돌아설쩐 모루나, 연애란 결코 그리 많이 있는 게 아니고, 또 있대도 그것에 분별 있는 사람들이 오래 머물 순 없는 일이거든. 본시 어른들이란 훨신 다른 것에 많은 시간이 분주해야 허니까」
하고, 제법 농쪼로 우스면서,

「내가 만일 무사할 수 있다면 그것은 당신 덕택일 거요. 하지만 이것보다도 다른 사람들 같으면 몇 달을 두고 법석을 할 텐데, 우리는 단 몇 시간에 능히 화해할 수 있지 않소」
하고, 행복해하는 것이었다.

순재는 뭔지 기가 맥혔다. 세상에 편리롭게 되었다니, 천길 벼랑에 차 내트려도 무슨 수로든 다시 기어 나올 사람들이다. 그는 그저 잠자코 남편의 이야기를 듣고 있었으나, 다음 순간

(평화란 이런 데로부터 오는 것인가? 평화해야만 하는 부부 생활이
란 이런 데로부터 시작되는 것인가?)
하는, 야릇한 생각에 썸둑 걸린다. 문득 좌우로 무성한 수목을 헷치
고 베폭처럼 히게 버더 나간 산길을 성큼성큼 채처 올라가든 연히
의 뒤ㅅ모양이 눈앞에 떠오른다.
　　역시 총명하고, 아름다웠다.
　　누구보다 성실하고 정직했다.

—《춘추》3권 3호, 1942년 3월;

자하련, 『도정』(백양당, 1948)

임순득(任淳得·1915~미상)

　　임순득은 1915년 전북 고창에서 태어나 사회주의자였던 둘째 오빠 임택재의 영향을 많이 받으며 자랐다. 1929년 이화여자고등보통학교에 입학했으나, 1931년 17세에 이화여자고등보통학교의 동맹휴학을 주동하여 치안유지법 위반 혐의로 조사를 받고 퇴학당했다. 그 후 동덕여자고등보통학교 3학년에 편입했으나 1933년 사상 사건(독서회)에 관련되어 동맹휴교를 벌이다가 퇴학당한 후 전주로 내려간다. 이후 일본 유학을 한 것 같으나 확인되지는 않았다. 1937년《조선문학》에 일본어로 쓴 단편소설「일요일」을 발표하며 등단했다.

　　일제강점기 말인 1942년에 창씨개명 정책을 비판하는「대모」를, 같은 해 12월「가을의 선물」을, 1943년「달밤의 대화」를 일본어로 발표했다. 광복 전 결혼을 하고 강원도 회양군 쪽에 살았다고 추측되지만 1950년까지 혼인신고를 한 기록은 없다. 1945년 광복 후 원산 지역에 살면서 여학교 교사를 하고 문학 단체에서 활동했다. 1947년 말쯤 평양으로 이사해 조선부녀총동맹의 기관지《조선녀성》에서 일했다. 이때부터 1950년까지 주로《조선녀성》,《문학예술》에 수필과 소설을 발표했다. 1957년까지 북에서 작품 활동을 한 기록이 있으나 이후 행적에 관해서는 알려진 바가 없고 정확한 사망 연대도 알 수 없다.

임순득이 여학교에 다녔던 시기는 학생동맹휴학 등 반일 시위와 사회주의 운동이 고조되었던 때이다. 일제강점기 임순득은 사회주의 여성 활동가이자, 사회주의적 관점에서 평론과 소설, 에세이를 썼다. 평론으로「여류 작가의 지위 — 특히 작가 이전에 대하여」(1937),「창작과 태도 — 세계관의 재건을 위하여」(1937),「여류 작가 재인식론 —『여류 문학 선집』중에서」(1938),「불효기에 처한 조선 여류 작가론」(1940)이 있다. 1942년 10월부터 5개월가량 일본어로 쓴 소설들을 집중 발표했다. 임순득의 평론은 여성 문학을 '여류 문학'으로 주변화하는 남성 중심의 문단과 '여류 작가'와 '여성성'을 수용하는 여성 작가에 대한 비판이 주를 이룬다. '여류' 작가 대신 '부인' 작가라는 용어를 사용하여 차별성을 드러냈다. 소설 역시 피식민지 여성의 억압적 현실을 다루고, 이를 넘어서는 대안적 여성 주체를 내세웠다. 일제강점기 말 임순득의 활동과 평론은 사회주의와 여성운동의 결합, 그리고 이와 같은 시각을 지닌 여성 평론가의 본격적인 등장을 보여 준다는 점에서 문학사적 의의가 있다.

김양선

女流作家여류작가의 地位지위
—特특히 作家작가 以前이전에 對대하야

(一1)

지금까지의 歷史역사에서는 한 個개의 나쁜 習慣습관이 持續지속되여 왓다 例예를 들면 作家작가를 論논할 때에도 마치 性的성적 差異차이를 各各각각의 本質본질에서 가지고 잇는 것처럼 作家작가와 女流여류 作家작가를 區別구별하여 왓다.

다 아는 바와 가티 女子여자와 男子남자 사이에는 生理的생리적 差異차이 以外이외에는 아무런 深溝심구[1]도 서로의 사이에 노혀 잇지 안타.

그러므로 나는 여기에서 女流여류 作家작가라는 특이特異한 어느 얄구진 의사意思로 捏造날조된 存在존재를 取扱취급하고 십지 안타. 다만 歷史的역사적 社會的사회적으로 生活생활과 意識의식과의 모든 部面부면에서 制約제약 當당한 女子여자로서의 作家작가에 關관하야 무엇인가 말하지 안흐면 안 될 것 갓다.

---

1   깊은 도랑.

지금까지의 女流여류 作家작가는 그들이 女子여자이기 때문에 가저진 핸디캡으로 말미아마 菜毒채독[2]되여 온 것을 좀처럼 反省반성하지 안흔 것 가터 보인다.

우리의 文學문학은 지금껏 數수만흔 사람들의 기픈 愛情애정과 타는 情熱정열 속에서 苦難고난의 길을 닥거오고 잇다. 그러나 그 愛情애정과 情熱정열에도 不拘불구하고 우리의 社會生活사회생활의 歷史역사에서 길러 온 나쁜 習慣습관을 버려 본 일이 업섯다. 그리고 現在현재 그것을 버리려는 機運기운도 兆候조후[3]도 보이지 안는다.

婦人부인은 藝術예술 活動활동에 잇서서 作家작가가 될 수 업시 永遠영원히 女流여류 作家작가박게 運命운명지워지지 안할 것인가?

어떤 사람은 不確實불확실하게 중얼댈지 모른다— 그처럼 進步的진보적인 로베스피에—르도 社會生活사회생활의 集中的집중적 表現표현인 政治정치 活動활동에서 婦人부인을 排除배제하엿다. 婦人부인의 世界세계는 家庭가정이다. 라고.

정말, 市民社會시민사회에서 婦人부인은 家庭가정이라는 小世界소세계를 바덧으며 다만, 포곤한 裝飾用장식용으로서만 社會사회 活動활동에 關與관여되여 왔다.

인제는 發展발전을 끄치고 退嬰퇴영과 暗黑암흑과 野蠻야만에서박게 그 自體자체를 發現발현할 수 업는 市民社會시민사회 體制체제는 그 苦悶고민을 어루만저 주는 것은 이박게 道理도리가 업다는 듯이 아름다운 商品상품의 人格化인격화를 婦人부인에게서 求구한다고 할 수 잇스리만치 婦人부인은 『우우優遇』[4]되여 잇다. 그리하야 이 傾向경향은

2   채소 따위에 섞여 있는, 채독증을 일으키는 독기.
3   조짐이나 징후.
4   후하게 대접함. 또는 그런 대접.

藝術예술 分野분야에까지 침윤侵潤하엿다. 그리고 이 市民社會시민사회의 奔忙분망한 蕩兒탕아인 쩌내리즘은 女流여류 作家작가를 만들어 내이고 그 귀여운 볼을 어루만지게 되엿다.

할머니의 늙은 귀여움과 洞里동리 사람들의 無責任무책임한 어여뻐함에 쩌른 어린아이는 健康건강하게 成育성육할 수가 업다. 황차[5] 핸디캡이 授與수여되고 女流여류이기 때문에 花甁화병과 가티 꾸미여진 婦人부인 作家작가는 健全건전한 文學문학과 싸우는 精神정신이 되기는 너머나 劣惡열악한 條件조건을 그 培養處배양처로 삼엇다.

今日금일의 婦人부인 作家작가는 作家작가로서 出發출발을 하야 偶然우연히 다만 性格성격으로 女子여자엿다는 것이 아니고 그 發生발생에서부터 女流여류 作家작가로서 豫定예정된 메뉴—에 屬속한 人的인적 表現표현인 것이 本相본상이엿다. 아아 이것이 不幸불행의 始初시초엿다.

女子여자라는 偶然우연을 등에 질머진 人間인간은 그러므로 作家작가일 수 업슬 것인가?

어떤 사람은 우와 가티 말하는 나에게 거치른 목소리로 말을 퍼부을지도 몰은다.

— 女流여류 作家작가의 意義의의는 女子여자만이 擔當담당할 수 잇는 藝術예술 分野분야에 屬속한 一切일체를 女子여자만이 갓는 感情감정으로 女子여자만이 할 수 잇는 形象化형상화를 할 수 잇다는 데에서 찾는 것이다. 女流여류 作家작가란 그러한 名稱명칭일 따름이다. 라고.

---

5   그도 그러한데 더욱이.

(二2)

나는 지금, 素朴소박한 表現표현으로 이러한 말을 누군가가 할 것가티 想像상상하야 쓰면서 一種일종의 이상스러운 느낌을 갓는다.

그러면 웨, 女流여류 作家작가라는 特殊특수한 體臭체취를 發散발산하는 名稱명칭이 소용所用되는가?

上記상기와 가튼 말은 婦人부인 作家작가에게 向향하야 할 수 잇는 사람은 決결코 女流여류 作家작가를 생각할 수는 업슬 것이다. 뿌르스 孃양[6]이 靑鳥號청조호로 巴里파리에서 極東극동에 날어온다 할 때, 사내들의 感覺감각만이 女流여류 飛行家비행가라는 것을 發明발명한다. 품에 안을 수 잇고 그 金髮금발을 手中수중에 戲弄희롱할 수 잇는 사랑스러운 파리장느[7]가 險惡험악한 航路항로를 날어오는가 하는 사내의 感覺감각이 그를 女流여류 飛行家비행가로 부른다.

웨, 뿌르스 孃양이 重力중력과 距離거리를 征服정복한다는 데에서 特특히 女流여류라는 것이 聯結연결되여 問題문제되는가?―人間인간이 自然자연과의 싸움을 決行결행하는 데에서, 그가 偶然우연히 女子여자라는 것이 그처럼 問題문제되는가?

뻐스·껄, 쇼우·껄 等等등등이 雇者고자[8] 側측의 더 큰 收取수취의 對象대상이라는 意義의의 以外이외에 對社會的대사회적으로 다른 意義의의가 賦與부여되여 잇는 것처럼 墮落타락한 市民社會시민사회의 習慣습관은 同樣동양한 눈을 飛行家비행가에게도 作家작가에게도 보내는 것이다.

6   밀드레드 메리 페트르. 영국의 여성 비행사. '빅터 브루스 부인'이라고 알려져 있다.
7   파리 사람. 파리지앵.
8   고용한 사람.

인제는—아직도 늦지 안타—우리는 그 女流여류 作家작가를 作家작가로서 正當정당히 評價평가하기를 用意용의하지 안할 수 업다. 不幸불행히도 現在현재의 婦人부인 作家작가들에게서 作家的작가적 閃光섬광의 대신에 生徒생도 作文的작문적 才能재능만을 發見발견할 뿐이라 하더래도 또 婦人부인 作家작가들 自身자신이 『女流여류』作家작가라는 稱呼칭호 속에 自身자신의 侮辱모욕과 悲劇性비극성을 意識의식함이 업시 依然의연히 『귀여운 재재거림』을 한다 하더래도 우리의 일마자 從來종래의 나쁜 習慣습관에 쩌려서 歪曲왜곡되여서는 아니될 것이라고 생각한다.

우리 文壇문단의 習慣습관은 生徒생도 作文的작문적 才能재능을 作家작가 素質소질과 너머 混同혼동하엿다. 前者전자로부터 或혹은 後者후자에로 發展발전되여저야 할 것이리라. 그러나 前者전자만인 것은 決결코 後者후자로서 評價평가될 게 아니엿다 또 新進신진 中堅중견 甚至於심지어는 大家대가이라고 불리워지는 作家작가들 가운대에서 어떤 사람들을, 그들 自身자신이 自處자처하고 쩌내리즘이 辭令사령[9]을 준 以外이외에 누가 참으로 그 名稱명칭에 마음 기피 首肯수긍할 수 잇슬까. 그럼에도 不拘불구하고 우리에게 文學문학이 업다고도 생각지 안햇고, 作家작가가 업다고도 더구나 생각할 수는 업섯다 그러므로 어떤 燥急조급한 사람이 『女流여류 文壇문단』이라거나 女流여류 作家작가의 世界세계를 特殊특수하게 取扱취급하야 그 文學的문학적 意義의의를 抹消말소하려는 努力노력을 보인다거나 文學문학다운 어느 草艾초애[10]도 成長성장 할 수 업는 熔岩용암의 平盤평반이라고 하는 일이 잇다

9　임명, 해임 따위의 인사에 관한 명령.
10　어린 풀.

면 그처럼 안 된 일은 업슬 것이다. 아무도 실상은 이러한 두려울 만한 생각을 사람들 아페 表白표백한 일은 업지만 여러 사람들이 이러한 否定的부정적 氣分기분을 가진 것은 明白명백한 일이다. 나는 여기에서 사람들이 미들 수 잇슬 만한 例證예증을 잡아 내일 수는 업지만 다음 일을 생각한다면 暗默암묵의 가운데에 그 惡악한 氣分기분이 흐르고 잇섯던 것은 事實사실이라고 볼 수 잇슬 것 갓다. 即즉 貧弱빈약한 月評월평들이 그때 發表발표된 女流여류 作家작가의 作品작품을 『女流여류 作家작가』의 것으로 極극히 單純단순하게 取扱취급하는 일은 잇슬지언정 우연히 그 作品작품의 作者작자가 女子여자이엿다는 것뿐인 觀點관점 아래에서 正當정당한 비평批評이라거나 評價평가는 하여진 일이 업섯다.

지금까지의 나의 이야기는 우리 文學문학이 거이 쩌내리즘이라는 魚缸어항에 依據의거하여 왔다는 不幸불행을 度外視도외시한 것가티 생각하는 사람이 잇슬지 몰은다. 그러나 이러한 客觀的객관적인 不幸불행은 어느 때던지 그것만으로 事物사물과 事態사태를 □□[11] 決定결정지어 버리지는 안는다. 그것이 問題문제되는 程度정도로 文學문학에 提供제공하는 主體주체 亦是역시 問題문제되는 것을 이저서는 안 될 것이다.

前전날에는 이 主體주체의 問題문제가 問題문제되기 위하야 素朴소박하게나마 한 뭉치로 힘을 일우어서 뭉첫다. 이 뭉치에 依의하여서는 文學문학이 正當정당한 發展발전을 밟기 위하야 文學문학이 正常정상하게 尊重존중되여지고 社會사회의 文化문화를 責任책임진 一翼일익

---

11 이상경의 책에는 이 부분을 "그냥"이라 표기하고 있다.(이상경,『임순득, 대안적 여성 주체를 향하여』, 소명출판, 2009, 385쪽)

으로서의 誠實성실을 밟기 위하야 그리고 藝術家예술가는 따라서 낡은 文化문화의 喪與상여를 질머지고 갈, 뿐만 아니라 새로운 文化문화의 花車화차를 이끄을고 올 幸福행복을 엇기 위하야 必要필요한 努力노력이 微微미미하게나마 不充分불충분하게나마 또 만흔 不純불순을 包含포함하여서나마 支拂지불되엿섯다 거기에서는 女流여류 作家작가라는 赤面적면[12]할 觀念관념은 形成형성될수 업섯다 다만 그때 政治정치 活動활동에서는 어느 程度정도까지의 誠實성실한 女子여자의 움즉임이 잇업슴에도 不拘불구하고 藝術的예술적 活動활동에서는 아직 그 萌芽맹아 以外이외에 더 나흔 成育성육은 업섯슬 따름이엿다.

(三3)

인제는 그 素朴소박한 뭉치나마 산산히 부서지고 말은 지 몃 해가 지낫다. 무엇인가가 그 뭉치의 解體해체를 願원하엿슬 뿐 아니라 그 뭉치를 構成구성한 要素요소들의 社會的사회적 生理생리 그것이 離散이산을 더 빨리 만드러 내엿다.

사람들은 갑작히인 것가티 밀려온 어두운 海嘯해소[13]의 아페 疲困피곤하엿다. 文學문학은 인제는 文化문화인 대신에 그 疲困피곤한 무리에게 糊口호구로서만 意義의의가 잇는 것 가튼 現象현상을 齎來재래[14]하엿다.

아무도 誠實성실한 소리를 얏게나마 중얼대지 안하엿다.

12 부끄럽거나 성이 나서 얼굴을 붉힘. 또는 그 얼굴.
13 바닷물이 역류하여 일어나는 거센 파도.
14 어떤 원인에 따른 결과를 가져옴.

제각기 흐터저서 제각기 웅크리엿다. 아페의 눈을 못 가젓슬지언정 뭉첫던 예전에의 鄕愁향수조차 일허바리엿다. 無恥무치한 變節변절이 잇는가 하면 목 쉬인 소리로 原則원칙만이 외처젓다. 그도 저도 아닌 사람들은 초라하게 良心양심과 世俗세속이 不安定불안정한 길우를 어슬렁거리엿다. 이러는 동안 더욱더욱 골마 가는 市民社會시민사회의 淋巴液임파액[15]들은 그러키에 그러한 限한 가질 수 잇는 言論언론과 行動행동의 自由자유를 利用이용하야 더욱 化濃화농하엿다. 마치 그것은 監督者감독자가 外出외출한 뒤의 不良少年불량소년의 무리엿다.

評論家평론가는 饒舌요설을 느리고 다른 사람을 唾罵타매[16]하는 데에서 快樂쾌락을 엇기를 조하하고 或은 사드린 或은 偶然우연히 본 書籍서적을 자랑하고 재처[17]먹기에 急급하야 惡臭악취 나는 排泄배설을 하고…… 그리고 不幸불행히 女子여자엿던 作家작가들은 글을 쓰는 모든 婦人부인들과 함께 통트러 『女流여류 作家작가』가 되여지고 말엇다!

婦人부인 作家작가들은 女流여류 作家작가에로 轉落전락하엿슬 뿐만 아니라 女流여류 作家작가인 것에 安住地안주지를 發見발견한 듯이 보엿다

나는 이 말을 몃 번이나 되푸리하엿다. 그러나 이 單純단순한 되푸리말 속에는 진실로 作家작가—特특히 婦人부인 作家작가들의 基本的기본적인 問題문제가 숨어 잇지 안흘 수 업다. 從來종래와 가튼 濕氣습기에 저저서 곰팡을 依然의연히 피이거나, 그러치 안흐면 우리의

---

15   '림프액'의 음역어.
16   아주 더럽게 생각하고 경멸히 여겨 욕함.
17   짐작하여 처리함.

文學문학 發展발전을 위한 共働者공동자로서 精勵정려[18]를 하거나의 決定결정이 감추어 잇는 것이다.

女子여자인 作家작가는 우리 文學문학의 發展발전을 위한 共働者공동자라야 한다. 一定일정한 社會사회에서 그 社會사회의 文化的문화적 水準수준은 그 社會사회에 屬속한 婦人부인의 文化的문화적 水準수준에 依의하야 尺度척도된다는 眞理진리를 信賴신뢰하는 우리는 우리의 婦人부인 作家작가의 文學문학 活動활동과 그 成果성과에 依의하야 尺度척도되는 것을 생각할 수 잇스며 따라서 우리 文學문학 發展발전을 위한 主要주요한 課題과제로서 婦人부인 作家작가의 問題문제는 決定的결정적인 意義의의를 갓는다고 생각한다.

―여기에서 내가 우리라고 하는 것은 特別특별한 意味의미를 가즌 것은 아니다. 다만 朝鮮文學조선 문학(文化문화―그리고 廣義광의의 文化문화까지)을 위하야 늘 發展발전의 相상에서 誠實성실과 眞實진실과를 獲得획득하려는 사람들을 모다 包含포함하야 親愛친애한 呼稱호칭으로 불를 따름이다. 爲先위선은 各各각각의 世界觀세계관이나 製作的제작적 流派유파의 相違상위를 看過간과하고 目前목전의 單一단일한 惡악의 障碍장애와 싸우며 眞正진정한 文化문화의 一翼일익―文學문학을 建設건설하려는 甲갑, 乙을, 丙병, 丁정……을 意味의미하다―

여기서 우리는 잠간 婦人부인 그 自體자체를 極극히 槪念的개념적으로나마 論議논의의 中心중심으로 하지 안할 수 업다

原始共同社會원시공동사회에 잇서서는 男女남녀의 差異차이는 自然자연의 克服극복 過程과정에서 다만 性的성적 差異차이박게 아니엇다. 그리고 그 生理的생리적 差異차이에 基기한 勞働노동의 分擔분담이 이

18 힘을 다하여 부지런히 노력함.

미 생겻나 할지라도 社會生活사회생활 그 自體자체의 全體전체 속에서
는 何等하등의 區別구별도 差異차이도 質的질적인 決定性결정성을 가지
고 나타나지 안하엿다 그러므로 그때의 藝術예술—노래와 춤에 잇
서서도 男女남녀 各各각각의 特異특이한 社會生活사회생활을 反映반영한
것이 各各각각이 成立성립할 수 업섯고 그러한 必要필요도 업섯다. 노
래 부를 때 音聲음성의 高低고저만이 男女남녀를 區別구별하엿슬 뿐이
고 다만 잇는 것은 人間인간의 노래엿슬 뿐이다.

그러나 氏族共同體씨족공동체가 各個각개의 家族가족에로 分化분화
되고 따라서 私有財産사유재산의 發生발생과 함께 母權모권은 父權부권
에로 옮고 이것은 어머니의 貞操정조를 要求요구하엿다 貞操정조라는
觀念관념은 性愛성애가 物質的물질적인 것으로 말미아마 純粹순수하게
保全보전될 수 업다는 危險위험 아래에서만 發生발생하엿다.

씨를 胚胎배태하는 것으로부터 防禦방어되여저야 하엿고 그리
하야 婦人부인은 家庭가정이라는 괴짝 속에 감추어진 生存생존이 可
能가능하야 더욱더욱 生産勞働생산노동에서도 社會生活사회생활에서도
물러나게 되엿다.

(四4)

이에서 婦人부인의 歷史的역사적 社會的사회적 不幸불행은 始作시
작되엿다 人類인류의 歷史역사는 不斷부단히 發展발전의 길을 걸엇다
그러나 우리들 婦人부인은 女子여자이기 때문에 依然의연히 그 惡악한
運命운명을 짊어지고 社會사회 發展발전의 뒤를 질질 끄을려갓다. 勿
論물론 社會사회 各각 段階단계에 相應상응한 副次的부차적 衣裳의상을 입

448

은 채로.

人類인류는 다만 內在내재한 性的성적 差異차이에만 끄치지 아니하고 生活생활 運命운명 ― 存在존재의 內容내용과 形式형식에 잇서서 또 感情감정 性格성격 心理심리 ― 存在존재의 內面的내면적 醱酵발효 運動운동에 잇서서 마치 各各각각 別個별개의 法則법칙과 異質이질을 가진 것처럼 男女남녀에로 分化분화되엿다.

眞正진정한 人間인간의 解放해방은 婦人부인이 解放해방되는 것 婦人부인이 人間인간에로 復歸복귀하는 것으로써 完成완성된다. 그러기에 우리는 이 完成완성의 꿈을 展望전망할 수 잇스면서 社會的사회적 陣痛진통을 괴로워하고 잇다.

여기에서 婦人부인 作家작가라는 特殊특수한 存在존재는 가장 重要중요한 意義의의를 가지고 文學문학―文化문화 우에 登場등장하게 된다. 그것은 마티 階級社會계급사회에서 그 終焉종언을 擔當담당할 階級계급이 가장 特殊특수한 存在性존재성으로써 歷史역사 우에 登場등장하는 것처럼. 그리고 階級계급이 이제는 階級계급이기를 廢폐하는 것처럼 婦人부인 作家작가이기를 揚棄양기[19]하기 위하야.

이 까닭으로 우리의 狀況상황에 應응하야 우리의 婦人作家부인 작가는 우리文學문학의 共働者공동자이다. 이 까닭으로 婦人作家부인 작가에 屬속한 모든 文學的문학적 課題과제는 가장 緊切긴절한 當面당면의 問題문제이다.

文學문학은 文化문화이다. 그러므로 文學문학에 잇서서의 婦人부인의 役割역할과 活動활동은 文化문화에 잇서서의 婦人부인 問題문제에 强烈강렬하게 積極的적극적으로 作用작용하는 것이다.

---

19 어떤 것을 부정하면서 오히려 한층 더 높은 단계로 발전시키는 것. 지양(止揚).

近年근년 붓적 느러서 數수만흔 사람들이 作家작가 되기를 願望원망하는 現象현상은 다 아는 바이다. 이것은 기쁜 일인 同時동시에 슬픈 現象현상인 것가티 생각이 된다 그것이 現在현재의 우리 文學문학의 主觀的주관적 客觀的객관적인 마이너스의 部分부분에 熱情열정과 誠實성실을 가진 풀러스로서의 量양의 增大증대라면 우리는 未久미구에 肯定的긍정적인 幸福행복을 가질 수 잇을 것이다 萬一만일 그것이 어느 頹落퇴락의 殘片잔편들이 文學문학이라는 重要중요한 事業사업을 그릇 評量평량[20]하므로써 安易안이한 氣分기분으로 諸多제다의 口實구실과 함께 降積강적[21]하야서 된 量양의 增大증대라면 文學문학은 依然의연히 꺼칠하게 말러 갈 것이다 『예전 社會主義사회주의하던 사람보다 只今지금 文學문학한다는 사람 수효가 더 만타』하는 말이 巷間항간에 떠돈다고 드를 때 이런 觀察관찰 속에는 실상 우리의 文學문학의 成長성장을 위하야 悲觀的비관적인 資料자료가 숨어 잇는 것 갓다.

아무러튼 우리는 이 量的양적 增大증대에 놀랠 것은 업다.

우리는 等閑등한에 부칠 일은 하나도 갓지 안햇으면서도 等閑등한에 부처서는 정말 아니될 數多수다의 課題과제를 너무나 等閑등한히 감어 두엇다. 그中중의 하나가 이 數수만흔 文學문학 志望者지망자들을 如何여하히 健康건강한 文學문학 運動운동—우리 文學문학의 建設건설 發展발전 속에 攝取섭취할까 하는 것이다.

西洋서양에서는 中世紀중세기부터 成育성육된 文學문학의 歷史역사와 傳統전통이 우리에서는 겨우 最近최근 四半世紀사반세기에서박게 볼 수 업다. 그러므로 우리 文學문학은 아직도 創設창설의 時期시기를

20 평하고 추측하다.
21 내려 쌓이다.

버서낫다고 할 수 업다. 勿論_{물론} 딴테 쉑스피어 레씽 푸—쉬킨 等_등의 文學_{문학}이 各各_{각각} 伊_이, 英_영, 獨_독, 露_노의 文學_{문학}에만 歷史的_{역사적} 傳統的_{전통적} 意義_{의의}를 갓는 것만이 아니고 나날이 幅_폭과 기피²²⁾를 더하여 가는 現代_{현대} 文化_{문화}의 世界性_{세계성}은 그들을 우리의 文學_{문학}에까지 必要_{필요}하고 重要_{중요}한 意義_{의의}, 先代的_{선대적} 遺産_{유산}으로 베푸는 것이지만 그럼에도 不拘_{불구}하고 우리의 歷史的_{역사적} 社會_{사회} 生理_{생리}와 言語_{언어}로써 形成_{형성}되는 우리의 獨特_{독특}한 文學_{문학}은 그들로부터의 傳統_{전통}과 史的_{사적} 意義_{의의}를 그냥 繼承_{계승}되여질 수는 업는 것이다

이 까닭으로 우리는 우리 文學_{문학} 獨自_{독자}의 創設期_{창설기}를 갓는 것이고 그리고 아직껏 그 創設_{창설}의 일은 完成_{완성}되지 못하엿다.

왜 그러냐 하면—

『나는 生徒_{생도} 時代_{시대} 作文_{작문}을 잘 지엇다』『나는 어려서부터 文學_{문학} 書類_{서류}를 사랑하고 조아하엿다』『동못들이 나의 단순한 이야기에서도 文學的_{문학적} 센스가 豊富_{풍부}하다고 말한다』—例_예하면 이러한 數_수만흔 『나』들이, 그냥 그대로써 文學_{문학}에 달겨든다.

文學_{문학}이 人民_{인민}의 것 人民_{인민}의 허물 업는 벗이면 벗일수록, 文學_{문학}이 구지 문다 든 바벨塔_탑 안엣 것이 아니면 아닐수록, 文學_{문학}은 一生_{일생}의 事業_{사업}이 될 것이며, 單純_{단순}하고 不用意_{불용의}한 理由_{이유} 아래에서 揶揄_{야유} □²³⁾여서는 아니되는 것이다, 그러므로 우리의 文學_{문학} 志望者_{지망자}에게는, 다른 나라에서보다 더

---

22 깊이.
23 '되여서는'으로 추정.

만히 文學문학 以前이전의 問題문제가 强烈강렬히 問題문제되여야 하며 따라서 우리는 아직도 우리 文學문학 創設창설의 事業사업을 完了완료하지 못한 것이다. 다른 나라에도 勿論물론 이 땅에서 보는 바와 가튼 單純단순 輕率경솔한 不用意불용의한 文學문학 志願者지원자를 볼 수 잇겟지만 거기에서는 文學문학에 들어가는 門문은 『狹窄협착한 門문』이고, 우리에게서 보는 바와 가티 넓은 門문이 함부로 열려저 잇지 안키 때문에, 事情사정이 다른 것이다.

우리는 이것을 結果결과로부터 歸納귀납하야 보면 더 確實확실하다.―우리의 文壇문단에는 作家작가(評論家평론가)의 破廉恥파렴치 無智무지 陋劣누열24) 怠慢태만 卑屈비굴 訶諛가유25) 變節변절 捏造날조 大言壯談대언장담 虛言허언 剽竊표절…… 等等등등이 그다지 사람들을 괴로피는 일 업시 行행하야지고 잇다. 이것은 外的외적인 方向방향에서의 命令명령이 아니고 진실로 創作창작의 倫落윤락―內的내적인 誠實성실의 소리에 귀 기우리지 안는 데에서 생기는 것이다. 文化人문화인으로서의 自意識자의식이 正當정당하게 作家작가의 內部내부에, 日常生活일상생활 面면에 잇서서 뿐 아니라 낫낫치 感性감성 知性지성의 움직임에 잇서서 가저진다면 이러한 作家작가의 存在존재는 잇서질 수 업섯슬 것이다. 即즉 그 作家작가의 文學문학 以前이전의 텅 뷔인 作家작가만이 그 惡德악덕을 저즐른 것을 意味의미한다. 그리하야 이 땅에 잇서서는 文學문학에의 門문은 함부로 훨적 여러진 門문 그리고 그 안은 雜草잡초가 욱어진 쑥때밧!

24 천하고 더러움.
25 꾸짖고 아첨함.

옛날 에피메니데스라는 哲學者철학자가 잇섯다. 그는 現在현재에 對대한 모든 欲望욕망을 버리고 洞窟동굴 속에서 瞑想명상과 思索사색에 파뭇첫다. 그의 自制자제는 五十八年58년을 持續지속하여 왓스나 말릴래야 말릴 수 업는 그의 內部내부의 힘은 드디어 그 洞窟동굴을 버서나 人間인간의 生活생활의 波濤파도 우에 나타나게 하엿다. 그는 生新생신한 靑春청춘을 어든 듯이 生活생활의 地上性지상성에로 復歸복귀하여 잇다.

사람들은 그의 文學的문학적 才質재질에 못 이긴 燥急조급한 開花개화를 必要필요하게 역이지 안는다. 勿論물론 사람들은 그의 作家的작가적 實賤실천을 通통하야서 그의 不斷부단한 精勵정려[26]는 自己자기 自身자신과 함께 發展발전시킬 수 잇슬 것이기 때문에 五十八年58년의 文學문학 以前이전을 必要필요로 하는 에피메니데스가 될 것은 오히려 우수운 일이지만 그러나 에피메니데스의 傳說전설은 우리들 自身자신의 問題문제를 위하야 豐饒풍요한 示唆시사를 준다

文學문학은 말하자면 우리가 理想이상하는 生活생활 充實충실하고 發展발전된 生活생활 또는 善선과 情熱정열과 福祉복지를 가추운 生活생활 이러한 生活생활에 對대한 모든 熱望열망이 思想사상 乃至내지 想像상상 우에 잇서서 直接的직접적으로 實現실현—直接的직접적으로 感情감정되는 實現실현을 目的목적하는 것이다.

그러므로 作家작가는 例예에 하면 甲順갑순이는 乙洙을수를 사랑하엿다 하는 境遇경우에 甲順갑순이와 乙洙을수의 世界세계는 달팽이 껍

26 힘을 다하여 부지런히 노력함.

질 속의 世界세계와 가튼 孤立고립된 世界세계의 住人주인이 되여서는
아니된다. 甲順갑순이와 乙洙을수뿐이 아니라 乙洙을수로부터 甲順갑
순이를 빼아서 가는 돈 잇는 丙喆병철, 其他기타 丁姬정희, 戊植무식 等
等등등이 作家작가 혼자가 想像상상하는 多樣다양하고 詳細상세한 事行
사행으로 構成구성한다 하드래도 우리에게 問題문제되는 것은 決결코
그런 것이 아니요 作家작가가 生생과 精神정신의 調和的조화적인 綜合
종합을 그 作品작품을 通통하야 自己자기의 本質본질로 하는가 안 하는
가 그 作品작품을 通통하야 作家작가의 感受性감수성이 讀者독자에게 그
의 歡喜환희 그의 恍惚황홀을 傳達전달하는가 안 하는가 또는 作家작가
가 創造창조한 人間인간들을 通통하야 內的내적인 소리에 依의하야 움
직여지는 存在존재로서 個人개인을 發見발견할 수 잇슬 뿐 아니라 더
强力강력한 決定的결정적인 소리 社會사회의 소리가 울리여 나오는가
안 하는가가 問題문제된다.

　이에서 우리는 女流여류 作家작가로 轉落전락되여진 婦人부인 作家
작가를 문제問題 삼을 때 婦人부인 作家작가를 圍繞위요[27]하는 客觀的객관
적 諸條件제조건이 그러케 만드럿슴을 보는 同時동시에 婦人부인 作家작
가自身자신이 그들의 서러운 運命운명을 釀成양성한 것에 想倒상도[28]하
지 안할 수 업다

　作品작품의 多樣性다양성에 關관하야 생각할 때 作家작가가 단지
외로운 사람의 小世界소세계 조그마한 風景풍경 些細사세[29]한 靜物정물
을 無視무시할 것이라는 것을 意味의미하는 것은 아니지만 그러나 女
流여류 作家작가 選集선집을 들추어볼 때 열다섯 사람의 作品작품은 모

27　어떤 지역이나 현상을 둘러쌈.
28　생각이 어떤 곳에 미침.
29　보잘것없이 작거나 적다.

두가 微微미미한 것, 쪼고마한 것, 너머나 滔滔도도한 社會사회의 물결
로부터 버서난 江邊강변의 어여쁜 조악돌만이 取材취재되여 잇기 때
문에 그것이 한 사람 한 사람에게 向향하야 重要중요한 問題문제꺼리
가 되는 것이다. 그것들은 倭小왜소한 精神정신만이 노리는 世界세계
의 것이요 決결코 婦人부인 作家작가의 特徵的특징적인 世界세계의 것은
아니다.

그 地位지위로부터 歷史的역사적, 現實的현실적으로 由來유래하는
바의 婦人부인의 精神的정신적 溫度온도——傳統전통에 依의하야 傳전하
여진 婦人부인의 生活생활, 運命운명, 感情감정, 性格성격, 心理심리와 어
느 信仰신앙과 想像상상의 樣式양식 道德도덕 事物사물에 對대하는 特定
특정한 方法방법 및 思惟사유의 方法방법——을 通통하야 나온 峨峨아아[30]
한 바위, 漢江한강의 濁流탁류는 彫琢조탁된 조금마한 구슬 深谷심곡에
조잘거리는 細流세류보다도 그들의 文學문학에 잇서서 取材취재되기
바라는 바이다.

보드라운 微風미풍 가을 하늘의 코스모스의 歎息탄식보다도 쩡
쩡 소리를 내는 鴨綠江압록강의 解氷해빙 그에 뒤ㅅ니ㅅ는 봄푸러 올
은 水量수량 한여름 蒼穹창궁의 轟音굉음, 暴風폭풍, 朔風삭풍에 抗拒항
거하는 松栢송백 이것들이 더 만히 欲望욕망되는 바다.

——《조선일보》, 1937년 6월 30일~7월 4일

---

30   산이나 큰 바위 따위가 험하게 우뚝 솟아 있다.

엮은이 소개

여성문학사연구모임

남성 중심의 문학사 서술에 의문을 품고 한국 근현대 여성문학의 유산을 여성의 시각으로 정리하기 위해 2012년 결성된 모임이다. 국문학 연구자 김양선, 김은하, 이선옥, 영문학 연구자 이명호, 이희원으로 구성되었고, 시 연구자 이경수가 객원 에디터로 참여했다.

김양선

서강대학교 영어영문학과를 졸업하고 동 대학원 국어국문학과에서 박사 학위를 받았다. 현재 한림대학교 일송자유교양대학 교수이며, 한국여성문학학회 회장과 《여성문학연구》 편집장을 역임했다. 저서로 『한국 근·현대 여성문학 장의 형성』, 『1930년대 소설과 근대성의 지형학』, 『근대문학의 탈식민성과 젠더정치학』, 『경계에 선 여성문학』 등이 있다.

김은하

중앙대학교 문예창작학과를 졸업하고 동 대학원에서 문학박사 학위를 받았다. 현재 경희대학교 후마니타스칼리지 교수, 한국여성문학학회 회장이며, 《여성문학연구》 편집장을 역임했다. 저서로 『개발의 문화사와 남성 주체의 행로』 등이 있다.

이선옥

숙명여자대학교 국어국문학과를 졸업하고 동 대학원에서 박사 학위를 받았다. 현재 숙명여자대학교 기초교양대학 교수이며, 《실천문학》 편집위원, 한국여성문학학회 회장을 역임했다. 저서로 『태권V와 명랑소녀 국민 만들기』, 『한국 소설과 페미니즘』 등이 있다.

이명호

경희대학교 영어영문학과를 졸업하고 뉴욕주립대학교에서 박사 학위를 받았다. 현재 경희대학교 글로벌커뮤니케이션학부 영미문화 전공 교수이며, 경희대 글로벌인문학술원 원장, 한국비평이론학회 회장을 역임했다. 저서로 『누가 안티고네를 두려워하는가』, 『트라우마와 문학』 등이 있다.

이희원

이화여자대학교 영어영문학과를 졸업하고 미국 아이오와대학교에서 석사, 텍사스 A&M대학교에서 박사 학위를 받았다. 현재 서울과학기술대학교 영어영문학과 명예교수이며, 한국영미문학페미니즘학회 회장을 역임했다. 저서로 『영미 드라마 속 보통 여자들』 등이 있다.

이경수

고려대학교 국어국문학과를 졸업하고 동 대학원에서 문학박사 학위를 받았다. 현재 중앙대학교 국어국문학과 교수이며, 한국시학회, 한국여성문학학회 편집위원장을 역임했다. 대표 저서로 『한국 현대시와 반복의 미학』, 『불온한 상상의 축제』, 『춤추는 그림자』, 『이후의 시』, 『백석 시를 읽는 시간』 등이 있다.

지은이 소개

집필에 참여한 연구자들

강지윤

연세대학교 국학연구원 비교사회문화 연구소 연구원

공현진

중앙대학교 교양대학 강사

남은혜

서울대학교 기초교육원 강의 교수

박지영

성균관대학교 동아시아학술원 연구원. 저서로『'불온'을 넘어, '반시론'의 반어』, 『번역의 시대, 번역의 문화정치』등이 있다.

배하은

대구경북과학기술원 기초학부 교수. 저서로『문학의 혁명, 혁명의 문학』이 있다.

백선율

가천대학교 리버럴아츠칼리지 강사

성현아

중앙대학교 교양대학 강사. 문학평론가.

손유경

서울대학교 국어국문학과 교수. 저서로 『고통과 동정』,『프로이트의 감성 구조』, 『슬픈 사회주의자』,『삼투하는 문장들』 등이 있다.

안미영

건국대학교 글로컬캠퍼스 교양대학 교수. 저서로『서구문학 수용사』,『문화콘텐츠 비평』,『소설로 읽는 한국근현대문화사』등이 있다.

오자은

덕성여자대학교 차미리사교양대학 교수

이미정

중부대학교 학생성장교양학부 교수

이소영

카이스트 디지털인문사회과학부 강사

이승희

성균관대학교 동아시아학술원 연구교수. 저서로『한국 사실주의 희곡, 그 욕망이 식민성』,『숨겨진 극장』등이 있다.

이혜령

성균관대학교 동아시아 학술원 교수. 저서로『한국 근대소설과 섹슈얼리티의 서사학』등이 있다.

정고은

성균관대학교 문과대학 강사

한경희

한국학중앙연구원 신집현전 태학사 과정생

황선희

중앙대학교 인문콘텐츠연구소 HK+사업단 연구교수

검열에 참여한 연구자들

한국 여성문학 선집 2

1920년대 후반—1945년
계급·민족·여성의 교차

1판 1쇄 찍음 2024년 6월 21일
1판 1쇄 펴냄 2024년 7월 5일

지은이   여성문학사연구모임
발행인   박근섭·박상준
펴낸곳   (주)민음사

출판등록   1966. 5. 19. 제16-490호
주소   서울특별시 강남구 도산대로1길 62(신사동)
             강남출판문화센터 5층(우편번호 06027)

대표전화   02-515-2000
팩시밀리   02-515-2007
홈페이지   www.minumsa.com

© 여성문학사연구모임, 2024. Printed in Seoul, Korea
ISBN 978-89-374-5682-4 (04810)
ISBN 978-89-374-5680-0 (세트)

* 잘못 만들어진 책은 구입처에서 교환해 드립니다.
* 이 책의 작품 수록은 저작권자의 확인 및 이용 허락
  절차에 따라 진행되었으며, 저작권자를 찾을 수 없는
  일부 작품의 경우 저작권자가 확인되는 대로 필요한
  절차를 밟고자 합니다.